[日]
梦野久作
著
李雨萍 译

脑髓地狱

KYUUSAKU YUMENO

中国友谊出版公司

图书在版编目（CIP）数据

脑髓地狱 /（日）梦野久作著 ; 李雨萍译. -- 北京 : 中国友谊出版公司, 2025. 3（2025. 7 重印）. -- ISBN 978-7-5057-6042-4

Ⅰ. I313.45

中国国家版本馆 CIP 数据核字第 20243840N2 号

书名 脑髓地狱
作者 [日] 梦野久作
译者 李雨萍
出版 中国友谊出版公司
发行 中国友谊出版公司
经销 新华书店
印刷 天宇万达印刷有限公司
规格 880 毫米×1230 毫米 32 开
16 印张 300 千字
版次 2025 年 3 月第 1 版
印次 2025 年 7 月第 2 次印刷
书号 ISBN 978-7-5057-6042-4
定价 56.00 元
地址 北京市朝阳区西坝河南里 17 号楼
邮编 100028
电话 （010）64678009

Kyuusaku Yumeno

目录

Kyuusaku
Yumeno

卷头歌

胎儿呀，

胎儿呀，

何故惊动？

是不是知晓了母亲的心，

害怕了呢？

嗡——嗡嗡——嗡嗡嗡……

我迷迷糊糊地醒来时，这种犹如蜜蜂振翅的声音，依然带着充满弹力的深刻余响，清楚地残留在我耳中。

凝神倾听，我突然产生一种直觉，现在应该是半夜吧……总觉得附近某个地方有时钟在嘀嗒作响。想着想着，我又迷迷糊糊地打起盹来，那蜜蜂振翅的余响越来越微弱，周围只剩下一片死寂。

我猛然睁开眼。

一颗蒙着白灰的灯泡从高高的白色天花板上垂落下来。散发出橘红色光芒的玻璃灯泡侧方，趴着一只硕大的苍蝇，死了似的一动不动。灯泡正下方是坚硬冰冷的人造石地板，而我正呈大字形躺在上面。

好奇怪啊……

我维持着大字形的躺姿，用力睁大眼睛，上下左右转动眼球。

这是个用蓝黑色水泥墙围成的房间，约莫两间[①]见方。

其中的三面墙上，各有一扇高大的竖长形磨砂玻璃窗，上面装了

① 间：日本传统计量系统“尺贯法”的长度单位，主要用于测量建筑，1 间约为 1.82 米。——译者注。后文若无特殊说明，均为译者注。

黑色铁格栅和铁丝网的双层防护装置，感觉是一个密不透风的房间。

在没有窗户的那面墙的墙根处，床头朝着房门的方向，横着一张坚固的铁床，但洁白的被褥铺得整整齐齐，似乎还没有人在上面睡过。

好奇怪啊……

我略微抬起头，环视自己的身体。

我穿着崭新的白色双层粗棉布和服，胸前系着一根短纱布带，从和服中伸出的肥胖臃肿的四肢黑黢黢的，满是污垢……那种肮脏……

越来越奇怪了……

我战战兢兢地抬起右手，试着抚摩自己的脸。

鼻骨凸出……眼窝凹陷……头发蓬乱……胡子拉碴……

我猛地跳起来，又摸了一遍自己的脸，惊恐地四处张望。

这是谁啊……我不认识这个人……

我瞬间感到一阵擂鼓般的心悸……呼吸也随之急促，逐渐变成濒死的喘息，随后又恢复平静。

怎么会有这种怪事……

我居然忘记了自己是谁……

无论我怎么想，都想不出自己是生活在哪里的谁……至于留在脑海中有关过去的记忆，就只有刚刚听到的嗡嗡的时钟声——仅此而已。

然而，我的意识却很清晰，可以清楚地感觉到寂静的黑暗环绕在这个房间外面，无边无际地向外延伸……

这不是梦……的确不是梦……

我跳了起来，飞奔到窗前，凝视磨砂玻璃的表面，想看看映在玻璃上的自己的脸，试图唤醒某些记忆……然而，这只是徒劳。磨砂玻璃映出的只是头发蓬乱、宛若恶鬼的我的影子而已。

我转身奔向床头附近的房门，面孔凑近只有钥匙孔开着的黄铜门锁。然而，门锁表面没有照出我的面孔，只反射出昏黄的光。

我搜索床底，掀开被褥检查，甚至解开衣带查看和服内侧，但是别说是我的名字，连一个缩写字母都没有找到。

我呆立在原地。我依然是身处未知世界的未知的我，是连自己都不知道自己是谁的我。

如此想着，我突然感觉自己像是被一股力量拽住了和服带子，垂直地坠入某个无限的空间。伴随着发自肺腑的战栗，我不由自主地发出尖叫。

那是金属般奇怪的高亢的声音……然而……这声音尚未让我回想起任何过去的事情就被四周的水泥墙吸收，旋即消失了。

我再度尖叫，却仍旧徒劳无功。那声音剧烈地波动、旋转，然后消失，只是让四面墙、三扇窗和一扇门显得更加肃杀寂静而已。

我又想发出尖叫……可是，声音尚未发出，就缩回喉咙深处。每次发出尖叫就愈发静寂的感觉令我心生恐惧……

我的后槽牙开始咯咯作响，膝盖也不由自主地颤抖起来。即使如此，我也无法想起自己到底是谁……我有种喘不上来气的感觉。

我不知不觉地开始喘息。我被一种想叫叫不出、想走走不掉的恐惧感围绕，我呆立在房间中央，喘息不止。

这里是监狱还是精神病院？

越是思索，我的呼吸就越是急促，喘息声寒风般在深夜的四壁上回响。

不久，我的意识渐渐模糊，眼前一片漆黑。我感到自己浑身僵硬，冷汗直流，仿佛下一刻就要仰面倒下。我不禁认命地闭上眼睛……可是，下一瞬间，我猛地机械般挺直了身躯。我陡然睁开双眼，凝视床对面的水泥墙。

因为，我听到水泥墙后方传来了奇怪的声音。

感觉像是年轻女人的声音。可那声音异常嘶哑，让我觉得完全不像人类的声音。然而那声音中饱含的悲痛感情，却穿透水泥墙传入我的耳中。

“大哥、大哥、大哥、大哥、大哥、大哥、大哥……请你再一次……让我听听刚刚的声音……”

我愕然地瑟缩起身体。即使我确信这个房间里只有我一个人，还是不由自主地望向身后，随即又转过头来，再度凝视渗透出女人声音的水泥墙，恨不得将它盯出一个洞来。

“大哥、大哥、大哥、大哥、大哥……隔壁房间的大哥……是我，是我啊！是大哥曾经的未婚妻……是曾经要成为大哥妻子的我……是我啊！请你……请你让我再听听刚刚的声音……让我听听……让我听听啊……大哥、大哥、大哥、大哥……大哥啊……”

我睁圆双目，张大嘴巴，像被那个声音吸附着似的踉踉跄跄地向前走了两三步，随后双手用力按住小腹，全神贯注地凝视那面水泥墙。

那是无比纯真的呼唤，仿佛能把听者的心脏吊到虚空，同时也是充满绝望的呼唤，几乎能将人的五脏六腑彻底冰冻……不知她从何时开始呼唤我……也不知她今后还会继续呼唤我几千年、几万年。这深切、幽怨的声音，此刻正在深夜的水泥墙后不停地呼唤着我——是我吧？

“大哥……大哥、大哥、大哥。为什么……为什么不回答我？是我，是我，是我，是我啊！大哥忘了我了吗？是我，是我啊！大哥忘了我了吗……忘了我这个未婚妻了吗？……和大哥在一起之前的那天晚上……举行婚礼前的那天深夜，大哥亲手杀死了我……我复活了……我从墓中复活来到了这里。我不是幽灵……大哥、大哥、大哥、大哥……为什么不回答我……大哥忘记当时的事情了吗……”

我踉踉跄跄地向后退去，再次瞪大眼睛凝视声音传来的方向。

多奇怪的一番话啊。

墙后的少女认识我，说她是我的未婚妻，而且，说她在跟我举行婚礼的前一晚被我杀害，还说她复活回来了。她被囚禁在跟我一墙之隔的房间中，昼夜不停地呼唤着我。她不顾一切地叫喊着让人无法想象的离奇事情，试图唤醒我过去的记忆。

她是疯了吗？

还是说她是认真的？

不，不，她一定是疯子，是疯子……怎么可能有这么荒谬的事……这么不可思议的事……哈哈哈……

我不禁笑了起来，但是面部肌肉愈发僵硬，笑容冻结在脸上……接着，更加凄厉的声音穿透水泥墙传来。我再也笑不出来了……那种的确认识我的笃定口吻……那种严肃……悲怆……

“大哥、大哥、大哥。为什么不回答我？我是如此痛苦……一句话就好，一句话就好……请你回答我……”

“……”

"一句话就好……你回答我……一句话就好。那样，这家医院的医生就会知道……我不是疯子。院长就会知道……大哥你也听出了我的声音……我们就能一起出院了……大哥、大哥、大哥、大哥……为什么……不回答我……"

"……"

"你难道不明白我的痛苦吗……我每天、每天……每夜、每夜，都在这样呼唤着你，你难道没有听见我的声音吗……啊啊……大哥、大哥、大哥、大哥……太过分了，太过分了……啊……啊……我的声音……我的声音已经……"

这时，墙后开始传来新的声响。不知是手掌还是拳头，反正是人类柔软的手拍打水泥墙的声音。是柔弱女子的手拍打水泥墙的声音，带着皮开肉绽也无所谓的气势。想象着墙后四处飞溅的血迹，我仍旧咬紧牙根，圆睁双目。

"大哥、大哥、大哥、大哥……是死在大哥手上的我啊！是复活的我啊！是除了大哥无依无靠的可怜的妹妹啊！我孤零零地待在这里……大哥忘记我了吗？"

"……"

"大哥你也一样。世上只有我们两个人待在这里。我们被其他人当成疯子，分开囚禁在这家医院。"

"……"

"只要大哥回答我……我的话就会变成真的。只要大哥想起我，就能证明我和大哥……都不是精神病……只要一句话……只要一句话……只要你回答一句话……只要你叫出我的名字……茂代子……啊啊……大哥、大哥、大哥、大哥、大哥……啊啊……我快要无法出声……我的眼前……开始变暗……”

我不由得跳到床上，紧紧贴在声音传来的那面蓝黑色水泥墙上。我想回答她……想帮助少女消除痛苦……想尽快确定我是什么地方的什么人……我已经无法抑制这种冲动。然而……我咽下一口唾沫，打消了这个念头。

我悄悄从床上滑下来，凝视着墙壁上的一个点，一步步退到反方向的窗户附近，试图尽量远离那个声音。

我无法回应她——不对，是不能回应她。

我完全不知道她究竟是不是我的未婚妻。即使听着她如此深切、悲痛又纯真的呼唤，我依然连她的模样都想不起来。我能够确切想起的过去的记忆，就只有刚刚听见的嗡嗡的时钟声。我就是一个世界上不可思议的痴呆症患者啊！

这样的我，怎么能以她丈夫的身份回应她呢？即使回应她能够让我获得自由，但是届时能否得知我真正的身世和正确的姓名也是未知数……我连她是正常人还是精神病患者都无从判断……

不仅如此。万一她确实是一名精神病患者，她这么痴狂地呼唤的对象只是她一个严重的幻觉，那将会怎么样呢？要是我稀里糊涂地回应她，岂不是会酿成大错吗？……何况，万一她呼唤的人确实存在于世，并且另有其人，那又该怎么办呢？我岂不就因为自己的轻率抢走了别人的未婚妻吗？我岂不就冒犯了别人的恋人吗？这种不安和恐惧接二连三地袭上心头，我不停地吞咽唾沫，紧紧攥住双手。在此期间，她的呼唤依然不间断地贯穿墙壁，朝我袭来。

“大哥、大哥、大哥、大哥、大哥。你太过分了，太过分了，太过分了，太过分了，太过分了……”

那呼唤声柔弱而痛苦，仿若幽灵，却包含着无尽的纯情……

我双手拉扯头发，十根长长的指甲不停地抓挠头皮，几乎要挠出血来。

“大哥、大哥、大哥。我是你的人，我是你的人啊！快点……快用你的手抱住我……”

我用手掌用力地搓着脸。

不，不……不是的，不是这样的。你误会了，我不认识你……我差点叫出来，但又及时噤声。此刻的我连这种话都不能断言……我完全不记得自己的过去……没有任何可以否定她的话的证据……别说是有没有兄弟姐妹、家在何方……我现在就连自己是猪还是人都不知道……

我握紧拳头，用力捶打自己耳朵后面的骨头，脑海中却没有涌现出任何记忆。

但是，她的声音依然没有中断，气息断断续续，几乎让人无法听清，逐渐达到悲痛的顶点。

“大哥……大哥……请你……请你……救救我……救救我……救救我……啊啊……”

我像是被那个声音驱使着似的，再一次环视四周的墙壁、窗户和门，我向前奔跑，旋即又停住脚步。

我想要逃到什么都听不到的地方……

刚产生这个念头，我瞬间起了一身鸡皮疙瘩。

我跑到应该是入口的房门前，拼尽力气撞向固若铁板的蓝色房门，尝试从黑黢黢的钥匙孔往外面窥探……但是，那固执的拍打声依然不绝于耳，呼唤声变得断断续续，在那些声音的威胁中，我逐渐开始神志不清……我尝试用双手摇晃窗户的铁栅栏，总算将下方的一个角落晃得有些松动，但是似乎无法靠一个人的力量将其拽脱。

我心灰意冷地回到房间中央，一面瑟瑟发抖，一面再次环视房间的每一个角落。

我究竟还在不在人世？难道说我刚刚已经来到了幽冥世界，正在遭受某种痛苦的责罚？

在这个房间恢复意识的同时，我刚缓回一口气，马上就坠入了忘却自我的无间地狱……没有任何回响……能听到的唯有时钟的嗡嗡声……

随后，我又坠入了被不知从何而来的女人的呼唤声折磨的绝望的活地狱……面对这仿佛并非存在于人世的悲剧恋情，我既无法救赎，也无法逃离，承受着无尽的苛责……

我用力跺向地面，直到脚后跟都感到疼痛才颓然坐下，仰面躺到地上……随后又再度站起来，环视整个房间……我希望让自己的注意力脱离隔壁房间若有若无的拍打声和那断断续续的抽噎声……然后尽快回忆起自己的过去……让自己从这种痛苦中解脱……并给予她明确的回应……

我不知道自己像这样在这个房间里疯狂转悠了多久……几十分钟，或者几个小时。可是，我的脑海中依然一片空白。别说是与她有关的记忆了，我甚至没有想起任何与我自己有关的信息。空白的记忆中，只有一个空白的我，被莫名其妙的女人的呼唤声追赶着，慌不择路，疯狂挣扎。

不久，隔壁少女的叫声越来越微弱，变得跟丝线一般尖细，最终化为气息奄奄的抽噎声，深夜的四面墙壁又被寂静笼罩。

同时，我也感到一阵疲惫。我疯累了，思考累了。听着似乎是从门外走廊尽头传来的嘀嗒嘀嗒的钟声，我也不知自己现在是站着，还是坐着……我渐渐陷入了最初的无意识状态，不知道现在是什么时间、我现在面临着什么状况……

咔嗒……耳畔传来这样的声响。

回过神来时，我发现自己的身体靠在入口对面的墙角，手脚向前伸着，脸颓然地垂到胸前，凝视着鼻尖前方的人造石地板。

仔细一看……地板上、窗户上、墙壁上，不知何时已经变亮，泛着苍白的光。

叽叽啾啾……轰轰隆隆……

麻雀的叫声……电车驶向远方的声音……天花板上的电灯不知何时熄灭了。

天亮了啊……

我迷迷糊糊地想着，双手用力揉着眼睛。大概是因为沉沉睡了一觉，今天早上天未亮时发生的种种怪异恐怖的事情，已经被我忘了个一干二净。我想要尽情地舒展一下僵硬发痛的身体，伸一个大大的懒腰，但是刚开始吸气，我就猛然闭上了嘴巴。

对面的房门一侧，有个紧挨着地板的小门打开了，一个放有白色餐具和银色餐盘的原木托盘被推了进来。

看到那些东西的瞬间，我心中悚然一惊。今天早上的种种疑惑又开始在我脑海中翻涌……我不由自主地站起来，踮着脚跑到小门旁，一把抓住那个将原木托盘送进来的红润的、圆嘟嘟的女人手臂……于是……托盘、吐司面包、蔬菜沙拉盘子和牛奶瓶全都哗啦啦地滚落到地板上。

我用嘶哑的声音问道：

“请你……请你告诉我，我……我的名字是什么？”

“……”

对方纹丝不动。从白色袖口中伸出来的两条红萝卜般的冰冷手臂，在我两只手的抓握下瞬间变紫。

“我……我的名字……是什么？我不是疯子……不是……”

“啊！”

年轻女人的尖叫声在小门外响起。被我抓住的紫色手臂开始无力地挣扎。

“有人吗……快来人呐！七号患者他……啊，快来人呐……”

“……嘘。别叫，别叫……请你别叫。我是谁？这是哪儿……现在是什么时候……我在哪儿……只要你回答我，我就放开你……”

外面响起哇哇的哭声。我的双手瞬间松了力气，女人的手臂一下子从小门中抽了出去，哭声也戛然而止，随即传来了啪嗒啪嗒跑向走廊远处的脚步声。

被我拼命抓住的手臂挣脱了，我骤然间失去平衡，一屁股跌坐到坚硬的人造石地板上，差点摔了个四脚朝天。我慌忙用双手撑住身体，茫然地环视四周。

接着……怪事再度发生。

迄今为止始终紧绷的情绪随着我摔倒在地，瞬间松懈下来，与此同时，一种无以言表的滑稽感从肺腑深处涌上来，令人难以抑制。那种滑稽感异常古怪……滑稽得仿佛我的每一根头发都在沙沙抖动。它似乎从我的灵魂深处缓缓升起，撼动我的整个身体，一波未平，一波又起，仿佛只有笑到骨肉四散，我才能将它摆脱。

啊哈哈哈哈。我真是愚不可及！名字有什么关系？就算忘了也没有任何不便！我不还是我吗？啊哈哈哈哈……

意识到这件事，我越发无法忍受地躺到地板上。抱头，捶胸，顿足，放声大笑。笑……笑……笑……笑。我吞咽泪水，哽咽，扭动身体，捧腹大笑。

啊哈哈哈哈。还有比这更愚蠢的事吗？

这里有一个来路不明的人。他是从天上掉下来的，还是从地里钻出来的？我不认识这个人。啊哈哈哈哈……

他之前在哪里？是做什么的？今后又打算做什么？关于他的一切，我都没有头绪。我这辈子第一次见到这个人。啊哈哈哈哈……

这到底是怎么回事？未免太不可思议、太可笑了。啊哈……啊哈……可笑，可笑……啊哈、啊哈、啊哈、啊哈、啊哈……

啊啊，好难过。我受不了了，为什么我如此可笑？啊哈哈哈哈哈……

我不停地笑着在人造石地板上打滚，不久便耗尽了全部力气，好笑的感觉忽然间消失了。我站起来，揉着眼睛仔细一瞧，发现在我的脚趾前方，滚落着刚刚那场骚乱留下的三片面包、蔬菜碟子、一把叉子以及盖着盖子的牛奶瓶。

看见这些东西，我居然莫名其妙地脸红了。同时，一股难以忍受的饥饿感涌上来。于是，刚系好散落到一旁的衣带，我便迫不及待地伸出右手抓住还温热的牛奶瓶，左手抓住涂了黄油的吐司面包开始狼吞虎咽，接着又用叉子叉起蔬菜沙拉，把这些令人无法抗拒的美味塞满口腔，咔嚓咔嚓地嚼碎，伴着牛奶咕嘟咕嘟地咽下去。吃饱喝足后，我爬上横在身后的床，在崭新的床单上舒舒服服地躺下，伸了个大大的懒腰，闭上眼睛。

然后，我迷迷糊糊地睡了大概十五到二十分钟。也许是吃得太饱了，我感觉浑身无力，手掌和脚底暖融融的，头脑渐渐变成昏暗的空洞……各种清晨的声音在洞中远远近近地穿梭，飞来又消失……我是如此倦怠……如此消沉……

人来人往的吵嚷声，匆匆忙忙的走路声，拖着木屐不急不缓的声音，自行车的响铃声……远处的某户人家挥舞鸡毛掸子的声音……

遥远的高处，乌鸦在嘎嘎啼叫……貌似是附近的厨房，传来杯子打碎的声音……离我最近的窗外，忽然响起女人的尖叫声。

“真讨厌……真的……受不了啦……什么嘛……简直是开玩笑嘛……嘻嘻嘻嘻嘻……”

随后，我的胃里发出喜悦的咕咕声……这些声音融合在一起，飘向遥远的世界，成为一个令人沉醉的美梦……我的心情是如此美妙……如此惬意……

就在这时，我忽然听见一个清晰而奇妙的声音从非常遥远的地方传来。那应该是汽车的喇叭声，听起来宛如巨大的笛声……哔……

哔……哔哔哔哔……是一种格外高亢的声音，令我觉得仿佛有什么可怕而急迫的事正在朝我逼近。那个奇妙的声音用哔哔哔的声音超越并吓退了营造出清晨静谧氛围的各种声音，穿过大街小巷，由远及近，以惊人的速度朝我沉睡的头颅奔来。就在它即将来到我的身边，马上就要钻进我乱糟糟的头发中时，突然又转向一侧，绕了一个大弯，发出响亮的轰鸣声，徐徐飞向一千米开外的地方，而后再度掉转方向，发出仿佛要渗入我耳膜深处的尖锐的声音，急速朝我逼近，不久又戛然而止。所有声音都消失了……同时，整个世界陷入寂静，我的睡意越来越浓……

我舒舒服服地睡了大约五分钟，突然听见床头旁的钥匙孔发出咔嗒一声，紧接着是沉重的门扇开启的嘎嘎声。伴随着沙沙的声音，似乎有什么东西进来了。我条件反射地跳起来回头望去……但……定睛细看，我不禁吓了一跳。

在我眼前，在缓缓关闭的坚固的房门前，出现了一张小藤椅。有个脑袋几乎要顶到房顶的怪人正站在藤椅前俯视着我。

那是一个身高疑似超过两米的巨人，他的脸像马脸一样长，肤色像陶瓷一样苍白。细长的眉毛下面，有一双鲸鱼眼睛一样的小眼睛，苍白的瞳仁如同枯槁的老人或者濒死的病人，无神又浑浊。鼻子像外国人一样高挺，鼻翼上泛着苍白的光泽。硕大的嘴巴紧紧闭着，绷成一条直线，唇色与肤色同样苍白，不禁令人怀疑他是否罹患某种重病。尤其是那仿若寺院屋顶的宽阔额头，还有那军舰船头一般巨大的下颚，实在是过于骇人……一看就是一个性格古怪、异于常人的人。他油亮的黑发往两边梳，身穿看起来很昂贵的褐色毛皮外套，胸前晃荡着一块白金色怀表。

他在身前搓揉着细长、苍白、毛茸茸的手指，站在应该是女性使用的豪华藤椅前，像极了被魔法召唤出来的西方妖怪。

我战战兢兢地仰视着对方，感觉自己像是刚刚从蛋壳中孵出来的生物，我屏住呼吸，不停地眨动双眼，舌头在口中怯懦地嚅动。然而没过多久，我便又产生一个直觉，这位绅士应该就是刚刚坐汽车来到这里的那个人……我不由得面向他，坐直了身体。

从那位巨人绅士浑浊的小眼睛深处，迸发出隐含威严的冷光，他目不转睛地打量着我的全身。我的身体不由自主地缩成一团，脑袋垂了下去。

然而，巨人绅士似乎丝毫不在意我的状态，以一种极为冷静的态度将我粗略地检视一遍后，抬起头，开始缓缓地环视房间里的情形。在那苍白、浑浊的目光从房间的一个角落移动到另一个角落时，我莫名觉得自己今早醒来后的种种可笑行径全部被他看穿了，不禁更加缩紧了身体……这个恐怖的绅士来这里找我究竟有什么事啊……我内心深处既恐惧又困惑……

就在这时，巨人绅士突然像是受到了某种威胁似的，突然佝偻起身体，朝前弯下腰来。他的手慌里慌张地插进外套的口袋中，掏出一条白色手帕，匆匆捂住口鼻，随即背过身去，浑身发抖，发出一阵与他的体型并不契合的低微、虚弱的咳嗽声。片刻后，他的呼吸总算平复下来，再次缓缓地转过身来，朝我行了一礼。

“你好……恕我身体欠佳……穿着外套……”

他的嗓音依然与体型不契合，像是女人的声音。但是听到他声音的同时，我莫名地放下心来。这位巨人绅士不像他的外表，似乎是个温和、亲切的人，我为此长舒一口气，抬起头来。就在这时，巨人绅士毕恭毕敬地将一张名片递到我眼前，随即又咳嗽了起来。

“我是……咳咳……不……不好意思……”

我双手接过名片，朝他点头致谢。

九州帝国大学法医学教授 医　学　部　长 若 林 镜 太 郎

我将这张名片反复看了两三遍，再度哑然失声，忍不住又从头到脚打量了一遍站在我面前强忍着咳嗽的巨人绅士。

“这里是……九州帝国大学……”

我喃喃自语着，忍不住东张西望。

这时，巨人若林博士左眼下方的肌肉开始轻微地抖动。我想，这种异常的表情说不定是这个人特殊的微笑方式。紧接着，那苍白的嘴唇缓缓嚅动起来。

“没错……这里是九州帝国大学精神病科的七号病房。在你睡觉的时候前来打扰，实在抱歉，但是我突然过来是有原因的……我就开门见山地说了，听说你刚刚向负责送餐的护士小姐询问自己的名字……值班医生把这个情况汇报给我后，我立刻就赶过来了。如何？你想起自己的名字了吗？过去的记忆全部恢复了吗？”

我无法回答，依然愣愣地张着嘴巴，像个白痴似的翻着白眼，仰视着我鼻尖前方的巨大下颌……

我怎么可能不吃惊呢？从今天早上开始，我简直像是被自己的名字这个幽灵附身了！

从我向护士询问自己的名字到现在，顶多不会超过一个小时。在这么短的时间内，他不顾自己的身体，拖着病躯赶过来，居然只是为了问我有没有想起自己的名字……行动之迅速令人恐惧，态度之热情令人费解……

我想起自己的名字，这不过是一件微不足道的小事，对于这位博士而言，为何如此重要呢……

我实在是不知所措，只能来回打量手中的名片和若林博士的脸。

然而不可思议的是，若林博士居然也目不转睛地盯着我。他一直在等待我的回答，他紧抿双唇，凝视着我的脸，目光仿佛要在我脸上烧出一个洞来。从他那紧张的表情中可以清晰地看出，他对我的回答抱有极大的期待。我也越发意识到，我能否回忆起自己的名字和过去的经历，对若林博士一定也有着重要的意义，于是我的身体更加僵硬。

我们两个就这样互相注视了一会儿……但是……若林博士很快就察觉到我无法给出任何回答，失望地轻轻闭上眼睛。不过，当那双眼睛再次无力地睁开时，从他的左脸颊到嘴唇之间浮现出比刚刚更深邃的微笑。同时，他似乎误以为我之所以呆立不动，是源于另一个意义上的不知所措，所以在轻轻点了两三次头后，他的嘴唇动了起来。

“可以理解。你会觉得不可思议，这完全可以理解。我原本必须严格遵守法医学的立场，如此干预精神病科的工作是不合理的，但是，我有着万不得已的深层原因……”

若林博士说完，又做出要咳嗽的动作，但是这次成功平复了下来。露在手帕外面的眼睛不停地眨动着，他呼吸困难似的继续说下去：

“这个深层原因不是别的……实际上，这个精神病科室直到不久前为止，都是一位叫正木敬之的知名教授在担任主任教授。”

“正木……敬之……”

“是的……这位正木敬之教授不只在国内，在世界范围的精神病学术界都是一位重量级人物，他创立了‘精神科学’的新学说，在停滞不前的精神病研究领域掀起了一场颠覆性的革命，是一位伟大的学者……当然，精神病学并非流行至今的心灵学或者降神术之类的非科学研究。正木教授在本科室设立了史无前例的精神病治疗室，一步一个脚印地验证了这一学说的真理性。仅凭这一事例就必须认可精神病学是一种立足于纯粹的科学而创立的、划时代的全新学术理论……你自然也是前来接受他的新式治疗的患者之一……”

“我……精神病的治疗……”

“是的……你是由正木教授负责治疗的，而我作为法医学专业的医生，这般询问你的病情，自然是非常没有道理的。所以，刚刚受到你的怀疑，我深表理解……但是……非常遗憾的是，正木教授一个月前突然将后事托付给我，离开人世了……而且，接替他的教授尚未确定，一直以来也没有合适的副教授，因此校长命令我暂时兼任这个科室的各项工作……其中正木教授特别交代我的一件事，就是务必全力照看好一位病人，这位病人就是你。换句话说，本精神病科的名誉，不，是整个九州帝国大学医学院的名誉，目前都维系在一件事，也就是你能否恢复过去的记忆、能否想起你自己的名字上面。我这样说是有充分的理由的。”

听若林博士说到这里，我的眼前突然袭来一阵耀眼的光，不由得眨动起双眼。我的名字这个幽灵散发着光晕，似乎马上就要从某个地方飘至我眼前……

可是……下一个瞬间，我的心头忽然涌上一股令我抬不起头的难堪情绪，我不由得垂下了脑袋。

这里的确是九州帝国大学精神病科的病房，这一点确定无疑，而我的确是一名被关在这间七号病房的精神病患者。

从今天凌晨醒来时起，我就觉得自己的大脑有些不对劲，原来那是我罹患过某种精神病——不，是我现在也患有精神病的证据……没错，我是一个疯子。

啊啊。我是一个可怜的疯子……

通过聆听若林博士堪称细致的说明，我第一次清晰地意识到上述种种令人难以忍受的羞耻。我开始心跳加速，胸口发闷。羞耻，害怕，难过，因为这些我自己都搞不清楚的情绪，我全身犹如针刺般疼痛，耳朵到后颈一带犹如被火灼烧……眼睛开始不受控地发热，我有一种立刻趴到床上的冲动，但我只是悲哀地双手掩面，轻轻地按压自己的内眼角。

若林博士低头关注着我的状态，发出咕嘟咕嘟的似乎是吞口水的声音。随后，他像是面对身份尊贵的人一样，双手在身前交握，用比刚刚更加亲切、近乎谄媚的语气安抚我。

“肯定的，这是肯定的。任何人发现自己出现在这间病房里，都会遭受近乎绝望的沉重打击……但是，不必担心。你的入院理由跟这栋楼的其他患者完全不同。”

“我……我跟……其他患者不同……”

“是的……刚刚我提到的正木教授，在这个精神病科室创立了一个划时代的精神病疗法，名为‘疯子解放治疗’，而你将自身提供给本科室进行相关实验，是本科室最宝贵的研究材料。”

“我……我是……疯子解放治疗的实验材料……解放并治疗疯子……”

若林博士微微欠身，点了一下头，仿佛是在对“疯子解放治疗”这个名称表达敬意……

“是的，是的。正是如此。创立了‘疯子解放治疗’实验的正木教授的品格和他创立的学说都是划时代的，我想你很快就会明白这一点。而且……你已经通过正确使用自身的脑髓，让正木博士全新的精神科学实验取得了惊人的好成绩，让本大学在世界精神病学术界声名大噪……不仅如此，实验所造成的强烈的精神冲动曾经导致你自身完全丧失了意识，此时此刻，你的意识明显开始恢复……所以，你不光是在本解放治疗所参与惊人实验的核心代表人物，同时也可谓我们九州帝国大学名誉的守护神。”

“为……为什么我会成为……这么可怕的实验的核心人物？”

我不由得有些急躁，双腿膝行至床边。突然被卷入如此离奇的话题中心，令我心生恐惧……若林博士低头望着我的脸，用比刚刚更加冷静的态度点了点头。

“你会质疑，这非常可以理解……但是……关于此事，很遗憾，我现在还不能解释。要等到不久的将来你自己想起事情的经过那天，我才能告诉你……”

“我自己想起来……要……要怎么才能想起来？”

我更加急躁，结结巴巴地询问道。若林博士的那种口吻，让我再一次清晰地想起精神病患者的可悲之处……

但是，若林博士依然镇定自若，静静地抬起手制止了我。

“好的……好的……少安毋躁。事情是这样的……其实，有关你进入解放治疗所的经过，背后有着极为复杂、不可思议的因缘，一时半刻根本说不清楚。而且，如果单凭我一个人的想法，跟你讲述前因后果，恐怕会被认为全部是虚构的……总而言之，事情的经过极其不可思议，除非由你这个亲身经历者自己来讲述，否则任何人都不会相信这就是事实……如此怪诞不经的际遇，就藏在你过去的记忆里……不过……为了让你暂时放心，下面这些事情告诉你应该也不成问题……我要说的是……这个‘疯子解放治疗’的治疗所，是今年二月正木教授刚来大学任职就着手设计并于同年七月建成的，仅仅进行了为期四个月的实验，恰好是一个月前的十月二十日，正木教授就去世了，治疗所也同时关闭。而在这短短的四个月内，正木教授所进行的实验，主要就是为了帮助你恢复过去的记忆。作为实验的结果，正木教授明确预言过，从很早以前就陷入某种异常精神状态之中的你不久之后一定能够恢复到今天的状态。”

“已故的正木教授……预言了我今天的情形……”

“是的，是的。正木教授断言，只要我们大学将你视为至宝，尽心尽力地治疗，你的精神状况一定能够恢复如初。而正木教授伟大学说的原理及其派生出的实验效果，都会通过你得到证明……不仅如此，只要你真的能如正木教授所言，恢复过去的全部记忆，那么作为必然的结果，你也会同时想起过去涉及的可谓前无古人的怪诞凄惨的犯罪事件的真相，我过去对此深信不疑。当然，现在也一样坚信……”

“前无古人的……前无古人的犯罪事件……我涉及的……”

“是的。我姑且称其为前无古人，但其实也有可能后无来者，你所涉及的就是一桩这样离奇的事件。”

“那是……那是一桩……什么样的事件……”

我甚至来不及喘气，就将身体探出铁床。

但是，若林博士依然一脸平静。他端正地伫立在那里，用那苍白的瞳仁静静地俯视着我，口若悬河地说下去：

“那桩事件是这样的……没什么好隐瞒的，关于刚刚提到的正木教授的精神科学研究，实际上我也从很早以前就承蒙正木教授的指导，所以我目前依然在继续做‘应用精神科学的犯罪’的研究……”

“应用精神科学……的犯罪……”

“是的……不过，这是一个过于崭新的课题，只说名称的话你大概无法理解，要是我这样说的话，你应该能明白个大概……我之所以开始研究这样的课题，是因为我发现正木教授提出的‘精神科学’的内容中充满恐怖的原理和原则。例如，在精神科学的‘精神病理学’单元中，存在着无数让人战栗的理论与实际案例，比如：可以在某种暗示作用下，令一个人的精神状态突然发生转变，让他变成另一个人；也可以瞬间消除一个人当前的精神生活，将其替换为潜藏在其精神深处的好几代前的祖先的性格……另外，这个理论的应用和实验效果不光在科学上具有准确性和深奥性，它的原理以及执行方法也跟传统的科学理论不同，极为简明易懂……如果一个人擅长说明的话，甚至可以让妇女和儿童听懂，并且觉得很有意思，所以也有人认为这是一项非常危险的研究和实验……当然，在不久的将来，详细内容会清晰地在你眼前展开，在此就没必要说明了……”

“啊……啊……那么恐怖的研究内容……会在我的眼前……”

若林博士无比庄重地点点头。

“是的，是的。你用自己的身体证明了这一学说的真理性，所以对这一原理所展现出的恐怖和惊悚之处具有免疫力，不仅如此，在不久的将来，当你恢复关于自己的过去的记忆时，必然会理解自己为什么有权力和资格参与这一新学术理论的研究。但是，我们完全无法预料，万一将这个秘密研究的内容泄露给外人会引发什么样的变故……比如发现某个人的内心深处潜藏着一种可怕的遗传心理，只要给他一种与这种遗传内心匹配的暗示，就可以让他瞬间发疯。甚至可以同时消除他对使自己发疯之人的记忆。一旦这样的时代到来，将会有怎样的后果呢？其危害将不亚于诺贝尔发明的无烟火药对世界战争的激化作用。

“所以，出于我的本职工作——法医学的立场，我认为如果未来这种精神科学理论和现代的唯物科学理论一样，作为社会常识普及的话，后果会非常严重。届时，就跟应用唯物科学的犯罪事件在现代社会肆虐横行一样，应用精神科学的犯罪泛滥起来也是必然的结果，我们必须提前做好心理准备。但是，一旦到了那个地步，事情将一发不可收拾。和当今应用唯物科学的犯罪不同，一旦这种应用精神科学的犯罪成为可能，世界上一定会到处几乎都是不可能侦查和调查的犯罪。

这些情况是可以一目了然地预见的，所以我们一直以来都格外谨慎，绝对不能让正木教授的新学说泄露出去……与此同时——这么说大概非常像是自我辩护，但是为了防止意外泄露，我们希望能够尽可能周密地研究出预防此类犯罪活动以及侦查此类犯罪活动的方法……出于这种考虑，从很久以前开始，在正木教授指导下进行的以'应用精神科学的犯罪及其证迹'为主题的研究中，我一直在秘密地从各方面展开调查。总之，这可以说是我和正木教授两个人共同的事业……

"但是，我和正木教授却不知道出现了怎样的疏忽……即便我们如此小心谨慎，仍然有人不知道什么时候，也不知道用了什么方法，偷走了精神科学当中效果最强烈、最显著的理论，并且极为精湛地应用到了现实当中，导致在距离我们大学不远的地方，突然发生了一起不可思议的犯罪事件……这桩犯罪事件表面上看来，是某个富豪家族内部的几名男女毫无道理地互相残杀，或者说互相逼疯对方，场面可以说极其残忍和血腥……而之所以确认犯罪手法跟我们研究的精神科学有关，是根据这个富豪家族最后的成员之一——一位性格温和、头脑清醒的青年身上发生的事件做出的判断……这位青年为了维系家族快要断绝的血脉，决定与一直爱慕自己的美丽表妹举行婚礼，但是在婚礼前夕，这位青年却出乎意料地在梦游中勒死了少女。而且，面对少女的尸体，他居然冷静地展开画纸开始写生……这桩极端骇人听闻的事件一经曝光，便引起了巨大的轰动……但是……让这位青年所属的家族陷入这般悲惨状态的凶手是谁？其目的何在？唯独这两个根本性的问题，直至今日仍然是未解之谜……这桩事件极其离奇，极其严重……福冈县的司法当局九州警视厅对这桩事件几乎束手无策，而在正木教授的支持下，倾尽全力调查该事件的我也至今没有任何线索，我们仿佛徘徊在迷雾当中，难以接近真相。

“所以……鉴于上述种种情况，目前留给我的追查该事件的方法只剩一个……那就是请该事件的核心人物，也就是你这个幸存者，在借助正木教授的新研究恢复过去的记忆时，直接判断该事件的真相，揭穿凶手的犯罪目的及其真实身份……除此以外别无他法。该事件的凶手是个神秘的恶魔，他以一种不可思议的方法销声匿迹……我这样说你应该明白了吧？关于这桩事件，我之所以无法亲口向你做具体的说明，是因为我自己也尚未掌握其真相。另外……我之所以介入非本专业的精神病科的工作亲自照顾你，一方面是为了防止这么重大的秘密泄露出去，另一方面也是希望能够在你恢复记忆的时候火速赶来，第一个从你口中问出真相，问出隐瞒这桩事件真相的恶魔的真正身份……而且，一旦你恢复了过去的记忆，帮助我们掌握了这桩事件的真相，那么我们就可以把这具有两重、三重意义的研究成果在现代科学界和社会上发布，而这必然会引起全世界的轰动。也就是说，这个事实至关重要，它不光可以帮助我们在科学上证明正木教授命名为‘疯子解放治疗’的研究，实际上是可以一举将现代的物质文化转化为精神文化的伟大实验，而我在教授的指导下进行的‘应用精神科学的犯罪及其证迹’的研究的相关论文，也能够顺利获得最重要的例证。同时我和正木教授在这二十年间倾注心血进行的精神科学的相关研究成果，也能获得公开发表的机会……因此，你能否想起自己的名字、能否恢复过去的记忆、能否揭露事件的真相……从这两三个意义的层面出发，不仅深受我们大学内部和福冈县司法当局的瞩目，同时也是全天下关注的焦点……但是……”

一口气说到这里的若林博士，突然用那苍白的眼睛古怪地瞥了我一眼，随即又转向一侧，用手帕捂住脸，拼命咳嗽起来。

我望着他那布满皱纹、不断颤动的侧脸，像是置身迷雾之中一般茫然。从今天早上开始，发生在我身边的乱七八糟的事情无一不给我带来新的不安与震惊……而且，若林博士对这些事情的解释越来越夸张，越来越离奇，实在让人难以置信……听起来似乎都是与我有关的事情，我却越来越觉得这只是跟我毫不相干的梦话……

若林博士终于止住咳嗽，又用那苍白的眼睛注视着我。

“不好意思，我累了……”

说着，他慢腾腾地回头看了眼身后那把华丽的椅子，缓缓坐了下来。望着他的动作，我不禁有些傻眼。

最初在若林博士身后看到那把藤椅时，我感觉但凡是块头大一点的人坐上去，这把藤椅立刻就会垮掉，因此我推测也许还有某位女性要来……但是现在一看，若林博士高大的身躯很轻松就坐进了那把椅子狭窄的扶手之间，胸部和腹部重叠，脸几乎要垂到膝前，只把眼睛露在手帕外面，像是在说“我就是藏在那桩诡异事件背后的恶魔”一样蜷缩起身体，挤进那张椅子里。横看竖看，他的全身大小都只有刚刚的一半左右，无论他再怎么消瘦，身上的毛皮外套再怎么单薄，我也不觉得这是普通人能够做到的。而且，他的声音仍然跟刚才一样……不……大概是因为坐下了的缘故，他的声音更加冷静，给人一种“我什么都知道”的隐晦感觉。

“请允许我坐下……但是，我来到这里，查看过你的情形之后，尽管我是个外行，也能明白正木教授的预言已经应验了。你现在一定因为努力地想要恢复过去的记忆，却什么都想不起来而无比困惑吧？那只是你正在回归实验前的健康精神意识的一种过程……换句话说，根据正木教授的研究，在你的脑髓里有一个反射交感过去记忆的部分，而在支配最古老记忆的潜意识的某处，存在着遗传方面的弱点，它也是非常敏感的一点。

“而另一方面，暗地里却有一个早就知道这件事的神秘人物。他利用可以彻底刺激这个最敏感的弱点并且具有极为强烈的精神科学色彩的暗示材料，让这个部位陷入极度紧张的状态，使得该弱点上遗传、潜藏的属于你古老的一千多年前的祖先的怪异深刻的浪漫情史的相关记忆完全剥落下来，浮现在你的意识表层，让你陷入深深的梦游状态……时至今日，从那种潜意识中剥离形成的梦游心理已经消失殆尽，又回归到了虚无的状态，因而你才能从梦游状态脱离出来。但是，那部分长期维持不正常活跃状态的潜意识，以及反射交感那些潜意识附近的记忆的一部分脑髓，因为长时间处于紧张状态而异常疲惫，以至于目前完全不能自由地发挥功能。也就是说，你陷入了越是古老的记忆就越回想不起来的状态……因此，从今天早上开始，只有到目前才没有那么疲惫，反射交感中最近发生的印象最新的事情的部分醒了过来，而你想要回想起来的是更早之前的记忆，所以就算你再急躁，也无法想起任何事情……这就是你精神意识目前的状态。正木教授将这种状态命名为‘自我忘失症’……”

“自我……忘失症……”

“没错……因为这桩怪异事件背后的怪异凶手对你使用了具有精

神科学色彩的犯罪手段，导致你在其后的几个月间，变成与现在的你截然不同的另一个人，并长期陷入某种异常的梦游状态……当然，这种梦游状态或者极端的双重人格的案例，与普通人身上常见的轻度双重人格式的梦游，即‘说梦话’或者‘睡迷糊’的程度截然不同，可以说极为罕见。但是在古代的文献记录当中，我们找到了明确的事例。例如‘五十年后想起故乡的老人’‘证据被摆在眼前才认识到自己是杀人犯的绅士的回忆录’‘见到不记得自己生过的亲生儿子的孤独老妇的自白’‘被火车撞晕后醒来发现自己变成秃头大富翁的贫穷青年的手记’‘一夜醒来发现只共度过一晚的年轻夫人变成白发老妇的故事’‘因为把梦境与现实搞反而犯下重罪的圣僧的忏悔录’，等等。在各种文献中都残存着诸如此类的奇怪事例的记录，虽然世人对此半信半疑，但是只要将这些事例与我刚刚讲过的正木教授独创的学理对照一下，就再也没有质疑的余地。不仅可以明确地从科学方面证明这种现象的存在，还可以从学理和实践两方面证明，这些人在恢复从前的精神意识的过程中，肯定会经历一段时间的‘自我忘失症’……从严格意义上来说，在我们的日常生活中，我们的心理状态会受到所见所闻的刺激，从而不断地变化。一个人独自生气、伤心、高兴也属于一种梦游状态，在心理变化的每一个刹那，‘梦游’‘自我忘失’‘自我觉醒’都会在极短的时间内循环发生……只不过普通人并没有意识到而已，正木教授同时也论证过这个事实……所以不必我说，你也正在经历这个过程，正木教授已经明确地预言过，你会在不久的将来恢复到今天的状态，完全恢复就只是时间问题而已。”

说到这里，若林博士似乎又有些上不来气，他略作停顿，舔了舔嘴唇。

然而，我却不知道现此刻的我是什么表情，我只是听着若林博士颇具学术权威的解释，像是触到高压电似的浑身僵硬……也就是说，刚刚他说到的那桩怪异事件，真的是我自己的遭遇？并且，我现在也面临着必须同时想起那桩恐怖事件和自己的名字的状况？……我感觉到一种难以形容的恐惧，腋下不禁渗出冷汗。同时，我的全部神经都集中到面前那张苍白的马脸上……

这时，若林博士微微垂下他那灰白的眼睛，声音变得比刚刚更加低沉。

“我要再重申一遍，迄今为止，正木教授的预言已经分毫不差地一一应验了。你今天早上已经彻底脱离了之前梦游式的精神状态，估计马上就要恢复过去的记忆……所以，为了让你想起刚刚你向护士询问过的你自己的名字，我才会火速赶来见你。”

“为了让我……想起我的名字……”

我大喊出来，随即心口猛然一跳，险些无法呼吸……难道说……我自己就是那桩怪异事件的真凶吗？若林博士对我的名字如此紧张和关注，这岂不就是证据吗？我被脑中一刹那闪过的种种念头惊呆了……

但是若林博士却若无其事，平静地回答我：“是的。只要你能够自己想起你的名字，那么，其他的一切记忆应该都会随之浮现在你的意识表层。支配这桩怪异事件的精神科学原理是多么恐怖，凶手犯下这桩罪行是出于何种原因和动机，处于事件核心位置的恶魔是谁，这些隐藏至深的事件的真相，应该也同时会被你回忆起来……所以，协助你想起这一切，就是我接替正木教授照顾你的首要任务……”

我再次产生一种难以形容的可怕预感，我浑身颤抖，不由得坐直身体，狂吼出声：

“到底是什么，我的名字？”

就在我问出这个问题的瞬间，若林博士如同某种机器一般，紧紧闭上嘴巴，并用那阴沉浑浊的眼神，紧紧凝视着我的眼底，像是要探究我的内心，又像是在暗示某件重大的事情。

后来想想，我觉得自己当时一定是被若林博士高深莫测的计策欺骗了。若林博士对我讲的那些具有科学色彩，同时又极度煽情的话语，绝非毫无意义的谈话套路，而是一种精神刺激法，可以让“我的注意力”高度紧张地关注“我的名字是什么”，促使我觉得自己必须想起来……所以，在我不顾一切地询问自己的名字后，他立刻噤声不语，试图用沉默将我的焦躁引至高潮，同时让我猛烈地刺激自己，重现那些凝固在我脑髓中的记忆……

然而，当时的我却完全没能识破他如此高明的计策，只是一心以为若林博士会马上说出我的名字，目不转睛地凝视着他苍白的嘴唇。

结果，一直注视着我的反应的若林博士似乎有些失望，默默闭上眼睛，缓缓摇了摇头，发出一声轻叹。

片刻后，他轻轻睁开眼睛，用比刚才更加冷淡、微弱的声音说道：“不行……由我来告诉你无济于事。既然你说你不记得自己的名字，今天就到此为止吧。还是必须由你本人自然而然地想起来……”

我突然产生一种既安心又不安的感觉。

“我能想起来吗？”

若林博士斩钉截铁地回答：“能的，你一定能够想起来。而且，届时你不光会明白我刚才所说的绝非虚言，同时也将痊愈出院，享受你在法律上和道德上的权利，拥抱美满的家庭以及家庭中的一切幸福……这一切从很早以前就已经准备妥当。确保你能够获得上述的一切，就是我从正木教授那里接到的第二项重要的任务……”

若林博士说完这番话，再次用苍白冰冷的目光注视着我，他看起来胸有成竹。

我在那目光的压力下，不由得低下了头……我又开始怀疑这些事情是否与我有关……他说的尽是些奇怪而复杂的事情，令我感到莫名疲惫……

但若林博士丝毫不在意我的情绪，轻咳一声，话锋一转道：“那么……我想请你现在开始配合我进行想起你的名字的实验……我和正木教授一样……希望能够按照顺序给你展示一些我们相信与你过去的经历有着深刻关联的物品，来验证它们能否唤醒你过去的记忆。不知意下如何？”

他说着，双手抓住藤椅的扶手用力坐直身体。

我望着他的脸，微微点头，表示我完全不介意，随便你怎么做……

但我的内心其实相当犹豫——不对，反而觉得很滑稽。

今天早上一直在呼唤我的那个六号病房的少女，还有眼前的若林博士，他们会不会都认错人了？

他们会不会误以为我是另一个人，才会如此热情地呼唤我、催促我呢？因为他们认错人了，所以无论过去多长时间，无论他们怎么催促我，我都想不起任何事情。

接下来他们要给我看的所谓的我过去的纪念物，该不会其实都是跟我毫无关系的别人的纪念物吧？……那个不知藏身何处、身份不明、残忍冷血的精神病患者所犯下的极度怪异凶残的罪行的纪念物……若林博士他们该不会要把那种东西逐一展示给我看，不断地催促我想起来吧？

上述可怕的画面在我的脑海中不停地闪现，我不由得缩起脖子，惶恐不已。

若林博士则维持着学者的优雅和谦逊，轻轻朝我点头致意后，从藤椅上站了起来。他身后的门缓缓打开，有个矮小的男子迫不及待般大步流星地走了进来。

那个矮小的男子理着平头，蓄着一副黑色八字胡，身穿白色立领上衣和黑色裤子，脚踩一双用旧鞋做成的拖鞋，这副打扮并不常见。他一只手拎着个方形的黑皮手提包，另一只手提着一把脏兮兮的折叠椅。跟在他身后进来的护士在房间中央放下一个冒着热气的圆钵后，他立刻在旁边展开折叠椅，表情很是愉快。随后，他将黑色手提包放在椅子旁边，啪地打开，从里面拿出理发剪和理发梳放到合起来的手提包上，而后突然看着我点头致意，仿佛在说："请到这边来。"……若林博士也将藤椅拉到床头附近，用眼神示意我："请过来吧。"

那么，这是要我剃头的意思啰？我暗自思忖。于是，我光着脚从床上下来，坐到折叠椅上，几乎与此同时，八字胡的矮小男子又啪地展开一块白布，围住我的全身，随后将拧干的热毛巾缠到我的头上，死死按住，转头对若林博士说道："还是照上次那样剪，可以吗……"

听到这个问题，若林博士似乎莫名吃惊。他偷偷看了一眼我的脸，但立刻便用若无其事的口吻回答："噢，上次也是找你剪的啊。你还记得吗，当时的剪法？”

“记得。正好是一个月前的事情，因为要求很特殊，所以我记得很清楚。要求是中间剪得高一些，要让整张脸看起来是温和的鹅蛋形……两边要剃得特别短，看起来像是东京的学生……”

“是的，是的。这次也麻烦你那样剪。”

“好的。”

随后，我的头顶便响起剪刀的声音。若林博士再次坐进床边的藤椅里，从外套口袋里掏出一本红色封面的外文书。

我开始闭目沉思。

无论如何，我的过去都像这样一点点明朗了起来。哪怕若林博士告诉我的那些离奇故事跟我毫无关系，我也可以一点点推测出我自己可以相信的事实了。

我自大正十五年（1926 年）（虽然不知道具体时间）以来，就在这所九州帝国大学的精神科住院，今天之前一直处于稀里糊涂的梦游状态。不知是在梦游期间还是在梦游之前，总之是一个月前，我剪了个像学生一样的时髦发型。而我现在正在恢复当时的模样……

……但……虽然能够如此推测，但是就一个人过去的记忆而言，这么一点事情是何等的贫乏啊！而且，这些只不过是从一位素不相识的医学博士和理发师口中听来的一面之词，我脑海中真正有关过去的记忆就只有今天早上听到的那嗡嗡嗡的时钟声，以及之后短短数小时内发生的事情而已。那个嗡嗡声之前的事情，于我而言是彻底的虚无，我连自己是生是死都不能确定。

我究竟是在哪里出生，又是如何长大成人的呢？是如何掌握识别种种事物的判断力、知识以及深刻领悟若林博士的说明的能力，又是如何将过去那么多记忆彻底忘记的呢？

我闭着眼睛，思忖着这些事情，死死凝视着自己大脑中的空洞。我感觉到自己的灵魂在不知不觉间越缩越小，仿佛是在无限的虚空中漫无目的地飘荡的微生物。我感到寂寞、无聊、悲伤……眼眶莫名开始发烫……

后颈上突然传来一阵凉意。原来理发师已经剪完头发，正在往我的后颈上涂抹肥皂泡，好剃掉后发际线处的绒毛。

我无力地垂下头。

可是……我继续推想，一个月前的今天，若林博士也曾让理发师给我剪过这个发型。那么，或许一个月前我也有过今早这样可怕的经历。而且，从博士的话音判断，他不只命令过这一位理发师帮我剪头发。倘若真是如此，那就说明在今天之前，甚至是更早之前……同样的事或许早已重复了成千上万遍，所以这般看来，我会不会只是个反复表演这些动作的可笑的梦游症患者而已……

若林博士也只是个进行这种实验的冷酷无情的科学家吧……不！从今天凌晨到现在发生在我周遭的一系列事情，也都只是我这个梦游症患者的幻觉而已……我现在只是在做一个让理发师剪发修面的梦，真正的我……我的肉体并不在这里，而是在另外一个意想不到的地方，进行着荒诞不经的梦游行为……

想到这里，我突然从椅子上一跃而起，连围在脖子上的白布都没有扯下来，就直接飞奔出去……然而这只是我的幻觉……头顶突然间响起巨大的嘈杂声，令我的眼睛和嘴巴都无法张开，离开的屁股不由自主地回到椅子上，脖子也紧紧地缩了起来。

两把圆形梳子在我的头顶打转，让我无法呼吸，但那感觉实在美妙……有那么片刻时间，我搞不清楚究竟自己是疯子，还是别人是疯子。我仿佛变成一个喜悦、悲伤、恐惧、悔恨等情绪都剥离出去，过去、现在以及宇宙万象都与我无关的亡魂，我颓然地靠在椅背上。仿佛困扰多年的刺痒终于被抓挠到了一样，有一种极致的快感顺着我的每一个毛孔，渗入我的骨髓……事已至此，我也无可奈何。虽然搞不清楚状况，但我今后索性就服从若林博士的命令吧。无论未来会发生什么，我都无所谓了……我心灰意懒，萌生出一种破罐子破摔的情绪。

“请到这边来。”

耳畔突然响起一个年轻的女声，吓了我一跳。我睁开眼睛，发现房间里不知何时来了两名护士，她们像抓犯人一样，一左一右牢牢抓住我的手。理发师已经取掉围在我脖子上的白布，正在外面用力掸落上面的头发。

这时，专心阅读那本红色封面外文书的若林博士合上书站了起来。他拉长马脸，一边咳嗽，一边朝房门的方向用双手示意我：“请到那边去。”

我满脸都是碎发和头皮屑，勉强睁开眼睛，被两名护士拉着手，光着脚踏上冰冷的人造石地板，“有生以来”我第一次走出房门。

若林博士虽然把我送到门外，但是中途就离开了，不知去向。

门外是一条宽敞的人造石走廊，左右两边各有五扇门两两相对，它们的颜色跟我的房门一模一样。走廊尽头昏暗的墙壁中，挂着一座高度和成年人差不多的挂钟，同样跟我房间的窗户一样被铁栅栏和铁丝网森严地包裹住，估计这就是今天凌晨发出嗡嗡的响声将我吵醒的时钟吧。也不知道要从哪里上发条，不过装饰着古典藤蔓花纹的分针和时针正逐渐移动到六点零四分，巨大的黄铜钟摆咔嗒咔嗒不停地摆动，感觉就像一个正在接受刑罚而不得不重复同一个动作的人。时钟的左前方是我的房间，房门旁钉着长约一尺的白色标牌，上面用黑色哥特字体写着“精、东、第一病房”几个小字，下面写着“七号病房”几个大字，没有患者的名牌。

我被两名护士拉着手，走向那座时钟相反的方向，不久就来到了明亮的户外走廊，面前出现了一座正面漆成蓝色的双层木制小洋楼。走廊的左右两侧是白色的沙地，上面盛开着鲜红如血的小雏菊、梦幻的白色大波斯菊、状似奇怪内脏的红黄相间的鸡冠花。沙地对面两侧是墨绿色的松林。松林上方飘荡着淡淡的云朵，柔和的晨光透过云层洒落下来，远处传来静谧的海浪声……

“啊……现在是秋天吧。”

我暗自想道。深吸一口清冽的新鲜空气，我的心里轻松了不少。但是两名护士不容我驻足欣赏这片风景，用力拽着我的双手，将我拉进对面那座蓝色洋楼中的昏暗走廊里。刚走到右手边的第一个房间前，便有一名等在那里的护士打开门，同我们一道走进去。

这是一间相当宽敞且明亮的浴室。对面窗户旁的人造石浴缸冒着腾腾水汽，三面玻璃窗上满是水滴。水汽缭绕中，三名脸颊通红的护士一齐将袖子和裤脚高高挽起，露出圆润泛红的手臂和小腿，猛然抓住我，三下五除二将我扒光衣服，赶进浴缸里。等我的身体泡暖一些，刚刚从浴缸中站起来，她们就又将我拉到冲澡处的木板上，用冰凉的肥皂和海绵前后左右毫无顾忌地来回刷洗我的身体。她们出其不意地按住我的头，直接涂抹肥皂，让我的头顶堆满高高的泡沫，胡乱抓洗一通，那粗暴的手法实在令人难以相信她们是女人。紧接着，她们又不经预告便往我头上冲淋热水，让我连眼睛和嘴巴都无法张开，而后不容分说地抓住我的双手，用刺耳的语气命令我："过来这边！"再度将我赶进浴缸里。

她们的动作实在是过于粗暴，令我不禁怀疑，今天早上给我送饭的那名护士，该不会就在她们三人当中，因为被我拉扯所以在打击报复吧？再仔细一品，那种态度又像是日日面对疯子而形成的习惯性态度，我不禁彻底陷入悲观当中。

但是，最后，她们帮我把长指甲剪短，用竹柄牙刷蘸着盐帮我刷牙，等我重新泡过澡后，她们又用新毛巾帮我擦干身体，还拿一把崭新的黄梳子帮我梳理头发，我觉得自己简直重新活了过来。我此时的心情如此清爽，为何还是想不起自己的过去呢？一想到这里，我就觉得我的心情能变得这么好，真是奇怪到家了。

"请换上这套衣服。"

听到护士的话，我转过身去，发现我脱在木板上的那套病号服不见了，取而代之的是一个浅黄色的大包袱。解开一看，里面是一个白色硬纸箱，纸箱内有大学生制服、制帽，雪花呢外套、针织衬衫、裤子、褐色中筒袜，以及用报纸包着的中筒皮靴等。打开放在最上面的小皮盒，里面赫然是一块银光闪闪的手表。

我来不及讶异，就从护士手中一一接过这些衣物穿戴到身上。我顺便观察了一下，这些物品上并没有能够证明它们是我的所有物的英文缩写之类的记号。但是，每一件衣服都跟新裁好的一样，有着明显的折痕，穿在身上晃一下，也仿佛量身定做般贴身舒适。只有上衣的新领子感觉有些紧，其他诸如崭新的四角帽、光可鉴人的中筒皮靴，就连指向六点二十三分的手表的黑色表带的尺寸都刚刚好，令人无比惊讶。我实在是太惊讶了，试着将双手插进上衣的口袋里，结果右手摸到一块折成四折的新手帕和手纸，左手摸到一只不知道放了多少钱的圆鼓鼓的小零钱包。

我又开始疑惑起来，环顾四周，想要看看有没有镜子，但是很遗憾，连一块镜子的碎片都没看到。三名护士频频回头盯着我，打开门走了出去。

护士们刚出去，若林博士就低下比门楣还高的头，慢吞吞地走了进来。他像是要检查我的服装似的，从头到脚扫视了我一遍，然后默默地带着我走向房间的一角，取下晾在两面墙壁中间的浴衣。出乎我意料的是，浴衣下面居然是一面巨大的穿衣镜。

我不由得向后踉跄了几步……因为我惊讶地发现，镜中的我居然这么年轻。

今天凌晨，我在七号病房抚摩着自己的脸想象的时候，还以为自己会是一个三十岁上下的络腮胡壮汉，而且很有可能是一副凶神恶煞的模样。即便经过一番梳洗打扮，我也实在没想到用手抚摩的感觉跟实际长相竟有如此大的差距。

站在眼前等身高的镜子前的我，怎么看都像一个顶多二十岁的毛头小伙子。额头饱满，脸颊消瘦，浓眉大眼，真是一副让我吓一跳的长相。如果没有这身制服，说不定会让人以为我是中学生。我竟是这样一个毛头小伙子吗？想到这里，从今天凌晨起一直紧绷的神经瞬间松懈下来，我骤然产生一股异样的情绪，说不上来是恐惧、是开心，还是伤感……

这时，若林博士在我身后出声催促。

“如何？你想起来了吗，你自己的名字？”

我慌忙摘下头上的帽子，咽了口冰凉的唾沫，回过头去。这时，我总算明白若林博士为什么从刚刚开始就用各种奇妙的方式摆布我的身体了。若林博士答应给我看过去的纪念物之后，首先便要让我了解我过去的样子。也就是说，若林博士清楚地记得我住院时的容貌和打扮，并且具体到每一个细节，他一定是想将我恢复成当时的形象之后，再出其不意地让我看到，促使我恢复过去的记忆……原来如此，一定是这样，这些的确就是我过去的物品。哪怕其他的一切都是我的误会，唯独这一点我绝对不会弄错。

然而……很遗憾，博士的苦心与努力都白费了。第一次看到自己的模样，我的确非常吃惊，但还是没能恢复任何记忆……不仅如此，得知自己还是这样一个毛头小子后，我的情绪非常复杂，既觉得难堪，仿佛受到了戏弄，又莫名感到恐惧……我低下头，不停擦拭着额上不由自主冒出的汗水。

若林博士依然面无表情地看看我的脸，又看看镜子里映出的我的脸，然后理解地点点头。

“可以理解。毕竟你比从前白了很多，也胖了一些，大概跟住院前的感觉有一些不同……好的，请到这边来，我们试试下一个方法……这次你肯定能想起来……”

我穿着新皮靴，步伐沉重，膝盖僵硬地跟随在若林博士身后，回到开满鸡冠花的走廊上。我还以为要回原来的七号病房，谁知若林博士在六号病房前就停下脚步，敲了敲门，随后握住巨大的黄铜门把手，将房门拉开一半。有个系着浅黄色围裙的老婆婆立刻走了出来，她五十岁上下，看起来像是护理工。这位老婆婆恭敬地鞠了一躬后，抬头望着若林博士，恭谨地汇报道："现在睡得很熟。"说完，她便朝我们刚刚在的洋楼走了过去。

若林博士将头探进房中，一只手轻轻握住我的手，另一只手静静掩上房门，蹑手蹑脚地走到横在对面墙角的铁床旁。随后，他又轻轻松开我的手，用毛茸茸的手指着睡在床上的少女的脸庞，目光炯炯地回头望着我。

我双手用力握住帽檐，有些怀疑自己的眼睛，连续眨了两三次。

因为床上安静地躺着一名美貌惊人的少女。

少女亮泽稠密的头发被扎了起来，宛若一朵形状奇特的黑色大花瓣，披覆在裹着白色枕巾的枕头上。身上穿着跟我先前所穿的同样的白色棉布病号服，双手包扎着崭新的绷带，规规矩矩地交叠起来放在胸前的白色毛毯上。看来她就是今天早上一直拍打墙壁呼唤我，让我苦恼不已的那名少女。当然，墙上并没有发现如今天早上想象中那般凄惨的血迹。即便如此，我也实在无法想象，一个用那般凄切哀怨的声音痛哭哀号的人会睡得如此安静、如此天真……那细长的蛾眉、纤长浓密的睫毛、清秀高挺的鼻子、白里透红的脸颊、三叶草形状的樱桃小口乃至清透白皙的可爱的双下巴，都让她看起来无比清纯，令人联想到布娃娃……不！当时的我真的怀疑她就是一个布娃娃，痴痴地凝视着她的睡脸。

结果……就在我的眼前，布娃娃的睡脸开始发生难以形容的神秘变化。

包裹着新枕巾的大枕头上，少女桃红色的耳朵藏在柔软的毛发中，纤长的睫毛端庄地低垂着，原本安详愉悦的睡脸上，此时正微不可察地浮现出悲伤的表情。那细长的眉、浓密的睫毛、三叶草形状的樱桃小口都还是原来的模样，唯有那少女天真无邪的桃红色的脸颊渐渐变成清冷的蔷薇色。尽管只有这一点变化，但刚刚看起来还只有十七八岁的少女天真的睡脸上，却不知不觉间出现了二十二三岁的贵妇人才有的高贵表情。而这表情的深处又透出一抹悲伤的庄严之色……

我再一次怀疑起自己的眼睛，但别说是揉眼睛了，我甚至无法呼吸，只能痴痴地注视着她的睡脸。不久，在那细长的双眼皮中间渗出晶莹的水珠，那水珠转瞬变成巨大的露珠，凝结在长长的睫毛上闪闪发亮，随即顺着两颊静静流下……那樱桃小口轻轻颤动，溢出断断续续的梦呓：

“姐姐……姐姐……对不起，对不起……我是……我是真心爱慕大哥！明明知道姐姐你那么珍视大哥……但我还是从很早以前就爱慕大哥……才会发生这样的事情……啊啊……对不起，对不起……请你……请你……原谅我……原谅我吧……姐姐……请你……”

她说得断断续续，只有观察那颤抖的嘴唇，才能勉强听出她说的是什么。可是，她却泪如泉涌，从长长的睫毛间流向左右眼角，经过白皙的太阳穴，流入两侧漆黑的鬓发中……

不过，她的眼泪很快就止住了。浮现在两颊上的寂寞的蔷薇色如同天光渐亮一般，渐渐恢复成原本纯洁的桃红色，她的睡脸也仍旧如布娃娃一般，变回安静、健康的十七八岁的少女的表情……短暂一梦间，她居然悲伤得老了五六岁，而做完梦，她又变回年轻的模样……在我的注视下，她的唇角浮现出一抹安详的微笑。

我又不由自主地从内心长叹一口气，怀着一种自己还没有彻底从梦中醒来的心情，战战兢兢地转过身去。

站在我身后的若林博士自始至终都面无表情，双手背在身后，目不转睛地俯视着我。但是从他那石蜡般僵硬的脸色上，可以看出他的内心非常紧张。他见我转身，舔了一下苍白的嘴唇，用跟之前截然不同的虚弱声音问我："你知道……这个女孩的……名字吗？"

我又回头看了一眼少女的睡脸，像是害怕吵醒她似的，我轻轻摇了摇头，意思是：……不……完全不认识……

于是，若林博士再次轻声追问我："那么……你对这个女孩的模样有印象吗？"

我仰头望着若林博士，用力眨了两三次眼，意思是：开玩笑……我连自己的模样都不记得，怎么可能对别人的模样有印象？

就在那一瞬间，我又在若林博士脸上捕捉到难以形容的失望之色。他用空洞的眼神凝视了我一会儿，又变回原先的寂寥神情，他轻轻点了两三下头，与我一起静静地望向少女。随后，他迈着庄重的步伐往前走了半步，像是要在神前宣誓一般交握双手，俯视着我，用富有暗示性的语气缓缓说道："那么……我来告诉你吧。这个女孩是你唯一的表妹，你曾经的未婚妻。"

"啊……"

我惊叫一声后，慌忙咽下声音，按住额头，踉踉跄跄地倒退了几步。我简直同时怀疑自己的眼睛和耳朵，声音嘶哑地开口道："怎……怎么可能……这……这么漂亮的……"

"是的。她的确是一位绝世美人。但是没有错，她就是今年，即大正十五年（1926年）四月二十六日，距今刚好六个月，准备与你举行婚礼的你唯一的表妹。由于婚礼前夕发生的那桩不可思议的离奇案件，她至今都过着这种可怜的生活……"

"……"

"所以……妥善地照顾你和她，让两位都能够顺利出院，回归幸福的婚姻生活，这也是正木教授交给我的最后一项重要任务。"

若林博士的语气缓慢而庄重，带着一种威胁我的意味。

但我仍然跟以前一样困惑，只是睁大双眼，呆呆地望着铁床上的少女……冷不丁被告知一位素昧平生、貌若天仙的少女是我的人，那种恐惧……怀疑……以及难以言喻的荒谬感……

"我……唯一的表妹……可是……刚刚……她说的姐姐又是……"

"那是在做梦。就像我刚刚说的那样，虽然这位小姐没有兄弟姐妹，是独生女……但是，有记录显示，这位少女一千年前的女性祖先有一位姐姐。于是，在刚刚的梦中，这位少女直接把她当成自己的姐姐……"

"为什么……为什么你会知道……这种事情？"

我的声音颤抖，抬头看着若林博士的脸，不由自主地后退了几步。因为我突然开始怀疑若林博士的脑子有问题……仅凭观察，就能说出别人正在做的梦的内容，除了巫师，不可能有人能够做到……更何况还是远超推理与想象、靠人类的能力根本无法推测的一千年前的离奇事实，被他这么随口说出来，实在令人毛骨悚然……我开始怀疑若林博士从一开始就不是普通人，说不定他也跟我一样，是这家精神病医院收容的一名特殊患者……

但若林博士完全没有流露出不可思议的表情，依然用科学家的口吻回答我，声音低沉，时断时续……

“因为……这位小姐醒着的时候，也会这么说，这么做，我们才会知道。请你看看她这奇特的发髻。这种发髻是这位小姐一千年前的祖先所在的时代已婚女性的发型，也是她经常会梳的发型……也就是说，虽然这位小姐至今依然是纯洁无瑕的处女，但是在她梳这种发髻期间，她的精神生活整体上就返回了她一千年前的某位已婚女性祖先的习惯，记忆、性格等同样如此。当然，她的眼神、举止也完全看不到处女的神态，甚至连年龄都显得成熟了几岁，仿佛变成一位优雅的年轻夫人……而在她忘记这个梦境时，会像正常患者一样，由负责护理的人帮她把头发盘起来……”

我惊讶得合不拢嘴，只能一会儿看看少女神秘的发髻，一会儿看看若林博士严肃的面孔。

“那么……那么……她口中的大哥是……”

“自然是你一千年前的祖先，也是少女祖先的姐姐的丈夫……也就是说，这位少女现在梦到的就是与身为她一千年前的姐夫的你同居的情景。”

“如……如此不知廉耻的……不伦之恋……”

我不禁叫出声来，但立刻又闭上嘴巴。因为若林博士缓缓摆动苍白的手制止了我……

“嘘……小点声……只要你尽快想起自己的名字，一切就都……”

若林博士说了一半，也陡然噤声。我们两个同时回头看向床上的少女，但是为时已晚。

少女似乎听到了我们的声音。她缓缓动了动那嫣红的樱桃小口，轻轻睁开眼睛。一看见刚好站在她身边的我，那双眼睛就用力眨了两三次。双眼皮底下的眼睛瞬间明亮起来，看起来非常惊讶，脸颊也瞬间变得无比苍白。那湿润的眼眸里浮现出耀眼的光，美得不可方物，脸颊上也飞上一抹薄红，一直蔓延至耳际。

“啊……大哥……你怎么会在这里……”

她发出响彻灵魂般的喊叫声，从床上坐起来，赤着脚跳到地上，衣衫不整地扑向我。

我大吃一惊，下意识地甩开她的手，飞快地后退两三步，直勾勾地盯着她……我一时之间有些不知所措……

就在那一瞬间，少女也停住了脚步。她双臂向前伸着，如遭电击般僵立在原地。脸色一片苍白，就连嘴唇都失去了血色……她用力睁着眼睛盯着我，踉踉跄跄地后退几步，双手撑在床铺上，双唇瑟瑟抖动，但仍然入神地注视着我。

随后，少女怯生生地看向若林博士，又将房间环视一圈……她眼睛里渐渐盈满晶莹闪烁的泪珠，而后颓然地垂下头，跌坐在人造石地板上，用白色病号服的衣袖掩住面孔，扑到床上哇地放声大哭。

我更加不知所措了，不停地拭去满脸的汗珠，看了看哭哑了嗓子的少女的后背，又看了看若林博士。

但是，若林博士的面部肌肉纹丝不动。他冷淡地望着一脸茫然的我，慢腾腾地在少女身边弯下腰，嘴巴凑到她的耳侧，问道：“你想起来了吗？这位先生的名字……还有你自己的名字……”

听到这句话时，我比少女还要惊讶……难道这名少女也和我一样，正处于刚刚从梦游状态醒过来的“自我忘失状态”吗？若林博士也在她身上进行了跟我一样的实验吗？我思忖着，期待着少女的回答，紧张到甚至能听到耳膜深处在嗡嗡作响。

但是少女没有回答，只是暂时止住了哭泣，将脸埋得更深，摇了摇头。

“这么说，你就只记得这位先生是与你有过婚约的大哥吗？”

少女点了点头，发出比刚刚更加凄厉高亢的哭声。

那声音，哪怕是什么都不知道的人听了，也能感受到深深的悲痛。因为想不起自己恋人的名字，而被遥远地隔绝在与对方完全不同的精神病患者的世界里……好不容易重新见到对方，想要扑进他的怀中，却被他无情地甩开……少女似乎深切地认识到了自己现在的处境，发出痛不欲生的哀号。

虽然男女有别，但与她有着相同的精神状态、体验着相同痛苦的我，由衷地被她那嘶哑的哭声打动了。这与今天凌晨在黑暗中听到的呼唤声截然不同……不，它引起了比那时强烈数倍的苦闷。我依然想不起少女的模样和她的名字，听着少女可怜的哭声，望着趴在白色床铺上哭得浑身颤抖的少女楚楚可怜的身影，我觉得自己必须立刻想起来，却实在无能为力，这令我产生一种一切都是我一个人的责任的愧疚感，我的内心备受苛责，不禁用双手捂住脸，浑身冒冷汗，神志也开始模糊，险些踉跄着倒下去。

但是，若林博士似乎对我的痛苦浑然无觉，他依然往前探着身子，抚摩着少女的肩膀安抚她。

“好了……好了……冷静点……冷静一点……你很快就会想起来的。这位先生也……你的大哥也忘记了你的模样。但是，他很快就会想起来的，到时候他一定会立刻告诉你的。那样，你们就可以一起出院了……好了……请好好休息，等待那一天的到来，一定不会太远……”

若林博士一边说，一边抬起头，拉住惊慌失措、还在偷偷抹眼泪的我的手，快步走出门外，毫不留恋地关上沉重的房门。他拍了拍手，叫来正在走廊对面侍弄鸡冠花的护理工老婆婆，催促着仍在踌躇的我，回到之前的七号病房。

我竖耳倾听，少女的哭声已经小了很多。在她啜泣的间隙，我能听见护理工老婆婆安慰她的声音。

我站在人造石地板上，长长地吐出一口气，平复了一下心情，抬头看向若林博士，等待着他的解释。

在今天之前，我连做梦都没有想过，一位恐怕世上没有任何人见过的绝世美少女，竟然会被当作可怜的精神病患者，囚禁在与我一墙之隔的房间里。

而且，那位美少女不光是我唯一的表妹和我的未婚妻，还在做着与身为“她一千年前的姐夫”的我同居的极为怪诞的梦。

不仅如此，她从这个梦里醒来，一看见我就大叫着“大哥”，想扑到我的怀里。

因为被我甩开，她趴倒在床上，哭得肝肠寸断……

对于这些不可思议、错综复杂的事情，若林博士会做出什么样的解释呢？我的内心非常期待。

然而，这时的若林博士却不知是怎么想的，仿佛突然间变成了哑巴，紧紧地闭着嘴巴。只是用苍白的眼睛瞥我一眼，便静静地垂下眼帘，左手在衣服口袋里摸索，掏出一块银色的大怀表放在自己的手掌上。随后，他将右手手指轻轻地搭在左手手腕上，看着显示着七点三十分的表盘，测量起自己的脉搏。

若林博士身体欠佳，说不定有每天早上这个时间测量脉搏的习惯。但是即便如此，此时的若林博士的态度完全不受刚才的紧张留下的影响，反而表现出一种在路边与陌生人擦肩而过的冷淡。他的小眼睛幽灵般向下敛着，苍白的嘴唇抿成一条直线，放在左手脉搏上的中指时而用力，时而放松。我觉得他是在试图用这种态度抑制我因为刚刚在隔壁房间看到的种种不可思议的事情而产生的亢奋……在梦境与现实交织的奇妙怪异的世界里，因为双重、三重爱恋而痛苦的少女……身陷难以想象的不伦之恋……无比天真纯洁……同时又难以分辨是处女还是有夫之妇、是正常人还是疯子……这样一位可以用不可能存在来形容的绝世美少女，被介绍是“你的表妹，同时也是你的未婚妻”，并将证据摆到我眼前，但我依然觉得这件事无比荒诞，而他的态度看起来像是在故意回避我的疑问。

所以，我对此感到不满却又不知该如何是好，只能拨弄着帽子低下头去。

就在低下头的那一瞬间，我莫名产生一种被这位博士戏弄的感觉。

虽然不知道若林博士这么做的目的何在，但我怀疑他会不会是利用我脑子有问题，故意编造了一套骇人听闻的说辞，试图让我相信这些毫无根据的事情。他会不会是想要用于某项学术实验？……我刚产生这个念头，它似乎就立刻变成了毋庸置疑的事实，占据了我的整个大脑。

他找到一无所知的我，出人意料地将我打扮成大学生，告诉我有位美丽的少女是我的未婚妻，如此煞费苦心，不禁令我觉得其中有鬼。这套衣服和这顶帽子，会不会是趁我睡着的时候为我量身定做的？那位少女会不会也是被囚禁在这家医院的色情狂之类的，见到任何人都会做出那种奇怪的举动？这家医院或许也并不是九州帝国大学的医院？说不定站在我面前的若林博士也是一个身份不明的小喽啰，他不知从哪里找到了因为某种原因出现智力问题的我，诱骗我陷入某种仿佛真有其事的错觉当中，想要以此达到某种目的。否则，见到自己的未婚妻，又是那么美丽的少女，我不可能什么都想不起来，也不应该没有产生任何怀念、开心之类的感情……

没错，我绝对是受到了欺骗！

随着我意识到这一点，一直牢牢占据我脑海的疑问、迷惑、震惊等转瞬就从我的脑中蒸发殆尽。我的大脑不知不觉间又变回了原来的空洞状态，没有任何责任感，也没有任何担忧……

但是，我却随之产生了一种自己变成孤身一人的心情，有种无依无靠的凄凉感袭上心头。我忍不住轻轻叹息一声，抬起头来。若林博士似乎也正好测量完脉搏，慢腾腾地将左手手掌中的怀表放回原来的口袋里，态度也变回今天早上刚刚见面时的恭谨谦和。

“你感觉怎么样？累不累？”

我又不知所措起来。若林博士这若无其事的态度，令我愈发觉得自己受到了戏弄，但我还是努力装作无所谓地点了点头。

“不，一点儿也不累……”

“啊……那么，我们就继续进行帮你回忆过去经历的实验吧。”

我又无所谓地点了点头，心想：随便你吧……

若林博士见状，也点点头道：“那么，我接下来就带你去九州帝国大学精神病科主楼的教授办公室……也就是我刚刚跟你提到的正木敬之教授临终前一直使用的房间。我相信，只要你看到陈列在那里的你过去的纪念物，一定能够逐一解开那些与你有关的诡异谜团，最终成功恢复过去的全部记忆。你和那位小姐之间的离奇事件，一定也能够真相大白……”

若林博士的这番话中似乎蕴含着钢铁般的确信，同时似乎也隐藏着某种意味深长的暗示。

但是我对此并不关心，只是点了点头……你想带我去哪里都行，反正我只有配合的份儿……我内心既有自暴自弃，也有一些好奇，这次他会拿出什么不可思议的物件呢？

若林博士也貌似很满意地点了点头。

“那么……这边请吧。”

所谓九州帝国大学医学院精神病科主楼，就是那座包括刚刚那间浴室在内的刷蓝色油漆的双层木制洋楼。

我们沿着刚刚来过的花圃旁边的外廊往回走，穿过贯穿主楼中央的长廊，走向另一侧，尽头赫然是一道宛如监狱入口的森严铁门……似乎有看守在什么地方监视着这道铁门，我们刚走到门前，它就轰然向一侧打开，我们走进昏暗空旷的玄关。

大概是时间尚早的缘故吧，玄关门关得严严实实。借着从门上的采光玻璃透进来的昏暗光线，我们走向两侧并排的陡峭楼梯，沿着左侧的楼梯爬到顶，向右一转，便来到一条无比明亮的朝南走廊，走廊右侧有一排房间，门口分别挂着写有“实验室”“图书室”等字样的木牌。走廊尽头则是一扇贴着白纸的茶褐色房门，白纸上用粗体字写着“严禁入内——医学院主任”几个大字。

走在前面的若林博士从内侧口袋里掏出一把挂有大块木牌的钥匙，打开门，转身招呼我进去。他以极为郑重其事的态度脱掉外套，挂在门旁墙边的衣帽架上。于是，我也学他的样子将御寒外套和方帽挂了上去。看到我们的脚印直接留在地板上，我才发现房间里覆盖着一层薄薄的灰尘。

这是一间无比敞亮的房间。北侧、西侧、南侧各有四扇窗户，共计十二扇窗户，虽然北侧和西侧的八扇窗都被墨绿色的松枝遮蔽，但是南侧的四扇窗毫无遮挡，早晨湛蓝的天光随着不远处的海涛声，洪水般倾泻而入，无比炫目。在耀眼的阳光中，身穿晨礼服的若林博士身姿修长，而我一身学生制服拘谨地站在他身边，两个人形成一种奇妙的对照，给人一种来到了远离现实世界的某个地方的错觉。

这时，若林博士抬起修长的右手，指着房内画了一个圈。同时，从高处传来的他那虚弱的声音，在房间的每一个角落形成一种缓慢的余韵。

“这个房间原本是这个精神病研究室的图书室兼标本室，所有的图书和标本都是曾经担任精神病科前前任主任教授的斋藤寿八教授苦心收集而来的精神病科研究资料，或者是值得参考的文献，又或者是这家医院的患者的作品及与他们相关的物品文件等，其中有不少足以傲视世界精神医学术界的物件。不过，这位斋藤教授去世后，今年二月正木教授接任了主任教授。他喜欢这个房间的采光，所以将曾经装满东侧半个房间的图书文献全部迁移到了之前的教授办公室，如你所见，将这里改造成了自己的起居室，甚至安装了如此漂亮的暖炉。得知他没有获得校长的批准，也没有提交正式的申请表时，总部的塚江事务官无比狼狈，专程过来请他尽快提交申请，办理正规手续，言辞极为恳切谦卑。

“但是，正木教授完全不予理会，还如此表示：‘……这有什么好担心的？你告诉校长，我只是稍微换了下标本的位置而已……其实，我倒也不是没有理由。你听我说……这些是我个人的事情，本该藏在心里——虽然我现在很幸运地成了一名大学老师，但是说实话，仔细想来，我其实是一个研究狂兼夸大妄想狂，我自己就能明确地诊断出，我绝对有资格成为精神病学家的研究材料……但是话虽如此，我又不能主动要求住进自己主持的医院，所以才想把我自己的脑髓当成活生生的标本，和这些参考材料一起陈列起来……当然，在内科或者外科或许没有这种必要，但是唯有在精神病科，必须把主任教授的脑髓也视同一种研究材料，予以彻底的研究……很无奈，这就是我这种一流研究者的学术研究态度。我想，建立这间标本室的斋藤教授如果泉下有知，一定也会高举双手赞同的……’

“说完，正木教授哈哈大笑，就连老练的塚江事务官也被他唬住，只能无奈撤退。”

若林博士的叙述极为平淡流畅，但是足以让我震惊不已。关于正木博士这个人，之前我就只听到一些形容词，而从这段简单诙谐的讲述中，我清楚地感受到他头脑的非凡之处，刹那间毛骨悚然。他不光超越了普通人所重视的常识、规则等，还在玩笑当中，通过将自己当成疯子标本来嘲讽整座大学——不，是嘲讽全世界的学者……我完全明白了他头脑的通透、嘲讽的辛辣和他的伟大，因而呆呆地张着嘴巴，久久都无法合拢。

但是，若林博士还是跟以前一样，毫不理会我的震惊，继续说道：

“对了，说起我带你来这个房间的目的，不是别的，就是刚刚在楼下的七号病房我跟你说过的那样，首先要看看陈列在这里的无数标本和参考品中，有没有哪样物品最吸引你的注意。这是发掘人类的潜意识……也就是用普通方式无法想起来的深层记忆的一种方法。而且，已经有无数证据表明，所谓的潜意识总是在本人无意识当中保持活跃的状态，强烈地支配着这个人的行为。所以，被封存在你的潜意识中的你过去的记忆也一样，它们一定会引导着你，走向陈列在这个房间某处的你的过去的纪念物，并且能鲜明地唤起你与其相关的记忆……正木教授是在去巴尔干半岛旅行的途中，被当地特有的通称‘伊斯梅拉’的女萨满传授的这种方法，据说已经多次实验成功……当然，万一你和刚才的那位小姐毫无关系，是陌生人的话，这个实验就绝对不会成功。我之所以这样说，是因为如果是那样的话，也就意味着这个房间里不存在任何一件能够唤起你过去记忆的纪念物……你无须顾忌，对于你在这个房间里看到的任何东西，你都可以向我提问，抱着你自己正在做精神病相关研究的心态……这样的话，总会有某件物品令你产生灵光一闪的感觉，而这就是唤醒你过去记忆的最初线索，随后你的记忆估计会如江河决堤一般，一股脑儿地倾泻进你的脑海中。”

若林博士的这番话还是极为漫不经心，就好像大人在跟小孩讲话，语气轻柔而亲切……但是听着这番话的时候，我的内心深处却不可抑制地产生一股我至今还未感受过的全新的战栗感。

在聆听若林博士说明的过程中，我刚刚感觉到的“这一切会不会都是他在胡说八道？”的怀疑再次从内心深处翻涌上来。

若林博士不愧是权威的法医学家。虽然他认定我就是那名少女的恋人，却绝不采取强硬的手段逼迫我也这么想，而是通过最光明正大、最迂回委婉的科学方法，全方位地围攻我的心理，希望我能够自己认同我就是少女的恋人。他的态度是如此笃定，计划是如此冷静、周密……

如此说来，难道我刚刚的所见所闻真的与我自身有关？那名少女当真是我的表妹，同时也是我的未婚妻？

倘若果真如此，那么无论我是否愿意，都有责任为了她从这个房间里找到我自己过去的纪念物，借此唤醒过去的记忆，将她从疯癫中解救出来。我之所以站在这里，就是为了完成这一使命。

啊啊。必须从“精神病医院标本室”中找出“自己的过去”……必须从“用于精神病研究的参考品”中找出我认为以前绝对没有见过的绝世美少女是自己未婚妻的证据……我这是处于多么奇妙的立场啊！这又是多么令人羞耻、可怕、费解的命运啊！

思忖到此处，我的额头不由自主地直冒冷汗。我从口袋里掏出崭新的手帕擦拭汗珠，再次战战兢兢地环顾室内。过去那个出人意料的我，会不会就隐藏在我的眼前呢？我努力抑制住这个无比可怕的想象，再次怯生生地环视这个房间。

房间西半侧铺着普通的木地板，放置着几排玻璃橱柜，橱柜中摆满像是标本的东西，而东半侧的地面则铺着油毡，上面落了一层薄薄的灰尘，中央横着一张宽四五尺、长约十二尺的大桌子，桌子的中间位置则相对放着两把扶手转椅。铺在桌上的绿色呢绒桌布上面同样落了一层薄薄的灰尘，炫目地反射着从南侧窗户照进来的光线，愈发为这个房间添了几分肃穆的氛围。另外，在光线反射的中央位置，整整齐齐地摆放着几册厚纸板装订的文件和一个蓝色的方形棉布包袱，上面同样蒙着一层灰尘，可见这些东西从很久以前就放在这里，没有被任何人碰过。前面还放着一个红色达摩造型的陶瓷烟灰缸，同样覆盖着一层灰尘，达摩像背对着文件，毛茸茸的双手垫在脑后，张开大口永远地打着哈欠，让我觉得是有人故意把它放在这个位置的。

红色达摩像正东侧的墙壁是清爽的淡黄色，似乎刚刷完油漆没多久，中央装着一个可供一人轻松蹲坐的大暖炉，暖炉上面是一个黑色的方形盖子，正上方挂着一个直径超过两尺的圆形大时钟。听不到秒针走动的声音，时间却指向七点四十二分，估计是电力驱动或者其他什么装置驱动的吧。时钟右侧挂着一幅巨大的金框油画，左侧挂着一张裱着黑框的放大肖像照片和一本日历，肖像照片左侧有一扇疑似通往隔壁房间的门。所有的物品在明媚晨光的照耀下，有的炫目，有的鲜明，营造出大学教授起居室应有的肃穆寂静的氛围。看着这些景象，我不由得肃然起敬。

实际上……此时，我感觉自己被一种崇高的精神打动了。原先所持有的自暴自弃、对少女命运的好奇等诸多情绪都消失得无影无踪……一切都是天命……我的心里充满这样的神圣感，用双手整理好自己的衣领，满怀着被神秘的命运之手指引的修行者的心情，缓缓走进陈列着参考品的橱柜行列中。

我首先走近最明亮的南侧窗户附近的橱柜。面向窗户摆放的玻璃橱柜中，摆满了各种各样的奇妙文件和挂轴，每件物品上都贴着介绍简单的小纸条。据若林博士解释，这些都是住院患者交给主任教授的物品，旨在表达："我的脑子已经治愈到这种程度了，请让我出院吧。"

——用牙龈血画就的古装玩偶挂轴（女大学毕业生制作的）

——征讨火星的建议书（小学教师提交的）

——唐诗选五言绝句《竹里馆》隶书（文盲农夫发病后，他曾经做中医的曾祖父的潜意识在他身上隔代重现，挥毫写下的）

——默写数十页大英百科全书的西洋白纸数十张（高等文官考试落榜大学生提交的）

——写满"喀秋莎可爱和分手痛苦"这两句话的学生笔记本数十册——（自命为大艺术家的过气演员"创作"的）

——用纸做的怀表——（老理发师制作的）

——用竹片在红砖上雕刻的圣母像（信奉天主教的小学校长制作的）

——用鼻屎塑成的观音像，置于玻璃匣内（曹洞宗传道师制作的）

因为接二连三看到的都是让人感到难过和心痛的物品，我还没有将一整列全部看完，就不由自主地想要转头离开。就在这时，我突然发现这个橱柜最边上的玻璃柜门有一个角坏掉了，在与其他陈列品隔着一些距离的位置，放着一件奇怪的物品。那东西很不起眼，最初是因为玻璃柜门坏掉了，我才会注意到它，不过越仔细看就越觉得它奇怪。

那是一摞约五寸厚的装订起来的稿纸，似乎被很多人翻阅过，最上面的几张稿纸已经脏兮兮的，而且破烂不堪。我小心翼翼地将手从玻璃破裂处伸进去，仔细翻了翻，发现稿纸一共有五册，每一册的第一页都用红墨水写上大大的阿拉伯数字和 I、II、III、IV、V 的编号。翻开最上面那册已经碎成一半的第一页仔细一看，内容是用红墨水像写笔记一样横着写成的，里面夹杂着片假名，像是和歌一样的东西。

卷头歌

胎儿呀，

胎儿呀，

何故惊动？

是不是知晓了母亲的心，

害怕了呢？

下一页是用黑墨水以哥特字体写成的标题“Dogura Magura”，但是没有作者署名。

第一行字是以“嗡——嗡嗡——嗡嗡嗡……”的片假名开始，最后一行依然是以“嗡——嗡嗡——嗡嗡嗡……”的片假名结束，感觉并不像一本连贯的小说，更像一本用来捉弄人的疯言疯语的草稿。

“这是什么，教授？这所谓的 Dogura Magura 是……”

若林博士以前所未有的轻松态度在我身后点头。

“是的，那也是一部表现精神病患者心理状态的不可思议之处的作品，非常珍稀、有趣。是本科室主任正木教授去世不久，在附属病房住院的一名年轻大学生患者一气呵成并交给我的作品……”

“年轻大学生写的……”

“是的。”

“哦……也是为了证明自己头脑清醒，希望你们让他出院而写的吗？”

“不，因为不清楚这一点，所以实在难以判断。里面的内容，简单来说，或许可以说是以正木博士和我为原型而创作的超出常识的科学故事吧。”

“超出常识的科学故事……以教授您和正木博士为原型……”

“是的……”

“不是论文吗……”

“这个嘛……这一点同样很难下判断……尽管精神病患者的文章大多看起来逻辑通顺，但是这部作品依然非常特别。简单来说，它看起来像是一篇连贯的学术论文，但是读后却会让人感觉它是一部在形式与内容方面史无前例的侦探小说。另一方面，也可以认为它是一篇单纯写来嘲弄我和正木博士头脑的毫无意义的随笔文，实在是一篇怪异至极的文章。而且，其中所写的内容也非常怪异，科学趣味、猎奇趣味、色情表现、侦探趣味、荒诞色彩、神秘气息等充斥着整部作品的每一个角落，令人觉得亦幻亦真。静下心来阅读这部作品，感觉通篇都洋溢着一股令人毛骨悚然的邪气，若非精神异常者，根本写不出这样的作品……当然，它跟征讨火星的建议书等具有截然不同的性质，我们认为它在精神科学方面具有很高的研究价值，所以申请将它保存在这里，它可能是这个房间里……不，是全世界精神病学术界最珍贵的参考品……”

若林博士似乎是想让我阅读这些文稿，开始滔滔不绝地向我说明，这种热情洋溢的态度有些异样，我不由得眨了眨眼。

“哦。这么年轻的疯子，是怎么琢磨出如此复杂、如此晦涩的情节的呢？”

“那是有原因的。这位年轻的学生非常优秀，从小学一年级到高等学校毕业，再到进入本大学就读，一直都是第一名。同时，他还非常喜欢侦探小说，相信侦探小说未来会更偏重心理学、精神分析和精神科学方面，结果他自己的精神却出现了异常，上演了一幕被自己的幻觉与错觉囚禁的惊人惨剧。被收治进这间精神病科的病房后不久，他便试图以自己为原型创作一个令人感到战栗的故事……而且，我刚刚也说过，尽管这部小说的构思极为复杂精巧，但是大致的情节却简单得惊人，只是详细地描写了这位青年被我和正木博士幽禁在这间病房里，接受无法想象的恐怖精神科学实验的痛苦。”

“啊。教授，您对他做过那些实验吗？”

若林博士的眼睛下方再次浮现出讥讽又寂寞的笑纹，在窗户的逆光中苍白地颤动着。

“绝无此事。”

“这么说全都是他杜撰的啰？”

“但是，他对那些事实的描述，又完全不会让人觉得那是杜撰的。”

“呵，这就怪了！怎么会有这种事呢？”

“这……实际上这一点我也不知该如何判断……只要你看看这部作品，应该就会明白了……”

“不，看不看都无所谓，内容有趣吗？”

“这……这一点我也不知该怎么说。至少对于专家而言，是只用‘有趣’并不足以形容并可以引起浓厚兴趣的内容。就算不是专家，只是对精神病或脑髓这类东西有些科学或神秘学方面兴趣的人，也应该觉得它很有吸引力。在本大学的诸位专家当中，看过这部作品的人至少都重新读了两三遍，而且都表示在好不容易理解了整个架构时，才发现自己的脑髓也险些发狂了。更有甚者，有一位在阅读完这部小说之后，开始对精神病的研究产生反感，申请调职到我主持的法医学系。还有一位专家在阅读完这篇小说后，无法继续相信自己脑髓的作用，宣布要去自杀，最终真的卧轨而死。”

“啊，这未免太骇人听闻了！正常人居然输给一个疯子！里面的内容一定相当疯狂吧？”

“并没有，里面的内容刻画极为冷静，而且条理分明，远超一般的论文和小说，而且那精神异常者所特有的对于所见所闻的强大记忆力，连我都由衷地感到钦佩，远非你刚刚看到的‘大英百科全书默写笔记’所能比拟……还有一点，就像我刚刚说过的那样，这部作品的奇妙构想也超越了一般人所谓的推理或想象，在阅读的过程中，阅读者的大脑也会不由得被卷入某种异样的幻觉和错觉的观念当中。我想可能就是出于这种原因，他才会为这部作品取了一个这样的标题吧……”

“您的意思是……这个 Dogura Magura 的标题是他本人取的？”

“没错……实在是个奇妙的标题……”

“Dogura Magura 这个词真正的含义是什么？是日语吗？还是外来语？”

“关于这一点……我也相当困惑。总而言之，只能认为这部作品从书名到内容，都是为了让人迷惑而构想出来的……我这样说是有理由的。读完这部小说，我被它不可思议的内容深深地迷惑了，心想：解决这个不可思议的谜语的关键，说不定就隐藏在这个标题中。换言之，我觉得这个所谓的 Dogura Magura 是一个隐语……但是，写下这部小说的青年患者发挥精神病患者特有的精力，仅仅在一周内就不眠不休地写完了它，随即便筋疲力尽地陷入了不分昼夜的昏睡状态，所以短时间内无法向他询问这个标题的意思……在字典或者其他文献当中也完全找不到这个不可思议的词汇，词源当然也不清楚，所以我一时之间无计可施，但是没过多久我就又意外地发现了一件有意思的事。在九州这个地方，存在一些诸如‘geren（笨蛋）’‘paraiso（天堂）’‘banco（银行）’‘Zondag（星期天）’‘tarenparen（一派胡言）’等旧欧洲语系的土语，而这些土语大多数以方言的形式保留了下来，说不定 Dogura Magura 也是其中的一种。于是我托专门研究这类方言的专家，经过多方面的调查，终于搞清楚了它的意思……据说 Dogura Magura 这个词是明治维新前后长崎地区的方言，意思是天主教徒使用的魔法，目前只用于指代戏法、诡计，几乎等同于废词了。词源、语系等尚未确定，强行翻译过来，可以译作‘幻术’，或者借用谐音为‘Dogura Magura’的汉字译作‘堂回目眩’‘户惑面食’[1]等，总之这个词肯定是涵盖了上述所有的含义……也就是说，这部小说从头至尾都充斥着脑髓地狱或者说心理迷宫式的诡计，极度怪诞，极度色情，其内容完全是侦探小说式的，同时又从头至尾毫无意义，因此才会取一个这样的名字吧。”

“脑髓地狱……Dogura Magura……我还是不太理解……具体来说是什么意思呢？”

“我跟你讲讲这部小说中记载的内容，你大概就能想象到了……简单来说，这部*Dogura Magura*中所记载的问题，无一不是常识所无法否定、简明易懂且令人兴趣浓厚的事情，同时也都是以深奥的真理为基础的堪称超越常识的常识、超越科学的科学的事实。例如：

“——痛切地吟诵出‘精神病医院是这个世界的活地狱’的《阿呆陀罗经》[2]的经文。

“——证实‘世界上所有的人都是精神病患者’的精神科学家的谈话笔记。

“——以胎儿为主人公，论证物种进化噩梦的学术论文。

“——揭穿‘脑髓只不过相当于电话局’的精神病患者的演讲记录。

“——半开玩笑地写下的遗书。

“——唐代名画家所绘死亡美人的腐烂画像。

“——一名爱慕神似这位腐烂美人的现代美少女的美青年，在无

① 原文为“堂廻目眩”“戸惑面喰”，系作者自造词汇，字面上均有“令人困惑、令人糊涂”之意。

② 《阿呆陀罗经》：江户时代的俚谣，借用阿弥陀经的节奏和曲调讽刺时事。

意识当中犯下的残虐、背德、令人不忍目睹的伤害、杀人事件的调查报告。

“这些内容和各种令人费解的事情掺杂在一起，如同万花筒一般旋转出现，乍一看似乎与故事的主要情节毫无关联，但是读完之后就会发现，每一句都是极为重要的主要情节的描述……不仅如此，这种魔幻感从深夜的时钟声开始，逐渐往下推进，又不知不觉地回归到最初听到的深夜的时钟声……这恰似身临其境地从这一端到另一端参观地狱，阅读者也按照相同的顺序感受相同的恐惧和恶心，无休无止地循环往复，完全无法找到逃离的机会……而这一切只不过是一名精神病患者在某个深夜听到时钟声的一瞬间所做的梦，这一瞬间的梦给人的感觉像是有二十多个小时之久。从学术理论来说，最初与最终的两个时钟声，应该是同一个时钟发出的同一个声音……这件事可以由 *Dogura Magura* 整部作品所证实的精神科学真理予以证明……这部 *Dogura Magura* 的内容就是如此玄妙，如此不可思议……事实胜于雄辩……只要你自己读一下，立刻就会明白了……”

若林博士说着上前一步，作势要拿起最上面的一册。

我慌忙阻止他：“不，不必了。”

说着，我用力左右摇摆双手。仅仅是听了若林博士的说明，我就觉得自己的大脑要染上“Dogura Magura”了……同时，我也觉得反正是疯子写的东西，一定没有任何意义。顶多是把“百科全书默写笔记”“喀秋莎可爱”和“征讨火星”等杂糅在一起的东西罢了……现在的我只面对自己的 Dogura Magura 就已经够呛了，要是再背负上其他人的 Dogura Magura，精神状态变得更差就糟糕了……这样的事情到此为止，我要彻底忘记。

如此想着，我双手插进口袋里，用力摇头，走到橱柜尽头的窗边，浏览起贴在那里的照片、一览表之类的东西，并要求若林博士继续说明。那些东西都是一些珍贵的研究资料，诸如：

——精神病患者发病前后的表情对比照片

——精神病患者发病前后食物与排泄物的分析对比表

还有一些令人心情沉重的资料，诸如：

——基于幻觉、错觉的绘画

——歇斯底里的妇人痉挛发作时出现的各种怪异姿态的照片

——各种精神病患的装扮、化装等分类照片

从三面墙壁到橱柜的侧面乱糟糟地贴满了这些东西，我仿佛在看一场特殊的怪诞展览会。更前面的多层玻璃橱柜中陈列的物品更加骇人，诸如：

——超大脑髓、超小脑髓以及普通脑髓的对比（超大脑髓容量为普通脑髓的两倍、超小脑髓的三倍，都浸泡在福尔马林溶液中）

——浸泡在福尔马林溶液中的色情狂、杀人狂、中风患者、侏儒等各种精神异常者的脑髓（每个脑髓都有明显的肥大、萎缩、出血或者梅毒感染的地方）

——因精神病而灭亡的家族的传家宝——应举[①]所绘幽灵画像

——只要磨利家中主人就会发狂的“村正[②]”短刀

① 应举：圆山应举（1733—1795），日本江户时代中后期画家，近现代的京都绘画流派“圆山派”的始祖，被认为是日本最早画无腿幽灵的人。

② 村正：日本著名的日本刀之一。原是室町时代到江户时代居住在伊势桑名的一群著名锻刀工匠之名，由村正家族所铸的刀均可称为“村正”。由于其用于实战，太过锐利，到了江户时代开始有“妖刀”的称号。

——精神病患者坚信是人鱼骨头，沿街叫卖的鲸鱼骨头数根

——精神病患者为了毒死全家人而熬煮的金银眼瞳的黑猫头部

——精神病患者自己切掉的五根手指及其所使用的铡刀

——后脑勺着地跳床自杀的患者龟裂的头盖骨

——用枕头和毛毯制成并当成老婆爱抚的人偶

——宣称要变魔术而吞下的黄铜烟斗

——徒手撕裂的钢板

——女精神病患者掰弯的牢房铁栅栏

这些物品与同样是疯子制作的精美的编织品、人造花、刺绣等挤挤挨挨地摆放在一起。

我一边战战兢兢地揣测着这些物品中哪一样与我有关，一边听着若林博士的解说。又担心如果这些骇人的物品中真的有一件与我有关，我该如何是好。但不知是幸运还是不幸，我没感到任何一样物品与自己有关系，只是这些物品中所包含的精神病患者特有的赤裸意志和感情不断压迫着我的神经，令我感到难以形容的沉重和难过。

我拼命压抑着这种情绪，在一种责任感的驱使下，边走边查看橱柜中的物品。好不容易看完了一遍，回到之前的大桌子旁边，我不禁放心地叹了一口气，用手帕拭去额上渗出的汗珠，迅速转了半圈，背对西侧。

同时，房间中的物品也全部从右到左转了半圈，挂在右手边入口附近的油画也滑到我的正对面，在中央的大桌子的另一端停住，仿佛是命运牵引着我与这幅油画面对面一般……

我挺直前倾的身体，再次深呼吸，出神地盯着那幅混杂着黄色、

褐色与淡绿色的陈旧油画。

那幅画上似乎是西洋的火刑场景。

三根并排摆放的粗大圆木柱子的中央，高高地绑着一位须发苍白、神态庄严的老人，他的右边是一个瘦骨嶙峋、面容苍白的年轻男子，左边是一个戴着花环、头发凌乱的女子，他们皆被赤身裸体地绑着，脚下堆积着木柴，在熊熊燃烧的火焰与浓烟中疯狂挣扎。

画中的右侧是一对坐在金轿上、似乎是贵族的夫妇，在衣着华丽、似乎是他们的家眷和臣子的环绕中，正饶有兴致、姿态悠然地欣赏这残酷的景象。画中的左侧有一名幼童正朝火焰与浓烟中的母亲伸出双手，号啕大哭，但是被似乎是父亲的壮汉和似乎是祖父的老翁紧紧地抱住。他们用大手捂住幼童的嘴，神色畏惧地回头望着那些贵族。每个人的表情都栩栩如生。

在画框中央的广场的正中间，伫立着一个头戴红色三角头巾、身披黑色长外套、鼻梁高耸、手拄丁字形拐杖的老太婆，她露出一口稀疏的牙齿狞笑着，带着邀功请赏的表情指着那三个被绑在火刑柱上的人，似乎是在请那些贵族欣赏他们的痛苦……那样的场面，让人看着看着不禁产生一股战栗之感。

“这是什么画？”

我指着画框回头问若林博士。若林博士依然跟刚刚一样，双手插在裤兜里，态度冷淡地回答：“那是表现欧洲中世纪迷信活动的画，从画中的习俗来判断，地点应该是在法国。上面画的是把精神病患者当成被魔鬼附身者烧死的情景。中间那个红头巾、黑外套的老太婆就是当时身兼医生、祷告师以及巫师的女巫。听说是正木博士从柳河的古董店买回来的，当作昔日人们残酷对待疯子的参考资料。最近有两三个专家鉴定作画者是伦勃朗[①]，倘若果真如此，那这幅画就是不可多得的珍贵艺术品……”

“啊……烧死精神病患者是当时的治疗方法吗？”

“是的。因为精神病这种无法捉摸的病症无药可医，‘烧死’可谓一种彻底的治疗方法吧！”

我有些哭笑不得。

低头望着我的若林博士苍白的眼睛里蕴含着一丝冷酷，仿佛只要是为了学术他也会毫不犹豫地将我抓起来烧成黑炭……我用手掌抚摩着脸颊，钦佩地说道：“生在当今时代的疯子可真幸福啊！”

若林博士的左脸颊上再度浮现出一抹微笑，但是那抹微笑转瞬即逝。

“不……也不见得。说不定以前那些被一下子烧死的精神病患者更幸福呢！”

我后悔自己多嘴，耸了耸肩，避开若林博士令人毛骨悚然的视线，用手帕擦了擦脸，就在此时，我猝不及防地看到了左前方墙上挂着的一幅大型黑木框照片。

照片上是一位秃顶、蓄着长长的花白胡须、面相富态的老绅士，他看起来六十岁左右，身穿饰有家族徽纹的和服，满面笑容，似乎是个温和敦厚的人。刚看到这幅照片时，我还想他大概就是正木教授，特意走到照片正前方端详，但是感觉有些不对，就又回头问若林博士：

---

① 伦勃朗：伦勃朗·哈尔曼松·凡·莱因（1606—1669），荷兰画家，擅长风俗画、宗教画等。

“这幅照片上的人物是哪位？”

我问出这句话后，若林博士的神色明显变得更柔和了。尽管不知道是什么原因，但他的脸上闪耀着此前不曾有过的满足的光辉，缓缓点头回答：“你是问那幅照片吗？是的……那是斋藤寿八教授。我刚刚对你提到过他，他是在正木教授之前主持这个精神病科的人，也是我们的恩师。”

说完这句话，若林博士发出一声轻柔、伤感的叹息，但是没过多久，他那张马脸上就浮现出深切、感动的神色，不紧不慢地朝我走过来。

“你终于注意到了啊！”

“咦？”

我愕然地抬头看着若林博士的脸，不明白他这句话是什么意思……但若林博士丝毫不以为意，依旧不紧不慢地走到我近前，上半身微微前倾，轮番看看我和照片，用更加认真、郑重的语气接着说道：“我是说，你终于注意到这幅照片了！我这么说，是因为这幅照片肯定与你过去的人生有着最为紧密的关联……”

听到这句话，我才突然意识到，我已经在不知不觉间忘记了我最初进入这个房间的目的。与此同时，我感到心底有一抹轻微但又深邃的心悸。

但，考虑到自己的大脑依然没有恢复任何记忆，我不禁既放心又失望地耸了耸肩，微微低着头，继续聆听若林博士的说明。

“我认为潜藏在你脑海深处的过去的记忆，刚刚已经开始微不可察地苏醒了。从你看到那部 *Dogura Magura* 的原稿到那幅焚烧疯子的画作的过程中，你自己的潜意识开始苏醒。如今，它指引着你来到这幅照片的面前。我之所以这么说，是因为将那幅焚烧疯子的名画和斋藤教授的肖像挂在这里的不是别人，正是你精神意识的实验者正木教授。

“那幅焚烧疯子的画作中所描绘的惨无人道地对待精神病患者的做法，直到二十世纪的今天依然随处可见，这可谓一个公开的秘密，正木教授对此极为愤慨，决心终生投身于精神病研究，并在斋藤教授的指导和支持下，终于实现了这个目标……”

“焚烧疯子……至今依然有虐杀疯子的事吗？”

我喃喃自语般问道，再次陷入恐惧的深渊……若林博士却毫不在意我的情绪，点点头道：“有啊。而且还是跟过去一样，完全不曾改变。不，比焚烧更残忍的虐待在世界各地的精神病院堂而皇之地进行着，就在此时此刻……”

“这……这也太过分了……”

我刚惊呼出声，就把话咽了下去。因为他的话实在过于耸人听闻了……但若林博士却无动于衷，和我并肩站着，一边比较着焚烧疯子的油画和斋藤博士的照片，一边冷漠地对我说：“并不夸张。我只是在陈述一个严肃的事实。我想你慢慢就会明白了，正木教授为了拯救那些遭受虐待的可怜的疯子，可谓煞费苦心，终于创立了史无前例的精神科学新学说。这个令人惊异的新学说的原理，就像我先前跟你说过的那样，是非常简明易懂，连妇孺都能理解的有趣又浅显的学说……所以他才开始进行能够证明这一学术原理的‘疯子解放’实验……而且，因为你提供了自己的身体，这项实验大获成功……如今仅剩最后一个步骤，那就是等你恢复过去的记忆，在实验报告文件中写上你的名字。”

我再度瞠目结舌，抬头看着站在我身边的若林博士的侧脸。我感觉自己受控于一种无法言喻的庄严、恐怖的命运，在它的牵引下来到这个房间，与制造了这一命运的两个画框面对面，我无法动弹……然而若林博士依然毫不在意我的情绪，继续口若悬河地说道：

“所以，说到斋藤教授和正木教授与焚烧疯子之间的因果关系，一定会逐步触及你过去的经历。换句话说，你不知道正木教授为了在治疗所对你进行精神科学实验，做了何等周到的准备才来到九州帝国大学，为了这项实验的准备与研究，又付出了何等可怕的心血和努力……”

“什么？为了在我身上进行实验，他做了那么可怕的准备……”

“不错。正木教授为了准备这项实验，花费了二十多年的漫长岁月。”

“二十年……”

我刚要惊呼，声音就化为一种类似呻吟的动静，咽回喉咙深处，我感觉正木教授二十年间的苦心正牢牢勒紧我的脖子……

这次，若林博士似乎注意到了我的情绪，缓缓点了点头：“是的。正木教授在你尚未出生的时候，就已经在为你准备这项实验了。”

“为了尚未出生的我……”

“不错。我这样说，你或许会觉得我是在故弄玄虚，但是并非如此。正木教授的确在你出生前很久，就预测到了你今天会遇到的事情。我相信，一旦你恢复过去的记忆……不……哪怕你无法想起也没关系，只要能够通过我接下来提供的事实，推测出你自己的名字即可。在此基础上，再对照前后的事实，你一定就会相信我的话中绝无夸张成分……而且……我相信，这可能是让你真正回忆起你自己名字的最好也是最后的方法……”

若林博士回到大桌子前，指了指暖炉对面的小转椅，转身望着我。我服从他的命令，像是要做手术的患者一样，战战兢兢地走到那把椅子前，慢吞吞地坐了下来。然而我完全没有坐着的感觉，过度的恐惧与不可思议令我无法呼吸，只能按住胸口，不停地吞咽口水。

在此期间，若林博士绕过大桌子，坐至我对面的大转椅上。如同先前在七号病房那样，他将身体蜷缩起来塞进椅子里，但是由于这一次他脱掉了外套，只穿着晨礼服，所以能够清楚地看到他长长的脖子和瘦长的身躯慢慢地缩进明显弯曲的双手与双脚之间，只有脸仍然是原来的大小，占据着正中间的位置，因此他整体感觉有些像妖怪。仿佛一只长着巨大的苍白人脸的大蜘蛛，穿着晨礼服，刚刚从其身后的大暖炉中爬出来，准备将我吞入腹中。

见此情景，我不由自主地在转椅上正襟危坐。大蜘蛛若林博士缓缓伸出长手，拿起放在大桌子正中央的装订文件，轻轻地在膝盖下掸去灰尘，咳了一两声。

“实在惭愧，要说起正木教授赌上一生完成的那项实验的过程，就不得不先提一下本人的情况……理由是这样的：我和正木教授都是千叶县人，而这所大学的前身京都帝国大学、福冈医科大学，是明治三十六年（1903 年）由福冈的县立医院改建而成的，我们是当时的第一届学生，于明治四十年（1907 年）同时毕业，可谓同窗，而且我们都独身至今，准备把一生奉献给学术研究。在上述方面我们无比相似，但是正木教授拥有卓越的头脑和雄厚的资产，这两点我就望尘莫及了。

就学术研究方面而言，当时我们因为无法像现在这样自由地获得国外书刊，所以必须大费周章地来学校图书馆借书，不分昼夜地抄录。唯独正木教授可以悠闲地从国外自费购入书刊，但是他看过一遍后就会毫不吝啬地借给别人。他还经常临时起意，去搜寻古生物化石，或者去调查与医学毫无关系的神社佛阁的起源……但是正木教授收集化石、调查神社佛阁的起源从最初起就绝非毫无意义，那些都是与‘疯子解放治疗’实验有重大关系的计划性工作……直到二十年后的今天，我才总算明白这一点，所以愈发惊骇于正木教授伟大的智慧与深远的眼光。正因如此，正木教授从那时起就是一个特立独行的人物，在学生和教授中备受瞩目。而第一位认可正木教授伟大智慧的人，就是挂在这里的这幅照片上的斋藤寿八教授。

“这件事的原委是这样的：这位斋藤寿八教授自这所大学创立之初就在此任职，目前这个房间里的大部分标本都是他独立收集而来的。斋藤教授是一位博学之士，而且尤为善于雄辩。说句题外话，有关斋藤教授，还有这样一件轶事：本大学在大礼堂举行建校三周年的庆典时，正木教授作为学生代表，发表了如下演讲：

“‘最近，报刊大幅披露本大学的学生和诸位教师经常出入花街柳巷，或者沉溺于赌博，我认为这完全不成问题。学生和学者最大的罪恶并非沉溺酒色，也并非斗牌赌博，而是一旦成为学士或博士，就彻底将学术研究抛诸脑后。这才是日本学术界最大的弊病。’

“此言一出，满堂的学生与教授脸色剧变，唯有斋藤教授站起来热烈鼓掌，大声喝彩。我至今依然清晰地记得当时的情景。仅此一事，也足以窥知他的大概个性。

“但是当初斋藤教授在本大学任职时，九州帝国大学还没有精神病科这个科室，他是校内唯一一名精神病专家，却只有副教授的头衔，仅仅负责几门课程。教授对此非常愤懑，经常抓住他最欣赏的正木教授和当时接受他指导的我，大骂现代的唯物科学万能主义，忧虑国家的未来。在那种时候，我常常不知道该如何作答，正木教授却总是会以异想天开的方式反驳，让斋藤教授哑口无言……令我记忆无比深刻的是这样一段话：

“‘……瞧，教授又开始千篇一律地牢骚了。您又不是拿廉价月薪购买的录音机，也是时候换一套说辞了吧？如今的人都崇拜西洋，都中了唯物科学的毒，只是给他们注射您的牢骚，根本无法治愈……所以，您无须如此焦躁，不妨再等二十年左右。在这二十年间，日本说不定会出现一位了不起的精神病患者……他会详细地记录下自己的发病原因以及精神异常治愈的经过，并且将其公之于世，震惊全世界的学者。同时也会把迄今为止人类建立的宗教、道德、艺术、法律、科学等，乃至自然主义、虚无主义、无政府主义以及其他一切唯物性质的文化思想彻底碾碎，将人类的灵魂赤裸裸地彻底解放出来，让这个世界产生无比痛快的精神文化……当这位疯子先生的行动彻底成功之际，精神科学就会如教授您期待的那样，成为世界上最高等的学问，而像本大学一样不重视精神病科的学校，也会变得毫无价值……所以，请您务必长寿，期待这一天的到来，反正学者又没有退休年限。’

“我记得他说的大体便是这些内容，就连斋藤教授听后都目瞪口呆，跟着一起聆听的我也非常震惊。首先，我甚至不知道正木教授讲这些带有预言性质的话时是不是认真的……正木教授当时就已经在计划亲自创造出那样的精神病患者，并以此震惊学术界了。在那个时代，谁能够想象到这种事呢？……那段时日，正木教授经常会说出一些脱离常识的论调，让人大跌眼镜，所以斋藤教授和我对那番话都没有特别怀疑，也没有深入追问。

“但是没多久，斋藤教授的这种不满就和正木教授的天才头脑相结合，在当时的大学内部掀起了非同寻常的波澜。当时恰好是我们即将从这所大学毕业的时候，正木教授发表了一篇以《胎儿之梦》为题的奇怪研究作为毕业论文，而这便是那场波澜的开端。”

“胎儿……胎儿会做梦吗？”

我不由得惊叫出声。因为“胎儿之梦”这个词在我耳中形成无比异样的回响……但是，若林博士仍然无动于衷，将手中的文件一页一页地仔细展开，苍白的眼珠盯着那些纸张，对我的震惊表示理解似的点点头：“是的……这篇名为《胎儿之梦》的论文内容，你应该马上就能看到了，但是哪怕只看这个标题，你也能明白这不是一篇普通的论文。时至今日，就连普通人做的普通的梦我们也没能解开其中的奥秘，更何况是距今二十年的过去，在你即将出生或是尚未出生的时候，正木教授就选择了这个标题作为学术研究论文的标题……不仅如此，因为正木教授的头脑早已是公认的不同凡响，所以这个标题很快就在校内造成轰动，人人都拭目以待，想看看他写的究竟是什么内容。

“后来，这篇论文依照当时的规定，进入了接受学校全体教授审查的阶段，因其文体完全打破了传统，令教授们瞠目结舌……正木教授非凡的语言天赋在学生当中早已出名，他精通英、德、法三国语言，哪怕是对于非本专业人士而言无比晦涩的文学书籍，他都能轻松阅读……所以，大家都期待他以当时被誉为学术用语的德语完成毕业论文。然而出人意料的是，他所使用的居然是当时尚未普及的文白杂陈体，而且还混杂着俚语和方言。另外，论文的主旨也极度脱离常识，看上去就和它的标题一样，仿佛是在愚弄别人。哪怕是当时接受新知识熏陶的新大学的教授们也都愕然失色。甚至在学生当中盛传，以吹毛求疵著称的某教授过于激愤，慷慨陈词：'……让我们阅读如此不严肃的论文，从校长来说就是有问题的！正木这家伙自以为聪明，才会随随便便地交上一篇这种东西。敢如此侮辱本大学神圣的首届毕业论文审查的人，也就只有正木这个乳臭未干的家伙了！为了杀一儆百，这样的学生就该开除学籍！'当然，我觉得这个传闻应该就是事实……

"基于上述原因，校内所有人的目光都紧张地集中在审查毕业论文的教授会议上。会议当天，诸位教授的意见基本达成一致，虽然没有坚持开除，却一致同意这篇毕业论文不予通过。就在这时，当时年纪最轻、位列末席的斋藤教授突然站了起来，发表了至今仍广为流传的反对意见。

"'……请诸位稍等。我陪坐末席，这般发言有些僭越，可为了学术，不得不开口表态。我对这篇论文的意见和诸位恰好相反，理由如下：

"'首先，诸位教授批判这篇论文的文体不合规范……但是，这个问题根本没必要讨论，我也不须为它辩护。我想只要一句话就够了，也就是说，学术论文的性质与递交给政府机构表示'请让我毕业'或者'请让我成为博士'的申请书截然不同，并不存在规定的格式和体裁。

“‘其次，这篇论文的内容，也绝对没有诸位所攻击的那般不严肃。诸位之所以无法认可这篇论文的价值，是因为现代的医学研究者过分拘泥于唯物主义的肉体研究，而缺乏科学地观察人类精神的学问——精神科学的知识。诸位并不知道，为了发现这篇论文中所发表的根本性的精神、生命或者遗传的研究方法，全世界的精神科学家是何等焦虑、何等煞费苦心。因此，诸位才无法理解这篇论文真正的价值。我可以赌上自己专家的名誉，发表这样的观点。

“‘简言之，这篇论文讲述的是人类在母亲子宫内的十个月间所做的一个超乎想象的梦。这个梦由胎儿自己出演，宛如一部持续数亿年乃至数十亿年的连续电影，可以将其命名为《万物进化实录》。它分毫不差地描绘出已经变成化石的极端奇异的史前动植物，逼真地再现了令这些动植物悲惨灭绝的天灾地变那难以描摹的壮观景象。随后，这篇论文还描写了从在这场天灾地变中诞生的原始人类，即胎儿的远祖，到其现在的父母之间的每一代人为了在残酷的竞争中生存下来累积了多少罪孽。他们如何掩人耳目，不断重复这些惨无人道的行径。这些因果循环的心理状态又是如何遗传给胎儿，化为胎儿的主观意识的，在这篇论文中也有详尽而清晰的描述。对人类的肉体及精神进行解剖性的观察，可以直接或间接地推断出这是一个极为惊悚恐怖的噩梦。这就是这篇论文的主要观点。但是，因为这既不是由胎儿自身记录的事实，也不是成年人所留下的记录，说到底只不过是一种推测，所以很难认为其具备学术价值，作为一篇毕业论文，其得分也应该是零分……对此，诸位教授的意见似乎是一致的。

“‘这听起来似乎是废话……但是，不好意思，在此我想请教诸位一个问题。诸位在中学时代肯定都读过一遍《世界历史》吧，请问当时诸位有何想法？……所谓的世界历史是人类过去生活的记录，就个人而言，便是这个人自身过去经历的记忆……对于这一点，我相信诸位都非常清楚，特意在诸位面前强调这点，显得我非常无礼。除非是没有过去的人，否则谁都无法否定这一点。

“‘但倘若如此，没有留下历史记录的所谓的史前人类，在宗教、艺术、社会组织方面又曾描绘过什么样的梦呢？他们做着什么样的梦，才逐步进化到可以记录自身历史的阶段呢？对照目前遗留在世界上的各种遗迹推测上述问题的答案的学问，诸如文化人类学、史前考古学、原始考古学之类的学问，我们能说它们不具备学术价值吗？能说它们不是科学研究吗？……更何况是人类出现以前的地球生活的地质变迁、古生物的兴衰灭亡等，又是被谁看见并记录下来的呢？是地质学家或考古生物学家根据目前遗留在地球表面的各种遗迹推测出来的吧？难道我们能说他们都是仅凭想象在讲童话吗？能说他们不是科学家吗？

“‘也就是说，《胎儿之梦》这篇论文根据残留在我们成年人的肉体及精神的每一个角落的无数遗迹，推断尚未在我们的头脑中留下记录的我们在妊娠阶段所做的梦的内容，是崭新的学问的萌芽，也是最激进、彻底、史无前例的新研究……不仅如此，这篇论文中所包含的对人类精神构造进行的解剖式说明，实在是一个破天荒的尝试，明显囊括了全世界的精神科学家都认为绝不可能但又翘首企盼、无限渴望的精神解剖学、精神生理学、精神病理学、精神遗传学等内容。所以，如果这篇名为《胎儿之梦》的研究能够进一步发展，分化至这些方面的话，我认为有可能给未来的人类文化带来重大革命。至少它与以往被精神科学视为问题的幽灵现象、催眠术、透视术、读心术等截然不同，是抱着纯粹的科学研究态度，在为未来的精神科学开辟康庄大道。这一次，我要从专业的角度，强烈支持这篇论文。

“‘我确信，尽管这篇《胎儿之梦》只是一名学生的毕业论文，实际上却远比如今那些比比皆是的博士论文具有更高级、更深远的科学价值，当然应当将其推举为本大学首届毕业论文的第一名，将其视为本学院的荣耀。批评这篇论文毫无价值的学者都是不懂新学问如何诞生、伟大的真理在发表最初如何被视为幻想的产物的历史事实的人。’

“这些就是斋藤教授后来告诉我的大致内容。

“不过，斋藤教授的上述主张当然招致了其他几位教授的反感，使他立刻成为在座其他教授攻击的焦点。但是，斋藤教授寸步不让，以渊博高深的论点与对手唇枪舌剑，一一粉碎对手的观点。下午三点开始的会议，直到天黑都无法结束。毕竟这是关系到新兴医学院的最高使命与名誉的殊死之争，也难怪会拼杀得血肉模糊。最后迫于无奈，其他论文的审查只能全部顺延至第二天，所有人继续挑灯夜战，直到夜里九点，其他教授才彻底哑口无言。后来被誉为著名校长的盛山院长一锤定音，宣布承认这篇《胎儿之梦》为学术研究论文，当天的会议终于宣告结束。接下来又用了两天时间，十六篇论文才终于全部审查完毕，正木教授的《胎儿之梦》如斋藤教授坚持的那样，被推选为所有毕业论文的第一名。

“但是到了万众期待的医学院毕业典礼的当天，本应上台领取天皇御赐银怀表的正木医学学士却行踪不明，再一次令众人震惊不已。”

“呵，毕业典礼当天行踪不明……为什么？”

我不由得脱口问道，若林博士却不知为何突然闭上嘴巴，仿佛接下来要说的这番话事关重大一般，凝视着我的脸。不久后，他比之前更加谦恭地开口：“关于正木教授在如此荣耀的时刻行踪不明，我想至今依然没有人能想到真正的原因。当然，我也对真相一无所知。但是正木教授的失踪事件与我刚刚提到的《胎儿之梦》的论文之间势必存在某种因果关系……换言之，我怀疑正木教授受到他自己所写的毕业论文《胎儿之梦》的主人公的威胁，因此才躲藏起来了。”

“胎儿之梦的主人公……受到胎儿的威胁……我不是很理解……”

“不，我觉得你目前不了解那么清楚比较好。”

若林博士像是要安抚我似的，从椅子中抬起右手，左眼下方的肌肉再度颤动着浮现出诡异的微笑，口吻镇定地继续说道：“你目前不要了解比较好。我这么说大概有些失礼，但是等到你彻底恢复过去记忆的那一天，你就会清楚地意识到《胎儿之梦》的主人公是谁。我此时特意提醒你注意，就是为了届时供你参考……言归正传，本学院首届毕业典礼最终以正木教授缺席而告终。翌日，盛山院长收到了正木教授的来信，他在信中袒露了这样的抱负：

“‘我本不认为当今医学学术界有人可以理解《胎儿之梦》。提交这篇论文时，我早已做好没有人会理解我，这篇论文无法通过审查的思想准备。但是万万没想到，它居然得到了院长阁下和斋藤教授的推荐。听闻此事，我长叹良久。这篇论文的价值被如此轻易地看透，说明我的研究还很浅薄。所以，我认为无法凭借它让我们福冈大学获得不朽的名誉。

“‘我无颜面对与阁下与斋藤教授，因此避而不见。天皇的御赐怀表烦请两位暂时替我保管。接下来，我打算做一项任何人都无法理解的大研究，以报答您和斋藤教授的大恩。’

“据说盛山院长将这封信拿给斋藤教授看，朗声大笑道：‘真是个倨傲的男人！’

“言归正传，后来的整整八年间，正木教授游历欧洲各国，取得了奥、德、法三个国家的名誉学位。大正四年（1915年），他悄然回国，开始居无定所的流浪生活。他遍访全国各地的精神病院，搜寻有关各地区精神病患者血统的传记、传说、记录、家谱等，一边搜集资料，一边向一般民众分发题为《疯子地狱邪道祭文》的小册子。”

“疯子地狱……邪道祭文……里面写的是怎样的内容？”

“内容你马上就会看到了。其实就跟之前的《胎儿之梦》一样，写了一些从未被公之于世的可怕事实。简单来说，这篇祭文中揭露了我先前稍微提到过的现代社会虐待精神病患者的实情，以及比监狱还可怕的精神病院治疗疯子的内幕……换句话说，就是将横亘于现代文化背后令人战栗的‘疯子的黑暗时代’的内容以民谣的形式写成的建议书，也可以称之为宣言。正木教授不仅将这本小册子分发给各级政府机构和学校，还自己敲着木鱼唱着这首祭文歌，将印有这首祭文歌的小册子到处分发给民众。”

“自己敲着木鱼……”

“是的……这种事虽然听起来无比脱离常轨，但对于正木教授而言，这似乎是极为严肃的工作……不仅如此，我们的恩师斋藤教授也暗中与他联络，豁出自己的名誉与地位声援他。然而很遗憾，大概是因为祭文歌的内容所揭发的事实过于露骨，反而显得不符合常识，没有得到世人的共鸣，最终受到世人的漠视，实在是可悲可叹……不过，如果这首祭文歌中揭露的精神病院虐待精神病患者的事实受到社会重视的话，现代的精神病院全部会被摧毁，最终说不定会导致全世界出现精神异常者泛滥的情况。但是正木教授完全不在乎这种结果，只是将其当作自己将来创立'疯子解放治疗'实验的准备工作之一进行这样的宣传。"

"那也是……"

我不禁坐直身体，不停地吞咽唾液，喃喃自语："那也是……为了在我身上做实验而做的准备吗……"

"正是如此……"若林博士毫不犹豫地点头说道，"我先前也说过，正木教授的智慧远超我们的认知范围，但是他如此反常、突兀的举动中包含着他为创立解放治疗实验而做准备的良苦用心，这是不争的事实。我接下来要讲的正木教授的每一项神鬼莫测的行动，也都带有这种意义。换句话说，只能认为正木教授后半生的一举一动都是以你为中心的。"

说话时，若林博士那冰冷无力的目光突然落到我脸上，紧紧盯着我，直到我再次不由自主地正襟危坐。不久，看到我的身体无法动弹，连声音都无法发出，若林博士才改变主意，再次掏出手帕轻咳一声，继续说道："大正十三年（1924 年）三月末，我永远不会忘记，那是二十六日下午一点左右，毕业后长达十八年杳无音信的正木教授，忽然敲响了我在本大学法医系研究室的房门。我着实吓了一跳，带着一种遇到幽灵的心情和他互相祝贺彼此平安。当我问他为何突然回来时，他的态度还是一如既往的坦荡，挠着头如此回答我：

“‘是这么回事，说起来真不走运。两三周前，我一直戴着的镀金手表在门司站的检票口被人给顺走了，那是摩凡陀公司的定制手表，时价大约一千日元，实在可惜。后来我突然想起来，十八年前寄存在这里的那块银怀表要是还在就好了，所以就回来取了……另外，我原本还想带给诸位一些让你们吃惊的礼物，但又想不出什么特别的好东西，就直接在门司的伊势源旅馆二楼住下了，全力写了一篇毫无价值的论文。我觉得要先请新校长过目，就去找斋藤教授帮忙推荐，结果斋藤教授说他倒是可以推荐，但是考虑到职务关系，最好还是由担任院长的若林君你经手，所以我就来找你了。虽然会给你添麻烦，不过，还是要请你帮忙。’

“当然，我立刻把代为保管的怀表交还给他。而当时正木博士提交的论文，正是斋藤教授预言过的堪比达尔文的《物种起源》、爱因斯坦的《相对论》……不，比它们更令世界精神病学术界震撼的《脑髓论》。”

“脑髓论……”

“不错。这是一篇题为《脑髓论》的三万字左右的论文，与我前面提到的《胎儿之梦》恰恰相反，它的内容可以说极为严肃庄重，为避免读者误解原意，还是用德语和拉丁语两种语言写成的。在没有任何文献资料的旅馆二楼，仅仅用两三周时间就完成了这篇论文，正木教授的智慧与精力实在非常人所能及……正木教授凭借这篇论文，清晰地阐明了迄今为止任何人都无法说明、无法证明也无法实验的脑髓不可思议的机能，同时极为简明易懂地解释了精神病学术界至今依然存疑的几种奇怪现象……基于专业领域的关系，最先看到这篇论文的斋藤教授自然非常震惊，他之后约有一年时间都在废寝忘食地研究它，终于在去年……也就是大正十四年（1925 年）二月末完成审核，次日一早便去现在的松原校长家中拜访。

“他眼含热泪，说：‘……即日起，我想辞去九州帝国大学精神病科教授的职务，并推荐正木君接替我的位置。我认为，如果正木君被其他大学抢走，那将是我们大学的奇耻大辱……’

“然而，当时正木教授并未告诉任何人地址，也没再露面，再加上松原校长素来钦佩斋藤教授的为人，所以他一方面慰留斋藤教授，一方面表示要将这篇论文列为学位论文，内定颁授学位给正木教授……这件事在学术界也传为美谈。据说不知是谁将这件事泄露给报社，刊登在了报纸上……不过我当时没有留意，错过了这篇报道……”

若林博士讲到此处，好像被当时的回忆所感动，轻轻地闭上眼睛。我也充满敬意地仰望着斋藤教授的肖像，大概是心理作用，斋藤教授看起来如同神明般散发着崇高的光辉，令我不由得轻叹一声，喃喃自语道：“这么说，斋藤教授是为了给正木教授让位才去世的吗？”

听到我的问题，若林博士似乎更为感动，紧闭双目，眉头紧蹙，仿佛又要咳嗽一般长长地叹一口气。随后，他静静地睁开眼睛，别有深意地与我对视，略微加重语气：“不错。斋藤教授在正木教授接受学位后不久，于去年……大正十四年十月十九日突然辞世，而且是离奇死亡。”

“什么……离奇死亡……”

我呆呆地问道。话题转变得过于突兀，我有些不知所措，只能来回打量着若林博士苍白的面孔和相框中斋藤教授的微笑，心中困惑不已：这样一个崇高、伟大的人怎么会离奇死亡呢？

但，若林博士只是静静地注视着我的脸，似乎是在压制我的怀疑，再次加强语气：

“是的。斋藤教授是离奇死亡。他在去年——大正十四年十月十八日，也就是离奇死亡的前一天下午五点左右，如往常一样完成工作，交代办公室的人两三件事后，就离开了这个房间。但他之后并没有回位于筥崎网屋町的家。翌日一早，他被人发现陈尸于筥崎水族馆后方的海岸边。发现他的人是水族馆的女清洁工。接到紧急报案后，警方和我们赶到现场，发现他曾大量饮酒，所以他大概是在回家途中，遇到了某位交情极好的友人，难得地喝到酩酊大醉，结果回家时走错了路，从海岸上方的石墙上失足跌落，坠入海中……你到那里看看就明白了，那里位于大学后方，是一座郊外特有的垃圾场，除此以外便是成片的草原和田地。除非喝得烂醉如泥，根本不必担心会误入，所以当然有充分的他杀嫌疑。警方巨细靡遗地调查了教授的随身物品，但没有发现任何东西遗失……另外，结合亲朋好友的证词，除非是和校内极为相熟的知心好友，斋藤教授一般不会在外面喝酒，所以警方对那些人员进行了排查。除此以外，斋藤教授只有在家中吃晚饭时才会独自小酌……而且，即使是在外面喝醉，按照惯例，肯定会由一起喝酒的某人送他回家。这次只能认为是个不可思议的例外……综合这些证词，警方也想象了种种可能的情景，进行了充分的研究，但是教授坠海那一带是从千代町方向延伸过来的长长的防波堤，所以找不到一个脚印可以判断他是从哪里怎么走过来的，又是在哪里失足跌落海中的。是否有同行人员自不必说，就算是他杀，也完全找不到凶手的线索……

“另一方面，如我刚刚所说，从教授的人格推断，也很难认为他会被什么人怨恨，所以最终还是判定为失足坠海。斋藤教授很少喝酒，一喝酒就醉得不省人事是他唯一的缺点，但他死得实在是太可惜了。”

“至今还不知道和他一起喝酒的人是谁吗？”

“是的……至今还不得而知，除非对方是个非常有良心的人，否则不可能主动承认吧！”

“可……可是……如果不主动承认，岂不是要内疚一辈子吗？”

“以近些年人们的常识而论，似乎没必要如此凭良心思考事情……或许对方觉得哪怕主动承认，斋藤教授也不能死而复生，只会让自己背上不愉快的污名，受到某种制裁，反而会增加社会的损失吧……不，对方说不定早已将这件事忘在了九霄云外。”

“可是这未免太无耻了吧？”

“那是自然。”

“而且，这种事真的忘得掉吗？”

“这就很难讲了……这个问题，应该属于已故的正木教授所讲的‘记忆与良心’的关系中的一个有趣研究事项吧。”

“这么说的话，斋藤教授的死最终只有这么点意义吗？”

“没错，只有这么点意义，真的非常简单。但是就结果而言，实际上具有重大意义。也就是说，斋藤教授的死是不久后正木教授来九州帝国大学精神科任职，主持精神病科工作的直接因缘，也是让你和六号病房的那位小姐来到这间实验室的间接因缘。是的……在此我姑且使用‘因缘’一词。但是这种‘因缘’究竟是人为制造的，还是天意促成的，还要等你恢复过去的记忆之后才能明确推定……”

“啊……就连……就连这种事都在我的记忆中……”

“是的。在你的记忆中，存在着解开无数此类疑问必不可少的重要线索。”

我感觉自己被接二连三砸下来的疑问的冰块埋得严严实实，不由得闭上眼睛，左右晃动头部。但是，脑海中并没有浮现出任何记忆，只是越来越觉得眼前那幅残忍的“焚烧疯子”的油画、笑眯眯的斋藤博士的肖像、苍白严肃的若林博士、反射着绿光的大桌子以及桌子上打着哈欠的红色达摩烟灰缸等，每一件物品都与我的过去有着密切的关联。同时，因为置身于这些与我有着密切关联的物品之中却仍想不起任何事情，我不禁觉得自己头脑空洞，内心感到无限悲哀。

一时之间，我茫然不知所措，只能不停地眨着眼睛。不久，我突然想起一件事，问道：“那么，原本行踪不明的正木教授，是怎么来到这所大学的呢？”

“具体情况是这样的。”

说着，若林博士将刚刚掏出来的怀表又放回兜里，虚弱地咳嗽一声后，继续说道：“斋藤教授葬礼那天，正木教授不知从哪里飘然而至。大概是看到了报纸上刊登的讣告吧……松原校长在葬礼结束后拦住他，强硬地说服他接替斋藤教授的职务。虽然这非常不符合规定，但校长是为了完成德高望重的斋藤教授的遗志才这么做的，所以没有人提出异议，反而都感动地对他鼓掌相迎……只要翻一翻当时的报纸，就能了解当时的详细情况。正木教授穿着寒酸的和服，在教授们的掌声中，抱着脑袋不满道：‘你们可太难为我了！我原本打算一直独自做研究的。一旦成为大学的教授，就不能再随心所欲地敲木鱼、唱祭文歌了。最重要的是，就没办法继续发挥我与生俱来的流浪天性了……’

“松原校长闻言说道：‘事到如今，你反悔也来不及了！要怪就怪你自己被斋藤教授的灵魂引到了这里……木鱼随便你敲，但请你一定要成佛啊！’

“听了校长的话，大家都忘了自己在参加葬礼，一齐捧腹大笑。

“没多久，正木教授就来本大学赴任，开始实地进行此前在《疯子地狱祭文歌》中唱的‘疯子解放治疗’的实验，并且再次在社会上引起强烈的反响。同时也正是以这项实验的启动为契机，正木教授与你、与六号病房的那名少女之间也缔结了宿命般的关系。这或许也可以称为天意吧……但邀请如此伟大的正木教授进入本大学，让他随心所欲地工作，归根到底是源于已故斋藤教授的遗德。我想正木教授定然也是出于这个缘由，才会将斋藤教授的肖像挂在这里的吧……”

我不由得深深叹息着仰望斋藤教授的肖像，能够将人格如此高尚的斋藤博士、这般伟大的正木博士、眼前的若林博士及六号病房的那名美少女和白痴一般的我联系在一起，因缘的链条实在是太不可思议了。

一时间，房间内弥漫着一股感人至深的静寂。但这股静寂很快就被我若无其事提出的问题打破了。

“啊……大正十五年十月十九日……斋藤教授照片下面的日历上的日期，正好是他逝世整整一周年的日期呢！”

我说着回过头……那一瞬间，若林博士的表情变得无比可怕……

尽管只是一瞬间……只见他煞白的嘴唇紧闭，下颌突出，眼睛瞪得像铜铃，狠狠盯着我。事出突然，我的表情也不由得变得和若林博士一样，感觉像是在跟他互相瞪视。没多久，若林博士的情绪逐渐平复下来，像是满意得不得了一样，脸上熠熠生辉，不住地点头。

“你终于注意到这一点了啊！你过去的记忆终于要苏醒了。看来距离真正苏醒就只差最后一层皮了……说实话，你刚刚一问出这个问题，我就在担心你过去的记忆会不会一下子完全复苏，倘若如此我又该如何应对……不瞒你说，日历上显示的是一个月前的日期，今天是大正十五年十一月二十日，所以……”

“那……为什么会停留在这个日期呢？”

听到我的问题，若林博士再度庄重地点点头，用之前面对六号病房的少女时那种向神明祷告般的态度，用力挺直胸膛，牢牢交握双手。

“你这个问题同样是解开与你过去有关的谜团的关键之一。简单说来，是因为正木教授将日历撕到这个日期后，就再也没有往后撕了。”

“这……这又是为什么？”

“因为正木教授翌日就去世了……正好是在斋藤教授溺死一周年那天，而且是在筥崎水族馆后方的同一个地点投海自杀的。”

这……大概只能用晴天霹雳来形容吧！我感到一种难以言表的震惊，觉得自己应该发出了某种尖叫，等情绪好不容易平复下来，我才梦呓一般喃喃道：“正木教授……自杀……”

这话一传入耳中，我就再次怀疑起自己的耳朵。像正木教授那般伟大、豁达的人物，真的有可能自杀吗？

不仅如此。这个精神病科研究室的两名主任教授，时隔一年相继离奇死在同一片海岸……真的存在如此惊悚的巧合吗……我又震惊又困惑，只能呆呆地凝视着若林博士苍白的面孔。

若林博士脸上露出前所未有的肃穆神色，重新坐正身体，凝视着我，再度用向神明祷告般的虔诚声音说道："我再说一遍，正木教授是自杀的。正木教授在长达二十年的漫长岁月里，做了无数准备,为启动这个前所未有的解放治疗实验,四处奔波,历尽万难。然而，他手中的刀终于折断，箭矢也耗尽了，陷入不得不自杀的绝境……只说这些你大概仍然无法理解，我还是具体说明一下吧。正木教授独创的震古烁今的精神科学实验需要你和六号病房的那位小姐恢复记忆，出院后过上幸福的婚姻生活才算成功，但是由于一个意想不到的悲剧事件，实验在中途陷入了僵局……而且没有一个人知道，这个悲剧到底是不是正木教授的过失导致的……然而，似乎是某种天意，那一天刚好是斋藤教授的周年忌日，说不定正木教授也因此感到一种'无常'，所以才会把一切责任揽到自己身上，选择离开人世，并将实验的中心材料——你和六号病房的那名少女及相关的文件、事务全部托付给了我……"

"那……那么……"

我的舌头打结，一股难以形容的亢奋令我全身一寸寸失去血色。我好不容易才嗫嚅道："那么……会不会是我……诅咒正木教授丢掉了性命呢？"

"……不，你错了。恰恰相反。"

若林博士口吻严肃地否定，依然凝视着我，缓缓摇头。

"恰恰相反。正木教授当然是在刚开始进行这个研究时就做好了自己的命运会被你诅咒的心理准备……不，更进一步说，正木教授二十年前就做好了会面临这种结果的心理准备，却仍然按部就班地完成工作，为了让自己发现的震古烁今的伟大学理实验与你的命运完全一致，拟订了不能撼动的计划，循序渐进地进行这个研究。”

对我而言，这是更加令人恐怖与战栗的说明。我抑制住压迫胸膛的窒息感，几乎快要呕吐出来：“请问……是怎样的顺序？”

“你看一下这些文件就知道了。”说着，若林博士啪地合上他刚才边说话边浏览的装订文件，恭敬地递到我面前。

我也认识到这一定是某些很重要的文件，因此以同样郑重的态度接过来，先大略翻阅了一下它的内容。最上面红色封面的像是宣传手册的东西，中间由大号西洋格子纸和贴有报纸剪报的绒纸装订而成，外面则以贴着粗布的厚纸板夹住。封面上没有写任何文字。但是由于实在太重，我再度啪地合上封面，将它放回桌子上。

坐在对面的若林博士用青白的瞳孔紧紧盯着我的眼睛。

“这些宝贵的资料可以说是正木教授的遗稿。在我刚刚提到的正木教授关于精神科学的研究中，最重要的精神解剖学、精神生理学、精神病理学以及堪称其研究的精髓的心理遗传学这四类原稿和他之前拿在手边的《脑髓论》的正文，在他自杀前就已经被全部烧毁。所以如今想要窥知他的研究内容，必不可少的文献资料就只剩下这些了。这个顺序是正木教授自杀前亲自整理的，并不是按照发表的年代顺序排列的。不过只要你按顺序阅读，应该就能够按照他的研究顺序，轻松有趣地理解他研究的内容。

“最上面红色封面的小册子是正木教授游历日本各地期间，在大街上聚众分发给人们的题为《疯子地狱邪道祭文》的阿呆陀罗经之歌，歌中唱的是目睹现代精神病患者遭受虐待，想要解救他们这一促使他开始精神病研究的动机。下面是正木教授自己保存剪贴的当地报纸上刊载的他的访谈。其中第一篇的标题是《地球表面是最大的疯子解放治疗场》，正木教授用辛辣诙谐的语言，向记者介绍了他拯救疯子的动机及着手进行精神病研究时的研究立场，并极为痛快直率地论证了‘栖息在地球表面的人类无一不是精神异常者’这个精神病理学的基本原理。还有下面这篇文章……标题是《脑髓并非思考事物的地方》，正木教授用妙趣横生的语言向记者介绍了他立足于上述原理，彻底地阐明迄今为止被认为不可能被研究的‘脑髓’的真正机能，同时轻松解决以往科学认为绝对无法解决的与精神病有关的心灵世界的所有奇怪现象的伟大论文——《脑髓论》的内容。

“再下面用毛笔写在日本格子纸上的是堪称《脑髓论》的逆定理的《胎儿之梦》这篇论文。它明确阐述了从胎儿父母的心理生活到历代祖先的各种习惯、心理的累积是如何遗传给胎儿的，即所谓的‘心理遗传’的内容。在本大学第一届论文审查中引起轩然大波的正是这篇论文……同时这篇论文也可以说是正木教授不得不自杀的间接原因……再下面的西洋大号格子纸上的潦草文字是正木教授的遗书，它也可以看作正木教授为了给这些研究附上最终结论而写的《解放治疗实验结果报告》……所以，只要你按顺序阅读这些文件，很容易就能了解到正木教授为了开拓精神科学的大道，赌上自己的一生进行研究的伟大事迹。同时你也会发现，在背后支配你自身的经历并引领你来到今日之命运的震古烁今的伟大学理不断流动、旋转，散发出一团团耀眼的光芒，如万花筒般华丽地旋转着出现在你眼前……”

对于若林博士的说明，我的记忆到此为止。我一边听着他的说明，一边漫不经心地翻开最上面的红色封面的小册子，从第一页的标题看起，不知不觉就被正文的内容吸引，全神贯注地阅读了起来……

Kyuusaku
Yumeno

疯子地狱邪道祭文

一个疯子的黑暗时代

奥地利理学博士

德国哲学博士

法国文学博士

面黑楼万儿作

▲啊啊啊——啊啊——啊啊啊。献给在我左右的人们。老爷夫人们、先生小姐们、老年人们、年轻人们，在场的所有人。许久未见了！听到此话，诸位必定很惊奇。那当然了，在大千世界尚未成形之前，我们就未曾谋面哪！我是今天第一次出现在这条路旁的疯和尚……咚哒空哒、锵得隆咚、锵得隆咚、锵得隆咚……

……赶快靠过来，靠过来听一听，这里讲故事哟！不需要一个子儿，真正的免费哟！快来快来。不要推搡拥挤。锵得隆咚、锵得隆咚、锵得隆咚……

……快来快来。快来听一听，一定会吓你一跳哟……咚哒空哒、锵得隆咚、锵得隆咚、锵得隆咚……

▲啊——啊。在下是初登宝地的疯和尚。身高五尺一寸，年纪三十五六的秃头和尚。眼窝凹陷，满口假牙，肋骨瘦成搓衣板，棉袄烂似稻草人。脚上踩着破草鞋，好比泥巴凝成的咔嚓咔嚓山，狸子乘坐的那艘泥船[①]。我这个与乞丐无异的怪和尚，饱经各国的风吹日晒，今天也站在这空旷的蓝天下，在路边的尘土中打开包袱，锵得隆咚、

① 源自日本民间故事《咔嚓咔嚓山》，狸子杀死老婆婆，兔子为替老婆婆报仇，骗狸子上山砍柴，用打火石咔嚓咔嚓点燃狸子背着的木柴，将狸子背部烧伤，又骗狸子乘坐泥船出海，将其淹死。

锵得隆咚，说起这所谓的因缘、故事与来历，不妨问问我手中的木鱼吧……咚哒空哒、锵得隆咚、锵得隆咚、锵得隆咚……

▲啊—— 啊。若向木鱼问起因缘来，我既无父母兄弟，也无亲戚眷属，无妻也无妾，是个孑然一身的穷和尚。姓什么、叫什么统统不知，浑身上下只有一个小包袱。优哉游哉，走南闯北。北京、哈尔滨、圣彼得堡。红色的莫斯科、方形的柏林、醉酒的慕尼黑、歌唱的维也纳、舞蹈的巴黎和打盹的伦敦。大海的对岸，是自由的美国。卖唱女的市场，当数纽约。维加斯的赌场，芝加哥的美酒。就这样浑浑噩噩地度过十年，若问我这十年间有什么见闻，那便是这个恐怖至极的地狱故事……咚哒空哒、砰空砰空、锵得隆咚、砰空砰空……

▲啊—— 啊。这当真是个恐怖的地狱故事！而且是我这双凹陷的眼睛目睹的真实故事。今天是开箱演出，诸位无须掏钱，非但如此，还能免费获赠这本小册子，作为听我讲故事的报酬。我即将开唱，歌词就在这本小册子上。或许有人会怀疑，这莫不是一种强行推销可疑物品的手段？诸位完全无须担心。这只是我的爱好，是宣传人类文化的事业。只是一种参考，一个谈资。快来快来，听一听，瞧一瞧……邪道——祭——文。疯——子——地狱——咚哒空哒、锵得隆咚、锵得隆咚、锵得隆咚、锵得隆咚……

一

▲啊—— 啊。疯子地狱邪道祭文。若问地狱在何方，佛教徒会说地狱就在红尘俗世，是我们自身种下的因果。一旦因果循环，便会经

过修罗道、畜生道、饿鬼道堕入地狱。有刀山血池地狱，冰山地狱和焦热地狱，剑叶地狱和斫截地狱。还有火盆、油锅、倒吊地狱。更有那红尘因果所作之八万地狱，被刀锯、剁碎、烘烤、蒸煮。最后在阿鼻地狱和叫唤地狱中承受无尽的折磨，求死不能。只要听到那个声音，脑袋就会爆裂。但是这些不过是和尚不切实际的空谈……咚哒空哒、锵得隆咚、锵得隆咚、锵得隆咚、锵得隆咚……

▲啊——啊。不过是和尚不切实际的空谈。这种空谈不可当真！只有死人才会去的地狱的传说，只是活着的和尚为了香火钱编造的虚言，是连释迦牟尼都不知道的谎言。我所目睹的地狱与之完全不同，无须敲钟，无须念佛，也无须十万亿冥币车马费。它无处不在，这世上到处是活生生的地狱……锵得隆咚、锵得隆咚、锵得隆咚、锵得隆咚……

▲啊——啊。这世上到处是活生生的地狱！是贫穷劳碌地狱，是漂泊无依地狱，是义理与人伦交错的地狱。与根据所犯罪行，会被逮捕、被捉拿、被判处有期或无期徒刑的那种地狱不同。世间道理在这里化为乌有。这里是无法呼吸、不见天日、广阔无边、深不见底的地狱。这里的阎王是医学博士，牛头马面则是一群学士。但是在这个地狱里，却找不到一件诸如能够嗅出过去罪孽的鼻子、看清过去罪孽的眼睛、阎王的生死账、看穿人心的透视镜之类的知名道具。是有罪呢，还是无罪呢，是正常人呢，还是疯子，根本无从判断，不分青红皂白就把人踢进地狱。表面上是宏伟气派的精神病院，实际上却是仅仅听闻就让人寒毛倒竖的地狱。你若不信，不妨亲自去看看！你将会如愿遭受种种折磨。这是何等恐怖的疯子地狱啊……锵得隆咚、锵得隆咚、

锵得隆咚……

▲啊——啊。这是何等恐怖的疯子地狱啊！听我说精神病院如此恐怖，诸位大概无法认同，且听我一一道来。听着听着，你肯定会想：我竟然不知道还有这种事？知道真相后，你浑身上下的汗毛都会根根竖起。没错，我说的就是这种地狱的故事……锵得隆咚、锵得隆咚、锵得隆咚……

▲啊——啊。我说的就是这种地狱的故事。倘若你要问起这种地狱的起源，也就是最初的因缘，归根结底说来，这是拜文明开化所赐。说起世界的文明开化那日新月异的进步啊，那都是科学知识带来的宝贵恩赐。其中最高尚的就是医生的工作，毕竟医生的工作就是治病救人……锵得隆咚、锵得隆咚……

▲啊——啊。医生的工作就是治病救人。医生的工作中，包括治疗人类身体不适的外科和内科的治疗方法，也包括治疗人类心灵不适的精神病院的治疗方法。倘若对比一下这二者的不同之处，诸位一定会吓得惊叫出声，连正在打着的嗝也会戛然而止。因为进步的方式之不同，实在令人震惊……锵得隆咚、锵得隆咚……

▲啊——啊。进步的方式之不同，实在令人震惊。当然不同了！毕竟诊治的对象不同。人的身体是有形的，手脚躯干也可以触摸到的，五脏六腑同样可以通过解剖看见的。诊断工具数不胜数，叩诊、听诊、X 光，膝跳反射、血液检验等。即使是某些疑难杂症，因为用错药或者误诊、治疗不当而致死亡，只要其后解剖尸体，就能马上知道病根在何处，诊治方法也会日新月异、不断进步。与之相反，即使是大罗神仙，也无法诊治人的心灵……锵得隆咚、锵得隆咚……

▲啊——啊。人的心灵无法诊治。哪怕是一代名医，也无法诊治人的精神和心灵的不适。要检测哪里的脉搏，观察哪里的舌头，往哪个不适的地方注射，剖开哪一个部位呢？既没有能够看到疯癫的放大镜，也没有可以随着你陷入爱情而升温的温度计。假疯子和真疯子，就算用X射线也照不出来。听不到声音，也看不见影子的心灵，比空气还不可捉摸，又怎么能够诊断呢？"笨蛋无药可医"这句老话，今日依然放之四海而皆准。总而言之，精神病绝对不可能得到诊治，也无法用科学知识研究。我们知道的就只有"它无法为人所知"……咚哒空哒、锵得隆咚、咚哒空哒、锵得隆咚……

▲啊——啊。我们知道的就只有"它无法为人所知"。在此我们会注意到一件不明所以、不可思议的奇妙之事。倘若人的精神、心灵的不适无法诊治，为什么现在世界上随处可见精神病院、精神诊所或者疯癫、脑病医院呢？到处招牌高挂，大厅设计得富丽堂皇，收取昂贵的诊金，还要索取住院和护理费用。那些趾高气扬的精神病医生，究竟做了哪些工作呢？或许诸位也会疑惑，这岂不是与诈骗、勒索没两样吗？少安毋躁，容我一一道来。这种愚弄世人的内幕，托无法诊治的福，医生赚得盆满钵满的内幕。这是真正的《阿呆陀罗经》……咚哒空哒、锵得隆咚、锵得隆咚、锵得隆咚、锵得隆咚、锵得隆咚……

二

咚哒空哒、锵得隆咚、锵得隆咚、锵得隆咚、锵得隆咚……

▲啊——啊——啊啊。很久很久以前，比很久以前更久的以前，

科学知识尚不发达之时，人类身体的疾病也和心灵的疾病一样，不为人所知，诊断和治疗也只能推断，靠的只是风水、方位、占星术，等等。一旦有任何毛病，治疗方法无非是祈祷、念咒、喝符水、佩戴符纸、护身符，等等。当然，无数疾病无法用这种方式治疗，药物应运而生。服药后病情立刻好转，仔细调查这种现象，发现人的疾病原来是因为身体某处出现了问题，这就是医学的起源。现如今有解剖生理学、病理学、医用化学、细菌学、药物学等，还细分至外科、内科、皮肤科、耳鼻喉科、眼科、整形科、妇科和儿科，身体任何部位的毛病，都有器械和药物可以治疗。科学知识的前途日益光明灿烂……咚哒空哒、锵得隆咚、锵得隆咚……

▲啊——啊。日益光明灿烂。与之相对的是精神疾病。我们再来看看，医生诊断治疗人心不适的方法有何进步呢？远古时代，人们要么将精神病患者视为神明附体，对他们敬畏、膜拜。要么认为其是生灵或死灵作祟，供奉祭品，祈求平安。这种方式还算说得过去，但是有些地方却视其为恶魔附身，彼时充当医生和法官的僧侣或女巫，一旦发现他们，只要用手一指，手执棍棒的衙役们就会一拥而上，枪、刀剑、补绳、弓矢交错落下，打烂他们的脑袋，砍断他们的手脚，分尸烧掉后埋在树根下，与如今对狂犬赶尽杀绝的做法别无二致。这就是最早的精神病患者的诊治方式，这便是疯子地狱的起源……咚哒空哒、锵得隆咚、锵得隆咚、锵得隆咚……

▲啊——啊。这便是疯子地狱的起源。由于人们不了解精神病的成因，因此出现了一帮使用迷信邪术做坏事的恶徒，而且这帮恶徒都是极端精明之辈。他们会陷害自己怨恨、嫉妒、厌恶的人或者政敌、

商业竞争对手，出于毫无道理的憎恨和猜忌，只要觉得对方碍事，哪怕是不相识的人，也会贿赂女巫、和尚或衙役，不分青红皂白地诬陷对方是疯子，重则按照国法处死，轻则关入牢狱之中……锵得隆咚、锵得隆咚……

▲啊——啊。轻则关入牢狱之中。查阅一下世界历史你就会发现，那些身份高贵、有头有脸的人，或者财产、领地的继承人，又或者有男女关系纠葛的人，在争权夺利、家族内斗中，经常使用这种下作的手段干掉碍事者。那么现在又如何呢？我想说现在也与当时无异。岂止如此，情况还更加严重！……咚哒空哒、锵得隆咚、咚哒空哒、锵得隆咚、锵得隆咚、锵得隆咚……

三

咚哒空哒、锵得隆咚、锵得隆咚、锵得隆咚、锵得隆咚、锵得隆咚、锵得隆咚……

▲啊啊啊——啊啊……啊啊啊。如今是文明开化的时代。是科学知识万能的时代。但是，唯有精神病仍如昔日一样，处于黑暗时代，无法诊断，无法治疗。若我这么说，或许有人会说："放屁！说这话的人才是精神病。"但我喜欢这么说的人。因为他是永远不忘理智、常识以及科学知识的了不起的人。我想拜托这种人，在闲暇之际去精神病院或者学校、图书馆看看，看看世界各地的博士和学士集体研究出来的有关精神疾病的书籍，大致浏览一下其中的内容。哎哟哟，那一串串疾病名称、圆滚滚的洋文、方方正正的汉字，密密麻麻，成百

上千，实在是很难数清。令人觉得如今精神病患者也跟外科和内科的患者一样，沐浴在科学知识的光辉之下，接受着准确的诊断和治疗，享受着妥善的护理……但是，会如此想的就只有外行人……锵得隆咚、锵得隆咚……

▲啊——啊。会如此想的就只有外行人。我不想诋毁那些在西洋和日本想要将精神病研究透彻的学者，但是即便集体钻研，他们依然没搞清楚最关键、最重要的问题，即蜷缩在我头盖骨的空洞里的脑髓究竟有何作用。认为这是一派胡言的人，只要读一下古今东西的学者研究人类脑髓的书籍就明白了。那些书籍就只是保存他们的旧日见闻、知识、经验和记忆的仓库。虽然有一些了不起的论点，但是确切的事实他们一概不知……锵得隆咚、锵得隆咚、锵得隆咚、锵得隆咚……

▲啊——啊。确切的事实他们一概不知。他们不知道也是应该的，完全无须大惊小怪。世界虽大，但是真正调查人的脑髓，并轻易看透其离奇古怪、精妙无双的作用的人，我可以大言不惭地说，只有我一个……我这么说，诸位或许会取笑我："那是因为你的脑髓日日遭受风吹日晒，才会变得与众不同。"或许大家说得对，但这就是我的兴趣所在。有朝一日，我会完成一项让世界各地的博士学者们震惊的研究，替换整个人类社会的大脑。这篇论文会在某所大学发表。你只要看一下就明白了。世界上其他的学者，都不知道脑髓的研究方法。尽是些推断错误的个人想法，自认为大差不差，其实距离真相还有十万八千里。可以解释一个事实，却无法解释其他事实。这里站得住脚，那里却站不住脚。就像只有两扇防雨窗的房子，想不漏水都难……咚哒空哒、锵得隆咚、锵得隆咚、锵得隆咚……

▲啊——啊。就像只有两扇防雨窗的房子，想不漏水都难。更何况是从早到晚变幻莫测的心灵，它时而哭，时而笑，似走马灯又似万花筒，似猫的瞳孔又似火鸡的尾羽。它究竟是什么形状？又缘何发狂？我们对它的行迹可以说一无所知。证据就在眼前的精神病科书籍里。里面罗列了一长串疾病的名称，但是撰写这些书籍的学者却一无所知，只是随意看看患者的外在，观察他们的姿态与动作，就草率地下了诊断。根本就是欺骗外行人。钟爱色情的就是色情狂，杀人的就是杀人狂，热爱跳舞的就是跳舞狂，喜欢纵火的就是纵火狂。他们的调查有何科学依据？这种"照猫画虎"的起名方法，不是医生也能做到。这跟世人根据喝醉后不同的姿态，给人取不同名字的做法有何区别？酒后爱闹的叫酒闹子，爱哭的叫酒哭子，爱笑的叫酒笑子，喝起来没完没了的叫酒篓子，喜欢串店喝的叫酒溜子。靠这样下诊断岂不可笑？咚哒空哒、锵得隆咚、锵得隆咚、锵得隆咚……

▲啊——啊。靠这样下诊断岂不可笑？那些接诊精神病患者的博士、学士医生，又是如何找到确切的证据，证明面前的这个人是不是精神病患者的呢？只有外行人会觉得不可思议。对于医生而言，这只是生意，根本无须担心……锵得隆咚、锵得隆咚……

▲啊——啊。这只是生意，根本无须担心。将他们统统诊断为精神病患者。大老远被带到医院门口的人，任谁看了都会觉得精神不正常。哪怕是外表看起来很正常、情绪也稳定的患者，只要被家人和医生带进来办完手续，就可以视其为精神病患者了，不需要担心什么非法监禁。毕竟他是被家人堂堂正正地送进来的，具备法律上的许可证。医生也不用费什么工夫，只要听听家属的表述，观察一下患者的状态，

再打开书本对照一下，给他一个合适的病名，诊断即可结束。接下来只要将他关进红砖牢房就万事大吉了。其中或许也有被误诊的人存在，但是同样无须担心，因为这种病和其他病不同，是否误诊无人可知，一旦被确诊为“疯子”，这辈子就再也别想从这红砖地狱里出来。哪怕再三辩解“我不是，我不是”，别人也只会觉得你“果然是疯子”，古今疯子的命运皆如此。蔬菜店的阿七①被诊断为纵火狂，解剖后发现居然是色情狂；石川五右卫门②被当成典型的盗窃狂，住院后却发现其是夸大妄想狂。医生根本不用担心任何后果，因为这都是完全无法诊断的患者、不明所以的疾病，多么轻松悠闲的精神科医生啊……咚哒空哒、锵得隆咚、锵锵隆咚、锵得隆咚、锵得隆咚……

▲啊——啊。多么轻松悠闲的精神科医生啊。那么又该怎么治疗呢？会如此担心的只有门外汉。治疗和诊断一样，完全是盲目摸索。从患者的角度来说，没有被立刻打碎脑壳，或许已经是托时代开放之福了。诸位若是不信，请随便找一家精神病院，去瞧一瞧里面的光景。铁栅栏牢房自不必说，如今的拘留所和监狱都不见踪影的种种道具，诸如铁链、手铐、脚镣、行刑床、只开一扇小窗的石箱等，这里却数不胜数。是连穷凶极恶的歹徒看了也要吓得瑟瑟发抖的拷问刑具……锵得隆咚、锵得隆咚……

▲啊——啊。吓得瑟瑟发抖的拷问刑具。至于真正治疗心灵不适

① 阿七：井原西鹤（1642—1693）所著《好色五人女》中的角色。蔬菜商店的女儿阿七，因为邻家失火随母亲到寺庙避难而偶遇吉三郎。两人互生爱慕之情，并在阿七回家后继续保持着联系。由于阿七异想天开地认为失火就可以再见吉三郎，于是为了见心爱人一面，不计后果，真的付诸行动，最终被官府认定为纵火罪，并处以死刑。

② 石川五右卫门：日本安土桃山时代的著名侠盗，他白天打扮成商人模样，到处探听富户人家，夜里进行抢劫，后因偷窃丰臣秀吉的千鸟香炉时失手被捕，被丰臣秀吉处以釜煮之刑。

的药品和医疗器具，可以说一样也没有。无非是给失眠患者注射麻醉剂，给狂躁患者注射镇静剂，给厌食患者注射营养液，比拙劣的内科和外科还要差劲。治好了是医生医术高超，治死了就是患者运气不好。医生依然嘻嘻哈哈，无动于衷。哎哟哟，多么恐怖的疯子地狱啊……咚哒空哒、锵得隆咚、锵得隆咚、锵得隆咚……

▲啊——啊。多么恐怖的疯子地狱啊。然而，这还只是初步调查的结果，是通往疯子地狱的三途川[①]，只是听闻就令人浑身发毛。无间地狱只是荒诞不经的想象，人间才是精神病患者承受一切虐待的地狱。咚哒空哒、锵得隆咚、咚哒空哒、锵得隆咚、锵得隆咚、锵得隆咚、锵得隆咚、锵得隆咚、锵得隆咚……

四

▲咚哒空哒、锵得隆咚、锵得隆咚、锵得隆咚。啊——啊。诸位不要吓掉了魂。这不是发生在日本的故事，而是大唐和天竺那边的故事。世界各地毫无慈悲之心的精神病科医生建造的医院，表面富丽堂皇，实际上却是人间地狱，每一间都住满了利欲熏心的医生收进来的患者。也难怪这些地狱的床铺数量如今会增长成千上万倍，哪怕世界各地的精神病院如雨后春笋般不断增加，依然赶不上精神病患者增加的速度。而且一旦住院，就要在里面接受漫长的治疗，有的患者甚至终生都无法出院，所以医院总是人满为患。医生在里面耀武扬威，什么事情都敢对患者做。一旦患者不好对付，或者缴费不及时，就会立刻毫不客

---

① 三途川：传说中生与死的分界线，连接现世与幽冥界的冥河。

气地让其出院。有人获得居家治疗的许可，顺利从那里走出来，也有人被附上其他疾病的诊断书，装在棺材里抬出来。尽管如此，排队等待床位的人依然络绎不绝，就像下车的乘客一窝蜂涌进检票口一样……锵得隆咚、锵得隆咚……

▲啊——啊。就像下车的乘客一窝蜂涌进检票口一样。你这家伙说的话很奇怪，这一切都很不可思议，为什么要花那么多钱，让人到那种地方住院呢？有上述怀疑的人，自己或者家人之中肯定没有出现过精神病患者。请听我慢慢道来。更加令你震惊的事情还在后面呢！锵得隆咚、锵得隆咚。就算我不知道，木鱼一定知道……锵得隆咚、锵得隆咚……

▲啊——啊。就算我不知道，木鱼一定知道。还有更加惊人的事情，而且不论哪里都是相同的，只要是与精神病院有关的人，即使不说出口，大家也都心知肚明。接下来这番话是真正的绝密，我只对在场的人说，这么说或许有些矛盾，大家就当这是木鱼说的话吧。带着精神病患者来到红砖门前，流着泪，叹着气，百般恳求医生为患者治病的人，多半是患者的父母、兄弟或者妻子。这些骨肉至亲中，真心实意想要治好患者，尽心陪护的人，实际上只有母亲一人而已。且还必须是亲生子女。至于其他亲人，即便是亲生父兄，也非常冷漠无情。尤其是年轻的妻子们，通常只是应付差事地在旁边唉声叹气两三天，其实心里早就迫不及待地盼着娘家人来接自己。这已经属于有情义的了。遇到无情的那种，刚刚把患者交给医生，不等确定住哪间病房，就马上假借打电话或者上洗手间，拿出和服带子里掖着的镜子，往鼻子上扑着蜜粉，转瞬间就不知去向，从此再也不见踪影……锵得隆咚、

锵得隆咚……

▲啊——啊。从此再也不见踪影。一旦确定是永远也治不好的疾病，看医生就只是走走过场，将人抛弃才是真正的居心。患上这种病，没有继续活着的价值。家属嘴上拜托医生治好他，心里却觉得治好了反倒是累赘，宁愿让医生杀死他。家属这些难以言说的心思，医生看得明明白白。这里是患者的生死边界，却是医生大赚特赚的地方……哎哟，没必要对我翻白眼。这是我亲眼所见。但这不是发生在日本的事，是大唐、天竺和西洋的事情。是没有耳朵也没有眼睛、不会说话的木鱼的故事……咚哒空哒、锵得隆咚、锵得隆咚、锵得隆咚……

▲啊——啊。是不会说话的木鱼的故事。是大唐和天竺那边的故事。无论男女，只要发过一次疯，无论神情如何平静，都会出其不意地发狂，或砍人，或纵火，或对周围的人发泄自己的郁闷，做出奇怪的举动，是披着人皮的畜生，不值得被当成人来对待。无论多么残忍地对待他们，即便是向他们扔石头，砸瓦块，也不会犯罪，他们也不会记得。哪怕他们痊愈了，也不能掉以轻心，因为不知何时就会复发。如今大家的成见比往昔更甚，总有人挤眉弄眼地指指点点，说那是可怕的家族遗传啊，是什么东西作祟啊，是报应啊之类的。在这种社会氛围中，要是自己家人中突然出现精神病患者，那可不得了……锵得隆咚、锵得隆咚……

▲啊——啊。突然出现精神病患者，那可不得了。如果是在富裕的上流社会，衣食无忧的人家，只要将患者关进禁闭室，事情也就解决了。反正也没有治愈的希望，没必要送去医院。轻易说出这种话的人，必是不知上流社会痛苦之处的人。在世间稍有名望的家族，一旦出现

精神病患者，血统将会世世代代遭受诅咒。儿女的姻缘再无指望，左邻右舍也会在背后翻白眼和嚼舌根，说这是平日赚取不义之财的反噬，是不择手段向上爬的报应。这可事关家世门楣的体面，所以只能利用人情或权势，托各种关系，悄悄将患者送进红砖牢房里。如果遇到医院客满，就要更加大费周章，恳请院长腾出床位。总之，这个世界就是有钱能使鬼推磨的地方，更何况是疯子地狱了。即便是面若阎罗的院长，也会立刻变成笑容满面的地藏菩萨，张开慈悲的双手迎接财神爷。可是这样一来，其他患者就要被送去极乐世界了。如果有钱，情况就是这样的……锵得隆咚、锵得隆咚……

▲啊——啊。如果有钱，情况就是这样的。越是身份高贵、有头有脸的人家的精神病患者，在自己家中接受治疗就越是困难。只有避人耳目，悄悄送进红砖牢房关起来，才能够放心。但如果是中产阶层呢？这些家庭只有固定的月薪年俸，要靠微薄的收入维持生计，无论是养家糊口的一家之主还是其他人，只要有一个人疯了，若是赁房居住，立刻就会被屋主赶出家门，禁闭室更是想都别想。稍微照料一下病人，就会顷刻花光积蓄和养老金。如果照顾患者的是丈夫，就无法出门上班；如果是妻子，同样无法工作。小孩去上学，也会被同学们冷嘲热讽，说他是将来的疯子。说不尽道不完的痛苦，将会一下子降临在头上。这时唯一可以依靠的，就只剩下红砖牢房的院长。但如果筹措不到足够的款项，不管去哪儿都没有病房……锵得隆咚、锵得隆咚……

▲啊——啊。不管去哪儿都没有病房。不过，还有比这更凄惨的。如果是每天挣取当天的生活费、母亲是临时工、女儿在工厂上班的穷苦人家，其悲惨状况根本不用提。照顾病人？买药？想都不用想！必

然是一家人整整齐齐，在天花板上吊死了事。哪怕家人埋怨他，盼着他发疯死掉，但是疯子殿下本人呢，非但不死，还在大吃大喝，一副没有治愈希望的疯样……锵得隆咚、锵得隆咚……

▲啊——啊。一副没有治愈希望的疯样。就跟麦穗变黑、菜籽不出芽、花卉或蔬菜出现不正常现象一样，不明原因，也没有道理，人世间处处是这样的事情。面对这不计其数的精神病患者，能够免费让其入院的，在广阔的世间里唯有公立大学而已。但是病床只有数百张，也并不是做慈善，而是只选取符合要求的患者，要求其成为学生、教授的研究材料和活生生的标本讲义，不符合要求的则全部拒之门外。诸位且看看私立大学的情况，那里完全是利益至上，清一色都是有钱有势的患者，人满为患……锵得隆咚、锵得隆咚……

▲啊——啊。清一色都是有钱有势的患者，人满为患。哎哟哟，多到应付不过来的这些疯子，要被送到哪里进行怎样的处理呢？出于好奇仔细调查后发现，这可真是更值得一听。请听我这耳不能闻、目不能视、嘴巴也不能动的破木鱼慢慢道来。木鱼肚子空空，公正无私，将我的所见所闻敲打出来，这是地狱的《阿呆陀罗经》，接下来的故事将更加深入。所以诸位快快靠过来，靠过来听一听，不用掏钱，听了肯定会大吃一惊……咚哒空哒、锵得隆咚、锵得隆咚、锵得隆咚、锵得隆咚、锵得隆咚、锵得隆咚、锵得隆咚、锵得隆咚……

五

▲咚哒空哒、锵得隆咚、锵得隆咚、锵得隆咚、锵得隆咚。啊——

啊—— 啊啊—— 啊。嗨—— 嗨。诸位，如上所述，不同于其他疾病，如果一个家庭中出现了一名精神病患者，剩下的家人也会受尽白眼和折磨，无法将患者留在家中。纵然努力思量，也想不到更好的办法。殚精竭虑，四处筹措，很快就钱财散尽，无心工作，眼看全家人就要走上绝路。哎哟哟，真叫一个辛酸、悲苦、凄凉……锵得隆咚、锵得隆咚……

▲啊—— 啊。哎哟哟，真叫一个辛酸、悲苦、凄凉。虽然我自身不会露骨地表达厌恶，但是宁愿抛下年迈的父母和可爱的幼儿，也要照顾这么一个毫无生存价值的人，这符合道理吗？还是说要趁尚未给别人添麻烦，带着患者一起上吊，一家人共赴黄泉才符合道理？究竟是造了什么孽才要受这等苦？就算哭泣埋怨，患者本人也只会睁着无辜的眼睛，四处张望……锵得隆咚、锵得隆咚……

▲啊—— 啊。只会睁着无辜的眼睛，四处张望。即使还是原来的外表，内心却早已是蜕皮后的空壳，空留人形，实则比猫狗更难收拾。对他又可怜又心疼，恨不得代替他受罪。长期悲叹苦闷，最终走投无路，犯下大罪……咚哒空哒、锵得隆咚、锵得隆咚、锵得隆咚……

▲啊—— 啊。走投无路，犯下大罪。要么假装迁居远方，要么找一家陌生医院，假装将患者送进去，实际上却是眼含热泪，将其抛弃在再也回不来的荒山野岭。但是这与弃婴不同，不会有好心人捡回收养。不光没人收养，而且走到哪里，就会被人追打到哪里。饥寒交迫时，就只能啃食树皮草根。明知这种情况依然像魔鬼一样狠心抛弃他们的人，就只是远远地躲在树荫里，偷偷寻找可怜的患者的身影。他们双手合十，百感交集……锵得隆咚、锵得隆咚……

▲啊——啊。他们双手合十，百感交集。传闻在延喜年间，有蝉丸和逆发，不知是何因果，二人一盲一疯，都被逐出家门。他们远离喧嚣俗世，在陌生的逢坂山相遇。虽然这只不过是一个传说，但是秘密处理掉精神病患者，的确是世间无可奈何的习俗，不论古今东西、贫穷富贵，也不论身份尊卑、是非道理……锵得隆咚、锵得隆咚……

▲啊——啊。说不清是非道理。那些浪迹荒山野岭的可怜患者中，有些人尚存一丝理智，可以靠翻捡垃圾或者乞讨维持生计。然而，就算日后恢复正常，这世间的悲苦也早已深深地化入内心，终生都难以排解。再加上以自己的模样为耻，为了家人着想，也会放弃重新融入社会，流着泪到处乞食。听说只要行乞三日，便会彻底沦落到这轻松的世界中。倘若将那些徘徊在山沟里、寺院门口、树林中的乞丐和在桥墩旁的茅草屋里捉虱子的乞丐聚集起来，人数着实可观。可是对于这地狱般凄惨的光景，国家和社会却视而不见，只差没让他们干脆去死算了。而这些幸存者比之那些受不了打击而死的精神病患者，只不过是千万人中的一两个人罢了……锵得隆咚、锵得隆咚……

▲啊——啊。只不过是千万人中的一两个人罢了。诸位有什么感想？如果是普通疾病，肯定会比健康人更受重视，医生、药品和护士，柔软的床铺，可口的食物，更会有亲朋好友前来探望。不光是人类，就算是小狗、小鸟和金鱼之类的畜生，也能受到良好的照顾。而精神病患者却因为发病原因不明，要被送进红砖牢房或者荒山野岭，受尽地狱般的折磨……锵得隆咚、锵得隆咚……

▲啊——啊。受尽地狱般的折磨。但是，诸位且听我说，我刚才敲着木鱼讲述的地狱的故事，那些医院地狱和荒野地狱，都是千真万

确存在的，是精神病患者必会跌入的地狱，是再寻常不过的疯子地狱。而我接下来要着重讲述的，是比刚才提到的地狱更加恐怖、更加骇人的地狱故事。没有疯癫的寻常男女，明明能正常分辨事物，却突然被五花大绑，不分青红皂白送进地狱当中。而且仔细调查后发现，这地狱居然是大唐、天竺和西洋随处可见的雄伟建筑！锵得隆咚、锵得隆咚……

▲啊——啊。着实是气派雄伟的建筑！擦拭得金光闪闪的金字招牌上，报刊的广告版面中，只写着“某某医院治疗某某病”，却不会写上“地狱”两个字。警察、报社、侦探社深知其中的内幕，却佯装不知。这当真是一门不可思议的生意。一旦不小心踏入这扇挂有免罪金牌的大门，人的一生便就此终结。那是无论如何哭闹，都再也无法离开的黑暗世界。我们昂首挺胸地宣称，二十世纪是文明的世界，是科学知识万能的时代，是法律道德礼仪的世界，却不知道这种地方的存在。搞不好到了明天，你自己也会跌落进这无底的疯子地狱中……咚哒空哒、锵得隆咚、锵得隆咚、锵得隆咚……

六

▲咚哒空哒、锵得隆咚、锵得隆咚、锵得隆咚。啊——啊。或许有人会质疑，这种事日本未必就没有吧？匕首、手枪、麻醉药、毒药、白绫和手帕，杀人的物件数不胜数。但在某个首屈一指的文明国家“本当国”的首都“魂消市”[①]，我见识到的新式杀人手段却是堂而皇之地

① “本当国”与“魂消市”为作者杜撰的国家和城市。

使用高科技工具，在光天化日之下公然进行的，而且有巡警和医生当场见证，不会留下任何血迹和指纹，哪怕有检察官或侦探质疑并调查，也不会找到任何蛛丝马迹，是一种无比高明的手段。虽然要花些钱财，但获得的利益也很大。这就是一个金钱万能的世界……锵得隆咚、锵得隆咚、锵得隆咚……

▲啊—— 啊。这就是一个金钱万能的世界。最典型的就是财产继承事件，还有在政治、外交、军事机密中，想要大赚一笔却偏偏有人阻挠时，只要提前勘察好对方经常独自前往的隐秘场所，比如情妇的住处、赌场，或是秘密谈事的地点，就可以带上提前雇好的精神病医生，找到在附近巡逻的警察，谎称他是自己的好友，精神有些异常，经常不肯回家，总是在大街上瞎溜达，想带他去看医生，他却坚称自己没病，还挥舞着武器大吵大闹，无计可施之下，只好采取非常手段。知道他经常从这儿经过，所以偷偷藏在这儿等着他。"能不能麻烦哥几个，帮忙把他送进医院？"如此说着再递上点钱，医生也从旁劝说，一切便都水到渠成。对方从此跌入地狱，再也无法活着离开那万丈深渊……咚哒空哒、锵得隆咚、锵得隆咚、锵得隆咚……

▲啊—— 啊。那永远无法离开的疯子地狱。倘若家庭内部出了问题，想要除掉的对象是年轻的少年或少女，则有更加装腔作势的手段。尤其是那些深受近代思想影响、精神过于敏感的家伙，对付起来就更加省事。只要稍加嘲讽，事事表示反对，他们立刻就会出现神经衰弱的反应，脸色铁青，目露凶光，言行举止彻底乱套。只要找一位专门干这一行的医生，立刻就会确诊。表面借口让他去医院静养，实际上却是让其在含苞待放之前，便悲哀地坠入无间地狱……锵得隆咚、锵

得隆咚……

▲啊——啊。悲哀地坠入无间地狱。在本当国专门收治这种患者而声名鹊起的“马塔库博士”，最初也只是普通医生，因为从这种患者身上收取的报酬更丰厚，才逐渐转为治疗这种疾病的专科医生，如今真是生意兴隆，竟然在魂消市建起一座宏伟的医院，院内满是代表现代文明的拷问刑具，样样都是能神不知鬼不觉置人于死地的设备，只要看上一眼，即使是盛夏三伏天，也如同零下几度的寒冰地狱。医院的门面却富丽堂皇，前方停着不计其数的汽车。而且因为手握富豪名流们的家庭秘密，可以尽情地敲诈勒索。只要对方不听话，就立刻公开秘密，宣布当初被其送来的患者并不是精神病，而是遭到了陷害，并且立刻让患者出院。又或者和患者结盟，把对方的秘密宣扬出去，敲骨吸髓地勒索对方。一旦发觉对方快要破产，或者自己的恶行有可能曝光，便立刻给秘密住院的患者注射一针药水。即便事后对尸体进行解剖，也可以谎称患者有暴力倾向，不得不注射这种药物，反正以如今的医学水平，根本无从戳破这个谎言。这就是马塔库博士钻空子的手段，是精神病医生唬人的伎俩……咚哒空哒、锵得隆咚、锵得隆咚、锵得隆咚、锵得隆咚……

▲啊——啊。这就是精神病医生唬人的伎俩。还有很多不可思议的事情，真的是不折不扣的疯子地狱。在本当国的魂消市，即使马塔库博士明目张胆地做这种生意，也不会受到同行的非议与谴责。就连政府、警察、报刊记者也噤若寒蝉，冷眼旁观……咚哒空哒、锵得隆咚、锵得隆咚、锵得隆咚……

▲啊——啊。也噤若寒蝉，冷眼旁观。更不可思议的是，本当国

有个装机密费用的保险箱，箱子里的巨额金钱，绝大部分也都不声不响地流进了马塔库博士的腰包。同时，马塔库博士的胸前挂满勋章，而且都是即便功勋卓著的文武官员也鲜少获得的荣誉勋章。这种事发生在德国、法国、英国、俄国。日本似乎还没有这种事。若问马塔库博士在这些世界强国中做出过多少功绩才被授予这些勋章，说出来可真叫你吓得魂飞魄散……咚哒空哒、锵得隆咚、锵得隆咚、锵得隆咚……

七

▲咚哒空哒、锵得隆咚、锵得隆咚、锵得隆咚。啊——啊。诸位一定觉得无聊了吧？但如果就此打住，就像画龙而不点睛一样。事已至此，我也只能按照顺序，列举出桩桩件件不可思议之事，将那些无人见闻的、科学文化地狱的真正面目彻底揭穿，直至在场的诸位明白为止。不知诸位现在是何心情？这是在别处听不到的地狱祭文歌，是木鱼讲述的不可思议的故事……咚哒空哒、锵得隆咚、锵得隆咚、锵得隆咚……

▲啊——啊。这是在别处听不到的地狱祭文歌。是聋哑木鱼诵念的《阿呆陀罗经》。咚哒空哒、锵得隆咚。话说这“本当民众国”，表面上是世界强国，以世界第一自居，与崇尚自由正义、以民权为本的理想国日本不同，任何人都能担任国家元首，并且是金钱本位，权势本位。它的字典中没有“忠义”二字，是彻头彻尾的金钱万能主义。正义、法律都能用金钱购买，更别提什么良心与贞操。亿万富翁根本

不讲自由与民权，纯粹依靠咬住猎物绝不松口的豺狼本性，国家的利益就是自己的利益，牢牢将政治实权握在手中。因此无论政权如何更迭，亿万富翁的权威丝毫不变。上到大臣议员，下至警察军队，国家的命脉由他们一手掌握。顶级亿万富翁赚钱最多，戴着法律与正义的面具，肆意践踏普通小民的自由、道德、义理与人伦。由衷憎恨这些富翁非法牟利的正义使者——学者与牧师纷纷行使言论自由的权利，进行批判富翁的演说，或撰书讽刺，赢得一片赞誉，并由此在下层社会获得极高人气。打倒富豪的呼声越来越高……咚哒空哒、锵得隆咚、锵得隆咚、锵得隆咚……

▲啊——啊。打倒富豪的呼声越来越高。如此一来，富豪当然不乐意了，他们一只手夹着雪茄，另一只手将刊登这种主张和舆论的报刊甩在桌上，向政府发难："这该怎么解决？！"政府方自然是焦头烂额。毕竟政府那帮家伙都是富豪的狗腿子，不能讨好主子肯定地位不保，下届的竞选费用也将就此泡汤。问题是，个人的自由也是自由，完全没有触犯国家法律，那些正义的学者和牧师又个个逻辑清晰、品格高尚，根本无法驱逐或者哄骗，更别提关进牢房，那样势必会遭受大规模的舆论谴责。经过一番冥思苦想，政客们想到的最佳方式，就是将这些人送进疯子地狱。先找出这些学者和牧师的带头分子，利用政府擅长的刑事手段监控其行动，蹑手蹑脚地跟在其身后，趁其单独一个人时，神不知鬼不觉地将其撂倒在地，以对待精神病患者的方式加上手铐脚镣，再用浸过麻醉药的手帕将其迷昏，送上暗中等待的马塔库博士医院的汽车。剩下的事不必我说，大家也都知道了……锵得隆咚、锵得隆咚……

▲啊——啊。剩下的事不必我说，大家也都知道了。知道还有如此便利手段的文明诸国，不分国家或个人，遇到问题时纷纷效仿。于是，政治家、学者、间谍、大发明家，还有世家子弟、演艺明星等，纷纷被送进精神病院。只因他们的本事和地位会威胁到别人的野心、不当利益或者秘密计划。不需要经过预审、公审和宣判，就可以判处他们有期或无期徒刑，甚至可以让他们坐上电椅，轻轻松松执行死刑。只要委托者提出要求，马上就会坠入地狱……锵得隆咚、锵得隆咚……

▲啊——啊。马上就会坠入地狱。坠入地狱的患者中，当然也有疯子和疯癫病患者，但绝大多数还是杰出人物。身穿白大褂、道貌岸然的疯子地狱的牛头马面们，绑缚住英雄、豪杰和天才们的手脚，将他们送入地狱，马塔库博士就站在那金子和勋章堆成的山巅，含笑注视着这一幕……咚哒空哒、锵得隆咚、咚哒空哒、锵得隆咚、锵得隆咚、锵得隆咚……

八

▲锵锵隆咚、锵得隆咚、锵得隆咚、锵得隆咚。啊——啊。诸位先生，诸位女士，在场的诸位听众。这是我游历西洋带回来的礼物。它与现代文明形影相伴，是人世间的地狱故事。在这鸟鸣婉转、草木繁盛、花团锦簇的极乐净土徘徊的精神病患者，被家人亲属抛弃，想哭也哭不出来，沦为可怜的疯子乞丐，在各个村庄和小镇间流浪，白天黑夜遭人驱逐，被投掷石头瓦砾，经受风吹雨淋，最终消失在冰天雪地中。在这清朗世间建造了此等地狱，老天却将脸背过去，假装自己不知情，

当真是荒唐可笑……锵得隆咚、锵得隆咚……

▲啊——啊。当真是荒唐可笑。但这还算是舒适的地狱。电灯、瓦斯灯昼夜不熄，然而唯物科学的文明之光越是明亮，精神文明就越是黑暗。金钱与女人，权利与义务，不择手段的钩心斗角，不讲道理的生存竞争，电车、汽车和飞机纵横飞驰，往来不绝。与人的命运一线之隔的地方，有一扇藏在黑暗中的秘密之门。被带到这里的人，无论男女老幼、正常还是疯狂、痴傻还是聪明，只要被咚地一脚踹进去，门咣当一关，就再也没有开口申辩的机会，从此无声无息地坠入不讲世间道理、毫无人性光芒、连影子都照射不出来的黑暗世界。这是钢筋水泥砖瓦建造的科学知识的地狱。里面有多层疯子地狱，疯子地狱的上层是亲切地狱，然后是轻蔑、冷笑地狱，下层是虐待、暗杀地狱，底下是无知地狱……锵得隆咚、锵得隆咚……

▲啊——啊。底下是无知地狱。接下来的地狱更是不得了，叫作全知地狱。那个家伙居然把精神正常的我扔进这种地方！你咬牙切齿，捶胸顿足，但越是跺脚，他就越把你送进亲切地狱。倘若你还不消停，那就送你到虐待地狱，再然后则是让你万念俱灰的白骨地狱，就算你变成鬼也无法脱身……锵得隆咚、锵得隆咚……

▲啊——啊。就算你变成鬼也无法脱身。倘若真的存在如此危险的地狱之门，那该如何是好呢？在场的诸位自不必说，政府当局、天下的学者和知识分子们，只要是血有泪的人，就不能视若无睹、置若罔闻。江户时代的古川柳[1]中有句俗谚说“自家牢房中，也不可轻易服

① 古川柳：川柳，日本的一种诗歌形式，内容多为表达心情、讽刺政治或调侃社会现象，风格类似打油诗，轻松诙谐。江户时代的川柳称“古川柳”。

药”，更何况是现代文明。尽管科学技术日新月异，但对于人的脑髓、心灵的本质，依然是一无所知，因此精神病学的研究人员依然同往昔一样四处碰壁，根本分不清假疯子和真疯子，却一味模仿其他医学学科，说着治疗诊断之类的专业术语，建造起四面高墙环绕的医院，装腔作势地摆上一些器械标本、药品和书籍，因此会出现这种地狱也不足为奇。为了防止此类现象发生，当务之急就是只要发现此类医院，便即刻捣毁拆除……咚哒空哒、锵得隆咚、咚哒空哒、锵得隆咚、锵得隆咚、锵得隆咚、锵得隆咚、锵得隆咚……

九

▲锵锵隆咚、锵得隆咚、咚哒空哒、锵得隆咚……诸位若是问起，能不能阻止这种诈骗医院、疯子地狱的形成？只有一种办法，而且是相当浩大的工程。那就是在气候宜人、风景优美、交通便利的偏远小岛，投入一千万日元，建造一栋由我全新设计的大型精神病院。在那里配备研究实验所，让患者免费住院，接受解放治疗，避免医院变成地狱。治疗方法同样由我亲自操刀设计，通过正确的精神科学正确地治疗精神疾病。所谓的解放治疗，不用药品也不做手术，铁索、石箱、铁箱、无袖衣等也统统扔掉，把所有精神病患者放在空旷的场地，进行最自然、最正确的治疗。可谓精神病患者的牧场，疯子的天堂。这所无与伦比、前所未有的精神病院，当然，任何人都可以随便参观。但是里面究竟有多神奇，不到最后揭晓的那一刻，连我也不得而知。内部的一切都是全新的发明。咚哒空哒、锵得隆咚、咚哒空哒、锵得隆咚、锵

得隆咚……

▲啊——啊。内部的一切都是全新发明。全世界的学者都不知晓疯病出现的原因，但其实这是一个极为简明易懂又有趣的学理，终有一天我会将这个学理公开，并在那里进行现场实验。一旦查明绝不可能诊断预防、没有药品也无法手术的疯病的本质，使它的诊断治疗成为可能，就一定会获得极高的评价。日本人会被世界上的其他人种高看一眼，日本也会被视为尊重正义人道的国家、精神科学的先进国家。这是我最大的愿望……锵得隆咚、锵得隆咚……

▲啊——啊。这是我最大的愿望。然而，这一千万日元是一笔相当大的数目。就算变卖父母留给我的土地田产，取出积蓄，出售债券，甚至是把旧兜裆布都拿去换成钱，最多也只能凑齐一半金额。剩下的只能仰仗政府的资助，同时也要请诸位大善人行行好，不管是五厘也好，一钱也罢，哪怕是一根稻草也不嫌少。我这个化缘和尚叩首向您致谢……锵得隆咚、锵得隆咚……

▲啊——啊。叩首向您致谢。或许有人会怀疑——你这个化缘和尚也是疯子的一员吧？眼神动作透着古怪，样子也跟乞丐无异，包袱往路边一扔，光天化日之下，敲着木鱼讲一些匪夷所思的故事，开口闭口什么世界文明，什么一千万日元，什么能够治愈人类心灵疾病、独步古今的研究，还想靠这套荒谬绝伦的说辞让大家捐钱。你这个骗子和尚，这么老套的伎俩谁会上当？如果诸位要驱赶我走，那也是理所当然，合情合理的。咚哒空哒、锵得隆咚。我衷心向您致歉……锵得隆咚、锵得隆咚……

▲啊——啊。我衷心向您致歉。坦白说，我这般不自量力地敲着

木鱼，根本没有人听，也赚不到钱，可我为什么还要顶着烈日，在诸位面前出丑呢？一切都是因为疯子地狱。在文明社会背后不断扩张的这个无法无天的无底地狱，有着笔墨、语言与木鱼道不尽的残酷、无奈、悲伤与痛苦。由于常年目睹这些情况，我的脑子也变得有些奇怪，没办法就这样视若无睹，这就是我如今这般做的原因。如何才能帮助这些精神病患者呢？我绞尽脑汁，百般思量，最终想到的办法就是建造一所大型的精神病医院，免费收治患者。而要建造这样的医院，必须借助诸位及舆论的力量。诸位捐赠的善款一分钱也不会浪费！我这种乞丐的装扮大概有碍观瞻，为表歉意，我将刚刚所唱的《疯子地狱之歌》印成这样的小册子，赠送给在场的诸位。不需要您掏钱，请带回家去看看。想要捐赠善款的人，想要详细了解我拯救疯子的毕生事业的人，想要更详细地聆听我漫游世界带回来的礼物——疯子故事、家族报应及血统孽缘、生灵与死灵的怨念等蛊惑人心的故事的人，或是自己也想在某个聚会上讲讲这种奇闻逸事助兴的人，可以在夹在小册子中的明信片上写上姓名和地址，寄往最末页的这个地址，并请您向左邻右舍宣传此事。如此一来，我刚刚所说的疯子地狱及人类文明背后的秘密，就会在世间广为流传。彻底摧毁邪恶的精神病院和疯子地狱，这样的舆论也会高涨……锵得隆咚、锵得隆咚……

▲如此一来，政府也不能继续沉默。这是不能置若罔闻的重大问题，也是政府社会工作的当务之急。我愿意投入自己五百多万的全部财产，以此为预备金，协助政府建立免费收治精神病患者的国立精神病院，缓和各地精神病患者数量的增长势头……锵得隆咚、锵得隆咚……

▲被人类和世界遗忘、在疯狂和挣扎中结束生命的可怜的精神病

患者，将由此得到救助……砰空砰空、锵唧锵唧……

▲不仅如此，还要将在这所医院里研究出来的疯病的治疗方法广传于世，把世界各地的疯子地狱摧毁殆尽，阻止所有残害精神病患者的行径，这是我一生的夙愿……砰空砰空、锵唧锵唧……

▲啊——啊。这是我一生的夙愿。我懂了，你的工作确实合情合理，是奇特的、令人钦佩的、了不起的想法，别担心，我陪你一起做！咱们努力将那疯子地狱一举摧毁！若是能得到诸位这样的赏识，我一定会欣喜若狂……锵唧锵唧、砰空砰空、砰空砰空、锵唧锵唧、砰空砰空……

十

▲咚哒空哒、锵得隆咚、锵得隆咚、锵得隆咚。啊——啊。哎哟哟，真是对不起诸位，耽误了您办事、赶路、散步的宝贵时间，让您留在这里听我这个怪人讲这些怪话。但请大家仔细想一想，在这无垠的大千世界中，在几万、几亿、几兆年的无限时间里，一个人就算活个五十、七十甚至一百年，也不过是转瞬之间。浑浑噩噩地见面、分手、生离死别。在茫茫人海中，你我此时此刻能够在这路边碰面，也算是一种缘分！请诸位见谅，就当这木鱼声是离别的纪念。倘若您日后在传闻、杂志、报纸或者小说中看到疯子的故事，或是在路上捡到真正的精神病患者，请务必想起今天我说的这番话。月光、阳光和星光彻底熄灭，现代文化的光芒、博爱仁慈的亮光、正义伦理的探照灯也如往昔般无法照亮这个世界，那些精神病患者无声无息地消失在这

比地狱还可怕的疯子地狱里。那些漂浮在深不见底、无穷无尽的黑暗血海上空的鬼火，是无论罪孽因果皆默默死去的精神病患者无声的怨念，是听到的人内心深处的述怀。我只能诵念着《阿呆陀罗经》，敲着不成调子的木鱼，祈求诸位垂怜。邪道——左——卫——门！疯子——地——狱！

——诸位辛苦了！

◆明信片请寄至以下地址

九州帝国大学医学院精神病学教授
斋藤寿八研究室转交
面黑楼万儿收

Kyuusaku
Yumeno

地球表面是最大的疯子解放治疗场

九州帝国大学
精神病科研究室
正木敬之谈话录

自去年三月上旬起，九州帝国大学精神病科主楼后方的附属医院开始动工，“疯子解放治疗所”的工程也同时稳步推进。关于后者的具体情况一直是机密，直到不久前才得知该工程是该科新任教授正木博士自费投资兴建的。针对该治疗场，正木博士在教授办公室与来访记者进行了如下访谈：

据说社会上现在议论纷纷，说我在九州帝国大学开始的“解放治疗”是我的独创，非常新颖奇特。说实话，这种疗法既不是我的独创，也并不新颖奇特。在既无历史记录也无传说流传的远古时代，地球表面曾经就是最大的疯子治疗场，可以将太阳看作那里的院长，空气看作护士，土壤看作后勤人员。

……我这么说并不是故作惊人之语，而是有相当确凿的理由。不瞒你说，我的“精神病研究”的第一步就立足于“地球表面是最大的疯子解放治疗场”这个观点。

若问为什么，那是因为原本生活在地上的人类不分身份高低、男女老幼，只要见到某个人哪怕有一根手指有毛病，抑或身体有残缺或者有多余的零部件，立刻会给他冠上“残废”的称号，要么嘲笑他，要么同情他，总之一定会予以特殊对待。同样的，如果见到某个人的头脑运转不听他本人的指挥，或者有某种先天不足，一定会给他烙上精神病患者——疯子的烙印，并给予歧视待遇，认为这种人比禽兽、蝼蚁还不如，可以随意虐待他们……但是……那些蔑视、嘲笑这些精神病患者的所谓的正常人，他们的精神就真的健全吗？所有人的脑髓都能完全按照本人的意志和命令，随心所欲地运转吗？

我敢说，以公平、严谨的学术眼光来看，绝非如此。只不过是精神方面的缺陷不像手脚畸形、鼻眼缺失一样，能用肉眼直接看出来，实际上生活在地球表面的人类全都是精神上的残废者。不是个性扭曲或乖僻，就是过于自大或自卑，抑或智慧和情欲过多或不足，这些精神上的残废者数不胜数，就算说他们挤满了整个地球也完全没错。

不是有句俗谚说“人各有癖”吗？一些不体面、低级的习惯即使经常遭到别人的耻笑，但就是改不掉。有时甚至会影响自己的升迁或给别人带来麻烦。然而，就算下定决心改正，在神佛面前发誓，甚至在报纸上刊登广告立誓，依然无法戒除坏习惯。这难道不是人无法自由控制自己的大脑的证明吗？这难道不是大脑的错误无法凭自己的意志改正——精神病发作的强烈表征吗？

还有，明明不想哭，泪水还是情不自禁落下；明明不想生气，还是控制不住怒火。这岂不是也暴露了大脑的弱点，即无法自主修正精神的暂时性失控吗？

除此以外，我们遇到的每个人，无论他是否知道，都或多或少带有某些疯狂的倾向，例如偏执、喜新厌旧、喜怒无常、善变、健忘、神经质、某某狂、某某疯子、某某中毒、变态心理，等等。大脑功能也都有些不健全。也就是说，他们跟精神病患者也只不过是五十步笑百步而已。

证据就是当你指出这些人的上述弱点，即大脑的不健全之处时，他们每个人不是羞得面红耳赤，就是青筋暴起极力争辩，又或者是撸起袖子反唇相讥。这种心理就跟疯子坚称自己不是疯子一样，实在是愚蠢透顶，但也是人之常情……如果将这种人之常情视为理所当然，这种精神病倾向就会变成理所当然，更何况是按照当今流行的给予对方绅士待遇，那样就只会助长其病情，最终发展到无法控制的程度。而这迟早酿成家庭悲剧或犯罪事件，并暴露于社会上，轻则受到社会制裁，重则受到法律制裁。那些即使如此依旧不反省、像刹车失灵的破旧汽车一样的家伙，就会被冠上“某某狂”之名送进精神病院。

请不要误会，我并不是在说那样不好，也完全无意侮辱身为万物之灵长的人类，但是天生那样或者后天养成那种习惯的绅士、淑女们，看到头脑和自己只有五十步和百步差别的精神病患者，却会歧视或害怕他们，自以为不管别人怎么说，唯有自己绝对没有精神病的倾向，拥有完美无缺的头脑。对此，我自然忍不住想要讽刺一番，希望为那些受尽这些绅士、淑女残酷的差别待遇实则无辜的精神病患者辩护。

也就是说，按照这样的方式观察，我们根本无法区分正常人与疯子，就跟我们无法区分监狱里的人和外面的人一样。说得再简单点，把根本达不到送进精神病院程度的坏家伙和疯子混为一谈的，正是所谓的正常人……不，正是那些绅士、淑女。

当然，这种说法非常不负责任，实在是又失礼又冒犯，我也感到非常抱歉。但事实毕竟就是事实，我只能这么说。如果不立足于这个观点，就无法进行与精神相关的真正的科学研究，这就跟不立足于人类也只是一种动物这个观点，一切医学研究就无法进行一样。如果有人拥有“我绝对不是疯子，是一个精神上毫无缺陷的人”的自信，请随时来找我。我想邀请您成为本大学研究的患者并免费住院。因为我在给学生授课时，正好需要这种类型的患者……

对于诞生在地球表面、数量庞大的精神病患者，太阳永远默默地进行着解放治疗。在漫长的岁月中，那些地位比禽兽、爬虫还低的半疯人类，自然而然地开始意识到自己原来是一大群疯子的集合，于是创造出宗教、道德、法律、社会主义或者资本主义等严肃的思想，开始“彼此约束，互不为害”。因此我也制造了一个小模型，不自量力地尝试代替太阳，进行“不需要药物的解放治疗”。立足于“人类全都是精神病患者”的观点，尝试真正科学化的精神病研究治疗。

什么？……解放治疗场中收治哪种精神病患者？……目前还不知道。不过，总有一天，我的学说要选择能够成为新精神科学学理的实验材料的患者作为收容对象……

这是一种什么样的学说？……你问的是我提出的精神科学的内容吧？这可是一个非常重大的问题，不是一朝一夕能够解释清楚的。不过我可以斩钉截铁地说，我的学说可以彻底颠覆迄今为止的精神病研究方法。首先从人类脑髓的作用开始重新研究，彻底推翻以往“脑髓是思考事物的地方”这种缺乏科学根据的学说，然后阐明新的“脑髓的作用”中反映出来的精神的遗传作用。根据由此衍生的精神解剖学、精神生理学、精神病理学的观察诊断，搜集那些最容易了解，也最有趣的精神病患者的标本，尝试在他们身上进行我独创的应用了精神暗示和刺激的治疗方法。至于收集什么样的标本，会引发怎么样的骚乱，我自己也无法预料，哈哈哈……

但是慎重起见，我要提前声明，你可千万别误以为进行这个实验的我精神上毫无异常，是个从不出格的木头人儿。

太阳一旦开始发光，全方位地炙烤那被命名为地狱的精神病患者的最大解放治疗场，就很难再停下来，就连中途想要加点酱油都没有机会，会永不休止地烘烤下去。同样地，我一旦开始进行对疯子的研究，就会全身心投入进去。就跟在路边小便一样，无论是高官显贵经过也好，还是被巡警看到也罢，我已经做好了遭受处罚的准备，必然要彻底尿完才能停下来。

所以，即便地球上其他疯子全部得到治愈，唯有我的精神异常永远无法痊愈，我能够保证的就只有这件事。

Kyuusaku Yumeno

绝对侦探小说：脑髓并非思考事物的地方

正木博士学位论文的内容

什么？为什么我的学位论文《脑髓论》的内容不在学术界发表？……啊哈哈。你可别小瞧我，我可不是害怕引起议论才不发表的。事实上是因为我有些内容想要补充，才会暂缓发表。

你让我讲讲论文的内容？嗯，倒也没有什么不能讲的……但是我讲了，立刻就会刊登在报纸上吧？坦白说，我之前谈到的“地球表面是最大的疯子解放治疗场”在你们的报纸上报道之后，着实给我添了一些麻烦。因为很多人以为那是我自费刊登的宣传广告，对我横加批判。

什么？我倒是完全不在乎。别人说什么，我根本不予理会。只不过每当我发表一些骇人听闻的言论，信奉息事宁人主义的校长和生性胆小的医学院院长就会担惊受怕，令我有些过意不去。自从鹤川君的《万物炼金术》研究和赤井君的《返老还童手术》发表以来，世人便误以为九州帝国大学的教员都是骗子。更何况我这次《脑髓论》的内容，绝对会引起数倍于上次的解放治疗话题的轰动……

哼，你说你不会报道出来？新闻记者口中的“不会报道”能信吗？嗯……我就相信你一次吧！来支雪茄如何？这可是上等的哈瓦那雪茄哟。就当是听我高谈阔论的慰劳费和请你不要报道的封口费——虽然有点便宜了。哈哈哈哈哈。正好我今天有空，兴致上来了说不定会多讲一些。

……对了，你读不读侦探小说？什么，不读？不读可不行啊！不阅读堪称近代文学神经中枢的侦探小说，你可就赶不上时代潮流了。什么？你读腻了？……啊哈哈哈。失敬失敬。也难怪，毕竟你是靠这个吃饭的新闻记者。真是失敬了啊，啊哈哈哈哈。

那么，我就把我珍藏的最崭新离奇的写实侦探故事讲一个给你听吧！坦白说，我构思这个故事原本是想投给某本科学杂志，但是在此之前先听听你的评论也未尝不可。我想其情节之复杂微妙以及最后谜底揭晓时的痛快讥讽应该是前所未有的。我敢保证你再也不会见到其他类似的故事，否则我绝对没有脸再跟你见面……

什么？我可没有故作惊人之语。这个故事跟我刚才提到的我的《脑髓论》可大有关系。毕竟所谓的侦探小说简单来说就是脑髓的运动。凶手的脑髓和侦探的脑髓各自施展诡计，你追我藏。利用在此过程中产生的各种错觉、幻觉、倒错的观念的魅力，牵动读者的大脑，这不正是侦探小说的长处吗？你说对不对？

但我的侦探小说与那些老套的故事迥然不同，是一部“脑髓本身”追踪“脑髓本身”，可谓整个宇宙最高明、最纯粹的科学侦探小说。不仅如此，当这部纯粹的科学侦探小说最后的谜底揭晓时，将会令二十亿人类的脑髓愕然失色，而这个诡计正是我的《脑髓论》的主题。

什么？你听不懂？哈哈哈哈哈。那当然了，因为我还什么都没说啊。哈哈！

啊，没关系，没关系。你可以把这个故事速记下来。只要等我的《脑髓论》作为学位论文正式发表之后再报道就好了。如果有需要，我后续也可以帮忙润色。或许不作为谈话录发表，而是以我的创作发表更方便……

但我要提前声明，就算听了这个写实侦探故事，我也不能保证你一定就能听懂。毕竟这是一部脑髓追踪脑髓的最纯粹、最高深的侦探小说。谜底从开篇就已存在，但是读者绝对不知道，他们只会感觉自己被卷入离奇古怪的幻觉、错觉和倒错的观念的旋涡中……这就是这部顶级的脑髓小说的精髓之处！哈哈哈哈哈哈。

对了……开篇劈头就抛出一个极其难解的谜题，重击读者的大脑，应该是侦探小说的典型模式吧！而且，能够让“人类的脑髓”极度混乱的谜题，必然与“脑髓”本身有关，对不对？

果然是这样吧！！……既然如此，我也给读者当头一棒吧。哈哈哈哈。坦白说，“脑髓”本身正是现代科学术界最蛮横残酷的“谜题本尊”。它也是人体各个器官中唯一一个真正面目不为人知、由蛋白质构成的巨大的斯芬克斯，是让地球上二十亿人的头盖骨从早到晚疼痛不已的怪物。

这个被称作人类的脑髓的怪物盘踞在身体最高处，将人类全身的各个器官当成奴仆驱使，随心所欲地榨取最上等的血液和最高级的养分。脑髓的命令一定会被执行，脑髓的欲望一定会得到满足。到底是人类为了脑髓而存在，还是脑髓为了人类而存在，这个问题实在是让人百思而不得其解……如此彻底地发挥专制作风，号令人体各个器官的人类文化的独裁君主，非脑髓莫属。

不过话虽如此，这里还有一件令人费解的事情。

这个自称脑髓的蛋白质物体，古往今来在人类体内有着何种功能？发挥着什么作用？……经过严密的科学研究，得出的结论依然是“一无所知”。反过来说，这个名为脑髓的怪物，根本没有让古今东西学者的脑髓了解到它自身真正的功能……不仅如此……脑髓本身虽然只是一块一到两千克的物质，却向四面八方放射出超乎科学想象的怪异能力、神秘能力和魔力，完全粉碎了科学家们对脑髓本身所做的科学研究推理。用更简单的说法来说，或许可以形容为“脑髓在努力让脑髓无法明白其自身的功能”。所以，脑髓让脑髓自身创造出的现代人类文化中心日渐无意义化，甚至全面末梢神经化，使其日益颓废、堕落、迷乱、苦闷，但它本身却若无其事地盘踞在头盖骨的空洞中，渐渐变成了恶魔，而这就是那件令人费解的事。

当然，这并不是我在夸大其词或胡说八道，而是赌上我专业的名誉下的结论……

什么？……你说……脑髓是思考事物的地方？

没错，大家都这么认为。现代的一流科学家自不必说，全世界各个人种、各个阶层的人，无论是专业的还是业余的，都认为脑髓是思考事物的地方，同时坚信收音机、飞机、相对论、爵士乐、安全剃刀、社会主义理论、毒气等所有的一切，也都诞生自这团重量在一千两百克到一千九百克之间的蛋白质物体。

的确，解剖人类的尸体观察脑髓，这种观念似乎是完全正确的。大脑、小脑、延髓、松果体等无边无量地叠合在一起。形状稀奇古怪的细胞也通过奇形怪状的神经元突起，与全身三十兆细胞全方位地连接在一起。对这个联络系统进行研究就会发现，将人体各部分整合在一起的细胞全部以脑髓为中心，形成了一个周到、缜密、井然有序的网络，因此我们才会认为支配人类一切行动的精神或者生命意识就在脑髓之中，至少“脑髓是思考事物的地方”这个观点不会有错。

这种观点如今已经成为人类不可撼动的信念，或者说常识。事到如今，已经没有任何人会对“脑髓是思考事物的地方”这个事实产生怀疑。现代璀璨的文化、文物，哪怕是一根针、一张纸，无一例外都是由“思考事物的脑髓”所想出来的……哪怕有人如此发表演讲，也不会有一个人跳出来反对。如今已经是大脑万能主义的时代了。

但是……我的脑髓侦探小说中，有一位横眉冷对这种世界大趋势的青年名侦探登场，他同时也是位前无古人的超级脑髓学大博士。他一举颠覆了以往与脑髓相关的世界性迷信，让“脑髓”这个大恶魔的怪异作用——可以形容为无意义至极、白痴般简单明了的错觉作用——的真相，暴露在科学辉煌的光亮之下，给读者的大脑重重一击，直接实现全垒打……这就是故事的大致情节。怎么样？你觉得读者会不会买账？

什么？还是不明白？看来还是要多听一会儿啊……

你说什么？这是幻想小说？……岂有此理！我不是一开始就告诉你这是一部“科学侦探写实小说”吗？哪怕我加入一点点幻想的成分，整篇小说立刻就会丧失全部趣味。当然是这样的……从一开始它就无比缜密，你放心听我说，慢慢就会明白了，这可不是那种小儿科的故事。你给我听好了……

这位青年名侦探兼脑髓学大博士，我就称他为“白痴阿呆”君吧，是个刚满二十岁的美青年。听好了……他当然是一位实际存在的人物。虽然这位美青年拥有古今无双的聪明头脑，却患有非常危险的遗传性精神病，因此刚进入本大学不久，他就被收容进本研究室的附属医院。

什么？我都说过我不是在瞎掰了！你可真是一位疑心重的可怕读者啊！如果你怀疑这是虚构的，我随时可以把他本人介绍给你认识。他就住在这对面的七号病房，并不费事。只要你叫他一声“喂，阿呆”，他就会惊讶地回头看你，那模样非常可爱。

对了，这位患病青年——阿呆君——因为遗传病发作而不省人事，好不容易才恢复意识。但是很快他就发现自己不光想不起故乡和父母，连自己的名字也忘了个一干二净。所以我才暂时授予他一个“白痴阿呆”博士的荣誉称号。因为阿呆博士的头脑特别聪明，所以对失忆一事非常在意，每天都不分昼夜地在病房的人造石地板上踱来踱去，专心地思索着自己脑髓的问题……他经常一面嘴里念叨着“搞不懂，搞不懂。我的脑髓以前到底做了些什么，想了些什么呢？”或者“是我的脑髓在支配我的全身呢，还是我的全身在支配我的脑髓呢？搞不懂，我搞不懂”这些话，一面拉扯自己乱糟糟的头发，用拳头敲打自己的后脑勺，一刻不停地在房间里踱步。

但是，随着精神病的发作越来越严重，到达顶点时，阿呆博士就会在房间正中央的人造石地板上停下脚步，满脸不可思议地环视四周，做出从自己蓬乱的头发中抓住某个肉眼看不到的东西并用力甩到地板上的动作，然后指着地板上的东西，开始口若悬河地发表关于脑髓的演讲。没多久，他似乎被自己的演讲深深打动，一脚踩上刚才被他甩在地板上的东西，仿佛要将那个刚刚从自己脑中抓出来的肉眼看不见的东西踩个稀巴烂，同时将眼睛一闭，晕倒在地板上。持续昏睡约三四十个小时，陷入人事不省的状态，然后又迷迷糊糊地睁开眼睛，站起身来，再度重复之前的动作，一面反复念叨着“搞不懂，搞不懂”，一面在房间里踱来踱去。不久，再次从头脑中抓出肉眼看不到的东西，用力甩到地板上，环顾四周，挥着拳头开始发表有关脑髓的演讲，之后把地板上那个不知是何物的东西踩烂，然后晕倒在地板上……这就是这位青年名侦探每天必做的功课。

有趣的是这位阿呆博士的演讲！

阿呆博士演讲时，似乎以为自己置身于某个人潮汹涌的电车线交叉路口，站在往来不绝的人群中。他像交警一般伸展双手，做出环视前后左右的人群的模样，突然间在空中挥动拳头，并声嘶力竭地大喊大叫——

停下来！停下来！

电车、汽车、摩托车、公共汽车、火车、人力车，统统停下来！绅士和淑女们，摩登女孩和男孩们，上班族[①]和职业女性们，业余人员和职业人员，扒手和警察们，统统不许动！

诸位如今都面临着非常危险的局面。

诸位现在应该是一边用脑髓思考一边走路的吧？通过脑髓的判断力来区分交警前进或停止的指令，识别信号灯的绿灯和红灯，评判橱窗内最新的潮流款式，从海报得知新人的出现，由晚报的报道找到话题，

① 上班族：在日本，上班族一般指男性，他们的着装也都是清一色的黑色制服。

警惕扒手，躲避债主，追踪女人散发出的体香……这些都愈发让脑髓的感触达到高潮，以此提升身为文明人的骄傲……

但是，这非常危险。我要向你们发出紧急警告，有关脑髓的紧急警告……

看看吧！听听吧！震惊吧！恐惧吧！

现代的二十亿人类和诸位一样统统是傻瓜，都是去邮局询问自己搬家住址的白痴，是对着电话筒大声报出本机号码的蠢货，是误以为“脑髓”是“思考事物的地方”的低能儿。

将这种愚蠢的幻觉、错觉得意扬扬地扛在肩头，并将其视为独一无二的依靠，在充斥着“大脑是最佳也是最后的资本”“现代是比拼大脑速度的时代”这些倒错的观念的竞技场中，驱使着如此众多的电车、汽车、摩托车，夜以继日地将人类文化逼到无比苦闷的绝境，这就是诸位的脑髓正在做的事。

如此危险，我岂能袖手旁观？

看看吧！听听吧！震惊吧！恐惧吧！

以下是我白痴阿呆的口号：

“痛斥人类文化！“

“颠覆脑髓文明！”

“重建唯物科学思想！”

我阿呆如此宣称：

“‘思考事物的脑髓’是人类最大的敌人……是全宇宙最大、最高级的恶魔中的恶魔……开天辟地之初，唆使夏娃偷食禁果的撒旦之蛇为了继续诅咒亚当和夏娃的子孙，潜入人类头盖骨并偷偷盘踞在头盖骨的空洞中……它就是‘思考事物的脑髓’的前身……”

睁开眼睛吧！

正视这令人战栗的脑髓的恶魔行径吧！

清算与脑髓有关的一切迷信和妄信吧！

人类的脑髓自我吹嘘：

“脑髓是思考事物的地方。”

“脑髓是科学文明的造物主。”

“脑髓是现实世界中全知全能的神。”

脑髓就这样自封宇宙最厉害、最高级的权威，盘踞在人体的最高处，像驱使奴仆一般驱使着全身的器官。它从全身榨取最上等的血液和最高级的养分，极尽王者的骄奢。一方面无限度地提高脑髓自身的权威，一方面让迷信其权威的人类一天天、一步步坠入堕落的深渊。

看一看“脑髓的罪恶史”有多可怕吧！

我……白痴阿呆全方位地研究世界历史，可以得出如下结论。

脑髓的罪恶史可以用如下五项加以概括。

“让人类自以为超越了神。”

这是脑髓罪恶史的第一页。

“让人类反抗大自然。”

这是第二页。

“将人类逐回野兽的世界。”

这是第三页。

“让人类在唯物质与本能的虚无世界中疯狂追逐。”

这是第四页。

“将人类赶向自我毁灭的斜坡。”

这是最后一页。

事实胜于雄辩。

只要翻开医学史就能够明白……首度从人类的尸体中发现脑髓的人，是被称为西洋医学中心之祖的大科学家海波·梅尼亚斯[1]。

但是，这位近代科学泰斗海波·梅尼亚斯伟大的脑髓却使用极为大胆巧妙的诡计，把自己发现的死人的脑髓功能封藏在绝对的秘密里。

也就是说，海波·梅尼亚斯的脑髓认为“我的真面目怎么能被你们了解”，于是让呈灰白色漩涡的“死人的脑髓”与海波·梅尼亚斯自身蓬乱头发下的头盖骨中的“活生生的脑髓”互相对峙，开始进行推理的真正较量。

“唉。这东西究竟有什么作用？造物神为什么要把这蜷曲如蛇的灰白色东西放在头盖骨的腔体顶层？

海波·梅尼亚斯的大脑被这些疑问难住，几天几夜都在苦思冥想。

“唉……这个蛋白质块看起来像是制造眼泪和鼻涕的地方，或者说类似章鱼的粪便，看它位居名为人类的这个建筑物的最顶层，似乎是储藏珍贵养分的储藏罐，从它跟小肠一样蜷曲嚅动来想象，又像是某种消化器官……唉。它究竟是什么呢……搞不懂，真搞不懂……”

① 海波·梅尼亚斯：作者虚构的人物。

海波·梅尼亚斯摇头叹息、冥思苦想，甚至累到昏迷，最后依然一无所知，只是徒然地让他的头盖骨内疼痛不已。

至此，伟大的天才科学家海波·梅尼亚斯完美地掉入了自己的脑髓的圈套当中。他兴奋地拍案而起。

“我明白啦！脑髓是思考事物的地方。就是因为过度使用脑髓，我才会这样头痛！”

随即，这位科学家拿起手术刀，将取出脑髓后的尸体全部切割成十万分之一毫米的厚度，确认了构成人体各器官的三十兆细胞群，无一例外都由以脑髓为中心的神经细胞纤维连接在一起。刚一确认这个事实，他就用双手捧起死人的脑髓，狂奔而出。

“我明白啦！我明白啦！一切都明白啦！

“生命的本原是神的意志这种说法根本就是谎言。神只不过是人类的脑髓思考出来的东西！

“你们看看这个脑髓！生命的本原实际上存在于这一千两百克到一千九百克的蛋白质块里。我们的精神意识只不过是通过蛋白质的分解作用而产生的一种化学能量的刺激！

“一切都是脑髓的意志！

“发现科学的脑髓才是现实世界全知全能的神！”

当时对基督教的迷信和僧侣的堕落腐败已经厌恶到极致的尖端人种，一听到这些观点就立刻高声喝彩表示共鸣，完全认同了海波·梅尼亚斯的错误言论，疯狂迷信“脑髓是思考事物的地方”这个错觉。

“没错，没错。这个世界上根本不存在什么神灵！一切都是物质的作用。我们要用我们头盖骨中的蛋白质的化学作用，创造新的唯物文化……”

“思考事物的脑髓”就这样巧妙地将神灵从人类世界抹杀，随即又引导人类与自然界对抗，开始创造为人类而存在的唯物文化。

脑髓很轻易地替人类设计出种种武器互相杀戮。

开发出种类繁多的医术，让人们对抗自然的健康法则，让病人增加，随心所欲地限制生育。

制造出种类繁多的机械，使世界更加逼仄。

研究出各种光源，驱逐太阳、月亮和星星。

然后，将身为自然之子的人类统统赶进钢筋水泥筑造的房子里，让他们在煤气和电气中呼吸，使他们的动脉硬化，同时让他们用铅和土化妆，与机器玩耍。

教会人们使用酒精、尼古丁、鸦片、消化剂、强心剂、催眠药、春药、消毒剂和毒药，让他们以为这些东西所催生出的非自然的倒错美才是真正的人类文化，使人类养成一日都离不开这些非自然的东西的习惯。

不仅如此……

“思考事物的脑髓”首先将“神”从人类世界驱逐出去，紧接着将“自然”也驱逐出去，而后又将保证了人类的繁衍、进化、安慰和幸福的一切自然心理予以剥夺。换句话说，就是在“因为它们不符合唯物科学，所以是非自然的”这种错觉的基础上，全盘否定人类的父母之爱、同胞之爱、爱恋、贞操、信义、羞耻、义理、人伦、诚意、良心等，创造出只有物质和野兽本能存在的个人主义的世界。就这样使人类文化日益无中心化、自渎化、神经衰弱化、精神异常化，最终使全人类徘徊在自毁、自杀的虚无世界的十字路口，成为徒然恋慕红灯和绿灯的无知幽灵。

“思考事物的脑髓”就像这样，企图在不知不觉中将人类引向灭亡。

请看脑髓文化的冷血和残酷模样！

可以就此放任不管吗？

不只是这样而已……

“思考事物的脑髓”一方面像这样将每个人埋葬在错觉的虚无世界里，一方面对全人类的大脑编造精心的谎言，将人类的大脑玩弄于股掌之上。

同时，它还尝试彻底蒙蔽本人——白痴阿呆的侦探之眼。

请看！

被“脑髓的诡计”所玩弄的“脑髓的悲喜剧”是如何大量地发生在诸位眼前的！“脑髓的闹剧”是何等严肃地在全世界的舞台上演的！

请看！

“思考事物的脑髓”就是如此统治着人类世界的文化的……它一边号称宇宙万物的所有奥秘都能考虑到，一边支配着科学文化的方方面面。

不过，这到底是怎么回事呢？

为何“可以思考一切的脑髓”将其自身思考出来的学说，以及根据这些学说创造出的唯物文化的产物大量堆积在地球表面，目之所及一片金光闪闪，灿烂夺目，令人无法喘息，却将这当中最重要的“脑髓自身”的科学研究搁置在一无所知的黑暗中呢？能够思考宇宙万物所有奥秘的脑髓，为什么唯独留下脑髓自身不去思考呢？……截至今天，科学家们的学说和论文中尚无一篇能够准确说明脑髓作用的文献，这是何等不可思议的现象！

不仅如此，诸位……如果代表诸位脑髓的全世界的科学家们的脑髓，至今都不可思议地尚未发觉这个矛盾，未免也太疏忽大意了吧！

请看……人类的脑髓对人类肉体的研究，已经进展到何等透彻的地步，细微精辟到解剖、生理、病理、遗传等各方面。对于疾病的治疗也同样如此，内科、外科、耳鼻喉科、皮肤科、眼科、牙科等竞相发展。

然而，唯独对于思考、这些脑髓以及脑髓相关疾病的研究，却仍旧和远古时代一样，停留在“盲目摸索状态”，这是何等愚昧……精神病的研究所必不可少的精神解剖学、精神生理学、精神病理学、精神遗传学等研究科目，全世界的任何大学都没有予以分科，让所有医生都对脑部疾病、精神病的治疗束手无策，几近放弃，脑髓又是何等的失职！……“人类的生命或者说生命意识如何存在？存在于何处？”“为什么会出现幻视？”“精神分裂症是哪个部位出现了什么问题？”……这些令所有人费解的关于“脑髓”的重要问题，如此聪明的人类的脑髓居然只是打了个大哈欠而不予理会，这未免太没有道理了！

如同占卜者无法占卜自己的命运一样，脑髓无法思考脑髓，所有人都觉得这是理所当然的，毫不怀疑。

这若不是脑髓的悲喜剧，又是什么？

这若不是被脑髓玩弄的脑髓们的大闹剧，又是什么？

举个离我们最近、最切身的例子，就是俗话说的“哭中风”和“笑中风”。这是无论愤怒也好，吃惊也好，感情上出现任何波动，都仅能表现出哭或笑的其中一种感情的病症。关于这种疾病，脑髓依然严格命令全世界的科学家，以“脑髓是思考事物的地方”为前提进行解释。所以严格奉行此项命令的全世界的科学家，只能将这种中风症状解释为“这是因为脑出血导致脑髓全体瘫痪，只剩下驱动‘哭’或‘笑’中的某一种感情的部位还能活动，所以这个人产生的所有感情都只能通过‘哭’或‘笑’的某一处神经细胞活动来表达……只要是以‘脑髓是思考事物的地方’为前提，就无法做出其他解释。”

但是很遗憾，将这类中风患者的脑髓进行病理解剖后得出的结论，却与上述说法恰好相反。脑出血绝大多数情况下摧毁的并非整个脑髓，而仅仅是脑髓中很小、很狭窄的一处，这岂不是很讽刺吗？这只不过是不能哭也不能笑的脑髓的恶作剧，不是很悲惨吗？

更讽刺、更怪异的是梦游。对于这种病症，信奉大脑万能主义的科学家们当然视之为疑难杂症并敬而远之。但是，那些迷迷瞪瞪的梦游症患者却似乎是在嘲讽这些科学家的大脑一般，屡屡表现出各种各样的奇迹……例如这种患者在梦游发作期间，会展现出令人难以相信人类的大脑可以做到的惊人智慧和技巧，完成人类根本无法完成的惊人工作……不仅如此，翌日清晨醒来时，这个人又悄然间变回了原来的痴呆模样，而那些了不起的记忆也都从他的脑髓中彻底消失，这种无比不可思议的现象，令那些迷信“脑髓是思考事物的地方”“感受的地方”“记忆的地方”的这方面的专家的脑髓全部丧失判断力，只能高呼：“这根本不是人类的脑髓能够想出来的！”这岂不是很可怕吗？

这岂不是脑髓并非万能的恐怖剧吗？

而且即使如此，那些自命为唯物教牧师、科学万能教传教士的科学家们仍未引以为戒，持续高呼对脑髓的绝对礼赞。

“脑髓的大小反映一个人的进化程度，涡纹的多少显示这个人的文化程度。也就是说，人类是为了那巨大的发达的脑髓而存在的，脑髓是为了思考事物而存在的，所以脑髓是文化之神、科学世界的造物主、唯物教的守护神。”

他们将上述歪理邪说看得比《圣经》更尊贵，拼命拥护自己脑髓的权威。但是，在这类科学家们的显微镜下，一些没头没尾没脑髓的低等动物不但能够正确判断寒暑，挑选自己喜欢的食物，甚至能展现出比人类脑髓更敏锐的气象预报能力，这岂不是很大快人心？这些低等动物虽然口不能言，却可以用肢体动作对人类大加嘲笑。

“就算没有脑髓也能思考事情哟。”

“我们浑身都是脑髓哟。”

“我们可以让脑髓完全变形，当作手脚、躯干、耳朵、眼睛、嘴巴、鼻子、消化排泄、生殖器官等来使用哟。”

“你们只能让不同的器官分别负责不同的功能。”

“我们的手和脚也能思考事物哟。”

“屁股也会看、会听哟。”

“拧腿的时候，只有腿会痛。”

“被跳蚤咬了，只有被咬的地方会痒。”

"脑髓既不会痛也不会痒。"

"你们还不明白吗？"

"啊哈哈哈哈哈哈哈。"

"噢呵呵呵呵呵呵呵。"

"噫嘻嘻嘻嘻嘻嘻嘻。"

大家听了不会觉得生气吗？

这若不是脑髓的讽刺剧，又是什么？

这若不是脑髓的诡计，又是什么？

在这种唯物文化当中，这些与精神和灵魂相关的奇怪剧目与神秘剧目仍然与往昔一样，犹如浪潮般不断涌现，嘲笑着人类的大脑，诸位不觉得很痛快吗？

在唯物资本主义的黄金时代，由科学文化筑造的大都市里，已死的人打电话、合照中出现不认识的人、宝石吸食美人的寿命、铁道口出现可怕的幽灵等神秘现象时有发生，这还不算什么，更可怕的是，拿破仑的幽灵抚摩阿默龙恩城[①]的城墙，有人听到老恺撒的叹息声，图坦卡蒙王的木乃伊诅咒埃及探险家……即使是科学推理的天才巨人，借助指纹、足迹、烟灰形态进行推理的唯物侦探法的创始人夏洛克·福尔摩斯，晚年也被这类奇怪的现象吸引，沉迷于心灵学的研究不能自拔，直到离开人世……不仅如此，他还通过不使用以太[②]波动的

① 阿默龙恩城：荷兰中部乌得勒支省的一个村庄和旧市镇，主要景点就是阿默龙恩城堡。

② 以太：古希腊哲学家亚里士多德设想出来的一种充塞于宇宙的介质。近代某些思想家认为它是物质世界的本原，用它来解释世界上种种物质的和精神的现象。现代科学证明这种介质并不存在。

音波，从冥界与还在人世的妻儿交谈……尽管大家都对此表示不可思议，但是没有人能够断言这样的事情是真实存在的。就算有人能够断言，也会遭到其他人的驳斥，最终演变成无休止的争论，以互相怀疑彼此的脑髓有问题并彻底决裂而告终。这是从一开始就能预想到的结局。在穷尽一切推理和想象，发觉这样不对、那样也不对时，人们终于开始哀号“脑髓如何思考脑髓”，所有问题再度回到原点。

怎么样？诸位……大体来讲就是这种情形。

“人类的脑髓”首先必须研究出来的“人类脑髓的病理”，即构成精神病学基础与核心的各种重要问题，如诸位所见，因为“思考事物的脑髓”而呈现全面滞涩的状态，导致地球上所有精神病学家和精神病院的诊断治疗，在无能、无意义的嘲笑声中举步维艰。同时，也导致地球上无数精神病患者被禁锢于永远无法得到救赎、饱受侮辱与虐待的世界。还有，由这个世间所造成的疯子地狱在地球上随处可见，不是吗？

这若不是伟大的“脑髓的恶作剧”，又是什么？不是“思考事物的脑髓”对“思考事物的脑髓”表演的一出自导自演的恐怖闹剧，又是什么？

想鼓掌的人请鼓掌吧！

想喝彩的人请喝彩吧！

想哭的人请哭，想笑的人请笑吧！

我，白痴阿呆注意到这一脑髓文化现状的瞬间，连牙齿都开始打战。意识到阿呆自己的脑髓正在暗中冷冷地嘲笑这令人战栗的脑髓社会，我左右膝盖骨抖得几乎要散架。我无论如何都要揭穿脑髓的这个诡计，彻底破除全世界对脑髓的唯物科学迷信，让如此残忍、凄怆的恐怖大闹剧尽快停止。

我，白痴阿呆挺身而出，奋然一搏，利用倾注了我毕生心血的最高级的侦探技巧，穿越无限时空展开搜索，终于彻底识破了这个名为脑髓的大恶魔——“遭到诅咒的唯物文化的偶像”的真面目，找到了能够唤醒全人类的大噩梦，即对于“思考事物的脑髓”的迷信与妄执的“至高无上的大真理”。

而且……这个令人惊异的大真理由于过于简单、平凡，反而被所有人忽略。自脑髓最初被发现以来，培根、洛克、达尔文、斯宾塞、柏格森等所有不平凡的脑髓们，都一定只能在他们自身无法认识到的地方才能实现“脑髓真正的活跃”。这个大真理就是烧毁了持续玩弄地球上二十亿生灵的“脑髓之大恶咒文”的一根火柴棒。

诸位！尽情欢欣雀跃吧！勇敢跳起来，倒立、空翻吧！狐步舞、踢踏舞，尽情舞起来吧！

交警也好，安全地带也好，都别管它！

奏响从古往今来的脑髓的专横残暴之中、从人类最后的迷信之中解放的凯歌吧！

我，白痴阿呆终于追踪着地球上最大的恶魔来到诸位面前，彻底查明了神出鬼没、变幻莫测的古怪罪犯，以及残忍凶恶的恶作剧者的诡计的真相。而且，就在刚才，我把这个大恶魔的真面目，也就是我阿呆自身的脑髓当着诸位的面踩烂，并且无比光荣地大叫："脑髓并不是思考事物的地方！"

★

啊哈哈哈哈哈！怎么样？痛快吧？过瘾吧？绝对值得喝彩吧？是一部足以让全世界二十亿脑髓震惊的超级痛快的侦探小说吧？

……什么？还是不明白？

啊哈哈哈。那是因为你还没有甩开用脑髓思考的习惯。因为"精神即物质"式的唯物科学迷信仍旧紧紧地黏附在你脑中的某个角落。

请听我说！我们的青年名侦探白痴阿呆博士指着刚刚被他摔在地上、沾满泥土的脑髓，继续进行论证。

★

看看吧……听听吧……震惊吧！

看看这脑髓的诡计的真相……看看它比恶魔更可怕的邪恶模样……

自从科学家海波·梅尼亚斯首度发现脑髓以来，我们人类就受到"思考事物的脑髓"的玩弄，产生应该不分昼夜地跪拜脑髓、将自己的肉体和精神完全奉献给脑髓的错觉。我白痴阿呆本人的大脑也曾是其中之一。

但是……现在已经到了必须打破这种错觉的时刻了。对最初发现脑髓的科学家海波·梅尼亚斯的错觉进行清算的机会已然来临。与躺在我脚下的我自己的脑髓一样，必须把它摔成烂泥的时刻已经来临！

阿呆我站在这个十字路口，要高唱地球上最初的宣言！换句话说，我很荣幸公开发表最尖端的学术和最后的宗教——白痴阿呆式的“脑髓论”。

阿呆我断言：“思考事物的脑髓无法对思考事物的脑髓进行思考。”这一论点，和“两个物体不可能同时存在于同一个地方”这个物理学法则一样，是亘古不变的公理。所以思考“思考事物的脑髓”，让最初发现脑髓的科学家海波·梅尼亚斯饱受误解自己脑髓作用的“脑髓的幽灵”的困扰，已经到了几乎要被自己的脑髓的幽灵折磨死的境地。

所以，我白痴阿呆对此堂堂正正地发出挑战：

思考事物的地方并不是脑髓……

感受事物的地方也不是脑髓……

脑髓只不过是无神经、无感觉的蛋白质固形物而已。

岂有此理。有何可笑之处？诸位为何笑得东倒西歪？

为何要在路上滚来滚去？

为何要爬进派出所？……为何要抱住电线杆？……为何要亲吻红色邮筒？……难道诸位精神上出现异常了？

什么？？？

你们是问“不用脑髓思考，那是用哪里思考”吗？

是问“不用脑髓感受，那是用哪里感受”吗？

是问“我们的精神意识在哪里”“我们是如何生存的”吗?

什么嘛!

这些问题一点也不可笑,好吗!也没有什么不可思议和奇怪之处。都是极端平凡的问题,不是吗?

撢掉裤子上的泥土!

把帽子重新戴正!

把领带拉正听我说!

我们的精神或者生命意识并不存在于某个地方,而是充满我们身体的每个角落。和没有脑髓的低等动物相同,拧屁股会痛,肚子空了会觉得饿。

非常简单明了。

但是仅仅这样说,或许过于简单明了,反而不容易理解,所以我再详细解释一下。我们平日感受到的一切欲望、感情、意志、记忆、判断、信念等,都同样地、绝对平等地分散在我们全身三十兆细胞的每一个之上。脑髓只不过是一个具有中介功能的细胞团块,负责将全身每一个细胞的意识内容一个不漏地反射交感至全身的每一个细胞。

社会主义者将其每一个党员称为细胞,同样地,如果将一个细胞视为一个人,将人类全身看成一个大都市,脑髓就相当于位于市中心的电话交换局。除此之外,它什么都不是。

如果这样你还不明白,就随我阿呆一起,重新走一遍在无限时间和空间中来回奔波、不屈不挠地追查脑髓真面目的旅程吧!

首先,请随我白痴阿呆一起搭乘头脑航空公司专用的超速飞机“推理号”,去探索一下脑髓从何而来,出于何种理由、是如何诞生的!

随着震耳欲聋的轰鸣声，“推理号”从头脑机场起飞，将一口气穿越无限时空，在横亘于诸位眼下、雄伟庄严的万物进化的大洪流中，逆向飞行六亿年。

请看……现在，人类全盛的世界一瞬间化为未来之梦，猛犸象、亚洲象、剑齿象等巨兽肆虐横行的百万年前的象的世界，就在诸位的脚下展开。

接下来是再上溯百万年的恐龙世界，比恐龙世界更早的鸟类世界，比鸟类世界更久远的鱼类世界、贝类世界、海绵动物世界以及进化程度更低的微生物世界，最后终于回溯到六亿年前的古生代……这个世界翻天覆地的火山、大雷雨、大海啸、大地震的烟火、水汽和尘土前推后拥，蒸腾而上，遮天蔽日。怎么样？这个世界很年轻吧？地球精力充沛对不对？

请诸位提取在地表冒着泡、盐分稀薄、温度维持在四十摄氏度左右的一滴海水，放在显微镜下观察一下。诸位应该可以发现，自己眼前是无穷无尽浮游着的单细胞生物的扩大影像。而诸位看到的这些原始细胞的巨大群落，便是未来一切生命的共同祖先……而且，这些原始细胞是在地球表面的剧烈气候变化下，慢慢冷却时所形成的各种化学物中，最后形成的最高等、最复杂的物体。是最充分、最灵敏地发挥各种元素的活力化合而成的精妙有机体……可谓“天之御中主神[①]”的正统、“耶和华”的爱子、“太阳神王子荷鲁斯[②]”，是地球上最初的生命群体。

---

① 天之御中主神：日本神话体系中的起源神，意为在宇宙中央之主者，代表宇宙之根本。

② 荷鲁斯：古埃及神话中法老的守护神，王权的象征，同时也是复仇之神。

所以，这些原始细胞中的每一个都拥有能够根据环境变化，表现出各种意识、感情、判断力的无限灵能。可以同化自己以外的无机物、有机物，自我增殖和分裂，甚至还能与其分裂出的相邻细胞反射交感彼此的感觉与意识。

请看证据……在诸位眼前，刚刚的原始细胞不是正在旺盛地自我增殖和分裂，使其形态与能力快速进化吗？它们依靠这种能力，迅速地成长、分裂、结合、反射交感，最终变得同心同体、彼此共鸣，在地球上发挥共同拥有的能力，逐渐开始进化成高等复杂的形态。

然后，安心地认为“进化到这种程度，应该已经天下无敌了吧？应该没有人能够进化得比我更高级了吧？”的家伙，就这样保持其志得意满的形态，化为海绵生物、贝类、鱼类、鸟类、兽类等，各自繁衍其后代子孙……不知不觉间，在诸位面前呈现出如今这个复杂多样、千变万化的生物世界。

但是，诸位请看！

在如此种类繁多、千差万别的动物中，进化程度极低的水母以下的动物们，并不具有脑髓或者神经元之类的高级器官。它们仍旧同很久以前一样，通过全身细胞的反射交感作用，让全身同时意识到所有的感觉，从而思考、行动、进食、睡眠、生存。

但是如诸位所知，像我们人类这般实现了高等复杂的进化的动物们，意识的内容就无比繁杂。细胞之间的距离越来越远，体型也变得越来越大，在浴缸中甚至会想要活动脚趾来确认“这么远的地方也是我的身体吗”。所以，正如手脚和眼鼻各司其职一样，“意识”也建造了一个名为“脑髓”的自动式、复式反射交感局来纵横交错地反射交感全身三十兆细胞的感觉和意识，让整个身体产生“我就是我哟”“我就是这样活着的哟”的感觉。

我们全身三十兆细胞就像这样，从流遍全身的红细胞、白细胞到坚硬的骨头和毛发末梢，将我们所感知到的意识内容同时完整地共享。

仅靠眼睛无法看见事物，仅靠耳朵无法听到声音，其背后势必要有全身细胞来判断感觉。

同样，脑髓也不可能只靠脑髓思考和感知事物，其背后也势必有全身细胞相互的主观与客观的判断。否则，人类的脑髓就会如同失去银幕与观众的电影放映机，变得毫无意义。

而且，通过脑髓中转的全身意识的反射交感作用之灵敏，实在无比惊人，通过电报电话、收音机等相互联系在一起的人类社会组织远远无法与之相比。比如，背后感到凉意的同时，全身立刻会起鸡皮疙瘩；屁股刚被扎一下，就会“啊”的一声跳起来……全身意识的反应就是如此迅速灵敏。

构成我们全身各器官的三十兆细胞形成的团块，它们各自承担着不同的工作，利用脑髓的反射交感功能，同时直接观看、聆听、嗅闻、品尝味道。以脑髓为中心，一齐感知、感动、战斗、歌唱、舞蹈、呼唤、尖叫。

开心的时候食欲会变好，这是因为胃也在一起高兴。

刚吃下饭，还没等到消化就恢复了精力，这是因为全身的细胞也同时吃饱了。

所以，我们所感知到的自己的生命或者精神的真正面目，只不过是全身每一个细胞所描绘的主客观意识，借着脑髓的反射交感作用居中调节，在透视那个叠合而成的整体而已……听到这里，诸位应该都没有异议吧？同时，我们迄今为止所迷信的脑髓的伟大，实际上只不过是蕴含在全身每一个细胞中的无限灵知与灵能在脑髓中反射交感让我们产生的错觉罢了……就好比认为电话交换局在统治整个城市一样……对此，诸位应该也没有质疑吧？

诸位，这是不是很简单明了？

大家都惊讶得合不拢嘴了吧？

令现代的科学家们感到最不可思议、最神奇的生命意识的根本问题，只要推翻“脑髓是思考事物的地方”这个观点，不就能轻而易举地解决了吗？脑髓所承担的职责不就跟手脚一样，立刻变得一清二楚了吗？

如果这样还是不明白的话，请再随我到这边来，看看躺在我阿呆脚下的这个名为脑髓的白痴阿呆式自动式反射交换局的内部。请参观一下交换局中这些亲切聪慧的接线员小姐——神经细胞们的工作状况。

它们……神经细胞的巨大集团，如诸位所见，自行化身为电线、开关、总机、分机，或者变形为天线、真空管、拨号盘、线圈等，同时按照全身细胞各自蕴含的意识感觉的不同种类，无限细分为哭泣组、欢笑组、观看组、听闻组、记忆组、迷恋组等，就这样不分昼夜地以“离群索居”的状态，将全身三十兆市民的心情反射交感至每一个角落。

……诸位不可以向它们搭讪！

它们是从全身的细胞群中选拔出来的高水平的反射交感技术员，所以跟普通交换局的女接线员一样，完全不知道自己正在反射交感什么内容，只是分秒不歇地进行着呼入、呼出、切换、转接……无论是内阁更迭、战争爆发，还是发生大地震、大火灾，天气炎热、寒冷，头被蜂蜇、屁股着火，它们都无暇关注。因为它们只是将这些意识、判断、感觉反射交感至全身的白痴阿呆式电池、交换机、线圈、拨号盘、真空管而已……

所以，诸位不可以向它们搭讪，不可以让它们思考事物，不可以让它们承担额外的工作，使它们加倍疲劳。

它们越不考虑其他事情，心无旁骛地从事单纯的反射交感工作，全身的反射交感功能就越灵活、迅速，头脑也就越不容易疲劳，越能保持头脑明晰、思维清晰。

非常简单明了，不是吗？头脑变得和我白痴阿呆一样了，不是吗？

我……白痴阿呆局长在此可以明确地告诉诸位：

如果诸位能够向这个简单明了的脑髓局的白痴阿呆式反射交感组织脱帽致敬，让自己的头脑从愚昧变得明晰起来，那么应该就不会再次陷入脑髓的诡计之中，也不会再用脑髓思考事物了。甚至可以成为最尖端的脑髓学的权威大博士，一举将所有与脑髓相关的不可思议现象白痴阿呆化。届时，诸位大概会情不自禁地向确切侦查出掌握着人类文化命脉的大恶魔“脑髓”的真正面目的我——白痴阿呆的名脑风范再次脱帽致敬。

不过，在诸位当中或许仍有一些人不肯服气。

对于仅凭这些无法充分解释的精神病或者心灵相关的各种离奇现

象，或许有一些博学之士仍然感到无法理解。

没问题……完全没问题！

这样的人才值得我谈论这些离奇现象。他们是将这个地球上最大的神秘事物的真面目——一切色情、怪诞、荒谬的主人公——脑髓彻底予以白痴阿呆化的最新锐、最高级的尖端人士。

没问题……完全没问题！

不好意思，请这样的人再次戴好你们的帽子，随我返回脑髓局的大厅。然后，找到了……请阅读贴在这里的《脑髓局阿呆式反射交感事务局加入规则》。

怎么样，诸位？……如诸位所见，加入规则非常简单，只有三条，甚至不到普通电话交换局加入规则的十分之一。并且，这三条加入规则被人类全身三十兆细胞视同祖先传下来的不成文法律，几乎信奉到了超出常识的程度。只要诸位理解了这三条简单的规则，就可以成为出类拔萃的脑髓学大博士，就可以轻松地看透如今在整个地球表面四处上演的与脑髓有关的所有不可理解的戏剧、讽刺剧、侮辱虐待剧、荒诞剧、恐怖剧等，其幕后景象是何等的可笑！

◇第一条 由脑髓局反射交感而来的诸般报道，纵然并非事实，也应坚信其是事实并予以记忆。

梦见小偷闯入，大声叫醒家人者，即为受第一条支配之人。

◇第二条 非脑髓局反射交感而来之事，纵然是自己所做之事也不可承认，不予记忆。

那些坚称“不记得昨夜抢了你的被子”的人，必是严守第二条的正直之人。

顺便一提，当今精神病学术界格外重视的“恍惚状态”这个重大问题，就是由上述两条规则引起的。当然，头脑正常的人也经常会遇到这个问题，因为文字简单，很容易记住。不过到了第三条，如诸位所见，文字就有些拗口了，但是其含义仍然和前两条一样简洁明了：

“脑髓的反射交感功能发生异常时，与没有脑髓的低等动物一样，让脑髓以外的全身细胞的反射交感作用代替脑髓活跃起来。”

这便是第三条规则的含义，可以说是脑髓出现异常时的应急手段吧……并且，迄今为止，这“思考事物的脑髓”导演了各种各样的科学无法解释的怪异现象，比如幽灵、妖怪、幻觉错觉、精神异常、哭中风、笑中风、梦游、恍惚状态等，将全世界的科学家的脑髓玩弄于股掌之上，它那高超的诡计，其实只不过是反过来利用了这简单明了的第三条规则而已。

◇第三条 脑髓局的反射交感功能发生故障时，在故障区域反射交感的意识与其他意识断绝联络，像原始低等动物那样，直接利用全身每个细胞本来就拥有的反射交感作用（与脑髓的反射交感作用无关），先于其他意识进行感觉、判断、思考或者支配全身的运动。

【附则】（一）发生脑髓局无暇反射交感的紧急情况时……例如下意识闭眼或者紧急躲闪等情形。（二）麻醉时……比如用麻醉剂使全部脑髓停止反射交感功能时，通过全身细胞的感觉、意识记忆等进行的下意识的言行举止等。（三）脑髓陷入异常的深度睡眠时……例如梦游、梦呓、磨牙等。以上三种情形也适用第三条规则。

请诸位趁自己尚未忘记，把它记在笔记本上面。尤其是学生们更需要牢记。这第三条是脑髓卫生学的根本，堪称诸位的老毛病的神经衰弱主要就是源自这条规则的病症……不……在人类之中，自称文明民族的大部分人也都是由于这第三条规则，一步步陷入精神破产、灭亡的状态……

理由无他。通过我刚才的说明，想必诸位大致也能想象到，脑髓局的阿呆式反射交感机的构造非常精密，因此不仅容易发生各种故障，而且故障部位的零件更换也相当不易，无奈之下，才设置了这样的规则以应对紧急情况。

能够证明这种脑髓局反射交感应急规则第三条存在的最有力又最简单明了的证据，并且能够揭开脑髓制造出的地球上所有奇怪现象内幕的绝佳实例，正是我刚刚引为例证的“哭中风”“笑中风”。这岂不是一件大快人心之事？

也就是说，脑髓中的某一处……例如“欢笑组”的交感台因脑出血而瘫痪，无法进行反射交感，那么，在那里反射交感的“欢笑电流”就会因为第三条规则，失去与其他意识的联络，处于游离状态。然后，它就会优先使用脑髓以外的全身细胞自原始时代遗传下来的反射交感功能，不看场合地使人发笑。就算驱动“愤怒”或“悲伤”等其他电流，但是在这些电流绕过中央的反射交感台抵达之前，游离的“笑电流”早已直接被传送至全身细胞，让患者笑个不停，导致其他感情完全没有外泄的机会。这就是俗话说的“笑中风”，“愤怒中风”“哭中风”等也都是同样的原理。

不必说，这是脑出血导致的故障，只要做一下病理解剖，打开头盖骨，马上可以一目了然地了解到这个事实：“哈哈，原来这里就是交感笑电流的地方。”但是坦白讲，这种肉眼可见的脑髓故障只是例外，肉眼看不见的脑髓故障所造成的奇怪现象更加数不胜数，并且将所谓的色情、怪诞、荒诞的可怕之处混杂在一起，从科学文明的阁楼到地下室，从大脑文化的大街到小巷，昼夜不停地徘徊游荡……不仅如此，每一个怪奇现象本身都是不能用听诊器探测出来，也不能用X光照射出来的脑髓故障的清晰证据，这岂不是很有趣吗？

最令人气愤的是，现代所有坚信所谓“思考事物的脑髓”的人做梦也没有意识到，脑髓自身与全身的细胞之间存在着第三条这样的应急规则。所以，他们认为“脑髓这东西不管怎么使用都不会损耗”，一个个都保留着动辄就冥思苦想、强制脑髓思考事物的习惯。他们丝毫也没有意识到脑髓并非思考事物的地方，而是单纯的反射交感系统这一事实，一门心思认为脑髓就是思考事物的部门，不管遇到什么，都努力让脑髓去思考……这简直就是硬逼电话交换局负责市政府的工作，未免有些可笑。

超负荷的工作不知给脑髓局的接线员们带来了多少烦恼，造成了多少反射交感事务的错误，引发了多少幻觉、错觉、倒错的观念的旋涡，简直令人难以想象。

证据胜于理论……事实就摆在眼前。

过度用脑髓思考事物，就如同过度导电的线圈，导致脑髓组织整体发热、反射交感功能减弱。如此一来，全身细胞中所蕴含的各种意识就会失去彼此之间的联络，开始各自自由行动。这个人就会陷入轻微的、半自觉意识的梦游状态，在全身细胞创造出的意识空间中无边无际地驰骋……诸位在思考某件事导致大脑疲惫时，会呆呆地盯着某处，漫无边际地胡思乱想，原因也在于此。不久，当脑髓终于疲惫到睡着时，这些意识之间的联系也会越来越微弱，然后逐渐进入毫无逻辑的梦境。这种状态，相信诸位在阅读小说的过程中睡着时，或者在教室和电车上打盹时，都有过鲜明的体验。

以前的人们非常迷信，在黑暗中行走时，会因为恐惧使脑髓格外疲惫，经常陷入各种各样的幻觉或倒错的观念中。这种幻视或幻觉演变成幽灵、妖怪，以传说或故事的形式流传了下来。而嘲笑这些事实的人，很遗憾，并不能将其称为现代式的具有高级精神的人，也不能将其归入因为患有神经衰弱和歇斯底里症而随身携带镇静剂和安眠药的绅士淑女之列。

像诸位这样的现代人，特别是过着迷乱的都市生活的人们，即便是大白天，脑髓的功能也无比疲惫，各种意识作用和判断感觉都游离不定，在全身的神经末梢即细胞相互间的反射交感功能之间徘徊，导致人随时都要陷入头晕眼花的梦游状态……因此从巨大的烟囱前经过时，会觉得烟囱仿佛马上就要倒在自己头顶，不由自主地加快步伐；睡觉时会听到电车驶来的声音，忍不住想要把灯打开。除此以外，暖炉打哈欠啦，鸡蛋黄在盘子里翻白眼啦，昨夜回家时对面马路的红色邮筒位置不对啦，烤箱在深夜叹息啦，画像在流汗啦，桌子的抽屉里伸出一只苍白的手招呼自己过去啦，手枪指着自己模拟子弹发射的声音啦，诸如此类的奇怪现象在科学文化中频繁发生，都是因为脑髓的疲劳造成的反射交感事务的失误……换句话说就是意识在梦游。

不过，我刚才也提到过，这种程度的精神异常，在诸位身上应该并不少见。而且这种程度的患者自己也会隐隐约约察觉到自己的精神异常，一旦有人不小心把他们当成疯子对待，就有可能导致他们的病情越来越严重，所以不能将他们算作精神病患者。但若他们的病情进一步恶化，就绝对不能放任不管。一旦真正发了狂，就有资格在精神病院的公寓里过上看护生活了。

在我白痴阿呆任职的九州帝国大学精神病科研究室里，这样的人多的是。并且，他们会被轮流带到教室，去听研究室主任正木疯子教授给学生授课。一听之下，会发现授课内容跟我白痴阿呆的想法完全一致，并且很有意思。

“咳咳……所谓人类的脑髓，如同我刚刚说明的，类似一个巨细靡遗地反射交感全身细胞的意识内容，并将其聚焦成一点的复合式球体反射镜。人类的脑髓同时映照出在全身三十兆细胞中穿梭的意识感觉的森罗万象，就如同蜻蜓的眼睛可以将大千世界和四面八方尽收眼底一样……由人类的脑髓时时刻刻反射交感、时时刻刻聚焦成一点的精神，即平均蕴含在人类每一个细胞中的这个人所谓的个性、特征，根据我的实验，完全只是历代祖先遗传下来的心理作用的累积……也就是说，一个人历代的祖先所体验的无数心理惯性的显现，在脑髓的反射交感作用下被统一，相互之间保持着平衡，逐渐聚焦成一点，这样的人便被我们称为‘普通人’。但是……由于人类的心理作用因人而异，每个人都有不同的癖性，如果一个人的祖先没有矫正自己的癖性，就遗传给子孙后代的话，那么一代代累积下来，这个癖性就会越来越严重。比方说有一名遗传到爱钻牛角尖癖性的女子，有一天突然对一名男子一见钟情，朝思暮想，夜不能寐，成天幻想着与对方在一起，反射交感这种‘恋爱意识’的那部分脑髓，最后就会无法驱动。而由这部分脑髓反射交感的恋爱意识就会逐渐游离，最终凝固为幻想、妄想，开始进行‘执念之蛇’式的梦游，不分昼夜地凭空想象那名男子的身姿，嘴里讲的也尽是对方的话题。这样一来，恋爱组总机的接线员小姐就会不堪重负，累倒在工作台上。恋爱意识最终完全游离，活跃地乱窜，导致疯狂的程度越来越严重……跑到大街上，被关起来，疯狂摇晃铁栅栏……或者被冠上某某狂的头衔被送入花街柳巷，百年之后仍博得大众喝彩……大体便是这种顺序。

“当然，这是正常人发狂的顺序，具有一点点这种倾向的人是正常人，具有稍多这种倾向的人会被叫作具有精神病血统的人。所以，被称为发明狂、研究狂、收集狂以及其他某某狂、某某疯子的人虽然在程度上有所差别，但都属于此类人。这样的人只要尽早治疗，倒也不是不能治愈，但是如果任其恶化下去，发展成梦游症的话，情况就完全不同了……当然，这肯定是精神病的一种，其活跃状况也超过普通的疯子，但是患者本人却与正常人毫无两样。不，毋宁说这种病的患者往往是一些标准的大好人，比如因为鼻子之类的毛病有些呆愣的人，头脑格外机敏、学问做得格外好的人，或者是性格软弱，连一只虫子都不敢杀的人——根本没办法将这些人称为疯子。然而，就是这样的人，一到深更半夜就会忽然醒来，做出一些比疯子还可怕的诡异滑稽、惨无人道的行为，所以情况就变得更加有趣。

“也就是说，这种人在清醒时的意识状态与正常人毫无区别。其全身细胞的意识依靠脑髓的反射交感作用，彻底地被统一起来、协调起来。可是一到深更半夜，这种人的脑髓全部陷入休止的熟睡状态时，其熟睡状态却与正常人完全不同……换句话说，他们的熟睡程度远超正常的熟睡程度，反而更接近死亡的世界，所以正常的摇晃或者高声呼唤，绝对无法将他们唤醒，可以说是陷入与死人相同的状态了……这就是梦游症患者的特征。

“但是，睡眠深到如此程度，全身细胞的意识中必然会有那么一两个无法如此深睡的。而且，就如同背景越黑前景越亮一样，睡眠程度越深，这些晚睡的意识就越清醒，开始进行各种各样的活动。

“假如某个人在某种感情或者意志格外兴奋的状态下入睡，比如心里想着‘好想要那颗钻石’‘好想杀掉那个可恨的家伙’而亢奋地闭上眼睛，不久后，当脑髓陷入熟睡状态时，随着脑髓一起入睡的细胞中，只有上述意识迟迟无法入睡，依然保持清醒。这个意识与良心、常识、理智失去了联络，如同瘸子站起来一般，开始使用全身细胞所具有的反射交感作用代替脑髓的功能，根据自己的需要从全身细胞中唤醒判断、感觉等并与之取得联络，去看、去听、去思考，随心所欲地做自己想做的工作。比如盗窃想要的钻石、杀害自己憎恨的家伙。但是在进行这些工作的过程中发生的事情，因为并没有通过脑髓，自然是完全没有记忆的。就算事后醒来，也会若无其事地恢复为白痴阿呆式的人物。哪怕把他盗窃的钻石拿过来，或者把他杀害之人的尸骸放到他面前，毕竟他对此一无所知，所以当然不会承认，于是越发变得‘白痴阿呆’。

“而在这样的梦游过程中，由于全身细胞要同时承担脑髓的工作和自己的本职工作，非常活跃，因此醒来后通常会觉得异常疲劳。这跟使用药物仅仅将脑髓麻醉的情况完全是相同的道理，大家应该很容易就能理解，但也正因为麻醉后的疲劳和梦游后的疲劳完全是同一种性质，很难区分，所以成为法医学上很有趣的研究课题。

“我带来了一个恰到好处的实例标本，就是现在站在这里聆听我课程的这位青年。或许诸位之中有人认识这位青年，但是按照惯例，我不会公布他的住址、姓名。可以告诉大家的是，他在今年春天刚满二十岁时，参加本大学的入学考试，并以最高成绩被本大学录取，但遗憾的是没过多久，他遗传自祖先的梦游症就发作了，在婚礼前夕勒死了自己的新娘。不仅如此，他十六岁那年同样因为梦游症发作，勒死了自己的亲生母亲。就这方面而言，这位青年也实属‘英豪’。之后他来到这间研究室，在接受我独创的解放治疗的过程中，似乎已经渐渐地恢复了神志，最近他经常抓挠自己的头发，用拳头敲打自己的耳朵上方，嘴里念叨着‘我一定是这里有什么问题，有问题’。他时常停在房间中央，发表有关脑髓的演讲。而他的演讲完全是根据在这里听到的我的授课内容现学现卖的，所以我有时也会去聆听以做参考——毕竟这类人的记忆力之超群，完全超乎我们的想象……不知为何，这位青年在经历了严重的梦游症发作之后，与过去的记忆彻底切断了联系，因此对于现在发生的事情的记忆作用，浮游在不受任何干扰的绝对自由的世界。所以，一旦他集中注意力，对于任何琐碎的事情都能够超乎常人地准确地记忆下来，但是，平常他却如大家现在所见这样，仿佛刚刚从蛋壳里爬出来的生物一般，总是一脸受惊的表情，所以我才会送他一个白痴阿呆博士的尊称……”

正木教授讲到这里，学生们齐齐望向我并哈哈大笑，所以我生气地从精神病院跑了出来。此时此刻，我站在这个十字路口，观察诸位脑髓的异常状况，突然觉得不能就这样弃诸位于不顾，才会向诸位提出警告，并且毅然决然地公开超越时空的阿呆式脑髓论。

诸位肃然起敬了吗？看到了吗？听到了吗？感到惊讶了吗？

我白痴阿呆一旦道破“脑髓并非思考事物的地方”，树木将会失去绿意，花儿也将失去色彩，不是吗？一切唯物文化都将被彻底颠覆，所有精神病学也将变成纸上的空论，不是吗？

我重申一遍。

人类通过思考事物的脑髓：否定神；对抗大自然，创造了唯物文化；排斥自然心理产生的人伦、道德，迷信个人主义的唯物信仰。于是唯物文化日益虚无化、无中心化、动物化、自渎化、神经衰弱化、疯狂化、自杀化。

这完全是“思考事物的脑髓”的恶作剧，是受到迷信“脑髓幽灵”的唯物信仰的毒害。

然而如今，必须清算这种迷信的时刻来临了。否定对神的迷信的人类，如今已经陷入了不得不否定“思考事物的脑髓”的绝境。必须从唯物科学的不自然回归到唯心科学的自然的美妙时节已经来临。

所以，在实行该口号之初，我白痴阿呆要将自己“思考事物的脑髓”这样摔在地上给诸位看。

然后，像这样将它踩烂。

嘿……哈……

★

故事讲完了。

啊哈哈哈哈哈……怎么样？惊呆了吧？……看到了吗？听到了吗？肃然起敬了吗？

这就是我所说的绝对科学侦探写实小说。是超脑髓式青年名侦探白痴阿呆博士不断追踪自己的脑髓，最终出色地将其逮捕并摔在地上的经过的报告。是世界最高级的科学小说“脑髓减去脑髓”的高次方程的分解公式。

所以，那些真正了解这篇小说的诡计和趣味的人，一定能够明白那篇名为《胎儿之梦》的论文——不记得了吗？就是我最近借给你的那篇——真正的可怕之处，也一定能够明白胎儿被其在母体内所见到的大噩梦所支配的原理。如此一来，对该原理进行实验的解放治疗的内容、被收治在此处的白痴阿呆博士的真实身份及其令人战栗的经历等，也都能轻而易举地理解了。

除此以外，还有一个附赠的乐趣就是，如果在脑髓中对“脑髓思考事物”这个传统观念刨根究底，就会得出“脑髓并非思考事物的地方”这个结论。假设你已经明白了这个事实，并继续深入分析该“并非思考事物的地方”的话，就会发现到头来又回到了“思考事物的地方”这个原点，这就是我极其奇妙、不可思议且无比独特的精神科学式循环原则……如果你明白了这件事，一定会鼓掌喝彩……

什么？你觉得头晕脑涨？

啊哈哈哈哈哈……那当然啦！听过我这番话的人，通常都会晕头转向……

什么？不是这样？是被雪茄熏的？

哈、哈、哈、哈！你这人实在太逗了！

哇哈哈哈哈哈哈哈！

Kyuusaku Yumeno

胎儿之梦

——本文以人类胎儿代表所有动植物的胚胎。

——有关宗教、科学、艺术及其他无限广泛内容的考证、援引以及文献的注记、说明均予以省略，或者仅止于极端简要的概述。

人类胎儿在母亲子宫内的十个月间做着一个梦。

这个梦是由胎儿自己担任主角演出的，所以应该称为《万物进化实录》，如同一部时间跨度高达数亿年甚至数百亿年的超长连续电影。简单来说，这部电影从胎儿最古老的祖先——原始单细胞微生物的生活状态开始，逐步展现成为主人公的单细胞一步步进化为人类——胎儿自身的形态的过程。在这超乎想象的漫长岁月中，它经历了触目惊心的天灾地变，从残酷的自然淘汰、生存竞争中体验了令人窒息的灾难、迫害、辛苦与磨难。而这所有的一切都作为胎儿自身的主观意识，活灵活现地展现了出来，可谓一部精彩至极、超乎想象的奇幻影片……其中当然也栩栩如生地刻画了已经变为化石的史前怪异的动植物，以及使这些动植物悲惨灭绝的天灾地变那难以描摹的壮观景象。同时，从那天灾地变中幸存并进化而成的原始人类，在演变成如今的胎儿的父母的过程中，其历代祖先为了在残酷激烈的生存竞争中存活下来以及受到种种欲望的驱使而犯下的无数罪孽，也全都化为胎儿的现实罪孽，形成极端惊悚恐怖的大噩梦。上述噩梦，通过接下来我要讲述的关于“胎生学”和“梦”的两大不可思议现象的解释将会直接或间接地获得证明。

首先，人类胎儿在母亲子宫内着床时，最先呈现出来的形态与所有生物共同的祖先的原始动物一样，只是一个圆细胞。

这个圆细胞在子宫内着床后不久，立刻分裂增殖为一左一右两个细胞，这两个细胞直接紧密地结合在一起，形成一个生物。

这左右两个细胞很快又会各自分裂增殖为上下两个细胞。而这四个细胞同样紧密结合，从母亲子宫内摄取营养，逐渐具备一个生物的功能。

像这样，细胞成倍分裂为四个、八个、十六个、三十二个、六十四个以至于无数个，然后紧密结合，逐渐增大。作为人类最初祖先的单细胞微生物，就这样在母体内依照上述顺序反复进化直到成为人类，这就是人类历代祖先的进化过程。

最开始是变成鱼的形态。

随后鱼的前后鳍变为四肢，变成匍匐爬行的水陆两栖类动物的形状。

接下来四肢更加强壮，呈现出可以奔跑的兽类形态。

最终尾巴终于缩回体内，前肢变成手的形状，后肢站立起来，成为可以直立行走的人类的形态……直到进化成普通胎儿的形貌，终于呱呱坠地……大致过程便是如此。每个人完成这个过程所需要的时间都不尽相同，不过通常不会有太大的差异。

这在胎生学上已经是完全确定的事实，属于任何人都无法否认的现象。但是既然如此，为何所有胎儿都要在母亲子宫内重复如此繁复的胎生过程呢？为何不是直接长成人的形状，然后长大出生呢？或者说最初的那个细胞为何像是事先商量好似的，分毫不差地重复同样的胎生过程呢？也就是说……

“是什么让胎儿这么做的？”

没有一个人能够对这个问题做出合理的解释。即使是查遍现代的科学书籍也找不到任何答案。只能用“不可思议”来说明。

其次，所有胎儿都按照这样的顺序，在母体内分毫不差地重新演绎自己历代祖先的进化过程，只不过进化所需要的时间被极度浓缩，作为人类历代祖先的动物们耗费数百万年乃至数千万年的时间，才由鳍进化为手脚，由鳞进化为毛发，一点一点进化成各个时代不同的形貌，人类的胎儿却能够在短短几分钟甚至几秒钟的时间内按照同样的顺序经历整个过程。这已然是一件无法解释的不可思议之事了。然而更不可思议的是，这段被浓缩的时间与实际进化所需要的时间之间的比例，绝对不是随机的。

换句话说，人类胎儿用大约十个月时间来重复原始以来的历代祖先的进化过程。但是其他动物总体来说，进化程度越低，所需要的胎生时间越短，进化程度最低的那些保持着原始时代形态的细菌及其他单细胞动物，则大多数完全没有胎生时间，而是直接分裂为两个新的生物，这是板上钉钉的事实。而这究竟是为什么呢？进化程度最高的人类胎儿为何需要最长的胎生时间？换句话说：“是什么让胎儿这么做的？”

我们试图对这个问题做出一个合理的解释，就会发现用现代的科学知识绝对不可能做到，同样只能用“不可思议”来说明。

以上便是关于胎儿不可思议的现象的实例。接下来从解剖学角度对如此形成的人类“肉体”进行观察研究，同样发现了无数类似的不可思议现象。

也就是说，当我们试着从表面观察人类的肉体，会发现正因为进化程度高，换句话说就是胎生过程更加细致周到，人类的肉体才会比其他动物更加高级优美。对于这一点，应该没有人会提出反对意见。柔和而又饱含威严的五官轮廓，美丽的皮肤，优美匀称的骨骼与肌肉，无不彰显着万物之灵长的风范。但是一旦剥掉其肉体的表皮，剔除肌肉，检查内脏，解剖脑髓及五官进行细致观察，我们就会明白人类各部分组织的每一部分，都继承自从低等动物进化而来的我们的历代祖先——鱼、爬虫、猿等的生活器官。也就是说，哪怕是一颗牙齿的形状，甚至是一根毛发的组织，都是历经千锤百炼进化而来的，它们忠实地记录着在漫长的岁月中所经受的自然淘汰的迫害以及生存竞争的苦难历史。所以，为了鲜明地纪念这段历史，胎儿才会不断地重复进化的过程，直至变成人类的形状，并将此过程中一切伟大而深刻的记忆铭刻在人类的每一个细胞上。

当然，这种现象在进化论、遗传学或解剖学等学科中已经得到了切实的证明，所以在此无须赘述。但是，究竟是谁在记忆这一切并让胎儿不断重复这些历史呢？换句话说，是什么让胎儿这么做的呢？

关于这个问题，还没有人给出任何答案，同样只能用“不可思议”来说明。

而且，不仅如此。

倘若再深入一步，观察一下人类的精神内容的话，会发现这个事实得到了更加深刻痛切的证明。

也就是说，如果同样从表面观察，会发现人类的精神所呈现出来的美感，远非其他动物所能比拟的。他们用“人类是万物之灵长”的自我感受或者美其名曰“文明骄傲”的一层“人皮”，将自己精神生活的内容包裹起来，化上被称为常识或人格的妆容，装出一副超然洒脱的姿态。然而，一旦将其表皮即那层人皮剥掉，我们就会清楚地发现，出现在底下的东西依然是身为人类远祖的微生物在进化为现在的人类的过程中，对在漫长岁月中所历经的自然淘汰、生存竞争的迫害而形成的警惕心理或者生存竞争心理。而且这些警惕心理或者生存竞争心理依旧保持着每个时代的动物的心理形态，并原原本本地遗传给了人类。

一旦剥掉那层所谓的文明人的表皮，即以博爱仁慈、正义人伦、礼仪规矩等粉饰的人皮，底下就会现出野蛮人或者说原始人的生活心理。

最能够证明这个事实的，就是天真无邪的儿童。还不知道如何披上文明外皮的儿童，将同样不知道如何披上文明外皮的古代民族的性格发挥得淋漓尽致。儿童拾到木棒就想玩打仗游戏，就是遗传了通过部落与部落、种族与种族之间的战争行为进行生存竞争的原始人的好战性格。换句话说就是，在木棒这一形状与武器相似的东西的暗示与刺激下，潜在于细胞中的野蛮人时代的本能记忆觉醒了。看到爬虫就会毫无意义地追逐，则是看到活物就想追逐的狩猎时代的心理受到爬虫的暗示被刺激诱发出来的缘故。至于嬉笑着把捉到的爬虫扯掉手脚、撕掉翅膀、挤破肚子、放在火上烤等，不过是以这些方法处置、玩弄、侮辱或俘虏猎物以彻底满足胜利感、优越感的古代民族的残忍性情的记忆的再现。还有，如果把婴儿放在黑暗中，婴儿就会号啕大哭，这也是不会用火的原始人对满是毒蛇猛兽的黑暗世界的恐惧的复苏。随地大小便则是昔日睡在树下或草丛时期的习惯的再现。这些都可以借助现代进步的心理学研究加以说明。

接下来，如果再剥掉野蛮人或者说原始人的这层皮，会发现下面满满都是畜生，也就是禽兽的性格。

譬如，两个陌生的男性或女性第一次见面时，表面上互相打招呼，内心深处却在互相翻白眼，时时刻刻都在偷偷观察对方的一举一动。彼此一不留神，就会从细微之处发现令自己不愉快的地方，互相皱起鼻子龇牙咧嘴，甚至相互吠叫，撕咬在一起……这跟猫狗在街头偶然相遇时的心理状态完全一致。另外遇到比自己弱小的人时，会想要欺凌对方；一旦有人妨碍自己，就想把对方杀掉；见到四下无人，会产生盗窃的念头；偶尔还会想要闻闻别人小便的味道、想要掩埋自己的排泄物……我们在日常生活中随时都会表现出上述种种禽兽心理，所有人骂人时挂在嘴边的“这个畜生”“这个禽兽”等也是这种禽兽心理的体现。

接下来，如果再将禽兽性下面的那层隔膜挑开看看，会发现下面密密麻麻都是虫子的心理。

比如为了自己往上爬，不惜把同伴踩下去；爬到谁也看不到的地方，独自享用美味；享用完美味，会想要钻进最安全的洞穴中；发现有营养的家伙，会想要悄悄接近它并寄生在它身上；不顾别人的感受，做出令人不愉快的姿势和动作以保护自己；藏在坚硬的壳中，不让别人接近；一旦发现敌人，为了自保，不惜牺牲别人；到了紧急关头，会挥舞毒针，释放墨汁，喷射小便，散发恶臭，或者拟态为与土地颜色一致的物体或比自己强大的生物……卑鄙下流之人的所作所为，都是上述这些虫子的本能反应。俗话中的“弱虫”“蛆虫”“米虫”“吸血虫”“粪虫”“放屁虫”“蚰蜒虫”“孑孓虫”[①] 等贬义词，都可谓爬虫时代的心理遗传的表现。

接下来就是最后一步了，让我们切开这种虫子心理的核心，即存在于人类本能最深处的所有动物心理的核心看看，会发现底下是与霉菌及其他微生物相同的原生动物的心理。那是只会无意义地生存、无意义地行动的活动方式，大多是通过所谓的从众心理、流行心理或者看热闹心理表现出来的。将他们的行为单独拆开来看，似乎没有任何意义，但是一旦大量聚集起来，就会像大量霉菌一样产生可怕的作用。换句话说，人们会往发光之物、华丽之物、声高之物、道理简单之物、刺激明显之物等崭新且易于理解的事物不断靠近，但是他们既没有判断能力，也没有理解能力，和被放在显微镜下的微生物一样，无自觉、无主见，稀里糊涂地聚集成群体。那里虽然有无意义的感动、自豪与安心，可是到头来却会因为过于感动而变得狂热，毫不留恋地放弃自己的生命，献身于暴动或革命……那种心理就和向一滴苹果酸聚集的精虫毫无区别。

直到此时，人类的心理才终于开始接近物理或化学式的运动变化法则，也就是说，与非生物只剩下细微的差别，所以政治家及其他一切以拉拢人心为职业的人物，所利用的就是这种人性中最为基本的霉

① “弱虫”为“窝囊废、胆小鬼”之义，其余含有“虫”的词汇也大抵含有“讨厌鬼、坏蛋、流氓”之类的贬义。

菌特性。

我们人类的精神生活，就是以上述这些心理中最单纯、最低级的东西为中心，逐一向外裹上一层层高级复杂的动物心理，再在外面包装上一层所谓的人皮，系上社交、体面、身份家世、名誉、人格的蝴蝶结，化上妆、喷上香水，然后昂首阔步走在大马路上。但是如果解剖一下其内容，就会发现大部分都如前面所述，只是潜在于人体细胞中的历代祖先的动物心理的记忆的再现而已。然而，这也跟上文提到的肉体解剖观察一样，胎儿究竟是如何将这不计其数且复杂多样的心理记忆包裹进细胞的潜意识或者说本能之中的，即“是什么让胎儿这么做的”这个问题完全没有得到说明。不，就连一个人的精神内容其实就是过去数亿年间的万物进化的遗迹这个事实，都被“人类是万物之灵长”或者“本大爷可是最高等的人类”这些浅薄且自以为是的态度所掩盖，处于完全未被注意的状态。

以上列举的是胎儿的胎生以及通过胎生完成的成年人的肉体与精神上出现的万物进化遗迹相关的不可思议的现象，接下来则要对人类所做的“梦”的不可思议的现象进行观察。

所谓的梦，自古以来就被认为是不可思议的代表，所以但凡遇到一点意外之事，就会立刻怀疑“我不会是在做梦吧”。本以为在梦中看到的会是与现实世界毫无差别的森罗万象，但实际上出现的却是根本想象不到的奇特又不自然的景象与事物。本以为这些风物会遵循现实世界的心理或物理法则，但实际上这些风物却根据神话传说中都不存在的奇异法则，随心所欲地呈现出千姿百态。因此，梦的真相及梦中的心理、景象的变化法则，让古往今来无数学者百思不得其解。在此列举以下三个梦的重要特征，当作揭露梦的本质和真相的线索。

（一）梦中发生的事情在进展变化的过程中，经常出现非常不合逻辑的部分。不，这种情况占绝大多数，导致人类认为这些超自然的景象、物体极不合理的活跃和转变就是梦。不仅如此，在做梦的过程中，人类不但不会怀疑它的超自然和不合理，还会觉得这些事情很真实严肃，甚至觉得比现实更加深刻、痛切。

（二）从未见识过的风景以及从未经历过的天灾地变，在梦中会像现实发生的事情一样。

（三）梦中发生的事情，即使感觉长达数年甚至数十年的连续事件，实际上也只经过了短短的几分钟或者几秒钟，这一点已经得到了现代科学的证明。

以上列举的与“胎儿”和“梦”相关的各种不可思议现象，是任何人都无法否认的科学界的大难题。但是，这些不可思议现象为何迄今悬而未决？为何大家迄今都未找到解决的关键呢？我试着思考了一下这个问题，发现有两个原因。

其一是对于让人类胎生且让通过胎生形成的成年人做梦的人体细胞，过去的学者的思考方式是完全错误的。其二是人类整体对于在宇宙中流动的“时间”的理解，从根本上是错误的……

换句话说，构成人体的每一个细胞的内容比身为主人公的一个人类的内容更加伟大。不，它们拥有可以与全宇宙媲美的极为伟大而复杂的内容和性能。所以，利用显微镜观察每一个细胞的外观，以化学方式分析其成分，通过其形态、色彩的变化研究其分裂、繁殖的情况等传统的唯物科学方式，根本不可能认识到细胞的内容及其性能的伟大。这就跟无视英雄伟人的生前功绩，只是通过观察其遗体的外貌，解剖其遗体的内部，就想确定其伟大的性格与能力一样，根本是不可能的。另外，所谓的时间也同样如此。中央气象台，我们戴的手表，地球和太阳的自转、公转等显示的时间并不是真实的时间，只是唯物科学擅自制造出来的人工时间，是错觉的时间、伪造的时间。真实的时间并不是可以用如此局促的手段计量出来的死板的东西，而是更加变换自如的玄妙不可思议的东西。如果人们能够认同这个事实，应该同时也能认同“胎儿之梦”的存在。如此也就相当于掌握了解开生命之奥秘以及宇宙之谜团的关键。

原本，细胞只有人体的几十兆分之一大小，是低倍显微镜捕捉不到的微粒，所以其内容的复杂程度及其能够展现出的能力，应该也只有人类整体能力的几十兆分之一。总而言之，细胞是极其单纯无力的东西……这是迄今为止大部分科学家根深蒂固的观念。所以，哪怕后来细胞不可思议的生活、繁殖、遗传等能力陆续被发现，让科学家们惊异万分，但对细胞的研究依然仅止于用显微镜观察、用化学方式分析的程度，也就是说，局限在唯物科学能够说明的范围，依然一步也没有摆脱“细胞只是人类数十兆分之一程度的单纯无力的东西”这个观念的束缚。他们甚至觉得更进一步的研究是对唯物科学的亵渎，作为学者进行研究则是在犯罪。

但是，这是局限于现代所谓唯物科学理论的学者们的成见所导致的错误观念——他们根据细胞的形状和大小思考其内容和能力，便做出了“大概就是这种程度吧”这种极端不合理的臆测。在此我们必须承认，生命的神秘、梦的不可思议等科学术界的巨大谜团之所以长期无解而残存至今，就是因为太拘泥于这种“坐井观天”式的不自由、不合理的唯物论，换句话说就是以过分拘泥于科学的非科学研究方法来研究广大无边的生命主体细胞。我们必须彻底扫清对这些传统的过时学问和常识以及对于有局限的唯物理论的迷信，用更加自由、不受束缚的态度观察宇宙万物，同时结合更确切明了的实际现象思考这个问题。我们必须凭借超越现代的科学知识，意识到这样一个事实：一个细胞的内容远比在显微镜下及化学实验室中所能观测、计量到的内容更加伟大深刻，甚至与整个宇宙相比也毫不逊色。换句话说，我们必须直面那些迷信唯物科学式研究方法并将其视为生命之网的人极力否认却又无法否认的事实。

首先必须提出的就是，细胞具有创造人类的能力。也就是说，作为生命的种子在母亲子宫内着床的一个细胞，依照上文提到的顺序分裂增殖，循着历代祖先进化的足迹逐渐成长起来，不断回忆着这里是这样的，那里是那样的，按照鱼、蜥蜴、猿、人类的顺序分毫不差地创造自己，虽不能一概而论，但都尽量综合双亲的优点与长处，希望尽可能多一些进步，所以虽然每个人的耳、眼、鼻、口的位置都相同，但在一些细微之处却都会带有微妙的个人特色，让父母能够觉得“这是我的孩子”“跟谁也很像”“酷似他爹”“脾气跟他爹一模一样”“记性好这一点随我”，等等。每一个细胞的记忆力是何等的强大！相互间的共鸣力、判断力、推理力、上进心、良心或者灵性艺术方面的批判力是何等的深刻！与此同时，这些细胞的巨大集团——人类接触到宇宙间的森罗万象，理解某些事物，或者对某些事物产生共鸣与感动，创立起国家社会的巨大集团，团结一致地塑造人类文化，其创造力又是何等的深远广大！这种几乎可以称为全知全能的伟大作用，归根结底，只不过是最初的一个细胞的灵能的显现而已。换言之，尽管现代人类的文化可谓广大无边，但是倘若究其根本，只不过是这样一个只能在显微镜下看到的细胞中所蕴含的灵能反映在整个地球表面而已。

◇备注 拥有伟大内容的细胞的巨大集团通过脑髓的中介作用，将其灵能统一在各细胞之间共通的唯一意识下所形成的就是人类。所以这个人所展现出的知识、感情、意志等，照理说应该比每一个细胞中所蕴含的知识、感情、意志等完美得多，然而事实却恰好相反。所以自从世界诞生以来，无论是多么了不起的贤哲伟人，在细胞的伟大灵能面前都显得无力……就像星星在太阳面前必须跪拜一样。也就是说，统一成为人类形貌的细胞的巨大集团的能力，连相当于其数十兆分之一大小的细胞能力的数十兆分之一都达不到，实在是一个怪异的现象。这可以认为是由于人类身体各部位细胞的灵能的统一机构即脑髓的作用尚未充分进化，所以妨碍了细胞灵能的全面活跃。同时也可以认为是作为地球上最初出现的生命种子的单细胞，其最初出现在地球上的初衷及其包含的无限灵能，经历了将灵能具体反映在地球上的种种过程，在进化为最强壮、最有能力的人类后，还会朝更强壮、更有能力的生物继续进化，而现在的人类正是处于过渡期的未完成的生物，因此才会出现上述矛盾、不合理的现象。但是这些都是极为重大的研究事项，不是一朝一夕就能说清道明的，所以在此只是作为参考，简略地提一句而已。

既然已经搞清楚人类的肉体和精神、细胞的灵能之间的关系，那么关于“梦”的本质的说明也就变得极为简单了。

每一个细胞都是拥有与我们每个人的生命一样甚至是更多的意识内容和灵能的生命体。所以，所有的细胞只要在从事某项工作，随着劳作必然会有吸收养分、发育、分裂、增殖、疲劳、老死、分解、消亡的过程。这已经得到了现代医学的证明。而且这一个个细胞本身在劳作、发育、分裂、增殖、疲劳、老死、分解、消亡的过程中，也会与我们一样——不，比我们更强烈地感受到对于这份工作的痛苦与欢乐……同时，它们对于这些痛苦与欢乐会产生与我们每个人一样多甚至更多的联想、想象、幻想等，并让这些极端奇怪、变幻莫测的感受漫无边际地发散，就如同一个国家在由盛而衰的过程中留下不计其数的艺术作品一样。这个事实最确切的证据就是我们所做的梦。

人类全身陷入睡眠时，体内的一部分细胞的灵能由于受到某种刺激而清醒过来，开始活跃，那些清醒过来的细胞自身的意识状态反映在脑髓中、残留在记忆中的印象，便被我们命名为“梦”。

比如，人类吃了不消化的东西睡觉时，胃细胞就会苏醒过来，开始工作，并且大发牢骚：“啊啊，好痛苦，根本做不完，这究竟是怎么回事？凭什么只有我们要遭这种罪？”这些胃细胞没完没了的痛苦和不满情绪就会化为一个联想反映给脑髓。也就是说，做梦的人会觉得自己如同正在受苦的主角，无辜被送进牢房，戴上沉重的枷锁，被迫搬运超出自己体力的大石块，在呻吟中痛苦地工作。下一刻，又突然遭遇不可抗的大地震，被压在房屋底下挣扎哭号。不久后，痛苦的消化工作轻松起来，胃细胞总算松一口气时，梦中的情绪——反映给脑髓的联想和幻想的内容也会变得轻松，梦中的场景就会是在山顶欣赏日出，或者是在一个美丽的山坡滑着雪橇俯冲。

另外，如果睡前想着“好想见她”而闭上眼睛，那么，因为这一个念头的刺激无法入睡、迫切想去找她却怎么都没办法去的焦急情绪就会化为梦境表达出来。她会化身美丽的花、鸟、风景等，在你面前绽放出灿烂的笑容，但是一旦想要伸手触碰，总是会出现各种各样的阻碍而无法靠近。不是残留在细胞记忆中的天灾地变突然出现在眼前，就是看见猿人祖先居住的高山断崖，时而感受到祖父落魄时开始乞讨的心境，时而又感受到父亲横渡大河时的心情，又或者化身为猿攀过高山，化身为鱼潜入大海，历经千辛万苦终于将她——花或者鸟揽入怀中时，却因为最初的焦急情绪消失，导致梦走到尽头，人也就醒了过来。

除此以外，还有因为尿床而梦见远古的大洪水，因为鼻塞而在梦中再次体验少年时代险些溺死的痛苦……就像这样，不管是手、脚、内脏还是部分皮肤都无所谓，在全身陷入睡眠时，因为受到某种刺激而醒过来的细胞肯定会联想、幻想、妄想出与该刺激相符的对象，做某种梦。也就是说，那些细胞会从历代祖先遗传给自己的记忆或细胞的主人自身过去的记忆中，随机唤起与自己当时的心情相符或者相似的场景，随心所欲地将它们糅合、联系在一起，最为深刻、真切地将自己当时的心情描绘出来。如果当时的心情是不合常理的或者说是变态的，无法找到与之相符的联想材料的话，就会立刻用想象出来的物品和风景来代替。为了表现人体内的细胞所独有的恐惧与不安，会联想出像蚯蚓或蛇那样蜿蜒蠕动的厨房用具；为了表现痛苦，会幻想出滴血的大树或者火焰中盛开的花。这就跟不知神秘为何物的人类想象出长着翅膀的天使是一样的。

这与我们清醒时的心情会受到周围状况的支配而变化正好相反，在梦中，心情会先行变化，然后才会出现符合该心情的景象、物品、场景，并会随着心情的变化而千变万化。无论这些变化多么突兀、不合常理，我们都感觉不到任何矛盾或不自然。不仅如此，还会感觉比现实更加自然、深刻、逼真。

换言之，所谓的梦可以说是细胞独特的艺术，它将象征着只有作为梦的主人公的细胞才能明白的心情和感受的形象、物体记忆、幻觉、联想等毫无逻辑地组合起来，极为清晰地刻画细胞心情的变化。

◇备注 欧美各国的各种艺术运动的现代化倾向试图通过无意义或者碎片化的色彩与声音、突兀的景象及物体的组合等，来表现比传统的写实性或者说常识性表现手法更真切、更深刻的情绪，这种倾向正在渐渐接近梦的表现手法。

如上所述，梦的真相是随着细胞的发育、分裂、增殖，细胞本身的意识内容反映于脑髓的过程。接下来说明一下梦中感受到的时间与实际时间不一致的理由。也就是说，普通人都相信钟表或者太阳光照变化显示的时间就是真实的时间，只要解释清楚这种观念令我们产生了何等重大的错觉，甚至令我们对严谨的科学判断都产生怀疑并惊慌失措，这个疑问就会立刻烟消云散。

就现代医学而论，将普通人平静呼吸十八次，或者脉搏跳动七十几下所经过的时间规定为一分钟，一分钟的六十倍为一小时，一小时的二十四倍为一天，一天的三百六十多倍便是一年。同时，一年又相当于地球绕太阳一周的时间，因此值得信赖的公司制造的钟表显示的时间就成为具有公信力的时间。但这到底是人工时间，真正的时间并非这种东西。证据就是，如果让不同的人分别使用相同长度的人工时间，会出现非常大的差别，实在是很不可思议。

举一些身边常见的例子吧。比如哪怕是用同一个时钟计算一个小时，阅读有趣的小说的一个小时和在火车站无所事事地等待火车进站的一个小时，长度上简直存在惊人的差异；用竹尺在物品上量出一尺的长度，可能并非所有人都觉得那个长度有一尺；还有，如果将潜水憋气的一分钟与闲聊的一分钟相比较，结果可想而知，前者漫长到令人无法忍受，后者却恰好相反，仿佛连一瞬间都没有……这些都是无法作伪的事实。

再进一步说明，假设这里有个死人。这个死人在死后也能借着其并无知觉的感觉感知到时间的流逝，那么，他应该会感觉一秒钟跟一亿年一样长。另外，这样的感觉肯定是死后的真实感觉，也就是说这一秒之中包含着一亿年，也应该可以在这一秒之中感受到宇宙寿命的长度。在这无限的宇宙中流淌的无限的时间的真面目，就是在如此极端的错觉——无限的真实中，如同箭矢般静止、如同磐石般疾驰之物。

所谓的真实的时间与一般认为的人工时间截然不同。它与太阳、地球及其他任何天体的运行或时针的旋转毫无关系，而是所有无边无量的生命之个体都有不同的感觉，对于不同的个体而言，它又以无限伸缩自如的状态时而静止，时而流动……

接下来，我们再比较一下地球上存在的生命的长度。既有可以郁郁葱葱数百年的植物和能够存活百年以上的大型动物，也有在几分钟、几秒钟内完成一个生死轮回的微生物，但是大体上，体型越小者寿命越短。细胞也同样如此，在人体细胞中取寿命长者与寿命短者的平均值，与人类整体的生命长度相比较的话，会发现二者的差别相当于国家的生命与个人的生命之间的差别。但是，这些或长或短的各种细胞的生命，其主观感受的一生的长度完全相同，无论其由生到死的时间按照人工时间计算是一分钟还是一百年，都没有任何影响。出生、成长、生殖、衰老、死亡，在这个过程中感受到的实际的时间长度，肯定都是同样的一生的长度。不明此理，将朝生暮死的婴儿与同样朝生暮死的虫子的生命相比较，试图以此放下对婴儿夭折的哀伤，这是非常愚蠢、不自然且不可理喻的。归根结底，这只是因为混淆了死板的人工时间与无限伸缩自如的天然时间而导致的悲剧而已。

一切的自然，一切的生物，就像这样在无限伸缩自如的天然时间中任意占领所需的长度，并在其占领的长度中呼吸、成长、繁殖、老死。同样，构成人体的细胞的寿命不管按照人工时间计算是多么短暂，其占领的天然时间也是无限的。所以，如果细胞使用无限的记忆内容和无限的时间拼命描绘“梦”，那么就可以毫不费力地在一瞬间、一秒钟内描绘出五十年、一百年间发生的事情。在《邯郸记》这个流传到日本的中国古老传说中，卢生梦中的五十年，其实不过是煮一碗黄米饭的工夫。这样的事情就是事实，没有任何不可思议之处。

通过上述说明，诸位应该都能大致理解一个细胞的灵能是何等强大且无限，尤其是一个“细胞的记忆力”是何等深刻无量了吧！只要大家能够认同让人类的精神和肉体同时胎生完成的“细胞的记忆力”的强大作用，那么与此同时，与“是什么让胎儿这么做的”，即“胎儿之梦”相关的种种疑问，相信大部分都会迎刃而解。

胎儿在母亲的子宫内，对于外界的感觉完全绝缘，处于与深度睡眠同样的状态。在此期间，胎儿全身的细胞旺盛地分裂、繁殖、进化，勠力同心地朝着“成为人类”奋进……它们重复着历代祖先进化的记忆，将当时的情景一个接一个反映到胎儿的意识中。并且如上文所述，胎儿被母亲的子宫隔绝了外界的刺激，同时又受到极其平静、协调的哺育，完全无须思考其他任何事情，只要一心做着“成为人类”这一个梦即可，这个梦也会无比顺利、准确、精细地流转。这一点是与任性随意、自由奔放的成年人的梦所不同的地方。

反过来说，是胎儿的梦创造了胎儿，而支配胎儿之梦的是“细胞的记忆力”，所以所有胎儿在母亲子宫内走过的进化之路与所需要的时间基本相同。现在的人类是由某共同的祖先进化而来的，所以细胞的记忆即“胎儿之梦”的长度也基本相同。另外，这长达数亿甚至数十亿年的“胎儿之梦”仅用十个月就能完成，只要参考前面所讲的细胞巨大的灵能，就知道这绝对不是什么值得惊讶的事。而进化程度较低的动物的胎生时间较短，也是这些动物的进化记忆比较简单的缘故……所以，自原始时代以来未完成任何进化的低等微生物完全没有“胎儿之梦”，其理由就在于它们一直保持与祖先相同的形态，在一瞬间分裂繁殖。

◇备注 上述事实，也就是“细胞的记忆力”及细胞的灵能是何等的深刻微妙，给所有生物的子子孙孙的生命轮回带来了何等深远微妙的影响，又是如何不断支配着万物的命运，这些问题在数千年前以埃及的一神教为本原的各种经典中已有说明。因此，如今在世界各地苟延残喘的所谓的宗教只不过是粉饰这种科学考察、教导未开化人民的礼仪残骸而已。所以胎儿之梦的存在也绝非新学说，特此备注。

那么，若要具体说明没有在我们记忆中留下痕迹的“胎儿之梦”，其内容大致会是什么呢？

只要对照前面所述的各项内容，应该就能够充分推测出来，不过为了参考起见，笔者也试着说明一下自己的推测，大致内容如下：

人类胎儿在母亲子宫内所做的历代祖先的进化之梦中，最常做的必定是噩梦。

原因就在于人类这种动物，在进化到如今这种程度的过程中，既没有牛那样的犄角，也没有老虎那样锋利的爪牙，同时也不具备鸟的翅膀、鱼的保护色、虫类的毒素、贝类的硬壳等一切天然防身或攻击道具。人类的肉身弱小、无害、无毒、无特征，远不能与其他动物相比，但人类就凭借这样一副躯体，暴露在所有的激烈的生存竞技场中，与一切恐怖的天灾地变斗争，终于进化为如今这样的最高等动物。在此过程中，可以想象到人类应该经历了其他动物难以比拟的生存竞争的痛苦与自然淘汰的迫害，这种艰辛的回忆必定无穷无尽且令人窒息。其中，胎儿清晰地做着一个属于自己过去的与自己同姓的历代祖先长达几千万乃至几亿年的深刻回忆的梦，并在仿佛跟实际的时间一样漫长的感觉中缓慢成长……胎儿的辛苦绝非其父母在这个世间所感受到的短暂、肤浅的痛苦所能比拟的。

首先，身为人类种子的一个细胞变成所有生物共同的祖先微生物的形态，在子宫内壁的某一点着床后不久，便开始做在几亿年前的无生代[①]与无数微生物同伴在温暖的水中浮游的梦。那不计其数的微生物群中的每一个个体，都用透明的身躯吸收、反射天空的强光，有的散发出七色彩虹，有的放射出金银色的光芒，它们享受着作为地球上最初的生命的自由，漫无目的地浮游、回旋、摇曳，在每一个瞬间分裂、新生、死亡，何其短暂，何其快乐，何其美好……但是没过多久，所居住的水域便发生了微妙的变化，难以形容的莫大痛苦袭来，一大群同伴瞬间死亡，自己也想逃生，却被裹住全身的痛苦紧紧束缚，无法动弹，何其痛苦，何其难堪……好不容易摆脱了这种折磨，谁知原始太阳又如烈火般接踵而至，苍白的月光如寒冰般穿透身体。时而被狂风吹散在无边无际的虚空中，时而被暴雨打落到无间地狱里。就这样在难以想象的恐惧与苦恼的世界中被任意摆布，生死难卜，终日叹息着“啊啊，我好想变得更加强壮”“我好想能够忍受寒暑”，不停地与环境做斗争。然后，细胞逐渐分裂增殖，终于变成继微生物之后作为人类祖先的鱼的形态，也就是说，获得了能够抵御寒暑的皮肤和鳞片、善于游动的鱼鳍与尾巴、能吃能看的嘴巴和眼睛、能够判断事物的神经等，在形态上取得了惊人的进步……“啊啊，太好了，这样就无可挑剔了，再也没有比我更完美的生物了。”就在它得意扬扬地在

① 无生代（Precambrian time）：太古代之前的地质时代。时间从地球形成（45 亿~46 亿年前）至太古代之初（38 亿年前）。

海边散步之际，却发现有只比自己的身躯庞大数千倍的章鱼怪，伸展着遮天蔽日的巨大触手袭向自己……“哇！救命啊！”它惊呼着逃进海藻林中，屏住呼吸，总算脱险。然而刚松一口气，慢慢抬起头来时，却发现比刚才的章鱼还要庞大数十倍的巨型海蝎的钳子已然近在眼前。哎呀大事不妙！它慌忙转身想逃，却发觉头顶有片阴云笼罩下来，是三叶虫已来到身后，身旁的海葵也亮出毒刺。好不容易才从它们中间脱身，躲进小石头下面瑟瑟发抖。“啊，吓死我啦，真不容易啊！这种状况还是无法安心生存。”和它一起进化而来的生物伙伴们也都骚动不安，有的用坚硬的外壳包裹住自己的身体，有的藏身到岩石之间，只露出手脚。但它却不愿在这阴暗沉闷的水中煎熬度日，而是想要尽快到陆地上去，在那轻快、明亮的空气中自由自在地跳来跳去……它如此拼命祈祷，终于变成了有如小小的三眼蜥蜴那样的生物，哧溜哧溜地爬上了陆地。

“哇，好高兴啊，真好啊！”它兴奋地爬来爬去。然而，几乎让世界消失的火山喷发、大地震、大海啸又从四面八方袭来，海洋犹如一锅沸水，根本无路可逃，只能在滚烫的沙地上奄奄一息地跳来跳去，那是何等痛苦，何等难过……好不容易熬过了那种水深火热之苦，却发现自己此刻置身于山一般高大的禽龙[①]的脚趾下，险些被无齿翼龙的翅膀拍飞，差点儿被始祖鸟那妖怪般的喙啄到……“啊，我实在吃不消了！”一起进化而来的伙伴们有的身体长出刺，有的变化为与附近生物相似的颜色或形状，有的披上盔甲，有的喷出毒液，但它却瞧不起它们那不均衡的、懦弱的、没骨气的做法，而是想要以更加正直、

① 禽龙（Iguanodon）：最早被发现并经过科学研究的恐龙。

不受束缚、端庄优雅的形态在这样的地狱中从容地生存……它躲在石头缝里，屏息凝神地祈祷，最终头顶的一只眼睛消失了，进化成两只眼睛的猿猴形态，可以在树梢间跳跃。

“太好啦，这样就没问题啦，应该没有比我更自由自在、更进步的生物了。”它在树梢上手搭凉棚四处观望，想不到一条蟒蛇突然从背后袭来，想要吞掉它。它惊慌逃走，谁知头顶又有一只大鹫俯身飞掠而来。在树枝之间攀缘跳跃总算逃出生天，没想到蜱虫又开始在身上乱窜叮咬，山蛭也附上来吸血，不管是清醒还是睡着都不得安生。没多久，倾覆天地的大暴雨、大飓风、大暴雪开始肆虐，草木枯萎伏倒，大地上一片荒芜……“啊，好难受。受不了啦。我又没做过什么坏事，为何要遭受这种折磨？好希望我的身体能够更加健壮，可以不必担心这些灾害！”它将脑袋埋进树洞里祈祷着，终于脱掉了尾巴，变成了人类的形态。

“太好了，真是谢天谢地！”它以为终于可以开始享受极乐生活了。可是，为什么？为什么梦还不结束？进化成人类的形态后，它又开始做起人类的噩梦来。

作为胎儿的历代祖先的人类，由于同类之间的生存竞争，以及想要满足自己遗传自原始人的残忍卑鄙的禽兽心理和各种私利私欲，或直接或间接地犯下了无数折磨他人的大小罪孽，而这些血腥的记忆一一化为胎儿现在的主观感受，重现在胎儿的眼前。弑君夺城……饮着酒观赏忠臣切腹……毒杀夫人与少主，让自己的孙子继位……饿死生病的丈夫，与情夫颠鸾倒凤……闷死刚生下的私生子的痛楚……冤枉儿媳逼其上吊自杀的愉悦……将可恨的继子推落井中的快活……聚众欺凌纯洁少女的趣味……引诱有妇之夫让其自杀的骄傲……聚集美少年、美少女并虐待他们的快感……挥霍掉救命钱的愉快……同性之爱的刻骨铭心……人肉的美味……毒药实验……背叛行为……试刀杀人……霸凌弱者……各种令人难以忍受的景象都化为眼前的梦快速闪过。还有自己的祖先们即过去的胎儿自身曾经隐藏的犯罪行为、不可告人的无数秘密，也都变成血肉模糊的面孔、无头的尸体、井中的头发、天花板里的短刀、沼泽底下的白骨等，逐一出现在梦中。每当此时，胎儿都会惊恐、害怕、痛苦，在母亲的子宫内舞动手脚。

就这样，胎儿的梦一路做到自己父母这一代，终于没有该做的梦了，这才进入宁静的睡眠。不久，母体开始阵痛，将其推出子宫。就在空气进入胎儿肺中的一瞬间，迄今为止所做的梦统统逃入胎儿的潜意识深处，与此前截然不同的表面且强烈真切的现实意识渗透至全身。胎儿惊恐、害怕，放声大哭。就这样，胎儿……婴儿终于接触到父母无限的慈爱，开始像人类一样做平静的梦。由此才睁开眼睛接触现实，开始自己创作“胎儿之梦”的续篇。

本应没有任何记忆的婴儿在熟睡时会突然害怕哭泣，或者像是回忆起什么似的笑了起来，便是因为他梦见了在母亲子宫内没做完的“胎儿之梦”。一生下来就有残疾或者有精神缺陷的婴儿，在其胎生时代应该做过可以说明相应原因的梦。有时还会发生只有胎儿的骨头或者牢牢缠成一团的毛发和牙齿残留在母亲子宫内的所谓“鬼胎”现象，那应该是胎儿之梦因为某种原因而停顿或者急剧发展，导致梦境中断所留下来的不完整残骸。

Kyuusaku Yumeno

空前绝后的遗书

——大正十五年十月十九日夜

——疯子博士手记

站得较远的人请用望远镜观看，站得较近的人请用显微镜观看，鄙人就是九州帝国大学精神病科研究室人送外号疯子博士的正木敬之。为了让全天下的常识家吓破胆，我今天突发奇想决定自杀。在此之前，我要发表一篇古今无双的遗书，希望能够通过此举判定究竟是阅读遗书的家伙是白痴，还是写下遗书的家伙是疯子……尤其是那些自以为是的常识家，咱们走着瞧。

话虽如此，我却完全提不起干劲。

这也是理所当然的。我此刻坐在九州帝国大学精神病学研究室主楼教授办公室办公桌前的转椅上，手边放着瓶威士忌，手中斜握着钢笔，与几页大开本横格纸彼此瞪视。头顶的电子钟显示刚过晚上十点……横叼着的雪茄冒出紫色烟雾……俨然一个只会读死书的庸才教授加班做研究的模样，实在让人无法相信明天的此时此刻这个人已经死了……哈哈哈哈！

我这人就是这种个性，不干点什么超出常识的事情，就无法甘心。总之，我很同情那些把我当成疯子的全天下的常识家。

那么……那么我该从何写起呢？一时真不知该如何下笔……毕竟写遗书这种事，我也是生平头一次啊。

但是，如果模仿普通人的写法，按照常识性的顺序来写的话……

首先必须交代清楚的应该是我自杀的动机吧！

可以肯定地说，我自杀的动机与一位惹人怜爱的少女有关……哼，不许笑！

说起这位少女的美貌，那实在是非常非常非常——“非常”二字得写上二三十行才足以形容之美丽。就算找遍全世界的手帕包装盒、化妆品的标签、女性杂志的封面、服装店的广告人体模型、啤酒店及百货商店的海报，甚至将欧美的电影公司翻个底朝天，恐怕也找不出如她这般清纯、楚楚动人、天真娇艳的少女——哈哈哈哈哈，还是就此打住吧！再说下去诸位恐怕会觉得我为老不尊，因为被那位美女拒绝才羞愤自杀，那样的话可就麻烦了！希望诸位不要瞎担心。因为那位少女半年前已经被从人类的户籍上除名了……

或许有一些自以为是的常识家会跑出来说：“你是因为那位少女死了，才会对世界感到绝望的吧？”但是，且慢……先别着急。不久的将来，那位现在已经死亡的少女会和一位同样千载难逢的珠玉般的美少年缔结白头偕老之约。所以，我在这个世界的任务也就宣告结束了……如果我这样说，或许又会有一些聪明的痴呆患者认为我是发疯自杀，大概是做了一个已经去世的美少女与还活着的美少年恋爱的梦，导致脑筋出现了异常……

实在是令人惊讶。遗书居然这么难写，这么令人焦躁不安。但是，毕竟我难得自杀一次，要是不写点儿什么，以后说不定会后悔，所以我不得不继续写下去。事实上，通过让那位已入鬼籍的美少女与那位还活着的美少年真正地接吻、拥抱，我作为毕生事业研究的精神科学的根本原理，也就是被命名为心理遗传研究的实验正在按部就班地顺利地进行着。

怎么样？还有比这更有趣、更痛快的学术实验吗？哈哈哈……

不，应该是没有了吧……之所以这样说，主要是因为作为这项实验基础的精神科学这门学问乃是我的独创发明。不仅如此，其中我独有的精神病学实验与普通的医学实验完全不同，无法以鸟类、兽类或人类的尸体为对象进行研究。若要问为什么，原因就在于，鸟类或兽类与某种精神病患者一样，从最初就显露出完全的动物性，不适合做研究材料，死去的人类身上则缺乏“灵魂”这一重要的实验材料。只有身体健壮、精力充沛的人类那健康正常的精神才能作为实验材料。正常的精神突然发狂，不久后又逐渐恢复正常……必须对这前后的变化进行仔细的研究、记录，所以非常耗费工夫。尤其是我作为研究的主题所选择的材料——按照当今学者的方式命名的话，应该称之为遗传性杀人妄想狂、精神分裂症兼性变态——更是格外复杂和棘手。

我选作实验材料的人物也绝不是泛泛之辈，稍有不慎，我反而有可能遭其毒手，所以我从一开始就是冒着生命危险进行这项实验的，此时此刻，终于还是受到这项实验的影响，被逼至了自杀的境地……不！距离自杀还有相当长的时间，我可以充分保持冷静，在紫色烟雾和琥珀色液体的陪伴下，从容地挥动钢笔。

请诸位也耐心阅读。虽说是遗言，内容其实很轻松，与殉道遗书或者万念俱灰式的遗书截然不同，倒是更像疯子博士疯狂实验余兴的文章，可以视为博君一笑的趣谈……诸位会逐渐了解到，关于我研究的核心人物——那位稀世美少年与那位绝世美少女之间变态性欲的破天荒的怪异实验，是受何种学理支配，又是如何不断紧张、白热化，终至爆发，并将身为实验者的我的一生炸成齑粉的，而这种自燃现象背后的机关，也将慢慢展现在诸位面前……

要讲这个故事，需要往前回溯一段时间。

好像是今年十月几号吧，福冈某报纸的学术专栏连载了我关于“脑髓并非思考事物的地方”的谈话录，坦白说，当时的舆论反响令我惊惧不已。我不是不知道“人类这种动物的自以为是和迷信是根深蒂固的”，但即便如此，我当时也没有意识到事态居然如此严重。他们——也就是那些常识家——不断通过报纸、杂志向我喊话，还有人给我写信，甚至有人直接找到我面前，用尽一切手段，目的只为推翻我的论点。尤其令我惊出一身冷汗的是，在标榜研究自由的本大学，也有几位神态儒雅、摸着下巴、捻着胡须的教授对我群起而攻之，拍着桌子威胁校长：“立刻把那个毫无常识且粗暴轻浮的疯子学者赶出去！不然就把他关进精神病院！”

最初听说这件事时，哪怕我饱经世事，也忍不住落荒而逃。我一直以为大学是学术研究的安全地带，谁知道会发生如此令人震惊的事情。幸运的是，校长颇具行政官员的风范，一向采取息事宁人主义，所以我至今还能待在这里。但是仔细想来，诸位不觉得这件事荒唐到家了吗？能够当上博士或大学教授的人，一定是最高等级的名誉狂或研究狂，他们不以为耻地攻击我这个比他们高一级的名誉狂兼研究狂，把我称为疯子，岂不是可笑至极？当时的我觉得他们多么可笑，我的好朋友若林院长再清楚不过。

“在这种情况下，我的精神解剖学和精神生理、精神病理、心理遗传等研究怕是处境危险，无法发表了。毕竟这些学说都认为精神病患者比普通人精神更正常。哈哈哈哈……”

“是啊，毕竟大部分人都不知道再没有比科学更侮辱人类的东西了。”

“没错。但是，那些听到‘人类是猿猴的子孙’而得意扬扬的家伙，被人指出‘你们都是疯子’反倒慌乱激愤，这岂不是一种奇观？看来他们非但不知道猿猴进化就成为人类、人类进化就成为疯子这个事实，而且还是按照截然相反的顺序在思考的。哈哈哈哈哈……”

我们经常笑着谈论这件事。

所以，我为了订正和添加内容而推迟了手头这篇《脑髓论》的公开发表时间，而在大约半年后的今天，就在刚才，我把这篇著作的原稿付之一炬。

为什么？没什么特别的理由。只是觉得无聊而已。

因为人类的文化实在是过于愚蠢幼稚，不足以接受我的研究。而且，我如今才真切地意识到自己的愚蠢，居然在二十年的漫长岁月里都没有注意到如此重大的事实，只专注于这种不合时宜的研究。又或许是我的精神异常正在慢慢好转吧……呵呵……

不过……我将这部著作中最精髓的部分留在了这篇遗书中，以待时机成熟，供想要从事这种研究的疯子学者参考。至于其中我的《脑髓论》的内容正如夹在这里的剪报所示，已经被报道过了，我也并无更多内容要补充，所以我一点儿也不觉得遗憾。另外，从精神解剖学到精神病理学的研究中的精髓部分，也已经包含在我二十年前提交给九州帝国大学的毕业论文《胎儿之梦》中，因此予以省略。在此我只想大略提一下我最得意的“疯子解放治疗”和“心理遗传”之间的关系。

如果把这部分内容和之前的新闻报道、《胎儿之梦》的论文一齐研读，就能彻底了解到，前面提到的以美少年和美少女为材料的怪异实验，在大正十五年十月十九日，也就是今天正午取得了空前的成功，同时也宣告了绝后的失败，这是一种奇怪的精神科学的学理作用下的结果。与此同时，作为现代文化精髓的常识或学识一举化为尘埃，只剩下无数空空如也的头盖骨。

但是……抱歉，让我先把熄灭的雪茄点上。事实上，这是我最大的爱好。哪怕是穷困潦倒的日子，雪茄和酒也绝不能少……反正到死之前抽不了几支了，就请诸位忍耐一下吧。哈哈哈哈……

让诸位久等了……可是……见过直接导致我走向极乐世界的“疯子解放治疗场”的人，似乎都认为那里只是疯子的散步场。有些人读了新闻报道后点头说“哈哈，原来是这么回事儿啊”，但是马上又会接着说“是啊，置身这样的地方，疯子们就会不太兴奋了吧”或者“哈哈，原来这是一种光照疗法”，原来他们只是不懂装懂，其实没有一个人看透这项实验的真实面目，实在是太有意思了。不，这项实验的秘密我连在这个研究室工作的副手和助手们都没有透露，他们只以为这是某种非常高深的实验……但其实这是一项无比有趣的实验。“解放治疗”这个一本正经的名字，只不过是为了掩人耳目而取的假名字而已。

不瞒诸位，这个“解放治疗”实验，其实就是我当初从本大学的前身福冈医科大学毕业时所写的论文《胎儿之梦》的实地实验。

但是，我在《胎儿之梦》中罗列的例子都是人类的个体之间共通的想吃、想睡、想玩、想吵架、想赢之类的心理遗传，都是极为常见的类型。而我在此研究的则是更深入的每个个体特有的极端、诡异的心理遗传的发作，极尽神秘、极端、怪诞、诡异、恶毒之能事，最近流行的猎奇趣味、侦探趣味等根本无法与之相提并论……什么？诸位从未见过，让我给展示一下？太简单了，马上就给大家看……

来，来，欢迎，欢迎。这里有全世界都找不到的活生生的灵魂因果者的标本、大白天游荡的幽灵、正午出现的怪物、令人惊叫的科学实验……参观费大人十日元、儿童半价，盲人免费……啊……不要推搡拥挤。会被疯子们笑话的哟！请保持安静，安静……

咳咳……

在此我要向诸位介绍的是位于九州帝国大学医学院精神病科主楼后方，由该科正木教授开设的疯子解放治疗场的“彩色立体有声电影”。放映的机器是最近由九州帝国大学医学院眼科的西田博士和耳鼻喉科的金壶教授与正木教授合作制作而成，旨在用于医学研究，它精巧无比，就连目前美国正在研究的有声电影都望尘莫及……请诸位务必注意到其画面与实物分毫不差这一点。

首先……请看银幕上出现的九州帝国大学医学院的全景。

如诸位所见，九州帝国大学校园内外都覆盖着成片葱郁的松林，在西端两根并排的大烟囱下方可以看到一座破旧的、漆成蓝色的两层小洋楼，那就是闻名天下的疯子博士正木教授所在的精神病学研究室的主楼，其南侧紧邻的一片约两百坪[①]的方形空地就是我马上要向诸位介绍的“疯子解放治疗场”……载着摄影机和技师的飞机缓

① 坪：日本传统的面积单位，1 坪约 3.3 平方米。

缓下降，在位于精神病科主楼顶楼的教授办公室的南侧窗畔降落……简直像是蜻蜓或是苍蝇……时间是大正十五年十月十九日……的上午九点。

环绕着这个解放治疗场的红砖围墙高约一丈五尺，被其围起来的方形空地上全部铺着本地特有的纯白色石英质沙石，因此显得洁净无比。正中央矗立着大约五棵梧桐树，树上挂满黄色枯叶。这些梧桐树从很久以前就矗立在此，已然成为主楼中庭的一道风景线，但自从为了建造这个解放治疗场而修整了周围的土地，这几棵树就呈现出明显的衰败之相，这可以认为是某种凶兆吧！或许也可以认为这些梧桐树是因为被封闭在这种意想不到的地方，导致精神出现了异常。但是，本研究室还没有余暇关注到这方面的问题并做出诊断治疗……抱歉，闲话就说到这里吧。

诸位可以看到，治疗场只在东侧病房附近有一个木门入口，这个入口也兼做通往厕所的通道。木门旁边切开一道长缝，有一个穿戴黑色制服和制帽、面目狰狞的大汉，从早到晚透过这道长缝冷眼监视着场内。这个方形解放治疗场整体给人的感觉，是不是就像一个被放置在绿色波涛中的巨大魔术箱？

铺在这个魔术箱底下的白色沙石沐浴在湛蓝的天光下，发出耀眼的光芒，上面有许多黑色的人影或站或坐。一个……两个……三个……四个……五个……六个……总共十个人。

这些就是受到由正木博士的《脑髓论》推导出的“胎儿之梦”的续篇“心理遗传”原则支配的疯子们……而且，三个小时之后，也就是大正十五年十月十九日的正午时分，随着海对岸的台场轰然传来一声午炮，这十个疯子之间会爆发一场由心理遗传导演的出人意料的大惨剧，不但会令全世界为之震惊，也将推动正木教授下定自杀的决心。可以说这场大惨剧的种种前兆，已然开始明显地在这个解放治疗场内显现，所以请诸位定睛凝神，仔细观察疯子们的一举一动。

为了方便诸位仔细观察，在此特别将这十个疯子的身影放大给诸位看。

首先出现在银幕上的，是一位在西侧砖墙旁光着膀子拼命工作的白发老人。诸位也看到了，这位老人双手挥舞着一把铁锹，正在耕种与砖墙平行的面积约两亩半的长方形田地，但是诸位请看他的身体，手臂和小腿都苍白瘦削，颈项上也没有老年劳动者特有的深刻皱纹，怎么看都不像有过农耕经验的人。尤其令人感到触目惊心的是他的手掌，虽然他握着铁锹看不清楚，但是诸位应该能看到铁锹柄上斑斑点点的黑渍吧，那是他手掌磨破后渗出来的血迹。而且……即使如此，老人依然不屈不挠地奋力挥舞着铁锹。看到这些，诸位应该就能理解正木博士的心理遗传实验是何等残忍、何等冷酷了吧？

接下来出现在银幕上的是一位站在老人身边观看老人耕作的青年。诸位可以看到，他身穿黑色棉质和服，腰系白色棉质旧腰带，头发乱蓬蓬的，所以看起来多少有些显老，但是如果诸位仔细瞧，就会发现他其实是一位二十岁左右的年轻小伙子。大概是很久没出来晒过太阳了吧，他的皮肤像女人一样白皙，红扑扑的脸颊上带着微笑，专注地盯着挥舞着铁锹的白发老人。如果只看他的表情，也许会以为他是正常人，但请再多看几眼。那明亮的眼眸，如同养在深闺中的公主般宁静、透亮。这正是某种精神病患者在恢复正常或者病情发作前的表征，也是正木博士一直在做的真疯和假疯的鉴别中尤其难以鉴别的眼神。

再接下来，我们将镜头移向远远地蹲在刚刚的老人和青年背后的那位少女。诸位可以看到，她的脸庞像幽灵一样苍白瘦削，上面布满雀斑，红褐色的头发扎成低马尾。她蹲在老人耕作的田边，正用那双纤弱的手将各种东西栽进土中。梧桐的落叶、松树的枯枝、竹片、瓦片……其中还有不知在哪里找到的青草。但毕竟老人耕作的田地是松散的白沙地，竹棒之类的一不小心就会倾倒，所以如大家所见，她显得非常忙碌，随时要将那些东西扶正。或许有人会觉得何必这么麻烦，只要用力插进去不就好了？但是我要说句失礼的话，这只是外行人的想法……因为这位少女坚信这些瓦片、竹棒就是普通的花草或者某种植物的幼苗，所以绝对不可以那么粗暴地对待它们，必须小心翼翼地用沙子埋住根部才行……不过，好不容易栽好的竹棒还是倒了两三次，她脾气上来，毫不费力地将竹棒像嫩草般撕成碎片，扔到一旁。或许诸位会感到奇怪，像她那样纤细柔弱的手腕，如何能迸发出连男性都自叹不如的可怕力量呢？其实人类这种生物，哪怕是柔弱的女子，基本上也拥有这样的力气……只是人类自历代祖先那里积累了无数“人类比其他动物更高级、更孱弱，尤其女性更加如此”的暗示，最终导致女性无法完全发挥出自己的力量，因此在精神出现异常或者遭遇地震、火灾等危急情况时，上述暗示就会被打破，女性也可以恢复原本就拥有的力量。这位少女刚刚的表现便证明了这一点。实在抱歉，我总是将话题扯远。不过因为这是逆向证明正木博士的“心理遗传”的实例，我才特别附带提及。

接下来出现的是身穿破烂晨礼服的矮小光头男子，他此刻正对着刚刚的老人、青年和少女等人相反方向的东侧红砖围墙发表演讲。

“达摩面壁九年而执少林之牛耳，故吾亦面壁九年修习辩论，以打破糊涂纵横之政界，荡平一切不平等……在即将到来的普选时代……吾将……”

他高声呼喊着，突然像想到什么似的高举右手左右挥动。

他背后走过一位打扮怪异的女人。诸位也看到了，这是个长相粗鄙、面中凹陷、身体发福的中年女人。她的脸上涂满污泥，似乎自以为化着浓妆。和服衣摆下露着赤脚，破破烂烂的和服衣带长长地拖在身后，乱糟糟的头发上戴着一顶不知是谁用硬纸板涂上红墨水为她做成的皇冠，为了不让皇冠掉下来，她仰着头左右睨视，仿佛自己是女王般左右踱步，真是一个奇观。

每当这个女人从面前走过，那位长满络腮胡的彪形大汉就会跪在梧桐树下不断顶礼膜拜。此人是长崎某小学的校长，其历代祖先都信奉基督教，到这个男人这一代时其虔诚达到极点。他被收容进这个医院后，立刻在砖块和瓦片上雕刻圣像，供同房的患者们膜拜。此刻，他相信刚才那位假装女王的疯女人是圣母玛利亚重生，因此流下欢喜仰慕的泪水。

接下来，在跪地的络腮胡男人四周跳来跳去的垂发少女是高等女校二年级学生，原本性格内向忧郁，但随着在艺术方面显露出非凡的才华，她逐渐患上所谓的精神分裂症……在发病的同时，她的性情彻底改变，当她来这里住院之际，正木院长询问她姓名时，她回答：“我是舞蹈狂安娜·巴甫洛娃[①]。”她是全医院最可爱的人，如诸位所见，

① 安娜·巴甫洛娃（1881—1931）：俄国芭蕾舞女演员，素有“芭蕾女皇”之称。

她总是唱着自己创作的歌曲翩翩起舞。

仰望青空
白云高悬
黑云低垂
亲密地上下并排
飘飘飞行
飘啊飘啊飘啊飘啊……飘……

我也一起并排
飘飘荡荡地行走
结果撞到红色墙壁
飘啊飘啊飘啊飘啊……飘……
飘啊飘啊飘啊飘啊……飘……

这边还有两位四十岁左右工人模样的男子，他们亲密地勾肩搭背，在与前面的中年女人呈直角的方向上来回走动。据说右侧的男人是在东京观光，左侧的男人是在南极探险，彼此情投意合地持续着长途旅行，完全不给别人造成麻烦。接下来是坐在这边入口的肥胖老太婆，从她身上那件高级和服的纹样上判断，她应该是个相当有地位的人，但她本人却总是像住在贫民窟一样，拼命在身上抓着并不存在的虱子，将其掐死丢掉……就在你以为她会永远重复这个动作时，她突然间解开和服带子，赤身裸体地用力拍打起和服来。每当此时，演讲的人、两名工人、女学生都会中止他们心理遗传的发作，用手指着她，看着她捧腹大笑。

观察过以上放映的疯子们的一举一动后，我想一定会有人感到意外。

“什么嘛，这不就是很寻常的疯子吗？不仅是这个解放治疗场，随便一家精神病院的散步场都能见到这种景象。既然说是疯子的解放治疗场，我还以为会在一望无际的广场上，看到成百上千个疯子聚集在一起，上演千奇百怪的疯态呢。只是这种程度的话，也太没劲了。最重要的是你总说心理遗传，可是根本无从了解哪里是心理遗传嘛！”

我知道一定有人失望、沮丧、轻蔑、冷笑，但是请不要着急，耐心等待。坦白说，与正木教授的研究相关的心理遗传实验所使用的人物已经足够多了，只要通过电影简单说明一下其中两三个人的疯态源于何种心理遗传，诸位应该就能毫无遗漏地明白全世界所有精神异常的原因……事实上，这十个精神病患者是从地球上不计其数的疯子中挑选出来的精神异常的代表性冠军人物……也可以将他们看作为了亲身证明与正木博士过去二十年间的研究相关的心理遗传的原理而出现的世界性标本。

首先要向诸位介绍的是最开始那位在红砖围墙旁耕作的白发老人。

这位老人名唤钵卷[1]仪作，其往上数第五代祖先即仪作的曾曾祖父，是福冈城鸟饲村著名的富农钵卷仪十。这位仪十生来就是左撇子，体力与精力都超乎常人。他白手起家，只凭一把铁锹就挣下庞大家业，

① 钵卷：一种戴在头部的细长布条，类似抹额。原本是军人的一种装束，用于防止军帽落，后来民间用于干活时擦汗。他的姓，体现了他在日本社会所处的阶层位置。

被领主黑田赐姓钵卷，并被允许佩刀，是一位能够载入励志传记中的人物。

诸位若是问起他为什么会被赐予如此奇怪的姓氏，原因很简单，所谓的“钵卷”本来就是这名男子年轻时的绰号。因为他连擦汗的时间都舍不得浪费，在做农活时总是将手巾缠在额头上成钵卷，所以得了这么个绰号。由此，诸位应该能够明白他的工作是何等卖力了吧？从天亮到天黑，他只休息一次，就是在福冈舞鹤城的天守阁正午敲响大鼓报时的时候。一听到鼓声响起，他就立刻放下铁锹，去附近的河堤、草原的树荫下或者房檐下吃午餐，然后午睡约半个时辰的工夫——相当于现在的一个小时，时间一到就立刻醒来，继续不停歇地工作到日落时分，真是一个刚强的男人……这个男人大概也具有某种偏执狂的性格吧。他红黑色的额头上因为系钵卷而留下一道白色的印记，直到他咽下最后一口气时也没有消失。听说他去觐见领主时同样系着钵卷，领主身旁的臣子慌忙催促他：“喂，快把钵卷取下来。”领主觉得很有趣，就赐这个姓给他。这是一个非常荣耀的姓。

但是，斗转星移，到了钵卷仪十的第五代孙也就是这位仪作老爷时，不管是当初的荣耀还是左撇子的特征，甚至连庞大的家业都消失无踪，他只是个博多名物笔店的制笔师傅。到了晚年，他因为老眼昏花无法处理纤细的笔毫而被迫失业，痛苦不已，最终精神出现异常，大约一周前被送到本大学来，着实是个可怜人。

然而，正木教授为了探究这位老先生发狂的动机，也就是心理遗传的内容，将他送进解放治疗场后不久，发生了一件不可思议的事。当他偶然在解放治疗场的一隅发现了工作人员用来杀蛇而遗忘在那里的铁锹后，立刻开始模仿他祖先的行为。当然，他没有系钵卷。但是诸位也看到了，他从头至尾没有擦过一次汗，握铁锹的姿势也是左撇子的样子，跟发狂前正好相反。而且一听到十二点的午炮声，他就立刻放下铁锹返回病房，匆匆吃过午饭后，马上上床午睡。从这些行为中，我们也只能认为他是五世祖仪十的转世。不过大概是疲劳过度的缘故，他通常一觉睡到天光大亮，连晚饭也不吃。也许在梦中，他变成了他的曾曾祖父仪十，正在不停地挣家业吧！

这就是心理遗传的第一个实例……如果诸位有问题，请不要客气，举手提问吧！

接下来要介绍的是先前面朝红砖围墙发表演讲的身穿破烂晨礼服的矮小男子。他在空中挥动右手的手势、仿佛在支撑着某物的左手以及他在演讲中所使用的语言是最有力的参考。

“这是横亘于帝国前途上的一大障碍。如果任由今日这样腐朽的思想横行，糊涂纵横的政治继续下去，我们日本民族的团结就会像那未加茅草的土墙，在外来思想的风吹雨打下，无须多久就会面临土崩瓦解的命运……”

怎么样？如诸位刚刚听到的，在这位光头晨礼服先生的演讲中，多次出现“墙”这个词或者与“墙”相关的词语。那是因为这位矮小男子的外祖父曾经是黑田藩御用的泥瓦匠……诸位不要笑，我可没有在讲笑话……这位泥瓦匠外祖父在福冈城的天守阁上工作时，不小心滑了一跤，坠地惨死。而且，这位外祖父一向以身轻如燕自夸……据说每次他为天守阁的屋顶重新刷漆时，领主都会用望远镜欣赏他高超的技艺。另外，他平时工作时习惯搭设极为简单的脚手架，这样做的好处是能够快速完工，但也导致他好几次都失足跌落，或是被什么东西绊住险些丧命，但每次都能奇迹般地获救。

然而，不知他当时是多大岁数，也是爬上天守阁的最高处，在领主用望远镜欣赏他工作的时候，一不小心将屁股朝向了领主。在下面监督他的官员本可以闭嘴不言，却多此一举地大声提醒他："谨慎点！主上大人正看着呐！"于是，他不由自主地浑身僵硬，一脚踏空，从数丈高的石墙上跌落下来，当场摔得血肉模糊。自此以后，家中就再也无人担任泥瓦匠了。但是这位外祖父的血脉经过女儿遗传给了这位身穿晨礼服的矮小男子后，情况变得非常可怕。这位男子直至中学时代都经常半夜惊醒，跳起来高呼"救命啊"，每次家人惊讶地问他"你怎么了"的时候，他都会回答"感觉自己像是从很高的屋顶或者云层上，头朝下地栽下来了似的"……诸位不觉得非常奇怪吗？这种在普通人看来不足为奇的轻微的梦游症发作，其实都是在重演几代前的祖先多次恐惧惊叫的那一刹那的恐怖记忆。这是何等不可思议的心理遗传的实例啊！……不，不仅局限于这个演讲的男人。我们普通人也都曾有过在睡眠中感觉自己从高处摔下而陡然惊醒的经历，参照这个例子就会发现那并非什么不可思议之事。我们的父母或是祖父母中肯定有人有过一两次认为自己"完蛋了"或是"死定了"的瞬间，那极为凄怆又绝望的记忆化为一种心理遗传，在我们这些子孙后代的梦中重现，这一点应该不会有人质疑吧？

诸位有问题吗？

接下来要介绍的是先前那位头戴硬纸板皇冠来回走动的中年女子。诸位从她的穿衣方式上就能够看出来，她是普通人家的女儿，曾经被卖作艺伎。她应该相当有手腕，很快就被一位年轻的银行家赎身。然而那位银行家的父母非常守旧顽固，以“身份不同”为由不同意儿子迎娶她做正室。她抱恨终日，结果在某场宴会上，对某位初次见面的客人出言不逊：“你以为你是谁……居然敢叫我给你斟酒？”并忽然将酒杯扔到对方身上，还一脚踩烂了三弦琴……从那之后她就被送到了这里，可以说是一位拥有痛快罗曼史的病人。虽说爱情不能以常理来推断，但是在新思想盛行的今天，她又是风月场所出身，因为这么点小事就气得发疯，或许有人会觉得她器量未免太过狭窄，但这就是“心理遗传”的恐怖之处。从她发病后的状态就能看出，“身份不同”这四个字不仅刺伤了她的自尊心，还给她带来了沉重的打击。如诸位所见，她的言谈举止无比高贵典雅，不论是动作、眼神还是步履都颇具贵族风范。因为她的家族在明治维新之前都是京都的没落贵族，这一点也可以通过她的精神异常得到证明，而她本来的姓氏“清河原”也绝非普通老百姓会有的姓氏。换句话说，在发病之前，受到周围环境的影响，她的一举一动都像普通人家的女儿，但是一旦精神呈现异常，她就会忘记最近一两代形成的穷人习性，开始表现出历代祖先的贵族风范。

啊，你有问题吗？请问！

哦哦……是这么回事儿啊……我明白你的意思。你是问所谓的“心理遗传”只是这样而已吗？只是为了如此微不足道的研究，正木博士就打算自杀吗？

是的，这部影片的编辑也考虑到或许有人会提出这样的问题，所以接下来就从正面拍摄了心理遗传的发现者正木博士，并让他针对这个问题发表了一场演讲……当九州帝国大学的疯子博士、比爱因斯坦和斯坦纳[①]更有名的正木博士出现在银幕上时，请诸位务必热烈地鼓掌欢迎。因为他本人非常喜欢鼓掌，授课时也常常以听学生的鼓掌为最大的乐趣……什么？他在银幕里面，鼓掌也听不到？哈哈哈。你说得非常有道理……但是不可思议的是，他就是能够听到。事实胜于雄辩……诸位鼓掌后就知道了。只要擦亮眼睛仔细观察，马上就会发现机关何在……嘿嘿嘿……

是的……这位就是名闻天下的九州帝国大学医学院精神病科教授、医学博士正木敬之。背景是九州帝国大学精神病科主楼教室的讲台，可以看到他身穿白大褂，这就是他平时授课的标准打扮。

正如诸位所见，正木博士身高只有五尺一寸[②]，是个皮肤微黑的矮小男子，花白的头发剃得非常短，头皮几乎反光，高挺的鼻梁上架着一副闪闪发光的大眼镜，下面的眼睛凹陷，眼神锐利，嘴巴紧抿成一条直线，表情像是一个戴着眼镜的骷髅。他站在讲桌前方，环视诸位一圈之后，突然露出满口假牙笑了起来，浑身散发出无限的精力、胆量与智慧……

诸位……这样大笑可不行啊！什么，你有问题？好的，是什么问题？哈哈，正在解说的我和画面中的正木博士是不是同一个人？

啊哈哈哈哈哈。露馅儿了啊……我还是赶紧退下，让画面中的我……不，是正木博士给诸位解说吧。【解说者消失】

【银幕上的正木博士随着身体动作开始说话】

---

① 斯坦纳：鲁道夫·斯坦纳（1861—1925），奥地利社会哲学家，人智学创始人。
② 日本长度单位，1尺约30.3厘米，1寸约3.03厘米。5尺1寸约1.55米。

咳咳……

能够像现在这样，在银幕上跟全天下诸位新人相见是我毕生的荣幸，也令我感到无比满足。

诸位都居住在常识的世界里，却对非常识的世界心怀憧憬的人。现在的地球上到处穿梭着火车和轮船，汽车和飞机也无处不在，只要是这些交通工具能到的地方，都充斥着冷漠的社交陋习、对科学的迷信、对外国的模仿还有已然死亡的道德观念……而诸位的内心对上述种种现代社会所谓的常识感到厌倦，无比渴望朝气蓬勃、奔放自由的生命真实性的表现……也就是说，诸位的眼睛里闪耀着灿烂的好奇心。诸位带着这份好奇心，前来观看我毕生的研究事业“心理遗传”的实验，并且立刻就理解了它，还轻松地认识到一般的精神病患者是被某种力量支配而做出某种事情的人这个事实。不仅如此，诸位的好奇心并没有就此满足，而是百尺竿头更进一步，追问出“心理遗传就只是这样而已吗”这个问题……这说明诸位的头脑与研究此问题二十年的我的头脑不分伯仲，不，甚至比正木疯子博士的头脑运转速度更快……不……谢谢诸位。还不到鼓掌的时候……对于这点，我必须表达自己满腔的敬意与感激。

其实，如果我所说的“极端心理遗传”只会像那样出现在精神病患者身上，那就没必要如此惊讶与忧虑了。当然，即使是之前说明的那种程度的研究，对于那群到处蠕动的蝌蚪专家而言，或许已经是令人目瞪口呆的大发现了。但是对于我疯子博士而言，那些只不过是让跛脚乞丐突然奔跑起来那种程度的新发现而已。

我之所以大声疾呼“心理遗传”的可怕，主要原因就在于它并非只出现在精神病患者身上，也会出现在诸位和我这样的正常人身上，这一点已经可以被证明。

什么？有问题？不。请稍等。我大概明白你会问什么样的问题……你要问的是："如此一来，岂不是无法区分精神病患者跟正常人了吗？怎么可能会有这样的蠢事？"对不对？

但是，站在纯粹的科学家的立场，我只能回答你：确实"有"这样的蠢事。而且正常人比精神病患者的程度更加严重。我们——当然也包括诸位在内——在精神生活方面与精神病患者毫无区别，甚至我们的"心理遗传"比精神病患者更加严重，它从早到晚时时刻刻都在活跃，即便我们睡着了，它也会以"梦"的形式出现，执拗地支配着我们的心理。也正因为如此，我们经常无法自由地控制自己的心。再加上报纸杂志的社会版面总是无限量地提供这方面的报道，所以想视若无睹都很困难。

在很久以前，我曾经跟某报社记者有过一段谈话，并提到了心理遗传中一个极为轻微的实例，即俗话说的"人各有癖"，这句俗话恰如其分地表明了我们和精神病患者一样，无法随心所欲地控制自己的情绪。而且就算遭受他人的耻笑，或是自己下定决心要戒除，也无法戒除。这就是方才所说的心理遗传的显现……明明不想哭，却还是流下眼泪；明明不想生气，却还是忍不住火冒三丈。之所以会这样，就是因为自己无法修正自己暂时性的精神偏激……这种性格遗传自某位祖先，也只能认为是心理遗传的显现。

此外，偏执、喜新厌旧、喜怒无常、善变、健忘、神经质、某某狂、某某疯子、某某中毒、花痴、色狼、变态心理等，这数不胜数的精神异常倾向，一百号人中就有一百人、一千号人中就有一千人多少具有其中的某一种。可以说没有人不受心理遗传的支配。

这个道理只要读过我很久以前写的论文《胎儿之梦》，就会理解得更加透彻。所谓的人类的精神或者灵魂，只不过是从其历代祖先的动物或是人类那里遗传而来的各种动物心理和民众心理的无量无边的集合。在其表面用一层“做这样的事会被人耻笑”或者“要是被发现就糟了”之类的所谓的人皮裹住，再用伦理、道德、法律、习惯的胶带捆绑，饰以社交、礼仪、身份、人格等各种各样的蝴蝶结或标签，然后涂抹上化妆品或油彩，举着阳伞或挥舞着拐杖，暗自想着“如果你是绅士，那在下也是gentleman”“如果你是lady，那么我也是淑女”“你若是人，老子当然也是人”，在光天化日的马路上大摇大摆，阔步而行，这就是所谓的正常人或者说文明人。

但是这种充满阴暗心理的文明人包装，为了不泄露出那低级庸俗且肆无忌惮的心理遗传的内容，总是绷得紧紧的。正常人忍受着这种痛苦，只在私下悄悄放缓呼吸，人前却装出一副若无其事的模样。可是到了难以忍受的时候，就会突然间爆裂。若是个人，会出现躁狂、脱轨、吵架、伤害、欺诈、偷盗、通奸等悖德行为，爆裂后无法修复的人就成为精神病患者；若是群体就会出现暴动、战争、邪恶思想、颓废风潮等。这种心理遗传暴露的实例，每天都能在报纸上看到很多。

我敢断言，诸位和我的心理状态与精神病患者相比，不过是五十步与百步的区别。无法区分正常人和精神病患者，就跟无法区分监狱内外的人一样。也就是说，整个地球表面从古至今就是“最大的疯子解放治疗场”，九州帝国大学的解放治疗场只不过是一个小模型而已。

其证据就是，置身其中的患者们也与诸位和我一样，一面坚信“我可不是疯子”，一面又肆无忌惮地发挥着心理遗传……

哈哈哈哈哈……怎么样，诸位？是不是有些生气？什么？……不生气。了不起，了不起。诸位当真是优秀的常识家。是有资格代表现代文化的绅士、淑女……咦？什么？不是这样？是因为知道对方是疯子博士，所以从一开始就没有当真？哇，实在令人佩服！各位真是经验丰富，令人甘拜下风！

好的，既然如此，我也做好心理准备了！科学研究的最大本领原本就厚颜无耻、不成体统，所以恕我无礼，接下来我要当面指出人类的耻辱，一定要让各位生气不可。

所有人应该都经历过这样的事，一旦头脑开始模糊，就会接二连三地浮现出各种幻想和幻觉。

但是，这些幻想和幻觉只是心理遗传的幽灵，如果从学术上说明，就是因为脑髓的反射交感功能疲劳、滞涩，导致与理智、常识失去联络的那些不成体统的心理遗传在全身的反射交感功能中争先恐后地开始随心所欲地梦游……如果是女性，可能会在推拉门内一边缝补衣服一边想东想西时，不知不觉就开始胡思乱想“要是能偷走那家百货商店的戒指还不被发现，该多好啊”“要是现在的丈夫留下财产去世，就能和那样的好人过上有趣的生活了”“要是能像那样折磨死那个可恨的畜生，该多好啊”“要是让婆婆服下老鼠药，不知该有多痛快”“要是能跟那个演员殉情，该多好啊”“我索性当个荡妇算了”，等等。如果是男性，则可能眺望着电车车窗外，大大地打着哈欠，漫无边际地想着“要是打那个绅士几耳光，不知道他会是什么表情”“要是从上风口给这个城市放一把火，把这里变成一片火海，不知该有多漂亮”“要是将那群人全部砍死，不知该有多痛快”“要是往那家陶瓷店里扔一枚炸弹”“要是将那名巡警的腿打断”“要是将那家金鱼店的金鱼都撒在电车道上”“要是能娶到那位小姐当小老婆”“要是能将那家银行的金库都装进自己口袋”等情景，陡然回神时，往往会羞得面红耳赤。

这些都是自己历代祖先曾经无比想要尝试但一直在极力克制的残忍性、争斗性、野兽性或者变态心理等，它们更替为现代的模样出现在了我们的意识中。如果不承认自己存在这种现象，那么此人不是没有内省能力的死脑筋，就是即便有也完全忘记的低能儿。若要讲证据，只要看看那些由于上述梦游心理中的某一项过度亢奋而出现精神异常的人便明白了。就好比聚精会神地阅读小说中的香艳情节时，会在意识中描绘那个场景，不由自主地流下口水一样。在精神病患者疲劳病态的反射交感功能中，这种遗传心理比现实的情绪或感觉更为强烈、深刻时，就会表现为梦游，同时因为除此以外的意识几乎全部被抹杀，该人就会无比认真地执行梦游意识，其所作所为完全遵从祖先遗传给他的情绪进行。这一点与我的学说完全吻合。

距今三千多年前，距此地三千里之外。

在天竺的佛陀伽耶菩提树下，观见过去、现在、未来的三世实相，证得无上正等正觉的大圣释迦牟尼佛所说的“因果报应”便是指的这一点。父母的因果报应在子女身上……啊哈哈哈哈哈哈哈。我不是在说经论法，也不需要诸位往功德箱里投钱。这是现代科学中最新锐、最前沿的精神科学讲义，是诸位在日常生活中时常经历的恐怖的精神生活的说明。

但是诸位，此时惊讶为时尚早！精神科学的原理原则将会提供更恐怖、更触目惊心的事实给大家看！

根据我目前为止的说明，相信诸位已经大概理解了。人类的世代更替，就仿佛是我们睡着了又醒过来。睡了一夜之后，昨天的事情似乎已经忘得一干二净，但是一旦醒来，几乎是在毫无意识之中，木匠继续建造昨天开始建造的房屋，泥瓦匠继续砌昨天的墙壁，如此一来，又记起昨天的事情来，“啊，昨天我在这里丢了十日元铜板”或者“昨天正好在这个时间，对面走过来一名漂亮的小姐”……然后，便会如昨天此刻所做的那样东张西望，或者傻傻发呆。

精神遗传也同样如此……父母是昨天的自己，子女是明天的自己。夜晚就是由昨天的自己转生为今天的自己的黑暗、无自觉的“孕育”时间。

人类不论男女，一旦遇到曾经导致自己祖先处于那种情绪、精神状态的场景、物品、时节、天候等所谓的“暗示”，就会像刚才提到的木匠与泥瓦匠一样，马上恢复到昔日的心理状态……而且，从历代祖先那里遗传而来的心理并非只有一两项。形成上述心理暗示的场景、物品、天候等也充盈各处，不分昼夜地持续刺激着我们的心理遗传，只要眼睛能够看到、耳朵能够听到，就没有片刻停歇，也正因如此才更加可怕。而支配我们一生的“艮之金神[①]”，其实就是这“心理遗传”的原则。接下来我要拿出厉害的证据了……

① 艮之金神：日本阴阳道中的概念，“金神”通常指的是一种具有负面影响的神秘力量或神灵，“艮”为东北方，即“鬼门”的方位，“艮之金神”即为“鬼门恶神”。

啊哈哈哈哈哈。各位可别搞错了，这可不是大本教[①]的神谕，而是我们日常经历的极其平凡的事实。我们的情绪从早到晚时时刻刻都在变化、转换……本来打算出门参加活动，路上却被庙会的夜摊儿吸引……本来准备出门旅行，转眼却钻进图书馆里……明明两情相悦，结婚前夕却突然相看两厌……踏破铁鞋才寻到的唯一一份工作，却随意寄出一张明信片推掉等，诸如此类的重大心理变化之所以时时刻刻都在发生，就是因为上述种类繁多、无量无边的暗示时时刻刻都在支配我们的心理遗传。而我们之所以自己无法察觉到这一点，是因为这些暗示与心理遗传之间的关系的千变万化实在太过短暂、微妙和深刻。

对了……诸位，你们不觉得如果更深入地从学理上对上述暗示与心理遗传的关系进行研究，就能够进行各种有趣的恶作剧吗？不觉得就像观察物理或化学实验一样，对于别人的精神也能够随心所欲地加以操纵吗？

举一个随处可见的例子。所谓的人类的犯罪心理很多都是因为受到非常荒谬或者毫无关联的暗示，导致产生意料之外的巨大刺激而形成的……例如一直盯着蘸红墨水的笔尖，会情不自禁地产生想要扎向旁边照片上女明星眼珠的冲动；长时间盯着蓝天或白墙，就会突然产生残忍的情绪；望着窗外的雾气，会想要擦拭手枪；听到大风呼啸，会想要揣着短刀出门散步；看到锋利的剃须刀，会拿着它望着镜中自己的脸冷笑；在床上听到女人开玩笑似的说“杀了我也没关系”时，

① 大本教：1892 年由农妇出口直创立的新型宗教，其女婿王仁三郎把该教义加以系统化。他谴责军备和战争，自称新制度的领袖，受到政府镇压。

望着她的笑脸，突然真的兴起杀死对方的冲动；在客厅听见鸟叫声，会成为原本是纯洁关系的男女之间产生不伦恋情的契机；等等。这样的情绪变化虽然看不出特别的道理，却都是心理遗传的显现，也是重大犯罪心理最初的萌芽，这一点是不言而喻的。

另外，阅读过去的话本、随笔、传说、记录等作品时，我们能看到无数这样的故事：有的人违背祖训打开不让看的幽灵挂轴后，嘴里开始胡言乱语；有的人拔出了祖先严禁拔出的传家宝刀，结果脸色骤变；等等。这些都是上述可怕的心理遗传暗示的力量，通过人人都熟悉的物品显现出来的缘故。在我调查记录的资料当中，此类案例也几乎堆积成山。

可是，如果进行学理研究，肆无忌惮地实际应用此类暗示的恐怖作用，会出现什么样的情况呢？岂不就可以在现代实行比犬山道节[①]、石川五右卫门、天竺德兵卫[②]、儿雷也[③]更高超的幻术了吗？

即便达不到那种程度，只要巧妙利用此类暗示，就能在一见面时令对方发狂。而且这种犯罪手段跟应用现代科学的笨拙凶器不一样，既不会发出声音，也不会使人流血，所以哪怕是在光天化日之下，在人来人往的大街上动手，也不会遭到怀疑。就算当代的名侦探赶来，也查不到任何蛛丝马迹……不，我们何不就在此处试试？

---

① 犬山道节：日本戏作家泷泽马琴（1767—1848）所著《南总里见八犬传》中的角色，该作的主角为八个由念珠转生的武士，因姓氏中皆有“犬”字，被称为“八犬士”。犬山道节为八犬士之一，持有“忠”字宝珠，学习过隐行五遁技术，尤其擅长火遁。

② 天竺德兵卫：江户初期商人，生卒年不详。曾跟随商船游历越南、暹罗，一直到佛教起源地天竺。回到日本后，著《天竺渡海物语》，记录自己半真半假的异乡奇闻，人称“天竺德兵卫”。他的故事被后世改编为歌舞伎剧、净琉璃剧，剧中形象多为降妖除魔的妖术师。

③ 儿雷也：江户时代后期读本、歌舞伎故事中能使用妖术的义贼。人物原型为宋代沈淑所著《谐史》中的江洋大盗“我来也”。“儿雷也”即为“我来也”的谐音。

嘻嘻嘻……诸位不必如此僵硬。就算是我这样伟大的精神科学家，也还没有找到从银幕上给予暗示，让在场诸位一起发狂的方法。当然，如果能够做到的话，那就太有意思了……哈哈哈……

不，这虽然是一句玩笑话，但是这样的犯罪手段已经超越幻想或推测的范围，成为迫在眉睫的严重问题。事实总是先于研究而存在……如果我这么说的话，诸位又该大惊失色了吧？

不过，这没有什么好惊讶的。我的挚友、九州帝国大学医学院院长若林镜太郎在他的名著《应用精神科学的犯罪及其证迹》的草稿绪论中，就罗列了这样的牢骚之语。因为他正好委托我校阅绪论，所以我就摘选几段内容给诸位过目。

——根据我的调查，不得不承认过去就已存在这种类型的犯罪。譬如，役行者①、安倍晴明②、弘法大师③等传承密教、阴阳术的人，或是信奉真言宗的行者、修行者、萨满、巫师、女巫以及其他崇信某某教、某某神佛之辈，皆会口传或心传自己从多年经验中获得的某种精神科学暗示法，并将其应用于理智、理性尚未充分发育的女子、小儿或者蒙昧无知的男子身上，使其精神作用产生某种变化或对其加以伤害，从而随心所欲地谋取利益。也就是说，自古流传下来的“驱使狐仙”“使用真言秘咒”或是“生灵或死灵附身”“遭到神谴、佛谴”等类似灵验、

① 役行者小角（634—701）：全名为贺茂役君小角，飞鸟时代至奈良时代的知名咒术师，世称“役小角”“役行者”，是安倍晴明的师父贺茂忠行的祖先，修验道的开山鼻祖。

② 安倍晴明（921—1005）：活跃于平安时代中期的阴阳师，从镰仓时代至明治时代初期统辖阴阳寮的土御门家始祖。

③ 弘法大师空海（774—835）：日本真言宗的开山祖师，为汉传密宗八祖，作为日本弘扬佛法的先驱者享有崇高的声誉。

神迹、法力的行为，站在精神科学的立场来看，并不是绝对不可能的事。其中有些高等级者，也就是拥有催眠术、心灵术、降神术等技能的人，在文明社会的背后就会拥有异常的势力，在玄怪奇异、难以捉摸的犯罪事件的背后，往往能发现此类技能活跃的证据，很难断定其全都是使用理智的骗术。

——如今，在我国随处可见的精神病院、游民收容所中或者是在街头徘徊的精神异常者中，很难断言不存在上述犯罪行为的牺牲者，只不过目前几乎不可能对此进行合理的调查追究以及检举，所以很难将其作为实例而已。毕竟，利用此类手段从精神上伤害别人时，不会像其他犯罪手法一样留下物证，不仅不会留下一滴血、一刹那的声响或者一丝烟雾，被害者本人也会即刻丧失证言一切的资格，而且需要漫长的岁月才能使精神异常者痊愈，甚至有可能永远无法恢复正常。即便真的恢复了正常，是否还能回忆起遇害当时的情况、是否还保留着对犯罪手法的记忆也是一大疑问。不难预料到，在调查上会遭遇相当大的困难。

——现代文化是所谓的唯物科学文化。所以在现代进行的犯罪类型大多是对唯物科学原理的应用，这是很自然的道理。所以，到了精神科学的诸般学理作为一般常识普及开来的那一天，应用精神科学的犯罪同样会大肆流行起来。此类罪行的恐怖与令人战栗的程度，绝非现代应用唯物科学的犯罪所能比拟，这是不言自明的事实。对于此类犯罪，我们法医学者该如何调查犯罪、研究凶器呢？又该参照何种基础知识，探明犯罪的路径、手段呢？云云。

诸位有何想法？我们令人敬畏的法医学家若林镜太郎已经开始研究不久会在全世界大肆流行的“应用精神科学的犯罪”，同时为了防患于未然、制止其流行而竭尽所能地寻找实例。然而，尽管疑似此类犯罪被害者的精神病患者和自杀者随处可见，但是因为难以找到可以作为行凶线索的暗示材料或其他证据，面临着无法发表真正研究心得的悲惨境况，只能继续苦心孤诣地尝试一切可能性，甚至持续怀疑所有人的行为、举止、眼神、手势、口吻、措辞等是应用了精神科学的犯罪。

但是……

诸位猜怎么着?

就在这个时候，有份至关重要的研究材料被送到了我这里……最初发现这份研究材料的人正是刚刚提到的若林镜太郎，他坚信这肯定是空前的“应用精神科学的犯罪”，而且已经完成调查了。另一方面，这份材料作为我所说的“心理遗传”的参考材料，也具有无法形容的宝贵价值。而且正是被这份材料的引诱，贸然对它出手，才导致我命运的终结，我不得不买下前往极乐世界的单程票，两手空空地逃离人世。这份研究材料就是如此恐怖……我不光掌握了造成其发狂的可怕的暗示材料的真相，也查明了其受到心理遗传支配而开始梦游前后那极为怪异凄惨的状况，更获得了几乎令我心脏融化般愉悦的心理遗传的详细内容，得到了一份包括上述所有内容的调查记录。实在是堪称国之瑰宝、世界瑰宝……它含有百分之一百二十以上极端的科学、彻底的浪漫、色情、怪诞、荒谬……拥有空前绝后的宏大规模与故事的深刻性……实在是难以形容……

啊哈哈哈哈哈。对不起，对不起，我知道，我知道……请诸位不要再鼓掌了！很抱歉，我罗列了一大堆形容词。看样子一缺乏酒精，大脑的反射交感功能就变迟钝了！失陪一下，我去灌几口威士忌，顺便再抽一根雪茄……哎哟……这是怎么回事？我怎么还在讲台前？我要马上退出银幕，为诸位播放刚才说到的怪异事件内容的影片，并继续担任解说员，一举将诸位的常识击溃……

什么？你说我退不退出银幕没有什么不一样？哇，你真厉害！脑筋这么聪明，可真难对付啊！其实再过不久，另一个我会出现在银幕上，为大家演绎将极端怪异的心理遗传事件的内容应用于“解放治疗”实验的实况。所以，届时作为另一个我的我必须退出银幕担任解说员才行，毕竟这跟未来派的影片不同……

由 K.C.MASARKEY 公司出品、片名为《疯子解放治疗》的超级大制作彩色立体有声电影今日首映，角色均由相关人员本人出演，道具也均采用相关实物……围绕着稀世美少年与绝世美少女，不可思议、令人惊骇到战栗的事件接连发生，同时还夹杂着二十多位男女血肉与灵魂纠缠的纷乱情节。在这个“疯子解放治疗场”中，故事是否能够在惨不忍睹的残酷结局时刻达到最高潮呢……各位敬请期待！【淡出】

【字幕】勒死亲生母亲与未婚妻两名女性的离奇事件的嫌犯吴一郎[明治四十年十一月二十日生]，大正十五年十月十九日、摄于九州帝国大学精神病科研究室附属疯子解放治疗场——

【说明】首先向诸位介绍的是这桩事件的年轻主角（也就是诸位先前见过的十位疯子中看着老人耕作的那位青年）的正面特写照片。如字幕所示，他的名字叫作吴一郎，当年刚刚二十岁。如诸位所见，他是个男人见了也会心动不已的翩翩美少年。

诸位可能会问，我在开始介绍事件内容之前，为何先把事件主角的肖像照放大给诸位看？没有别的理由，是因为这位美少年的骨相与支配这桩事件根本的心理遗传有着重大关系。

众所周知，所谓的骨相学，目前还不能称其为纯正的科学，但其中的某些部分确实已被证明与实际相符。所以正木教授每次见到新的精神病患者的面孔时，总是会这样细致地研究对方的骨相，坚持不懈地调查其血液中混合了哪些人种的特征。换句话说，所有人类的心理遗传不仅会显现出其近代每位祖先的特征，同时也会显现出在远古野蛮时代从四面八方混入的各个人种的心理特征，所以哪怕同为日本人，每个人的骨相与性格中也会同时与蒙古、印度、马来、犹太、拉丁、阿伊努①、斯拉夫等各民族的风采及性格有着无法割裂的因果关系，这些综合在一起形成了该人的特征……也就是说，人类的骨相正可谓其历代祖先的血统的缩影……另外，所谓某个人的性格，也可以认为是此人历代祖先的精神生活的结晶。所以考虑到这一点，找出一个人表面的性格固然重要，挖掘出连本人都没有察觉到的隐藏性格，与该人发狂时的状态相对照，在研究上也很有必要……一些爱犬人士或爱马人士只需看一眼市场上动物的面相、毛发、骨骼等，便能准确地说中其血统、脾性、习惯或者隐藏的癖性，这也不过是将该原理应用在动物身上而已。因此，正木教授很早以前就确信，未来的侦探技术及法医学家的研究也势必会深入这个领域。

---

① 阿伊努：日本北方的一个原住民族群，或译爱努人、爱奴人、阿衣奴人，是居住在库页岛和北海道、千岛群岛及堪察加的原住民。

下面我要根据正木教授的诊断笔记，继续深入地剖析说明这位少年的骨相。如果与那桩骇人事件的特征相对照的话，任何人都会率先注意到，这位少年的肤色相对日本人而言过于白皙。如诸位所见，他的脸颊上带着一抹嫣红之色，那是他还是处男的证据，因此可以忽略不计，而他的皮肤所呈现出的日本人独特的健康色泽下还透出透明的乳白色，明显可以推断出该少年混有白种人的血统。而且，通过后来发现的有关该少年祖先的记录可以推测，也许是在很久以前，至少是一千几百年以前，翻越天山山脉进入中国的所谓的胡人的血统，在现代又在该少年的骨相上复活了。

其次，在这位少年的骨相中，明显代表着蒙古人血统的只有他那黑色的头发和硬朗的鬓角以及鼻子内部的形状。这位少年的鼻孔内部弯曲很少，用仪器观察的话，会发现是一条直线通往内部的……请诸位不要笑。这在遗传学上是非常重要的调查，如果是继承白人血统的鼻孔，应该会相当弯曲。

言归正传……如果仔细观察这位少年的骨相，会发现除蒙古人的血统以外，他几乎继承了各色人种的血统。

首先，大致的脸型轮廓是拉丁血统上宽下窄的鹅蛋脸型，眉毛和睫毛像是用画笔描过一样又长又浓，眼眶周围有些泛青，这应该是继承了阿伊努血统。另外，鼻型看起来是纯粹的希腊式，从脸颊到下巴的抛物线以及小而薄的波浪形嘴唇，让人联想到残留在我国古老的佛像中的雅利安人的技法……请仔细看，在那偏薄的两腮中央，可以看到北欧人种的凹陷……所谓的“如果脸颊上的酒窝是红宝石，那么腮上的酒窝就是钻石”说的就是这个，是属于对于男人来说不太必要的美的要素……当他微笑时，相信诸位就更容易理解了……

像这样调查每个人的骨相之后，再与该人的特征相对照，会发现二者完全一致。其中最常一致的是性癖，其次是爱好，然后是才能……也就是说，这位少年同时具备日本人的温顺、阿伊努人的敬畏心以及拉丁人的聪明。另外，从他忧郁的眨眼方式中也可以看出，他身上有种说不上来的北欧人遁世、高雅的气质，所以不会把心思都表现在表面上……简而言之，应该认为这位少年有着与其年龄不符的稳重性格。

然而，这种性格表面冷静，但是一旦被心理遗传的暗示击破，原本在内部潜藏涌动的大陆民族那种超乎想象的深刻执拗且凶狠残暴的血统，就会蓦然间跃至表面，驱使其做出不可思议的行为。因此诸位可以认为，我接下来要介绍的这桩空前绝后的离奇事件的真相，就是隐藏在这位少年鼻孔中的蒙古人种的心理遗传的暂时显现。

除此以外，这位少年的骨相中还有绝不可忽视的重要部分。那就是他拥有纯正的拉丁型的偏薄的腮，这象征着他虽然有极为乐观优哉的一面，但是只要稍受刺激或者环境稍微变化，立刻就会慷慨激昂，毫无顾忌地大笑、大哭或者大怒，换句话说这是情绪极其善变的法国人的性格。不过，这个特征倒是没怎么在这位少年平时的性格中体现出来，应该是受到了前面提到的极为明晰的头脑和孤僻害羞的性格的压抑……话虽如此，毕竟这是个相当显著的特征，所以正木博士一直抱着乐观的期待，认为这位少年来到解放治疗场后，在漫长的心理遗传发作的途中，或者说在恢复神智的过程中，总有一天其腮部的性格——感伤、激情的气质——会显露出来。

听到这里，相信诸位对这位名叫吴一郎的少年的骨相，应该都有了大概的了解。一想到造物神是如何将各色人种的特征如此端庄明朗且纯真美妙地融合在一个人身上的，就令人莫名地感到毛骨悚然……把科学的权威、智慧的进步当成招牌混饭吃的我们，面对这种活生生的艺术杰作时，也就只能忍气吞声、自愧不如了。

那桩以这位少年的心理遗传为中心的事件，究竟是以何种怪异的情节，映射在正木博士眼中的呢？不对，应该说是以何种顺序，映射在正木博士命名为自己的头盖骨的“彩色立体有声电影摄像机”上装设的双眼镜头以及左右耳麦克风中的呢？影片将完全按照顺序进行播放，接下来由我为大家说明。【淡出】

【字幕】九州帝国大学法医学研究室解剖室内的怪事……摄于大正十五年四月二十六日夜——

【说明】如诸位所见，银幕上完全看不出哪儿是哪儿、什么是什么，整个画面一片漆黑，所以我无法做任何说明，但是还请诸位仔细看。在像绸缎、天鹅绒又像黑夜中的乌鸦一般的漆黑银幕的左上角，几乎介于看得见和看不见之间，飘荡着一团淡蓝色的光，像是一群萤火虫形成的不规则光圈。诸位应该看到了吧？那是服用最近极为流行的老鼠药自杀的艺伎胃内的残留物在玻璃器皿中散发出的磷光。

如果能够看出这个，相信聪明的诸位应该已经充分推测出这并非寻常的黑暗……实际上，这片黑暗是从位于九州帝国大学法医学研究室一隅的尸体解剖室旁边的楼梯下的储藏室爬到天花板上，从楼板的缝隙窥探尸体解剖室所看到的情景。

天花板上的这个偷窥孔是受偷窥心理驱使的校工或者受好奇心驱使的新闻记者等偷窥尸体解剖的地方，看起来应该很久以前就存在了，孔的内侧被人用指甲或小刀削成了Y字形，只要稍微转一下脸，就能将房间的下半部分一览无余……不仅如此，这里虽然有些逼仄，但是只要将腿伸到储藏室的架子上，就能够躺下来，感觉比乘坐三等列车要舒服得多，着实是一块宝地……刚刚提到的发出磷光的脏兮兮的器皿其实放在对面角落的桌子上，但因为是从正上方俯瞰拍摄的，所以看起来像是在影片的上方。

当然，室内并不是只有那个器皿。因为两侧窗户上的百叶窗和房门都关得很紧，所以室内极为黑暗，除了能够勉强看到那秽物的磷光之外，其他什么都看不到。在一片死寂之中，唯有正木博士拍摄的“彩色立体有声电影”的漆黑胶片，如同时间流动般安静地转动着……五十尺……一百尺……二百尺……三百尺……

正木博士究竟是出于何种必要，辛辛苦苦地将这台双耳双眼式彩色立体有声电影的摄影机搬到这间解剖室的天花板上的呢？他又是抱着何种目的，耐心地凝视这么无聊的画面如此之久的呢？不，是拍摄如此无聊的画面如此之久的呢？堂堂大学教授，居然如同老鼠般热衷于如此鬼祟之事，这是何等的丑态……对此，诸位一定有所怀疑吧？不过，待会儿诸位自会明白，所以在此我先略去不表。

时间是大正十五年四月二十六日晚上十点前后……以吴一郎的心理遗传为中心的怪事发生后约莫二十个小时……胶片依然一片漆黑，静悄悄地转动着。五百尺……八百尺……一千尺……一千五百尺……画面依然和之前一样漆黑与安静，只有那秽物的磷光越来越苍白、明亮。就在这时，从和这间研究室处于同一栋大楼里，但是距离非常远的校工室中传来阴郁的钟声……一、二、三……当、当、当、当、当、当、

当、当、当……

十一点的钟声刚结束，黑暗中就传来某种厚重的大木箱盖上的声音，不久，室内骤然大放光明，在一片炫目的亮光下，室内的景象摇摇曳曳地出现在视野中。如诸位所见，那是从刚才就一直屏气敛息待在房间中的某人打开了悬挂在房间中央位置的四盏二百瓦灯泡的开关……但如果定睛细看，会发现室内的景象是何等可怕。

最先吸引住视神经的是摆放在房间中央，呈椭圆形、反射着阴森白光的解剖台。这座解剖台原本是用洁白的大理石制成的，但是迄今为止在这上面不知处理过多少死人，死人的血、脂肪和体垢等一点一点渗透进大理石的纹理中，才导致它变成现在这样阴森的颜色。

在解剖台上的黑色凹字形木枕附近，也就是在银幕左边发出耀眼光芒的，是高大的圆柱形镀镍煮沸器。也许是特别定制的吧，它的形状看起来像欧洲中世纪的大型寺庙或监狱的模型，从圆柱形“塔”的无数窗户中冒出丝丝缕缕的水蒸气，令人觉得仿佛不是这个世界的景象。还有一件物品，可能一开始不太容易引起诸位的注意，但是用不了多久诸位就会察觉到它的奇怪之处。它就是靠墙放在右边窗下面的长方形大箱子。从上面盖着一块白布来看，诸位肯定会觉得这是装殓死人的棺材……当然了，在尸体解剖室里出现棺材，这是再正常不过的事，之所以令人觉得奇怪，大概是因为盖在上面的白布是昂贵的丝绸，散发着高级的光泽……说句不妥当的话，这种高档棺材一般不会出现在法医的解剖室中，这里的棺材大多是用松木或者其他薄木板制成的，上面用粉笔写着编号……

解剖台、煮沸器、白色棺材这三样奇怪物品的光芒照在四周一排排试管、蒸馏瓶、烧杯、烧瓶、大瓶、小瓶、刀具等物品上，形成无数阴影。金色、银色、白色、黑色的器械和工具散放在其间，形态各异。从地板到桌边、架子上满满当当地摆放着紫色、褐色、乳白色、无色的玻璃钵或是深褐色的陶罐。其中盛放着灰色的人肉、灰蓝色的骨骸、深褐色的血液……上述一切物品都散发出耀眼、冰冷、刺骨、锥心的光芒，与那奇形怪状的投影和交响乐一起，营造出沁人骨髓的静寂……

而且……诸位请看……在这片景象的中央位置，也就是盖着白色丝绸的棺材和白色大理石解剖台之间，直直地站着一个浑身漆黑的怪人……他从头到脚都裹着灰黑色的橡胶布，手上也戴着橡胶和绢布的双层黑手套，双脚穿着冰海渔夫所穿的那种巨大的长筒胶靴，只有眼睛部位戴着黄色边框的透明赛璐珞眼镜，如同挖取死人心脏为食的恶魔，又如同藏在草丛中、放大数万倍的黑蝶蛹，令人感到毛骨悚然。不仅如此，他的身高还能让他轻松打开高高的电灯开关……说到这里，诸位应该已经明白了吧？这个怪人就是世界首位发现著名的“基于血型的亲子关系鉴定法”的人，同时也是起草《应用精神科学的犯罪及其证迹》这篇前所未有的名著的现代法医学术界的第一人——若林镜太郎。

通过目前的状况，诸位应该已经推测到了，在刚才提到的以少年吴一郎的心理遗传为中心，精神科学术界史无前例的重大犯罪事件发生后大约二十个小时的深夜，这位著名的法医学家若林镜太郎为了进行某项工作，悄悄潜入这间解剖室，做好各种准备。他心急如焚地等待着时针指向十一点，也就是值班医生和校工熟睡的时刻，打开了电灯……诸位注意到了吗？这里又出现了一项奇妙的事实。

如诸位所见，这个房间的内部状况对于初次见到的人来说，处处都令人感到怪异和阴森恐怖。即便如此，根据刚才看到的情况，诸位肯定能推测出“若林博士打算在解剖台上做某项工作吧”，或者是“作为工作材料所使用的尸体应该就放在那口棺材里吧”。

但是，如果是这样，为什么这个房间里看不到若林博士的助手呢？基于某种意义，这种尸体解剖原则上通常会有一两个人在场见证。但是诸位也看到了，若林博士刻意不让任何人接近解剖室，虽然不知道到底是什么缘故，但可以推断的是，他今夜要单独做一项重大的、极其秘密的工作……不……从解剖台前后的两扇门上都插着钥匙的事实可以看出，这个推断绝对是正确的。今晚的工作一定与普通案件的尸体解剖或尸检不同，是极为隐秘的事情。

正这般想着，若林博士走向房间一角的洗手台，仔细地清洗戴着手套的双手，然后不慌不忙地弯腰掀开盖在棺材上的白布，打开此处难得一见的厚实的白木棺材盖，从里面抱出一具盛装打扮的少女的尸体。

如果诸位还记得我前面的说明，应该已经清楚地猜出这位少女是何许人也了吧。

这位少女正是前面跟诸位介绍过的本事件的主人公吴一郎的新娘，正准备举行婚礼的少女。她的名字叫作吴茂代子，当年是一位刚满十七岁的绝世美少女，是她的未婚夫吴一郎——在 K.C.MASARKEY 公司特别制作的超时代、超常识的精神科学电影《疯子解放治疗》中担任主角的绝世美少年的对手戏演员。这位刻画出所有精神科学的妖艳与战栗感的王牌女演员，此刻化身为棺材中的尸体，首次在诸位面前亮相。

少女躺在白木棺材中，身穿当年流行的新月色和服罩褂，上面绣着光彩夺目的春霞和五叶松，里面是紫色纺绸质地、下摆绣有千羽鹤图案的振袖，这些衣服上还带着定位线[①]，而且都是反着穿的[②]，用金银线织成的锦缎腰带也是新裁制的，缠绕在少女的腰间……那种异样的美令人无比心痛。据此，我们不仅可以猜想到这桩事件的内幕一定非比寻常，还可以体会到将这具尸体装殓进棺材中的人们心情，令人不由得感到心口沉痛。

但是，心理状态已然完全学术化的若林博士似乎根本没有注意到这些。他仿佛认为衣服毫无用处，极其随意地脱下和服罩褂、腰带和振袖，并将其随手塞在棺材一旁。衣服下面出现了用素绢蒙住面庞，用白色棉布绑缚住、使双手呈合十状的洁白手腕，红色友禅绸长内衣，绯色纹缬衣带，艳丽如火的绯色衬裙，以及穿着白袜子的白皙脚腕……眼前的景象在尸体解剖室内代表冷酷残忍的器械器具阴森恐怖的阵列的衬托下，有一种难以形容的凄美感与妖艳感。尸体被漆黑的手臂抱出，放到明亮的灯光下。少女那一头及地的油亮黑发和紧闭双眼的脸上残留的浓妆和口红，尤其令她显得楚楚可怜。还有……啊，在这里，诸位请看。

少女涂着白粉的脖颈周围那大片斑点状的新鲜勒痕……那是紫色和红色重叠在一起形成的绳索勒痕……

静静地将尸体放在大理石解剖台上的黑衣怪人若林博士，毫无感

① 定位线：为了防止新做好的和服走形而缝在上面的线，一般会在穿的时候拆掉。

② 日本和服的穿法为右衽，即左侧衣领在上、右侧衣领在下。死后的穿法则变为左衽，即右侧衣领在上、左侧衣领在下，意味着死者的一切装束都与生者相反。

情地解开紧紧绑缚住少女手腕的白色棉布，扯开绯色纹缬花布内衣带，敞开长内衣，然后用专业、熟练的手法开始细致周到地检查少女那毫无瑕疵、如珠似玉的身体。不久，他松了一口气，动了动紧绷的双肩，高高地环抱双臂，静静地俯视少女的尸体，像一座黑铁雕像般一动不动。

在这样的深夜，在这样的地方，独自面对着这样一具世间罕见的美少女的尸体，全身黑衣的若林博士究竟在想些什么呢？面对尸体，他是在反复思考与这位少女之死有关的那些极尽残酷怪异的事件，并希望在其中发现博士所独有的透彻、犀利的观察焦点呢？还是因为这具尸体呈现出这间研究室从来不曾出现过的残酷的美及惊心动魄的艳丽，以至于这位将自己的一生奉献给学术、至今单身的博士情不自禁地僵立、恍惚，并涌现出了无限的感慨呢？不！这样的想象是对生平缜密严谨的博士的人格的亵渎，所以就此打住。

不久，若林博士骤然回神，环视着并无他人的室内，手插进黑衣的右侧口袋里，似乎在摸索着什么东西。随后又像突然想起什么似的走近棺材，从层层堆叠的美丽和服下面取出一个儿童玩具大小的黑色喇叭状圆筒。这是现在的医生已经很少用的旧式听诊器，但是在听取人体内极细微的声音时，它比现今的橡胶管式听诊器更好用。若林博士将那喇叭状圆筒较小的一端贴在少女尸体的左乳下方，另一端贴住蒙面布底下自己的耳朵，专注地倾听着。

听尸体的心跳声？啊……若林博士的行为多么奇怪啊！我们这些观众的心脏都要跳出嗓子眼了……

但是，请注意看。若林博士依然将旧式听诊器贴在耳朵上，一只手从解剖服下面掏出一块银色大怀表，专注地凝视着……这表示他的确听到了心脏的跳动声。也就是说，解剖台上这具少女的肉体还活着……对了，若林博士刚才检查这位少女的全身时，并未见到死后相当久的尸体一定会出现的淡青色尸斑。此外，尸体也完全没有出现僵硬的现象。由此，我们可以认为，这位少女被装殓入棺材时……不，应该是在被装殓入那口棺材前一定还没有死。尽管她的脖颈周围存在着清晰的绳索勒痕，也就是她被勒死的痕迹……

这是何等不可思议之事啊……

但是，若林博士却并未显出特别惊讶的样子。没多久，他就将旧式听诊器从耳边拿开，与怀表一起放进西装马甲的口袋里，非常满意地点了两三下头，重新低头凝视少女。

从这样的态度推测，若林博士在第一次勘验这位少女的尸体时，就已经看出她陷入了医学上罕见的假死状态。当然，在那之前，先行抵达的医生或法医肯定已经充分勘验过了。即便如此，他还是确认少女为假死，那么他是从哪些方面看出来的呢？而且，他又是以什么样的名义将这具假死的尸体装殓入棺并运到这个房间的呢？不仅如此，他这样独自一人秘密地摆弄这个奇怪的少女的假死尸体，又是出于怎样的理由和目的呢？我们无从向他提问，但毕竟他是一代知名的法医学家若林镜太郎，应该已经充分研究过古今东西的所有假死案例了。而他之所以将这位少女是假死的事实严格保密，应该是基于某个解决这桩史无前例的怪异事件所必要的重大理由吧。

不仅如此……我们也能毫无疑问地推测出，若林博士扮成的这个黑色怪人刚刚躲在黑暗中时，就已经悄悄地掀开了棺材盖，一边使用自己独特的刺激手段尝试将这位少女从假死状态中唤醒，一边不时用旧式听诊器聆听少女的心跳声……之所以这么说，是因为若林博士这个黑衣怪人听到十一点的钟声打开电灯之前，黑暗中曾经传来啪嗒的响声，那一定是若林博士关闭棺材盖的声音，旧式听诊器肯定也是在那时被他遗忘在了和服下面……然而与此同时，虽然这是一件极其微不足道的小事，但是从博士一贯冷静缜密的性格来看，会遗忘掉如此重要的谋生工具，实在是一件非常意外的事情。由此可见，若林博士今晚的心理状态的确与往常不同。至少从这一件事中我们就可以充分推测出，博士在黑暗中是何等忘我，又是何等煞费苦心，想要将这位少女唤回人世。

但是，这不过是个开始，接下来诸位才会一一见识到，若林博士的手腕是何等卓越和可怕。

若林博士知道解剖台上的少女正在渐渐从假死状态中苏醒过来，如诸位所见，他极为紧张地摘掉了两只手套，将手伸到解剖服底下，从鼓鼓囊囊的裤子口袋里掏出各种物品，一一摆放到旁边的木桌上。包括染发的药瓶、竹柄牙刷、三四支新笔、小小的墨水瓶、装着胭红和口红的化妆盒、化妆水、发油、乳霜、白粉膏，等等。都是和这个房间格格不入的物品……随后他打开藏在入口附近架子内侧的褐色纸包，从中取出白色棉布和白色法兰绒窄袖和服、廉价的博多织[①]腰带、都腰卷[②]、白色护士服和帽子、一条腰带、拖鞋、护士帽、发夹等，这些东西都是崭新的，同样也放在了旁边的木桌上。这些物品应该白天

① 博多织：宋代时，日本派人来中国学习织造技术，回国后在博多地区采用中国技术改造了旧织机设备，出产的纺织品取名为“博多织”。

② 都腰卷：日本室町时代到江户时代武士家的妇女所穿的夏季礼服，缠在窄袖便服外面的筒形围裙。

就准备好了，大概是打算给解剖台上的少女穿的，但他这么做的目的我们还不得而知。

接着，若林博士再度取出旧式听诊器，仔细聆听少女的心跳声，随即又从对面的药架上取下一个褐色的小瓶，将脸稍微偏向一侧，把其中无色透明的液体滴了几滴在一块脱脂棉上，然后慢慢将脱脂棉靠近少女还残留着白粉的鼻尖，左手静静地把脉。不必说，他是在让少女闻麻醉剂……看来他是不想让少女醒得太早。但是，他麻醉这位少女打算做什么呢？这件事目前同样无从得知，所以若林博士的行为越发显得出格、古怪……

让少女闻过麻醉剂后，若林博士合拢少女敞开的衣襟，快步走到正面的药架旁，取出插在角落里的一本大开本日式装订的册子。册子封面用楷书写着“尸体账册……九州帝国大学医学院”几个大字，打开封面，各页上都写有“尸体编号”“接收年月日”“接收人住址姓名”“交接年月日”等，这些条目都是竖排，上下都盖着若林的印章……若林博士将账册翻到将近中间的位置，打开尚未写满的那一页，用手指按住倒数第二个尸体编号“四一四”、容器编号“七”的位置后，直接将账册丢到一旁的桌子上，伸出他修长的手臂，将头顶的四盏二百瓦灯泡全部关掉。

室内又回到了先前的漆黑状态。

而且，胶片中的漆黑状态也马上转变为其他房间的漆黑状态，究竟是什么样的黑暗在胶片的前方等待着我们呢……【暗转】

漆黑的胶片依然在诸位眼前继续转动……十尺……十五尺……三十尺……五十尺……不久，诸位眼前不断凝固的黑暗的中心，亮起了一盏脏兮兮的黄色小电灯泡。如诸位所见，这里出现的是从某处钥匙孔窥看阴森室内的景象。

诸位……你们见过这样的房间吗？

右手边能看到昏暗的水泥楼梯，这表示这个房间是地下室，正面并列的十几个漆成白色的大抽屉都是放置尸体的容器。也就是说，这个房间是九州帝国大学医学院院长负责管理的尸体冷藏室，即便是盛夏的大白天，也维持着令人起鸡皮疙瘩的低温，更何况是现在这样的深夜时分，那令人毛骨悚然的静寂，甚至让人怀疑可以听到死人的呼吸声……

出现在这里的负责人——医学院院长若林博士扮成的黑衣怪人似乎受到室内冷气的侵袭，痛苦地咳嗽了很长一段时间。良久，他才慢慢平复下来，从口袋里掏出钥匙，打开编号为“七”的尸体容器上锁着的坚固挂锁，将锁卸下后，把带有车轮的坚固容器拽到旁边的台子上，顾不上喘口气，就慢慢弯下腰，将全身用绷带裹成棒状的僵硬的少女尸体抱出来，放到地板上。仔细一看，这具僵硬尸体的脸跟刚才假死状态的少女完全不像，肤色黝黑，面貌丑陋，但是年龄、身高、体型还有发际线却有些神似。

若林博士似乎就是冲着这具尸体来的，既没有仔细检查，也没有丝毫犹豫，将容器复原以后，便锁上那把挂锁，像扛木头一样扛起那具尸体，一步一步爬上水泥楼梯，单手摁下墙上的开关，熄灭了地下室的电灯。【暗转】

由此，银幕上再次出现短暂的黑暗，但是……请听，那此起彼伏的犬吠声……

犬吠声来自尸体冷藏室和法医学研究室后方的松林，那附近有一个用来关实验动物的笼子，笼中的野狗群发现了扛着尸体、在漆黑的松林间穿行的若林博士怪异的身影，因此发出狂吠。随后，受到惊吓的猴群也开始尖叫，就连温顺的鸡和羊都被惊醒，撕心裂肺地狂叫不止。黑暗中好一阵骚动。不过，这些动物可以说几乎每晚都会这么闹腾一阵，所以没有任何人起疑，更何况谁又能想到，堂堂九州帝国大学医学院院长居然会做出盗窃自己负责管理的尸体这种前所未闻的怪事，从而引起群狗狂吠呢？被春日夜里的黑暗笼罩着的九州帝国大学的校园，在动物们凄厉的叫声中愈发显得沉寂。

不久，骚动声逐渐远去，周遭恢复了静寂。这时，四盏二百瓦的灯泡又亮了起来，场景再度回到之前的法医解剖台。

四一四号少女僵硬的尸体已经躺在水泥地面上，若林博士将入口的房门像之前一样紧紧锁上，站到解剖台前，隔着黑色蒙面布不断地擦拭汗水，整个人气喘吁吁。

大正十五年四月二十七日深夜的九州帝国大学医学院解剖室内，就这样躺着两具少女的肉体。一位是正在苏醒的美丽少女，一位是已经僵硬的丑陋少女……其中，解剖台上那位披着红色友禅绸的少女的肉体，短时间内已经明显恢复了血色，在麻醉的状态下开始有了微弱的呼吸，甚至可以看到那丰满的胸部正在高低起伏，整个人异常平静、妖艳……也许是有台下那位丑陋少女的脸做对比，她的脸庞愈发显得美丽动人，有种近乎诡异的娇艳感。

若林博士盯着怀表的秒针，为她测量脉搏，开始检查麻醉的效果。

这位浑身黑衣的博士低垂着头，宛如石像般岿然不动，这让空荡荡的室内仿佛变成地下一千尺的墓穴，弥漫着难以言喻的静寂。

不久，测量完脉搏的若林博士松开少女的手，将怀表收进口袋里，轻轻地抱起少女的身体，让她躺在置于房间角落的棺材盖上。随后，他将四一四号少女的僵硬尸体抱上解剖台，让她的头部枕在凹字形的旧木枕上，拿起银色的大剪刀剪断缠绕全身的绷带……诸位请看！在这位少女黝黑的皮肤上，从后背到胸口，从胸口到大腿，纵横交错着大小各异、长短不一的伤痕……这些都是殴打、烙伤、擦伤留下的痕迹……这些褐色、黑色、暗紫色的直线和曲线与腰部出现的明显尸斑一起被明亮的灯光照出时，不禁令人怀疑下一刻它们就会化为同样颜色和形状的蛇、蜥蜴和蟾蜍，开始在她的皮肤上爬行……

诸位之中也许有人知道，供全国各大学或专科学校研究解剖用的大多是这种类型的尸体。特别是九州帝国大学收容的尸体更是种类繁多，比如被拐骗进本地众多煤矿、纺织厂及其他工厂或者青楼中遭受虐待而死的人，还有自杀者、病亡的流浪者等，其中无人认领的尸体也不在少数。九州帝国大学将这些尸体统统当成研究材料，予以解剖切割后，送到大学附属的火葬场烧成骨灰，最后附上五日元的奠仪送还家属。而无人认领的尸体会被埋进公共墓地，每年举行一次法事。眼前的这具尸体应该就是属于后者。

若林博士迅速检查完尸体的全身后，发出一声叹息，似乎松了一口气。他隔着蒙面布擦了擦汗，走到房间角落的洗手台前，直接就着水龙头喝起水来，途中因为呛到而停下，等呼吸平复后又继续喝水，随即又剧烈地咳嗽了很久。对于常年肺病缠身、身体极端虚弱的若林博士而言，这种程度的劳动已然无比辛苦，恐怕远超他体能的负荷。

但是，若林博士那怪异的工作连一半都没有完成。

从洗手台回来后，若林博士先在尸体脚部放一个圆钵，然后将接在水龙头上的软管插进钵内，开始往尸体脚部与背部之间的解剖台上放水。紧接着又拿另一个圆钵接了些温水，用海绵和肥皂仔仔细细地擦洗解剖台上受虐少女的尸体。然后用纱布和脱脂棉将她的皮肤完全擦干，把她干枯的红褐色头发从中间分开，又从旁边一排锋利的手术刀中拿起一把，往尸体的眉心一插，麻利地沿直线将头皮往后脑部划开。

我想，多少具备些这方面知识的人，看到眼前的场景一定会大吃一惊。因为若林博士完全无视正常的尸体解剖顺序，即不是按照胸部、腹部、头部、背部的顺序进行解剖，而是直接从头部开始解剖……

著名的法医学家若林博士，究竟是出于何种目的采取如此随意的顺序解剖尸体的呢？还来不及思考这个问题，他已经将四一四号少女的头皮巧妙地翻了过来，像脱袜子似的带着头发一起褪至双眼下方。接着，若林博士用锯子将白色头盖骨锯成毛巾状，拿剪刀灵巧地将里面的脑髓取出来放到玻璃盘上。本以为他会详细调查或者制成标本，结果却完全出乎意料，他就像在处理牛排或者蛋包饭一样，漫不经心地将盘子中的脑髓抛向空中翻了个面，然后将其放回原本的空洞中，盖上头盖骨，套上头皮和头发，迅速用针线潦草地缝合起来。

这可真是出人意料。他的这种做法堪称野蛮。若林博士一向以严谨端正著称，为什么独独今夜会如此没有诚意地解剖尸体呢？就在大家瞠目结舌之际，尸体被他翻成俯卧的姿势。他将手术刀落到伤痕累累的背部中央，划开了脊椎左右的肌肉，再由此处插入锯子，锯断左右肋骨，将取出来的脊骨竖着锯成两截，没有好好检查就塞回原处，用粗针缝合起来。那一气呵成的粗鲁感跟刚才别无二致……

接着，若林博士又将尸体翻成仰卧姿势，简单清洗了一下弄脏的部位，试按腹部感受皮肤的厚度，随即拿起一把新的手术刀，插入咽喉部位，从乳房中间切至心窝部位，在肚脐处向左转半圈，一直切至耻骨。他先将胸部软骨分离，取出胸骨，又双手灵活地将胸壁到腹壁剖开，仅用一刀就将腹壁、腹膜同时切开，内脏毫发无损……五脏六腑清晰整齐，沐浴在苍白的灯光下，散发出湿漉漉的光泽，这情景不知该用毛骨悚然来形容好，还是该用触目惊心来形容好……肺脏上布满黑色污渍，说明这位少女曾经在煤矿工作过，直接致死原因应该是肝脏破裂和内出血，这证明少女生前曾经遭受惨无人道的虐待和迫害。然而，若林博士依旧对此漠不关心，只是随手将内脏一个个翻转、拨动，最后象征性地切开了胃、大小肠和膀胱，做出一副验尸的样子而已，也没有像一般的解剖程序那样从各个脏器取下一部分当成标本，而是直接用粗针和麻线从下腹部开始一路缝合到咽喉部位……不过，这期间，他使用手术刀的方式极为果断利落，缝合的动作也极为巧妙迅速，其手法和态度中表现出令人难以忍受的、极端满足的战栗……甚至令人怀疑他是通过做这件事来满足自己某种强烈欲望的精神病人……

从刚才起就在仔细观察若林博士一举一动的诸位应该已经清楚地意识到了吧？此时的若林博士完全丧失了平时的冷静与稳重，几乎变成残忍、冷酷且受某种异样趣味驱使而精力充沛的另一个人……

但是，这绝不是什么值得惊讶的现象。自古以来，被称为某行业的大师、某项技术的名人或者天才的人，一旦全身心投入自己的工作中，就会因为疲劳后的异常兴奋与超自然的神经清醒产生妄想与幻觉，从而出现与平时截然不同的心理状态，对乍一看极为不合常理的事情产生浓厚的兴趣，或者若无其事地做出极端变态诡异的行为。这样的例子数不胜数……更何况是若林博士这种具有特殊体质与头脑的人物，他会做出在黑暗中让假死的绝世美少女复活这种前所未有的行为，并且在完成这项诡异奇妙的工作后不久，又做出心无旁骛地剖开世所罕见的被虐杀的少女尸体这一异常之举，其神经亢奋到了何种程度、心理扭曲到了何种地步，绝非我们这些普通人所能想象的。

怀揣着这种莫测心理的黑衣怪人若林博士很快就将少女的胸腹到咽喉部位缝合，最后拿起一把极其锋利的小手术刀，站到了四一四号少女的头部位置。

首先，他将手术刀插进少女的右眼眶中，像是在进行某种独特的毒物反应检测一般，将两颗眼球挖出来，但是同样没有对眼底做任何检查，直接就将两颗眼球塞回眼窝里。紧接着，他将中间的鼻梁切开至能看到里面的黏膜，又从嘴唇两端切开至耳朵附近，用力将下颌往下拉，直到露出咽喉为止。

至此，尸体的脸已经彻底变形，令人完全辨认不出这是人类的面孔。黑衣巨人再度将各个部位缝合复原，顾不上喘口气，就取出纱布和海绵，蘸足酒精，将脏污部位细致地擦拭干净。没多久，他就制造出一具相貌完全改变、根本分辨不出是谁的诡异尸体。

黑衣博士此时终于歇了口气，反复比较着躺在解剖台上下的两具少女的尸体。不久，他脱掉左右两只手上的双层手套，将旁边桌上的白色粉膏在掌心溶开，小心翼翼地不让它滴落，开始给四一四号的面部、双肩、双臂和腰部以下的所有部位化妆。

请诸位注意看他的手法。怎么样？他的动作非常细致谨慎，生怕白粉会积压在粗糙的缝痕和发际线处，俨然非常习惯使用这样的化妆品了，对不对？

这会不会是因为若林博士有过多次为自己变装的经验？还是因为他的隐藏性格带来的不知厌倦的变态趣味与法医学研究趣味之间的相互影响，让他对传说中数千年前的“木乃伊化妆”的怪异兴趣达到顶点，并通过这种机会暴露出来了呢？无论如何，他用磨石粉来遮盖变成青黑色或者褐色的虐待致死伤痕、用白粉抚平皮肤皱纹和绷带痕迹的手法实在令人惊叹，大概是从妓院老鸨给妓女掩饰梅毒的手法中学到的吧……终于，他将皮肤黝黑、伤痕累累的少女涂抹成与白皙少女差不多相同的漂亮肤色。随后又依次拿起口红、腮红、眉笔、散粉等，在身体各部位添上极其细微的颜色变化，就连大大小小的黑痣也画得跟白皙少女一模一样，就连全身各部位的毛发都对照着地上的少女，用不逊于理发师的巧妙手法染好，并抹上了芳香油。

紧接着，他拉开手边的抽屉，拿出红、蓝、紫及其他镜检用的阿尼林染料，倒进梅花形调色盘内，一边用新笔调配颜色，一边对照着实物的形状和颜色，将勒杀的瘢痕分毫不差地画到脖颈周围——手法着实是出神入化。转眼间，脖颈周围就出现蚯蚓状的浮肿和蜥蜴般的血斑。

但是，黑衣怪人古怪的工作似乎还没结束。

他迅速重新戴好手套，从桌子底下取出一卷绷带，将尸体化完妆的脸部和头部用绷带缠绕起来。然后又按照颈部、肩部、上臂、胸部、腹部、双腿的顺序，将全身都用绷带缠好。如诸位所见，尸体缠完绷带的样子像是做工粗糙的木乃伊，或者是儿童制作的没穿衣服的晴天娃娃。接下来，他脱掉躺在棺材盖上的美少女的华丽内衣，将其穿到白色裸体娃娃身上，最后麻利地系上绯色纹缬内衣带。尸体的这副模样是如此诡异、滑稽……而站在对面俯视着这具尸体的黑衣怪人，则愈发显得妖异、诡谲……

但是，晴天娃娃那两条关节突出的粗糙手臂还突兀地露在外面，这又该如何掩饰呢？真不愧是绝世怪人黑衣博士！他的办法一点也不费工夫……只见他将尸体双臂的肘关节用力压弯，使其双手合十，然后用白棉布严严实实地裹了起来。就在大家以为这样应该没问题了的时候，他又把同样无法隐藏、布满裂纹的脚后跟强行塞进美少女那小小的足袋[①]内，扣上别扣。然后，他艰难地抱起这愈发僵硬、姿态妖艳的晴天娃娃，轻轻地放入棺材内，给她反穿上振袖与罩褂，再系上锦带。用大量海绵、热水、凉水、肥皂、酒精将解剖台的边边角角都清洗干净后，他轻轻抱起逐渐恢复意识的美少女的裸体，置于台上，而后将她刚才躺过的沉重的棺材盖严丝合缝地盖到棺材上，蒙上白色绢布。

但是，黑衣怪人的古怪工作还没有结束。而且，接下来才是展现他真正手腕的地方。

黑衣巨人站在棺材和解剖台之间，再次如释重负般喘了一口气，随即迅速脱下手套，首先拿起剪刀，将解剖台上的少女浓密的长发分开，从大约中间的位置剪下一绺头发，用从抽屉里取出来的日本纸包起来，

① 足袋：日式分趾袜，即将脚尖一分为二，把大脚趾与其余四趾分开的袜子。

与同样从抽屉里取出来的尸体勘验册和两三种文具一起放到刚才的尸体账册旁，然后拖过一把铁制的圆板凳，拿起一支新笔蘸取墨汁，在刚刚的日本纸上端端正正地写上“遗发”“吴茂代子”的字样。随后，他拿出怀表看着，像是在思考什么，不久，他似乎决定稍后再填写尸体勘验册，轻轻将它推到一旁，将尸体账册翻开，找到中间写有“四一四号……七”的那一页，小心翼翼地撕了下来。

接着，他在另一个碟子中溶开墨汁，调制成各种墨色，用与撕掉那一页的文字一模一样的笔迹，填入十几具尸体的姓名、年月日、编号等，却将其中关于刚刚的“四一四号……七”的记录全部删除，填上“四二三号……四”的相关信息，并一一盖上“若林”的印章……也就是说，与刚刚被放进棺材中的那具少女尸体相关的记录，就这样被从尸体账册中完全抹除了。

至此，诸位应该彻底明白若林博士究竟是出于何种目的才如此煞费苦心了吧？

代替美少女吴茂代子被放入棺材中的是一位无依无靠、遭人虐杀的失踪少女的尸体，只要医院方面不寄出通知，就不用担心会有人来领取骨灰，这是很容易就能判断出来的事情。

而另一方面，在本大学内接受解剖的尸体的家属，一般会在第二天接到前来领取骨灰的通知。事实上，尸体解剖一结束，就会由位于本大学后方松林中的专用火葬场的工人领走，在无人见证的情况下火化，最后交到领取人手中的就只有骨灰和提前保存下来的遗发……与一般的火葬场完全不同，这里采用绝对的信任制，所以根本不用担心尸体被调包的事情败露。当然，也不能断言绝对没有失去理智的亲属在火葬之前跑来，要求再见死者最后一面的情况发生，但是哪怕存在这样的情况，只要给他们看一眼那被缝合得乱七八糟的脸，估计没有家属忍心再看第二眼。

不过，唯一需要担心的是警方或者医生为慎重起见再次前来勘验的情况。但是，如此巧妙的偷梁换柱又怎么会被识破呢？更何况这是誉满天下的若林博士利用九州帝国大学医学院院长的职权，慎之又慎地完成的工作，谁又敢产生怀疑呢？哪里又会存在纰漏呢？九州帝国大学尸体冷藏室的尸体遗失事件，就这样被永远地埋葬在黑暗中，当这件事遭到除若林博士以外唯一一名医务人员的怀疑时，被虐杀的失踪少女的尸体已然化为一堆白骨，被葬在气派的墓地中，接受大家香火的祭拜。

同时，解剖台上慢慢恢复气息的少女……名为吴茂代子的美少女也被从户籍上除名，成为一个活死人，要在那位苍白高大的若林博士的掌握中呼吸。但是，若林博士之后要用她来做什么呢？他是出于何种目的，将这位少女变成活死人的呢？我很想说此事留待后续揭晓，但事实上，此刻在天花板上偷窥的正木博士同样不明所以，诸位应该也一样吧？

在报纸上被誉为解谜专家、拥有绝顶聪明的头脑的若林镜太郎博士如此煞费苦心，采用如此超越常识的诡计不断挑战的究竟是什么案件，凶手的头脑又是何等奇特和令人费解，相信诸位对此已经有十二分的期待了。这桩事件的惊人内容和具体过程，用不了多久就会按照顺序在诸位面前展开，一定不会辜负诸位的期待……

如诸位所见，这桩事件已经落到九州帝国大学法医学系解剖室内的黑衣怪人若林博士手中。若林博士已然倾尽自己的全部智慧与精力，做好了与掀起这桩诡异事件的怪人战斗的准备。

话说回来，改写完尸体账册后，若林博士将账册与空白的尸体勘验册随手丢在桌上，拖着筋疲力尽的身体站起来，将散落在室内的纱布、海绵、脱脂棉等全部收拾好，与文具、化妆品等一起用崭新的白布包起来，再用绷带仔细缠好。估计是打算找个无人知晓的地方丢弃，尽可能让今夜的工作成为秘密吧。他没有留取四一四号尸体各部位的标本，应该也是出于这种考虑。

结束这些工作后，若林博士再度仔仔细细地环视一圈，拿起放在一旁桌子上的崭新的护士服和白色棉布和服走近解剖台，准备为尚未从麻醉中醒来的少女穿上……但……若林博士不由自主地停下脚步，手上的东西掉在地上，几乎踉跄着后退。

少女那令人瞠目的全身之美……不，是和刚才的假死状态截然不同的圣洁的生命之光，似乎随着她的每一次呼吸灌注到她的全身，令她的身体熠熠生辉……她的脸颊……她的嘴唇……如同馨香的花瓣或者甜蜜的果冻，正在恢复温暖的血色。特别是那形状可爱的乳房，仿佛是诞生于神秘国度的巨大贝类的贝肉，浮现出生动的蔷薇色，在明亮的灯光下，让人产生如梦似幻的感觉。

在冰冷、阴森的九州帝国大学法医学系尸体解剖室的大理石解剖台上，应该再也不会出现这样一位被麻醉的绝世美少女，她的身影和那洁白的胸部随着呼吸起伏的样子，应该会让地球上所有人都拜倒在她的石榴裙下。

若林博士仿佛陶醉在少女芬芳的呼吸中，摇摇晃晃地重新站好身子，仿佛与少女的呼吸产生共鸣一般，开始有气无力地喘息。随后，他上半身缓缓前倾，用颤抖无力的手指将脸上的黑色蒙面布掀到额头上。

啊……他的表情何等可怕！

出现在白炽灯下的他那又长又大的脸孔与解剖台上的少女正相反，犹如死人般松弛苍白，汗水淋漓。眼睛因为极度的衰弱与极度的兴奋，如同热病患者般猩红充血。嘴唇的颜色则是在正常人脸上见不到的绯红色，且呈现出病态的干燥。黑发粘在额头上，太阳穴不断抽动，一身黑衣的他就带着这样的表情，俯视着少女……

他就这样站着，很长时间一动不动。完全不知道他在想什么，打算做什么……

这时，他的右眼下方突然浮现出深深的皱纹，开始痉挛。不久，痉挛的波动就蔓延至整张脸上，看不出他是在哭还是在笑。他苍白如纸的脸上，两只猩红的眼睛开始轮流睁开、闭合，仿佛是在为某件事高兴；他绯红色的干燥嘴唇如狼一般大张着，冒着白气的舌头耷拉到外面，仿佛在嘲笑某个人。那是认识平时严谨绅士的若林博士的人做梦也想象不到的另一张面孔……不……那是只有他独自一人时才会展露出来的恶魔形象……

但是没过多久，他就缓缓抬起头来，用双手撩起额上不知何时已经变干的乱发，抬起苍白的眼眸凝视头顶四个明晃晃的电灯泡。

他的喘息再度变得剧烈，脸颊上隐约浮现出一抹异样的红晕，眼睛眯起，似是在和空中的某个人交谈，腹部响起低沉阴森的声音，断断续续地笑着："啊哈……啊哈……啊哈哈哈……"

不久，他咬住下唇，俯视着美少女的睡脸，举起不断颤抖的手指，关掉了头顶灯泡的开关，一盏……两盏……三盏，最终啪的一声熄灭了第四盏灯。

但是，室内并未恢复原本的黑暗。拂晓的天光从关闭的百叶窗的缝隙间透进来，让室内的一切物品都如同置身海底，呈现出透明的蓝色。

他茫然地注视着那亮光，良久，双手颤抖着掩住面孔，踉跄着后退到墙边，缓缓瘫坐到地上，仿佛陷入了神志不清的状态，双手垂落到地板上，双腿前伸，头部低垂。

就在这时，解剖台上少女的嘴唇微微嚅动起来，发出梦呓一般微弱的声音：

"大哥……你在哪里……"【淡出】

【字幕】正木、若林两位博士的会面

【说明】接下来出现在银幕上的这个身影，是在九州帝国大学精神病学研究室主楼顶层的教授办公室中小憩的正木博士。时间是大正十五年五月二日，一个风和日丽的午后，距离上次影片中播放的若林博士偷换尸体的场景被正木博士用彩色有声电影摄像机拍摄下来正好过去一周。教授办公室的三面窗外，烈日下的松林掀起炫目的绿浪，耳边甚至已经传来暑热时节的蝉鸣声。南侧几扇并排的窗户外，横亘着一片五月水粉画色彩般的晴空，下方吹过的朗朗清风带来了目前正在建设中的解放治疗场的施工声。

正木博士坐在正面的大桌子和大暖炉之间的巨大扶手转椅上，白大褂下的右手指间夹着一支已经熄灭的雪茄，左手握着当天的报纸，就这样戴着眼镜打着盹儿，俨然一个从外国漫画中走出来的蹩脚医生……镜头给出一个特写，诸位请看，他正在阅读的报纸背面以占据三段的初号字体刊载着《新娘命案陷入迷宫》的标题。不久，大暖炉上方的电子钟的指针发出咔嗒一声，指向三点零三分。这时，一名身穿大学工作服、四十岁上下、梳着分头的校工拿着一张名片走进来，毕恭毕敬地递到正木博士面前。

被关门声吵醒的正木博士接过名片扫了一眼，立刻满脸不悦地眯起眼睛。

“搞什么嘛，说那么多遍还不开窍，真是个榆木脑袋！再怎么为人谦恭，也该有个度。你告诉他，以后不必每次都拿这玩意儿给我，自己直接过来就是。”

说着，他倨傲地将那张名片丢到大桌子上，再度闭上眼睛，迷迷糊糊地睡了过去。

就在这时，身穿长礼服的若林博士小心翼翼地抱着一个蓝色棉布包袱，无声无息地走了进来，坐到了正木博士对面的小转椅上。矮小的正木博士大大咧咧地坐在大椅子上，高大的若林博士却诚惶诚恐地坐在小椅子上，这光景实在是绝佳的漫画素材……不久，若林博士咳嗽的老毛病突然发作，用白手帕掩住嘴，痛苦地咳嗽了起来。

正木博士被咳嗽声吵醒了。他高高举起报纸和雪茄，打了一个毫无风度的大哈欠，仿佛能把眼前的若林博士、这间办公室、九州帝国大学甚至他自己都一口吞掉。

就这样，两位博士在事件发生后的第一次见面以一个大哈欠拉开了帷幕。二人接下来的对话从表面来看非常融洽，实际上言辞间却暗藏机锋，迸射着竭力威胁对方的火花……我相信，如果诸位能够注意到这一点，那么一定也能推测出潜藏于这桩事件背后的暗流有多大、多深……

“啊……啊。哎呀，你终于来了！哈哈哈哈哈哈。我还在想你差不多也该来了。”

“是啊……您已经知道案件的内容了吧？”

“我可不只是知道而已……是这桩案件吧……《新娘命案陷入迷宫》……当然，报道的内容估计有很多都是胡说八道……”

“是的……但您是怎么知道我跟这桩案件有关的呢？”

“也没什么……前几天有事找你，给你打了个电话，结果听说你跷了下午的课，风驰电掣地开着车去了什么地方，我就猜肯定是发生了什么事。后来又在当天的晚报上看到用大号字体分四段刊登的‘婚礼前夜勒死新娘’的报道，所以我立刻断定是这桩案件吸引了你……”

“原来如此。但您又是怎么知道我今天会来这里拜访您的呢？”

“这个嘛……我倒也没有猜到你今天就会来，但我知道你一定会来。因为……我的研究你也知道嘛……我从一开始就觉得这桩事件肯定跟心理遗传有关。事实上我一直在等着你完成调查，带着结果过来找我呢！哈哈哈哈哈！”

“佩服。您猜得的确没错……其实我两年前就已经介入这桩案件了……”

“两年前？”

“不错……”

“两年前也有过这种案件吗？”

“是的。而且是同一位少年，勒死了他的亲生母亲……”

“唔。同一个家伙以相同的手段……杀害的还是亲生母亲……唔……”

“事实上，当时是我主动介入案件的，我坚持认为这桩案件的真凶另有其人，这位少年并不是杀人凶手……但之后却怎么也查不出凶手。”

“连你的法眼都查不出来？”

“很惭愧，我有生以来还是第一次接触到如此令人费解的案件……我也不知道该如何解释……虽然犯罪痕迹一目了然，但完全没有凶手存在的迹象……”

“呵……有意思。”

“所以，这位少年在上次勒死生母的事件中被判处无罪后，我实在无法放心，总觉得无论如何也要找出凶手，就联系了被害者的亲姐姐，也就是少年的姨母八代子和警方，不厌其烦地提醒他们，倘若日后发现少年的起居行为或其周围有任何异常，务必立刻通知我。就这样，两年后的今天，果不其然，这位少年在与自己的姨母八代子的女儿也就是他的未婚妻吴茂代子举行婚礼的前一天晚上，勒死了对方。因此，两年前的弑母案也被认定为这位少年由于精神病发作而犯下的罪行……也因此，两年前提出‘杀害这位少年母亲的凶手另有其人’这个观点的我，如今彻底丧失了信用……”

“啊哈哈哈哈哈！痛快，痛快……若不是这样反倒没意思啦！这桩案件可是你大显身手的绝好机会啊！”

“不，您说笑了……我哪有什么身手可以显……事实上，我也相信这桩案件是我长久以来在您的指导下进行的精神科学犯罪研究的绝佳研究材料，所以对其进行了全方位的调查，并全部整理成文件……都在这个包袱里……”

“哇……这数量可真惊人啊！案件发生短短一周，你居然就整理出这么多资料……”

“不，这里面也包括两年前那桩案件的调查报告……另外，关于此次案件，因为我也不知道自己哪天就会倒下，所以不眠不休地将调查报告全部整理到了笔记里，结果导致哮喘的老毛病突然恶化，感觉本就所剩无多的这条老命，恐怕更加没有几天好活了。”

“嗯，这么说来，你最近真是瘦了不少。你可一定要注意点啊！万一研究木乃伊的人成了木乃伊，研究精神科学的人成了精神科学的幽灵，那就得不偿失了！啊哈哈哈哈。哎呀，辛苦辛苦……对了，包袱上面那个凸起来的方匣子是什么？”

“是在这次的心理遗传事件中用于暗示的一幅画卷，匣子是我找木匠定做的……据我推断，肯定是有人给那位名叫吴一郎的青年看了这幅画卷，才导致他出现精神异常。但刚刚我也跟您说过，警方和我的推测完全相反，他们认为吴一郎的精神异常要么是自然发病，要么是装出来的。因此，当我将这幅画卷作为参考资料提交给警方看时，他们只是付之一笑。但是从另一方面来说，也多亏如此，这么宝贵的参考资料才会顺利地被我掌握……”

“啊哈哈哈哈。那还真是万幸啊！凭你这样的尊容，在警方或法院的那些家伙面前拿出这幅画卷，张口就说：‘不好意思，此乃涉及若林博士独特研究的前所未有的新学理心理遗传的暗示材料。’

他们绝对会手足无措吧。幸好他们没把你当成江湖骗子！啊哈哈哈哈哈哈哈！”

“哈哈哈哈哈。不是的，其实我只是为了避免出现上次那样的隐瞒行为，才在形式上给他们看一下而已。说实话，我非常想将它据为己有……”

“不愧是你啊，在这方面真是个滴水不漏的男人！”

“哪里……您过奖了……”

“对了，你今天过来找我，就是为了把这些资料和这个案子推给我吗？”

“是的。除此以外还有一件事……我想请您为被当成新娘命案的凶手、如今被关押在福冈土手町拘留所的少年吴一郎做一次精神鉴定……”

“唔，那位少年吗？那位少年的精神状态，我只看新闻报道就大致判断出来了，他应该正处在所谓的发作后的健忘状态。也就是说，他在那幅画卷的暗示作用或其他因素的刺激下出现了精神异常，在梦游中杀害了新娘，他因为极力想要抑制这份杀意并且中断梦游而失去了控制。这样的亢奋导致他的神经细胞极度疲劳，并致使他发作前的所有过往的记忆遭受重创，无法活跃起来。也就是陷入了‘逆行性健忘症’……上述事实，只需看看新闻报道就足以做出判断了。这类病例随处可见，没必要请我出马，你去说明一下就足够了。”

“您说得没错。但问题在于……这次案件导致我信用破产，我一个人的鉴定恐怕无法服众，法院那边也很伤脑筋……他们怀疑少年吴一郎是杀人狂……”

“哼，这可太不像话了。虽说是外行，但身为法官，岂能如此无知！如果真有人认为世界上存在杀人狂之类的精神病，那简直是把人当白痴耍！只要杀了人，就将其当成杀人狂，这比将激情杀人和谋杀混为一谈错得还要离谱！”

“话是这么说没错……”

“当然没错……你应该早就注意到了，精神病患者发病前后的言行举止作为精神病鉴定的参考材料的重要性，丝毫不亚于犯罪嫌疑人在作案前后的言行举止在量刑阶段的重要性。如今的学者竟无一人明白这个道理，实在令人伤脑筋。所谓的精神病患者，虽说是疯子，但绝对不会如此毫无道理地胡作非为，而是会依据诱导其发病的刺激、心理遗传的内容、精神异常状态的程度等因素，遵循一定的逻辑做出各种脱轨行为，在此过程中完全没有任何掩饰，所以远比普通人的作案过程更加合理且有迹可循。尤其是当他们杀了人的时候，其行凶前后的状态远比普通人的犯罪更应被视为有利的参考。”

“您说得一点儿也没错……我还是第一次听到这个说法。”

“就是因为不懂这个道理，才会一旦杀人就冠之以杀人狂之名，如果杀了两个人，那就更笃定了……单从杀人这一结果来考虑，或许可以称之为杀人狂，但是如果杀人狂敲破人的脑袋是想拿来当温度计呢？哈哈哈哈哈哈。如果这样还有学者将其称为杀人狂的话，我倒是很想见识一下。有时在精神病患者的眼中，只要是自己以外的存在，无论是人类、动物、风景还是天地万物，所有的一切都只是影子或者会动的画。例如，一旦产生想要红色颜料的欲望，这类精神病患者就会敲破别人的脑袋，或者砸坏装有红色酒精的温度计，这两件事在他眼中并无任何不同。只要明白他的真正目的只是想要得到红色颜料来作画，就绝不可能给他冠以杀人狂之名。所以在我看来，这位少年之所以行凶应该另有目的。换言之，原因就出在支配这位少年的心理遗传内容上。”

“您说得没错……其实我也考虑过这种可能性，但这完全不是我的专业，而是教授您的领域，所以我才把所有相关资料都带了过来，供您参考……另外还有一件事……关于这桩案件的最后一点疑问，当然这本来属于我的责任，但我特别希望能够在这点上获得您的帮助，坦白说，这才是我今天前来拜访您的真正目的……”

“唔，怎么越说越让人紧张害怕了呢。说吧，这所谓的最后一点是？”

“嗯……就是利用这幅画卷给吴一郎暗示的人……”

“啊……原来是这个啊。如果真有这号人物，那他就是了不起的新型罪犯了。把他找出来确实是你的职责……”

“是的……但是关于这一点，我目前毫无头绪，所以整桩案件从头至尾都笼罩在重重迷雾之中……”

“那是肯定的。受心理遗传支配的案件大多始终笼罩在迷雾之中，最终不了了之，这也算自古以来的惯例了。光报纸上刊登出来的案例就不知道有多少了。”

“但……我感觉，这次的案件倒是有可能拨开那团迷雾……我之所以这么说，是因为这最后一点疑问的答案，肯定就藏在那位少年的记忆深处……”

“啊……明白，明白，我非常明白……你的意思是说，只要那位少年的精神状态恢复正常，应该就能想起给他看那幅画卷的人是谁……所以你是为了挖掘他的记忆，才会请我先为他做个精神鉴定的，对吧？”

“正是。非常惭愧，唯有这件事我实在无能为力……”

“嗯。明白，明白，我非常明白。真不愧是当代著名的法医学家，立刻就领悟到了重点……哈哈哈哈。好，我接受了！”

“感谢……衷心感谢。”

“嗯嗯，明白明白，我全都明白。你就痛快忘了这件事，趁现在悠闲自在，多去补充点儿维生素吧！哎呀，说到维生素，今天一起去吉冢吃鳗鱼怎么样？很久没跟你喝一杯了……不过，喝酒的只有我一个……也罢，就当是慰劳你在这件事上的辛苦付出吧。”

“好的，谢谢您……不过，您什么时候能够去福冈为那位少年做精神鉴定呢？届时由我提前通知法庭……”

“嗯，随时都可以，反正不是什么麻烦事儿。我只看那位少年的面容一眼，就知道他既不是杀人狂也不是在装疯。不过，为了进行更细致的鉴定，还是要把他带到精神科来住院。你放心，手续非常简单。你若林博士声誉扫地，我正木博士的声誉反而如日中天呢……哈哈哈哈哈哈……”

“惭愧……那这些资料怎么处理？”

“啊……这些资料都要我保管啊？哎呀，这可如何是好……嗯。我想到一个好地方。给我吧……把它扔进这个暖炉里，然后盖上盖子。反正在今年冬天之前都不会生火。正可谓，连释迦牟尼也发现不了……”

“呃……您是在模仿谁的语调？”

“不是谁的语调，这是谣曲《劝进帐》[①]中的一节。你这个法医学家可真是孤陋寡闻啊！哈哈哈哈！”【淡出】

哎呀哎呀……怎么回事……彩色有声电影最终变成了纯粹的对话。这样岂不就跟廉价的收音机或留声机没什么区别了吗？做过才知道，无声电影的解说员也不轻松呢！光是每句话的结尾都要用敬语就够麻烦的了，为了省事，我决定从现在开始省略结尾的敬语……稍微有些累了，所以接下来请大家观看一段“无敬语”“无须说明”的影片。不……岂止是“无须说明”，甚至“无须银幕”“无须放映机”“无须胶片”……总而言之，可以说这是一部“什么都不需要的电影”……绝对不是德国出产的无字幕电影那种落伍的玩意儿比得上的。诸位若问到底是什么东西，说白了就是刚刚若林君交给我、被我丢进空暖炉中的调查报告，我后来经过研读，将要点摘录出来，加上自己的意见后制作成一部“集锦录”，我准备把它当成影片逐页播放给诸位看……听起来似乎非常麻烦，但其实非常简单，只是把集锦录插入我遗书中的这个位置而已……咳咳……诸位只要读过这部分内容，就会明白来龙去脉了……这是一部我最近发明的特技电影。我认为这种形式的电影很快就会风靡一时，诸位如有需要，我也可以把专利让给诸位。有意向的人……好的，马上……请稍等。

其实，我原本打算将这部集锦录插入我的《心理遗传论》当中，但是那篇论文的原稿已经被我付之一炬，只特别留下了这一部分内容。

---

① 谣曲《劝进帐》：“谣曲”为日本古典歌舞剧“能”的台本。《劝进帐》为日本歌舞伎的传统剧目之一，讲述的是日本原氏时代源赖朝和他的弟弟义经之间争权的故事。

诸位听过我目前为止的说明，应该已经成为不起的精神科学家兼名侦探了，凭借这样的实力，再加上这份记录的帮助，彻底看穿这桩案件的真相又有何难呢？

这桩案件是由于何种心理遗传的爆发而发生的呢？是否有人故意让这种心理遗传爆发呢？如果此人真的存在，那他又身在何处呢？还有，若林和我的态度对于这桩案件的解决又提供了怎样的暗示？以上种种，诸位必须打起精神仔细阅读才行……把这番威胁之词放在这里之后，我可要趁此期间优哉地去喝喝苏格兰威士忌，抽抽哈瓦那雪茄啦！哈哈哈……

Kyuusaku Yumeno

心理遗传论附录

……各种实例

其一　吴一郎精神病发作的始末——根据W氏手记——

◆第一参考　吴一郎的谈话

▲听取日期　大正十三年（1924年）四月晚上十二点半左右。其母，即下文所述女子私塾负责人、被害者千世子（三十六岁）头七法事结束后。

▲听取地点　福冈县鞍手郡直方町日吉町二〇番地二号、翠丝女子私塾二楼八叠间[①]、吴一郎自习室兼卧室。

▲列席人员　吴一郎（十八岁），被害者千世子的亲生儿子；姨母八代子（三十七岁），现居福冈县早良郡侄滨町一五八六番地，务农；我（W氏），共三人。

——谢谢您。直到教授您（W氏）问我当时“做了什么样的梦”之前，我无论如何都想不起那个梦。多亏了教授，我才没有沦为弑母凶手。

——只要大家知道杀害家母的人不是我，对我来说就足够了。我没有什么好说的了。但是，如果我的话有助于寻找凶手，那就请您尽

① 八叠间：传统日本房间的面积用榻榻米的张数来计算，一张称为一叠，一叠约为1.62平方米，八叠约为13平方米。

管问吧。关于很久以前的事，家母未曾告诉我便已去世，我知道的只有自己懂事之后的事，应该没有什么不方便对您说的。

——据说我是明治四十年末出生在东京附近的驹泽村，关于家父的情况我一无所知。（注……吴一郎的出生地疑似与事实有出入，但对研究并无影响，故在此未做订正。）

——据说家母自出生起就与姨母一起住在侄滨，十七岁那年宣称要去学习绘画和刺绣，离开了姨母家，其后便去东京四处寻找家父，在此期间生下了我。“男人越优秀越会撒谎。”家母经常把这句话挂在嘴边，大概就是出于对家父的埋怨吧（脸红）。但是每次我问起家父的事情，家母总是泫然欲泣，所以懂事之后我就很少再问起了。

——但我非常清楚，家母一直在拼命寻找家父的下落。大约是我四五岁的时候，有一次和家母在东京的某个大车站坐了很久的火车，又换乘马车，在田间和山间的大道上走了很久很久。记得我中途睡了一觉，醒来后发现自己还在马车上。直到傍晚时分，天黑透了，才抵达某个小镇的旅馆。从此以后，家母几乎每天都将我背在身后，挨家挨户地上门打听。因为那里四面环山，我每天都哭着闹着要回家，总是被家母训斥。后来我们又坐马车和火车回到东京，我记得家母还给我买过一个与山中马夫吹出的声音一模一样的喇叭。

——直到很久之后，我才意识到家母当时肯定是带我去家父的老家寻访了，于是问她：“当时我们是在哪儿搭火车的？”结果家母又一次泪流满面：“你问这个有什么用？算上那一次，妈妈已经去过那里三次了，如今算是彻底死心了，你也死了这条心吧。如果妈妈能活到你大学毕业，就把你父亲的事情全部告诉你。”所以，此后我便再也不曾旧话重提。当时见到的山和小镇的样子也已经很模糊了，只有那辆破马车的喇叭声还残留在耳畔。不过，后来我买来许多地图，通过当时乘坐的火车和马车的时间推算下来，总觉得那地方应该是千叶县或者栃木县的山里。是的，铁轨附近没有看见大海。但是也有可能是我没有往火车的另一侧车窗外看，所以也不知道真实情况如何。

——在东京住过的地方吗？好像住过很多地方。光我记得的，就曾依次住过驹泽、金杉、小梅、三本木，最后一次搬家是从麻布的笄町搬到这里。我们母子两个人总是租住在二楼、储物间、耳房之类的地方，家母在那里制作各种刺绣工艺品，攒够几件之后，就背着我送到日本桥传马町的近江屋。每次那家店里打扮得花枝招展的老板娘都会给我点心吃。我至今还记得那家店和老板娘的模样。

——家母当时制作的工艺品的类型吗？嗯，这个我就记不太清了。应该有神像前的垂帘、和服衬领、小方绸巾、和服的衣摆图案、罩褂的刺绣家纹之类的。至于怎么绣的、大概能卖多少钱，当时我还小，什么都不懂……不过有一样东西我至今依然记得很清楚，就是从东京搬到这里的时候，家母送给近江屋老板娘的小方绸巾的图案。那是一块薄得近乎透明的绢，上面绣满了各种颜色和形状的菊花，非常漂亮，每天就只能绣完指头肚大小的一点点，绣完之后送过去，我拿着它递给老板娘时，老板娘吓了一跳，大声呼唤家里人过来欣赏，所有人都目瞪口呆、啧啧称赞。后来我才知道，那是正宗的“溃缝”，据说是如今已经失传的古老刺绣技法。之后老板娘的丈夫拿钱给家母，但是家母致谢后婉拒了，只收下点心就回家了。当时家母和老板娘站在门口哭了很久，弄得我不知道该怎么办。

——我们之所以从东京搬到这里，据说是因为家母曾经找人占卜。我曾听她说过“狸穴的先生真准”这样的话，所以她十有八九是听从了那位先生的建议吧。“你们母子只要待在东京就会一直不顺，肯定是遭受了什么人的诅咒，想要消除厄运最好是回老家。卦象显示，今年若要出门，宜向西走。你是三碧木星①，与菅原道真、市川左团次等人的本命星相同，所以三十岁到四十岁之间是最多灾多难的关键时期。而你要找的人是七赤金星②，与三碧木星相克，若不尽早放弃，后果不堪设想。这是相克中最可怕的一种，甚至双方的随身物品放得太近，都有可能造成互相伤害，因此万万不可一时疏忽把对方的物品放在自己身边。只要过了四十岁，运势就会转平，而过了四十五岁就会有红运降临。”于是，我们在我八岁那年搬到了这里。家母经常笑着对私塾的学生说：“真的是这样的。因为我的本命星和天神大人一样，才会喜欢文学和艺术吧。”这句话我不知道听过多少遍，早已熟记于心……不过，关于七赤金星的事情，家母只对我一个人说过，还严禁我说出去……

——我们搬到此地不久，家母就租下这间房子开了私塾。学生基本上是二十人左右，分成晚上和白天两班，在楼下的八叠间里上课。家母经常会因为有出身良好的大家闺秀来学习喜上眉梢。但是家母脾气比较急，经常训斥学生。有时还会有地痞流氓或不良少年模样的人跑来骚扰学生，或者向家母勒索钱财，但都被家母一个人狠狠骂一顿，赶跑了……所以，进过这间房子的男人就只有房东爷爷、我中学时代

① 三碧木星：在风水学中属于玄空风水中九星之一，具体指后天八卦中的震宫位置。
② 七赤金星：在风水学中特指北斗七星中的第七颗星，也被称为破军星。

的班主任鸭打老师，还有电工师傅了。除此以外，既没有人给家母来过信，也没见她往外寄过信。就连交情深厚的近江屋老板娘都没有联系，仿佛家母很怕让别人知道自己的住处。虽然她没有对我讲过其中的缘由，不过我猜她八成是太相信狸穴的算命先生的话，认为有人企图伤害自己吧。家母并不是迷信之人，但似乎唯独相信狸穴的那位算命先生……

——但是说实话，我并不喜欢这个地方。可能是从东京到这里来的途中身体不太舒服，在火车上晕车晕得一塌糊涂，导致我讨厌上了那种煤烟的味道，而这个地方到处都是煤矿，从早到晚都能闻到那种臭味的缘故吧。然而家母却非常高兴，觉得这里是个难得的好地方，没办法，我也只能忍耐了。后来竟也渐渐习惯起来，不再晕火车了，只是对这里糟糕的空气和煤炭的臭味仍然打从心底感到厌恶。后来入学后，因为这里的学生来自全国各地，我发现同学们的口音都不一样，既粗鲁又难懂，让我很是苦恼……

——另外，或许是我从小就经常搬家的缘故，朋友很少。搬到这里后，在学校也没有交到什么朋友。一进入中学四年级，我就拼命用功，终于考上了福冈六本松的高中，那里空气非常清新，风景也很优美，我别提有多高兴了……是的……之所以那么早参加考试，也有我讨厌这个地方的缘故，但是说实话，我想要早点从大学毕业。当时我迫切地想，如此一来，我就能让家母早些履行约定，告诉我有关家父的事情了……但我并未对家母说起过这件事……升入中学时也没有跟家母说过。倒也没有什么特别的理由……就这样，当我刚念文科二年级的时候……（脸红，暗暗流泪）

——奇怪的是，哪怕我考试成绩很好，家母也从不表现得多么开心。从很早以前就是这样，对于我努力学习取得好成绩，家母虽然从来没有说过什么不中听的话，但她似乎打从心底不喜欢我的成绩上光荣榜、姓名登上报纸或杂志。我也并不喜欢这种事，所以当按照校规必须张贴成绩时，家母甚至会专程带着我去找老师，请求老师“尽量张贴在不显眼的角落”。班主任虽然夸奖家母是位“品格高尚的人”，但是实际上家母并不高尚，而是真的讨厌这种事。我考上高中的时候，她也非常担心我的名字会出现在福冈的报纸上，于是我对她说：“既然如此，我索性去考个东北地区或者更远一点的私立专科学校吧，您也跟我一起搬过去怎么样？那样的话，或许就不会出现在福冈的报纸上了。”她沉吟了好一会儿说：“你必须上大学，再说我也舍不得这么多学生。”所以最终我还是决定考福冈的学校。但她还是经常嘱咐我，“福冈有很多不良少年和不良少女，你不要随便离开宿舍”或者“万一路上有陌生人跟你搭讪，不要随便理他”。现在回想起来，应该是那位狸穴的先生算得很准，所以家母相信有人要伤害自己，才会想方设法尽量隐藏我们的住处吧。

——上学期间我都是住在宿舍，但周六晚上到周日一定会回家住。假期也一直待在家中，每天早起帮家母干点活儿，晚上九点或者十点左右就睡觉。家母个性很要强，这个地方人烟稀少，但我不在的时候她依然独自睡在这个房间，她常说：“早上八点半左右学生就会陆续过来，直到夜里十一点左右都闲不下来，我一点儿也不觉得寂寞。你学习很忙的话，不用勉强回来。”

——直到那个时候都没有什么奇怪的事情。只是去年夏天，家母拿着一张之前一直用来包刺绣材料的美国报纸过来问我："这个人是谁？"我读完那篇报道后，告诉她这是一个名叫朗·钱尼的电影演员扮演的丑角，家母很扫兴地说了句"哦，原来如此"，就下楼去了。当时，我怀疑家父是那种长相，并且身在国外，所以就连那张照片的细节都记得非常清楚。那个人的脸乍一看像一只大蚕。我偷偷溜下楼，溜到六叠间里家母的梳妆台前，端详自己的脸，一点儿也不像（脸红）。

——那天晚上也并没有什么奇怪的事情。我像平常一样九点左右就睡了，但不记得家母是什么时候休息的了。如果跟平时一样的话，应该是十一点左右。

——接下来的事情我没有告诉警察，那天晚上我半夜醒过一次。因为这以前很少发生这样的事情，所以我担心说出来反而会遭到怀疑，那就多此一举了……我也不知道是怎么回事，感觉好像听到"咕咚"一声巨响，然后就惊醒了。房间里一片漆黑，什么也看不到，于是我拧开了睡前放在枕边的这盏灯，看了看压在没读完的书下面的手表，刚过凌晨一点零五分……随后我起身想去小解，无意中看了眼朝向我这边睡得正香的家母，发现她嘴巴微张，脸颊通红，额头像陶瓷一样白皙清透，看起来不可思议的年轻，几乎跟来我们家上课的年纪稍大的学生差不多大。接着我到楼下解完手，打开六叠间和八叠间的灯看了看，并未发现任何异样。我当时还疑惑了一会儿刚刚听到的那声"咕咚"究竟是怎么回事，后来觉得可能是我的错觉，就又回到二楼，再看家母的时候，她已经转过身钻进被窝，只能看到她头顶插着梳子的发髻。于是我就关灯睡觉了，那是我最后一次见到家母的脸。

——后来就如我在警察局跟教授您（W氏）所说，我一直在做奇怪的梦。我平时很少做梦，那晚真的非常不可思议。不，我好像没有梦到杀人，而是梦到火车脱离轨道，发出轰隆隆的声音对我紧追不舍；巨大的黑牛伸着紫色的长舌头凶狠地瞪着我；太阳在湛蓝天空的正中央转着圈儿地喷出漆黑的煤烟；富士山的山顶裂成两半，鲜红的血如洪水般奔涌而出，掀起巨浪朝我打来。我怕得要死，但是不知为何却一动都动不了，拼命想逃却怎么也逃不掉。不久，我好像听到房东的鸡窝里传来两三次鸡叫声，但是那些可怕的梦依然接踵而来，而且异常清晰，我怎么都醒不过来。所以我用尽全力痛苦挣扎，很久之后才总算睁开了眼睛。

——当时，这扇窗已经亮起来了，我松了口气打算起床，但是突然间感到头痛欲裂。同时嘴巴里感到一股异臭，胸口直犯恶心，我觉得自己肯定是生病了，便再次躺下。当时本想再小睡片刻，谁知这次竟然没有做梦，而且汗流浃背，睡得特别沉。

——就这样又过了一会儿，不知什么人突然把我拽起来，紧紧抓住我的右手，似乎要把我带到什么地方。我睡得迷迷糊糊的，以为自己还在做梦，就想甩开那只手逃走，谁知又有一个人走过来，抓住了我的左手，将我往楼梯的方向拽。我总算清醒过来，回头一看，发现一位身穿西装的人和一位腰上的刀拖到地面的巡警正蹲在家母的枕边，似乎在调查着什么。

——看到这幅情景，我觉得家母肯定是染上了霍乱之类的疾病，而我也得了同样的病，身体才会这么不舒服。半梦半醒间，我一边被两个男人拉着走，一边如此想着。当时的那种痛苦我至今也忘不了。

我整个身体就像要融化一样倦怠，骨头也几乎要散架，随着我一级一级走下楼梯，眼前变得一片黑暗，脑袋里仿佛有水在摇晃，疼痛异常。我停下脚步试图缓解那种疼痛，下面却有人猛地拉了一下我的一只手，我几乎是连滚带爬地跌下楼梯。中途我无意中抬起头，在楼梯对面上方的扶手上，看到了家母身上系成圆圈的褪色的和服衣带。

——但我当时根本没有余力思考为什么衣带会挂在那里，何况跟在我身后的男人又用力戳我，我疼得头晕眼花，只好听话地来到后门，穿上家母平时穿的红色木屐走到后巷。那时我才突然想到家母会不会已经死了，不禁心中一惊，停下脚步看了看左右，发现抓着我双手的男人很眼熟，是本地警局的刑警和巡警。两个人都凶狠地瞪着我，用力拖着我往前走，我根本没有机会询问他们。

——马路上的阳光刺眼，我家门前挤满了人，我一走出来，他们就齐刷刷地看向我，站在附近的人急忙后退。一看到那些人泛着黄光的脸，我就又是一阵头晕，几乎摔倒。同时感觉脑袋里疼痛难忍，很想吐。于是我想抬手按住额头，但是双手都被抓住，无法动弹。直到这时我才想到，家母或许不是生病死的，而是遭到了谋杀，如今警方怀疑我是凶手。于是我就乖乖地放弃抵抗，任凭警察拉着我往前走了。

——当时我的头脑一定是出了什么毛病，竟然没有一丝难过或者恐惧。只是我浑身大汗淋漓，又只穿了一件背部和腰部已经完全湿透的白色浴衣[①]，不禁冷得直发抖。而且照射在我头顶的阳光莫名有股焦煳味，令人喘不上气来，我感到头晕目眩，嘴里一股腥味，几欲作呕，只好不时睁眼看着闪闪发光的地面，吐出口唾沫再往前走。后来我发

① 白色浴衣：和服的一种，一般用纯棉制作，比起正装礼服类和服穿着上更为简单日常。

现这条路果然不是去医院，而是去往警察局的，心口骤然狂跳起来，可是等我爬上警察局门口的台阶后，又完全冷静了下来。我感觉像是在阅读以自己为主人公的侦探小说，又感觉像是在做梦，忍不住盯着脏兮兮的地板。就在这时，身后突然响起一声大喝，我惊讶地回头，发现是带我过来的刑警的吼叫声，他正在喝止跟随过来的那群人进入警察局。人群中应该也有我认识的人，但是我记不清是谁了。

——后来，我被带到里面的狭小房间，坐在木板凳上，接受来自巡警队长和刑警的各种讯问。但是我头痛欲裂，已经完全不记得当时是怎么回答的了。唯独记得被人说了好多遍“你在说谎”，而我不停地辩解“我没说谎，我没说谎”……

——没多久，本镇无人不知无人不晓、人送外号“鳄鱼警部”的谷警部进来了，一张口就对我说：“令堂被人杀害了。”我骤然间难以自控，想要放声恸哭，但我拼命克制住自己的情绪，只是不停地擦拭着眼泪。谷警部沉默了一会儿，对我说：“你不可能不知道。”说着，将一样东西扔到我面前那张脏兮兮的木桌上。那是家母睡觉时总是放在床头的便服束带，紫色的系绳上拴着铁制茄子。这条束带已经很旧了，听说家母自从离开故乡就一直系着它，但我不明白为什么拿这个给我看，于是我低下了头，结果谷警部发出一声雷鸣般的暴喝：“你就是用这个勒死令堂的吧？”这句话实在太过分了，我不禁怒火上涌，情不自禁地起身瞪着谷警部，但是这时我又开始头痛欲裂、恶心想吐，于是双手撑住桌子，努力控制住颤抖的身体，却无论如何也控制不住因为满腹委屈而不断涌出的眼泪。

——后来，谷警部又说了很多谴责我的话。听说本地煤矿上的无赖们非常害怕这位警部，都称呼他为“魔鬼”或者“鳄鱼”，但我什么坏事都没有做，所以只是沉默地听他滔滔不绝：今天早上八点半左右，有两三个学生像往常一样前去上课，结果发现前后门一反常态地紧闭着，于是通知了住在后面的房东。房东爷爷从后门的门缝里大声呼叫，却始终无人应答。后来，看到通往后门的楼梯口悬着两条白皙的腿，房东爷爷的脸色立刻变得惨白，匆匆跑来警察局报案……办案人员赶到现场后，最先发现的就是原本顶住后门的竹棒倒在了地上，正要去二楼查看时，发现有条细腰带绑在楼梯扶手上，而令堂只穿一件睡袍，手脚耷拉着，脖子套在上面吊死了。你则像完全不知情一样，呈大字形躺在床上，睡得很沉，身体有一半都在被褥外面。但是调查令堂的尸体后，发现脖子周围的勒痕和细腰带并不一致，而且被褥也凌乱不堪，所以肯定是被人勒死之后再伪装成自缢的。另外，家中没有任何失窃的迹象，也没有外人潜入的痕迹，所以只有你最可疑……

——还有，令堂在被褥中被勒死的过程应该非常痛苦，勒痕甚至有两三重，躺在她旁边的你不可能没被惊醒。最主要是，你今天为什么跟平时不一样，多睡了三个多小时？是不是勒死令堂之后想隐瞒事实装睡，结果不小心睡过头了？你是不是有喜欢的女人？该不会是私塾的学生中有你喜欢的姑娘，你跟令堂因为这件事起争执了吧？你是不是逼令堂给你钱了？你每个月有多少零花钱？她真的是你的亲生母亲吗？你不会是让情妇假装成你母亲吧？你最好给我老实交代……他不断向我抛出各种荒唐的问题。但是我听着听着，脑袋开始麻木了，于是低着头迷迷糊糊地想，人类真的会在自己不知道的情况下杀人吗？我是不是在半睡半醒间杀了母亲又遗忘这件事了呢？这时，谷警部说：

“既然如此，你就在这里好好想想吧！”然后就把我送进了拘留所。

——之后的一天一夜我什么东西也没吃，一直醒了睡、睡了醒，第二天的早饭也因为头疼完全没动。但后来我实在饥饿难忍，就吃了午饭，觉得那简直是人间美味，连头疼也消失得无影无踪了。那天傍晚，有个跟家母简直一模一样的女人过来探视我，我大吃一惊。她就是我的姨母，那是我出生以来第一次见到她。当时，这位姨母也说了和教授您（W氏）一样的话。“你是不是做了什么梦？”但是当时我怎么也想不起来，只好回答说我什么都不知道……不过当时我完全不知道自己被麻醉剂迷昏的事……

——翌日，教授您（W氏）过来看我，我中学时代的班主任鸭打老师也来了。又过了一天，法院的人也来了，亲切地问了我很多问题，这令我感觉自己好像要被释放了，所以很想去看看家母怎么样了。但是前天回来的时候，家母的遗骸已经被火化了，我非常失望。我家连一张照片都没有，所以我再也见不到家母的容颜了。不过，姨母说明天会带我回她在侄滨的家，而且我听说我还有个名叫茂代子的表妹，所以我想应该不会太寂寞吧。

——我最喜欢的是语言学，其中最感兴趣的是阅读外国小说，尤其喜欢爱伦·坡、史蒂文森和霍桑。虽然大家都说他们的作品过时了……我甚至想进入大学之后研究精神病学。其实我之前想念文科，研究各国语言，然后和家母一起寻找家父的行踪，但是关于家父的事情，家母只跟我讲了很少一点就去世了，所以我很失望。除此以外，目前我还没有考虑过自己今后的志向。我并不讨厌国语和汉文，但是中学毕业后从未想过特意学习。第二喜欢的是历史和博物学，最不感兴趣的是地理、物理和数学。最不擅长的是唱歌，但我非常喜欢听歌，每次听到好听的西洋音乐，就有种欣赏名画的感觉。至于民谣之类的，家母心情好的时候经常跟学生一起合唱，我也觉得很不错（脸红）。

——迄今为止我从未生过病。家母好像也从未卧床过。

——待会儿我要去曾经到警察局探视过我的鸭打老师家，向他致谢。

◆第二参考　吴一郎姨母八代子的谈话

◆同一地点、同一时间，吴一郎离开后——

——这一切真的像是一场梦。一郎绝对是舍妹的儿子，他的眉眼酷似他母亲，连声音都跟家父一模一样。

——我们家世代都在侄滨务农，至于更久远的事我就不清楚了。我们姐妹俩很小的时候就失去了母亲，父亲也在我十九岁那年的正月与世长辞，所以整个家的血脉就只剩下我和妹妹（回头看牌位）千世子了。那年年末，就在我招赘先夫源吉后不久，舍妹留下一封信说“我要去东京学习绘画和刺绣，打算一辈子过单身生活，请不要管我”，然后便离家出走了。那是明治四十年正月的事情，后来，有人说在福冈见过舍妹，但是具体的情况不得而知。我想她可能真的非常喜欢绘画和刺绣吧。诚如一郎所言，她是个争强好胜的女孩，十七岁那年以全校第一名的成绩毕业于县立女校。只要她开始做某件事，就很容易深陷其中，经常会通宵达旦地阅读小说或者画画。特别是刺绣，她从小学时起就很喜欢，就算是傍晚天色变暗，她也会跑到外面的檐廊上，用零碎的棉线缝制从寺院纸拉门上描到画纸上的图案，所以我想，她应该是见到我招赘之后，才决定离开家专心学习刺绣的。如今想来，那时便是我们今生的永别了。因为她原本就讨厌田间地头的力气活，所以我经常让她独自看家，不过我们家门前就是繁华的街道，而且家中也有很多人进出，所以我想她并不是做了什么见不得人的事才离家出走的。

——后来仅有一次收到舍妹的消息，是明治四十年末村公所来的通知，说她在东京附近的驹泽村产下一子，取名一郎。当时我立刻请求警方协助寻找，但是她申报出生的地址很早以前就出租了，我为了确认而寄出的信件也被退了回来，所以我非常沮丧。也不知道一郎上小学时的户籍档案是怎么获取的，总之舍妹再一次音信全无。就这样，二十三岁那年正月，先夫去世后不久，我独自生下了女儿茂代子，从此便母女两人相依为命。

——在报纸上看到这次事件的消息时，我像做梦一样，急忙赶到警察局，接受了警方的各种讯问，我的回答都与刚才的说法一致。

——第一次见到一郎时，我忍不住流下了眼泪。当时之所以问他有没有做梦，是因为我们那边的年轻人曾经读到过有关梦游症的事情，我想起那位年轻人曾经笑着说："我不是很了解，但是听说在西洋那边，如果罹患梦游症，发作时所做的事情不构成犯罪，要不以后我也假装梦游症发作，去做点坏事吧……"所以我才想一郎会不会也是那样，便试着问了问他。我也知道这不是我一个女人该多嘴的事情，但我真的一心想救一郎（脸红）。多亏您让一郎恢复清白之身，也多亏您勘验舍妹的遗骸，证明她已久无不检点的行为，这也算是我心头的一点安慰了……所以，等我在本地举办过盛大的法事之后，想向关照过舍妹的人一一致谢。

——昨天，东京的近江屋老板寄来了奠仪并附有这样一封信（略）。信中说是“宫内省的官员托我请令妹帮忙修补衣物，当我四处寻找令妹的下落时，警察局的人找上门来，我这才知晓此事，十分震惊”。从信上得知，曾听舍妹讲过身世的那位老板娘已经去世了，如果舍妹能够再多活一段时日，说不定已经时来运转了……虽不知凶手与舍妹有何深仇大恨才会做出如此残忍的行径，但倘若能够逮捕他，我真恨不得把他五马分尸（落泪）。

——我们家如今只有一些远亲，所以一郎的亲人就只剩下我们母女二人了。今后我会将一郎当成自己的孩子，竭尽全力将他抚养成一个优秀的人……一想到今后我要守着这两个孩子过日子，我就……（啜泣）

◆第二参考 松村松子女士（福冈市郊水茶屋　翠丝女子私塾负责人）谈话

◆同年同月四日　摘录自玄洋新报社晨报

——那位擅长刺绣的小姐来我这间翠丝女子私塾上课已经是很久之前的日俄战争时期的事了。当年我三十来岁，详细情况已经记不清了。是的，确实在这里上过课。当时她应该十七八岁，虽然尽量不引人注目，但她着实是一位娇小玲珑、朝气蓬勃的美人。她说她叫虹野汀。不，我没记错。因为这个名字很罕见，所以我记得非常清楚。而且您刚刚提到的“溃缝”这种刺绣手艺，除了虹野小姐，我就没见过第二个人会。

——我这里一幅虹野小姐的作品都没有留下。当时我还不知道这种奢侈品的价值，只觉得太费事，不实惠。唯有一次，她耗时两个月完成一幅约五寸的小方绸巾，放在我私塾的展览会上展出，因为定价高达二十日元，所以没有卖掉。如果保留至今的话，那可就不得了啦！要是当时我也跟她学学就好了。虹野小姐不但技艺精湛，还能写一手比小野鹅堂[①]的字帖还要漂亮的字，所以我经常请她帮忙写让学生用来刺绣的字。她还擅长绘画，我这儿较好的底样基本被她临摹带走了。但是，她只来了半年左右就突然消失了。什么？您问她当时看起来有怀孕的样子吗……没有，她身材娇小，如果怀孕应该很容易就能看出来……您说那个小白脸抛弃虹野小姐跑了？啊，原来是这样啊，真没想到……

——当时她居住的地方吗？不知道啊，要是知道就好了……毕竟当时来我这儿上课的学生大都是将近四十岁的大婶。嘿嘿嘿嘿嘿。什么？您说那男人杀了虹野小姐？哇，好可怕！杀掉那么漂亮的女孩，太作孽了……听您这么一说，我倒是想起来一件事。您可不能告诉其他人啊！虹野小姐非常擅长玩弄男人，甚至有两三名大学生为她失恋呢。当然，这只是谣传。当时没有人知道虹野小姐住在哪里，她有时从东边来，有时从西边来，回去的时候也一样，谁也不知道她真正的住处。我的私塾绝不接收品行不端的人，可是她的行为又没有任何值得非议之处，何况她本人还非常稳重能干。不，没有她的照片。但是，如果是当年的仇恨，那也未免太记仇了吧。呵呵……

---

① 小野鹅堂：日本近代著名书法家，其书法风格被称为“鹅堂流”。

——什么？她就是那桩有名的迷宫事件的被害者吴小姐？哎呀，这可如何是好。您是怎么知道虹野小姐就是那位吴小姐的？是吗，她曾经跟东京的包店老板娘说过自己的身世，但是没有说出男人的名字啊……啊，原来是这样啊。这件事请您务必保密。

◆附录　有关吴一郎第一次发作的事件的要点记录，均已包含在上述三项片段之中，故详细内容予以省略。只是，我认为第三参考“松村女士的片段”根本不属于“吴一郎的第一次发作”的参考范围，但是出于对制作这份记录的W氏的意见的尊重，同时也将其当作司法部门的调查方针及当时各大报纸的报道均在不知不觉中受到W氏意见影响的佐证材料，在此予以列出。

◆ W氏对于上述内容的意见摘要

我（W氏）第一次在报纸上发现有关这桩事件的报道，就立刻断定这是罕见的梦游症病例，急忙赶来调查。直方地区原本就位于筑丰煤矿的中心位置，是日本屈指可数的伤害案件多发地，因此警方的调查方针也简单粗暴。案发翌日，现场证据已然被破坏殆尽，无法进行充分的调查。然而，综合现场的情形和上述各项谈话、办案警察的记忆、坊间传闻等，对于这桩案件的特征，仍能得出以下结论：

（甲）案发现场的女子私塾内，除了吴一郎母子和学生的活动痕迹，以及用来抵住后门的直径约一寸、长约四尺一寸的竹棒因为不明原因掉落在地以外，没有找到任何凶手的指纹、足迹等，也无从判断这些痕迹是否是被人为抹除了。另外，可以推测上述竹棒所在的位置，只要从外侧用力推压门板，即可伸入手指将其挪开。但是右侧门板的边缘与竹棒接触的部分为了防止磨损和增强竹棒的支撑作用，还新包了层锌板，这反而致使只需轻微用力就能推倒竹棒。

（乙）被害者千世子在当天凌晨两点到三点间，被凶手从背后用绢制的衣带勒死。死前她曾踢散被褥，在榻榻米苦苦挣扎，留下大量痛苦的痕迹。死后凶手又将她移尸至楼梯上，再利用系在扶手上的细腰带，面朝楼梯口伪装成自缢。而且，尸体上的勒痕有两到三重，凶手在作案的过程中理应看得很清楚，但他仍然将尸体伪装成自缢身亡，这种掩盖罪行的手段乍看起来非常拙劣，实则并非如此，倘若将这种行为与凶手擦除指纹等其他行为相比较思考的话，就会发现这两种矛盾行为会令人产生一种错觉，从而达到误导侦查方向的目的，这是一种极为巧妙的手段。

另外，被害者的手部及其他部位均没有被束缚的痕迹，存在被施以轻微麻醉之嫌。

还有，当时被视为行凶工具的腰带，其后在几名警察手上辗转，已然无法获取任何与凶手相关的证据。

（丙）根据吴一郎谈话中表现出的各种预后特征可以推测，他曾被施以麻醉。

（丁）尸体在死后约四十小时，于该女子私塾后院，在舟木医师的见证下，由我（W 氏）执刀解剖，确认死者近期无性交痕迹，子宫内也只有怀过一胎的痕迹。

通过上述事实很难推定作案动机，但可推测出凶手具有相当高的学识，惯于使用麻醉剂，思维缜密，臂力过人，且希望将罪行嫁祸于吴一郎。（中略）警方的调查方针最初基于上述推定进行，吴一郎获释后又放弃该方针，转为纯粹的可能性搜查，最终一无所获，事件就此陷入迷宫，被束之高阁。

◆上述内容相关的精神科学观察

由于笔者（正木）本人并未直接参与这桩事件的调查，因而在进行专业的精神科学研究与阐释时感到些许不便。但是从W氏立足于其独特的法医学立场调查记录的该事件的各项特征来看，该事件无疑是在现代所谓的科学知识和与之相伴的所谓的常识范围内无法判断和解释的“心理遗传的发作”现象，也就是笔者所说的“没有凶手的犯罪”最明显也最贴切的案例。也就是说，本案中的所有迹象均表明W氏最初的直觉完全正确。W氏在事件后仍然没有放下对于这一点的怀疑，记录下上述珍贵的谈话内容，对于其如此周到的准备工作，本人必须率先表达敬意。

也就是说，通过上述W氏的观察与三场谈话内容，可将追查本案真相所需要的观察要点归纳如下：

【一】吴一郎的性格及其性生活

吴一郎当时是一位十六岁零四个月的少年，自小生长在以母爱为主的家庭，并表现出平时有机会接触到年轻女性的文弱聪颖且发育良好的少年常有的特征，因此可以认定其案发前已经充分的性成熟，但纯美的母爱与清晰的头脑使其品性得以净化，未曾有发泄于肉体的心理缺陷，得以保持着纯洁的童贞。他在说到自己倾听异性唱歌时会脸红，应该视为具有此种性格的当代少年的特征。另外，从其谈话中随处可见的可爱率真，以及尽管意识到自己有被认定为凶手的无法推翻的理由，却依然对自己的处境毫无恐惧感的事实等，可以推断出其心理上没有任何阴影，至今一直过着清净纯洁的童贞生活。上述对于年龄和性生活的推定，是能够对本案相关的所有精神科学观察产生影响的重要判断基础，因此特别放在文章开头，提请各位注意。

【二】诱发梦游状态的暗示

吴一郎自白，事发当夜，他凌晨一点前后醒来时，发现母亲的睡颜异常美丽，此番证言既能作为上述观察的佐证，也能够说明当晚诱使吴一郎的心理遗传发作，即产生梦游状态的暗示属于何种性质。也就是说，根据半夜清醒与性冲动达到高潮有着密切联系这一事实，再结合上述自白可以看出，当时吴一郎的精神状态正处于某种危机的最高潮。同时这一危机在其下楼小解后再次回到二楼的过程中得到显著缓解。而且，由于给他带来刺激的对象即母亲千世子已经转身背向着他，不难推断这种刺激已有了不小的幻灭，他的理智恢复正常并重新入睡。但是这种被暂时压抑住的性冲动，在吴一郎陷入熟睡状态后，立刻激发了潜在于其无意识领域的某种恐怖心理遗传，诱发梦游状态（参照后文第二次发作），最终导致上述暴行的发生。以上推断，对照以下各项理由即可逐步了解。

【三】吴一郎的第一次清醒与梦游的关系

吴一郎自述那天半夜醒来是他平时极少经历的异常事件，而这也恰好可以认定为他在其后的睡眠期间曾经进入过梦游状态的一项征兆。但是在解释理由之前必须考虑的一件事情是，顶住后门的竹棒倒在地上的声音被认为是吴一郎第一次清醒的原因。吴一郎本人也如此相信。然而这是将睡眠中的感觉作用与清醒时的知觉作用混为一谈而造成的误解，我可以毫不犹豫地说这是无比草率的判断。因为有不少案例表明，以为自己是在睡眠中听到某个声响立刻清醒的人，用清醒后的正确判断力来检验时，常常发现自己从听到声音到醒来其实经过了几分钟乃至一两个小时的睡眠。最极端的例子就是睡懒觉的人会多次对别人叫自己起床做出回应，但是很快又会再次陷入熟睡，直到日上三竿才会一跃而起，其中不少人会坚称自己今天只听到过一次叫声就醒来了，这是一个众所周知的事例。仅此一事即可充分证明，人们对在睡眠中感觉到声响到受其刺激清醒过来所经过的时间存在着严重的误判。更何况就算在梦中明显察觉到声响而清醒过来，之后经过冷静的检查却发现根本无事发生，这样的事情简直数不胜数。如此看来，认为竹棒倒地的声音和吴一郎的清醒之间存在因果关系，在进行正确的推理的过程中是极为危险的行为。可以说，将上述两种现象视为毫无关联的两个现象，才是观察本案最自然的做法。若是把这件事跟吴一郎清醒后的异常情绪直接联系起来，贸然认定有人从户外闯入，对他施以麻醉剂后行凶，我敢说这是非常冒险且不合理的。

另外，关于吴一郎误以为是竹棒倒地声的那个梦中声响究竟是什么，本来应该另行发表重要的研究资料，但是此项内容需要极为广泛的实例和极为详尽的心理学说明，故而在此予以省略，只列举两三个“在梦中感知到并不存在的声响”导致睡眠状态被打破的典型案例供诸位参考。

（a）梦中感知到的某种幻象在进行中突然发生停滞的情形……例如：在某种感情（喜怒哀乐等）急速达到高潮的一瞬间，出现物体爆炸、散落或者坠落的幻觉等。

（b）在梦进行的过程中突然陷入某种具有无限深度的空虚之中的

情形……例如：踏出世界边缘之外，或者坠入黑暗深谷的一刹那。

（c）在梦中同时进行的两种心理现象突然交叉或者发生冲突的情形……例如：背着某个人从事某项秘密工作时，突然被那个人发现的一刹那，或者正在担心轮船或汽车会撞到自己，结果它突然紧急转弯迎面冲向自己的一瞬间等。

（d）正在梦中进行的现象突然变成与预期截然相反的心理对象的情形……例如：发现好友竟然是坏人，或者同伴突然变成可怕的人，又或者舒适的室内物品、花园里赏心悦目的花等变成自己最害怕、最厌恶的形象物体的一刹那等。

根据上述事项观察可知，梦中所感知到的声响并非实际的声响。事实上，因为在梦的进行过程中突然出现的不可抗的惊愕、恐惧、喜悦及其他心境的急剧变化，与清醒时突然受到极大声响冲击时产生的心理的急剧变化非常相似，所以导致当事人产生错觉，误以为听到了某种声响。

对照上述事例分析本案，可以认为吴一郎的第一次清醒，是由于在他醒来前的那一瞬间，他的心理上充盈着达到高潮的性冲动，这种性冲动幻化成的梦与受其刺激而被唤起的象征良心冲动的某种幻象产生不可抗的交叉冲突，那一瞬间所形成的恐惧的心理状态，让他产生了听到某种声音的错觉。而如果认同这一假设，在这种性冲动的危机中醒来的吴一郎，看到其母亲的睡颜感觉到异常美丽这一事实，就是一种极为自然的心理趋向，可以说是童贞少年在春季常见的关于秘密、隐私经验的纯真、坦诚的自白，同时也更加证实了他在后来的熟睡中受到这一冲动的刺激而诱发梦游的可能性。

另外，竹棒落地这个事实会不会是他本人在梦游中受到无意识的理智驱动而采取的掩饰罪行的手段呢？多数犯下罪行或做出其他不法行为的梦游患者经常会同时做出这种行为，这种例子不胜枚举。而且大部分都如本案一样，手段拙劣到令人发笑，所以会产生上述疑问并无任何不自然之处。又或者是有人想从屋外偷偷潜入时，不小心碰倒了顶门的竹棒，正在窥伺屋内情形时，看到吴一郎下楼，便匆忙逃走，这种偶然的巧合也并非不可能。但因为警方缺乏对这些疑点的调查，因此暂时保留此推测。

【四】梦游状态发作最初的行为——勒杀

迄今为止，我们对于本案的根本性问题，也就是作案动机仍旧一无所知，无从推理。再结合 W 氏所做的“翠丝女子私塾内未发现除吴一郎母子和女学生之外的其他人的痕迹”的调查来分析，本案最简单、最有说服力的解释就是吴一郎梦游发作杀害了他的母亲，同时也能充分说明关于其他凶手的推断只不过是强行将凶手假设为第三人的一种错觉。也就是说，可以推测吴一郎压抑着上述性冲动进入熟睡后，由于这种刺激诱发了心理遗传发作，进入了梦游状态。起身之后，他遵从意识里出现的幻想（内容此时不明）欲望，拾起映入眼帘的被害者的腰带，对其幻想中的某位女性——实际上是他的母亲——实施了暴行，随后又继续进行了若干我接下来会提及的学术上罕见的奇怪梦游行为，才重新就寝。但是，上述暴行是发生在其脑髓的作用——意识的精神作用因为其熟睡而休止期间，全身细胞相互间的反射交感作用代替脑髓（主要是与交感、迷走神经联络的内脏各机关负责此项功能，肌肉、结缔组织、脂肪、血液等也参与其中，导致事后呈现出异常的疲劳状态——请参考拙作《精神病理学》）与五官直接联络，看、听、判断并付诸执行，所以清醒后的有我意识（脑髓清醒时的意识作用）中几乎没有留下任何记忆。都是因为混淆了这一点，盲目相信一切需要判断力的行动都是通过有我意识才能进行，才会产生推断上的错误，比如像上文所述那样塑造出一个假想的凶手来。可以说，以现代科学知识的发展程度而言，得出这样的结论是不可避免的事情。

顺便一提，在本案中须加以研究的吴一郎的梦游状态中，与第二次发作（参考下一段）中出现的本案的关键即心理遗传的内容有直接关系的发作行为只有“勒杀”这一点，其后的梦游则可以说是脱轨行为。但是，梦游其后的脱轨行为的真相堪称学术界罕见，在精神科学方面的研究价值非常高，而且从未发现类似的参考事例，因此虽然难免有分享这种脱轨行为之嫌，在此仍然特别予以记述，以便诸位能够彻底明白，吴一郎的梦游发作才是贯彻本案始终的主线。

【五】勒杀之后的第二段梦游——玩弄尸体

前面说到，尽管被害者在地板上痛苦挣扎的痕迹及勒杀的痕迹很明显，但是凶手仍然将尸体伪装成自缢，这种看似拙劣实则不然的掩饰罪行的手段，会令人怀疑凶手即假想的第三人智力非同寻常。这种判断看似有其合理之处，但我认为这种过度臆测并不自然。因为上述现象也可以视为一种偶发的梦游状态特有的怪异行为。以此来解释当夜发生的事情，认为吴一郎当夜做出了笔者所谓的“玩弄尸体”的行为，不仅不会令人感到丝毫的不自然，反而能够更加简单确切、不容置疑地解释上述现象。

但是，关于梦游中的“玩弄尸体”现象，自古以来就几乎不存在足以作为凭证的明确记录，仅在对这种超唯物科学现象有浓厚兴趣的拉丁民族间流传的记录，以及迷信观念根深蒂固的东方各民族间残存的传说当中偶尔能够有所发现。但是，此类记录也并非所谓的实际见闻，只不过是由一些头脑特异的僧侣、医生等人记录下来的道听途说的事例，也就是随笔的程度而已。此类记录中十有八九是利用尸体威胁他人、用电尝试让尸体动起来、假扮死人为非作歹等，除此以外还有一些误认、误传的事迹，比如获取器官用作迷信药材、掠夺陪葬品、奸尸等，因此很难通过这些资料掌握真相，这一点实在是很遗憾。

但是，这种“玩弄尸体”的事实自古以来就存在，这一点是毋庸置疑的。只要调查中国、印度、日本等国家尸神、尸鬼或者火车[①]等妖怪故事的内容，就会发现可以由自然科学、精神科学等各方面推知此类“玩弄尸体”的梦游行为只不过是一种讹传。

有关此类事实的细节，我计划日后集结成一册《妖怪篇》进行研究论证，目前正处于整理资料阶段，如果从中简单摘出部分要点的话，那就是人们倾向于认为尸神、尸鬼或者火车等妖异现象是狐、猫或鸦、枭等怪禽妖兽所为。然而事实并非如此。也就是说，根据这些传说记录等来观察“玩弄尸体”的情形时，通常第一句形容的就是静卧于棺柩中或者地板上的尸体突然站起来，在空中疾驰。接下来则是闭着眼睛、头发和双手无力垂落的死人或倒立，或翻跟头，或斜立静止，或行走、翻滚、爬行、悬吊、倒吊、螺旋下降、原地旋转、身体后折、僵直倒下、后空翻，或弹跳、翻滚落下等，如同受到什么人的操纵一样，做出各

① 火车：日本传说“百鬼夜行”记载的妖怪之一。将罪人送到地狱的火之车，在葬礼运送尸体的过程中刮起大风雨并打开棺盖把死者的尸体夺走的妖怪。

种奇形怪状的动作。但是如果冷静、仔细地观察这些描写，就会发现上述形状和动作与天真无邪的幼儿摆弄人偶、小动物或者其他与玩偶相似的物体，让其做出各种残忍的姿势动作，以此嬉戏取乐是何等相似！而且，幼儿在做这种游戏的时候，几乎忘记了是自己的手在操纵玩弄这些物品，产生了是玩偶感受到自己的意志，按照自己的喜好在变化运动的错觉，这是一种满足自己残忍兽性的心理，在我们的日常生活中也随处可见。不过，这种玩弄生物或者拟生物的心理，来自我们人类祖先在蛮荒时代征服、擒获或者击毙猎物或敌人时达到高潮的喜悦与胜利感，类似于如今的肉食禽类、兽类和虫类身上所遗传的玩弄猎物这一习性的高等变形遗传（不断欢呼着抛起敌人的首级是史实中存在的记载。而且，需要注意的是，这种玩弄拟生物的习性主要见于男性——参考拙作《心理遗传总论》中有关变形遗传的内容）。对照这一事实就会发现，这种心理遗传无疑能够诱发上述玩弄尸体的梦游行为。

接下来，如果将上述考察对照事实进行具体说明的话，首先，照顾某濒死的病人直到最后的人或者收拾尸体的人在进入睡眠后，尤其是因为照顾病人而身心疲累，或者由于某种安心导致陷入比平时更深的熟睡状态时，会由于受到尸体的强烈暗示，而诱发上文所述带有残忍性的梦游心理，取出未下葬或者刚下葬的尸体加以玩弄。其本人对自己的所作所为当然毫无记忆，即使是在有意识的半朦胧状态下，也会像幼儿玩弄人偶一样，不认为是自己动的手，而误以为是尸体自己在动作，深信自己正在做一场噩梦，在玩弄尸体之后要么将其丢弃在某处，要么丢回棺材中，自己则回去继续呼呼大睡。等到翌日早晨发现尸体有所移动或者消失不见时，会大吃一惊，将其解释为妖怪作祟，这无疑便是上述传说的由来。也就是说，只要看一下这些传说、奇闻，几乎都是在尸体旁边守灵人数较少的穷人家发生的故事，或者是以一具尸体和一位守灵者为题材的故事，就会知道引起这些妖异现象的主角并非尸体本身或者其他兽类鬼怪，而是睡在尸体旁边的人的梦游行为。这也可以证明，如今有很多人一起守灵的习俗，应该就是因为人们根据古往今来无数人的经验，在知与不知之间发现这是遏制此类妖异现象最有效的手段。另外，在死者的枕边放置刀具的习俗，应该也是认为以刀具的光芒或骇人的形状所形成的视觉刺激与暗示，能够有效破除这种梦游患者的幻觉。无论如何，按照上述思路进行观察，此类玩弄尸体的梦游状态的存在已然毋庸置疑，尤其是守灵的习俗和火葬流行起来之前，守尸体的人很多都会表现出这种梦游状态。

接下来，将上述研究考察与本案结合起来就会发现，当夜，吴一郎勒杀女性后的梦游症几乎与上述情形完全相同，而且还明显多了一些具有变态性欲内容的梦游行为的痕迹，这一点尤其值得深思玩味。也就是说，不难发现吴一郎由于自己血统中遗传下来的独特固有的变态性欲方面的“心理遗传”的梦游发作（参考下文第二次发作），首先勒杀了身为其幻想对象的异性而获得了第一阶段的满足；其后由于尸体的暗示，又转化为上文提到的一般性梦游状态，即玩弄尸体。而那些尸体痛苦挣扎的痕迹，其实有可能是吴一郎玩弄尸体留下的痕迹，或许其中也有一小部分是被害者挣扎留下的痕迹，但几乎可以忽略不计。同时，从他不厌其烦地持续玩弄尸体，并且最终达到变态性欲中最高程度的变态（参考下一项）可以看出，玩弄尸体中也包含着一种寻求变态性欲的快感的特殊意味。

【六】玩弄尸体之后的第三段梦游——自我虐杀的幻觉与自己尸体的幻视

被称为“自我虐杀的幻觉”及“自己尸体的幻视”的变态心理在非梦游的一般情况下，也属于特例中的特例，因此想要详细叙述陷入变态状态的心理过程并非易事。不过，为了作为本案的参考，在此还是做一下简要说明。性欲或者恋爱原本是指对自己以外的异性产生恋慕的心理，但是如果追溯其本原进行观察的话，无论多么忘我的恋爱或者性欲的表露，归根结底不外乎是爱惜、尊重自己的灵肉需求的本能主义或者利己心理的表现。因此，如果性欲或者恋爱受到体质、性格和境遇等的影响，始终无法得到满足，或者不知道满足的方法，又或者不知厌倦（与之相反的性欲衰退时也会导致同样的结果，不过在此予以省略），这种欲求便会攀升到极点，变得极端强烈，结果就是无法使用寻常的手段得到满足，最终导致偏离正轨，走向变态性欲的境界。如果仍未得到满足，必然会走向极端的极端，回归至恋慕自己、爱惜自己的心理本原。

首先从积极方面举个例子。一旦不知厌倦的异性爱抚欲极端化，无法从普通性交中获得满足，便会喜欢上虐待甚至虐杀异性的快感（虐待癖），甚至喜欢上尸体（恋尸癖），更进一步则会喜欢上偷窥异性肉体（偷窥癖）、喜欢上异性的形状（雕像恋）、迷恋异性的附属物（恋物癖）等。无法从异性身上直接受到刺激或感觉的时候，反而能够获得更加深刻的快感，以至于进一步追求更加异端、更加猎奇的强烈快感，最终受到人类爱惜自己的本能吸引而陷入自恋。

如果从消极方面进行观察，一旦被爱抚的欲望无法得到满足，超乎自然地高涨的话，就会转化为受虐待的欲望（受虐癖），进而发展为对异性秽物的喜爱（嗜粪癖），心甘情愿地接受异性的侮辱蔑视、嘲讽厌恶（暴露癖等）。历经这一系列过程，自然而然地陷入与前者同样的境地。由此可见，所谓的“narcissism”（自恋）就是笔者所谓的积极、消极两种变态恋爱交叉于一点的表现。

而且，这种名为“自恋”的心态中，也有积极、消极两个极端合二为一的变态心理。也就是说，对自己极端的爱抚和装扮转变为自我虐待、自我裸露或者偷窥等变态兴趣，再进而转变为自我蔑视、自我冷淡、自我嘲讽、自我厌恶或者自我恐惧等心理，更进一步还会沉溺于自我虐杀的快感或者幻视自己尸体的快感之中而无法自拔。事实上，这种心理实例极其广泛多样，并且具有普遍性。在过去的切腹、殉义、愤死等心理以及一般自杀者的遗书中所发现的梦幻般的“自我赞美”、饱含甜蜜眼泪的“自我陶醉”心理背后，大多都是这种变态心理。尤其是失恋自杀者的心理，可以说都是在追求对这种变态欲望最后且唯一的最高满足。除此以外，这种心理的特异表现还有很多，程度较轻的有抹杀丢弃自己的姓名或肖像，毫无理由地打碎镜子，主动在模拟战争或者戏剧中担任伤患、死者等角色，在各种艺术作品中对以自己为原型的人物进行残忍的描写等。程度较重的则有不留下遗书便自杀、在他人或者公众面前自杀、美化自己及环境后自杀、出于同情殉情、同性殉情以及自杀俱乐部的存在等，其欲求之多变、表现之怪异几乎令人看不出端倪。此外，这种变态欲求在人类与人类日常生活的坐卧笑谈之间，也与人类原本就有的自恋心理保持着不即不离的关系，不知不觉之间就会流露出来，这样的情况不胜枚举。因此，尽管只有这种极端的变态心理才具有极高的研究价值，但是表现出这种心理的事例却并不罕见，反而比很多中等程度的变态性欲更具普遍性，只要是具有一定自省能力的人，应该就会发现这种变态心理存在于自己心理生活的方方面面。

根据以上内容研究考察本案表现出的特征，不难推测出吴一郎在其梦游第一阶段的勒杀行为前后，认为被害者的容貌与自己酷似。同时也可以自然地推知，因为其梦游的本原——强烈迫切的性冲动无法通过梦游行为获得解除，因而在不知厌倦地玩弄尸体的过程中，无数次产生尸体的容貌与自己相似的念头，结果在自我虐杀的错觉、幻觉的吸引下，将尸体当成自己而多次勒颈，最后转移为幻视自己尸体的梦游，将以为是自己的被害者的尸体吊挂在楼梯扶手上，自己则在对面的楼梯附近直视尸体而兴奋不已。站在这个角度观察时，就能自然而清晰地解释被害者被两三次勒颈死亡后，又被伪装成自缢等本案最重要的各个特征了。本案的侦查没有留意到上述要点，而将其视为普通案件，以至于忽略了这方面相关的指纹、足迹等痕迹，因此导致这种罕见梦游特有的怪异行为的细节无从推测——又是憾事一桩。

顺便一提，我们有理由推测，推动吴一郎的梦游发作到这种程度的性冲动的最高潮状态，最终是通过幻视到自己的尸体获得解除的。吴一郎其后的梦游行为可以说都是上述梦游症的余波，也就是陷入了笔者所谓的踉跄状态。但是他在这种踉跄状态下进行的梦游行为又形成了表现在本案表面的重要但不明确的特征，所以在此另起一项进行说明。

【七】吴一郎的噩梦、口臭及其表现出来的其他梦游症特征

综合考虑吴一郎曾经做过噩梦的事实，以及清醒后感到头痛、眩晕、发冷、口臭、恶心等事实，似乎有理由怀疑他曾遭人麻醉。然而，如果从精神科学的角度观察上述事实，依照现代科学知识的发达程度，可以说这是不得已出现的错误。毕竟它只是在学理上对梦及梦游的真相进行了阐释、在常识上对其进行了理解，而这种程度的阐释和理解是无比肤浅低级的，如果以下述说明进行判断，就可以认为上述诸现象并非由于使用麻醉剂而引起，反而应该认为是“梦游症并发症”的各种特征最显著的表现。

（1）口臭等症状与辘轳首[①]的怪谈　如前所述，吴一郎清醒后感到的头痛、恶心、疲劳等都是梦游症容易引起的典型并发症。其中，我想出示一个尤其令我感兴趣的观察材料，也就是吴一郎本人所说的感到口中有不愉快的臭气这件事。关于梦游症患者的口臭及其他症状，我打算日后在《妖怪论》中详细说明，不过在此可以先披露一部分腹稿。一般而言，某个梦游症患者在发作结束前，因为受到梦游的本原即各种内在冲动的驱使，不仅不会感到任何疲劳，甚至能够以超越普通人想象的精力与耐力持续进行自己的行动，这样的事例不在少数。然而，在发作的最高潮时或者发作的主要部分过去之后，随着精神的松弛会感到异常疲劳，并且会感到异常口渴，这是必然出现的生理现象（从伴随着痛苦、呻吟等轻度梦游行为的噩梦中清醒后也会如此）。而根据这个道理，应该与本案进行比较研究的绝佳参考材料，是日本街头

① 辘轳首：日本民间传说中的一种妖怪，通常以女性形象出现，特征是脖子可以伸缩自如，类似于井边打水时控制汲水吊桶的辘轳把。

巷尾流传的辘轳首怪谈，也可以被称为拔首怪谈。

辘轳首怪谈或者绘画象征着人类的梦或者梦游心理，这一点在此应该无须赘言。同时，因为这个辘轳首有舔舐油、地下水以及其他不净之水的癖好，所以第二天早上感到口中有恶臭时，就会通过此类怪谈或者绘画加以解释。这乍看起来纯属无稽之谈，实则不然。在这个怪谈中，辘轳首的脖子会长长地伸出来，像是在舔舐什么东西，这只不过是完全不懂梦或梦游的真相而穿凿附会的一个想象。事实上，只是本人在梦游过程中受生理上的自然欲求的驱使，渴望某种液体而四处寻找并喝到口中的结果。而且，这一定是发作到最高潮之后产生的欲求，只是由于极度口渴的刺激而勉强维持着梦游状态，所以意识的清晰度会明显降低，搜索寻找的能力也会显著减弱。所以，不管找到的是何种液体，只要确定它与水类似，或者属于某种液体，就立刻一饮而尽。在梦游中即便喝下油、下水道里的污水等，自己也不会知道，到了第二天早上便会因为感到异常的口臭，或者因为喝下的东西无法消化而向家人抱怨头痛、恶心等，家人听后感到无比奇怪，再结合佛坛上或灯笼里的油减少的事实加以想象，就会怀疑该人的脖颈伸出去找东西喝了。在民智未开的过去，这种想象极为理所当然。另外，这个辘轳首，也就是梦游的主人公有两种代表，一种是平时所有的本能自我心理冲动容易压抑或者被压抑的妙龄美女，另一种是象征着作为祖先的低等动物中的 Stegocephalia（坚头类）的三眼怪物。而且它还有伸出长舌舔舐液体的动物性举动，与此相关联的各点在心理遗传学中的动物心理遗传表现方面是很好的参考材料，不过此处不做赘述。从上述角度观察时，吴一郎醒来后的口臭，并非由于吸入或注射麻醉剂所引起的嗅神经异常，也不是药剂被口腔黏膜再分泌导致的，而是当夜他曾喝下某种不是水的液体（例如香水、化妆水或者清洁用的挥发油之类的），证据就是其他病症大部分也都可以认为是这些液体的作用。但是，关于这一点的诸种调查却完全被忽视，虽说是无可奈何，但也可谓莫大的遗憾。

（2）噩梦　吴一郎在案发当天凌晨一点零五分左右醒来，之后再度就寝后所做的连续噩梦，实际上是他第二次醒来前很短的时间内看到的事物在他记忆中的停留，和普通的梦一样，与梦游内容并无直接关系，反而应该根据前后的说明来推断他在梦游过程中喝下的某种液体的影响。

【八】梦游进行的时间及其他

根据上述理由考察本案，可以推测出吴一郎当夜的梦游是在第一次和第二次清醒之间发作的。倘若被害者的死亡时间是在两点到三点之间，那么吴一郎在第二次就寝后三十分钟至一小时之后，应该就陷入了最易引起这种梦游状态的深度熟睡状态。而拂晓时分的第二次清醒，则可视为他平时清醒时的习惯性潜意识的表现。在之后的睡眠中，吴一郎才摆脱了梦游的余波或者梦游时喝下的液体的刺激引发的噩梦，进入了真正的熟睡、休息状态。这一点从其出汗现象也可以察知。

【九】关于梦游清醒后的自我认知以及双重人格的考察

吴一郎清醒后，在警察局因为弑母嫌疑而接受讯问时，曾经恍惚地说出："这么说，是我杀了家母却忘记了吗？"这句带着极端轻微疑问的自白，乍看起来似乎可以认为是他对自己的梦游留有几分记忆的重要证词。正如第四项略述的，吴一郎当夜梦游的事实，应该不存在于他有意识的记忆里，却存在于脑髓以外的细胞所形成的无意识的记忆里。比如当时极度的疲劳感，便是由于警方讯问的暗示作用而浮现在意识中的。但是，如果从另一个角度观察，也不能排除这反映了气质纯真、心思澄明、拥有极其聪颖的头脑且爱好阅读小说的吴一郎面临这种局面时产生了此类头脑特有的错觉。因此，上述疑问并不能证实吴一郎梦游行为的存在，只能当作一项补遗性质的参考记录在此。

根据上述内容，应该就能理解为什么自古以来梦游症患者会被看作拥有双重人格的人了。也就是说，遗传自世代祖先的无数记忆和包含在其血统中的不同人种、不同家系、不同个性等无数性能统一成了一个人的性格。其中一部分在其清醒时分离呈现，则形成所谓的双重人格。同样，倘若是在睡眠中表现，则是梦游症。当然，这种梦游症患者的本质带有遗传性，所以梦游症患者在梦游中犯下的罪行，很少有应该由梦游症患者本人承担责任的情况，多数应该由遗传给他梦游症的祖先及当时的社会承担责任。这点记录在此，以供对本案进行法律性考察时参考。

【十】关于吴家的血统之谜

在开头提到的四场谈话中，除了上述摘录出来的内容以外，还有不少暗示吴一郎的心理中存在这种梦游发作的遗传性因素的部分，具体如下：

（吴一郎的谈话中）他提到其母千世子是女性中少见的头脑清晰、性格要强的人。而且，尽管吴一郎辩称自己的母亲并不迷信，但是关于母子二人的宿命，或者说是命运，她却极度固执于那种极为平凡愚昧的迷信。这一事实令人怀疑她的心理中时刻存在着某种不可抗的忧郁不安。

（同上）被称为“狸穴先生”的算命先生曾说“你们遭受了什么人的诅咒”，令人怀疑他之所以这样说，是因为在与吴一郎母亲的对话中推测出了她话中所包含的某项事实。

（八代子的谈话中）八代子在直方警察局的拘留所，第一次与吴一郎见面时曾问他“你是不是做了什么梦”，对此她辩称自己是因为“曾经听说过梦游症”。但是八代子除了作为一位妇人，尤其是一介农家主妇的基本素养之外，本不应具有任何高等学识。在面对这样的非常事件时，仅仅是考虑到如此超越常识的高等精神科学现象的存在，就已经称得上不可思议了，更何况她还敢于实践这种想法，并试图直接抓住事件背后的真相，着实令人震惊。就算这位妇人极其聪慧，且拥有果决的判断力，还是难免令人感觉不自然。只是，如果这位妇人长期被某种痛切的事情所迫，很注意此类问题，对于与这类事实相关的传闻或者说明倾注了极为敏锐的注意力的话，那么在这个时刻提出这种问题，就没有任何不自然之处了。

（同上）该妇人曾说在侄滨的老家近亲很少。乡下的富庶人家往往是这类血缘上孤立的家庭。孤立的原因大多是在家世或血统方面素有恶评，或者因为某种令人忌讳的遗传因素，附近的人不愿与其缔结姻亲关系，吴家有可能也是这种情况。

（同上）尽管她反复强调，妹妹千世子离家出走的原因是外出学习刺绣和绘画，但如果对照前项疑点，这句话应该另有他意。也就是说，千世子有可能是预感到自己和姐姐住在同一个家中注定无法结婚，才离开家的，也有可能是为了在他乡留下吴家的血脉，与姐姐达成默契后离家的。也因此，姐姐对于寻找她的行踪，态度并不是那么积极。而且，根据姐妹两人都是罕见的好强性格来推断，也不难想象两人之间会达成这种默契。

（松村松子女士的谈话中）综合考虑她所说的“听说千世子非常擅于玩弄男人”的事实和上述疑问，完全可以窥探出背负此种事情离家出走的千世子其后的行动。

通过上述各项疑点，可以看出从本案发生之初便已充分暗示，侄滨的吴家自古以来就存在极为恐怖的血统，而拥有吴家最后血统的八代子和千世子两姐妹非常清楚这件事。

【十一】剩下的就是，本案中吴一郎的梦游发作是“受何种心理遗传的何种程度的表露而发生的”这一问题

也就是说，在这第一次发作中，可视为梦游直接诱因的有形暗示非常简单，不过是“一名女性的美丽睡颜”。并且该刺激的来源是异性诱惑力最少的母亲，由此可以推知吴家固有的惊人心理遗传的暗示程度也相当浅。因此，其梦游行为的内容中与吴家固有的心理遗传的内容（参考下一段）一致的也只有“勒杀”一事而已。其后就由于受到尸体及其容貌的暗示而进入脱轨式的梦游行为，没有显现出更多心理遗传的内容。

而与上述各项相关的一切根本性疑问，要在本案发生约两年后，通过接下来要提到的第二次发作中出现的各种情形，才能彻底揭明。

第二次发作

◆第一参考　户仓仙五郎的谈话

▲听取日期　大正十五年四月二十六日（也就是侄滨新娘命案发生当日）下午一点左右。

▲听取地点　福冈县早良郡侄滨町二四二七番地，谈话人家中。

▲列席人员　户仓仙五郎（吴八代子长期雇用的农夫，当时五十五岁），谈话人妻儿，以及我（W 氏）。

【注意】谈话中方言甚多，故尽可能以标准语记录。

——是啊，真是没见过这么可怕的事。当时从梯子顶上跌下来撞到腰，直到现在都疼，连小便都要爬着去解，这条命差点儿没了。不过，今天早上用烤茄子下酒，再像这样把捣烂的鲫鱼贴上，现在感觉疼痛已经缓解了很多。

——吴家号称千代米仓，是本地富甲一方的大农户。另外从养蚕到养鸡，一切都由寡居的八代子夫人独自经营，家产日益丰厚，不知道有几十万还是几百万，总之很了不起。学校是自己建造，寺院也是祖先所建，继承家产的少爷（吴一郎）可以说是最幸福的人了，真没想到会发生这样的事……

——少爷为人温和，沉默寡言。自从来到这里后，就总是坐在内厅用功读书，对下人和邻居也从不摆架子，口碑非常好。而且之前说到吴家人，只有寡居的八代子夫人和十七岁的女儿茂代子小姐两个人，家里总是令人感觉阴沉沉的。但是自从前年春天少爷来到这里，真是奇怪，家中仿佛突然有了生气，连我们这些下人干起活儿来也更有劲了……后来，到了今年春天，少爷以第一名的成绩从福冈的高中毕业，又以第一名的成绩考上了福冈的大学。为了庆祝少爷升学，夫人打算为他和茂代子小姐举行婚礼。整个吴家都沉浸在喜气洋洋的气氛中……

——但是，就在昨天（四月二十五日），据说在一个叫“福冈因幡町纪念馆”的大型西式建筑物中要举行高中生英语演讲会，届时少爷要代表全体毕业生第一个发表演讲。在少爷穿着高中制服准备出门时，八代子夫人叫住他，让他换上大学的新制服再去。当时少爷苦笑着怎么都不肯换，说还不到穿大学生制服的时候，试图逃出门去。可是八代子夫人还是强行让他换上了，一边目送他出门，一边开心地抹眼泪。当时的情景至今还历历在目，现在回忆起来，那可能是少爷最后一次穿大学制服吧。

——第二天，也就是今天，就是我刚刚提到的少爷和茂代子小姐喜结连理的日子，所以我们前天就住到吴家帮忙了。茂代子小姐也梳着高岛田发髻[①]，身穿草绿色振袖和服，用红色袖带把袖子绑起来，跟大家一起忙活。大家都称赞她的绝世姿色，把祖先六美女小姐的画像都给比了下去。更何况她气质柔和，完全就是摇篮曲中形容的“千金容貌，千金气质，再觅个千金夫婿”。再说到少爷，虽然才二十岁，但无论是通晓事理还是待人接物，就连快三十岁的人都比不上他。尤其是他的相貌，您也见到了，丝毫不逊色于王侯公卿，品行又端正，大家都说这样般配的夫妇在博多再也找不出第二对了……在筹备婚礼的过程中，吴家不惜重金，少爷又是入赘，所以夫人甚至腾出宅地旁边的一块农田，盖了一栋豪华的别院。除此以外，婚礼和服是找福冈最有名的京屋和服店定做的，婚礼上的饭菜也是从昨天开始，就由福冈最有名的鱼吉饭陆续送来，进进出出很是热闹。夫人的大方劲儿真是不得了。

① 高岛田发髻：日本传统发型，原是江户时代武家姑娘的标准发型，后演变为新娘发型。

——但是，少爷昨天出门前说他在演讲会上的任务很简单，两点前肯定能回家。可是大家忙到三点，仍然不见他回来。少爷一贯不会在这样的事情上出差错，所以我对年长的雇工们提出了自己的疑虑，但他们都只是说“八成是演讲会的时间推迟了吧”，压根儿没有放在心上。可是因为之前从未发生过这种事，今天又是这样重要的日子，我还是担心不已，只是后来忙起来就没顾上多想。没多久，晴朗的天空忽然阴云密布，春季漫长的白天顷刻间变得像傍晚般昏暗。这时，明天就要成为岳母的八代子夫人似乎也想起了少爷，擦着湿了的手把我叫到一边，悄悄拜托我说：“都二十岁的人了，应该不会出什么岔子，但是现在都没有回来，怪让人担心的，你能去那边看看吗？”我也正好有这个想法，于是匆匆放下修理蒸笼的活儿，抽了袋烟就穿着草鞋出门了。当时应该是四点左右吧，我搭乘轻铁[①]来到西新町，在今川桥的电车终点站又顺路拐到我弟弟开的小饭馆，问他：“有没有看到我家少爷？”弟弟和弟媳说：“啊……你家少爷啊，大概两个小时前他经过这里，没有坐车，步行向西走了。第一次见到他穿大学制服，我们两个都到外面目送他好久，真是位好女婿啊！”

——少爷一向讨厌轻铁的煤烟味，上高中时他也以运动为由，每天从侄滨沿着农田步行去学校。但是即便如此，从今川桥到侄滨也不过一里的路程，根本用不了两个小时……我忧心忡忡地往回走。应该是四点半左右吧，我沿着国道旁边的轨道往前走，刚好在距离侄滨很近的路边，海岸边的山脚下有一座石材切割厂。那里切割的石头被称

① 轻铁：全称为“轻便铁道”，日本明治到昭和时代于全国各地兴建的小规模铁道，多使用小型车辆。

为侄滨石，是一种柔软的黑色石头。您回去时看看便知，不管是从福冈来还是从这里去往福冈，那里都是必经之路……石材切割厂内的石头如屏风般矗立，在血红残阳照射下的背阴处，我似乎看到一个头戴方帽、身穿制服的身影在晃动。

——虽然我的眼神不济，但我觉得那就是我家少爷。走近一瞧，果然不出我所料。他坐在高大的岩石背后，正在看一幅像是卷轴的东西。我沿着堆在那里的石材爬上去，正好爬到少爷的头顶，悄悄地伸出头一看，那应该是一幅长卷轴的中间位置。奇怪的是，那只是一张普通的白纸，上面看起来空无一字。但是少爷的眼睛却仿佛看到了什么似的，只是专注地盯着那片空白。

——我以前就听说过，吴家有一幅会作祟的画卷。但那已经是很久以前的事了，如今这个世界上不可能还有这种事。就算有，我想也只是谣传，我做梦也没想到少爷手上拿的就是那幅传说中会作祟的画卷。我还以为是我眼神不济呢，就努力不让少爷察觉，尽可能把脸凑近，但是白纸还是白纸，无论我怎么揉眼睛，都看不见上面有任何东西。

——我感到非常不可思议，想问问少爷到底在看什么，就赶快跳下岩石，故意绕了一圈来到少爷面前。少爷似乎没有发现我走近，双手捧着打开一半的画卷，神情恍惚地望着西边火红的天空，也不知在想些什么。于是我清了一下嗓子，喊了他一声："喂，少爷。"他好像吓了一跳，仔细打量完我的脸，才像是刚看到我一样笑着说："啊，是仙五郎啊。你怎么跑这儿来了？"说着转过身去，将手中的画卷卷回去，又用系绳一圈圈缠好。我当时只是以为少爷在思考某件无比重要的事情，所以没有放在心上，告诉他八代子夫人很担心他，又指着他手中的画卷问他："那是什么画卷啊？"少爷不知何时又转身望向背振山的方向，像是在思考什么似的。听到我发问，他又吃了一惊，看看我又看看画卷，说："这个啊，这是我接下来必须完成的画卷，是一完成就必须献给天子的贵重之物，不能被别人看到。"说着，他便将它放到了外套底下的制服口袋里。

——我越发感到莫名其妙了，问他："可是，那上面写了什么吗……"闻言，少爷脸颊微红，苦笑着回答："马上就会知道了，里面写着很有趣的故事，画着很恐怖的画。那个人说这是我们举行婚礼前一定要看的东西……马上就会知道了……马上就会知道了……"我似懂非懂，感觉很奇怪，但我注意到少爷有些魂不守舍，跟他平时的状态很不一样，于是便有些执拗地再次问他："那么，是谁给了您那个东西呢？"少爷再度紧盯我的脸，凝视良久，才仿佛回过神来似的瞪大眼睛，眨了两三下眼睛，似乎在想着什么，眼中含泪哽咽着回答："给我这个的人啊……他是先母的朋友，是来把先母秘密寄放在他那儿的画卷还给我的。他只对我说不久我们肯定还会见面，到时候再告诉我他的姓名，就走远了。不过，我很清楚他是谁，只是现在还不能说，不能说。你也不能把这件事告诉别人，知道了吗？好了，我们走吧。"说着，少爷突然慌张起来，在石头上跳跃着来到马路上，在我前面急匆匆地往前走，那脚步之快啊……就仿佛是被什么东西附身了一样，与平时截然不同。现在想来，当时就已经多少有些奇怪的征兆了……

——少爷一回到家，就对八代子夫人说："我回来了……对不起，回来这么晚。"八代子夫人问他："遇上仙五郎了吗？"他回答："嗯，在石材切割厂遇上了，我们刚刚从那里回来。"说完，他指了指跟在后面进来的我，匆匆走向别院。八代子夫人似乎松了口气，什么话也没有问我，只对我说了声“辛苦了”，就对正在一旁摆放并擦拭碗筷的茂代子小姐使了使眼色。茂代子小姐在众人的注视下，羞涩地站起身来，提着水壶跟在少爷身后走向别院。

——还有一件事，我后来才明白其中的原因，那是天黑之前发生的一件怪事……把少爷接回来之后，我在后门的栀子树下铺上草席，叼着烟袋继续修补刚刚没修好的蒸笼，从那里透过栀子树枝，可以从正面看到别院客厅里的情况。我不经意地望向那边时，看到少爷在别院客厅桌前换上了和服，正喝着茂代子小姐为他沏的茶，似乎在对她说着什么话……因为隔着玻璃防雨窗，所以听不到声音，但他一反常态，脸色苍白，眉毛微微抖动，仿佛是在责骂茂代子小姐。但是仔细一看，好像又并非如此。他的谈话对象茂代子小姐坐在他面前为他叠着制服，红着脸微笑，还不住摇头，当真是一个奇怪的景象。

——但是，看到小姐那副样子，少爷的脸色却越发苍白，他突然膝行到茂代子小姐面前，指着那三间并排的、我这里也能看到的仓库的方向，一只手搭在茂代子小姐的肩膀上晃了两三下。刚才一直满面通红、缩着身子的茂代子小姐这才抬起头来，和少爷一起看向仓库的方向，不久，流露出不知是喜还是悲的神色，梳着娇俏的岛田髻的头微微点了一下，脸红到了脖子根，随即又颓然地垂下了头……那种情景，让我感觉自己好像在看一场新派戏剧……

——这时，一直注视着茂代子小姐等着她表态的少爷仍把手搭在茂代子小姐的肩膀上，微微弯着腰，隔着玻璃防雨窗仔细观察四周，不久又仰望屋檐前的那方昏暗天空，像是想到什么似的露出洁白的牙齿笑了。接着他伸出鲜红的舌头，不停地舔嘴唇，那森冷的笑容实在瘆人，让我不由得毛骨悚然……但是，我做梦也没想到这竟是发生那种事的前兆，只是在想，有学问的人是不是都会有这种奇怪的举止？后来一忙起来，也就忘记了这件事……

——接下来是昨天晚上，等到家里的人都睡熟时，大概已经凌晨两点了吧。新娘茂代子小姐和母亲八代子夫人睡在正房的内侧房间……新郎少爷和代表他家长的我则睡在别院的地板上。不过，我十二点多才去洗澡，关好别院的门窗，比少爷晚了很久才在他隔壁的客厅地板上睡下。但是由于上了年纪，今天早上天还没亮，我就醒了，想去上厕所。我借着两扇玻璃防雨窗的光线来到少爷房前的檐廊上，发现那里崭新的纸拉门有一扇开着，再前面的玻璃防雨窗也有一扇开着。我往房间内一瞧，发现少爷不在被窝里……我觉得很奇怪，心里惴惴不安，但因为外面下着小雨，我就去新厨房的入口拿来自己的木屐，沿着地上铺的踏脚石向正房走去。内侧房间开着一扇门，门前隐约能看到沾有一些泥沙的木屐的痕迹。我站在那里又想了一会儿，才毅然脱掉木屐，蹑手蹑脚地沿着走廊来到内侧房间的玻璃门前，偷偷往房内看去。昏暗的灯光下，八代子夫人一只手伸出棉被外睡得正香，旁边茂代子小姐的被窝却空空如也，被褥叠放在脚边的位置，只有绯红色的高枕放在床铺的正中央。

——这时，我才想起前一天傍晚看到的事情，总算松了口气，暗想："什么嘛，原来是这么回事儿啊，那就没什么好担心的啦。"但我转念又想，如果只是这么回事儿倒也没什么，但这实在不像是少爷能做出来的事儿啊。于是，我的心里又开始发慌。这可能就是所谓的第六感吧……总而言之，我不想因为自己的疏忽造成遗憾，就趁着大家还没起床，把八代子夫人叫醒，指着茂代子小姐的床铺说明了事情的经过。本来正在揉眼睛的八代子夫人陡然一惊，猛然在床铺上坐了起来，出其不意地问了我一个问题：“最近你见过一郎拿着类似画卷的什么东西吗？”我当时还没有领悟过来，回答她：“见过，昨天在石材切割厂遇见少爷的时候，他正在看一幅莫名其妙的空白长画卷……”闻言，八代子夫人面色骤变，那副神情我至今都忘不掉……“又出现了吗？”她声音嘶哑地说完，用力咬住嘴唇，双手紧握，浑身不住地颤抖，眼角向上吊起，看起来无比愤怒。我虽然不知道怎么回事儿，但也吓破了胆，一屁股坐到地上，呆呆地看着她。没多久，八代子夫人的情绪平复了下来，用衣袖拭去不停涌出的眼泪，露出又哭又笑的表情说：“不不，可能是我想错了，也可能是你看错了，总之你先去找找他们。”随后她站起身来，已经恢复了平日的风范，率先走下檐廊。但事实上她应该非常慌张，连鞋也没穿就往大门口走去。我也慌忙穿上木屐，紧跟在她后面。

——小雨这个时候已经停了，我们很快就来到别院前……也就是从这里也能看到的最右侧的三号仓库前，我发现仓库朝北的铜皮窗敞开着，便拉住走在前面的八代子夫人，指给她看。后来回想起来，这间三号仓库在麦收前都是空着的，各种农具存放在这里，家里人进出频繁，年轻人不小心忘记关窗的事情时有发生，当时说不定也是这种情况。本来不应该感到奇怪，但是大概是想起了白天的事，我不由自主地心中一惊，停下脚步……这时，八代子夫人也点了点头，绕到仓库门前。不知道是不是有人在里面动了手脚，仓库门怎么推都推不动。

于是，八代子夫人又点点头，亲自拿来靠在旁边正房裙板上两米半左右的梯子，轻轻搭在仓库窗户下面，打手势让我爬上去看看，她当时的神情很不寻常。我仰头望着那扇窗户，发现里面似乎有灯火晃动。

——您也知道，我的胆子非常小，所以当时实在不愿上去，但是八代子夫人当时的脸色相当难看，我只好脱下木屐，撩起后襟爬上梯子，双手扒在窗户边上悄悄往里面看去……这一看可不得了，我不禁双腿脱力，甚至无法从梯子上下来，扒在窗户边缘的双手也完全没了力气，直接从梯子上摔了下来，腰部受到猛烈的撞击，站也站不起来，跑也没办法跑。

——是的，当时我从窗户中看到的景象，恐怕这辈子都忘不掉。只见堆放在仓库二楼角落里的空草包在地板的正中间铺成四方形床铺的样子，上面摊开放着茂代子小姐华丽的睡衣和红色衬裙。梳着水滴状高岛田发髻的茂代子小姐的尸体一丝不挂地仰躺在上面，前方摆着原本摆在正房客厅中的旧经桌。经桌左侧立着家里供奉佛像用的黄铜烛台，上面插着一根正在燃烧的大蜡烛，右侧似乎摆放的是学生用的画具、画笔之类的东西，但是详细情况我就记不太清了。少爷坐在正中央，面前平整地摊放着昨天我在石材切割厂见到的那幅长画卷……是的……绝对没错。确实是我昨天见过的画卷，边缘的锦缎图案和画轴的颜色我都记得。上面还是空无一字，就是一张白纸……是的……少爷端端正正地坐在那幅画卷前方，身上整整齐齐地穿着白底碎花棉布睡衣。也不知道他是怎么发现我的，他静静地转向我，微微一笑，左右摆了摆手，似乎在说："你不能看。"当然，我现在说的这些都是事后才想起来的，当时我如同触电一般僵在那里，连自己发出什么样的声音都不知道了，一切都像是在梦中。

——八代子夫人当时扶起我，好像还问了什么问题，但我不记得自己有没有回答了，只记得自己似乎指着仓库的窗户说过些什么……八代子夫人似乎明白了些什么，重新扶起倒在地上的梯子，自己爬了上去。我试图阻止她，但是腰疼得直不起来，牙齿打战，话也说不出来，只能用双手撑在背后冰冷的地面上，抬头望着上面。只见八代子夫人撩起前襟很快就爬上了梯子，手扒在窗户边上，和我之前一样，静静地向里面望去。八代子夫人当时的胆识，令我现在想起来都忍不住汗毛倒竖。

——八代子夫人从窗口仔细环视里面的情景，用镇静的声音问："你在那里做什么？"这时，我清楚地听到里面传来了少爷跟平常一样冷静的嗓音："母亲……请稍等，很快就要腐烂了……"周围一片死寂……八代子夫人沉思片刻，说道："不会那么快就腐烂的。天已经亮了，你赶紧下来吃饭吧。"里面传来一声"好的"。少爷好像站了起来，映在窗边的火光忽然暗了下来……不过，这是女儿的尸体摆在眼前的母亲能够说出来的话吗？随后，八代子夫人迅速从梯子上下来，边吩咐我"找大夫，找大夫"，边跑到仓库门前……令人惭愧的是，我当时完全搞不清楚状况，即便明白，也全身虚脱，根本没办法去找大夫。过度的恐惧令我坐立难安，只能不停地发抖。

——这时，仓库的门开了，少爷一只手拿着钥匙，穿着庭院木屐走了出来，看到我们时微微一笑，但眼神已经跟平时截然不同。焦急等在那里的八代子夫人轻轻地从他手中拿走钥匙，哄他似的在他耳边低声说了两三句话，迅速拉住他的手，将他带到别院，让他躺下。这一切我都看得一清二楚。

——接着八代子夫人折返回来，爬上仓库二楼偷偷摸摸地不知在做些什么。在此期间只剩下我一个人，我害怕得魂不守舍，于是爬到仓库后面的木门处，扶着那边的一棵柚子树勉强站了起来。这时，我在树荫下听到头顶传来仓库的铜皮窗户关闭的声音，又吓了一跳，忙回过头去，这次又听见了仓库门上锁的声音。没多久，八代子夫人左手紧紧攥着那幅画卷，披头散发地光着脚跑向别院。她就那么双脚沾满泥地从檐廊跑进屋内，一把拽起刚刚入睡的少爷，指着那幅画卷，带着可怕的神情责问着什么。此时天色已亮，屋内的情景我透过玻璃窗看得一清二楚。

——我看到少爷当时指着昨天的石材切割厂方向，一会儿摇头，一会儿做着奇怪的手势和动作，拼命地说着什么。他的话我听不太清楚，又都是些莫名其妙的话，我实在听不懂。只听到他重复了好多次"为了天子""为了人民"之类的话。八代子夫人瞪大眼睛，边点头边听他说。不久，少爷忽然噤声，死死盯着八代子夫人手上的画卷，然后一把抢过去塞进自己的怀中。八代子夫人马上硬抢了回来。事后回想起来，这么做好像不太明智……画卷被抢走，少爷似乎有些沮丧，他张大嘴巴，死盯着八代子夫人的脸，表情阴森可怖……连八代子夫人也被吓到了，后退了几步，转身欲走。少爷却迅速拉住八代子夫人的衣袖，一下子将她拖倒在榻榻米上，还是死盯着她的脸，随即似乎很高兴地眯起眼睛笑了。

——看到那张脸，我就像被当头浇了盆冷水似的打了个寒战。八代子夫人看起来也很害怕，她用力甩开少爷，想要离开。可是少爷一下子站起来，从背后抓住快要跑下檐廊的八代子夫人的头发，直接将她从檐廊拖拽到了庭院里，然后微笑着拿起旁边的木屐，不断敲打八代子夫人的头，神情看起来颇为愉快。转眼间，八代子夫人便面如死灰，头发凌乱，脸上流血不止，在地上爬行并不断发出惨叫……见到这幅景象，我吓破了胆，极力控制住发抖的膝盖，扶着腰跑回家中，对妻子说“找大夫，找大夫”，随即便钻进被窝中瑟瑟发抖。不久宗近大夫困惑地来到我家，我告诉他“是吴家，是吴家”，催着他赶快过去。

——我见到的就只有这些……是，全部都是事实，绝无虚言。事后听说，有两三个年轻人被八代子夫人的惨叫惊醒，赶过去抓住了少爷，并用细绳将他绑住。但那时的少爷蛮劲非常大，三五个人根本按不住他，细绳都被他挣断了两次。后来好不容易制服了他，将他绑到了别院的梁柱上。少爷似乎也累了，就那样昏睡了过去。奇怪的是，不久后醒来时，少爷仿佛又变成了另一个人，警方问他话时，他也只是茫然地环视四周，一言不发……听八代子夫人说，之前在直方警察局时，他也犯过这种病，当时经过大学教授的调查，发现他是被别人给麻醉了，后来完全没问题了，才把他带回这边来的。血统这东西真可怕，看他这次的情形，我觉得肯定是那幅画卷在作祟。

——不过，画卷作祟之事已经很久没有出现过了，所以连我们也不清楚是怎么回事……据说那幅画卷原本藏在对面如月寺——从这里能看到屋顶——的佛像肚子里。听说具有吴家血统的男性，只要看过那幅画卷，就必定会发疯。一见到女性，母亲也好，姐妹也好，甚至是陌生人，都会将其杀死。有人说那座寺院中有写明其缘由之物，也有人说没有……那幅画卷为什么会落到少爷手中，只能用不可思议来形容……是，如月寺现在的住持是法伦大师，听说他是与博多的圣福寺大师齐名的高僧，所以我想他应该了解这件事的前因后果……是，年事已经相当高了，身形清瘦如同仙鹤，白眉白须，看起来是位慈眉善目的高僧。如果您有需要，不妨去问问他这件事，我让我家老婆子带您过去……

——是，听说八代子夫人现在处于半疯状态，加上脚部扭伤，正在卧床。虽然头部的伤势并不严重，但是说话颠三倒四，没有任何逻辑可言。我因为腰部受伤，还没有去探望过她……

——听说有人认为是因为我没有及时去找宗近（大夫的姓），才没有救回茂代子小姐，但这是不可能的。宗近大夫来帮我诊疗腰伤时说，茂代子小姐被勒杀的时间是今天凌晨三点到四点之间，根据蜡烛的燃烧状况，应该也是在这个时间……是，剩下的事就都如我刚刚所说。只要八代子夫人恢复正常，应该一切就会真相大白。不过，正如我刚才所言，她现在不是在埋怨少爷，就是在念叨“你快点清醒过来，我能依靠的人就只有你了”之类的梦话，不知道能否恢复正常。

——直到现在还没有一个警察找过我……因为最先发现这场骚乱的只有听到八代子夫人的尖叫声赶过来的年轻人，他们当天晚上住在这里。警方详细问过他们后来的情形就回去了……我也一直很小心，生怕自己遭到怀疑，因此请求宗近大夫替我保密。幸好当时一片混乱，没人知道是谁去请宗近大夫的，所以当教授您突然来询问我这件事的时候，我真的吓了一跳。是的，我没有任何隐瞒。如果可以的话，能不能借助您的力量，让警察不要来找我？您也看到了，我腰部有伤，而且性格胆小，只是听到“警察”两个字就会浑身发抖……

◆第二参考　青黛山如月寺缘起（开山一行上人手记）

附注：该寺位于侄滨町二十四番地，为吴家四十九代祖先虹汀氏所建。

晨镂金光满目雪，夕化浊水落河海。今宵银烛列荣花，晓作尘芥委泥土。三界波上纹，一生空里虹。一旦结恶因，念念不可解。生则坠地狱之变，显现叫唤鬼畜之相。死则传恶果于子孙，凌受业报永劫之苛责。其惧怖苦痛无可比拟。

观此因果，如是究其本来之理趣，断证根源，转菩提心，起一宇伽蓝，恭奉佛祖智慧，一念称名[①]，成人天共敬之清净道场。若问其缘起，须溯至庆安时期，山城国京洛祇园精舍附近，贵贱群集的巷中有一间开设多年的美登利茶铺，其精选的宇治茗茶每年都会上供天子，名曰“玉露”，芳香天下闻名。家主名叫坪右卫门，育有一子三女。其子名叫坪太郎，坪右卫门对他宠爱有加。然此子生来不好生意之道，自幼拜师宇治黄檗的僧人隐元禅师，学识过人，兼学柳生剑法，旁涉土佐派[②]绘画，俳风受芭蕉影响而自成一派。成年后号空坪，乐在山水之间，而无继承家嗣之志，然因家中无其他男嗣，故常被催促娶妻生子。虽以学业未成为由坚决推辞，仍旧难脱其扰。终于，隐元禅师应其父坪右卫门之请前来谕示，期望令他回心转意。孰料他于自家门上张贴一句“年至二十五，不闻子规啼”便出家为僧，只持一钵一杖，西行寻访名胜古迹，将近一年后，由长崎路进入肥前唐津。当时乃延宝二

① 称名：念诵佛祖之名。

② 土佐派：日本画派，该画派树立了大和绘的传统，由藤原行光开创，土佐光信发扬光大。

年（1674年）春四月末，空坪二十六岁。

空坪四处赏玩此地胜景，因虹之松原改名虹汀，并选取八景铺展纸笔，亲自起版描绘江湖之景，在此逗留半载有余。某日适逢晚秋月圆，受诱而出，登虹之松原。银波、银砂之上排排千古名松，清辉里尽展风姿，宛如名家墨技自带天籁。行约一里，过渔村滨崎而仍未尽兴，继续逐流霜半里而至夷之岬，倚岩角遥望湾内风光，数雁影直至半宵。

此时，一名年方十八有余的女子，摆荡着华丽衣袖，挪动白皙小脚，不惧疼痛越过荒矶叠岩，来到虹汀身旁，浑然不知有人在看，面朝西方双手合掌，凝神祈念良久，然后拭泪揽袖，意图投海。虹汀骇然奔前将其抱住，伴其行至附近松原沙清处，询问事情缘由。起初少女只是啜泣不止，久久才开口倾诉："我是这滨崎某吴姓家中的独生女，名叫六美女。家中世代在此为官，尽享荣华富贵，但是盈满则亏乃世间常理。也许是恐怖的因缘，我家自古就有精神错乱之血统，如今唯剩我一人，凄惨苟活于世。

"若问缘由，是因为我家有一幅祖传的画卷，其上描绘的是一位美妇的裸像。据说是吴家的某位祖先因与心爱的夫人死别，悲痛之下以丹青精心描绘其尸体形貌，寄望在这电光朝露之世间聊作纪念。却不知何故，刚开始绘制，尸骸便急速腐烂，画作尚未完成一半，尸骸早已化作白骨。那位祖先悲痛万分，终至癫狂，夫人之妹虽然尽心照顾，那位祖先终究还是追随夫人，步入黄泉。当时，夫人之妹腹中已怀有该狂人之子，且已近临盆，同样伤心欲绝，险些丧命，所幸最终保住了这条性命。

"正好此时筑前太宰府观世音寺奉修佛像，自京师来了一位监修的客僧名唤胜空。奉修之事完成回京之际，行至此地，听闻此事后深觉不忍，遂止住锡杖于我家，观看此画卷，于佛前接引结缘，虔诚诵经供养后，砍伐后院的大旃檀树，选其红色纹理树干，亲手雕刻弥勒菩萨坐像，将画卷藏入其腹中，供奉于我家佛堂正位，严令日后只有家中女眷可到佛堂祭拜及观看画卷，所有男子则不得靠近。

“其后，该狂人的遗腹子顺利诞生，是个如珠似玉的男孩。及长，娶妻继承吴家，谨守胜空上人之训诫，严禁外人靠近佛堂。一切净水香花的供养，皆由其妻独自完成，一心一意祈求现世的安稳与后代的善果。然而，也许是承袭狂人血统之故，该男子壮年相继育有几名子女后，又遭逢妻子早逝，以致精神错乱。其后的历代男子中，也总会出现一两位精神狂乱者，其病态非同寻常。有人杀死女人，有人则用锄锹挖掘女人的新坟，尽是不安事态。如有人制止，则不仅会击杀伤害制止之人，还有可能咬舌自尽或上吊自尽。代代如此，实在恐怖至极。

“似此，见者闻者人人恐惧自危，远近相传吴家男子见到那幅画卷便会遭遇邪祟，不洁的女子接近那尊佛像也会遭遇不测，故而不愿与吴家结亲，吴家血统数度几近断绝，只能以金钱相诱，或从外地寻找不知情者，来勉强维持血脉。及至近年，就连下贱乞丐听闻要与吴家结亲，都舌头打结身体打战，如今吴家唯余我一人。我的两位兄长此前也相继发狂，长兄挖掘附近的坟墓，次兄用石块打我，尽做一些骇然之事，最终相继早逝。闲言碎语甚嚣尘上之际，家中用人也陆续请辞，就连常年侍候我的人，见到我也唯余叹息。听我倾诉者已一个也没有，实在凄凉寂寞至极。

“就在此时，唐津藩的家老云景某某听闻此事，表示要将其三子喜三郎许我为婿，以继承家业。用人侍女得知后均兴高采烈，表示如此喜事实属难得，吴家一反常态，沉浸在喜气洋洋之中。其中唯有一位从小照顾我的乳母不仅面无喜色，还明显面露愁容。细问其缘由，她叹息着表示这绝非值得喜悦之事。她从云井宅邸做事之人口中得知，这位喜三郎是云井家老的庶子，长于剑术，是藩内数一数二的高手，可是自年轻时便行为不端，不仅跟随长崎当值之人到他的属地，与丸山的妓女厮混，还结交不良之辈，四处砸场，敲诈勒索青楼妓院，以致声名狼藉，无处容身，这才灰溜溜返回故乡。但是，藩中世家非但无人敢把女儿嫁给他，还畏之如蛇蝎，因为听闻我家的情况，才决定让他成为我的丈夫。不仅如此，他们还心怀不轨，欲等事成之后，凭借家老权势吞并吴家的财产。说是命运也好，身不由己也罢，一想到日后将要承担的痛苦，我就不禁头晕目眩，意志消沉，终日以泪洗面。虽仓皇无措，但我身为弱质女流，也无从查证，只能在百般愁绪之中，等待秋后举行婚礼。今夜，那位云井喜三郎未带一名随从，也未穿和服礼装，出人意料地孤身来到我家。

“众人慌忙将其迎入后面客厅，端上酒肴，我也重新化妆，前往陪坐。只见他半张面孔被烧烂，面如土色，另外半张面孔则没有眉毛，眼珠全白，嘴唇歪斜，诚如恶鬼一般。不知在何处吃过酒宴，满身酒气。我强忍住恶心，骇得浑身颤抖。好不容易才克制住恐惧，战战兢兢地为他斟酒。可是没喝几杯，他就突然抓住我的手，我不由自主地往回缩，杯中酒洒落到他的膝盖上。他突然发起酒疯，乳母拼命拉住他，他却立刻拔刀砍向乳母。我趁乱逃出，好不容易才来到此处，想到我家的种种不祥，又想到自己的不幸，唯有一死了之。正要自尽之时，被你拦下。如此一来，我只好出家为尼。虽不知你是何方人士，但请你大发慈悲，为我指一条明路吧。”说完，她伏在砂地上低声啜泣。

虹汀听完，沉吟良久，随后扶起少女，说道：“好吧，我尽力而为。你先不要叹息，待我看过那幅画卷之后，自会让你了解其中因果。”说罢拉起六美女的手，想要带她离去。正在此时，松树后突然出现半面鬼相的发狂武士，一言不发地挥刀向虹汀砍去。虹汀以修禅的本能转身避开，同时大喝一声，让他的大刀砍空。那武士随白刃在空中游走几步，一脚踏出悬崖之外，跌入月光粼粼的海中，随水烟消失得无影无踪。

其后，虹汀陪同六美女回到吴家，与家人一起装殓乳母亡骸，亲自做法事诵经，并严禁将此事外传。随后进入佛堂，屏退左右，从弥勒佛像腹中取出那幅画卷，恭敬祭拜后展开观看。画中美人全身腐烂流脓的模样令他汗毛倒竖，于是立即在佛前坐定，镇住精魂，入定十余日，延宝二年（1674 年）十一月三十日拂晓突然睁开眼睛，大声吟诵三遍“去凡夫之妄执，不若念佛，南无阿弥陀佛、南无阿弥陀佛、南无阿弥陀佛、南无阿弥陀佛、南无阿弥陀佛”，并将那幅画卷掷入一旁的火炉中，化为一团浓烟。

其后虹汀心神镇定地结束入定，召集家人，说道：“我已借助法力斩断吴家的恶孽因缘，即刻将此灰放入佛像内，与三界万灵共同供养。我本人亦将还俗，入赘此家，以孕育万代胜果。诸位若有疑虑，但说无妨。”然而，并无一人发表意见，只一味担心云井家怪罪报复。虹汀体谅诸人心理，当天就厚赏家人，遣散他们，封存家屋仓廪，钉上木牌，上书“归还朝廷，吴坪太”，只将金银书画之类的物品装满四车，请年轻壮夫赶车，自己则背负弥勒佛像，怀揣吴家家谱，手牵六美女，于翌日天未亮时离开滨崎，向东而行。时值延宝二年腊月朔日，大雪纷飞，恰如六美女之名，长汀曲浦五里路上的美景须臾化为连绵银屏，令虹汀怀疑是一幅画卷。

如此前行约一里，东方天际渐红，后方忽然传来杂沓人声，虹汀回头一看，约有二三十名捕吏手持拘捕犯人的工具，为首者正是那落海的半面鬼相的云井喜三郎。也不知他是如何上岸的，只见他头系白巾，身穿护具，肩披战袍，下着野裤，手持长刀紧追而来，口中高声喝骂："恶僧休逃！此前我以为你是朝廷密探，一时顾忌而未手刃于你，后受藩府密令调查你的来历品行，才知你不仅假冒画工偷窥本城地形，还伪装僧人游走诸国，欺骗有德之家谋夺钱财，诱骗良家儿女送入火坑，实乃十恶不赦之徒，天地可鉴。哪怕你能飞天遁地，今日也叫你无处遁形！大家看好，这就是掠夺本藩财物、无法无天的坪太，这就是诱拐良家妇女、卑鄙下流的贼僧！速速将他捉拿归案！"听到他的呼喊，手下的捕快们踏着雪地一拥而上。虹汀的一侧是巍峨参天的悬崖峭壁，另一侧是无落足之地的临海断崖，背后则是纤弱女子和马车车夫，当真是无处逃生的绝境。但是虹汀毫无惧色，将背负的佛像交予马夫，掸掉斗笠上的落雪递给六美女，手持惯用的竹杖，整理衣衫，捻动念珠，缓步前行。捕快们大感意外，全都屏息凝神，不敢轻举妄动。

此时，虹汀面向众捕快恭施一礼，轻咳两声说道："劳驾诸位远道而来，实在辛苦。如此兴师动众来为我这个声名狼藉之辈送行，贵藩的政道昌明着实令人佩服。既然如此，就劳驾诸位索性送我至前方不远的筑前藩吧。如此，诸位既可顺利交差，也可避免无益的杀生使贵藩蒙羞，诸位意下如何？”虹汀面带微笑说完这番爽朗言论，捕快们一时呆若木鸡。而云井喜三郎骤然面红耳赤，怒骂道：“一派胡言！此前我是喝醉酒才不慎失手，今日定要手刃你！弟兄们，对手只有一个人，除女人之外，其余人等一个也别放过，动手！”说罢立刻挥刀上前，捕快们也都一起袭来，似乎认为解决一个云游僧易如反掌。一时间冰冷的刀光映在雪地上，令人胆寒。虹汀无可奈何，左手握竹杖，右手挥空拳，首先夺过一人的刀，继而陆续击落袭来的白刃，斩落蜂拥而至的棍棒和刺叉，挺身占据整条道。他不靠近群集的人马，只用刀背击打来袭之人，很快便有数十人不是被击昏，就是摔落在雪地上，甚至掉进海中。

云游僧出人意料的功夫令众人阵脚大乱。天亮后一切都将暴露于人前，云井喜三郎忍无可忍，叫嚣道：“臭和尚居然敢动武，今日就拿你试试我的新刀锋不锋利，让我超度你这个逆僧！”随即拔出长刀，以刀尖对准虹汀的眼睛，一步步向前逼近。虹汀也不知在想什么，竟扔掉夺来的刀，右手重新轻握竹杖，稳稳地接住喜三郎嗜血的凶刃，毫不放松，冷冷如水般制其先机，切切如冰般抑其后机。只听一声轻响，喜三郎手中长刀如被磐石所挡，进退不得，只能呼吸急促，咬牙切齿。虹汀见状不禁莞尔一笑，说道：“如何，喜三郎？还不早早醒悟吗？所谓弥陀的利剑，指的便是此竹杖之心；所谓不动的束缚，说的便是此亲切的呼吸。即便是历经千锤百炼的精妙刀法，未经虚实生死之境的刀剑也比不上这悟道的一根竹杖，恰如眼前的不可思议。莫怀疑，速速放下屠刀，转恶心入佛道，进入那念念不疑、刻刻不迷、阔达自在的境界吧！否则我将遵循一杀多生之理，将你斩成两段，消除唐津藩当下的不祥。此刻是你生死决断的边缘，是下地狱还是上天堂，都在你的一念之间。”

闻听此言，即便是刚猛无敌的喜三郎也脸色苍白、双眼充血、汗流浃背、气喘如牛，然而经年累月的孽业已让他无法回头，只见他一个转身，忽然奋起冲天之勇，挺刀劈向虹汀面门，如电光石火般一气呵成。虹汀翻身避开，同时击出竹杖，正中喜三郎眉心，趁喜三郎飞退之机，从侧面乘虚而入，伸手抓住喜三郎腰间的短刀，说了句“那么今日就成全了你吧”，话音未落，人已退出两米，只见再度举起长刀的喜三郎连连后退，仰天倒下，被重创的右肩鲜血汩汩而出，染红雪地，气绝而亡。

见此骇人情景，其余捕快纷纷落荒而逃。见身后已无追兵，虹汀总算放下心来，将夺来的短刀还于尸骸，双手合掌转动念珠，念了两三遍佛，随后掸落黑衣上的雪花，再度背起佛像，安慰着惊魂未定的六美女，戴上斗笠，催人马急行，很快进入筑前地界，在深江留宿一夜，翌日清晨踏着未歇的白雪向东行约五里，终于来到此侄滨之地。

虹汀观此处地形，心道：“此地北有爱宕灵山耸峙半空，南有背振、雷山、浮岳诸名山与云烟相连。目之所及之处乃万顷良田，足以养育儿孙万代，室见川的清流可以泛舟，又有袒滨、小户等古迹，芥屋、生之松原等名胜，且距黑田五十万石的城下不远。实乃集山海地形精华之胜地。”遂将随行马夫收为家人，购置田地，建造家屋仓廪，并捎信给故乡京师以求万代之谋，同时选中一地，集雷山、背振之巨木，自司绳墨，建一座大伽蓝，将背负来的弥勒菩萨坐像供于正位，欲使其成为福及后代的菩提寺、永世的祈愿所。山门高耸，迎真如实相之月，殿堂连檐，送佛土金色日想观[1]。林泉深奥，水碧砂白，鸟鸣鱼跃，念佛、念法、念僧，实乃末世奇特罕见之净土。

如此，在人皇第一百十一代灵元天皇延宝五年（1677年）丁巳年霜月[2]初旬，伽蓝落成，从京师本山招贫僧担任开山住持。僧人以寡闻浅学之由再三推辞，未果，终感其奇特，荷笈下山至此担任住持，取寺号青黛山如月寺。于翌年延宝六年（1678年）戊午二月二十一日吉辰，举行往生讲式七门说法，诵读净土三部经，连续七日举行大供养并普度恶鬼。当日虹汀亲自走上讲坛，略述由来因缘，向听众忏悔，吟诵两首和歌：

唱吟诵六文字，六道今不迷，佛世吴竹杖

（坪太郎）

和吴竹代代生，今世结佛缘，一切尽归空

（六美女）

接着，僧人走上讲坛，详细辩证缘起因果，揭明六道流转、轮回转生之理，传授“一念弥陀佛，即灭无量罪障”之真谛，最后接上一偈：

一念称名声，功德万世传，青黛山寺钟，迎得真如月。

当时六美女年方十八，她将早已写好的三万张六字名号分送给前来听讲的信众，不到三日即全部送完。

如上故事，婆娑显六道之巷，眼前转业报之理。闻烦恼即菩提，

① 日想观：往生阿弥陀佛净土的十六种观法之一，也被称为日观或日轮观。这种修行方法源自《观无量寿经》，主要涉及通过观察落日来感知极乐净土的方向和光相。

② 霜月：十一月。

六尘即净土，吴家祖先之冥福、末代正等正觉之结缘实乃无量。吴家后世男女欲报此洪恩，须将此意深铭于心，不可怠于法事念佛。此事不可外传，若疏忽泄露，恐招他藩之怨。仅止于当时本寺住持及吴家当家夫妇。惶恐拜上。

一行记

◆第三参考　野见山法伦氏谈话

▲听取日期　前述同日下午三点左右。

▲听取地点　如月寺方丈室。

▲列席人员　野见山法伦氏（该寺住持，时年七十七岁。同年八月殁），我（W氏）。以上两人。

——您的怀疑非常合理。如《缘起》的内文所述，距今百余年前，吴家的中兴之祖虹汀先生已将那幅画卷烧成灰烬，并封入弥勒佛像腹中，可它如何会恢复原形重现于世，又如何会落到吴一郎少爷手中，成为其严重精神错乱的诱因……坦白说，即使您（W氏）没有问起，老衲也打算跟您说明，希望您能够帮忙判断。

——关于这段《缘起》，原本只有在继承吴家家业的当家夫妇第一次前来扫墓时，才会屏退外人让其观看。而与吴家血统相关之事，除了极为寻常的情况以外，均不会向外人透露，这是自开山祖师一行上人以来，本寺住持理应保守的秘密。但您身份不同，此事又关系到判断吴一郎少爷是真疯还是假疯、是否会被问罪，老衲自然不能隐瞒……

——事情是这样的。早在很久以前就有人发现，原本应该化为灰烬藏在本寺佛像腹中的那幅画卷，其实仍旧完好如初。不仅如此，将那幅画卷从佛像腹中取出，诱使吴一郎少爷发病的肯定也是此人，老衲很清楚此人的身份。当然，这只是老衲的个人猜测，肯定会有人感到意外……那个人不是别人，正是吴一郎少爷的亲生母亲，前些年在直方莫名横死的千世子小姐……是的，这话听起来非常荒谬，别的不说，这世上当真有如此残忍的母亲，会将传说中如此恐怖的东西交给自己唯一的儿子吗？我想其中自有复杂的内情，总之只要您听完老衲接下来的说明，很快就会明白一切真相。

——回想起来，那已经是二十年前的事了……不，应该有三十年左右了吧，真的是很久以前的事了。或许您已经了解到了，那位千世子小姐自幼便聪明伶俐，心灵手巧，尤其擅长绘画和刺绣。在她年幼之时，老衲就经常看到她独自坐在本寺正殿的角落里，临摹画在纸拉门上的四季花卉或者栏杆之间的仙人雕刻。那时她就已经非常可爱，五官如同人偶一般……

——那应该是在她十四五岁的时候吧。千世子小姐应该是刚从学校回来，身穿绛紫色和服裤裙，抱着包袱来到方丈室，对正在独自饮茶的老衲说："和尚师父，那尊黑色佛像的肚子里放着漂亮的画卷吧？你能不能偷偷拿出来给我瞧瞧？"这幅画卷的事，自从本寺开山时举行大法会后，便成为远近闻名的传说，本村应该也有很多人知道，她应该是从那些人口中听来的吧……当时老衲就笑着跟她说："那画卷很久以前就化为灰烬啦，就算我想给你看也办不到啊。"可是千世子小姐却说："可是，我刚刚试着摇了摇那尊佛像，听到肚子里好像有咣当咣当的声响，里面肯定有东西。"老衲吓了一跳，慌忙斥责她："不可以做那种事！会遭佛谴的！”千世子小姐回去以后，老衲总感觉有些不放心，于是悄悄来到大殿，试着摇动弥勒佛像，里面果然传来咣当咣当的声音。听起来里面的确藏着画卷之类的东西……

——太不可思议了，老衲惊骇万分，心脏怦怦直跳。因为老衲一直以为藏在佛像腹中的是《缘起》内文中所写的画卷灰烬……但后来转念一想，可能是虹汀先生当年佯装烧毁了画卷，实际上却将它原样放进了弥勒佛的腹中，旁边的填充物因年代久远干燥变松，才会发出这样的声音。也许虹汀先生是个爱画之人，不舍得毁了那幅画卷才会这么做，而且他可能心存一念，觉得只要经年累月进行供奉，孽缘就会逐渐变淡，不再作祟吧。若是如此，老衲是不是应该将其取出烧毁呢？到底应该怎么做呢？老衲思来想去，还是打不定主意，而且莫名有些恐惧，想到应该不会有人敢打开佛像窥探内部，便决定维持原状。

——岁月如梭。去年秋天，正好是彼岸节[①]前一天傍晚，老衲看到八代子夫人、一郎少爷和茂代子小姐一起过来扫墓。当时八代子夫人独自打扫完灵堂后，顺便来我这间方丈室喝茶叙家常，跟我商量：“现在说这个还有点早，但我打算明年春天，一郎从六本松的学校（福冈高中）毕业以后，立刻让他跟茂代子成婚，您觉得怎么样？”八代子夫人在宣布此类重大事件之前，肯定会先来找老衲商量，所以当时老衲回答她：“这样实在是太好了。”随后我们一起走出大殿的檐廊，看到身穿学校制服的一郎少爷和系着红色腰带的茂代子小姐已经打扫完坟墓，正亲密地蹲在山门旁的坟前合掌祭拜。看到这番情景，八代

① 彼岸节：日本传统节日，分为“春彼岸”和“秋彼岸”，分别为春分和秋分的前后七天。在彼岸期间，人们要去祭拜祖先的坟墓。佛寺也会举办法会，诵经说法。

子夫人似乎有些难过，匆忙掩面走向灵堂。老衲则留在原地，注视着这非常般配的两个人，不由自主地思考起吴家的未来。其间忽然想起多年前千世子小姐说过的话，没来由地感到一阵心悸……当时老衲以为这只是年迈之人没必要的瞎操心，但还是放不下心，当天晚上一直辗转难眠。

——于是，老衲缓缓起身，借着窗外洒进来的月光和灯光，只身来到大殿，诚惶诚恐地双手捧起佛像，轻轻摇晃，但这次完全没有听到先前确确实实听到过的声响……不仅如此，从手感上来看，里面似乎已经空无一物。

——可能是第六感吧，当时老衲感到莫名恐惧，于是毅然将佛像抱下佛坛，搬到这间方丈室，戴上眼镜仔细检查。虽然佛像上落满灰尘看不太清楚，但是颈部衣领处有切断后再装上的痕迹，似乎用力一摇就会脱落。这时，老衲恍然大悟，拼命镇静下来，沿着走廊将佛像搬出，轻轻掸去灰尘，在这盏灯下铺上毡子，从切断处将佛头拔下一看，只见挖成经筒形状的底部确实有用旧宣纸包着的灰烬，不过灰包的正中央有一个清晰可见的卷轴状凹陷。如此看来，虹汀先生虽然宣称烧毁了那幅画卷，但是实际上出于某种更深层次的考虑，并未将其烧毁，而是维持原状藏在了佛像里，如今它又被某个人给盗走了……这一点一目了然，已然毋庸置疑。是的，除了填充在周围的旧棉花以外，连一片纸屑也没见到……请您移步此处，亲眼看一下那尊佛像吧。（参考后段备注）

——如您所见，这该说是老衲的疏忽吧……老衲非常揪心，不止一次暗自祈祷不要发生什么意外。可是从另一方面想，如果是千世子小姐拿走的，那她为什么要这么做呢？另外，自从她在直方惨死，直到今天，又是谁将那幅画卷偷偷藏起来了呢？若是收拾千世子小姐遗物的八代子小姐发现的，应该不至于瞒着老衲……就在老衲每天为此担心不已时，又发生了这次的事情，只能说这一切实在是太不可思议了……听说在一郎少爷精神错乱后，那幅画卷再度不翼而飞，这又是另一桩怪事。村里有人说，在一郎少爷精神错乱前后，曾经看到那幅画卷像蛇一样在空中飞过，但真相如何就不得而知了。想到这一切都源于老衲的疏忽，导致茂代子小姐亡故和一郎少爷发狂，老衲就悲痛不已，终日以泪洗面，要是能用老衲这老朽而短暂的生命代替他们该多好……

◆第四参考　吴八代子的谈话概要

▲听取日期　前述同日下午五点左右。

▲列席人员　吴八代子、我（W氏），以上二人。

——啊，教授。终于把您给盼来了，我等您很久了……不不，我的伤没关系，这条命也无关紧要。求求您了，求求您务必帮忙找出将这幅画卷（说着从藏得很严实的怀中取出递给我）从寺中偷出，埋伏在石材切割厂交给一郎，企图杀害这个家中所有人的家伙。找到他之后，请您一定要问他一句话："究竟有何仇怨，要做下如此残忍之事？"（涕泣）就这一个问题，请您一定要问他（涕泣）……我真是万分不甘，没能在一郎神志清醒时问出那个人是谁……若是让我知道他是谁，就算咬碎他的骨头也难解我心头之恨（涕泣）……不不，一郎离开直方时并没有这种东西。一郎的所有随身物品我都仔细检查过了……那帮警察又知道什么？居然那样粗暴地对待一郎……就算他们问我话，我也什么都不会回答。我已经死心了。一郎能否恢复正常，我女儿是否能活过来，我这条命会怎么样，我都不在乎！但是杀害我妹妹千世子、一郎和我女儿的仇人是同一个家伙……他明知这幅画卷有古怪，却还是故意拿给一郎看……（精神亢奋、错乱，无法继续问答。其后约一周，逐渐恢复平静，同时有失神状态的倾向）

◆备注（1）案发当日上午十点半，检查已查封的吴家仓库（三号仓库）内部时，发现铺在楼下木板间[①]入口的旧报纸上有并排放置过吴一郎的双齿木屐的痕迹，以及茂代子外出所穿的红色草鞋，旁边有蜡烛滴落的痕迹，一直延伸到陡峭的梯子上方。

楼上以及被害者的尸体上，未发现搏斗、抵抗或挣扎留下的痕迹。

尸体颈部有勒绞、瘀血以及绳索交缠的痕迹，但气管咽喉部及颈动脉等处未见外部损伤。另外，尸体前方的桌子底下掉落有一块带有脂粉香味的西式手帕，经鉴定为凶手所有物，且被用于行凶。

桌子中央有十数张叠放在一起的四折白纸，带有女性体味，疑似用来擤鼻涕的卫生纸。对面左侧放置吴家佛具铜烛台一个，上插一支大蜡烛，有点燃过的痕迹。据日后调查结果推断，点燃约两小时四十分后被熄灭。

另有三支新的大蜡烛和火柴盒一起置于桌下，在上述四支蜡烛的上部及中央部分所发现的多枚指纹，均为被害者茂代子的左右手指指纹，未发现加害者吴一郎的指纹，而且在火柴盒上也仅提取到被害者

① 木板间：铺木地板的日式房间，与铺榻榻米的房间相区分。

一人的指纹。由此可见，上述四支蜡烛均是被害者自己拿到此处，划亮火柴点燃其中一支并置于桌面左端的。（八代子的足迹等记录略）

（2）同晚九点，被害者的尸体被送至九州帝国大学医学院法医学研究室后，立刻由本人（W氏）执刀，在舟木医学士的见证下进行解剖，同晚十一点解剖结束，判定死因为颈部遭受压迫扼勒致死，且推定被害者是由于某种原因丧失意识后被勒毙的。另，处女膜未见异常。（其他略）

◆备注（A）在调查如月寺弥勒菩萨坐像时，发现其头大身小，形象怪异，既无背光也不袒露右肩，而是如穿普通法衣一般披着轮袈裟①，结跏趺坐②并结弥勒之印，疑是作者依照自己的形象雕刻出来的。整体刀法极为简劲、雄浑，到处都留有锯齿状、波浪状的凿痕。底部中央以极为严谨的刀法刻有一寸大小的“胜空”二字。

（B）中间空洞为纵深约一尺、横径三寸三分有余的圆筒形，扣除上部及底部填充的棉花和灰烬的厚度后，高约一尺六分有余，刚好与画卷（另附参考物）的体积相当。另，作为盖子的颈根方形部位有粘贴的痕迹残留。

（C）检查包裹灰烬的宣纸及填充上下左右的棉花时，由其褪色程度可判定与记录时代大致吻合。经镜检分析可知灰烬为普通和纸与绢布烧毁所成。未见用于装裱的金线及用作卷轴的木材及其他痕迹。（其他略）

◆备注

---

① 轮袈裟：一种日式简易袈裟，较为小巧。

② 跏趺坐：佛教坐法之一，即互交二足，将右脚盘放于左腿上、左脚盘放于右腿上的坐姿。

（一）调查侄滨入口处的国道沿线，位于靠海一侧山麓的石材切割厂附近后发现，据称是前一天吴一郎观看画卷时所坐的石块位于切割剩下的粗石背面，从大路上经过的行人很难注意到那个位置。

（二）石材切割厂内除了大大小小的无数石块、石工作业的痕迹以及从大路上散落进来的稻草、纸屑、草鞋、蹄铁片及其他各种废弃物以外，并无其他特别值得注意的物品。另，经小雨冲刷，未能发现吴一郎及其他任何人类的脚印。

（三）平时在该石材切割厂工作，家住侄滨町七十五番地一号的石工胁野军平，自两天前起便与其妻美津及养子格市同时出现腹痛腹泻症状，疑感染流行病而被隔离。对不久后康复的夫妻二人进行询问，他们均表示近日在作业过程中未曾见过可疑人物进入石材切割厂或在附近徘徊。另，关于三人的疫病，因此地的鱼类向来新鲜，不作食物中毒考虑，最终未查明病因。

◇插入画卷照片

◇记入上述画卷的《由来记》

◇记入上述第二次发作全程的观察研究事项

★

哈哈哈哈……

如何？诸位大吃一惊吧？

想必诸位在阅读的过程中，已经忘记这是我遗书中最重要的一部分内容了吧？有悲剧，有喜剧，有武打场面，有刑案推理，还有佛教信徒的宣传，绝对是值得男女老少都为之感动、惊叹的奇妙记录吧？尤其是其中心理遗传的表现方式之奇特，真可谓古今无双，即使翻遍现代所谓的常识和科学知识的所有秘籍，也无法与之相提并论。就连著名的法医学家若林镜太郎博士对此案也颇感棘手，在其调查报告中曾发出如下感慨：

“我希望把本案的凶手称为假想的凶手。因为除了假定本案的凶手拥有超越现代一切学术、道德、习俗、义理、人伦的恐怖且诡异的性格，再也没有其他想象的可能了。也就是说，像这样在短短两年间，将三名女性和一名青年或杀害或逼疯，使其一家的血统完全断绝，无法再续。如此残虐，且将如此残虐的作案手段伪装成偶发事故或某种超越科学的神秘作用，令人无法做出其他猜测。别说凶手究竟是否存在，就连贯穿这一连串罪行的目的是否存在都令人怀疑……”

怎么样？看过前面的记录，再对照这段文字，诸位应该早就注意到了吧？站在法医学专业立场的若林博士与身为精神病学家的我对于此案的核心观点，从案发之初就截然相反，直至今日仍未达成一致……也就是说，若林博士根据他法医学家所特有的眼光，从一开始就认为本案中肯定存在一位隐藏在背后的凶手。这位凶手在不为人知的地方操纵着一切，随心所欲地制造出与本案有关的种种怪异现象，以此混淆视听……与他相反，我却认为绝非如此。从精神科学的立场来看，这是所谓的“没有凶手的犯罪事件”，只不过从形式到内容都是罕见的精神病发作的表现形式而已，这只是被害者和凶手在某种错觉下成为同一个人而犯下的罪行。如果非要抓出凶手的话，我认为应该把遗传给吴一郎此种心理的祖先抓起来关进监狱。这就是本案的核心趣味所在……

嗯？什么？你们已经知道这桩案件的凶手是谁了？

哎呀，这可太让人惊讶了。诸位就算是名侦探，脑筋如此灵活也未免让人困扰。这让我和若林博士以后还怎么混下去？

好了好了，诸位不要着急。如果诸位心中所想的那个人真是这桩案件的幕后真凶，也就是若林博士口中那个假想的怪人，那也只不过是一种推测，没有确凿的证据吧！假设真的有不可撼动的确凿证据，诸位也知道凶手如今身在何处、在做些什么，可是如果将凶手绳之以法，之后又发现事件背后还存在一些令人惊讶的新事实的话，诸位又当如何呢？呵呵呵呵呵……

所以还是不说为好。通过少量证据或概念性的推理对如此不可思议的事件进行判断，绝对是极其危险的大忌。这桩案件在上述状态下发生后，经过什么样的过程来到了我的手中，我对案件进行了怎样的观察，又是通过何种方法一路研究下来的。还有，这些研究揭示出第二次发作的内容如何凄惨、激烈、绚烂、怪异且荒谬，而这种研究又是为何骤然演变为我自杀的原因的……至少要在彻底观察上述事项之后，才能决定是否存在凶手。如此，诸位应该会头晕眼花，心想："唔，原来是这么回事儿啊……唔……"这些话暂时按下不表……接下来我们就继续通过省略敬语的彩色立体有声电影，来说明我之后对这桩案件的研究的进展实况吧。

不过，像我这样的乡下电影解说员，又是新人，一旦省略敬语，听起来应该像是在朗读外行人所写的剧本吧！很不幸，我并没有做过中国菜，也没有写过剧本，实在不知道该怎么做，不过在天亮前还有很长时间，所以就当是我这辈子最后一次胡闹，顺带写一部剧本玩玩吧！但是，在此我要再次申明，我会将案件核心的心理遗传内容放到最后，从外部的事实开始逐步深入事件的核心，最终完成一道中国菜——啊不，是剧本。如此一来，故事情节也不会掺杂在一起，变成一道“大杂烩”。我对这桩案件的记录，完全按照案件本身进入我视线的情节的顺序安排，因此即便只是研究这个顺序应该也能大致了解这桩案件的真相……关于这一点，恕我斗胆说一句，这绝对是极为科学且俯仰无愧于天地的真实记录……

【字幕】吴一郎的精神鉴定——大正十五年五月三日上午九时，于福冈地方法院会客室。

【电影】正木博士身穿紫檀色带家族纹饰的短外褂、哔叽面料的单层和服与相同质地的裤裙，脚蹬洗得发白的足袋，俨然一副村长的装扮，跷着二郎腿坐在正对门口靠窗的椅子上，悠然地抽着雪茄。

随意丢在中央的圆桌上的旧阳伞和旧礼帽应该都是他的东西。旁边站着身穿礼服的若林博士，正在向他介绍一位身穿制服的威严探长和一位身穿全套哔叽西装、举止优雅的绅士。

“这位是大塚警部，这位是铃木预审法官，两位都从一开始就介入本案了……”

正木博士起身接过两人的名片，十分随意地点了点头：“我就是两位要见的正木……不巧，我没有带名片……”

警部和预审法官都神情肃穆地回了个礼。

就在这时，只穿一件藏青白点夹衣的吴一郎被两位法警拉着腰绳带了进来，三位绅士左右让开，站到正木博士身边。

吴一郎在正木博士面前站定，用乌黑澄亮又忧郁的眼神直勾勾地环视室内。白皙的手臂和脖颈周围有几处狂乱发作时被强行控制留下的擦伤和瘀青，使那世上罕见的美丽容貌显得格外动人。他背后的两位法警同时抬手敬礼。

正木博士回以注目礼，长长地呼出一口雪茄的烟雾后，他漫不经心地拉起铐着手铐的吴一郎的双手，将他拉向自己，直到两人的面部相距不过一尺，四目相对。他凝视着对方的瞳孔深处，仿佛在做某种暗示，又像是在以自己的目光压制吴一郎的目光，试图将其逼回对方的瞳孔深处。二人就这样互相对视，良久都一动未动。

不久，正木博士的表情开始有些紧张了。站在一旁的绅士们的表情也随之紧张起来。

但是，只有若林博士连眉毛都没有动一下，只是用苍白冰冷的眼眸凝视着正木博士的侧脸，似乎试图从正木博士的表情中寻找某种不为人知的东西……

但吴一郎非常平静。他以精神失常的人特有的澄明眼神，轻松地将视线从正木博士的脸上移开，随即转向站在一旁的若林博士，从下往上缓缓地打量他穿着礼服的高大身躯。

正木博士的表情转瞬变得柔和起来。他望着吴一郎的侧脸，微微一笑，重新抽起快要熄灭的雪茄，语调轻松地开口：“你认识那位大叔吗？”

吴一郎仰望着若林博士苍白的长脸，微微点了点头，眼神变得像是在做梦……见到这番情景，正木博士的笑意更深了。这时，吴一郎的嘴唇轻轻嚅动起来：“认识，他是我的父亲。”

他的话音刚落，若林博士的表情骤然大变……本来就苍白的脸上瞬间失去血色，丧失光泽、如同白墙的额头的正中央爆出两道青筋，浮现出不知该用愤怒还是该用惊愕来形容的表情，随即太阳穴微微抖动着回头看向正木博士。那种神态，仿佛随时要扑上去咬他……

但是正木博士似乎完全没有注意到这些，旁若无人地大声笑道：“哈哈哈哈，父亲吗？不错。那么，你知道这个大叔是谁吗？”

他指着自己的鼻子。

吴一郎依然用认真的眼神望着正木博士的脸，不久嘴唇再次嚅动起来：“是……我的父亲。”

“啊哈哈哈哈哈哈哈。”

正木博士笑得更加愉快了……最后，他松开吴一郎的手，笑得前仰后合。

“啊哈哈哈哈。这可太让人吃惊了。那也就是说，你有两位父亲喽？”

吴一郎稍显迟疑，但很快就默默点了点头。正木博士已经笑得捂住了肚子。

“哇哈哈哈哈。有意思。真是世上罕见……那么，你还记得这两位父亲的名字吗？”

听到正木博士这句半开玩笑的话，被烟雾笼罩着的众人惊慌失措的脸上霎时浮现出紧张之色。

但是，吴一郎听到这个问题，脸色却瞬间黯淡下来。他静静地移开视线，贪婪地望着窗外耀眼的五月晴空，不久又像是想起了什么似的，大大的眼睛里涌满眼泪。看到这番情景，正木博士再度拉起吴一郎的手，缓缓吐出一口雪茄的烟雾，说道："好了，没事没事，想不起来令尊的名字也不必勉强。毕竟不管你先想起哪一位的名字，对另一位来说都是严重的不公平。哈哈哈哈哈哈！"

直到刚才都很紧张的众人同时笑了出来。若林博士也好不容易恢复原来的表情，露出一个跟哭一样的僵硬笑容。

吴一郎十分专注地一一看着众人的笑容，最终失望般地叹了口气，垂下眼帘，泪珠像断了线的珠子，从手铐上滴落到脏兮兮的地板上。

正木博士拉着他的手，随意地扫视了一圈众人的脸。

"总之，我希望能把这位患者暂时交给我，各位意下如何？我认为这位患者的头脑中一定还残存着与案件真相相关的某些记忆。诸位刚才也听到了，他觉得每个人的脸看起来都像自己的父亲，这或许就是暗示这桩案件背后真相的某种重要心理的表现……如果可以，我希望凭借自己的力量让这位少年的头脑恢复正常，提取出关于案件真相的记忆，不知诸位意下如何……"

【字幕】吴一郎出现在解放治疗场的第一天（摄于大正十五年七月七日）

【电影】矗立在解放治疗场正中央的五六棵梧桐树的绿叶在盛夏的阳光下熠熠生辉。

八名疯子从东侧入口处鱼贯而入。其中有人十分不可思议地环顾四周，但很快就开始展现各自的疯态。

吴一郎最后进入。

他的神情寂寞忧郁，呆呆地环视四周的红砖墙和脚下的沙地。不久，他好像在自己脚下的砂中发现了某样东西，突然双目放光，将其捡了起来，放在两手中间揉搓，随后又举到炫目的太阳光下观看。

那是一枚漂亮的蓝色玻璃珠。

吴一郎正对着太阳，脸上露出微笑，将玻璃珠一层一层卷进黑色的腰带中，然后又匆忙撩起衣摆蹲下，开始用双手反复刨起灼热的砂土。

一直站在入口处注视着他的正木博士命令校工拿来一把铁锹交给吴一郎。

吴一郎高兴地道谢后，接过铁锹，比刚才积极数倍地翻动闪闪发亮的沙土。里面湿润的沙土暴露在阳光下，开始从边缘变白、变干燥。

正木博士热切地注视着他的动作，不久后微笑着点了点头，快步从入口离开了。

【字幕】约两个月后身处解放治疗场的吴一郎（摄于同年九月十日）

【电影】解放治疗场中央的梧桐树已经开始枯黄。周围的平地上到处散落着翻掘出来的沙坑，宛如一个个漆黑的墓穴。

吴一郎站在这些沙坑之间的平地的一角，拄着铁锹撑住腰，看起来很难受似的吁了一口气。他的脸被秋天的太阳晒得黝黑，又因为连日劳作显得极度劳累，憔悴得像是换了个人，唯独那双眼睛还炯炯有神。他汗流不止，急促的呼吸如同在喷火……尤其是那把被他充当拐杖拄着的铁锹，锹刃已经磨成了波浪形，闪烁着银色的光芒，仿佛在告诉观众这数十日的掘砂工作是何等的狂热与猛烈……所谓活生生堕入焦热地狱的死者，应该就是这副模样吧。

不久，吴一郎像是被什么人催促似的，又用黝黑的双手重新拿起铁锹，开始在新的石英石沙地上挖掘另一个沙坑。很快，他挖出一个很大的鱼脊椎骨，他突然间又变得生龙活虎起来，以数倍于之前的气势不断挥动着铁锹。

舞蹈狂女学生掉进了吴一郎背后的一个大坑中，双脚在空中挣扎晃动，发出惨叫。其他患者则一起鼓掌喝彩。

但是吴一郎头也不回，仍旧心无旁骛地继续着挖掘工作。不久，他像是挖掘到了某种肉眼看不见的东西，用双手手指不停地捻搓着，随即又重新拿起铁锹，眼中迸射出火焰一般的光芒，咬紧一口白牙，疯狂地挖掘着脚下的沙地。

这时，正木博士缓步走到他身后，架在鼻头的眼镜闪着光，注视了一会儿吴一郎的工作，随后又走到他身旁，轻轻拍了一下他挥起铁锹的右肩。

吴一郎惊讶地放下铁锹，茫然地回头望着正木博士，擦拭掉流下的汗水。

正木博士眼疾手快地将一只手伸入吴一郎怀中，抓出了他用脏手帕包着的圆形物品和刚才挖到的鱼脊椎骨，迅速藏到身后。但是，吴一郎似乎完全没有察觉，又擦拭了几次汗水，眨眨眼，从沙坑中抬头往上看。正木博士站在沙坑边缘俯视着他，微笑着问道："你刚刚挖出来的是什么东西？"

吴一郎很不好意思地红了脸，将左右食指伸到正木博士的鼻尖前给他看。博士推了推眼镜凑近一看，发现他的指头上缠绕着一根女人的头发。

正木博士似乎知道那意味着什么，严肃地点了点头，随即解开藏在身后的脏手帕，将里面的东西放到左掌上，递到吴一郎的眼前。他的掌中，除了两个月前吴一郎刚到解放治疗场时捡到的玻璃珠和今天挖出来的鱼骨外，还有红色塑料梳子的碎片和小指大小的玻璃断管。

“这些是你从土里挖出来的吧？”

吴一郎喘息着点了点头，看了看博士的脸，又看了看那四样东西……

“嗯……不过，这些是什么呢？有什么用呢？”

“是青琅轩玉、水晶管、人骨和珊瑚梳。”

吴一郎不假思索地回答，同时从博士手中接过那四样破烂和手帕，将手帕系紧，异常珍重地揣入怀中。

“唔……那么，你为什么要如此拼命地挖土呢？”

吴一郎左手拄着又一次插入土中的铁锹，右手指着脚下，说道：“这里埋着女人的尸体。”

“唔——原来如此——唔。”

正木博士喃喃说道。他隔着眼镜深深地盯着吴一郎的双眸，用严厉而清晰的语气，一字一顿地在他耳边问道：“唔……原来如此……但是……那个女人的尸体……是什么时候埋在土里的呢？”

吴一郎双手拄着铁锹，吃惊地抬头望向博士的脸，脸颊上的红晕霎时消失，嘴唇嚅动，以梦呓般的口吻反复念道：“什么时候……什么时候……什么时候……是什么时候的事……”

许久之后，他茫然四顾，最终流露出难以言喻的寂寞、无助的神情，随即放下手中的铁锹，无力地垂下眼帘，垂头丧气地从沙坑中爬出来，慢慢地向入口走去。

目送他离去的正木博士抱着双臂，露出会心的微笑。

“果然不出我所料。心理遗传准确无误地显现了……但是，还得再忍耐一段时间。接下来才是真正的好戏……”

【字幕】同年十月十九日（距离上一场景约一个月后）的解放治疗场内的情景

【电影】画面上又像电影的第一幕那样，出现了在红砖墙前的平坦沙地上耕作的老人钵卷仪作，只是比起第一次出现时，仪作已经多耕了约一亩的田地，而他旁边的纤瘦少女也已经栽种了一半左右的枯枝和破瓦片。

站在老人前方的吴一郎也和第一幕一样，面带微笑，双手背在身后，专注地注视着老人上下挥动铁锹的动作。短短一个月时间，他的肤色已经彻底变白，身上也胖了一些，大概是因为他这段时间停止了挖坑的工作，整天都待在自己的房间即七号病房吧。

正木博士从他身后笑眯眯地走近，缓缓将手搭在他的肩膀上，吴一郎吓了一跳，回头看着他。

“怎么样？你很久没有出来了啊。皮肤变白了，也胖了。”

“是的……”

吴一郎也一如既往地面带微笑，继续注视着上下挥动的铁锹。

“你在这里做什么呢？”正木博士盯着他的脸问道。

吴一郎的眼睛并未离开铁锹，静静答道：“在看那个人耕作。”

“唔。神志已经清醒很多了啊。”正木博士自言自语般说完，上下打量着吴一郎的侧脸，随后微微加强语气，“不是那样的吧。你是想借那把铁锹吧？”

话音未落，吴一郎的脸色变得煞白，瞪圆眼睛盯着正木博士的脸，不久又回头望着铁锹，喃喃自语般说道：“是的……那是我的铁锹。”

“嗯。我知道。”正木博士点头，“那把铁锹是你的。但是那位爷爷那么努力地耕作，你就再等他一会儿吧。待会儿只要十二点的钟声一响，他肯定会放下那把铁锹去吃饭的，一直到天黑之前都不会再出来了。”

“肯定吗？”吴一郎说着回望正木博士，眼里闪过一丝不安。正木博士用力点点头，似乎是在让他放心。

“肯定。过一段时间，我会再买一把新的给你。”

即使如此，吴一郎依然不安地凝视着上下挥动的铁锹，不久再次自言自语似的嗫嚅道：“我现在就想要……”

“唔。这是……为什么呢？”

但是吴一郎并未回答。他紧抿着唇，又开始注视着那把铁锹起起落落。

正木博士神色紧张地盯着他的侧脸，似乎是想从他的表情中找出什么东西。

一只大鸢的影子从二人面前的唰地掠过，飞向远方。

嗯……看到这里，诸位应该已经明白了吧。吴一郎的心理遗传与佩戴青琅玕玉、水晶管与珊瑚梳等饰物的古代贵妇有关，而且吴一郎正是为了完成以那位贵妇为模特的画卷，才如此热切地寻找女人的尸骸。

然而，当正木博士询问那具尸骸是何时被埋在土中时，吴一郎却茫然不知如何作答，而是转身回到自己房间思索，这是为什么呢？

还有，一个月后的今天，也就是大正十五年十月十九日，他又突然来到这个解放治疗场，一心一意地等待老人放下铁锹，这又是为什么呢？

就在我说这些话的时候，这所疯子解放治疗场的危机是否也正从某处悄然逼近呢？

能够解开这些疑问的人，目前只有正在调查这桩案件的若林博士以及身为其顾问的我。不，是银幕中的正木博士……不，也不对，真麻烦，就算是我好了……顺便停止播放影片，再顺便，我要恢复独自一人在九州帝国大学精神病科教授办公室写遗书的正木疯子博士的身份。

或许胡言乱语多了些，不过反正是临死前打发时间写的遗书，就算威士忌的后劲大了点儿也无所谓，后面的事就与我无关了……现在，还是容我再抽一支雪茄吧。

啊，真愉快！能在自杀前夕，抱着嘲讽宇宙万物的心情写遗书。写累了还可以穿着拖鞋坐在转椅上，抱膝吐出群青色和藤黄色的烟圈……然后，这些烟圈如朝云、暮霭一般，袅袅飘向高高的天花板，到了一定的高度后，又像浮在水面的油星一般缓缓扩散，似拥有灵魂般纠缠又分散，似悲似喜地描绘着各式各样、千姿百态的非几何曲线，然后渐渐地变淡、消失。坐在大转椅上茫然仰望着这幅景象，如同瘦小骸骨一般的我，看起来应该就像从天方夜谭的故事中走出来的魔法师……啊，好困。看来是威士忌的酒劲上来了。呼噜，呼噜，呼噜……窗外都是星星……唔……我想说什么来着……哦哦，是一颗星星……“发现一颗星，博士辞世”吗……哈哈……这可不怎么值得高兴啊……

呼噜、呼噜、呼噜……呼噜、呼噜、呼噜、呼噜、呼噜……呼噜、呼噜、呼噜……

★

“如何……读完了吗？”

突然间，有个声音在耳边响起，但只在室内留下一阵回音，便消失无踪。

一瞬间，我以为那是若林博士的声音，可是很快便发觉语气完全不同，带着年轻快活的余韵，所以我很惊讶地转身看去，但是室内空空荡荡，连一只老鼠也没见到。

太不可思议了……

秋天早上明亮的光线从三面窗户外洪水般涌入，在一排排标本架的玻璃、清漆涂料和亚麻油毡地板上反射出炫目的光芒，室内一片静寂。

吱吱吱吱吱吱吱……喳喳喳喳喳喳……吱吱……

只听到一群小鸟在松林间飞过时发出的鸣叫声。

我觉得很奇怪，合上读完的遗书，无意识地望向自己的眼前，结果吓得差点跳起来。

我眼前有一个奇怪的人……先前我一直以为是若林博士坐在那张大桌子对面的扶手转椅上，此时那里却不见若林博士的踪影，只有一位身穿白大褂、矮小如同尸骸的男人坐在我的对面。

那位绅士剃着光头，眉毛也剃得干干净净，全身被太阳晒成黑红色，年龄约莫五十岁，但我觉得他的实际年龄应该更年轻些，他高挺的鼻梁上架着一副无框眼镜，倒钩状的大嘴叼着一支刚点燃的雪茄，双臂高高地抱于胸前……是个酷似尸骸的瘦小男子。与我目光相接后，他用右手悠然地取下雪茄，露出一排洁白的牙齿，笑了。

我跳了起来。

“啊……正木教授……”

“啊哈哈哈哈哈……吓了一跳吧？哈哈哈哈哈哈哈。哎呀，了不起，了不起，竟然还清楚地记得我的名字，真了不起。而且你也没有把我当成幽灵落荒而逃，真是太令人佩服了。哈哈哈哈哈。啊哈哈哈！”

在他笑声的回响的环绕下，我感到浑身渐渐发麻，右手抓着的正木博士的遗书一下子掉到大桌子上……同时，由于写下遗书的正木博士的出现，我觉得今天早上以来发生的一切全都被否定了，突然间浑身乏力，再次一屁股跌坐到刚才的转椅中，不停地吞咽着唾液……

见到我这种态度，正木博士更加愉快地仰靠在椅子上，哈哈大笑。

“啊哈哈哈哈！你好像吓坏了嘛！啊哈哈哈哈哈。没必要吓成这样。你刚刚只不过是陷入了严重的错觉当中……”

“严重的……错觉……”

“你还不明白吗？呵呵呵呵。那么你想想看。你刚刚……应该是八点之前吧，被若林带到这个房间之后，听他说了很多话吧？说我已经死了一个月之类的……嗯，还说那日历上的日期如何如何……哈哈哈哈哈，吃惊吗？因为我什么都知道……你在阅读《疯子地狱祭文》、《胎儿之梦》、新闻报道和遗书的过程中，应该真的相信我早在一个月前就已经死了……对吧？”

“……”

“啊哈哈哈哈哈。那些虽然听起来煞有介事，但其实都是若林的谎言，你是彻头彻尾地被若林给骗了。我给你看看证据，你只要看看遗书的结尾部分就明白了。你不是正好翻到那里了吗？怎么样？上面还能闻到新鲜的墨水味儿，证明这封遗书是我昨天熬夜写完的。哈哈哈哈哈。看出来了吗？遗书这种东西，可并不一定要在本人死后才会出现啊。就算我还活着，也根本没有什么不可思议的。啊哈哈哈哈。”

“……”

我目瞪口呆，想不通正木和若林两位博士为何要做出如此奇怪的恶作剧。而且就算是恶作剧，也未免太过怪异荒谬了……我从今天早上开始经历的各种事情、见到的各项文件的内容，真的都是事实吗？还是只是两位博士串通起来，为了戏弄我而策划的一场戏呢？想着想着，直到刚才还彻底占据我脑海的感激、惊讶、好奇等情绪开始缓缓崩塌，似乎要与我的身体一起消失不见。

我拼命忍耐，双手用力撑住大桌子的边缘，恍如做梦般茫然地望着眼前正木博士那微笑的脸。

“呵呵呵呵呵。”正木博士突然笑了起来，结果被咽下的雪茄烟雾呛到，露出既痛苦又滑稽的表情，慌忙按住鼻梁上的眼镜。

“啊哈哈哈哈……咳咳……你的表情好奇怪啊……呵呵呵呵呵呵，好像在说我没死很不应该嘛……咳咳……咳咳。真没办法……是这么回事，你听好了。今天早上，我想大概是凌晨一点，你呈大字形躺在七号病房的正中间睡觉，醒来时却突然发现忘记了自己的姓名，为此惊慌失措，所以一个人闹腾了一会儿，是吧？”

“啊……您怎么会知道？”

“你那样大吼大叫，我想不知道都不行啊！其他人都睡着了，但我正在这里写遗书，听到声音后跑过去一看，发现你正在那个七号病房拼命寻找自己的姓名呢……我心想你总算要从一直以来的梦游状态中醒过来了，就赶紧返回二楼，想要把遗书写完。不久天亮了，我终于从瞌睡中醒来，身体有些困乏，正在发呆的时候，若林开着他那辆装着新式警报器的汽车赶了过来……这可有意思了。看来是有人发现你从梦游状态中清醒过来，第一时间就把这个消息汇报给了若林。若林是个机敏的家伙，他赶过来是打算做些什么呢？我躲在暗处偷偷观察，看到他让你剃头、洗澡，将你打扮成仪表堂堂的大学生模样，然后领着你去见了在你隔壁六号病房住院的一位美少女，对吧？而且还说她是你的未婚妻，让你大吃一惊，是吧？”

“啊……这么说，那位少女果然是精神病患者？”

“是啊，而且还是学术界罕见的精神异常患者。因为她在举行人生最重要的婚礼前夕，看见最重要的新郎出现了意想不到的‘变态性欲心理遗传’导致的荒谬绝伦的梦游症状，所以也在不知不觉中受到该梦游症状的暗示，诱发了跟新郎同样的心理遗传，暂时陷入了假死状态。但是她被若林以某种怪异手段救醒以后，竟说羡慕千年前就已经死亡的唐玄宗和杨贵妃、很对不起根本不存在的姐姐之类的话，还模仿抱婴儿的姿势，说什么‘你会成为日本人’之类的话。当然，她现在已经基本恢复正常了……”

“那……那么……那位少女的……名字叫什么呢？”

“什么？名字……不用问你也应该知道吧？她就是著名的‘侄滨小町[①]’吴茂代子啊！”

“啊……那……那么……我就是吴一郎？”

我说这句话时，正木博士紧抿着他那倒钩状的大嘴，隔着雪茄烟雾，眉头紧蹙，将黑眸的视线锁定在我的脸上。

我感到浑身的血液瞬间涌向心脏，仿佛即将完全流失。冷汗从额头簌簌滴落，嘴唇哆嗦，眼看整个身体又要开始摇晃。我慌忙用双手撑住大桌子，感觉自己的身体似乎正在变淡变薄，飘散在空气中，只剩下两颗眼球紧紧凝视着正木博士。而我的灵魂仿佛在无限的时间和空间之中拼命疾驰，恐惧着会不会想起自己作为吴一郎的过去，同时听到自己的肺部和心脏从未知的远方传来巨浪袭来的声音……全身止不住地战栗、颤抖。

但是……无论心脏和肺部如何喧嚣躁动，我的灵魂依然无法唤起任何关于自己身为吴一郎的过去的记忆。对于在自己头脑中重复无数遍的“吴一郎”这个名字，丝毫无法产生“这就是我的名字”的亲切感和熟悉感。无论我多少次回溯过去的记忆，只要回溯到今天早上天未亮时听到的“嗡嗡”声，就彻底滞塞不通了……无论别人如何认为，向我出示怎样的证据，我都无法认同自己是吴一郎。

我深深地叹了一口气。与此同时，全身的意识渐渐回归，心脏与肺部的波动也开始平息下来。最终，我颓然地坐在椅子上，两侧的腋下冷汗淋漓。

① 小町：小野小町，是日本平安时代的著名女诗人，因其容貌美艳绝伦，“小町”的名字也成为日本后世美女的代称。倘若某地有公认的美女，就会被冠以“某地小町”之名。

与此同时，正木博士在我眼前若无其事地深吸一口雪茄，吐出一团紫色烟雾。

“如何？你想起自己的过去了吗？”

我沉默地摇头，从口袋里掏出新手帕拭去脸上的汗水，觉得自己的心情平静了许多……但是，莫名其妙的事情实在是太多了，我在椅子中默默地缩成一团，动也不敢动……不久，正木博士突然大声清了下嗓子，吓得我差点又跳起来。

“咳……想不起来的话，我就再说一遍给你听。听好了啊……你可要冷静下来仔细听。你如今落到了一个圈套之中，也就是说……我的同事若林镜太郎博士试图让你相信你就是吴一郎，等你完全确信这一点以后，再让你与我见面，然后让你指认我是这个世界上独一无二、穷凶极恶的大魔头。”

“啊？指认您……”

“嗯。你先听我说。只要你能够冷静下来，将今天早上以来发生的事情在脑海中重新思考一遍，一切问题就都会迎刃而解……听懂了吗？”

正木博士再次恢复严肃的态度，冷静地咳了一声，仰靠在椅背上，不断吐出浓浓的烟雾，随后悠然地回头望向挂在大暖炉旁边的日历。

“你听好，我再重复一遍，今天是大正十五年十月二十日。听清楚了吗？再重复一遍，今天是大正十五年十月二十日……也就是这封遗书中所写的，吴一郎时隔一个月突然出现在这个解放治疗场，看钵卷仪作老先生耕作的十月十九日的翌日！证据就是——请看日历……OCTOBER……19……上面显示的是昨天的日期。这是因为我昨天过于繁忙，忘记撕掉这一页了，同时也可以证明我从昨天起就待在这里，一直工作到天亮……听明白了吧？还有，你再看看我头顶的电子钟，现在是十点十三分吧？嗯。跟我的手表完全一致。也就是说，从我今天早上写完遗书开始打盹后，只过去了五个小时……综合考虑这个事实以及遗书结尾部分的墨迹新鲜的事实，我会若无其事地出现在这里并不是什么不可思议之事。你听好，如果你不牢记这一点，说不定待会儿又要陷入严重的错觉中哟！”

“但是……若林教授刚才……”

“不可以！”正木博士突然大声吼道，同时高举右拳，似乎要将我头脑中的迷惑一举打消，语气中洋溢着仿佛能推翻一切的活力。

“不可以！你要相信我的话。不可以将若林说的话当真。若林刚才就是在这一点上犯下了唯一的重大失误。他进入这个房间后，肯定立刻就闻到了我在这个大暖炉中烧毁著述原稿的焦臭味，随后在这张桌子上看到了这封遗书，马上想到了一个诡计，才会那样向你说明。”

“可是……可是……他说今天是您去世一个月后的十一月二十日……”

“哼，真让人没辙。你老是抱有这种先入为主的观念，我可就没办法了啊……你给我听好……事情是这样的。”

正木博士虽然一直在解释，语气中却有些不高兴，他将粘在舌头上的雪茄屑吐到地板上，靠向桌子，将双肘支在上面，用被雪茄烟油熏黄的右手手指点着我的鼻尖，仿佛要把自己的每一句话都敲进我的脑子里：“好了，你仔细听好，不要搞错了……若林之所以告诉你今天是我死后一个月的日子之类的鬼话，只是为了稳住你的小把戏。明白吗？如果让你知道我留下这样的遗书后只消失了几个小时的话，你肯定会以为我是去什么地方自杀而担心不已吧？而且如果真是如此，他也会坐立不安。无论是出于朋友的义务，还是出于院长的责任，他都必须推开一切事务先找到我，阻止我自杀……然而如此一来，若林很有可能就会错失这个凭一己之力唤醒你过去记忆的独一无二的机会……你说是不是？因为你能否恢复过去的记忆对于他而言是关乎一生的大事，而今天早上就是绝佳的机会……”

“……”

“所以，若林明知我一定在某处竖着耳朵倾听，还是说出今天是我留下这封遗书去世一个月后的十一月二十日这种一点也不符合法医学家身份的漏洞百出的鬼话，想方设法让你冷静下来。他相信只要慢慢完成这项实验，让你恢复身为吴一郎的记忆，一切就尽在他的掌握之中了……只要你按照他的预想，恢复了身为吴一郎的记忆，接下来他根本不必费什么力气，就可以让你把我当成不共戴天的杀母害妻的仇人……更值得他庆幸的是，我是精神科学家，绝对有能力对一无所知的吴一郎施行催眠术，让他勒死自己的母亲和妻子，使其成为自己完美的实验材料，所以我是这桩案件中最完美的嫌疑人，你说对不对？”

“……”

“万一实验进展不顺利的话……也就是说给你看了这些文件以后，你还是什么都想不起来的话，那就只好采取最后的手段了……那就是趁你不注意偷偷躲起来，让接下来必然会来这里的我跟你见面，看你是否可以想起我的脸……如果可以，就看你能否凭借对我的印象恢复自己的记忆……万一实验进行顺利，最终就等于是利用我自己的力量来陷害我自己。这实在是极其巧妙毒辣的计谋。事实上，对于这方面的灵敏嗅觉正是那家伙的看家本领。你明白了吗？”

“……”

“他本来就在运用此类策略方面颇为高明。即使是并无犯罪记忆的嫌犯，一旦被带到他面前进行审问，马上就会变得晕头转向，陷入无法正常思考的心理状态，最终要么彻底变得稀里糊涂，要么认为自己无路可逃，彻底放弃抵抗。一旦产生这样的想法，心神慌乱的人就会将他的指控照单全收，承认自己毫不知情的罪行。最近在美国引起巨大争议的第三等讯问法根本算不了什么。他的手段从第一等到第一百等，花样翻新，让人防不胜防……现在也是一样。假如我真是如他所料，杀害斋藤教授后成为他的继任，尝试进行这种实验却失败而打算自杀的人，那就意味着他明知我躲在某处暗中偷听，仍然有条不紊地推进着他的计划，让我逐渐承认自己就是那种大恶人，也让你承认自己就是我的仇敌吴一郎。同时，也让我陷入束手束脚的状态，只能眼睁睁地看着他将我赌上一生的事业的功绩一举夺走，对于我而言还有比这更加残酷的拷问吗？如此一来，摆在我面前的只有两条路，要么默默自杀，要么跳出来自首……简单说来，若林那家伙的手段一向如此。再困难的案件，一旦落到他手中，他就一定有办法揪出凶手。正因如此，报纸上才会盛赞他是‘解谜高手’，可是在这个事实的背后，却隐藏着这样不为人知的内幕。”

“……”

“但是！但是唯有这次，事情似乎没有那么顺利。从今天早上开始，他连续尝试的每一项实验的结果都出乎他的意料，不光你没有表现出任何反应，就连他一向拿手的讯问手段也漏洞百出，如此看来，他也没有那么令人害怕了嘛！看样子，即便是他这位古今无双的法医学家，面对我这个对手也过度紧张，从今天早上开始就显得有些慌乱。说不定这次会成为他‘空前绝后的失败’呢！哈哈……”

“可是……可是……可是……”

“还有什么‘可是’？说说看吧，什么‘可是’？”

“可是……这项实验应该是由您主持的啊……”

“不错。让你回忆起过去的实验当然是由我主持的。所以那家伙才想要用这种诡计独占这项实验结果，想尽一切办法逼我自杀。”

“啊，这……这未免太过分了……”

“但他确实这么做了，有意思吧？最重要的是，我并没有上他的当，不光活得好好的，还来到这里跟你说明一切，这就是最好的证据。”

说完，正木博士脸上浮现出极度憎恶又充满嘲讽的冷笑，仰靠在转椅上，傲然抱起双臂，向上吹出一团雪茄烟雾，很大声地说道，就仿佛预料到若林博士正躲在哪里竖耳偷听一样……

看到他的样子，又有一阵恐惧袭上我的心头，令我的心脏陡然紧缩……两位博士的斗争实在太可怕了！这是何等针尖对麦芒的斗智啊！在此之前，我做梦也想不到自己会被夹在如此可怕的斗争之间……我直到此时才明白，自己刚才所经历的痛苦、悲伤、恐惧、疯癫等都来自两位博士恶魔般的角力与斗智……我内心充满了想要尖叫着逃走的冲动，甚至已经抬起腰准备站起来了，可是……

可是此时的我不知为何，根本无法离开椅子一寸，只好用手帕擦拭着额头上渗出的汗珠，再次坐定并叹了口气。我专注地凝视着正木博士的脸，陷入了冒死等待他那发黑的恐怖嘴唇动起来的心理状态……或许是因为我的灵魂已经被这两位博士竭尽全力，不，应该说是死命争夺的极为怪异的精神科学实验本身的魅力所吸引了吧……又或许是流淌在正木博士话语深处、无法形容的不可思议的真实性紧紧抓住了我的心脏，激起了我难以言喻的好奇心吧……我思索着这些事，茫然地凝视着眼前的空间，就在此时，伴随着一声轻咳，正木博士那充满活力的声音又清晰地在我耳畔响起：

“哈哈哈哈哈哈……怎么样？你明白产生错觉的原因了吗？嗯，明白了？好。但是应该还有几处不太明白的地方吧？嗯，有吗？真聪明。首先，你应该完全不知道自己来自哪里、姓甚名谁、为什么会被卷入这桩事件当中。哈哈哈……但是不必担心。只要你听过我接下来所说的话，一切疑问就都会迎刃而解了。我要说的话或许有些重复，却可以算作我遗书的续篇，我预备首先从与这项实验有关的我和若林过去的秘密切入，而后逐渐深入吴一郎心理遗传的内容，最后再揭开你的身世之谜。当然，如果你中途就察觉到自己的身世，那就没办法了，故事就此可喜可贺地画上句号。不过这种情况到时候再说，现在还是先听我说吧……但是，我要再提醒你一遍，你可千万不要再产生错觉，认为我是幽灵，或者已经死了一个月之类的。哈哈哈。准备好了吗？要是你听了我接下来的话，陷入错觉或妄想之中的话，或许就永远无法挽回了。你明白了吗？真的没问题吗？嗯，好，好。那我就放心地开始讲了……”

说着，正木博士重新点燃快要熄灭的雪茄，双手插兜，津津有味地连吸了好几口，这才把雪茄叼在口中，在蒙蒙烟雾中用力坐直身体。

“事情是这样的。我想这件事终究会曝光，届时看报纸就会知道……不，没准儿已经登在昨天的晚报或今天的早报上了……事实上，昨天在疯子解放治疗场内发生了一起重大事故。也就是说，我为了得出围绕这桩案件的心理遗传实验的结论，预先放置在解放治疗场的那群精神病患者中的应用精神科学的炸弹导火索，不久前开始点燃，并在昨天正午，也就是大正十五年十月十九日的午炮响起时完美地引爆了……什么？说白了其实很简单。所谓的导火索只不过是一把铁锹，但毕竟是应用了精神科学的导火索，既不会冒烟也看不见火苗，所以普通人的眼睛根本看不到这种机关，怎么看都只是一把普通的铁锹……而且坦白说，从结果来看，可以说是爆炸过度了，酿成了一场连我也不知所措的意外惨剧。身为负责人的我立刻赶往校长办公室提出辞职……但是仔细想想，这似乎正是我停止实验的好时机。反正我迄今为止的一切研究成果都会被若林抢占……老实说，直到那时我都没想到若林是如此阴险的家伙，还以为他会想办法帮忙处理，又觉得既然如此麻烦，索性连生命也一起放弃算了……于是我回到住处，安排好后事，去东中洲的闹市区喝了几杯，等心情恢复畅快之后便回到此处，打算整理文件，回来后一看，不禁大吃一惊，我刚刚离开时还空着的六号病房居然灯火通明。我觉得奇怪，就问了问准备下班的校工，校工回答说若林教授不知从哪里带来了一位小姐，委托值班的医生帮她办理了住院手续，而且那位小姐还是生平从未见过的、难以用语言形容的美人。

“当时连我都忍不住用力一拍大腿，钦佩不已。这下事情可有意思了。照此情形看来，那家伙——若林镜太郎绝非等闲之辈，不愧是身为法医学家的大恶人，不，甚至还有可能是其中的翘楚。我直到现在才明白，尽管他在我面前假装乖巧，但他搞不好是不逊于我的精神病学家，而且非常善于利用人性的弱点……我这样说是有原因的，正如我在这封遗书中所写的，我直到今天都百思不得其解，若林镜太郎在这桩案件发生之际，利用院长的职权将那位少女变成活死人并掌握在自己手中的目的为何，但现在我终于明白了。那家伙就是打算看准你会在某种程度上恢复理智的时机，偷偷让你和那位少女见面，从色、欲、理三方面迫使你承认你就是吴一郎，同时如我刚才说过的那样，让你认定我就是你不共戴天的仇人，让你将此事昭告天下，让你如他所愿将歪曲的真相公之于世……不仅如此，我还可以清晰地预见，他计划将你的揭发当成他毕生研究的事业《应用精神科学的犯罪及其证迹》的第一例予以发表。

“于是我也思索了一番……好，你有你的妙计，我也有我的高招。若林的精神科学犯罪研究原本就是建立在我独创的心理遗传的学理原则的基础之上的，所以不可能一举推翻。只要我索性烧毁自己研究精神科学所发表的所有原稿，只半讽刺地留下记载有大概内容的遗书，那么不管若林那家伙是否心甘情愿，都只能将这封遗书收入他的著作当中，否则他的研究就无法自圆其说。但是，那家伙究竟会不会公开我的遗书呢？倘若公开的话，他会用什么样的伎俩公开呢？这就相当有看头了……我的遗书搞不好会成为空前绝后的恶劣礼物也未可知……

“想到此处，我的心情突然畅快了起来，便急忙来到这间办公室，烧毁了所有文件，开始写这封遗书。不久天亮了，听说你即将清醒，时刻准备着的若林迫不及待地赶来，让你跟那位美少女见面，但是……这招彻底失败了。对方认定你就是她心爱的大哥，应该算成功了一半，而你却重重推开了那位美少女，不承认她是你的表妹兼未婚妻，所以他只好改变手段，把你带到这里。

“不过说实话，这个时候我也多少有些狼狈。若林镜太郎那个可怕的家伙早就看透了我的心思。他早就料到我迟早会放弃这极度危险的放牧式解放治疗实验，并会在将实验内容向学术界公布的同时销声匿迹，甚至还看出我会将这桩侄滨新娘命案的实验材料销毁，而且事后向学术界汇报的时候，不会让任何人看出这是一桩犯罪事件。因此那家伙竭尽全力以风驰电掣的速度推进行动，企图趁我尚未隐匿行踪之时将我控制住，让我一句话都说不出来，只能乖乖认输。

“那家伙今天早上一走进主楼大门，肯定就识破我从昨晚就待在这里了，为了用某种诡计让我屈服，便把你带到了这里来……但是既然我已经发觉了，这招就不管用了。我想要吓唬他一下，就把那封遗书和未烧毁的文件放在这里，带着一瓶威士忌消失了。当然，我既没有从窗户跳下去，也没有从大门冲出去，我一步也没有离开这个房间，就这样神不知鬼不觉地消失了……听起来我好像又应用了精神科学的魔法，但实际上并非如此。秘密就是这个大暖炉！

“当初建造这个大暖炉，主要就是为了以防万一。万一这个实验失败，或者我的研究内容被其他人盗取的时候，可以将相关著述的原稿全部丢进去烧毁。倘若发生了什么事情，我自己也可以利用这个大暖炉藏匿行踪，所以从一开始就采用了电力和煤气并用的自动点火设计……你看……拿下这个铁盖子，内部非常宽敞，底部的电热装置之间可以喷出煤气。其实很简单，只不过是将两百个大型本生灯[①]并列放置而已。如果在上面放置生物，打开煤气阀门，拧开电力开关，首先会喷出的煤气使之窒息，不久电热器一热，便会一下子点燃煤气，用不了一个小时，恐怕连骨头都会烧成灰烬。如果再在上面堆上石头或者瓦片的话，那就全都会变成高温状态，释放出强烈的热辐射。你看，我这里光是比肉还难烧的西洋纸原稿就有将近四大箱，怎么样，烧完后就只剩下这么点白灰了吧？如果连我也化为灰烬，那好不容易发现的伟大学理就又要还原为虚无了。哈哈哈……我听到你和若林博士上楼的声音，便立刻带着一瓶威士忌躲进这里，在这些灰上铺上报纸，舒舒服服地盘腿而坐，做好随时会化为灰烬的心理准备，边抽雪茄边竖着耳朵听你们谈话。

“不过，那家伙不愧是天下闻名的法医学家。就算没见到我，也完全不以为意，还马上开始利用这个机会让你陷入错觉……因为他的大脑和圣德太子[②]一样，能够同时处理两三件事。所以，在向你介绍我和斋藤教授的事情时，他迅速检查了一下这封遗书的内容，发现虽然有几处对自己不太有利，但由于尚未写上结论，所以基本还算安全。不仅如此，他还预测到相较于自己给你说明，让你阅读这封遗书更容易使你认定自己就是吴一郎，因此故意把遗书给你，然后趁你聚精会神地阅读遗书时悄悄离开，借此考验我会如何应对。

“到这里，我觉得事情越来越有意思了……好！既然这样，我也拟定一计，打算对他的挑战进行全面反击，于是悄悄从暖炉中爬出来，

① 本生灯：一种煤气灯，多用在化学实验中。由一个长管和一个套在外面的短管组成，旁边有孔，转动短管就可以调节管口火焰的大小。

② 圣德太子（572—621）：日本飞鸟时期政治家，改革推行者，推古天皇时的摄政大臣。

坐到这把椅子上，等待着你将那封遗书读完……哈哈，怎么样？现在你和我可是在天下闻名的法医学家若林镜太郎的计划之下进行对决呢！你来自哪里？叫什么名字？是因为何种因果关系被卷入这桩案件，现在不得不坐到这把椅子上的？这些无论是在学理上还是在实际上都没有确切答案。

“所以，如果正如若林那家伙所预计的那样，你从自我忘失症中作为侄滨的青年吴一郎清醒过来，指控我就是活跃在案件背后的大魔头，是个冷血无情、穷凶极恶的精神科学巫师的话，那么在这场对决中我就是输家。但相反，如果你无论如何也无法恢复身为吴一郎的记忆，简而言之就是我赢了……你原本只是一位罹患了一种名为‘自我忘失症’的自我意识障碍的无名青年，被收容在九州帝国大学精神科，因为若林的计划才突然被卷入这桩案件。一旦公开这个事实，若林的计划就会立刻泡汤，届时你就是决定胜负的关键人物……怎么样，有意思吧？这是古今无双的知名法医学家和空前绝后的精神科学家之间痛快惊险的智慧对决。而决定胜负的关键人物吴一郎到底是不是你，就像我刚刚所说的，目前还不能确定。也就是说，现在谁胜谁负还不一定呢！哈哈哈……”

正木博士高亢的笑声在室内回荡，袭入我的耳中，搅得我原本就因为不知道两位博士的话孰真孰假而有些茫然的大脑更加乱成一锅粥后，又悄然消失，无影无踪。

但是，正木博士丝毫也不在意我的情绪，再次紧紧闭上一只眼睛，津津有味地吸了一口雪茄，然后双手撑住转椅的扶手，缓缓站起身来。

“嘿咻……接下来必须决一胜负了。首先，必须由我亲自让你恢复记忆，让你自己确定你是谁，否则你面对若林时，又要落入他的圈套了……请你先到这边来，这次由我亲自进行帮助你回忆起过去的第一次实验……”

我带着半梦半醒的心情摇摇晃晃地离开椅子，怀着若林博士的苍白眼眸正在某处窥视着我的恐惧感，跟随正木博士走到南侧的窗前……但是，越过正木博士穿着白大褂的肩头往窗外一看，我不禁惊讶得愣在原地。

眼前展现的是疯子解放治疗场的全景，站在场地一隅的正是吴一郎。他背对我们，正注视着老人耕作，头发蓬乱，皮肤白皙，面颊嫣红，身上胡乱地穿着一件和服……

亲眼看到他那凄惨模样的瞬间，我不由得闭上了眼睛，用双手掩住面孔……震惊、恐惧和难以言喻的紧张袭上我的心头，令我几乎无法正视他……

吴一郎不是就站在那里吗？那不就是遗书中所描写的吴一郎的样子吗？如果站在那里的人是吴一郎，那么站在这里的我究竟是谁呢？

刚刚看向窗外的一瞬间，我有种脱离了自己的身体、改变衣着站在那里，只留下魂魄站在这里看着的苍凉感……

刚才看到的一切会不会只是我的幻觉？莫非我正在做白日梦？

我的脑海中电光石火般浮想联翩……在难以言喻的苦闷和不可思议的亢奋的驱使下，我再次缓缓睁开眼睛。

但是，解放治疗场内的光景怎么看都不像在做梦……蔚蓝的天空，红色的砖墙，耀眼的白色沙地，在上面徘徊的人影……

这时，站在我面前一直在沉思的正木博士回头看向我，若无其事地指向窗外。

“怎么样？你知道那里是哪里吧……”

然而我无法回答，只是微微点了点头。从我睁开眼睛的那一刻起，就被场地内难以言表的异样光景吸引住了。

碧空的阳光照射在场内的白色沙地上，在上面游荡的患者们的黑色身影，几乎全部如刚才的遗书中描写的那样，在反复进行着各自的工作。每个人的一举一动仿佛都是证明正木博士的心理遗传原则的现场表演……仪作老人依然挥舞着铁锹，正在开垦一块新的沙田；青年吴一郎还是背对着这边，站在老人前方，专注地盯着他挥舞铁锹的手；中年女人没有发现头上的硬纸板皇冠已经掉了，还在趾高气扬地走来走去；而跪拜她的大个子络腮胡男子似乎拜累了，把额头埋在沙中睡着了；矮小的演讲家用拳头抵住砖墙在祈祷；黑瘦少女正在场地内东张西望，似乎正在搜寻能够栽种在老人新开垦的田地里的东西；其他人虽然所在位置有所不同，但所做的事情与刚才读到的遗书上的说明毫无出入，只有那个本该在唱歌跳舞的舞蹈狂垂发女学生，此时正站在我们所站的窗户正下方，挖掘着一个深及肩膀的沙坑，并用硬纸板皇冠和松树的枯枝制作着小型陷阱，只有她一个人的行为令人觉得稍稍有些反常。但是无论如何，我也看不出正木博士刚刚提到的昨天正午的重大惨案是什么时候、在什么地方、由哪个疯子引发的，这让我感到无比不可思议。不知是舞蹈狂少女不再唱歌，还是因为我隔着窗户眺望的缘故，一切都如幻影般静谧，令人感到有些毛骨悚然……我试着数了数人数，还是跟遗书上写的一样正好十个人，既没有增加，也没有减少，这到底是怎么回事呢？

更加令人不可思议的是，当我俯视着这没有任何异样、静谧清晰的光景时，突然产生一股强烈的预感，正木博士利用这十个疯子的心理遗传而布置好的精神科学式大爆发——造成他辞职的大惨案马上就要开始了，那既不是昨天的事情，也不是前天的事情，而是此时此刻即将在我眼前上演的事实……不，不仅是场地内的疯子们，就连对面房顶上并排耸立着的两根直入天际的红砖烟囱，以及烟囱中喷涌而出的滚滚黑烟，甚至是烟囱上方那浑圆耀眼的太阳，似乎都受到某种神秘的精神科学原则的支配，时时刻刻朝那空前绝后的大惨案逼近……这种深不可测的冰冷、严肃的感觉阵阵袭向我的脖颈，让我忍不住全身发毛直竖。怎么会有这样的事？我越是这样想，就越是无法控制住这种念头。我的内心焦躁不已，试图压抑住这种神秘、令人窒息的情绪，再次望向解放治疗场内的光景，在一种异样的心跳中，凝视着正观看老人耕作的吴一郎的背影……

就在这时，我的耳畔突然传来一个耳语般的低沉的声音：

“你在看什么呢？”

语气与刚刚的正木博士完全不同，我又吓了一跳，回过头去。

正木博士不知何时已经来到我的近旁，手指间夹着冒着细烟的雪茄，脸上一直挂着的微笑已然消失得无影无踪，镜片下面漆黑的眼眸紧紧盯着我的侧脸。

我深深地叹了一口气，尽可能平静地回答他：“在看解放治疗场。”

“唔……”正木博士自腹腔深处发出一声感慨，仍然眼也不眨地盯着我的眼睛，“唔……那你在解放治疗场中有看到什么吗？”

正木博士的问法有些异样，于是我静静地回视他的眼睛，回答道：

“好像……有十个疯子。”

“什么……十个疯子？”

正木博士语气慌张，似乎无比震惊，再次瞪着我的脸。

我感受着他的视线，再度转头看向解放治疗场内，凝视吴一郎的背影……我感觉他随时会回过头来，与我四目相对……然后，就会发生某种重大的事态……我的全身自然而然地开始僵硬……

“唔……”

正木博士在我身边喃喃出声，声音清晰得让我有些发毛：

“你能清楚地看到疯子们在里面玩吗？”

我默默点了点头，感觉他的问法越来越奇怪了，但也并未特别在意……

“唔……人数还是十个人？”

我再度点头，回头答道：“是的，正好十个。”

“唔……”

正木博士喃喃出声，漆黑的眼球深深陷入眼窝……

“唔。这可奇怪了……真是一个有趣的现象……”

他自言自语般说完，缓缓把视线从我脸上移开，望向窗外，脸色微微变得苍白，似乎在凝神沉思着什么。但很快就恢复先前的开朗神色，露出洁白的牙齿微微一笑，回头望向我，指着窗外，用快活的口吻问道：“那我再问你一个问题，你看到在那块田地的角落里注视着老人挥动铁锹的青年了吧？”

“是的，看到了。”

“哦……你看到了……那么，那位青年现在面朝哪个方向站着呢？”

正木博士的提问越来越奇怪了，我的心情也随之变得古怪起来，回答道：“他背对着这边站着，所以看不到脸。”

“嗯……我想应该也是这样……但是你看着，他或许马上就会转过身来了……到时候你再看看那位青年的脸……”

听到正木博士这样说时，我不知为何感到全身僵硬，仿佛心跳与呼吸同时停止了。

这时，正木博士指着的那位青年即吴一郎仿佛受到了某种暗示似的，突然转身看了过来。隔着我们面前的玻璃窗，正好与我视线相接……他脸上一直挂着的微笑骤然消失，露出与我今天早上在浴室的镜中看到的我自己的脸上一样的惊骇表情……圆脸、大眼、薄腮……但很快他就再次露出微笑，静静地转过身去，继续看着老人耕作。

我不知何时用双手掩住了面孔。

“吴一郎……是我……我是……”

我高声叫着，踉踉跄跄地往后退。

正木博士扶住了我，往我口中咕咚咕咚地灌入一些浓香呛喉的火辣液体，我觉得应该是这样的，但事情究竟如何我记不清了，只依稀记得当时正木博士在我耳边怒吼：“冷静！冷静一点！你再好好看看那位青年的脸……好了好了，别抖得这么厉害。没必要如此震惊，根本没什么不可思议的……冷静点，冷静……那位青年跟你一模一样是理所当然的，这在学理上和逻辑上都是有可能的……好了好了，你快冷静下来……”

我当时居然没有晕倒，可能是因为之前经历了太多不可思议的事情，已经习惯了吧。即便如此，在拼命一点点唤回远去的魂魄并能够稳稳地站立在刚才的玻璃窗前为止，我不知多少次将眼睛闭上又睁开，也不知多少次用手帕擦脸。尽管如此，我依然无法鼓起勇气再度看向窗外，只能低头注视着地板，一次又一次发出颤抖的叹息，不停地吹散舌头上火烧火燎的浓烈威士忌香气。

这期间，正木博士将手上的扁平威士忌酒瓶放进白大褂口袋里，他自己也像是终于冷静下来一般，轻咳一声。

“哎呀，也难怪你会如此震惊。毕竟那位青年是跟你同年同月同日同时从同一个女人的肚子里生出来的。”

“什么？”

我惊叫出声，瞪着正木博士的脸，同时感到自己似乎就要明白一切了，终于鼓足勇气望向窗外那个吴一郎。

“那……那么，我和那位吴一郎是双胞胎吗？”

“不，不是……”正木博士神情严肃地摇了摇头。

“你们的关系比双胞胎更加亲密……当然，你们也并非只是两个容貌相似的人。”

“怎……怎么会有……”

话未说完，我的脑子又完全糊涂了，凝视着正木博士镜片下面那挂着一抹嘲讽的微笑的漆黑眼眸，暗自怀疑他究竟是在讥讽我还是真情流露……

正木博士的脸上转瞬浮现出仿佛是在怜悯我的微笑，他不住地点头，吸入雪茄烟雾又将它吐出来。

“嗯，你当然会感到困惑……因为你患有一种史籍上有载的有名的离魂症啊……”

“离……离魂症？”

“是的。所谓的离魂症，就是出现了另一个自己，做着跟自己不同的事情，自古以来被当成怪谈记录在各种书籍中，但是要让我这个精神科学专家来说，这在学理上是有可能发生的。不过在现实中亲眼见到这种情况，还是会有一种难以言喻的奇怪感觉吧？”

我慌忙揉了揉眼睛，战战兢兢地看向窗外……青年依旧像刚才那样站在原处，不过这次他的脸稍微朝这边侧了一点……

“那是我……吴一郎……和我……谁才是吴一郎？”

“哈哈哈哈哈哈哈。看样子你是无论如何都想不起来了，你还是无法从梦中醒过来啊。”

“啊，梦？我是在做梦吗？”

我双目圆睁，回过头不停地上下打量得意扬扬的正木博士。

“没错。你现在正在做梦。证据就是——在我看来，那个解放治疗场内从刚才起就一个人也没有，只有五六棵顶着枯叶的梧桐树而已……因为自从昨天发生了重大事故，解放治疗场就被严密地封锁了……”

“……”

“是这么回事……你听好了，接下来的说明会有些专业。在你的意识中，现在保持清醒并处于活跃状态的大部分是针对现实的感觉功能，也就是说，只有看、听、嗅、尝、感觉、思考、记忆当前事实的功能，而唤起‘是这样’‘是那样’等与过去相关的记忆的部分，现在只清醒到能够做梦的程度……所以，当你透过这扇窗户观察场内情景的时候，你在昨天之前像那样站在那里的记忆，便在刹那间苏醒到做梦的程度，化为你刚才所看到的清晰幻影，浮现在你的意识之中，所以，看起来就像与站在此处的你的当前意识重叠在了一起。也就是说，站在窗外的你，是从你的记忆中化为梦境出现的你自身过去的客观映像，而站在窗前的你则是现在的你的主观意识。你现在是同时看到了梦境与现实……”

我再次用力揉了揉眼睛，盯着用力眨眼的正木博士那奇怪的笑容。

“这么说来……我……我果然是吴一郎……”

“没错。无论是从理论上而言，还是从实际上来看，你都只能是名为吴一郎的青年。你会觉得不可思议是理所当然的，但也无可奈何……此外，倘若你的记忆彻底恢复，超出刚才所做的梦的程度，变得像现实那样清晰的话，很遗憾，这个实验就是若林大获全胜，而我一败涂地……但是在最终结果出来之前，孰胜孰负还是未知数，呵呵呵呵。”

“……”

“总之这种状态很奇妙吧？也很不可思议，对不对？但是如果从学理上说明，却完全不足为奇。即使是正常人，在头脑疲惫或者患有神经衰弱的时候，也经常会出现这种情况。当然程度比较浅……如果是男人，会在白天走在大街上时，脑海中浮现出自己昨夜被女人环绕大受欢迎的情景而偷笑；或者走在寂静无人的马路上时，眼前忽然出现自己上次差点被电车撞到的情景，吓得陡然停下脚步。如果是女人，会在陪嫁的旧妆镜中看到自己还是新娘时的模样而突然怔住或是追逐自己学生时代的回忆的残影，不由自主地回到学校的门口……类似的情况应该还有很多。这就跟在梦中看到自己未来的葬礼的情景是同样的心理，是自己过去的客观记忆所产生的虚像与映照在现在的主观意识中的实像重叠在一起导致的。并且因为你做梦那部分的脑髓的昏睡程度比普通睡眠要深得多，所以解放治疗场内的幻觉也像你刚刚看到的那样极端清晰，与熟睡时的梦一样真实，不，甚至具有比现实更深的吸引力，因此很难与现实的意识区别开来。”

“……”

“而且我刚才说过，那是你头脑中长期陷入昏睡状态的一部分脑髓的功能从与最近的事物有关的记忆开始一点一点苏醒时所做的梦，因此你很有可能还要很久才会完全清醒……等你真正清醒时，窗外的你和现在站在此处的你彼此发现对方就是自己时，会大吃一惊甚至晕倒过去，然后才会清醒过来。但是倘若到了那个时候，这个房间、我和现在的你也会一并消失，你很可能会在意想不到的地方发现意想不到的自己……其实在你刚刚差点晕倒时，我还以为你马上要清醒过来了呢……哈哈哈哈哈哈。”

“……”

我不知何时又闭上了眼睛，只是听着正木博士的声音。他的话语中蕴含着两三重不可思议的意味，令我不断陷入迷惘，只能拼命用力站稳双脚，生怕自己一睁开眼睛，就会发现一切都已消失不见。我的身体瑟瑟发抖，舌头在口中慢慢嚅动。

就在这时，我那几乎无意识地按住头的右手，同样无意识地移动到前额发际线的位置时，突然感到一阵渗入脊椎的痛楚。

我不由得“啊”地叫出了声，更用力地闭紧眼睛，咬紧牙根，小心翼翼地抚摩那里。不知道是不是错觉，我觉得那里似乎微微鼓起，但又好像不是肿块，感觉应该是被某物重重撞击或者遭到殴击的痕迹……可是，我之前从未感觉到疼痛……而且从今天早上到现在，我也不记得自己的头曾经遭受过如此重击……

所谓的“梦中做梦”是不是就是这种情况？我轻轻把手放在痛处，紧闭双眼用力摇头……然后抱着从峭壁上一跃而下的决心，毅然睁大眼睛，仔细地检查自己的上下左右……与我闭上眼睛之前没有丝毫变化。只有之前就在解放治疗场附近盘旋的一只大鸢，再次从场地的上空掠过，在沙地上留下一道黑影。

看到此种情景，我不得不认识到这一切都是现实。无论那是多么怪异、多么恐怖的精神科学现象的重叠，对我来说都既不是做梦，也不是幻觉，而是我亲眼见到的实实在在的画面、亲耳听到的实实在在的声音，这一点我确信无疑。如今我已经能够毫不恐惧地以冷淡的态度盯着那位现在站在窗外、与我相似到只能认为是另一个我的吴一郎了。随后，我缓缓地转身望向正木博士，博士马上眯起眼睛，笑得露出了假牙的根部。

“哈哈哈哈。给了你这么多暗示，你还不明白吗？你不认为自己是吴一郎吗？”

我沉默地用力点了点头。

“哈哈哈。了不起，真了不起！其实我刚刚说的话都是谎话……”

“什么，谎话？”我不禁放开按住头的手，双手无力地垂下，目瞪口呆地面对正木博士，眼珠突出，估计我整个人完美地诠释了“呆”这个字……

眼前的正木博士忍俊不禁地捧腹大笑，发出矮小的身躯所能发出的最大声音，但随后便被雪茄呛到了。他扯松领带，解开西装背心的纽扣，重新扶好架在鼻梁上的眼镜，继续前仰后合地大笑起来，室内的空气仿佛随着他的每一次大笑而消失又出现。

"哈哈哈哈哈。真痛快！你居然如此老实，真是太有意思了！啊哈哈哈哈哈。啊，太好笑了……啊，我快受不了了……你可千万别生气啊……我刚刚说的那些话，全都是比真金还真的纯粹谎言……啊哈……啊哈……但我绝对没有恶意，只是利用那位叫吴一郎的青年和你长得一模一样这件事来考验一下你的头脑。"

"考……考验我的头脑？"

"没错。坦白说，接下来我要向你揭开那位吴一郎的心理遗传的真相，不过这会涉及很多更加令人难以理解的内容，所以如果头脑不够精明，很可能会陷入严重的错觉之中。比如现在，如果你相信刚才那位青年'绝对是自己的双胞胎兄弟'，那我接下来的叙述就会彻底乱套，所以我才事先给你打个预防针，啊哈哈哈哈。"

我仿佛真的从梦中醒过来一样，深呼吸了一下，一面为正木博士的辩才而颤抖，一面再次伸手摸向额头的疼痛处。

"但是，我这里刚刚突然很疼……"话未说完，我就闭上嘴巴，担心又会被对方嘲笑，怯生生地眨了眨眼睛。

但是正木博士并没有笑，像是早就知道我头上有个地方疼似的，若无其事地说："嗯……那个地方啊。"

这漫不经心的态度比嘲笑我更令我不舒服。

"那里啊……那里并不是突然开始疼的，在今天早上你醒来之前就已经开始疼了，只是你一直没有发现而已。”

“可是……可是……”

我当着正木博士的面一根一根屈起颤抖的手指数道：“今天早上理发师傅摸过一次，护士也摸过一次……在此之前我自己也不知摸过多少次……这个地方应该至少被摸过十次，可是一点儿也不疼啊……”

“无论被摸过多少次都是一样的。只要你认为自己与吴一郎是毫无关系的陌生人，就不会感到疼痛，但是一旦你发现了自己跟吴一郎长得一模一样，就会突然想起那份疼痛……其中体现着精神科学不可思议的合理作用……宇宙万物都只不过是与‘精神’对照的精神科学性的存在，所以它能够证明靠所谓的唯物科学绝对永远无法解释的现象确实存在，是一个麻烦的瘤……也就是说，你头部的疼痛与那位吴一郎心理遗传的终极发作有着密不可分的关系。因为吴一郎昨夜将心理遗传发挥至极点，企图撞墙自杀，而那份疼痛现在就留在你的头上。”

“啊……什么？那么……我果然是吴一郎？”

“哎呀……不必如此慌张……蜜蜂不知虻心，犬不知猪心，张三的头被打，李四不会疼痛，此乃常理，也是唯物科学的思考方式。”

正木博士突然随着雪茄的烟雾吐出这样一句谜语一般的话。就在我因为不明就里而不知所措之际，他闭上一只眼睛轻笑出声。

“但是……现在你认为和自己毫无关系的吴一郎的头痛，是在怎样的精神科学的作用下留在你的颅骨上的呢？”

我不由得再次回头望向窗外，凝视着面带微笑站在解放治疗场一隅的吴一郎的身影。与此同时，我的头痛带着某种神秘的脉动，重新鲜活了起来。

眼前的正木博士再度吐出一个巨大的烟圈。

“怎么样？你能够自己解决这个疑问吗？”

“不能。”

我按着头干脆地回答……心情如同今天早上醒来时那样悲哀……

“不能的话就没办法了。你将永远不知道自己的身世与来历。”

我突然感到一阵揪心，那种悲伤，就仿佛是被父母牵着手来到陌生地方的孩童突然被松开手抛弃一样。我不禁放下按住头的手，双手交握在一起，祈求对方：“请告诉我……教授，求求您……如果再遇到更不可思议的事，我会死的。”

“别讲这种没出息的话！哈哈哈哈哈。你不必这么激动，我会告诉你的。”

“请告诉我……我到底是谁？”

“且慢……在告诉你之前，你必须答应我一件事。”

“任……任何事我都可以答应。”

正木博士脸上的笑容消失了。他将正要吐出的烟圈重新吸入口中，盯着我的脸。

“一定吗？”

“一定……无论是任何事……”

正木博士的脸上再度浮现出他独特的讥讽式的冷笑。

“如果你能以刚才那样确定的心情，抱着‘我无论如何都不可能是吴一郎’的确信听我说话，那么这应该不是什么难事……接下来我打算完整地给你讲讲吴一郎的心理遗传事件，我想让你答应我，不管这内容多么恐怖、多么难以置信，你都能够忍耐着听到最后。”

“我会的。”

“嗯……当我讲完之后，你如果也能认同这些是没有半点虚假的事实的话，请将这些事实记录下来，并和我的那封遗书一起公之于世，这就是你一辈子的义务，也是你对于人类的重大责任。明白这一点后，哪怕这是一项令你无比迷茫并令你战栗的工作，你也能笃定地将其付诸实施吗？”

“我发誓我能做到。”

“唔……还有一点，如果事情发展到那一步，你自然也会意识到，你有责任与六号病房的那位少女结婚，并消除导致她目前精神异常的因素。你会担负起这种责任吗？”

“我真的……有这样的责任吗？”

“这个你可以到时候自己考虑……总之，你是否有那样的责任，换句话说就是吴一郎的头痛为什么会转移到你的额头上，要解释其中的原因的方法其实非常简明了，连五分钟都用不到。”

“那……那么简单的方法吗？”

“是啊，很简单，而且道理连小学生都明白，根本不需要我加以任何说明。只是需要你到某个地方去，跟某个人握个手就行。如此一来，我所期望的某种伟大的精神科学作用就会在一瞬间电光石火般发生，你就会恍然大悟‘哎呀……原来如此……原来我是这样的人啊’，那个时候你说不定会真的晕倒。说不定还没等你们握手，作用就已经发生了。”

“不能现在就做吗？”

“不行。绝对不行。我刚刚也说过，一旦你现在就明白你是谁，就会陷入严重的错觉之中，极有可能会搞砸我的实验。所以，在我亲眼看到你按照我的指示采取行动，彻底明白事情的前因后果，并将其记录下来公之于众之前，绝不可以展开那项实验。怎么样，你能答应吗？”

“我……能答应……”

“好……那我就开始讲了。内容会相当艰涩难懂，请你到这边来……”

说着，正木博士牵着我的手来到大桌子前，让我坐下。他自己也回到原来的扶手转椅前，和我面对面坐下，从白大褂的口袋中掏出火柴，点燃一支新的雪茄，将吸剩下的烟蒂弹进达摩烟灰缸中。

由于看不到窗外了，我的内心如释重负，清楚地感觉到无数解不开的疑问将会更加深刻地接踵而来。

“哎呀，话题真的越来越艰涩了。”正木博士故意重复了一遍，用比刚才更随意的态度将双肘撑在桌子上，双手托腮，斜叼着长长的雪茄，笑眯眯地盯着我的脸。

“对了，暂时先不谈你是谁这个问题，你觉得今天早上见到的那位少女怎么样？”

我不明白他这个问题的意思，眨了眨眼睛：“什么怎么样？”

“你不觉得她很漂亮吗？”

听到这个出乎预料的问题，我不禁感到有些狼狈。原本在脑海中飞蚁般盘旋飞舞的无数大小“问号”霎时消失，取而代之出现在眼前的是那湿润的黑眸、小巧的红唇、细长的蛾眉、覆着短短绒毛的耳朵……

我感到脖颈周围变得暖烘烘的，刚刚差点晕倒时被灌下去的威士忌似乎也开始在身体中游走，不由自主地用手帕擦拭面部，感到整张脸都在不断地往外冒热气……

正木博士笑眯眯地点了点头。

“嗯……果不其然，果不其然。被问及那位少女是否漂亮而能若无其事回答的青年，不是已经对恋爱游戏感到疲倦的不良少年，就是出现在《八犬传》或者《水浒传》中性无能患者的后裔……但是除此之外，你对那位少女没有别的感觉吗？”

说实话，我并不想在此记录下我当时的心情……然而，我不能伪造事实。多亏正木博士如此问我，我才第一次发现原来我对那位少女的感觉并未比今天早上初次见到她时有更进一步的变化。只是被她那纯真无邪、惹人怜爱的美貌所打动，无论如何都希望帮助她恢复正常，希望将她从这座医院中救出，让她与朝思暮想的青年见面而已。而我根本无暇思考这是否是我对她的“恋爱表现”的“变形”。不……我甚至觉得更进一步地剖析自己的内心，对她而言是一种亵渎，因而内心深处时刻保持着警戒……正木博士一针见血地指出我的心事，我不由自主地红了脸，身体像石头一般僵硬，支支吾吾地回答：“嗯，我觉得……她很可怜。”

正木博士听到我的回答，很满意地不住点头。从他的态度来看，他似乎认为此时我恋慕着那位少女，但我并没有多余的心情消除他的这种想法。就在我焦急地考虑该如何解除他的误解时，正木博士再度悠然地认真点了点头。

“果不其然，果不其然。你觉得她漂亮，即表示你爱慕她，否则你便是个伪君子……”

“这……太武断了……教授……您误会了。”

我慌忙举起拿着手帕的手叫嚷道。

感觉到异性美丽的心情与恋慕、爱慕、情欲是不一样的。将这些混杂在一起的恋慕是错觉，是对异性的亵渎，您这种武断的说法太不符合精神科学家的身份了，简直是一派胡言……

我的脑海中霎时闪过这些反驳的话语……但正木博士丝毫不为所动，依旧笑眯眯地说道：“我明白，我明白。你不必辩解。你被那位少女所恋慕或许会感到困扰，不过一切顺其自然，你是否会爱上那位少女，就交给命运吧。为了得出这种命运的结论，现在你就仔细听我讲讲你的头痛与那位少女之间的关系吧。这个组合听起来多少有些怪异，但是在听我讲述的过程中，你会逐渐发现，无论是从法律还是道德角度来看，你和那位少女都站在同一条命运的直线上，随着一切矛盾和不可思议的谜团的解开，你也会明白，你们一旦出院就必须立刻结婚。”

听着正木博士的话，我再次颓然地低下了头……但那并非因为脸红，因为当时的我完全没有脸红的心情。我只是紧闭双眼、咬紧下唇，拼命在想如何从正木博士的话语中所包含的所有不可思议的事实中发现解决我目前处境的焦点。我试着依次回想从今天早上开始发生的事，边回忆边分析：

正木、若林两位博士表面上是推心置腹的好友，实际上却是彼此抱有强烈敌意的仇人。

而两人不和的原因，似乎是从把我和吴一郎当成实验材料进行精神科学研究时开始的，如今二人之间的斗争已经趋于白热化，甚至发展到在这间研究室公然进行的地步。

但是，唯有在逼我和六号病房的那位少女结婚这一点上，两人的意志奇妙地达成了一致。

而且，万一我与那位吴一郎是同一个人，或者是和吴一郎同名、同岁、同样相貌的青年，而那位少女确实是吴茂代子的话，事情就非常奇怪了。也就是说，能够在我们两人结婚前夜，使用某种精神科学性质的犯罪手段，让我们陷入如此悲哀的命运的，只有这两位博士……世上还有如此矛盾之事吗？当然，这也并非不能强行解释。两位博士出于某种学理研究的目的，故意让素不相识的一位少女和双胞胎中的一位成为精神病患者，陷入某种刻意设置的错觉之中，推动二人真心结合……这也并非完全没有可能，但实在很难想象人类的心和手能够进行如此残忍背德的诡异的学理实验。

这样的矛盾与谜团究竟是因何而来的呢？

两位博士又为何要以我为中心斗得如此不可开交呢？

但是，这样的思索纯属白费力气。越想越混乱，越推测越理不清头绪，最终连思索和推测都无法进行，只能在脑海中想象着蹙眉、抿唇、如石像般的自己，凝然紧闭双眼……

笃笃……笃笃……敲门声突然响起。

我骇然睁开眼睛，怯怯地望向房门，心想“会不会是若林博士”……但是正木博士连头也不回，依旧双手托腮，用吓人的音量喊道：“进来！”

声音在室内回荡。很快便听到咔嗒咔嗒的开锁声，从打开一半的门外走进来一个人，定睛一看，是一位身穿九州帝国大学深蓝色制服的光头校工。他看起来年纪相当大，佝偻着腰，右手端着的漆盘上放着一个熏黑的陶壶和两只粗糙的茶杯，左手则捧着放满蜂蜜蛋糕的点心盘，步履蹒跚地走近大桌子，放到一脸不可思议地看着他的正木博士面前，随后怯生生地低头致意，搓着手抬起头来，用昏花的眼睛看看正木博士又看看我，再度无比恭敬地弯腰行礼，双手几乎要碰到地板。

“嘿嘿，今天天气真好……嘿嘿……这是院长派我给二位送来的茶点……嘿嘿。”

“啊哈哈哈哈哈哈。原来是这样啊，是若林叫你送来的啊。嗯……辛苦你啦。是若林自己带来的吗？”

“不……院长刚刚打电话过来，问我正木教授是否还在，我吓了一跳，回答说我不知道，这就过去看看。走到您的房间外，听到两位的声音，我就回去向院长如实汇报了。院长说他等会儿会送东西过来，让我先送上茶点……嘿嘿。”

“好的，我知道了，你打电话告诉他，有空的话请他过来一趟。辛苦了，辛苦了……门就不必锁了。”

“好、好的。我完全不知道教授您在这里……今天只有我一个人，还没有打扫……工作不周……实在对不起……嘿嘿……”

年迈的校工在我们面前用颤颤巍巍的手倒完茶后，不住地点着头行礼，走了出去。

目送他关上门后，正木博士突然弯下腰，拿起一片蜂蜜蛋糕塞入口中，就着热茶吞了下去，然后以眼神示意让我也吃。

但我没有动，双手交握放在膝上，目瞪口呆地望着正木博士的举动，内心完全被两位博士之间我不能理解的火花四溅的紧张氛围所吸引……

“啊哈哈哈哈哈。没什么好害怕的。就因为这样，我才喜欢恶徒嘛！那家伙知道我从昨天晚上起就什么东西也没吃，所以送来我最喜欢的长崎蜂蜜蛋糕，还以为自己是上杉谦信[①]呢！这是在医院门口专门卖给探病者的，所以不用担心，里面不会掺有老鼠药的，哈哈哈哈哈哈哈。”

说话期间，他又往嘴里连塞了两三片蛋糕，不停地喝着茶。

“啊，好吃。怎么样，接下来继续进行我们的话题吧。不过在此之前，你对刚刚读过的吴一郎前后两次发作的情况，已经没有任何疑问了吗？”

“有。”我鹦鹉学舌般回答道，但声音出人意料的响亮，在室内引起巨大回响，连我自己也吓了一跳，我不禁下腹用力，重新坐直身体。

也许是刚刚在眼前发生的小波澜——蜂蜜蛋糕事件——的缘故，让我至今为止无处宣泄的情绪得到了转换，又也许是刚刚差点晕倒时被灌下的威士忌这时才真正发挥作用，总之，听到自己的回答在室内发出回声又消失之后，我突然间勇气倍增，将一杯热茶一饮而尽……沁人心脾的茶香由舌头传向食道，让人不断回味出一丝丝甘甜，全身的关节都放松了，血液循环也无比顺畅，我感到心旷神怡，神经也松弛下来，不自觉地舔舐着湿润的嘴唇，凝视着正木博士，嘴里呼出带有威士忌酒味的炽热气息……

“不管事情到底如何，我绝对不可能认为自己是吴一郎……”

我想要这般大声宣告……不可思议的是，随着这个念头的产生，

① 上杉谦信：日本战国时代的名将，与其主要对手武田信玄之间的关系颇具传奇色彩，尽管两人多次在战场上厮杀，但他们之间却存在一种惺惺相惜的关系。

迄今为止在我身上发生的种种事端，似乎都变得与我毫无关系，令我感到说不出的有趣。今早以来的种种见闻，如同万花筒般带着难以言喻的趣味与色彩，开始在我眼前不断旋转。同时，直到刚才还令我觉得无比可怕和危险的两位博士，不仅一点儿也不可怕了，反而像是非常有趣的玩具。

两位博士肯定是产生了某种严重的误会。

这桩案件的真相搞不好是一场出人意料的荒谬喜剧。

有一位和我长相酷似的青年，同我一样患有异想天开式的精神病，因此两人混淆在一起，难以分清谁是谁，为了分出谁是谁，两位博士展开竞争，但是经过唇枪舌剑，依然无法得出结论。为了终止这样的痛苦，两位博士找到某一方的未婚妻，让她与他们中的某一位结合，企图以此得出结论，独占功劳，可以说使出一切手段，展开激烈的交锋……这听起来不也是一个精彩纷呈的新奇故事吗？有意思……一旦确信事情就是如此，那么不管两位博士是我的敌人还是我的朋友，他们欺骗我的手段是如何巧妙恐怖，我都无须害怕。除非我自己深入了解到这桩案件的真相，否则其他都是谎言。等我彻底挖掘出案件的真相，将那位少女从这个疯子地狱中拯救出来，让两位博士大吃一惊的时候，不知该有多痛快……

就这样，我的心情变得大胆而雀跃，室内仿佛也变得舒爽明亮起来，窗外是一片松树的翠绿，白昼的静谧怡然沁人心脾。

但是，我感觉脑海中的这种变化不过发生在短短数秒之间，很快我就回过神来，发现正木博士反手抱住后脑，透过架在鼻梁上的眼镜笑眯眯地望着我，似乎正在等我提出问题……

我有些不知所措，因为我想问的问题实在太多了……但是又觉得从哪里问起都无所谓，于是拿起眼前的遗书，翻到案件记录摘要的结尾部分，指着那里给正木博士看。

“这里写着‘插入画卷照片和画卷的《由来记》’，那真正的画卷怎么样了呢？”

“啊，这个啊……”

话未说完，正木博士就放下双手，用力一拍大桌子边缘。

“我可真是粗心啊，哈哈哈。一心只想着让你恢复记忆，却忘记给你看最关键的东西了。不看到这个，你是无法了解吴一郎心理遗传的真相的，我的遗书也等于是画龙未点睛了。哈哈哈哈哈哈……失误，失误，可能是睡眠不足导致我反应有点迟钝了……好，我这就拿给你看……应该就放在这里。”

正木博士说着挠挠头，伸出一只手将旁边的包袱拉过来，麻利地解开包袱，从中取出一个长方形的报纸包和厚约两寸的大尺寸横格纸装订本，特意拿到北侧的窗边掸去灰尘。

“呸……呸呸呸……好多灰。毕竟放在暖炉中好久了……你看，这个装订本就是若林关于侄滨事件的调查书，也就是你读过的摘要部分的原文。若林以他肺病患者特有的敏锐神经翻来覆去、仔仔细细地调查得非常透彻，真是一篇难得的杰作。想读的话，等你以后有时间再慢慢读，今天就先看看这幅画卷和画卷的《由来记》吧……嗯，先从《由来记》开始看吧，之后再看画卷会更有意思……”

说着，他打开报纸包，将放在里面的白木匣中的一沓装订好的日本纸随手扔到我面前。

“这是附在画卷后面的《由来记》的誊抄本，也就是如月寺《缘起》之前所发生的事，写的是开始于距今大约一千一百年前的古代的吴一郎的心理遗传的根源，而你在阅读的过程中能否清晰地想起‘啊，我很久以前好像在这里看过这个’的事实，也是决定若林和我孰生孰死的关键。你能明白吧？只要你的头脑中存在一丝一毫曾经看过它的记忆，那你肯定就是吴一郎……哈哈哈哈……总之你先看吧。不用客气，故事非常有趣……”

我十分清楚这份资料的内容非常宝贵，也明白正木博士通过这份文件在我身上进行的精神科学实验具有无比重大深刻的意义，但很不可思议的是，我的心里居然一点儿也不紧张。也许是刚刚喝下去的威士忌多少还残留一些效力吧，我反而学着正木博士的样子随手拿起那叠装订本，漫不经心地翻开第一页，看到里面密密麻麻挤满了方方正正的黑色汉字，连一丝空隙都没有。

“啊，这是汉文，而且不是白话文。没有标点符号，也没有标注假名，这我可看不懂啊……”

“是吗？那就没办法了，我先把我记得的内容概要给你讲讲好了。”

“那就麻烦您了。”

“嗝……”正木博士打着嗝直起身，穿着拖鞋蹲到椅子上，双手抱膝转向南侧，仿佛在整理思绪似的半眯着眼，望着窗外的亮光吐出苍白的烟圈。

也许是威士忌的酒劲上来了吧，我感到莫名的困倦，昏昏欲睡，就把胳膊肘撑在桌面上，双手托着下巴。

“嗝……听好了，这是大唐玄宗时代，也就是距今约一千一百年前的事。玄宗皇帝在位晚期的天宝十四载（755 年），安禄山叛变，翌年正月自封皇帝，六月入关，帝出奔崩于马嵬坡[①]。杨国忠、杨贵妃伏诛……以上是编年史上的内容。”

“教授，您记得真清楚啊……”

“历史最无趣的就是必须背诵……言归正传，如编年史所述，唐玄宗崩于天宝十五载，七年前的天宝八载（749 年），有一位年龄十七八岁的范阳进士吴青秀，奉玄宗之命，笈彩管入蜀，绘嘉陵江水，而后越巫山巫峡，溯扬子江而上，探得奇景名胜而归，作山水画百余幅，装裱为五卷献上。帝嘉赏，赐已故翰林学士芳九连遗女芳黛为妻。芳黛乃芳芬之姊，两人为双胞胎，同为贵妃侍女，时人誉为华清宫双蝶。时为天宝十四载三月，吴青秀二十五岁，芳黛十七岁。”

“太厉害了，我可记不住，这也是编年史上的内容吗？”

“不，这些不是。‘赐黛女’一事记录在小说《牡丹亭秘史》中。该小说中有描述诗人李太白在牡丹花荫下偷窥唐玄宗与杨贵妃在牡丹亭卿卿我我的插图，是中国著名的艳情小说，而其中有关吴青秀的记载，只有开头部分与这部《由来记》的内容一字不差，很有意思。我打算过段时间拿给文科的家伙们研究看看，毕竟这是一篇杰作，让人情不自禁地想要背诵下来。”

“是吗？可是汉文所写的故事，只靠听总觉得听不太懂，必须看着所使用的每一个汉字……”

“嗯。那我就再说得浅显一些吧！”

“好的，那就太感谢了。”

① 此处原文疑有误，唐玄宗并未死于马嵬坡。

“哈哈哈哈哈。简单说来，唐玄宗这老头儿是历史上有名的痴情皇帝，他和杨贵妃两人的形象经常被描绘在节日的灯笼上。他曾经平四夷，治天下，分兵农，禁恶钱……至此还算一代名君，然而后来他却迷恋杨贵妃，对她言听计从，让以其兄杨国忠为首的一干酒囊饭袋占据要职，也就是疏远忠臣、任用奸佞、粉饰太平。甚至在富丽堂皇的骊山宫中建造金玉镶嵌的浴池，引柔润如玉的温泉水与杨贵妃共浴……说什么‘只要与你在一起，天涯海角永相随’……”

“哇，这也太浅显了……”

“喂，你可要认真听啊！这里面没有一句是我瞎编出来的。这可是五年前流行的‘天涯海角永相随’的俗谣的起源，是留有正式记录的！”

“啊，是吗？”

“当然了！说什么‘跟你在一起，我不愿意去撒哈拉或尼加拉瓜那种粗鄙之地，但愿能与你一起升天化为两颗星辰，让下界的凡人无比艳羡’，简直让人受不了。那些偷窥偷听的家伙也真不是一般人……”

“但是，这跟那幅画卷有什么关系呢？”

“关系大着呢！你先别急，耐心听我说。因为是中国的故事，所以有些错综复杂。听好了啊……作为有文化的天子，唐玄宗非常爱好艺术，才会非常偏爱像李太白这样的秃头诗人，同时命令当时十八九岁的青年进士吴青秀画遍天下名胜，好让他坐享天下美景，不过听说这是贵妃的主意……”

“那位青年是绘画天才？”

“那当然，虽然年仅十八九岁，其画作却是与那名闻古今的秃头大诗人李太白的诗齐名，画工自然了得。可惜他命运不济，年纪轻轻就去世了，所以留下的画作不多，名声也不够响亮。我刚才也说过，当时的记录自不必说，近代的编年史中也有关于他的记载，但是在不同的书籍中，他的年龄和姓名都多少有些出入，确切的情况无从得知。但是既然存在记载有详情的实物证据，将来的史学家就算再不愿意，也必须承认这位青年真的存在过。”

“这么说，这幅画卷就是非常贵重的参考史料了？”

“岂止是贵重……我们先回到前面的话题，青年进士吴青秀奉天子之命游历四方、旅行作画六年，于天宝十四载回到长安，将所绘的风景画卷献给天子，讨得龙心大悦。不仅获得了身为艺术家的无上殊荣，还获赐黛女这位美貌娇妻，同时得到一处可供夫妻二人共同生活、带有美丽庭院的小巧宅邸。一桩桩喜事接踵而至，他着实过了一段如梦似幻般的生活。然而美好的日子没有维持太久，大唐盛世便奏响了没落的前奏曲。他注意到凶兆、妖孽频频出现，处处呈现出天下大乱的前兆。但不论身边之人如何劝谏，天子一概听不进去，还稍不如意就捏造罪名，处死忠臣……目睹此种情景，吴青秀慨然决定以自己的画笔之力惊醒天子的迷梦，而措天下于泰山之安，所以向新婚妻子表明心迹，问她是否愿意为了天下舍弃自己的生命，自己很快也会随她而去……妻子高兴地回答：‘为了你，我愿意。’”

“太伟大了。”

“随后，吴青秀秘密雇用工匠和泥水匠，在距离帝都长安数十里的山中建造起一间画房，也就是画室。但是该画房的构造十分奇特，窗户极高，使人无法从外面窥看内部，正中间摆放一张蒙着白布的卧床。

买足薪炭菜肉、防寒防蝇之物，做好一切闭关的准备工作之后，吴青秀就与黛夫人一起悄然入住其中。同年十一月某日，夫妇誓约在冥界重逢，饮尽离别之酒，洒下哀伤之泪，随后黛夫人便斋戒沐浴、重施粉黛，在香烟缭绕中，身着白衣卧于床上，吴青秀跨坐其上将其勒死。随后褪去尸体衣物，调整肢体，撒香花，烧神符，祛尸鬼，展纸调配丹青，倾注毕生心血开始极尽色彩之能事地作画。”

“哇……故事的走向越来越恐怖了，与刚刚《缘起》中描述的完全不同啊。”

“吴青秀计划每十天临摹一次夫人的模样，直到尸体化为白骨为止，共完成约二十幅画卷，献给唐玄宗，凭借自己逼真的笔力，让唐玄宗亲眼看到人类肉体的虚无和人生的无常，从而幡然醒悟。但是，毕竟当时是没有防腐剂的时代，虽然是冬天，尸体腐烂的速度却越来越快，一幅画从开始到完成，形貌已然大为不同，在尚未画完原计划的一半时，尸体已只剩下白骨和毛发……也许是因为缺乏科学知识，他是以土葬时的尸体腐烂速度为基准制订的计划的缘故吧……无论如何，这份忍耐力都很可怕。”

“会不会是天气太冷，在室内生火取暖的缘故？”

“啊……有道理，取暖设备啊……我居然没往这边想。零下几摄氏度的话，画笔是会冻住的……总之，吴青秀满心只考虑到‘忠义’二字，根本未曾料到自己的判断会出现这样的失误，可以想见他当时是何等的狼狈与惊愕。不惜牺牲新婚宴尔的妻子也要完成的计划，眼看就要化为乌有……欲哭无泪说的便是他当时的心情……最终，他自暴自弃，陷入癫狂，心想‘我已为天下逾越过一次伦常，又何须在乎其他’，于是打算到附近的村子寻找美丽的女子，虚情假意地靠近，谎称要为对方画像，将其诱骗至山中，杀死之后当作自己的模特……”

“啊……这忠君爱国之心未免太可怕了吧。”

“是啊，日本人是不会有如此深的执念的。但是如今，吴青秀的风采已然大变，脸颊凹陷，鼻梁凸起，目光似鬼，再加上蓬头垢面、形销骨立，被他拉住衣袖的女子皆仓皇而逃。经年累月下来，他的足迹遍及远近村庄，名声也广为传播，不管他走到哪个村庄，人们只要见到他就会立刻驱赶他，幸而无人知道他在山中的居所，否则只怕难以苟全性命。但是，吴青秀的忠志不减，愈挫愈勇，终于落得个淫仙的名号，所谓淫仙指的就是西洋的青须公[①]。”

“这样啊……可是这淫仙也怪可怜的。”

“但是，这位淫仙本人却毫不在乎，这回他改变了方针，打算寻找新下葬的妇女，趁着夜色挖掘坟墓，拖出尸体，运到山中。但是俗话说，‘一个死人三人扛’，因为僵硬的尸体没有重心，要扛起来非常不容易。但吴青秀毕竟只是一介画师，手无缚鸡之力，即便是拼尽全力，想要将尸体毫发无损地扛到山中绝非易事。扛起这头又掉了那脚，气喘吁吁地抱着尸体前行时，天很快就亮了，他的所作所为全部落入村民眼中。早就对淫仙有所耳闻的村民大惊失色，以为他企图奸尸，简直十恶不赦，当即大声喊叫着在后面追赶过来，淫仙只好扔下尸体躲回山中。虽然当时已是春天，他却连续两三天都无法忘记背上扛着

① 青须公：又译作“蓝胡子”，是法国诗人夏尔·佩罗创作的童话故事《蓝胡子》的主角，他连续杀害自己的六任妻子，后人用其指代花花公子、乱娶妻妾或是虐待老婆的男人。

尸体的寒意，不管怎么烤火，还是冷得牙齿直打战。”

“他居然没有病倒？”

“嗯，或许也得过风寒吧。但是，钻牛角尖之人的身体有时会表现出超常的抵抗力，更何况吴青秀的忠志比冰雪还要坚硬。他只在画房中待了四五日，便重新振作起来，决心进行第二次冒险。于是他悄悄下山，来到与上次截然不同方向的另一处村庄，偷了一把铁锹，悄悄溜进森林中的某处墓地，却意外地在沐浴着月光的一座坟前看到一名手捧鲜花的女子。如此深更半夜真是不可思议，他悄悄地走近，发现那名女子似乎是从远处一座妓院中偷跑出来的妓女，她身着凌乱的春装，趴在坟头上再三诉说着‘你为什么抛下我走了呢’，看上去是在对死去的情郎倾诉相思之苦。满心忠义的吴青秀见到如此悲切的情状，也不免动了些恻隐之心，但旋即便狠下心来，悄悄潜至女子身后，一锹拍碎了少女的头骨，随即用事先准备好的绳索绑住其手脚，背在背上，扔掉铁锹打算逃走。这时身后的森林中传来人声，看来是妓院派来追捕妓女的人追上来了，几个男人大声咒骂着‘是淫仙’‘是杀人鬼’‘是夺尸鬼’，然后前后左右包围了他，并试图制服他。吴青秀见状，怒火攻心，扔下尸体，大喝一声‘你们敢妨碍我的天业吗’，同时爆发出百倍的狂暴力气，将扑过来的两三人推倒在坟地上，拾起铁锹，击散剩余数人，并趁此间隙，再度扛起妓女逃向山中。好不容易沿着山路逃回画房之中，他立刻洗净尸体，让其取代黛夫人的残骸安置于床上，供香花，祛尸鬼，生火，慢慢等待其腐烂。但是又过了两三天，画房外突然浓烟四起，并传来很多人的哄叫声，他惊讶地将头探出窗户往外看，只见画房四周薪柴堆积如山，外围则是云集而来的村民与官吏。看来是有人悄悄跟踪吴青秀而来，发现画房之后，便回去召集群众，试图以火攻逼他出来。这时，吴青秀带着未完成的画卷、黛夫人发间佩戴的杨贵妃赏赐的夜明珠——也就是钻石——以及青琅轩玉、水晶管等数件物品，拼命逃进山林，千辛万苦地躲避追捕，东躲西藏数个月，终于在一年后的十一月某日抵达都城，踉踉跄跄地潜入自己宅中。此时他已进入超越生死的境界，恍如做梦，连他自己也不知为何要回家来。”

“啊，这真是太可怜了。”

“嗯。简直就像活着的游魂。话说他进家门一看，这里已是北风枯梢抛寒庭，柱倾瓦落伤流萤，当真是一派破败景象。吴青秀来到自己的房间，却不知该如何是好。别说是妻子的身影，就连乌鸦都不见一只。锦绣帐里撒枯叶，珊瑚枕头呼不应。吴青秀涕泗滂沱，百感交集，长恨悲泣不已，取下幔帐扣绳系于栏杆间，怀抱妻子的遗物，欲上吊自杀。说时迟那时快，从隔壁房间突然跑出一位身穿红衣的风姿绰约的美人，口中喊着‘郎君，郎君’，将他抱住。”

“啊，那个人到底是谁？”

“仔细一看，竟然是自己亲手勒死且已化为白骨的黛夫人，而且是新婚宴尔时浓妆艳抹的模样。”

“哎呀……他不是把黛夫人杀死了吗？”

“你先别说话，听我说。这里是最有趣的地方……吴青秀也完全被搞糊涂了，脑中嗡的一声，感到头晕目眩，不过在黛夫人幽灵的照顾下终于清醒过来，这次他冷静下来定睛细看，又吃了一惊。刚刚还穿着新婚宴尔时的红衣的黛女已恢复昔日宫女时代的少女模样，穿着飘逸的白裙，鬓发如云，清丽似花，看起来是个最多只有十六七岁的天真无邪的少女。”

“简直太不可思议了。怎么可能有这种事？”

“嗯，吴青秀似乎也和你有同感，差点再次晕厥过去。他很久才慢慢回过神来，抱住少女问‘你怎么会在这里’，从头到脚仔细打量着她，这才发现对方原来是黛夫人的双胞胎妹妹芬小姐。”

“原来是这么回事，我就说嘛，不过确实有趣，就像演戏似的……”

“这也是中国式故事的讲述风格。于是，终于明白过来的吴青秀松开芬小姐，目瞪口呆地看着她，双手扶在他膝上的芬小姐面红耳赤地开口：‘对不起，你一定吓了一跳吧？我这就把一切都告诉你。我从很久以前就独自住进这里，穿着姐姐留下来的衣服，假装自己是姐姐，并模拟每天侍候姐夫的工作，还告诉别人，说我丈夫吴青秀最近每天都待在画房中画画。我每天都会估算着购买两人份的食物，有时还会去买颜料和画笔来掩人耳目。所以邻居们都深表敬佩，说在这样的天下大乱之际，你还能如此镇定地作画，真是了不起。这一年时间，我就这样辛苦地帮你们守着这个家，日夜盼望着你们能够回来。今天我也刚刚买东西回来，听到这间屋内有声响，还有人号啕大哭，觉得奇怪，就跑过来一看，没想到是姐夫你在试图自杀，不禁吓了一跳，慌忙抱住了你。在照顾晕厥过去的你时，我看到一卷密封的画卷还有姐姐之前很喜欢的宝石与发饰从你的怀中掉了出来。而你在半梦半醒间做出叩拜的动作，边哭泣边梦呓‘黛啊，原谅我，我不该杀死你……’我这才知道姐姐已经死在姐夫你的手中，而你误以为我是姐姐的幽灵……为了消除你的困惑，我慌忙换上自己的罗衣……可是，姐夫你究竟为何要杀死黛姐姐？而且到今天为止的这一年来，你又在哪里做了些什么呢？’她泪流满面地逼问吴青秀。”

“啊……但是，先前这位芬妹妹为何要做出那般奇怪的举动？她为什么要穿上她姐姐的衣服，模仿她姐姐侍候丈夫的行为呢？”

“嗯，嗯，你会有这样的疑问非常合理。我想吴青秀应该也有同感吧。或许是因为他还处于震惊当中，所以没有做出任何回答，依然默默地低头看着芬小姐的脸。不久，芬小姐拭去眼泪，点了几下头，再度开口说道：‘当然，只说这些的话，你肯定无法完全消除疑惑，那么我就从头说起吧……事情要回溯到去年岁暮，姐姐离开宫中后，举目无亲的我无依无靠，孤独感与日俱增。去年这个月，刚好也是今日，又听闻心爱的姐姐和姐夫下落不明，失踪前甚至连我都未曾知会一声。当时，我的震惊与悲伤简直无法言喻，整晚辗转反侧，痛哭到天亮。翌日我依然无法调整好情绪，就跟贵妃告假，打算出门寻访你们的行踪，于是先来到了这个家。请送我前来的两位宦官回去，遣散了看家的仆人后，我独自一人在家中仔细调查，发现姐姐是怀着死志离开家的。她把婚礼时用过的宝贵插梳折成两半，用白纸包起来，放在梳妆台最内侧，但是姐夫你非但没有类似的迹象，还带走了所有的绘画工具……我觉得其中定有隐情，于是决定在这里安顿下来，接下来的事情就如我刚才所说，我乔装成姐姐的样子，对外尽量做出一副我是和姐夫你一起回家了的样子。幸好我知道姐夫你自孩童时代起，只要开始作画，就会连续数日闭门不出，不见任何人，这一点非常适合用来瞒骗邻居和访客。若是问我为何要做如此奇怪的事情，是因为这是可以不必四处奔走，就可以打探你们行踪的最佳方法。也就是说，因为你们二人是举世闻名的伉俪，万一有人看到你们的身影，一定会怀疑我的身份，这样一来，我也会马上得知你们二人的行踪，到时候就可以去找你们了。毕竟，一个女人要在陌生的地界漫无目的地找人，是非常困难的。’”

“嘿……这位妹妹倒是一个相当厉害的名侦探嘛！”

“嗯……这位妹妹与姐姐不同，略带点侠气。她继续说：‘但是，我这项计划进行得并不太顺利，因为我来到这个家还不到十日，天下便已兵荒马乱，无法轻易出门。不仅如此，我的积蓄即将花光，房子也荒废了。不得已之下，我只好睡在厨房，莫说自己随身携带之物，就连姐夫姐姐的家具财物及衣物也统统被我变卖以维持生计，最后只剩下姐姐新婚宴尔时穿过的一套大红衣服，和我自己穿来的这套宫女服。其中，这套红衣是为了外出时假扮姐姐而留下的，宫女服则是为了纪念自己难忘的记忆。但因为是杨贵妃时代的款式，如果不小心穿出门，有可能会被误以为是叛党的手下，所以我一直偷偷当成睡衣在家里穿。在这漫长的一年里，我就这样苦苦等待着你们回来……可是，你到底为何要杀死姐姐？又为何要回到这儿？你这副样子又是怎么一回事？既然你连姐姐都杀害了，那请把我也一起杀了吧！’说着，她放声痛哭。”

“真是个非常依恋姐姐的妹妹啊！”

“不是的，她从很早以前就对吴青秀暗生情愫了。”

“啊……您是怎么知道的？”

“我怎么知道？首先，你不觉得她的举止很奇怪吗？明明是未婚少女，却假装别人的妻子，在这荒凉破败的宅院里待了将近一年时间，光凭一腔情义和好奇心是根本不可能做到的。其中必然有着某种不为人知的期盼与快乐……更何况她还穿着姐姐新婚时所穿的红衣四处走动，怎么看都是彻头彻尾的变态啊！有可能是受到了唐玄宗时代独守空闺暗自流泪的众多宫女的感染吧。”

“可是，她自己却不会这样想吧？”

“当然。以她的年纪还不具备这样的自省能力。尤其是女人，往往会随心所欲地制造出一些细腻感性的理由，任由自己陶醉其中。个性单纯、头脑聪明之人的变态心理通常很难分辨……不过只要我们的眼光足够犀利，从天真无邪的婴儿、释迦牟尼、孔子、基督的身上也能发现各种变态的心理。”

“太令人震惊了……真的是这样吗？”

“刚刚的故事背后还隐藏着更令人吃惊的事呢，不过稍后再做说明。长话短说，当时芬小姐对吴青秀咄咄逼问，得知一切原委后，又打开那幅作为证物的画卷，亲眼看到了与自己一模一样的姐姐死亡时的样子，她肝肠寸断，惊骇战栗，久久不能自已。但最终，她为姐姐和姐夫的忠勇义烈感动得放声痛哭，大叫：‘苍天啊，苍天！你为何如此无情！’同时殷切地劝说吴青秀：‘你可能不知道，你开始描绘姐姐亡骸的去年十一月，正好是安禄山起兵谋反之时。天宝的年号也于去年废止，如今是安禄山治世的至德元载（756 年）。天子和杨贵妃已于今年六月在马嵬坡被杀害，你的一腔忠义已化为泡影，还是跟我一起逃走吧……’”

“真是个鲁莽的女人，也许会死在他手上……”

“不，这次不会。因为吴青秀听了芬小姐的话，才知道自己不惜付出一切代价所进行的工作已经没有任何意义。他就像失去美洲的哥伦布一样颓然地坐在地上，陷入茫然自失的痴傻状态，永远无法开口说话了。用传统术语来说就是由于心理发生了剧变而诱发了自我障碍。见此情景，芬小姐更加同情他，对着上苍咒骂安禄山的奸恶，祈求唐玄宗和杨贵妃的冥福，同时决心一辈子守护姐夫这位忠臣，其决心如清冽的晶玉一般坚固，当真是一段精彩的风月故事！”

“怎么会……”

“不，绝对不会有错。我稍后再做说明……后来，芬小姐将吴青秀怀中姐姐遗留的珠宝变卖，只带上画卷，牵着已然形同鬼魅的吴青秀的手四处流浪。这年岁暮，他们也忘记了自己要去往何方，只是乘舟顺流而下，在海上漂流。其后连日风雨大作，只有他们两人幸免于难，在茫茫大海上又漂浮十多日，终于在某个天气晴朗的拂晓，看到遥远东方的海平线上有一艘美轮美奂的大船，正在旭日的朝晖中展旗南下。于是，奄奄一息的两人挥手呼救，被救上船后受到悉心照料。这艘船正是途经日本唐津、驶往难波津的渤海使乘坐的船只。渤海国是当时位于如今的中国吉林一带的独立国，经常像这样向日本纳贡，这在正史中也有记载。”

“怎么感觉变成童话故事了？”

“嗯，中国式的故事总是带点这种梦幻色彩。在听了芬夫人泪眼婆娑的一番诉说后，船上的人们，包括渤海使在内，都寄以满腔的同情。他们都觉得失去了生存价值的吴青秀很可怜，同时也同情芬夫人的遭遇，所以对二人悉心照顾，并打算带他们前往日本。然而，航行途中，在某个月凉如水的深夜，众人都已熟睡时，吴青秀不知是坠入海中还是升天而去，以二十八岁的年纪永远地在船上消失了……时年十九岁的芬夫人悲痛欲绝，欲追随他而去，但此时她的腹中已怀有吴青秀的骨肉，且已近临盆，所以在人们的极力劝阻下，总算打消了这个念头，不久后就在船上产下一个珠玉般的男孩。”

“总算有值得庆贺的事了。”

“嗯，船上出了人命，大家本来都觉得晦气，得知有新生命诞生，别提多高兴，纷纷赠送各种礼物以示祝贺，而身为渤海使的那位学者更是亲自为那孩子取名吴忠雄，还为此举行了盛大的起名仪式，祝福他前途无量。后来又将母子二人送到唐津，托付给当地的豪族松浦某某。芬夫人将一切由来亲手写在这幅画卷上，传给子孙……真是个可喜可贺的圆满结局。”

“这么说，那篇名文是芬夫人所写的喽？”

“不。文字的确是女人的笔迹，但是行文却非常稳健，实在不像女人的文风。而且内容上处处押韵，汉字的使用也与日本有异，所以我认为是那位替孩子取名的渤海使感念芬夫人的事迹，闲暇时在船上所作的文章，后来由芬夫人誊写到了画卷上。因为字迹与弥勒佛像底部所刻文字相似，若林便认为是胜空和尚将自己听到的故事与古籍对照所写的，但是手写和雕刻的字体大有不同，因此这一点不足为凭。”

“不过，芬夫人的事迹在唐津港应该流传甚广吧？”

“当然，她的故事应该激起了许多人的同情，毕竟是日本人最喜欢的忠勇义烈的故事嘛。”

“是啊……还有，我刚刚突然想到一件事，那位胜空和尚把画卷藏入弥勒佛像后，曾说过男人一律不得靠近，这又是出于何种理由呢？”

“这……你算是问到点子上了……这就是这个非常有趣的故事的

关键之处，更是触及了发生在当今大正时代的侄滨事件的根本问题。简而言之，那位胜空和尚在距今一千多年前的古代，就已经清楚地知道了心理遗传的存在。”

“啊……那么久之前就有心理遗传这门学问……”

“岂止是有，简直多到让人困扰的程度……宇宙间的一切事物都是与各自的心理遗传不停对抗而进化成植物、动物、人类的，越是受心理遗传束缚，就越容易成为无法自由行动的低等生物。所以基督重生后倡导民众趁现在勇敢超越心理遗传，成为获得真正解放的无限之人；孔子用糯米纸将这种观点包裹起来扔给群众；释迦牟尼则将其做成可口的点心，加以华丽的装饰，像卖驱虫药一般敲着钟鼓、唱着曲儿，兜售给芸芸众生。而窃取这些圣贤的独门秘技中的精髓部分，以‘心理遗传’这样一个时髦的名义大肆兜售，企图榨取百分之百剩余价值的人，就是站在你面前的我，哈哈哈……当然，这些都不是重点，从胜空和尚这个法号来看，应该属于天台宗，所以他可能是读过《法华经》悟到了这个道理吧……

“只要看过这幅画卷一眼，立刻就能明白过去、现在、未来这三世的因果，而吴青秀的子孙看到它，自然有可能受到心理遗传的刺激，开始模仿祖先的行为。胜空和尚大概是觉得此物危险至极，出于怜悯之心，才会雕刻据说是世界末日之后会出现的弥勒菩萨像，将画卷封入其中，并严厉规定‘男人不可窥视’……但是，越是不让看就越是想看，这是安达原[1]传说以来的人之常情，所以吴青秀的子孙之中出现了切断弥勒菩萨像的头部，取出画卷偷看的家伙。结果他们全都变成了疯子。这个时候，吴虹汀美登利屋的坪太郎出现了。这家伙也借助禅学之类的力量，看穿了这种心理遗传的作用，本来打算横下心将画卷烧毁，但不知何故又觉得可惜，于是表面上假装烧毁画卷，实际上却维持原状，藏回佛像腹中，并做出高调供奉画卷的举动，蒙骗外人。不承想那幅画卷却在现代这个物质万能的世界再次华丽亮相，引发恐怖的悲剧……以上就是大致的故事情节。”

“啊……我好像终于明白了……但是，为什么只有男人看到那幅画卷会变成疯子呢？”

“唔……厉害！你太厉害了！这个问题问得太好了……”

说着，正木博士突然用力一拍桌面。我吓了一跳，不由自主地坐直了身体，莫名有些心跳加速……

但是，正木博士毫不在意，继续说道：“哎呀，佩服，佩服！这桩事件最大的趣味就在此处。你现在简直可以成为心理遗传学的专家了……”

“为什么？”

“不为什么。只要你打开这幅画卷看看，就能解开所有的疑问……如果你真的是吴一郎，会不会在看到这幅画卷的同时，立刻开始身为吴青秀子孙的心理遗传性梦游？会不会一下子想起自己是谁、为什么

① 安达原：日本民间故事《安达原鬼婆》。故事梗概为：安达原是一片闹鬼的平原，经常有旅人在此失踪，一名和尚误入此地，在一名老妇人家中借宿，老妇人交代他“不管怎样你都不要偷看内室”，和尚却在好奇心的驱使下忍不住偷窥，撞破了老妇人是鬼婆的秘密，险些丧命。

会跟这桩事件产生关联？会不会回忆起这桩事件所有的关键性问题，即什么人在什么时候、什么地点给你看过这幅画卷？若林和我到底孰胜孰负？你未来会在何种因果因缘下，不得不和那位美少女共筑爱巢？种种这些令人窒息的重大问题，或许都会在你看到这幅画卷的同时迎刃而解。哈哈哈哈。”

正木博士一口气说到这里，露出满口洁白的假牙，放声大笑。他伸出一只手拉过眼前的报纸包，随手撕开后，里面露出一个长方形的白木匣。随后他慎重地打开盖子，取出一个直径约三寸、长约六寸的深蓝色棉布包袱，将一端搭在木匣边缘，轻轻把盖子放上去，推到我面前。

我之前稍微放松下来的全部神经，在正木博士高亢的笑声中，又骤然紧绷了起来。

他是在讽刺我呢，还是在恐吓我？或者是在给我某种暗示，还是……放心之余开个玩笑？望着他那意味不明的笑容，我忍不住觉得他是这个世界上最恐怖、最令人战栗的巫师，但与此同时……

我心中也瞬间难以抑制地萌生出一种反抗心理：“哼！区区一幅画卷，怎么可能将堂堂七尺男儿折磨到发疯？不管是多有名的人所绘，不管是多可怕的内容，也不过是色彩与线条的搭配而已，更何况我早已做好了心理准备，还有什么好害怕的！好……”

于是我极力保持镇静，拉过匣子，打开木盖子和深蓝棉布包袱，努力抑制住再度紧张起来的情绪，首先仔细观察画卷的外侧。

卷轴是漂亮的绿色石头磨成的八角形，由于太过美丽，让人忍不住想要伸指抚摩。裱装的布料乍看起来似乎是丝织品，但是凑到近前仔细一看，便会发现上面那一寸大小的狮群纹样是以几乎细不可见的彩线和金银线在极薄的绢料上绣出来的。狮子之间毫无缝隙，且每只狮子的颜色各不相同，一看就是非常昂贵之物。虽然已是千年之前的旧物，看起来却像新的一样，应该是一直被妥善地收藏着。画卷的一角贴着一张小小的长条形金纸，上面没有任何写过字的痕迹。

“这就是我之前提到的使用‘溃缝’技法的刺绣。吴一郎的母亲千世子肯定就是照着这个学会的。”

正木博士漫不经心地说着，侧过脸开始抽起雪茄。而我也刚好联想到这一点，所以并未特别吃惊，只是点了点头。

我解开系着象牙坠子的暗褐色细绳，稍稍展开画卷，只见紫黑色的纸上用金色颜料从右上至左下绘出波纹状的流水，笔触非常优雅。我被那浮现在暗蓝色平面上如梦似烟般柔和的美丽的金线旋涡吸引，不由自主地一口气从右至左展开画卷……很快，眼前出现了约五寸的白纸，我情不自禁地想要惊呼出声。

但这声音尚未冲出喉咙，就瞬间咽了回去。我双手捏住画卷无法动弹，胸中悸动不已，几乎无法呼吸……

那位躺在床上的裸体妇人的睡脸……细细的眉毛，长长的睫毛，优雅白皙的鼻子，小小的朱唇，清纯的脸颊，不就是六号病房那位疯癫美少女的睡脸吗？被梳成黑色大花瓣形状的浓密黑发如云般层层叠叠，就连鬓角的形状和发际的轮廓都好像是照着六号病房那位少女的睡脸临摹下来的……

可是，此时的我却没有心思去想“为什么”。这睡脸……不，是这看似睡着了的表情之下，那种通过色彩和线条的微妙变化而呈现出来的死人之美，一种无法言喻的惊心动魄的魅力，将我的全部魂魄吸噬殆尽。我的全部神经都被“她会不会下一秒就睁开眼睛？会不会像先前那样大叫着‘大哥’向我扑来？”这些不可能实现的预感牢牢占据，无法眨眼，也无法吞咽唾沫，只能凝视着她那胭脂色的瘦削脸颊和那泛着苍白光泽的珊瑚色嘴唇。

“哈哈哈。你的身体未免太僵硬了。喂！怎么样，吴青秀的画工不简单吧？”正木博士从画卷对面语气轻松地对我说道。

我却依然无法动弹，好不容易才断断续续地开了口，声音无比嘶哑，跟刚才截然不同：“这张脸……和刚才的……吴茂代子……”

“一模一样吧？”正木博士立刻接口说道。这时，我总算得以从画卷上移开视线，望向正注视着我的正木博士，发现他的脸上浮现出一抹不知是同情、骄傲还是讥讽的笑容。

“怎么样，很有意思吧？心理遗传很可怕，肉体的遗传也同样可怕。侄滨的一介农家之女吴茂代子的五官轮廓，居然与距今一千年前的唐玄宗时代享誉盛名的华清宫双蝶姐妹一模一样，这恐怕是造化之神的疏忽吧！”

“……”

“人们常说历史会重演，人类的肉体与精神也是如此反复重演而不断进步的。当然，像这种情况也只是其中的一个特例……有迹象表明，吴茂代子在梦游中重演芬夫人的心理，同时也重演其姐姐黛夫人欣然被丈夫吴青秀勒死的心理。由此可见，两姐妹的女性祖先中或许有人是彻底的受虐狂，而其血统在她们身上表现了出来。同时也可以看出，芬女对吴青秀的那份恋慕，甚至热烈到使得她羡慕姐姐被恋慕的男人亲手杀死。但是即使不深入思考到这种程度，仅凭这一幅画卷，也能轻易看出吴青秀与戴芬姐妹之间极致的夫妻之爱吧……总之你翻到最后看看吧，那里将吴一郎心理遗传的真相暴露无遗……”

我被他的这番话驱使着，半无意识地将画卷向左展开。

徐徐出现在白纸上的是一幅色彩浓丽的工笔画，如果只是真实而不加任何夸张地对其进行说明的话，就是一幅头朝右、双手掌心向下左右摆放、斜向这边躺卧的死亡美人的裸体画，全长约一尺二三寸，四周留白，因此看起来像是飘浮在空中。这样的画一共有六幅，各幅之间相距约三四寸，画上美人全部是同样的姿势，不同的只是从第一幅到最后一幅尸体外形有所改变。

也就是说，卷首吓到我的第一幅画上描绘的是死亡不久的尸体。画中美人皮肤雪白，两颊及耳朵透出胭脂的色泽，细长的眼睛和浓密的睫毛紧闭，因为涂着口红而微微泛着苍白光泽的嘴唇轻合。凝视那温柔的神情时，会发现上面洋溢着为丈夫而死的神圣喜悦之色。

但是到了第二幅，肌肤的颜色已变成略带红色的紫色，整个人感觉有些浮肿，眼睛四周泛着暗沉，嘴唇微微发黑，整体上的感觉变得有些阴森可怖。

在接下来的第三幅画中，尸体的面部、额头、耳后及腹部的皮肤到处开始出现红色或者白色的腐烂部位，眼皮微张，洁白的牙齿略微露出，全身变为可怕的暗紫色，腹部肿胀如鼓，泛着光泽。

在第四幅画中，全身已呈现出可以用青黑来形容的暗沉色泽。腐烂部位混杂着茶褐色与乳白色，有脓液流出，露出白森森的肋骨。腹部从下侧腰骨附近裂开，可以看到一部分钴蓝色内脏粘在一起。面部眼球全部露出，嘴唇化脓垂流，露出白色的牙齿，表情看起来如同鬼魅，而黏糊糊脱落的头发中散落着精致的发梳和各种珠玉发饰。

第五幅画的尸体腐烂程度更为严重，眼球溃烂萎缩，牙齿直至耳根全部露出，表情似在冷笑。而内脏与肚皮萎缩相粘，如同黑色破布，肋骨和手脚骨头白森森地露出，唯有粘着阴毛的耻骨高耸，已然无法辨别是男是女了。

到了最后的第六幅画，只剩下蓝褐色的骨架以及海藻般牢牢粘在上面的黑肉，仿佛一艘只剩下骨架的遇难船，侧向这边掉下来的头颅已然分辨不出是猿还是人，唯有牙齿依然洁白，颓然地微张着，牢牢地扒在颌骨上。

我无法做虚假的记录。虽然事后回想起来感到羞耻不已，但我当时的确急切地把画卷拉到最后的。

当然，最初展开这幅画卷的时候，我还保持着一种反抗心理和冷静的态度，但死亡美人的画像出现以后，这种情绪很快就消失得无影无踪，我意识到自己展开画卷的速度越来越快，但无论如何都无法控制自己。即使如此，为了不被眼前的正木博士讥笑，我还是拼命地屏息凝神，尽量让自己的意念集中，但最后还是无法忍耐，第六幅画几乎仅在我眼前一闪而过。然而，我还是感觉自己被从画面中喷涌而出的无限鬼气以及来自神经的令人难忍的恶臭所包裹，几乎要窒息。终于拉到最后，看到《由来记》的开头部分时，我不由自主地松了一口气，缓过了神来。接着只是在形式上浏览了一下四五尺长、写满汉文的部分，最后将目光落到文章的结尾部分：

大倭朝天平宝字三年己亥五月于西海火国末罗泻法麻杀几驿大唐翰林学士芳九连次女芬 记

我将这些文字反复看了好几遍，等情绪稍微平复下来，才把画卷卷好，放到木匣旁边。然后靠着椅背，双手覆面，闭上眼睛镇定心神。

"怎么样，很震惊吧？哈哈哈哈哈。你能够理解就算描绘到这种程度，吴青秀依然不满足的心理吗？"

"……"

"以常识而论，想要警醒天子，只需要画好的六幅美人图就够了。平常人只看一半就倒足胃口了，但吴青秀还要继续寻找新的女尸，这就是他陷入病态心理的证据。他受到自己所画死亡美人腐烂画像的诅咒，以至于精神出现了异常。你能明白这种心理吗？"

正木博士的这些话敲击着我的耳膜。我紧闭双眼，双手紧紧按压住眼睛，在眼睑内侧出现的淡红色阴影中，刚刚看到的死亡美人的第一幅画像带着白光隐隐出现……很快，第二幅、第三幅由左至右开始滑动，直到第五幅呈现尸体死后第五十天姿态的画作出现时，画中白褐色的笑脸突然静止在我眼前。

我的身体不禁一抖，骇然睁开眼睛，与不知何时已经把椅子转过来、面朝我抱臂而坐的正木博士视线交汇……瞬间，博士咧开嘴笑了，发黑的嘴唇之间闪过假牙的光芒，两颊边红色的薄耳朝上动了动，我顿时感到毛骨悚然，不禁再次闭上眼睛。

"呵呵呵呵呵呵呵，害怕了吧？呵呵呵呵呵呵呵……害怕就对了……吴一郎第一次看到这幅画卷的时候，肯定也和你一样战栗不已。

就像远古生物的遗骸变成石油残留在地层深处一样，隐藏在吴一郎内心深处的祖先的执念也在他看到这幅画卷，感到毛骨悚然的同时被点燃，瞬间化为能够消灭一切现实意识的大火，熊熊燃烧，过去、现在、未来甚至日月星辰的光芒都被这大火吞没，在他自己的心理与吴青秀同化，换句话说就是在他自己彻底变成吴青秀之前，这种惊恐战栗一直持续……吴一郎在侄滨的石材切割厂火红的夕阳中站起身来，一边卷起这幅画卷放入怀中，一边轻轻叹息着凝视西方的天空，此时的他已不是之前的吴一郎。他的全身充满了吴青秀的狂热欲求，已然变成一具残存着某位青年的记忆力、判断力和习惯的残骸……这篇《由来记》中所述的吴青秀的心理变化和吴一郎至今为止的精神病状态的变化过程完全一致，由此完全可以推测出，吴一郎发疯后直到今日，一直活在和吴青秀相同的心理状态中。不，若从精神病理学的角度观察两人的行为中所表现出的心理变化，可以认为吴一郎就是一千年后的吴青秀。”

我感到另外一种恐惧，再次绷直了身体。

“想要理解这个骇人奇怪的现象，首先必须从搞清楚‘吴一郎与吴青秀是以怎样的顺序互换的’这一精神病理学过程开始。说得浅显一些，不论吴一郎的成绩如何优秀，他中学毕业以后都再未学习过汉文，我们不得不怀疑他是否有能力阅读这密密麻麻长达四五尺、以纯汉文撰写的《由来记》，并且深刻理解到陷入疯狂的程度。怎么样？其中的理由你明白吗？”

我凝视着正木博士暗藏锋芒的眼睛，用力将唾液咽到干燥的咽喉里，震惊于自己为什么没有注意到这一点……

“看来你不明白啊……你不明白也是正常的。要是认为吴一郎是靠自己的能力读懂这篇《由来记》的，谁都不可能想清楚其中的道理。”

“那会不会是……是有人读给他听……”

话未说完，我就惊骇得战栗起来。

有人……有人在他旁边……向吴一郎说明我刚刚听到的内容……那个人……那个人……那个人他是……他是……

如此想着，我一度剧烈跳动的心脏骤然安静了下来。与此同时，我看到正木博士严肃的目光逐渐柔和，紧抿的双唇也瞬间放松，流露出似乎在怜悯我的微笑……突然，他又随着雪茄烟雾随口吐出一句话：“你知道‘狐凭[①]，祛之则文采尽失’这句川柳吗？”

我愣了一下，感觉像是突然被人扇了一耳光，眨了好一会儿眼睛。

“我……我不知道这句川柳。”

“哦……不知道这句，就不能说懂川柳啊。这可是《柳樽》[②]中的名句啊！”

说完，正木博士面露得意之色，抱起单膝放上椅子。

“那……那又怎样？”

“没有怎么样。如果不能理解这句川柳所表达出来的心理遗传原则，就算是夏洛克·福尔摩斯和亚森·罗宾那样的名侦探，也无法解开这个疑问。”

正木博士冷冷地说完，口中吐出一个小烟圈，飞向我的头顶消失不见。我再度眨眼，在心中反复念着“狐凭……祛之……祛之则……

① 狐凭：狐狸附身，指人被狐妖等邪灵附体而产生精神错乱的一种异常现象。
② 《柳樽》：柄井川柳所编诗集，“川柳”之名便来源于此。

文采尽失……”，但是不懂的东西想破了脑袋还是不懂。

“若林教授知道其中的道理吗？”

“我给他解释了，他很感激。”

“哦……是怎么解释的？”

“怎么解释？是这么回事，你听好了。”正木博士悠闲地靠着椅背，伸直双腿，“这句川柳充分解释了‘狐凭’是心理遗传的发作。狐凭者在严重发作时，会表现出野兽般奇特的行为，比如将头钻进饭桶里，想要爬进床底睡觉，眼珠往上吊等，这些其实是遥远的古代祖先的动物心理在发挥作用，所以会被冠以‘狐凭’这个名称。狐凭者除了上述特质以外，通常还能发挥几代前祖先的记忆和学识，所以一字不识的文盲在‘狐凭’时能流畅地阅读和书写，发挥祖先的各种才华与知识，让人大为震惊。这种例子数不胜数，甚至被写进了这句川柳里。”

“啊，祖先的特质居然能表现到如此程度……”

“正因为会表现出来，才会被称为心理遗传。文盲鄙夫一旦遭到狐狸附身，就会变得既能咏歌又能作诗，还能模仿医生治愈不治之症。这些事情看似有些不可思议，但若对照心理遗传原则来看，却并不稀奇，甚至是理所当然的……尤其是这幅画卷，因为画在前面，所以在看画的过程中，吴一郎极度亢奋，几乎完全转换为吴青秀的心理状态，紧接着，对于自己历代祖先反复深入研读以至发疯的《由来记》的记忆也一并复苏。这时的吴一郎，就好比以范阳进士吴青秀的学识程度，重新阅读一遍记载有自己经历的文章。就算是给他一张白纸，他也照样能够一字不差地读出同样的意思。”

“太令人震惊了……原来是这么回事……”

“这就是第一阶段的暗示，接下来让吴一郎昏迷的第二阶段的暗示，就是倾注在六幅死亡美人图中的思想。”

“您说的‘思想’……还是吴青秀的……”

“不错。这个心理遗传原本就是始于吴青秀的忠君爱国之心，止于他的自杀，但这只是《由来记》记载的表面事实，如果深入探究这些事实的背后，就会发现吴青秀的忠勇义烈不知何时已开始发生变化，逐渐变为纯粹的变态性欲，如同木材经过蒸馏变成酒精一样。”

“……”

“不过若要说明这个过程，一两年的课程恐怕都不足以讲清楚，如果用我原本计划放在昨夜烧毁的《心理遗传论》的结尾附录中的腹稿框架简要说明一下的话，是这样的……吴青秀计划做这件事的最初动机，如我方才所言是为了天下苍生，源自他神圣无比的赤胆忠心，但这只是表面的观察，而从其后的经过进行推测研究的话便会发现，在这神圣无比的赤胆忠心背后，还混杂着大量艺术家特有的强烈的变态心理，这一点就连吴青秀本人都没有察觉……如果不这么理解，就无法解释为什么这幅画卷的存在意义有那么多的不合理之处。”

“这幅画卷的存在意义……”

“是啊。如果仔细比较研究这幅画卷的画和《由来记》中记录的事实，会发现这幅画卷存在的根本意义很可疑……也就是说，这幅画卷只要依次画出六幅画像，就足以达到劝谏天子的目的。只凭这六幅腐烂美人图，就足以让天子醒悟女人的肉体之美是何等虚幻、其变化是何等迅速无常。事实胜于雄辩！比如你刚刚只是迅速看了一眼，就已经觉得毛骨悚然了，不是吗？”

"是……是这样的。"

"是吧？只要在第六幅的干尸画像之后，再添上一幅白骨的画像，这幅画卷应该就算充分地完成了。接下来只要在留白处写上谏言，或者谈谈自己的良苦用心，呈献给天子，随后自杀，应该就能对那位懦弱的天子起到十分甚至十二分的震慑效果。但他并没有这样做，而是贪婪无度地继续寻找没必要的新牺牲品，这是为何呢？明明只要静静等待黛夫人的遗骸变成白骨，就可以顺利完成画卷，为何他却没有完成就传给后代，使其成为让吴家世代陷入诅咒的恐怖心理遗传的暗示材料呢？而在一千年后的今天，这幅画卷又是在何种因缘际会之下，成为我们学术研究的珍贵材料的呢？"

我忍不住叹息一声，整个人沉浸在正木博士话中涌出的一种妖异气息中，感到某种疯子般的不可思议的疑惑正在高涨……

"怎么样？很不可思议吧？乍看起来似乎是个小问题，实际上却是个很重要的问题。而且这个问题越思考就越是让人感到一头雾水，哈哈哈哈哈。所以我才说，想要解开这个疑惑，就必须回溯到一千年前，对吴青秀最初决定绘制这幅画卷时的心理要素进行考察，也必须对吴青秀当时的心理状态进行解剖，探究这种矛盾产生的根本原因……而且这绝非什么难事。"

"……"

"也就是说，如果先将包裹着吴青秀当时的心理要素的'忠君爱国观念'这一表层意识剥去的话，其下首先出现的是熊熊燃烧的名誉欲，接下来出现的是即将烧焦的艺术欲，而出现在其最底层的则是已经突破沸点的爱欲、性欲。上述四种欲望彻底融合在一起，散发出超人类的高热。由此可以清楚地看出，吴青秀那强烈的忠君爱国精神的真正面目，只不过是同样强烈的低级的变态性欲而已。”

我忍不住用手帕擦了擦鼻子，有种自己的心理正在被解剖的感觉……

“如果具体说明一下的话，应该是这样的……看到李太白以阿谀奉承唐玄宗的淫荡与荣华的诗句博得玄宗的宠爱，成为天下闻名的大诗人后，吴青秀便决定以相反的方式获得名垂青史的机会，他要以自己的笔力绘制一幅前所未有的怪画，震惊后世……这是这种年轻且富有才气的艺术家最容易产生的最强烈的名誉欲。另外，吴青秀自身的男子气概与名副其实的才气，让他的新婚妻子为他神魂颠倒，并心甘情愿为他奉献出自己的全部身心。新婚宴尔时期的极致幸福让吴青秀飘然若仙，短短数月间就体验到了爱与被爱的所有形式。在接下来的每个晚上，他的欲望膨胀到了如果不用极度残忍的方法虐待美丽的爱人，就无法得到满足的程度。这也是天才青年，尤其是头脑卓越的艺术家身上最容易出现的超自然爱欲兼性欲……另外，事物美到极致，就会让人产生破坏欲，想要彻底暴露其丑陋并加以冷静的观察。这种极致的艺术欲与上述四项欲望共同形成一个白热化的焦点，集中在这项计划之中。而吴青秀仍然将这种强烈的欲求误以为是纯粹的对忠诚的欲求。最能够简明易懂地说明吴青秀这种心理状态背后欲求的，就是这幅画卷中的画像，逐渐腐烂的美人的画像。”

我眼前似乎又浮现出先前死亡美人的幻觉，忍不住用双手揉了揉眼睛，目光落到眼前的画卷上，盯着裱装上的一只发光的金色狮子，像是在跟它说：“你可千万别出来啊……”

“在一幅接一幅细致描绘那个死亡美人的腐烂画像时，吴青秀开始产生一种无法言喻的快感。这点从他作画过程中日渐细腻的笔触也能够看出来。人体最极致的自然美——以洗练到近乎透明的色彩与线条所表现出的纯美和谐的美人裸体——逐渐失去光泽，变得灰暗、阴森，最终腐烂破裂，转瞬之间变成恐怖凄惨的形貌，其间所表现出的色彩与线条的无穷变化，是几乎无法用语言形容的瑰丽奇观。而近距离欣赏这千变万化的‘美的灭亡’的交响曲，将其静静地描绘在纸上的心情，是记录一国兴衰的历史学家的心情都无法比拟的。吴青秀沉浸在这倾注了忠义、名誉、爱欲、性欲、艺术欲等一切欲望的忘我心境中，一边以细腻的笔触描绘着这份快感与美感，一边无休无止地反复体味着它们。当看到那副残骸已经完全腐烂，即将化为一具白骨且不可能再有任何变化时，他毅然掷笔起身。他的全部灵魂都开始战栗，并迷失于再次体味这种快感和美感的热切欲望中。而且……在吴青秀的此种心理背后，必然存在着因为长期的禁欲生活而郁积、压抑的性欲所带来的近乎疼痛的强烈刺激。这种刺激经过疲劳至极同时又清醒至极的神经旺盛的折射而变形、游离，让吴青秀的全身都陷入极端敏锐的变态兴奋之中，导致他全身的每一个细胞中都充满了这种扭曲疯狂性欲的变态习性与无法形容的痛彻心扉的记忆。”

正木博士那带着某种寂寥、凄怆味道的声音在此中断了。

虽然由于视力疲劳，眼前的狮子刺绣变得有些模糊，但我依然不知疲倦地盯着它。在那模糊的色彩中，唯有一块清晰的草绿色不知何故吸引了我，我一面盯着它，一面继续听正木博士说下去。

“就这样，吴青秀超越了一切忠君、爱国、名誉、艺术和夫妻之爱，只依靠极度异常的变态性欲的刺激迷惘地活着。一年后他回到自己家中，又受到同样被某种变态性欲束缚的处女——妻妹芬小姐的引诱，在她带来的冲击下，终于彻底摆脱了那种强烈、深刻的刺激。支撑着他的意识直到最后烈火般的变态性欲与其燃料一起消失，他陷入了四大皆空的痴呆状态，在将包含了长期以来深入习性的变态扭曲的性欲以及与此种性欲相关的所有可怕记忆的血统传给自己的子孙后代之后，他便死去了……而这样的血统历经生死更迭，终于在吴一郎这一代无意中抓住了觉醒的机会。潜藏在吴一郎全身细胞意识底层的心理遗传——自祖先吴青秀以来，每一代子孙都反复体味的变态性欲及相关记忆——都由于那六幅美人图而鲜活地苏醒。也就是说，看过这幅画卷的吴一郎虽然外形是吴一郎，但内在已经是吴青秀。一千年前的吴青秀的欲求与记忆与现在的吴一郎的现实意识相重叠并活跃起来，这便是梦游以后的吴一郎的真正状态。这是唯一能够科学地解释'附身'或'附体'这种精神病理现象的说法。"

"……"

"在这种极端深刻强烈的变态性欲的刺激面前，属于吴一郎自身的一切记忆和意识都形同毫无价值的影子。在此之前支配着吴一郎的现代理智与良知被一千年前的天才青年那放纵不羁、强烈奔放的欲求所取代，他的记忆中便只鲜明地浮现出一个美丽的身影，那就是与一千年前牺牲的黛夫人一模一样的茂代子。"

"……"

"一千年后出现的吴青秀的变态性欲的幽灵，就这样借着现代青年的判断力、记忆与习惯，开始放纵不羁地活跃起来。离开侄滨的石材切割厂后，他立刻飞奔回家，与茂代子商量了些什么。大概是让她提前从里面打开正房遮雨窗的插销，并事先准备好仓库的钥匙和蜡烛之类的吧。然后，吴一郎等家人全都睡熟后，潜入正房，悄悄叫醒茂代子。当然，茂代子此时还不知道新郎这般要求的真正意图。不必说，吴一郎在最后关头之前肯定不会说真话，而是以高压命令的形式热切地强迫她听从自己，因此茂代子根本不知道对方当时怀着如此恐怖的计划，只是将其理解为理所当然的要求，觉得无比害羞并踌躇不已，这一点也可从户仓仙五郎所说的前后状况推断出来。但是由于茂代子个性温顺，最终还是唯唯诺诺地服从了新郎的命令，被表面为吴一郎的吴青秀借着烛光诱至仓库的二楼……接下来发生的事可以看一下相关的现场调查记录。”

“……”

“对，对，就是那儿。那里写着‘从楼下到楼上有蜡烛滴落的痕迹’吧？肯定就是在那个时候，茂代子与新郎在烛光中相对而坐，第一次看到了那幅画卷，并且收到了吴一郎‘请为了帮助我完成这幅画卷去死’的热切请求。而且，当她看到那幅画卷，看到从眉眼到年龄都与自己一模一样的裸体少女的腐烂画像时，绝对无法承受那逼真的名画带来的冲击力，从而心神震荡，晕厥过去，陷入假死状态。从调查记录中的‘无反抗、挣扎的痕迹’‘失去意识后被勒毙’等词句，可以明确地想象到这些事实。

“不仅如此，结合茂代子其后在六号病房表现出程度较浅的、属于自己的同性祖先即华清宫双蝶姐妹的心理遗传的事实来看，在那个仓库二楼，由于吴一郎原封不动地表现出一千年前吴青秀的心理遗传的姿态举止，导致茂代子继承自祖先黛、芬两姐妹的受虐变态心理欲望与记忆也被原封不动地唤醒了，而那些欲望与记忆被唤醒的瞬间，应该就是她陷入假死状态的瞬间。”

“……”

“只是，这么说或许你会觉得不可思议，但在心理遗传的发作与消失前后，伴随着假死状态、无意识状态或昏睡状态的事例，自古以来就有很多记录与传说，所以从这方面的专业研究视角来看，根本没有任何不可思议之处。古代将这些称为‘神凭’‘神气’或者‘神上’[①]，情况严重的话会持续很长时间，有的人甚至会被当作真的死去而下葬，结果在坟墓中苏醒过来，这样的记录并不罕见。能乐《歌占》的主人公伊势神官渡会某君便是因为在土中挣扎三日才爬出来而白了头……这也是此类传说中最有名的一个。如果以精神科学的方式说明，就相当于是将电力开关由一方切换为另一方的刹那所产生的黑暗状态。当然，因为情绪变化的强弱，或者该人体质、性格的不同等，会出现时间长短的差异，但通常都是突然受到惊吓而晕倒，继而身心功能全部停止，没多久苏醒过来，行为举止却判若两人，也就是心理遗传的梦游开始发作。而这种发作持续了一段时间的人在经过同样的黑暗状态后，又会恢复正常。因此，上文所述的‘狐凭’等情况，通常因为梦游发作的程度相对较浅，陷入无意识状态的时间也相对较短。另外，针对假死期间的营养作用和新陈代谢的状况等，相信若林已经借这位吴茂代子完成了充分的研究，我也能现学现卖讲上几句，但是与这个故事没有直接关系，所以在此略过不提。无论如何，吴茂代子陷入假

① 三词皆为神明附体之意。

死状态的直接原因，应该就是来自吴一郎梦游的暗示，这是若林完成的调查报告中虽没有明确记录却暗含的推论，对此，我也不得不举双手赞成。”

“……”

“另外，以下是我个人的想象。之前的吴家从来不曾听说有哪一位女性如吴茂代子这样，表现出继承自女性祖先黛、芬两位夫人的心理遗传。而且，处处戒备这幅画卷不让任何人看到的胜空和尚也好，吴家中兴之祖虹汀也好，似乎都完全没有注意到这一点。这是因为他们知道画卷显现出的变态心理暗示只对男性有效，却完全不曾想到受画卷刺激而出现的男性们的心理遗传的发作，会影响到身边女性的心理遗传……但是这次的情况却截然不同。最大的不同就在于男女两人并非陌生人，说是千载难逢也好，说是奇迹中的奇迹也好，吴茂代子的相貌与画卷的主人公分毫不差，所以吴一郎的心理遗传也史无前例地几乎完全被暗示所支配。他的一言一行、一举一动，甚至在细微之处都与当时的吴青秀完全相同，因此意想不到地诱发了茂代子的心理遗传。这种猜测虽然听起来像是过于离奇的巧合，却并非全无来由的想象，我是有相当的依据才这样说的。很简单，如调查报告上所言，吴一郎特意用西式手帕勒住死人般晕厥过去的茂代子的颈部，由此可以看出，他的变态性欲的目的并非仅仅是杀死这个女人。他根本不在乎这个女人是死是活，只是想要体味一下勒住女人脖子的奇异快感……他是出于上述愿望，才做出如此多余的举动的。怎么样？一千年前某个男人的变态性欲的心理遗传，竟然连如此细微的地方都准确无误地遗传了下来，岂不是很有趣的研究材料吗？”

“……”

“接下来，上述发作结束后，吴一郎打算用尸体当模特，便一心等着它腐烂。当他的姨母八代子从仓库窗外窥看到这种情景时，他若无其事地回头说‘很快就要腐烂了’。在我们听来，这句话实际上包含了一千年时间与一千里空间的矛盾，但是对于吴一郎自身而言，一切都是此时此刻发生在眼前的事情。根据尸体解剖的结果，茂代子的尸体上并无性交痕迹，由此也可以得知，他勒死茂代子的目的，只是为了满足远古祖先吴青秀的超自然心理……”

正木博士一口气进行到这里的恐怖说明，总算是停了下来，我缓缓呼出一口气，抬起头来。对于正木博士，我又恢复了最初的尊敬，认为他确实是一位伟大的精神科学家，同时也莫名放下心来，随即发现自己全身在不断地冒冷汗。

我再度呼出一口气，问道：“但是……那位吴一郎的头脑……能治好吗？”

“吴一郎的头脑啊，当然能治好了……我有自信。”正木博士斩钉截铁地说完，脸上露出讥讽的笑容，用近乎可以将我看透的阴暗眼神紧紧盯着我的脸，“我想，那位吴一郎的头脑应该会跟你的头脑同时恢复正常。”

我似乎又收到了自己就是吴一郎的暗示，心跳开始加速。听正木博士的话音，我们两个人的大脑疾病似乎会以完全相同的过程痊愈，这让我感到一种难以言喻的恐怖……但我仍然若无其事地用手帕擦擦脸，再次问道：“哦……但应该相当困难吧？”

“不难！既然发病原因和过程如我刚才所述，在精神病理学上一目了然，那么治疗方法也就很好确定了。尤其是像吴一郎这样原因清楚的精神异常，如果连这都无法治疗的话，那我的精神病理学就相当于是纸上谈兵了。”

“啊……那么，用什么方法治疗呢？”

“嗯，随机应变地采用‘适当的暗示’这味药进行治疗。这可不是巫术或者祈祷之类非科学的方法。我之前说过，吴一郎并不是因为受到梅毒、结核等肉体疾病的影响而精神错乱的，而是因为纯粹的精神暗示而发疯的。也就是说，看过这幅画卷的吴一郎，已然搞不清时间和空间、自己是吴一郎还是吴青秀、是在中国还是在日本，只是靠着极端强烈深刻的变态性欲的刺激以及环绕着该变态性欲的错觉、幻觉和倒错的观念而活着。这种变态性欲完全按照吴青秀一千年前经历的顺序而变化，最终演变为‘只想看女性尸体’这种单纯且直白的欲望。这一点可以从其在解放治疗场内的梦游状态推测出来。在吴一郎这位遗传性杀人妄想狂、精神分裂症患者兼变态性欲者的眼中，即用一千年前吴青秀的怨灵之眼来看的话，全世界的任何一片泥土下都埋藏着女人的尸体。所以他只要看到泥土就会想要铁锹，一旦得到铁锹就会每天拼命挖土。

“就这样，这个跨越时间与空间的变态性欲的幽灵，就像我刚才说的那样，终日徒然劳作，直到精疲力竭。提高人类性欲刺激的燃料荷尔蒙，俗称‘精力’的内分泌刺激液在持续高强度的劳动过程中消耗殆尽，也就渐渐感觉不到性欲的刺激，而过度疲惫的神经末梢却仍然会在惯性的驱使下，让病人陷入伴随着脑中女人尸体的幻觉，自己气喘吁吁地挥动铁锹的可怜状态。幸好之前压倒一切精神作用的变态性欲的怨灵几乎完全消失，‘啊，好痛苦，受不了了，我到底为什么要做如此繁重的劳动啊’这种接近正常的意识逐渐浮现出来，他时而放下铁锹，茫然四顾，时而又像是想起什么似的继续工作。我就掐准这个时机，来到他的面前，用我眼底的理智与他眼底精疲力竭的意识相抗衡，问他：‘那个女人的尸体是什么时候埋在土里的呢？’他则回答：‘这……我不知道。’也就是说，之前他已经完全遗忘的‘时间’观念，由于我‘什么时候’这几个字的暗示开始反射性地复苏，与此同时，‘这里到底是什么地方’这一空间观念也开始启动，所以他开始不可思议地环顾四周。同时，‘啊，奇怪，我之前究竟在做些什么呢’的自我意识也跟着抬头，他的心中感到莫名的寂寞。紧接着，一股悲伤袭上心头，他无力地松开之前一直视若珍宝的铁锹，默默地返回自己的房间……以上就是我在这封遗书中对吴一郎的治疗顺序的说明。所谓的疯子解放治疗，就是像这样观察患者在自由行动中表现出来的心理状态，边了解疾病的进程边给予适当的暗示进行治疗。

“当然，尝试这种治疗方法，需要相当的头脑。至少不能像迄今为止的做法那样，只知道随随便便取个病名，使用浅薄的外科或内科的疗法，如果不奏效就将患者捆绑、监禁等，这种只会尝试原始时代的治疗方法的低级头脑是绝对不行的。今后的世界应该进行的正确的精神病治疗法，绝非上述那种不明确的做法。而是需要结合心理遗传，彻底理解‘精神’这种东西的解剖、生理、病理原则，同时借由观察被解放的患者自由奔放的一举一动，彻底看穿其心理遗传的梦游发作是如何推移变化的，并在适当的时机给予适当的暗示，一步一步引导其走向正确的时间与空间观念，帮助其恢复正常……想要尝试进行精神治疗的人必须具备如此机敏的头脑才行。啊哈哈哈哈。一讲到自己的本行就不由自主地跑题了……

“好了，言归正传，接下来的一个月，吴一郎再也没有来过解放治疗场，一直待在七号病房，我想他应该是在那段时间恢复了各种意识，也就是时间意识、空间意识、认同自己存在的意识，等等。这些意识以我的暗示为契机，天光渐亮般逐渐开始复苏。他开始思考‘奇怪……这里是哪里？现在是什么时候？我的名字是什么？’或者‘我究竟是为什么被关在这种地方？’之类的问题，随着这种思考，又会如层层迷雾般产生各种疑问和困惑，困惑了就思考，思考了又产生新的困惑。我特意命令医务人员巨细靡遗地将吴一郎每天的言行举止记录下来，所以只要对此进行观察，就能对他困惑的内容了如指掌。之前若林博士让你阅读的‘白痴阿呆’博士的街头演讲之类的，也是我以当时发生的事情为实例，向报纸记者做出的说明。而最近，这种观念在吴一郎的头脑中已经逐渐被统一为一个焦点，他应该基本上快要恢复正常了。也就是说，他最近开始有一种近乎死心的安心感，认为‘虽然我现在怎么都想不明白，但总有一天会明白吧’。这是因为他一个月前丢掉铁锹，将自己关进房间内的那段时间，陷入了相当严重的抑郁状态。食欲严重减退，排泄状况很糟糕，体重也大幅减轻，不过后来逐渐恢复，大概是因为现在天气转凉的缘故，据病床日志的记录，他还比以前更胖了。所以目前营养状况极佳，精神状态也颇为开朗，所以才一直面带微笑。

“这个直到昨天还一直待在自己房间的家伙，为何突然来到解放治疗场呢？是意识秩序的恢复已经告一段落了呢？还是因为营养不错，再次抬头的性欲刺激又达到以前的高潮，导致他又想出来挥舞铁锹了呢？对于这些问题，不再观察一段时间是无法找到答案的……但不管怎样，吴一郎精神状态的恢复在此应该会迎来新的转机，从刚才开始我的脑海中就频频出现这个预感。哈哈哈。”

我听着这些话语和笑声，同时也听着在窗户下方唱着什么的舞蹈狂少女的声音，眼睛却专注地盯着大桌子上宛如在燃烧的绿色，脑海中反复回忆着正木博士的话。

——不论多么厉害的名侦探前来，也无法查明的应用精神科学的犯罪……你自己化身名侦探，去查明这桩案件的真相吧……

就在此时，正木博士的声音中断了，耳边传来咔嗒一声。我吓了一跳，抬头一看，发现是挂在正木博士头顶的电子钟的指针从十点五十六分移向五十七分的声音。

“怎么样？内容很有趣吧？仅凭这一个例子，你便可以知道之前的精神病学家的治疗方法是完全错误的，同时也可以知道我的这个解放治疗实验是何等完美，可谓学术界空前……”

“请等一等。”我举起右手，打断正木博士瀑布般奔涌而出的话，仰头看着他那得意扬扬、酷似骸骨的面孔，重新在转椅上坐直身体，问道，“请您……稍等一下。但是……教授您的这个治疗实验是出自纯粹的学术研究目的吗？还是……”

“当然……当然是出自纯粹的学术研究目的。我要让全世界的笨蛋学者知道，所谓精神病的治疗应该是这样的……”

“且……且慢。不是这个意思，我想问的是……”

“是什么？”正木博士不悦地眯起眼睛，向上抬了一下肩膀，仰靠在椅背上。

“我想问的是，导致吴一郎发疯的暗示是这幅画卷，这件事还没有人知道吧？”

“啊，这一点我还没有说到。当然没有人知道，司法当局的那帮家伙也不知道，因为他们根本没当回事。”正木博士用手掌抹了一把脸，扶了扶鼻梁上的眼镜，“就像我之前说过的那样，这幅画卷是吴一郎的姨母八代子从仓库二楼取来并藏好的，若林伺机拿到之后，就直接交给了我，所以除了若林和我以外，只有你看过这幅画卷。因为当时放在现场桌子上的这幅画卷被八代子用卫生纸盖上了，所以法院和警方的人根本没有注意到它，还嘲笑说‘屡破奇案的若林博士对侦破此案黔驴技穷，居然开始推崇迷信言论了’，记得当时报纸的编辑余录栏目中曾经揭露过这个事实……反倒是从仙五郎老人那里听说画卷之事的村民们提供了很多信息，比如‘一郎在梦中受到启示，来到石材切割厂，发现画卷就藏在高岩后面’，或是‘当时正好是日暮天黑的逢魔时刻’……另外，还有一些人对这些迷信说辞嗤之以鼻，认为是某个迷恋茂代子的家伙，因为在她身上感情受挫而产生了报复之心，从古老传说中获得灵感，对一郎实施了这样的恶作剧，结果顺利地得逞了……”

“啊……”我突然大叫着站了起来，将双手支撑在大桌子的边缘，死死盯着正木博士的脸。正木博士似乎也被我的惊叫声吓了一跳，保持着张口吐烟圈的动作，双目圆睁。

我呼吸急促，心跳剧烈，几乎快要窒息了。

——明白了，我明白了……正木博士不经意的一句话，让我的脑海中闪过似乎是案件真相的灵光……

——我这个人虽然没有在任何记录上出现过，但我绝对是继承吴青秀血统、与吴一郎一模一样的青年。

——根据千世子的尸体解剖结果来看，她只生育过一个孩子，因此两位博士否认上述事实的存在，然而这有可能只是为了在我身上进行实验而设置的圈套。真实的情况有可能是：我跟吴一郎的确是双胞胎，只不过是在小时候因为某种理由分开了而已。

——我在不为人知的情况下回到故乡，又不为人知地爱上了茂代子。或许是利用了与吴一郎一模一样的优势，在真正的吴一郎毫无觉察的情况下偷偷和茂代子纠缠在一起，巧妙地一人分饰二角，掩饰自己的存在。在此过程中，我得知了吴家那不可思议的故事，于是就在吴一郎婚礼的前一天，做下了此等残虐之事。

——原来是我干的啊。

——但是因为我自己也继承了吴青秀的心理遗传，与吴一郎同时或者先后发疯，所以与真正的吴一郎互换了身份，就连我们两个人也已分辨不出谁是谁。

——正木、若林两位博士费尽心思想要区分我们，试图鉴别出被害者与加害者。

——没错。只要这样想，就能彻底解开所有的疑问。没错，肯定是这样的，一定就是这样的。除此以外，根本没有办法解开一切谜团。

——啊，我果然是这桩案件的神秘凶手吗？

——啊，我……

我的脑海中瞬间闪过这些念头，面部不受控制地抖动，而正木博士依然仰靠在椅背上，含笑注视着我的脸。等我的呼吸逐渐平静下来，他故作惊讶地问道："怎么啦？怎么突然站起来啦？"

我喘息着回答："给吴一郎看这幅画卷的……会不会就是我？"

"啊哈哈哈哈……哇哈哈哈哈……"正木博士才听我说到一半，就夸张地大笑起来，"哈哈哈哈哈。你是加害者，吴一郎是被害者吗？有意思。如果是侦探小说的话，这倒是个震古烁今的诡计呢！我也猜到你也许会这么想。啊哈哈哈哈哈。但是啊，如果事实恰恰相反的话呢？"

"啊……恰恰相反……"

"哈哈哈哈。你不用这么客气，主动认领可恨的加害者身份。毕竟你和吴一郎一模一样，只要我略施小计，你想当加害者还是被害者都可以。反正都一样，你还是当被害者吧，这样在这桩案件中能得到更多好处！啊哈哈哈哈哈……"

我颓然地跌坐到椅子上，再一次坠入了云里雾里……

"你这样为了一点小事就受挫可不行……所以我一开始不是警告过你了吗？研究这桩案件的时候如果不能保持头脑冷静，中途很有可能会陷入严重的错觉之中……我在侄滨浦山的祭神鹑尾权现[①]面前发誓，你与这桩案件之间的联系绝非如此肤浅，而是具有更加重大、深刻的意义……"

"可……可是……还有比这更重大、深刻的意义？"

"你一定想说不可能有，对吧？但是正是因为确实有，这件事才显得如此奇妙。你可能会觉得我啰唆，但我还是想再说一遍。我们所

① 权现：菩萨化身的神。

生活的这个世界并非只受到唯物科学原则的支配，同时还在各个方面受到唯心科学即精神科学原则的支配，如果你不能够谨记这一点，就无法明白这桩案件的真相……简单说来就是，以纯客观式唯物科学的视角来看，这个世界只是由长、宽、高构成的三维空间，而纯主观式精神科学所感知的世界，却还要在此基础上加上‘认识’或者‘时间’，构成四维甚至五维空间，这才是我们所居住的世界。在这种多维度的精神科学世界中运行的法则，可以说与唯物世界的法则正好相反。通过目前为止在这个房间的所见所闻，相信你已经充分认识到这种不可思议的法则的活跃状态了……你只要从中找到解决这桩案件的钥匙即可……不，这桩案件的钥匙应该早已在你的口袋中。我清晰地记得自己刚刚已经把它交到你的手中了。”

“那……那是什么样的钥匙……”

“就是关于离魂症的话题啊。”

“离魂症……离魂症怎么了？”

“哈哈哈哈。看来你还不明白啊。”

“不……不明白。”

“你要知道，这桩案件最不可思议的地方，就是有一个与你一模一样的人存在，正因为有这么一个人存在，事情才会乱成一锅粥。而且，那完全是因为你的离魂症，这一点我不是刚刚给你解释过吗？”

“可是……可是……怎么会有如此不可思议……如此荒唐的事情……”

“哈哈哈。看来你还是不相信离魂症啊。不过也怪不得你，毕竟每个人都觉得自己的头脑是最可靠的。这样更加安全，故事情节也因此变得更有意思了，所以你不必如此仓促地下结论。对于让吴一郎发疯的凶手是谁，最好是以‘所有人中的一人’‘吴一郎自己’以及‘画卷自己从弥勒佛像中逃出来作祟’这三项为前提慢慢分析，冷静地回想你的过去，这才是找到答案的捷径。”

“但是……会有这么神秘……这么不可思议的事情吗……”说到这里，我无法继续思考下去，中断了话语。

“所以我才让你不要如此仓促嘛！很快你就不会再觉得它神秘了……”

“可是……‘很快’又是什么时候？”

“具体是什么时候我也不知道，但肯定不是今天。为了让你恢复记忆，我通过刚才的谈话对你进行了相当强烈的精神科学实验，但你还是怎么都无法恢复过去的记忆，今天的实验只能到此为止了，你的头脑还没有恢复到那种程度，再继续实验也是白费工夫……”

“可是……刚才您不是让我答应过您……”

“答应得再好也没办法。与其在这里浪费彼此的时间，不如让你稍微休息一下，再重新进行实验。”

“请……请等一下……这么说，教授您已经知道案件背后的神秘真相了吗？”

“是啊，就是因为知道了，我才会说跟你有关系啊。”

“那就……请您全都告诉我。”

“不行。”正木博士斩钉截铁地说完，重新叼起雪茄，抱着双臂，上半身后仰，冷冷地笑着看着我略有些愠怒的脸，“你可以想想原因。为了揭开这桩案件背后的神秘真相，必须确定让吴一郎发疯的凶手的名字，对吧？可是关于这个凶手的名字，除非你和吴一郎中的某一人恢复过去的记忆，想起那个名字，否则就不能称之为真相。不管法医学家若林博士掌握了何等不可撼动的证据，也不管我是否确认了那个凶手的名字及其罪状，只要你或者吴一郎在恢复过去的记忆之际，否认那个人就是凶手，我们岂不是前功尽弃了吗？这就是这桩案件与一般犯罪案件的不同之处……所以，我不想为那种没价值的事情浪费口舌。”

我不自觉地长叹一口气，意识到自己的判断力正迅速陷入迷惘之中……

“你还不明白吗？那我就再告诉你一个重大的事实吧。你听好了，在这桩案件中，有责任找出这个神秘凶手的人，不管怎么说都应该是身为法医学家的若林。就算警方认定这纯粹是吴一郎发疯做下的案件，身为一名研究应用精神科学的犯罪的学者，在已经深入研究到这种程度的时候，却放弃关键的突破点抽身而退，他的良心绝对不会允许。也就是说，站在若林的立场，不管他愿不愿意，都无法任由这桩案件的凶手逍遥法外。但是……我的立场却未必如此。对于若林在探案方面的苦心与努力，我并没有辅助他的责任，只是出于私人情谊充当了顾问的角色。你明白吗？以我的专业而论，我必须尽力做到的只有帮助你或者吴一郎的‘头脑恢复正常’，但是就算这样，我也完全没有责任让你们一定要回忆起凶手的名字或者长相。这是因为，站在我精神病学家的立场，只要能够判明发病原因与过程，就算写下让病人发狂的凶手的名字‘暂时不明’，也丝毫不影响我发表研究论文。何况吴一郎的发病状态与这幅画卷的关系，从心理遗传学的角度完全可以进行解释，已经充分具备了学术发表的价值。只不过是因为若林对这件事有很高的热情，非要让我帮他找到凶手，事情才会发展成现在这样……总之，我根本不在乎凶手是谁。哈哈哈……”

正木博士说完，悠然地在椅子上伸展开双手，一边低头看着呆若木鸡的我，一边吹出雪茄的烟圈。

他那自恃学者的冷漠态度，不由得令我产生一股难以言喻的反感。不仅如此，对于他那愚弄别人后又漠然置之的态度，更是感到无法忍耐的不快，我不由得重新坐正，轻咳一声。

“这……这样不太好吧，教授。就算身为学者，您这样也未免太冷漠了吧？”

“冷漠也没办法。就算我赔钱大甩卖，协助若林找出凶手，能够将他绳之以法吗？”

我感到眼眶有些发热，想要把所有想说的话一股脑儿说出来，但是却什么都说不出来……

“法律……法律怎么样都无所谓。如果不能把凶手找出来大卸八块，得有多少死去的人不能瞑目啊！八代子，茂代子，还有那位吴一郎……还有受到连累的我，明明没有犯下任何罪行，却遭受了比被杀害还残忍的凌虐。”

“嗯……然后呢？”正木博士不咸不淡地说道，陶醉地注视着自己吹出的烟圈。

我怀揣着要将肺腑深处的话说出来的心情，说道：“然后，如果我的灵魂能脱离身体，我会立刻转移到某个人身上，大声喊出留在他记忆中的凶手的名字，在光天化日之下的大街上，向所有人公开凶手的身份。我会至死跟随那个凶手，对他进行比杀死他更残酷的复仇。”

“嗯。要是真能那样就有趣啦。但是，你打算转移到谁身上呢？”

“谁？您应该很清楚吧。当然是直接见过凶手面孔的吴一郎了。”

“哈哈哈。有意思。那你不必顾虑，快去转移吧。不过，如果你真能顺利完成转移，也不是一件值得鼓掌喝彩的事。那样我的精神科学研究就要全部推翻重来了。因为我的学说中最重要的一条就是，灵魂‘转移’‘附身’‘转世’等事实都只是其本人‘心理遗传’的作用。”

“这我明白。但是，就算凶手对您没有用，对若林教授也是有用的吧。若林教授把这些调查报告转交给您，最终目的不就是希望您能从吴一郎过去的记忆中找出凶手吗？”

“那倒是，这一点我非常清楚。今天早上我和若林把你带到这个房间来，尝试进行各种实验，说白了也都是为了同样的目的。但是，我已经不想再继续追究这桩案件的真相了。至于理由，当你知道凶手的名字时就会知道了。”正木博士再次吐出长长的烟圈。

我盯着他的下颚，环抱双臂：“那么，我自己找出凶手也无所谓吗？”

“当然，那是你的自由，敬请随意……”

“谢谢。那么对不起，请让我离开这座医院，我想出去一趟……”说着，我站起来，双手撑在桌子边缘行了一礼。但是正木博士毫无反应，根本没有回礼的意思，依旧悠然地靠着椅背，用力向高处吐着雪茄烟圈。

“出去一趟？你要去什么地方？”

“去什么地方，我还没有想好……不过在回来之前，我一定会彻底查明案件的真相给您瞧瞧。”

“呵呵，你知道真相后可不要吓破胆。”

“什么？”

“我们最好彼此都不要去破坏这幅画卷的神秘感。”

“……”

我不由得呆立在原地。正木博士说这些话时，语气中充满了让我动弹不得的震慑力……震古烁今的大事业，空前的强敌，绝后的怪事，在这些事物的裹挟中，被迫下定不知是真是假的自杀决心，却又对这一切保持嘲讽的态度。这可怕的气魄震慑住了我，让我缓缓坐回椅子上，并再次坐正身体，打算对抗这种力量：“好……那我就不出去了。但是相对的，在找到凶手之前，我绝不会离开这里。在我的头脑恢复正常，破解这幅画卷的谜团之前，我都不会离开这把椅子……可以吗，教授？”

正木博士没有回答，然后像是突然想起了什么，上半身前倾，身体慢腾腾地缩进椅子里。他将变短的雪茄塞进达摩烟灰缸中，驼着背，在桌子上双手托腮，用狡猾的眼神盯着我，嘴角浮现出一抹冷笑，嘴唇抿成一条直线。这种神情让我觉得他似乎隐藏着什么重大的秘密。

我不由得探出上半身，整个人被一种异常的亢奋包围，浑身的皮肤都开始发烫。

“可以吗？教授……我不出去了，但是相对的，一旦我找到了凶手，就会随时随地公布他的姓名，替吴一郎、茂代子、八代子、千世子报仇。为此，不管我遇到何种不幸，也不管凶手是何方神圣，我都不在乎……可以吗，教授……因为这样一个惨无人道之人，让我陷入了这样的疯子地狱，一辈子都像待宰的羔羊一般活着……我实在是无法忍受……”

“嗯……你可以试试。”正木博士漠不关心地说完，便像傀儡一般闭上眼睛，唇角残留着一抹诡异的冷笑。

我再次将身体坐正，眼睁睁地感觉到了自己的无力，不由得怒气上涌："您听好，教授，我会尝试自己分析的。首先，假设凶手不是我。这幅画卷应该不可能像村民说的那样，自己从弥勒佛像中逃出来，跑到吴一郎手上吧？"

"嗯……"

"另外……姨母八代子和母亲千世子都深爱吴一郎，将他当成终生的依靠，应该也不可能把这幅传说中如此恐怖的画卷给他看；长工仙五郎老人也不像是会做出这种事的人；寺院的和尚是受吴家之托，为祈求吴家幸福而担任住持的，如果知道画卷的存在，应该会将它藏起来才对。如此一来，嫌疑人应该是个还没有被任何人注意的出人意料的人物。"

"嗯，那是自然。"正木博士以奇怪的含糊口吻勉强说道，然后微微睁开眼睛望向我，虽然嘴角仍然挂着微笑，眼神却无比阴森残忍……很快，他再次闭上眼睛。

我更加急切："若林博士在那些调查报告中，有对这样的嫌疑人进行过细致的调查吗？"

"好像没有。"

"什么……完全没有吗？"

"嗯……"

"那……其他方面都细致地调查过了吗？"

"嗯……"

"为什么？"

“嗯……”正木博士面带微笑，似乎正在打盹。

我看着他的脸，不禁哑然：“那……那不是很奇怪吗，教授？放着凶手不去调查，却专注于其他无关紧要的事情……这不就是画龙却不点睛吗？您不觉得吗，教授？”

“……”

“是吧，教授？无论是不是恶作剧，如此残忍且惨无人道的巧妙犯罪，应该再也找不到第二桩了吧？如果被害者不发疯，那当然不算犯罪，一旦发疯了，一切也都无人知晓。就算被当成凶手逮捕，别说是法律层面，就是道德层面的罪行说不定也能逃避推诿，世上还有比这更狠毒、残酷的恶作剧吗，教授？”

“嗯……”

“将完全没有触及根本问题的调查报告交给您，怎么想都很奇怪吧？”

“嗯……是挺奇怪的……”

“要想揭穿这桩案件的真凶，除了吴一郎或者我的头脑恢复正常并指认凶手以外，就没有其他办法了吗？就算有两位如教授您这样伟大的人共同努力也……”

“没有。”正木教授拒绝乞丐一般，语气不耐烦地回答道，眼睛仍然困倦地紧闭着……

我用力吞了一口唾沫：“他让吴一郎看这幅画卷的目的究竟是什么？”

“嗯……”

“是真的出于亲切？还是恶作剧？又或是爱恨情仇？某种诅咒？

还是……还是……”

我心中忽然一震，有些喘不上气来，在剧烈的心跳声中，凝视着正木博士的脸。

博士嘴角的微笑骤然消失，同时忽然睁开眼睛望着我。略显苍白的脸上，漆黑的眼睛眨也不眨，静静地转头看向入口的房门……但很快就又慢慢转向我，缓缓地在椅子上重新坐正。

他漆黑的眼睛里失去了原有的锐利光芒，带着难以言喻的柔和与安静，先前给人的蛮横傲慢的感觉也一扫而光，转眼间展现出一种神圣的气质，同时流露出某种难以言喻的寂寞与哀伤。望着他的这种神情，我的呼吸逐渐平静下来，不由自主地垂下眼帘，低下头。

“凶手是我……”博士用空洞的声音喃喃道。

我猛地抬头，看了一眼博士那唇畔漾着一丝软弱、悲哀微笑的脸，又将头低下。

我的眼前一片灰暗，全身皮肤上的毛孔仿佛都开始关闭……

我静静地闭上眼睛，用颤抖的手指按住额头，心跳剧烈，额头却冷汗淋漓。耳畔响起正木博士颓然的声音：

“既然你的判断力已经恢复到了这种程度，那就没办法了，我把一切都告诉你吧。”

“……”

“没什么好隐瞒的，我早就做好了心理准备。我从一开始就清楚地知道，这份调查报告的内容全都指向我就是这桩案件的凶手，但我却一直假装不知道。”

“……”

“这份调查报告中的每一个字，仿佛都在指着我说：‘是你！就是你！除了你以外，凶手不可能是别人！’……也就是说，第一次在直方发生的惨剧，是具备高等学识、思维缜密的人为消除所有犯罪痕迹，让案件陷入迷宫，而特意选择吴一郎回家的时候，巧妙地使用麻醉剂犯下的罪行，绝对不是吴一郎梦游中所为……”

说到这里，正木博士轻咳一声。我心中又是一惊，却还是无法抬起头来。正木博士的每一句话都带着沉重的分量，压得我难以动弹……

“凶手的目的不是别的，无非是想让吴一郎与母亲千世子分开，由姨母带到侄滨，与茂代子接近……茂代子是被誉为‘侄滨小町’的大美人，当地爱慕她的人一定很多，同时侄滨又是画卷原本的所在地，大部分村民多少知道相关的传说。而吴一郎与茂代子的婚事百分之九十九不会出差错，所以无论是进行这项实验，还是隐藏犯罪痕迹，再也没有比侄滨更合适的地方了。”

“……”

“所以，第二次的侄滨事件也绝对不是什么神秘事件。某人一定是依照直方事件以来的计划，埋伏在石材切割厂附近，等着吴一郎回家经过，将画卷交给他……也就是说，直方与侄滨这两桩案件，都是同一个人为了同一个目的策划出来的。此人对于这幅画卷的相关传说具有非常深刻的理解与兴趣，为了实地验证这个传说，他选择在最恰当的时机，也就是被害者吴一郎对某种重大幸福充满期待的最高潮时，实施了这项震古烁今的学术实验，因为他预计吴一郎会在那时彻底发疯……所以，除了我之外还能有谁？”

“有。”我突然踢开椅子站了起来，脸部如火烧般充血，全身的骨骼与肌肉都因为用力而不断颤动，我紧盯着愕然呆立的正木博士鼻梁上的眼镜，“若……若……若林……”

“笨蛋！”正木博士的口中迸出一声大喝，同时用那漆黑、凹陷的眼睛死死盯着我。他那漆黑眼眸中迸射出的强烈光芒，如俯瞰罪人的神灵般的肃穆态度，有如盛怒的猛兽般的恐怖神情，吓得刚才还怒发冲冠的我立刻抖了抖，踉踉跄跄地向后退去，一屁股跌坐到椅子上，眼睛似乎被他那可怕的眼神牢牢地定住……

“笨蛋！”

我感到双耳火辣辣的，颓然地垂下了头。

“你怎么能笨成这样！”

博士的声音犹如巨石一般从我的头顶压下来，同时他一改先前那种悠然、冷淡的态度，声音里透出父亲般的威严与慈爱。

不知何故，我再次感觉心口沉甸甸的，凝视着正木博士青筋突起的双手按住桌子边缘，听到他用力说出每一句话：“任何人都能想到，能够将如此恐怖的实验推进到这种程度的人，除了我以外，就只有一个人。既然明白这一点，你就应该立刻想到，不能轻易说出那个人的名字……你未免太轻率了。”

“……”

“更何况他本人已经……把一切都坦白了……”

“啊……什么？”我愕然抬起头来，发现正木博士正用右手牢牢按着蓝色棉布包袱里的调查报告，冷冷地咬着下唇。我不知他的这种神情有何意味，但感觉他接下来要发表一番神圣的讲话了。受到他那紧张的态度影响，我再次将头垂了下去。

“而他的供述记录，就是这份调查报告。这是他亲自调查自己所犯下的罪行并汇报给我的。”

我的后背骤然掠过一阵凉意。

“你对犯罪的隐匿心理、自白心理之类的东西还了解得不太清楚，所以你给我仔细听好，随着人类智慧的进步，或者社会体系的复杂化，这种恐怖的犯罪心理一定会变成司空见惯的存在……你明白吗？”

“……”

“这份调查报告是何等恐怖，其中蕴含的犯罪隐蔽心理与自白心理又具有何等深刻、迷惑人心且滴水不漏的魔力，逼迫我不得不承认这桩罪行……接下来，我就向你说明其中的理由……”

我感到全身的肌肉瞬间变得冰冷、僵硬，视线再次被眼前那片绿色呢绒桌布吸引，无法移动。

这时，正木博士轻咳一声。

“假设某人犯下了某桩罪行，即便这桩罪行完全避开了他人的目光，可残留在自己的‘记忆之镜’中的身为罪人的自己的卑鄙形象，却永远无法抹杀。只要人还有记忆力，就无法避免这种现象，这是任何人都不屑一顾却又深刻明白的事实……如果对照实例来看，那就更加令人疏忽不得。映照在这面‘记忆之镜’中的自己的罪孽身影，通常会同时表现出名侦探的威慑力与绝对无法摆脱的共犯者的胁迫力，而这会成为一切犯罪唯一共同且绝对的弱点，神不知鬼不觉地一直纠缠着凶手，直到他咽下最后一口气为止。而且，想要从这位名侦探与共犯者的纠缠中获得解脱，就只有‘自杀’与‘发疯’两条路，无比恐怖。而世俗所谓的‘良心的苛责’，说白了就是受到自己记忆的胁迫。

因此，想要从这种胁迫中得到救赎，除了抹杀自己的记忆以外别无他法……

“所以，越是聪明的罪犯，就越会努力隐匿和警戒这个弱点，而说到隐匿的手段，无论十人、百人，最后无一例外都会归结到那唯一而绝对的方法上，也就是在自己内心深处建立一间密室，将自己的‘罪孽身影’与‘记忆之镜’一起封存在黑暗之中，试图让自己都看不到它们的存在。然而不巧的是，这面‘记忆之镜’具有极为奇怪的逆反作用与深不可测的魅力，周围越黑暗，它就越发熠熠生辉，越是告诉自己不要去看，就越是会被它吸引。所以即使疯狂忍耐着不去看它，最后还是会忍不住回头看一眼。如此一来，映照在镜中的自己的罪孽身影也会回望自己，双方的视线必然交汇，那个瞬间，自己会不由自主地感到毛骨悚然，俯首于自己的罪孽身影面前……这种情形重复多次后，终有一天会忍无可忍地打破这间密室，使其暴露在众人面前，并将映照在记忆之镜中的自己的罪孽身影指给众人看，在光天化日之下自白：‘凶手是我，请看我的罪孽身影。’如此一来，自己的罪孽身影便会因为镜子的逆反作用而消失，自己也总算得以恢复独自一人的状态，不必再提心吊胆了。

“此外，把有关自己罪恶的记忆记录下来，等自己死后再公开，也是一种免受苛责的方法。做完此事，回望记忆之镜时，会发现镜中的‘自己的罪孽身影’也正摁着这份记录回望自己，于是就能略微放下心来，露出寂寥的微笑，而‘自己的罪孽身影’也会看着自己，报以怜悯的苦笑。见到此种情景，心情多少会平静下来……这就是我所谓的自白心理……你明白了吗？

“另外还有一种情形。假设有一位头脑极为聪明，有一定地位或者信誉的人，想要把自己的犯罪藏在一个绝对安全的秘密地带，最理想的方法之一就是利用刚才所说的自白心理。也就是说，亲自将自己的犯罪痕迹和证据调查清楚，同时用旁敲侧击的方式将自己为什么一定是凶手的理由写在纸上，最后将调查报告交到自己最害怕的对手，也就是有可能最早看穿自己罪行的人手中。如此一来，对方的心理上就会因为人情与道理的偏差而产生极其细微实际上却是‘无限大’与‘零’之间的差距那般大的眩惑性错觉，无论如何也无法认为眼前的这个人就是凶手。在那一瞬间，犯罪者便一举逆转了此前的危险立场，几乎能置身于绝对安全的地带。一旦事情发展成这样，一切就已成定局。因为一旦这种错觉成立，就很难再回到原来的状态。越是挑明事实，对方的错觉就会越深；越是强调自己是凶手，这个凶手所处的安全地带的绝对价值便越高。并且，对方的头脑越清晰，陷入此种错觉的程度就会越深……你明白了吗？

“而最深刻的‘犯罪自白心理’与最高级的‘犯罪隐匿心理’同时出现在这份调查报告中。它可以说是比我的遗书还要重要的前所未闻的犯罪学研究资料……你明白吗？而且……”

说到这里，正木博士停下来，忽然身轻如燕地从转椅上跳了下来，像是在用力踩踏自己的思维一样，双手背在身后，开始一步一步用力地在大桌子与大暖炉之间狭窄的地板上来回踱步。

我仍旧缩在转椅中，凝视着眼前的绿色呢绒桌布。在那炫目的绿色中，我刚刚发现的图钉头大小的黑色烧痕越看越像一张小小的黑人的脸，似乎正咧着大嘴哈哈大笑……我专注地盯着它。

“而更恐怖的是，出现在这份报告中的自白和犯罪的隐匿手段，都毫无疑问地指向了我。也就是说，一旦将这份报告公开，或者交给司法当局，不管是多么愚蠢的法官，都会立刻将我检举为嫌疑人。不仅如此，万一我站上了法庭，就算我有文殊[①]的智慧和富楼那[②]的辩才，也百口莫辩，这就是这份调查报告设计的圈套。你听好了，我接下来就为你说明这个圈套的可怕内容，也就是我为什么要主动承认自己就是策划这项令人战栗的学术实验的罪魁祸首。”

说着，正木博士在大桌子的北端停下脚步，双臂如同被绑缚一般背在身后，回头看着我冷笑。那一瞬间，他眼镜上的两片玻璃正面接收到南侧窗户射入的晴空的光线，与那口中露出的洁白假牙一起闪烁着阴森的光芒。我不由得移开视线，望向眼前那一小块黑色的烧焦痕迹，但之前的那张黑人的脸已经消失不见……与此同时，我感到自己的脸颊、脖颈、侧腹部一带起了鸡皮疙瘩。

正木博士沉默地走到北侧的窗边，迅速往外瞟了一眼后，立刻回到大桌子前，态度比刚才随和了许多，似乎依然没有将如此重大的事件放在心上，用充满朝气的戏谑口吻继续说道：“重点就在这里，听好了，你先试着把自己当成审判长，严正公平地审理这桩前所未闻的应用精神科学的犯罪案件，而我则身兼检察官和被告两个角色，竭尽我所知地揭发与这桩案件最终的嫌疑人 W 和 M 的行动相关的所有秘密，同时自白一切……而你，既是双方的律师，同时也是审判长，也可以是精通精神科学原理原则的名侦探……听明白了吗？”

---

① 文殊：文殊菩萨，专司智慧。

② 富楼那：释迦牟尼十大弟子之一，长于辩才。

刚才还站在我身旁的正木博士开始在油毡地板上从北侧到南侧来回踱步，同时轻咳一声。

“首先从吴一郎看到这幅画卷，精神病发作的时候讲起……大正十五年四月二十五日，也就是吴一郎和茂代子婚礼的前一天，W和M的确都在离侄滨不远的福冈市内，M刚到九州帝国大学赴任不久，还没有找到住宿的地方，因此暂时住在博多站前一家名叫蓬莱馆的旅馆。这家旅馆还兼做火车候车室，规模相当大，房间数量众多，客人出入也频繁，再加上博多那地方的待客方式素来简慢，只要付了钱，每餐按时吃饭，即便是半日或者整夜不见人影，也不会引起任何人的注意，是个非常适合用来制造不在场证明的地方……而与之相反，W总是把自己关在九州帝国大学医学院法医学教授办公室埋头研究，工作繁忙时会从内侧把门锁上，一应事务都通过电话联络。在钥匙插在锁孔中的时候，绝不可以从外面敲门，这已经是医学系相关人员习以为常的规则了。W的神经质，别说是校工和朋友了，就连报社记者们都有所耳闻，所以这些习惯也很方便用来制造不在场的证明。

“另一方面，吴一郎婚礼前一天应该出席了的福冈高等学校的英语演讲会的日期和时间，只要留意报纸就一定能够知道。吴一郎从不乘坐轻铁、总是步行回家的习惯也不是什么秘密，只要事先调查，马上就能知道……凶手让在石材切割厂工作的石工一家人服下某种难以检测出来的毒物，使其在包括那天在内的两三天或者一周休息，再乘机实施计划。侄滨这个地方原本就是半个渔村，是福冈市的鲜鱼供应地，常常被认为是霍乱或者痢疾等流行病的病源地，所以使用这类病菌相当方便。但这种病菌可能因为个人体质或当时的健康状况而不起作用，这一点有些麻烦。不过，九州帝国大学的法医学研究室与卫生、细菌研究室在同一楼层，时刻都在进行细菌与毒物的研究，从那里搞点东西出去应该非常方便。总之，这桩案件的特征就是一切都井然有序地进行，没有出现丝毫差错。

“接下来是案发当天，假设吴一郎从福冈市郊的今川桥步行约一里地回侄滨，那他肯定要经过石材切割厂旁边那条山麓与农田之间的国道，这一点户仓仙五郎也说过，只要去实地勘察一下立刻就能知道。当时麦穗已经长得相当高，只要戴上深色帽子和墨镜，围上薄围巾，披上夏天的披风，坐在靠近大路的石头上一动不动的话，就能让自己的脸型和身材看起来像是完全不同的另一个人。然后，叫住正要回家的吴一郎，巧言诱惑他，比如‘我是你已故母亲的朋友，在你还年幼的时候，令堂曾经秘密托付我一件关于你的事情，为了完成诺言，我特意在此等你’……只要这么说，就算吴一郎再怎么认生也没办法不上钩。之后，再煞有介事地拿出画卷，对他说：‘这是吴家的传家宝，令堂说放在家中会影响孩子的教育，所以托我暂时保管，但我听说从明天起你就要成为一家之主了，于是特意前来送还与你。这是你和茂代子小姐成婚之前，无论如何都必须先看过才行的东西，其中描绘了身为你远祖的一对夫妇无上的忠义与极致的爱情，虽然关于这幅画卷有各种恐怖的传说，但那些都是不希望让头脑不清楚的人看到而散布的迷信言论，里面实际上是无比精妙的画作与文章。如果你不相信，可以现在就在这里看一下，不想要的话，我可以继续帮忙保管。那边的高岩后面，应该不会有人过来……’不知道凶手是不是这么说的，如果是我的话，一定会这么说，激起他的好奇心。果不其然，吴一郎彻底上钩了，在岩石后面聚精会神地展开画卷，而凶手则趁此机会悄悄地消失了，他的招数就是这么简单……

“接下来我们说说两年前的案件……也就是大正十三年三月二十六日发生的直方事件。当晚，W 和 M 也确实都在福冈市。因为三月二十六日前一天，即三月二十五日，M 久违地回到了九州帝国大学，见过当时还健在的精神病学教授斋藤博士和一干旧识后，面见校长，提交论文，取回毕业以来寄存在学校的银怀表。住宿之处仍然是蓬莱馆。而 W 当时已经住在现在的春吉六番町的大房子里，过着单身生活，家里只有一位帮忙煮饭的老太太。所以想要在天黑之后悄悄离开家，天亮再悄悄溜回来是非常容易的。也就是说，两人都很容易制造不在场证明。当天晚上九点左右，一辆崭新的厢式轿车在阴暗的天色中向东驶离福冈。车上的人一副暴发户的模样说：‘已经没有往直方的火车了，但我突然有急事要赶过去，请你全速赶往直方。’”

“什么……那……吴一郎的梦游症……”

正木博士从我面前踱过，回头冷笑道：“那是骗你的……彻头彻尾的谎言。”

“……”

我的全部脑髓像风扇一样旋转起来，身体不由自主地倒向一侧，几乎要摔倒在地，勉强抓住椅子扶手才保持住平衡。

“如果真有那种梦游症的话，我再也不会出现在你的面前……首先，关于厨房入口的竹棒倒地的解释就极其含糊，不是吗？如果说有人戴着手套将手伸入门缝中，试图用手指夹住竹棒，却不小心把它碰倒在地，这还算合理；或者说顺利拿开了竹棒，后来故意布置成自然掉落的样子，这也说得通……但是，算了，尽管缺失了这些关键之处，可你只要听了我的解释就能明白，同时也会了解我当初为何会断定这是梦游症……”

我脑髓中的旋转逐渐放缓，不久完全停了下来。同时，我忍耐着头皮发麻的感觉，咬紧牙关，紧紧闭上双眼。

“审判长……你不保持冷静可不行啊，因为接下来比这更莫名其妙、更恐怖的事情还多着呢……哈哈……”

“……”

“我们继续……其次，仔细研读这份调查报告，会发现有两点奇怪之处。其一正是刚刚你提到的疑点，即调查凶手为何仅寄希望于吴一郎恢复记忆后的陈述，而完全放弃其他的调查方法。其二则是这份调查报告特别关注吴一郎的出生日期……这两点，你明白了吗？

“关于吴一郎的年龄，这份调查报告中插入了一则新闻剪报作为参考，根据那则报道，吴一郎的母亲千世子于明治三十八年离家出走，其后的一年时间，都在福冈市郊水茶屋的一家名字有点装腔作势的女子裁缝私塾上班，而她在此期间应该并未生育过孩子。那么问题来了，假如她当时未曾生育，可以推测吴一郎是明治三十九年下半年到明治四十一年之间出生的。但是从常识来分析，作为其年龄推断材料的这则剪报，也许是因为吴一郎是私生子，为了慎重起见而特别插入的。也可能是由于报刊记者认为当时闹得沸沸扬扬的这桩‘美丽寡妇遇害谜案’的真相与其昔日的男女关系有关，才特意找出了这则消息。还有可能是因为在这篇报道中，出现了虹野汀这个与吴虹汀有关联的名字，才特意把这则报道插入了这份调查报告里……但在我看来，它却包含了更加意味深长的另一层暗示。原因很简单，因为被推定为吴一郎出生年份的明治四十年十二月，正是九州帝国大学的前身福冈医科大学的第一届毕业生，也就是我们毕业的那一年。你明白了吗？”

“……”

“或许在局外人看来，这是一个证据稍显单薄且有些多余的怀疑，但其实并非如此。当时的大学生中有个奇怪的家伙，这份调查报告就差指名道姓地说‘那家伙就是这桩案件的始作俑者，直方案件的真凶肯定也是他’了。这就是我所谓的自白心理，是‘不打自招’这个千古不变的格言的具体体现。因为知道吴一郎真实的出生日期与地点的人，除了其母千世子之外，就只有W和M两个人。”

我用力晃了晃肩膀，虽然连自己都不知道为何要这么做……正木博士此刻也陷入了短暂的沉默，这沉默像是要使我陷入无底深渊般敲打着我的胸口。

这时，正木博士继续说道：“意识到这件事之后，简直令我毛骨悚然，心中暗暗咒骂，却没有辩驳的余地，更何况检查吴一郎的血液、决定他是谁的儿子的权力掌握在法医学鉴定法的世界权威W的手中。”

正木博士在南侧窗畔忽然停下脚步，背对着我，悄然低头，似乎在咽唾沫。

我再次用颤抖的手按住额头，极力克制住身体的颤抖，另一只手紧紧抓住膝头。

不久，正木博士深深地叹了一口气，像是害怕看向窗外似的猛地转向我，沉默地低着头，像是在平复激荡的心情。随后，他隔着大桌子，快步从我面前走了过去，在北侧的窗前转了九十度，开始挨着窗户来回踱步。每当他那微低着头的身体经过阳光炫目的窗前时，都会有闪动的光影在我眼前的大桌子边缘掠过。

正木博士再次严肃地轻咳一声："距今二十余年前……也就是福冈的县立医院改组为医科大学，在松原这里重建时，该大学的第一届新生中，有 W 和 M 两位青年。其中 W 念的是法医学，M 念的是精神病学，两个学科都是当时的医学术界不太发达的领域，两人彼此争先，都有志于成为各自领域的领军人物。可能是因为生在世代患有结核病的家庭，W 在当时的学生中属于那种数一数二的美男子，是个性格严谨、有些神经质的实干家；而 M 则是身材矮小的丑陋男子，是个自以为是的空想家，说起来算是天才型的人。两人的个性刚好相反，也正因如此，他们才在学业上激烈交锋，互相争霸。

"不过，我刚刚也说过，W 念的是法医学，M 念的是精神病学，两人的最终目标并不相同，唯有对当时连名字都不为人知的精神病方面的研究，两人的兴趣像是某种宿命般达成了一致。也许是两人的头脑特征刚好处于两个极端，所以偶然在这方面达成了一致吧……总而言之，出于这个原因，两人都接受当时这方面的权威斋藤博士的指导。其中，他们尤其对与专业医学关系不大的迷信、暗示之类的问题具有很高的研究热情，简直是突破了沸点。当然，这也有可能是受到了在东洋哲学方面造诣颇深的斋藤教授的影响。最后两人相继受到距离福冈不远的某地有名的恐怖传说的吸引，也可以说是必然的结果。

"之前一直相互敌对、龙争虎斗的两人在关注到这个传说的同时，立刻一笑泯恩仇，握手言和了。然后，两人彼此交换意见，共同拟定了对于这个问题的研究方法与策略。最终，W 选择从'迷信、传说的起源与精神异常'这样一个比较务实的层面着手，M则选择了'根据W的研究成果分析佛教的因果报应论'或者'对印度与埃及的各宗教中所包含的轮回转世说的科学研究'这类广泛而浮夸的论题。两人试图通过这互有关联的两个论题，从表里两个方面进行深入、彻底的研究……在尚未查明该传说真相的情况下，就确定了如此恐怖的研究主题，足可想见两人当时是何等的锐气昂扬。事实上，两人都下定决心，为了完成这项研究，不惜抛弃所有人伦与良心，也不惧践踏神佛。洋人之中也有一些为了开拓新的科学研究领域而不择手段的研究者，尤其是医学方面的专家中，为了学术研究而抹杀良心，极端残忍地杀人的例子可谓数不胜数。虽然其中不少人受到社会的谴责，但他们仍然以'为了学术'或者'为了人类文化'的名义，冠冕堂皇地进行着那种惨无人道的研究。所以W和M也互相约定，就算付出任何代价，也要彻底完成这项实验。

"于是，两人怀揣着比互相争夺第一名更强烈的热情，开始齐心协力调查这个传说。恰好吴家的长女Y子正值妙龄，正在寻找对象，但是由于吴家地处乡下，有关吴家精神病血统的传闻早已人尽皆知，无人愿意与吴家结亲。手段用尽，才总算找到当时在福冈箦子町经营京染洗染房[①]的三十来岁的外来户G。由此，一度被人遗忘的关于吴家血统的传说再度甚嚣尘上，这一点对于两人的研究是非常有利的。

"W和M便趁机深入、细致地研究起这个传说。W借着古迹调查的名义，与如月寺的和尚套近乎，并且偷偷誊写下了《缘起》。而这时，M也同样取得和尚的信任，偷偷拔下弥勒佛像的颈部，不断接

① "京染"为在京都印染的纺织品的统称，"洗染房"为代人洗衣、染衣的商店。

近问题的中心，并发现了一个极其出人意料的事实，即如月寺的《缘起》一文中提及的被吴虹汀亲手烧毁的画卷，其实并未被烧毁。它不久之前还存放于佛像体内，直到最近才被某人发现并盗走了。

“这对于原本只想查明吴家家谱及与此相关的传说史实的二人来说，着实是个意想不到的发现，同时也带来了莫大的失望。但是，失望只是暂时的，两位年轻人很快就迸发出数倍于之前的勇气，进行更为紧密的合作，用尽一切手段，从各方面探寻画卷的下落。综合各方面的结果来看，他们认为盗窃者肯定是 Y 子的妹妹 T 子，一位美丽的女学生，于是事情变得复杂了起来。你应该多少猜到一些了吧？毕竟是审判长嘛。哈哈哈……”

“……”

“而 W 和 M 两人的合作至此再次完全中断了。‘画卷握在那位 T 子手中，这可太麻烦了。跟藏在寺院的佛像中不同，由活生生的人保管的话，想要盗出来并不容易。要不暂时中断这项研究吧。’‘嗯，那就这么办吧，改天再说……’最初开始这项研究时还斗志昂扬的两个人，就这么干脆利落地分道扬镳了……但是他们彼此都心知肚明，对方绝不会就此善罢甘休，而是会下定数倍于之前的强烈决心，将这项实验进行到最后，‘你就等着瞧吧’……当然，不可否认的是，两人的这种决心也反映在了 T 子的美貌上。不过，与吴青秀的忠志不同，M 和 W 对于这项实验的诚意直到今天都是非常坚定的。当然，两人皆是如此。你明白了吗？”

“……”

“而当时福冈一带正是刚开始流行学生帽的时期，就连艺伎都唱着‘未来会成为博士呢还是院长呢’的小曲，是大学生最受欢迎的时代。普通家庭也都抱着‘如果是学士的话，就可以将女儿嫁给你’的态度，这就是尾崎红叶[1]的《金色夜叉》和小杉天外[2]的《魔风恋风》等小说风靡一时的原因。W和M也卷入这样的风潮中，开始争夺T子小姐，从结果来看，这场战争可以说淋漓尽致地发挥了两人各自的特征。

“最初W占据上风，毕竟即使在当时的大学生中，他也是格外出挑的美男子兼才子。再加上他举止文雅，为人诚恳，各方面条件俱佳，实非M所能敌。M在竞争中毫无还手之力，只得甘拜下风，放弃学业和一切逃入深山，一面寻找化石，一面治疗内心的伤痛。

“而另一方面，W绝非那种会沉醉在成功美酒中的单纯男人，驯服了T子后不久，他就按照早就制订好的计划，为了将那幅画卷骗到手中，花言巧语地哄骗她：‘听说你家有一幅与你家血统有关的会带来孽缘的画卷，你要不要趁现在好好调查一下？用最新的科学知识进行研究，斩断那个孽缘怎么样？否则万一我们将来生了儿子，就不得不替他担惊受怕了。’但是T子也不是寻常女子，似乎认定不能轻易交出画卷，坚称‘我不知道有那种东西’，硬是不肯拿出来。W不知道那幅画卷的藏匿之处，只好改变手段，试图将T子带到福冈。他自然是在盘算着，只要带她离开，她肯定会将那幅画卷带在身上……

“巧的是，T子的姐夫、那位京染洗染房的老板G是个无药可救

---

① 尾崎红叶（1868—1903）：日本近代著名小说家、散文家、俳句诗人。代表作《金色夜叉》以金钱与爱情为主题，讲述主人公间贯一因未婚妻抵抗不住金钱的诱惑嫁给大财主，立誓化身夜叉，向用金钱夺走了他的爱情的社会报复。

② 小杉天外（1865—1953）：日本近代著名小说家，代表作《魔风恋风》以女学生的堕落为主题，讲述女学生获原初野爱上其好友夏本芳江的未婚夫东吾，最终却被东吾背叛，并在毕业考试前夕因脚气病惨死。

的好色之徒，刚入赘到吴家，就开始对妻妹T子示好，没完没了，非常可怕。T子正不知如何是好，一经劝诱，就二话不说跟着他离家出走，并在福冈偷偷与他同居了。姐姐Y子或许也很清楚这件事，又或许是隐隐约约察觉到了，所以并没有积极寻找，情况对W更加有利了。但是，关键的画卷却依旧下落不明。就算是以W的眼力，也无法看穿T子有没有携带着画卷。

“然而，W并未失望，继续在T子身边搜寻的同时，还不时放下学校的工作，监视T子的一举一动。也无怪乎W会这么做，T子自以为除了如月寺的和尚和姐姐Y子以外，谁都不会留意到‘虹野汀’这个化名以及她在展览会上提交的使用了中国古代技法的刺绣，但这根本逃不过熟知画卷故事来历的W的眼睛，他会做出T子定然将画卷藏在某处的推测也是再自然不过的了。

“但是另一方面，聪明伶俐如T子，当然也从W的态度中察觉到了一些端倪。也就是说，她虽然不确定，却感觉到W接近自己的目的并不单纯，说不定其目的就是那幅画卷。而他想要那幅画卷的目的则是……尽管她隐隐约约地产生了这种怀疑，却并未将自己的怀疑表现出来，所以就连W也无可奈何，陷入进退维谷的境地。不仅如此，不久后，W又受到了更加严重的打击，只能含泪退场。简单说来，他将T子视为寻找画卷的唯一线索，用尽一切手段，百般讨好，T子却出其不意地对他无法抵抗的要害发出重重一击。

“这重击不是别的，我刚刚说过，T子已经隐约感觉到对方对自己的感情别有用心，而且直到那时，她才得知W的家族有严重的肺病遗传史，W本人的体质也充分地证明了这一点，可是W却对T子完全隐瞒了这个事实。说句题外话，结合这个事实，也能明白 T 子为何会做出后来那样水性杨花的行为，同时也不必对她薄情的态度进行谴责。因为那是承袭自吴家血统的痛苦与悲伤推动着她做出了那种放荡行为。而这份痛苦与悲伤只不过是通过《魔风恋风》以来的自由恋爱风潮具体地表现了出来的而已。身为一名弱女子，自然希望尽可能留下人格健全、血统健康的后代，这份心情当然可以理解。T 子离家出走时，当地人冷嘲热讽地表示‘反正就算她留在家里寻找夫婿，顶多也就是找个像 G 那样的外乡人’，这些讥讽之言也能够佐证 T 子的上述心情吧！同时，我们也能了解到 T 子是一个多么纯情与理智兼具的聪明女子。从这几点也能看出，T 子真是个天生薄命的女人。

“还有一点我必须坦白。或许你已经察觉到了，那就是将有关 W 的血统与现在的健康状况的秘密，通过信件偷偷告诉 T 子的不是别人，正是他的情敌 M。原因在于 M 仍然深爱着 T 子，同时无法彻底割舍掉这项研究，在与 W 分道扬镳之后，他怀疑是不是 T 子之外的其他人隐藏了这幅画卷，在四处打探的过程中，又通过我刚刚提到的村民的谣传推测到了 T 子的心理，因此抱着试试看的心态实施了这个反间计。当然，这种告密行为非常卑劣，在 W 面前根本无从狡辩。更何况，M 还以这封信为契机，再度开始接近 T 子。但是……M 当时的这种卑劣行径，需要他在此后的生命中，付出极其恐怖的代价来偿还……如今回过头来看这件事，真是令人毛骨悚然。有志于研究‘因果报应’的人却为因果报应所苦，甚至不得不下定自杀的决心，命运当真喜欢捉弄人，令人连苦笑的力气都没有……

“话虽如此，可当时的 M 又如何能预知未来呢？他只是受到这个传说中所包含的精神科学的魅力与T子的美貌所吸引，抱着最初立下的‘为了学术可以不计后果’的信念盲目前行。不到半年，他就与T子同居了，后来T子怀孕的迹象越来越明显，那一年进入暑假后不久，就可以清晰地感觉到胎动了……这个胎动在其后二十年的漫长岁月里，一直挣扎着试图彻底掌握W与M二人的命运，是可以形容为命运的魔神的胎动，是焦急地想要将W与M的心脏紧紧攥在手中的胎儿的鼓动。是在这场以精神科学研究为中心，超越血泪、义理与人伦的妖邪剧和漫长苦闷、恶毒的不伦剧中担任中心主角，试图将出场演员全部玩弄到绝境的命运的魔神的初次亮相。这沉默的亮相在大幕刚刚拉开之际，便向观众抛出一个问题：‘我是谁的孩子？’而且从那时到现在，对于这个问题的全部回答，不管是有形的还是无形的，都是‘不知道’。

“当然，W和M应该都可以回答这个问题。但是他们的回答真的是以不可撼动的事实作为依据的吗？就连后来成为‘基于血型的亲子关系鉴定法’专家的W也无法进行调查，因为他不能随意采取自己和M的血液……不仅如此，比任何人都更能明确证明此项事实的胎儿母亲T子，也在接受调查之前就已‘死无对证’，没有留下任何证据。如果T子生前给胎儿取过带有其父亲姓氏的名字，并留下过文字记录的话，这个问题就可以迎刃而解了，但是遗憾的是，她什么也没有留下。户籍上也只是简单地写上‘父不详——吴一郎’几个字。事到如今，W和M可以任意肯定或者否定自己与T子的关系。更何况T子是否曾与W和M以外的男人有过关系，这一点除了她自己的良心之外，没有任何人知道。总之，关于T子腹中胎儿的父亲是谁这个问题，除非T子死而复生，明确地说出答案，或者曾经留下什么不可撼动的铁证，否则永远不会有人知道。

“命运的魔神——那个胎儿出生了，是个珠玉般的男孩。明治四十年十一月二十二日，出生在两人隐居的福冈市郊松园某皮革商的别院中。在男孩呱呱坠地后不久，之前一直隐忍的 M 首次尝试拐弯抹角地询问 T 子：‘听说有一幅会诅咒吴家男孩的画卷……’他其实是在模仿 W 的拿手好戏。这时，即使谨慎如 T 子，也因为初为人母而母爱泛滥，终于向他道出实情——

“‘我从小就喜欢读书画画，甚至到了废寝忘食的地步，所以自从懂事以来，就经常一个人去寺院欣赏或临摹虹汀大人亲手画在纸拉门上的画和亲自雕刻在栏杆上的仙人图案。后来，来参拜的村民不知道我在场，谈论起有关寺院由来的各种事迹，我听到后幼小的心灵深受感动。他们说有一篇详细记载了寺院缘起的文章，被和尚珍藏着……我听到这些话以后，心里特别想看，就趁四下无人之际，假装看画四处搜寻，果然在和尚房间的书柜抽屉里找到了那篇《缘起》。

“‘看过以后，我又为那幅被烧毁的画卷感到万分可惜，于是前往正殿，捧起佛像摇动。你猜怎么着？里面居然传来了疑似画卷的东西碰撞的声响，我吓了一跳，心口怦怦直跳。

“‘但我把这件事告诉和尚以后，却挨了他一顿训斥，所以大概一个星期之后，我趁放学回家假装去上香，偷偷拔下佛头，将画卷取了出来。

“‘然而，当我把那幅画卷带到无人的仓库二楼打开一看，却发现里面都是让人意想不到的恐怖、恶心的画，所以又吓了一跳，想马上把它送回寺院，这时却突然注意到画卷装裱得非常漂亮，又不舍得还回去了。所以后来每当我一个人在家的时候，就会一点一点撕下裱装背面的纸，用坏掉的幻灯镜头观察丝线的走线，一点一点描绘到红色绢布上。不过，这要是被人发现就糟了，所以制作好以后我就全部烧毁，扔进了室见川中。

"'终于学会那种刺绣方法以后，我就将撕下来的纸修补回原貌，把画卷还回佛像的腹中。还回去的时候比偷出来的时候可怕多了……后来没过多久，我就来到福冈，所以画卷应该还在如月寺弥勒佛像的腹中。

"'但是，如今自己的孩子出生后，我才真正认识到那幅画卷的恐怖之处。我想，如果姐姐Y子也像我一样生下儿子，又知道那幅画卷的存在的话，肯定也会跟我有同样的想法吧，肯定会怨恨虹汀大人为什么没舍得将画卷烧毁吧。

"'不过，幸好没有任何人知道那幅画卷的存在，只有我一个人知道。所以，我愿意将它交给你当作学问的研究材料，希望你能够利用科学的力量，打破只对我们家族的男孩作祟的画卷恐怖神秘的魔力，让我们的儿子免受诅咒。请你一定要答应我……'"

"她说着说着，就流下了眼泪。M呆住了，同时欣喜不已。心想，原来是这么回事，怪不得我们怎么都找不到啊，原来我们的搜寻方针和画卷的藏匿之处刚好南辕北辙，两人一直在没有画卷的地方打转，想要通过推理获得好运，怪不得找不到了。他暗自窃笑，瞒着T子偷偷来到侄滨，潜入如月寺的正殿，拔下佛头一看……"

"接下来的事我就不说了……我也没法说明……"

“……”

“请审判长自行判断。”

“……”

“请你根据 W 和 M 之后的行动，不，是根据今天这个模拟法庭，我这位检察官的辩护与 M 这位被告的陈述来推断画卷的下落，除此以外别无他法。”

“……”

“M 默默地顶着凛冽的寒风从侄滨回到福冈，眼前仿佛浮现出那个总有一天会受到那幅画卷的魔力——那幅腐烂美人图的诅咒，被架到以学术为名的实验的十字架上变成疯子的男孩的可爱脸庞……同时他不断下定决心，将来这对母子直面必然会降临的大悲剧时，自己一定不能乱了阵脚……”

“……”

“他若无其事地回到松园的家中后，对一无所知、正在给孩子喂奶的 T 子诚恳地编了一番瞎话：‘画卷好像被和尚或者什么人取出藏起来，已经不在弥勒佛像的腹中了，我又没办法向和尚索要，只能失望而归。反正我总有一天会成为学士，等我到大学任职的时候，再利用大学的权威，让他交出来作为学术研究的材料也不迟。画卷的问题可以暂且放放，目前的问题是，我必须在年末之前回老家处理财产，现在就得赶回去，正好顺便把你们母子的户籍也办妥。如果有什么事情，可以写信寄到某某地址……’他的话合情合理，T 子再不情愿也只能同意。他连第三天的九州帝国大学的首届毕业典礼都没参加就去了东京，也没有回老家，而是将户籍转到东京以后，迅速办好旅行护照出国了。这便是当时 M 心中已经完成的为应对未来必然到来的悲剧而做的第一项战斗准备，也是只有 W 才能明白的宣战公告。”

“……”

“但是，W 的应战态度却颇为冷静。他穿上白大褂，留在了母校的研究室。尽管已然洞察一切，却仍若无其事地终日盯着显微镜。”

“……”

“W 和 M 性格上的差异，此后也不断地表现出来。M 在欧美各地游学，一边研究心理学、遗传学以及当时刚刚兴起的精神分析学等，一边通过国内的官方报道和报纸关注着 W 的动静，等待合适的时机。他之所以这么做，一是不希望那个男孩冠上自己的姓氏，二是为了躲避 T 子的追踪。因为 T 子虽然是女人，却拥有罕见清晰的头脑，一旦她将 M 的失踪与如月寺的画卷失窃事件联系到一起，迟早会产生某个可怕的怀疑，并且肯定会百般思考为什么 W 与 M 都想得到那幅画卷。万一她凭借女人的灵敏直觉与奋不顾身的母爱，推测出两人想得到那幅画卷的真正居心，一定会首先怀疑 M，并且不顾一切地追踪他，甚至有可能会追到国外，M 非常了解她就是这样的女人。

“但是，也不知 W 是否知道这一点，他依然悠然自在。不仅公然暴露自己的名字与行动，还陆续发表《犯罪心理》《双重人格》《心证与物证》等著名的研究论文，声名甚至远播海外。但是，这也是 W 最擅长的惯用伎俩。他认为只要自己能够成为这方面的知名专家，那么即使将来进行这项恐怖的精神科学实验，也能够拥有不会被世人怀疑的‘精神性不在场证明’，不仅如此，还能同时获得事件发生后第一时间赶到现场的理由，堪称是一举两得的考量。这种果断大胆同时又无比细致的行事风格，从多年后他将那个恐怖的实验报告丢给对手的做法也可窥见几分。

“就这样，十年的岁月飞逝，到了大正六年（1917年），在英国留学两三年的W回国了。得知此事之后，M也马上回国。W留学与回国的时机对M而言是相当重大的问题。原因很简单，T子母子被M抛弃后，十有八九会搬离之前隐居的松园躲到其他地方，但不管上天入地，W绝不可能让他们脱离自己的视线。同时，W会出国留学，就证明了他确实掌握着T子母子的行踪。换句话说，因为他清楚地知道T子母子定居在何处，而且暂时不会搬家，才能放心去留学。如此一来，若是用怀疑的眼光来看待W回国之事，那就意味着W产生了某种担忧，或者说启动某项计划的时机到来了。再换句话说，M认为自己可以通过W的上述行动，轻易地找出T子母子的行踪，所以在国外留学期间，他才会时刻关注着国内的官方报道。

“但是……W当然不是那种会轻易露出马脚的男人。回国后除了偶尔出差以外，他从未离开过福冈，每天都待在大学里勤奋地研究，很快就从副教授升为教授，之后又陆续解决了多起疑难案件，名气越来越响，其间也经常哮喘发作，生活过得非常忙碌。但他的态度依然悠闲，仿佛把一切往事都当作昔日旧梦，从早到晚只跟试管和血液打交道。

“不过，M也并不担心。他已经从W回国后的态度中大体断定，T子母子肯定居住在以福冈市为中心一日路程之内的地方。不仅如此，T子还不满三十岁，如果她美貌依旧的话，无论居住在什么地方，肯定多少会有流言传出。另外，假如那个生父不详的孩子I能在母亲膝下平安长大的话，如果不出意外，应该会像M预计的那样随母姓。因为他是私生子，所以有可能会延后申报户籍，不过大概应该正在读小学三四年级。这些情况M在回国时就已经推断出来，接下来只要耐心走访，一定可以查出眉目。于是，他将以福冈为中心的W的出差地点列为第一目标，开始进行地毯式调查。果然不出所料，回国后不到半年，他就在直方小学七夕会陈列室的五年级优秀学生名单中发现了I的名字。当时M因为一时疏忽，没有注意到I因为成绩优秀跳了一级，十一岁就已经是五年级的学生，还怀疑过不是同一个人。

“但……也许是天意吧，不一会儿有个学生走进陈列室，偶然回头之际，刚好与M视线交汇。当时的M下意识地避开了他的目光，逃也似的离开了学校。他情不自禁地捂住双眼，诅咒自己作为科学家的一生。那个学生酷似他的母亲，五官轮廓和神态举止没有半点像W，同时也没有跟M的相似之处。他不禁放心地吁了口气，但随即又咒骂起自己的这种安心感。那个不远的未来会被绑到学术实验的十字架上陷入悲惨境地的孩子，容貌是那般可爱、清秀，发育得那般完美，神态举止又是那般温柔、纯真……也许这就是所谓的菩提心吧，那个孩子清澈的眼神一直在M的眼前晃动，挥之不去。于是，M不顾众人的耻笑，站在大街上，唱着那个孩子将来一定会被送进去的‘疯子地狱’之歌，期望能够消除自己的罪孽。他不断地敲着木鱼，为那孩子的来生祈祷……那孩子就是如此纯洁、美好。

“而W就站在九州帝国大学法医学研究室中，透过窗户看到了M的所有行动，苍白的脸上挂着一贯的冷笑。他已经通过M逃到国外的心理，确信M迟早会回日本，而且会在I的青春期到来之前回到九州，同时已经完成与这项实验相关的所有研究，做好万全的准备等待时机。

“因为，M 实际上也是彻头彻尾的学术的奴隶。他迫切希望在其毕生的研究目标‘因果报应’或者‘轮回转世’的科学原理——‘心理遗传’的结论中收入这项实验的成果，这一渴望与其对手 W 想要将这幅画卷的魔力作为实例收入其倾注心血完成的名著《应用精神科学的犯罪及其证迹》中的狂热相比也毫不逊色。W 对于这幅画卷的研究价值与魅力深信不疑。

“但是……但是……M 此后依然经历了无比深刻的烦闷与苦恼。自己要为了学术牺牲良心，将一位无辜的可怜少年的灵魂活生生地抽取出来，还要亲手检查这具活着的尸骸，然后一脸劳苦功高地将结果公开发表……他深刻地认识到要下定此种决心是何等的艰难，同时也认识到，自己在大学毕业后的十多年间疯狂地专注于研究，只是为了忘记这种良心上的苛责，这与为了忘记身为死刑见证人的痛苦而专注于磨断头刀，是同一种悲惨的心理表现。而他为了这项学术研究，为了断然停止磨断头刀，向母校提交的学位论文的根本观点又是什么呢？就是所谓的‘脑髓并非思考事物的地方’……”

“……”

“就这样，M 个人的苦恼终于输给了学术研究的欲望。他恢复了最初的昂扬斗志，即想要依靠自己学说的力量，打破全世界的‘疯子的黑暗时代’以及在这黑暗时代中即将蔓延的‘疯子地狱’，并且愿意为此舍弃一切。他开始以不逊于 W 的冷静和残忍，掰着手指头计算 I 的年龄。

“T 子的命运如风中残烛，此时的她应该已经彻底看透，当年 W

和M与自己的恋情究竟意味着什么，也丝毫不再怀疑，当时二人对自己的热情纯粹只是因为画卷的魔力与自己肉体的魅力，更确信夺走画卷的人，不是从自己这里打听出画卷下落的M，就是因为失恋而怀恨在心的W，一定是他们二人当中的某一个。同时，她也清楚地认识到二人都是不惧挥刀砍向柔弱女子的人，所以她拼命地抱紧自己的儿子，战栗不已。

“所以，T子的内心深处虽然想着未必会这样，但一定曾战战兢兢地想象过这样的场景——万一验证画卷魔力的实验有朝一日真的在I的身上展开，那她一定会立刻想到两个名字，M和W……

“所以……T子的死，是准备这项空前的学术实验所必不可少的先决条件。”

“啊……教授……请等一下……请不要再说下去了……这么可怕的事情……”我忍不住尖叫出声，趴在大桌子上，头脑沸腾，额头却无比冰冷，手掌如同火烧，我努力抑制住激烈的喘息。

“什么……你这是什么话？还不是你先追问，我才进行说明的？”

正木博士的声音带着不可反抗的力量落到我的头顶，但随即又转换口吻，以训诫的口吻说道：“你这么软弱怎么行？既然答应了要听有关别人一生浮沉的重大秘密，怎么能中途毫无理由地让人别讲了呢？你也站在一直与这桩事件战斗的我的立场想想，试着体会一下克服所有不利条件走到今天的我的痛苦，接下来还有更多可怕的事情呢！”

“……”

“明白了吗……T子一定也在某种程度上察觉到了自己是这件事的先决条件。她是如此疼爱自己的儿子，思前想后，终于察觉到了这件事。她曾经跟I说‘如果妈妈能活到你大学毕业，就把你父亲的事情全部告诉你’就是最强有力的证据。总而言之，这段时间T子一定做好了随时会丧命的心理准备。一方面，她极力想让I远离这个诅咒，在I成长到可以明白这个诅咒的真相，并且有足够的智慧避开它之前，必须对他守口如瓶，为了避免他受到画卷或者故事的诱惑，她必须静静地等待；另一方面，她必须暗中打探M的行踪，确定画卷是否在他手上。她要凭借自己的力量与智慧，让W与M当面对质，并且坦白交代一切，解开这可怕的学术研究欲与爱欲的纠葛。倘若有可能，她想亲手毁掉那幅画卷……这种凄怆的母爱一定时时刻刻在她的脑海中翻腾。

“但是，T子昔日的这两位情人是二十年的……不，是宿命中的敌人。既是人情世界的仇敌，也是学术界的竞争对手。更何况中间还夹着T子母子。两人互相诅咒，结果都化身为无可救药的学术之鬼，除了在精神上互相厮杀，已无其他生存之道。他们用尽一切积极和消极的力量诅咒对方，心无旁骛地磨砺自己的爪牙，试图在不知是两人之中谁的儿子I的身上试验那幅画卷的魔力，并将在学术界公开发表结果的荣誉据为己有，同时将那不人道的罪责统统嫁祸于对方……至于牺牲的究竟是谁的儿子，早已不是他们所思考的问题。只要这个孩子的确是继承了吴家血统的男孩，在学术研究上就已足够，这就是他们心中唯一的想法。”

这一次，我浑身涌起一股无法忍受的战栗，用力抱住头，趴在绿色的呢绒桌布上。正木博士凄怆的声音、解剖刀般锋利的话语，每一句都在威胁我的全部神经……

“结果终于来了，而且就落在二十年前M所预想的地方。M在一种恶魔般不可抗力的驱使下，不得不重新站在他曾经恐惧、战栗、疯狂挣扎着想要逃离的决胜点上。二十年前那篇迫使M远走高飞的毕业论文《胎儿之梦》，如今又凭借着看不见的宿命之力将他猛地拽回原点。”

我想从椅子上跳下来逃离这个房间，身体却被不可思议的力量牢牢按在椅子上，只能不停地颤抖，就连捂住耳朵都无法做到。正木博士嘶哑的声音一字一句清晰地传入我的耳中：

“就这样，进行这项实验的第一个障碍——T子的生命被完全抹除了。能够连接W、M和I之间过去的唯一证人，能够明确证明I是谁的儿子，同时只凭一句话就能指控这项恐怖科学实验的执行者的‘活证据’T子，就这样按照计划被彻底埋葬在迷宫之中。接下来面临的问题便是这项实验的第二个必要条件，即M要成为九州帝国大学医学部精神病科研究室的教授。换言之，万一这项实验最后遭到追究，为了洗清罪责，完全保护彼此的秘密以保证绝对的安全，同时在适当的时机将罪行嫁祸到对方身上，这是一个经过慎之又慎的思考后得出的最为完美无瑕且必不可少的条件。”

之前一直在地板上来回踱步的正木博士说到这里，突然停下脚步。虽然我趴在桌子上，却清楚地知道他正好停在挂在东侧墙上的斋藤博士的肖像照与翻到“大正十五年十月十九日”的日历前。正木博士的脚步声戛然而止的同时，声音也一并中断了，房间里被意想不到的静寂笼罩，让原本凝神倾听正木博士脚步声的我感觉他仿佛突然消失了。

但……我不过凝神听了两三秒时间，便深深地意识到这份静寂的恐怖……

那么……也就是说……我刚意识到这一点，头脑中就再次闪过从今天早上以来的所有疑问，不由自主地用双手紧紧揪住头发，如坐针毡地等待着正木博士继续开口。

十月十九日的秘密……

当天被发现的斋藤博士离奇死亡的尸体的秘密……

与斋藤博士的离奇死亡有着因果关系的正木博士就任精神科教授的幕后秘密……

一周年后的同月同日，也就是昨天迫使正木博士自杀的命运魔爪的秘密……

奇怪地表示正木博士一个月前已经自杀的若林博士那意识混沌的心理状态的秘密……

还有……藏在这些秘密背后、支配着一切秘密的另一个惊天秘密……

一切都是一个人做的……

是W……还是M……

会不会因为正木博士接下来的一句话，一切如被电光照亮般豁然开朗？那难以言喻的恐怖到来之前的黑暗、沉默、静寂……

但是没多久，正木博士就又若无其事地开始踱步，用短暂的沉默跳过了对于我刚才恐惧的那些事情的说明，接着说道："就这样，M接替斋藤博士的职位前往九州帝国大学任职后不久，立刻开始进行这项学术界空前的实验，并且将全部实验结果送到了我的面前。"

"……"

"所以……目前W与M两人是共犯，就算他们不承认是共犯，也没有可以抵赖的证据。"

“……”

“所以我下定决心，打算借由你刚刚读过的《心理遗传》附录的草稿，彻底隐藏直方事件的真相，甚至费尽心思地引出辘轳首和尸鬼，总算是自圆其说，即使将其作为学术研究的参考资料发表也不会获罪。”

“……”

“将这些内幕消息作为两人之间的绝对秘密埋葬，忘记一切怨恨与猜忌，为了学术，为了人类……”

“……”

“大概也能说是菩提心吧，见到那位吴一郎发疯的样子，我竟然无法忍受……”

说到这里，正木博士的声音突然哽咽了起来，走到趴在桌子上的我的正前方。然后，耳边传来他重重地坐到转椅上的声音。不久，他摘下眼镜放到大桌子边缘，从口袋里掏出手帕，似乎在擦眼泪。

然而就在此时，也不知是为什么，我浑身的战栗突然停了下来。取而代之的是一种与刚才完全不同的难以言喻的不快感，因为正木博士的哽咽声不可抑制地从内心深处翻涌上来。我保持着之前的姿势，几乎是象征性地趴在桌子上，对正木博士产生了一种陌生人般的极为冷淡的感情，我很想跟他说：“你爱说什么就说什么，爱哭就哭吧，反正跟我没有任何关系，我只负责听而已。”事后想想，这种心理状态的变化非常不可思议，我自己也不知道为什么会产生这样的情绪，但因为我一直趴在那里一动不动，所以沉浸在自说自话中的正木博士应该没有注意到我的这种情绪变化。

正木博士在我面前轻咳一声，调整了一下自己的声音，随即改变口吻，用极其庄重的语气在我头顶一字一顿地说道："只是……这里有一个人……就是你……"

"……"

"你是我和若林博士选择的这项事业的继承者。不……说实话，我和若林没有资格将这项事业的最后成果向社会公布，而你才是被挑选来担任这项神圣使命的人，是被派到我们面前唯一且至高无上的天使。你不知道自己这项天命的内容……完全一无所知……是真正意义上纯真无瑕的青年……"

"……"

"原因无他，说白了，我和若林都不想通过自己之手，以这种虚伪的方式将真相发表出来，而是希望尽可能在我们死后，通过第三者之手将其修改为真实的形式予以发表。这是我们两人毕生的心愿，是作为至诚无比的学者发自良心的希望。所以我和若林达成了默契，同心协力、竭尽所能地帮助与此事件有重大关系的你恢复正常。假如你恢复了过去的记忆，意识状态也恢复如初的话，一定会明白这项工作的继承者非你莫属。然后，你会在惊愕与感激之中，接受这项空前绝后的伟大研究的发表任务，震撼全人类，并借由此举一举照亮太古以来的疯子的黑暗时代，彻底颠覆、毁灭全世界的疯子地狱，将这个唯物科学万能的黑暗时代一举拉回精神文化的光明世界。同时，不仅能将随之而来的应用精神科学的犯罪横行的时代扼杀于摇篮之中，避免可怜的少年吴一郎及其他人成为无谓的牺牲品，还能让他们获得全人类的感激与悼念……最后，我确信你会让我们两个人死后嘴边也挂着极地寒冰般永不消融的'冷笑'，也会努力把我们本就所剩无几的寿命缩短到一刹那。”

“……”

“话虽如此，以你现在的头脑来思考的话，或许会认为这是一个极其难以理解且不合理的要求。或许你会误以为我和若林想把跟吴一郎长得一模一样的你当成替身，用来完成虚伪的学术研究，并且用虚伪的方式将其发表吧。但是……但是，我可以向天地发誓，尽管我们两个人私下的钩心斗角中含有各种虚伪的成分，但是我们所进行的学术实验及由此证明的学理原则中绝对没有丝毫虚伪。只有与内容完全无关的发表形式混杂着某些不得已的虚伪成分，但是刚刚已经更正为真实的形式向你报告过了。

“所以……唯有这一点，请你完全相信我们。你无疑就是以真实的形式公布这项实验经过的唯一人选。也就是说，我和若林博士都坚信不疑，只要你恢复过去的记忆就会立刻明白，自己就是那个被神明选中负责将若林的调查报告和我的遗书整理到一起，得出一个完整的结论后向学术界公布的不二人选……不，不仅是我和若林。社会大众一旦知道你的名字——你的名字已经在之前的谈话中多次出现，世人应该也相当有印象，只要听到这个名字，立刻就会确认没有人比你更适合这项工作。这一点，我和若林都洞若观火。所以，当我知道你的精神状态开始恢复时，终于能够放心地写下这封遗书了。

“但是，我决心自杀却完全是出于别的理由。既不是因为昨天正午在解放治疗场内爆发的重大惨案刺激到了我的责任感，也不是因为那天正巧是斋藤教授的忌日令我感觉到某种天意或者无常。说实话，是因为我已经厌倦了做人。对如果不做这项研究，头脑就失去用武之地的人类世界的浅薄、低级而感到厌烦透顶。

“如果是研究如何用新发明的火药炸毁这个残缺不全的世界，或者如何从青蛙卵孵化人类这种还算有趣的课题倒还差强人意，但只是为了证明心理遗传这种三岁小孩都明白的简单明了的原理，却必须付出踏破铁鞋、脑浆成石的艰苦卓绝的努力，深陷在所有恶劣的因果之中无法自拔，几乎坠入痛苦的地狱，即便终于证明了真理，又能得到什么报酬呢？别说是在妻儿环绕中平静度过余生了，甚至将研究结果公之于众之际，就是自己一生的幻灭之时，还会被人们认为是一个无药可救的家伙，被拳打脚踢和吐口水，无比狼狈。”

“……”

“我直到今日都不曾注意到会得出这样一个不堪的结论，所以愈发无法忍受自己的愚蠢。我既不想当人类，也不想当学者了，只想回归到最初的原子状态，在对手面前将一切击溃……”

“……”

“我现在的心情自然跟若林完全相反。若林肯定会固执地将这项实验进行到最后，彻底跟我分出高下，尤其是他身患结核病，知道自己已时日无多。所以，当他得知承担着发表此事件最终结论任务的你的精神状态今天早上已经开始好转时，立刻急不可耐地让你剃头，换上大学生制服，并且带你与那名少女见面，想让你尽快承认自己是吴一郎，成为他的帮手，按照他的意思发表实验结论。不，即使是现在，他都在你我周围布下看不见的天罗地网，试图将你拉向他的阵营。”

“……”

“但是，我本来就认为自己没必要耗神耗力地跟他缠斗。反正我打算成为电子或者其他什么的，成为彗星的前锋。尽管我的财产不多，但我打算把它们连同文件资料一起交给若林，请他在你头脑恢复正常之后，作为公布真相的谢礼转交给你。另外，只要公布的内容与心理遗传的内容大体相符，无论附录的实例中提到的案件凶手是谁，我根本不在乎，随便你怎么填写……直到刚才为止我都是这样想的。

“但是，或许这就是所谓的前世孽缘吧，看到先前若林用他一贯的哄骗手法不动声色地给你施加催眠术般的暗示，试图将你的想法诱导至对他有利的方向，我天生的暴脾气又上来了。我对若林那显而易见的龌龊手段深感厌恶，觉得必须予以反击，于是就来到了这里……

“不过，在这样跟你谈话的过程中，我的心情又发生了改变。大道理暂且不谈，我感觉一切都很麻烦，反正这是一项要遭天谴的工作，今后如何且不管它，我只想一举毁掉这一切……

“我绝对不能这么做。我决定今天就让你和茂代子离开病房，然后将这些资料全部烧毁，一件不留。我敢断言，六号病房的那位少女茂代子，绝对不是站在解放治疗场一隅的那位美少年的未婚妻。不管是从法律上还是从道德上来说，她都是命中注定应该成为你未来妻子的女性。我可以用若林和我的专业声誉担保，从科学的角度来看，那位日夜为爱情苦恼的可怜少女也应该是你的另一半。

“同时，从我的专业角度出发，还能断言一点：如果你不那么做，没有主动与茂代子进入婚姻生活，无论若林和我从侧面付出多少努力，挖空多少心思，你也无法从现在的自我障碍即‘自我忘失症’中获得解脱，直到刚才我才想明白这一点。根据先前各项实验的结果，我终于认识到，这是拯救茂代子和你的唯一手段，也是最后的手段。当然，我这么说绝不是为了强迫你。为了让你从因坚守自身童贞而导致的自我障碍——‘自我忘失症’——中痊愈，这是最有效、最后的独门精神科学治疗法。关于这种治疗法的原理原则，精神分析专家弗洛伊德和性科学专家斯坦纳赫[①]的观点也与我完全相同。

“你马上就会明白，这种最后的治疗手段的效果比‘二加二等于四’还要确切。事实胜于雄辩。证明我所说的绝非虚言的证据就是，当你和她步入婚姻生活时，你的记忆就会逐渐恢复，届时你会清楚地认识到，在你回想起来的无数记忆中，迄今为止的种种神秘诡异的事件，都与那位微笑着站在解放治疗场的角落里、长相与你一模一样的美少年毫无关联。同时，你也会像拧亮电灯的开关一般，瞬间明白所有令人惊讶的事情都与你自身有着直接的关系。因为，当你与那位小姐步入新婚生活时，现在淤积在你大脑中导致你产生自我障碍的生理原因便会立刻被根除，而之前怎么都想不起来的所有过去的记忆都将恢复。同时，你将彻底看穿并想起此刻让你怀疑、迷茫、痛苦的所有事件的真相……当你进入物质上和精神上都无比充实，并且真正幸福的家庭生活时，即使不受他人之托，你也会将自己站在理智公平的立场上观察到的这桩事件的真实记录向学术界发表，让我和若林的苦心和努力接受正义的审判。同时，你的发表肯定会给现代脱轨的邪恶文化带来巨大的转机。我现在再次赌上自己专家的名誉发誓……一切都是为了你和茂代子的名誉与幸福……”

“不行……”我突然以非同寻常的力量跳了起来，火烧般的激愤

① 斯坦纳赫：尤金·斯坦纳赫（1861—1944），奥地利生理学家、性学家、内分泌学先驱。

令我浑身颤抖，从转椅上站起身来。我低头望着正木博士目瞪口呆的脸，咬牙切齿，嘴唇颤抖：“不……不要……我不要……我绝对拒绝……”

“……”

我刚刚一直在拼命地忍耐，此刻所有的不愉快终于忍无可忍地喷涌而出。

“我……我或许是精神病患者，或许是痴呆，但我也有自尊心和良心。就算对方美若天仙，我也绝不能只是为了治疗，就跟无法确定是谁的恋人的女性在一起。就算知道在法律上、道德上、学术上都没问题，我的良心也不能同意。就算那名女性把我当成她的合法丈夫，对我爱到无法自拔也一样！只要我没有那样的记忆……只要我没有恢复那样的记忆，又怎么能做出那种不知廉耻的事呢！更何况……更何况，还要发表如此肮脏的研究结果……谁……谁会……”

“且……且慢……”正木博士坐着没动，脸色苍白，举起双手，“但是……为了学术……”

“不……不行……不行……绝对不行。”我的眼中不断地涌出泪水，正木博士的脸和房间中的光景一片模糊，但我没有擦拭眼泪，继续喊道，“学术又怎么样！研究又怎么样！洋鬼子科学家又怎么样！我可能是个疯子，但我终归是日本人，知道自己体内流淌着日本民族的血，我宁愿死也不愿意成为此等残忍、恬不知耻的洋鬼子式学术研究和实验的帮凶。如果所谓的学术研究，就意味着必须做此等龌龊和恬不知耻的事情，如果我一定要跟此种研究扯上关系的话，我宁可把这颗头颅和过去的记忆一起打碎……就现在……”

“不……不……不是那样的……其实你是……你是吴一郎的……

吴一郎……”说着，正木博士的态度突然崩溃，语无伦次起来。我之前认为就算泰山崩于前他也会面不改色，但如今他那张黝黑的、无所畏惧的脸瞬间变得通红，很快又转为铁青。他抬起上半身，伸出双手，似乎想要打断我的话。我隔着不断涌出的泪水，望着他那狼狈万分的样子，却根本不想听他说下去。

“不要，不要！不管我是吴一郎的什么人……也不管我是什么身份，都一样。不管谁来问我，罪恶就是罪恶。”

“……”

“教授你们要做那种学术研究就随便做好了，要死要活也都是你们的自由。但是，被你们当成学术研究玩具的吴家人呢？吴家人没有做过任何对不起你们的事吧？不仅如此，他们还在相信、尊敬、仰慕、依赖你们的时候被你们欺骗，变成了疯子，不是吗？你们甚至还哄骗吴家人生下儿子，只是为了进行举世罕见的恐怖的学术实验！他们心中那数不尽的怨恨，你们究竟打算如何偿还？相亲相爱的母子和恋人被你们强制分开，承受着比地狱还要痛苦的折磨，你们又要如何让他们回归原来的生活？您难道要说只要是为了学术研究，就可以不顾一切，胡作非为了吗？”

“……”

“就算不是您亲自动手也是一样的。难道您觉得只要让别人公开您的这番自白，一切就都可以一笔勾销吗？您觉得只要承受着良心的苛责，就能洗清自己的罪孽了吗？”

“……”

“实在是……实在是……太过分了！”

“……”

“教……教授……”我大叫着，突然感到头晕目眩，不由得将双手撑在大桌子上，因为不断涌出的泪水，眼前什么都看不到，呼吸急促，“求求您……求求您……您就接受惩罚吧……请您不要让那些可怜的人的牺牲白白浪费……请您让我能够带着喜悦与由衷的感激接受发表这项研究成果的任务吧。”

“……”

“作为惩罚的第一步，我会把若林博士带到您面前，让他给您道歉，并向您坦白，他是出于感情方面的怨恨也好，别的方面的怨恨也好，为何要做出此等恐怖残忍之事……”

“……”

“然后，请您和若林博士向被害者道歉。在斋藤教授的肖像前，在遇害于直方的千世子的墓前，在发疯的吴一郎、茂代子和八代子夫人面前一一忏悔，坦白自己是为了学术研究而做出这种事，发自内心地向他们道歉……”

“……”

“我对您只有这些请求……求求您……我求求您……”

“……”

“那……那样的话，我自己变成怎么样都无所谓。手、脚或者我的生命都可以奉献出来。只要您想让我继续这项研究，哪怕需要我付出一生的时间，哪怕需要我承担所有的罪责，我也……”我再也无法忍受，用双手掩住面孔，泪水从指缝间不断流下，“如……如此残忍、冷血的罪恶……啊……啊……我的头……”

我整个人趴在大桌子上，虽然极力不想发出声音，哽咽声还是难以抑制地从双手下方漏了出来。

“对……对不起……请让我……为所有人……报仇……”

“……”

“请让这项研究……成为神圣的研究……”

“……”

“……”

笃笃笃……笃笃笃……有人在敲门。

我陡然回过神来，慌忙从口袋里掏出手帕，一面擦拭被泪水浸湿的脸，一面抬头看向正木博士……瞬间，我倒吸了一口气……

那是一副形同厉鬼的可怕面相，足以让我亢奋到极点的感情瞬间萎缩下来。他那瓷器一般毫无血色的脸上布满苍白的汗珠，额头上的皱纹倒吊，青筋暴走，双眼紧闭，假牙咬合，双手用力抓住椅子扶手，头、胳膊肘和膝盖各自朝不同方向抖动……

笃笃笃……笃笃笃……有人在敲门……

我颓然地坐进转椅中。

那声音仿佛在宣告什么，像是来自地狱的信息，又像是在宣告世界末日，直接敲击着我的心脏。我瞪着那被敲响的房门，聋哑人般挣扎战栗着，努力想要透过门扇看清站在门外的人的身影，想要呼救却又发不出声音……

笃笃笃……笃笃笃。

终于，正木博士控制住全身的战栗，但很快那战栗便卷土重来，而且变得更加剧烈，他只得更奋力地压制。他摇晃着微微起身，无力地睁开那充血发红的眼睛，灰白的嘴唇瑟瑟抖动，似乎想要回头应答，但声音却被痰液裹住，在上下滚动三次后又回到喉咙深处。随即，他跌坐回椅子中，如同死人一般低垂着头。

笃笃笃……笃笃笃……笃笃笃……笃笃笃。

这时，我并不觉得自己发出了声音。只是感觉有种既不像鸟也不像兽的奇怪声音，不知从何处飞入屋内，在屋内回荡。同时，我感觉自己的头发根根竖起。这种毛骨悚然的感觉尚未消失，房门就被打开一半，还在转动的黄铜把手旁边出现了一个光溜溜的红褐色圆形物体，那是先前来送蜂蜜蛋糕的老校工的秃头。

“嘿嘿，对不起，茶水凉了吧？我来晚了……嘿嘿嘿。”说着，他将冒着热气的新茶壶放在大桌子上，然后将原本就佝偻的腰弯得更低，眨着灰白浑浊的眼睛，伸长布满皱纹的脖子，诚惶诚恐地觑着正木博士的脸。

“嘿嘿……来得有些晚了……昨晚其他校工都放假了，今天早上只有我一个人，真是不好意思……”

老校工的话尚未说完，正木博士便仿佛用尽最后的力气，从椅子上摇摇晃晃地站了起来，带着死人般无力的表情回头望着我，牵动嘴唇似乎想说些什么，却只是轻轻地摇了摇头，泪水顺着两腮流下。他垂下眼帘，仿佛在以目光向我致意，然后再度无力地低下头，抓住校工没关的房门门框，踉踉跄跄地走出房间。他东倒西歪，险些摔倒，慌忙抓住门柱，好不容易才在走廊的地板上稳住身形。门在他身后嘎吱嘎吱地关上，最终发出一声几乎让人怀疑它会不会被震散架的咣当巨响，室内的玻璃窗同时产生共鸣，有如哄然大笑一般震动、鸣响、抖动。

校工回头目送着他离开，很久才怯生生地转过身，愣愣地仰望着我：“教授他……是哪里不舒服吗？”

我也努力鼓起最后的勇气，勉强挤出哭一般的笑声：“哈哈哈哈，没事，是我刚刚跟教授吵了一架，把他惹生气了。不用担心，我们很快就会和好的……”说着，我感到两侧腋下有冰冷的水滴流下，没想到说谎居然如此令人难受。

“嘿……原来是这样。那我就放心了。我还是第一次见到教授那样的脸色……请慢慢用茶吧，我一个人难免照顾不周……教授真的是个好人。虽然常常骂人，但平时真的很亲切……昨天解放治疗场那边发生了一点儿小意外，导致唯一的校工因脚部扭伤请假……教授也是个可怜人呐！嘿嘿……请您慢用……”

秃头校工提着冷掉的那个茶壶，用力挺直佝偻着的腰，步履蹒跚地走出门外。我目送着他的背影，像是目送来吞噬自己灵魂的恶鬼离开。

校工走后，房门嘎吱嘎吱地关上了，我再度陷入颓然的情绪之中。从肺腑深处缓缓吐出悠长而颤抖的呼吸，胳膊肘支在大桌子上，双手紧紧掩住面孔，指尖用力按压两颗眼球。我的脑中仿佛已经完全干涸，在感到一阵难以名状的疲劳的同时，还看到被用力按住的眼球前方出现了各种幻象，其中有无数电光般纵横驰骋的问号，我满心焦躁，试图在脑中用力按住那些问号……

——解放治疗场内白沙的亮光？

——治疗场中央挂满枯叶的梧桐树？

——伫立在对面的吴一郎的身影？

——对面的红砖墙上方屋顶上的两根大烟囱？

——烟囱中吐出的滚滚黑色煤烟，还有蔚蓝的天空？

——趴在白色床铺上哭泣的身穿白色病号服的少女？

——摊开放在绿色桌面上忘记拿走的若林博士的调查报告？

——紫色的雪茄烟圈？

——若林博士诡异的微笑？

——正木博士眼镜的反光？

……？……？……？……？……？……？？？？？？……

……

……？……

我用力摇摇头。有人将这些东西结合在一起，编织成一张看不见也摸不着的因果之网，试图将我当成学术的饵食。我闭上眼睛，摆动双手，想要将这张网撕开。

以疯子的黑暗时代为背景，操纵着这张蛛网捕捉我的人，正是栖息在学术界的两只巨大的毒蜘蛛，即震古烁今的精神科学家M和举世无双的著名法医学家W……其中，M向我抛来的蛛网尤其可怕，直到刚才我都在全力抵抗，让全身的血液倒流，挥洒着冷汗与热泪与之战斗。终于，我似乎给对方造成了重击而将其赶跑，但是与此同时，我也精疲力竭。别说是判断自己行为善恶的力气，就连从这张大桌子上离开的力气都没有了，疲劳到连自己的精神和肉体能否重新振作起来都不得而知。

但是……但是，我的背后还有一名强敌在伺机而动。这名强敌W说不定已经看透了目前的状况，正在冷笑，他张着这张完美的天罗地网，等着我掉入网中。依靠不仅是我，就连正木博士也难以察觉的巧妙、周密而伟大的智慧的力量，将我牢牢控制住。他耗尽我的血泪，拆掉我的骨头，让我成为依靠虚伪与污秽完成的学术研究的牺牲品，我的全部神经都敏锐地感觉到，他为了实现上述目的，正时刻不停地向我逼近。

比起被他那苍白的、毛茸茸的巨手抓住，我宁可不去反抗正木博士。不知道为什么，比起若林博士，我更喜欢正木博士。虽然两个人都是试图把我当成饵食的学术界毒蜘蛛，但我莫名觉得正木博士更亲切也更容易接近。假如正木博士此刻回来，对我说一句“我错了”的话，我可能会高兴地忘记一切，成为他的奴隶，揭发若林博士的卑劣行径，并发表同情正木博士的记录。因为我不想让若林博士那双苍白的手抓住我的心脏……

但是……四周一片寂静，听不到正木博士回来的声音。我已经失去了与命运抗争的力气，只能等待着命运的到来。

啊……怎么办？

我再度呼吸急促，快要透不过气来。

不久，我又再度战栗、颤抖，最终无力地平静了下来。整个身体仿佛变成一个空洞，只有耳洞深处传来寂静的轰鸣声……

…………

黑色，黑色，漆黑色

只要吃掉小鸟的眼珠

白色，白色，纯白色

真正的眼珠就会飞出来
砰砰砰砰砰砰砰砰……

白色的眼珠好可爱
从嘴里飞出来
从筷子尖逃走
骨碌骨碌，骨碌骨碌地滚动
跑到看不到的地方去了
啦啦啦，砰砰砰……
白色的眼珠好可爱
小鸟的眼珠好可爱
真正的眼珠好可爱
可爱，可爱，好可爱
啦啦啦，砰砰砰……
砰砰砰，砰砰砰……
可爱哟！可爱哟！
…………

之前那位舞蹈狂少女清澈的声音，透过南侧的玻璃窗传入我耳中。

突然，我的脑中闪过一个绝佳的念头，萦绕在我头脑中的无数个问号霎时间全都消失了。我像机器人一样将双手从脸上移开，重新在转椅上坐正身体，看看正木博士刚才走出的房门，又看看挂在对面墙壁上的金色和黑色的两个相框，随后又环视散落在眼前的各种文件。

秋日接近正午的阳光穿透弥漫在室内的雪茄烟雾，呈现青白色，让屋内每一件物品都反射出清晰的光泽。

“什么嘛……原来是这么回事……啊哈哈哈哈哈哈哈哈……”

为了抑制住不断涌上来的可笑的感觉，我双手紧紧按住腹部两侧，却依然大笑不止。

笨蛋，笨蛋，笨蛋，笨蛋……我真是笨蛋中的笨蛋……啊哈哈哈哈……

若林博士和正木博士也都一样，不，他们是比我更严重的大笨蛋。我们三个人之间相互都产生了严重的误解。这是何等可笑的错误啊！

是谁杀害了千世子？是谁把画卷交给了吴一郎？谁是吴一郎真正的父亲？是W还是M？或者另有其人？这些谜团还一个都没有解开，说不定这些都是第三者的随机行为。

不不，这桩事件肯定从一开始就不存在什么凶手，只不过是几桩原因不明的随机事件偶然重叠在一起了而已。千世子的缢死，斋藤博士的溺死，吴一郎的发狂，或许都是他们自己的选择。若非如此，怎么可能存在如此神秘难解、深不可测的事情呢？而两位博士做出了错误的判断，强行将这些不相干的事件串联到一起，试图制造出一个焦点。只是因为他们彼此畏惧，担心自己宝贵的研究材料会被对方抢走，戴着有色眼镜看待对方，才会认为一切都是对方所为。

真可怜……都是因为两个人都过度自负……不……不……是因为迄今一直找不到旗鼓相当的对手的两颗古今无双的脑髓，在此棋逢对手，被激发出了本能的战斗欲。而他们全力对抗的结果，便是两人都动弹不得。

哈哈……哈哈……世上会有如此愚蠢荒谬的争斗吗？比起事件本身的内容，两位博士的研究和争斗更严肃、更深刻、更可怕。难道所谓的学者都会为了如此无聊的事情认真竞争起来吗？但是仔细想想，也不无道理。那个吴一郎跟我酷似双胞胎，那个吴茂代子也跟画卷上死亡的美人一模一样……在同一个地方出现如此罕见的双重偶然，又在同一个血统中交汇，不论是谁都会大为震惊吧，进而便会认为其中定然存在某种深层原因，从刚开始研究的时候就戴上了有色眼镜。即使本人并无此意，但是既然有开始研究的念头，就意味着已经戴上了有色眼镜。证据就是，如果将组成这次事件的每一件事分开观察，会发现即使两位博士没有插手，它们也还是有可能随机发生。只是因为两位博士互相怀疑是对方所为，这些独立的事件才会呈现出重叠的效果。如果没有两位博士复杂的说明，就只不过是两宗单纯的离奇死亡事件和一宗发疯事件而已，不是吗？

没错，没错，一定是这样，一定是这样没错！只不过是几桩毫无根据的事件凑巧撞到了一起而已。我一直没有注意到这一点，才会被别人的言辞哄得团团转，饱受折磨……笨蛋笨蛋笨蛋，真是笨蛋中的大笨蛋！我们三个人都是……

搞不好这桩案件的凶手就是我……

“啊哈哈哈哈哈哈哈哈……”

听到自己的笑声在室内回荡，我忽然噤声，然后发现不知何时，双手托腮的我的视线已经被放在眼前绿色桌面上的画卷深深地吸引住。

这就是所谓的灵感吗……

我的心猛地一跳，重新在转椅上坐正，内心充满前所未有的难以言喻的神圣感，恭敬地拿起画卷，凝视着它陷入了沉思。

最后只剩下这幅画卷的魔力了。其他的一切都能否定，唯有这幅画卷的魔力直到最后都无法否定……

从表面来看，整桩案件都堪称荒谬，可以认为是无意义的小事件的堆积组合，只不过是因为正木、若林两位博士相互钩心斗角，试图以这幅画卷的魔力为中心完成某项怪异的事业，才导致整体呈现出非常有意义且令人战栗的紧张感。但是倘若退后一步，从反面观察这桩案件，会发现事实上两位博士都被这幅画卷牵着鼻子走。他们抛弃自己所拥有的智慧、胸襟、学问、地位、名誉，甚至生命，在这幅画卷的魔力面前三拜九叩。万一正木博士的话属实，其他人的生死、流离、痛苦，肯定也都是这幅画卷所引发的事件，那也就意味着支配一切不可思议事件的中心魔力都出自这幅画卷。就算所有现实事实与所有科学说明都能够荒诞化，唯有这幅画卷的魔力是任何人都无法将其荒诞化的。

所以……如果这幅画卷有灵的话，肯定已经知晓一切。同时，它也应该比任何人都更清楚自己的经历。自己与这桩案件有何关系，又是如何落入吴一郎手中的，它一定了如指掌。另外，它肯定也清楚地知道让两位博士和我饱受折磨的内幕信息。

这区区一幅画卷，至今为止已经让多少人发狂、迷乱、互相伤害，可它自己却摆出一副事不关己的模样。在今天，它同样装作毫不知情的样子躺在我的手中……但是……

距今一千多年前，大唐玄宗皇帝的荒淫因为青年绅士吴青秀的忠志显现在六幅腐烂美人的画像中。而蕴含在这些诡异画像中的艺术家的诡异执念，即便远渡至日本，也依然与吴家的血统纠缠不休，把可怕的因果循环延续了几十代，到了相隔十几个世纪的今日，又落到了没有任何血缘关系的正木、若林两位博士手中。虽然恰逢科学知识的无上光明普照大地的时代，它却非但没有丧失魔力，诡异的作用反而大增，全方位地蹂躏、嘲弄两位博士的一生。不仅如此，就在今日，就在此刻，即便身处堪称现代文化的渊薮与权威的九州帝国大学内部，只是微微碰到了我的指尖，它便瞬间伸出看不见的魔爪，紧紧捏住我的心脏，几乎榨干我的血汗，令我痛苦不堪，通过不可思议的因缘紧紧缠绕着我，将我吸入不可思议的命运的旋涡之中，不断朝事实真相喷出白色烟雾，用白色烟雾的魅力将我玩弄于股掌之间，企图让我想起无法想起的事情，思考无法思考的问题，看见无法看见的东西，探求已经消失的过去的记忆，想起不属于我的经历，追寻并不存在的真相，让我迷惘、发狂、哭泣、大笑，在比疯子地狱更恐怖的地狱中游荡……

啊……这是多么可怕的魔力！

我凝视着眼前的空间，在圆睁的眼睛深处那片大大的虚空中，再次栩栩如生地出现死后五十天的黛夫人冷笑的幻影。

我狠狠盯着那个幻影，直到它消失不见。

可恶……你等着瞧……

想到这里，我突然预感到自己会从这幅画卷中发现足以一举打破所有神秘与不可思议的恐怖密钥，不由得用力咬紧下唇。某种足以一举揭开令两位博士和我痛苦不堪的魔力的真正面目的东西，某种尚未被任何人察觉到的意料之外的东西，就潜藏在这幅画卷的某处，我的心中充满了这种灵感，于是迅速解开画卷的系绳，顺便看了一眼手表，现在刚好是十一点五十分，对面的电子钟显示的则是十一点四十九分，或许是分针正好要移动的瞬间吧。

我试着往用作画卷卷轴的绿石上吹了口气，好像看到了一些不知何人的指纹重叠在上面，但很快就意识到那是自己刚刚把玩它时留下的痕迹。我不禁苦笑，重新拿起画卷，同时暗骂自己：这样马虎可不行啊……

裱装的刺绣和内部的深蓝色纸上粘贴着无数细碎、闪光的纤维，估计是之前用棉花或者某种东西包裹画卷留下的痕迹吧。凑近鼻子闻了闻，有股霉味和樟脑香气混合的味道，从中似乎还能隐隐嗅到某种淡雅的其他气味。我静下心来重新再闻，确定那是我之前没有闻到过的淡淡的高级香水的味道。

有意思。照这么下去，应该还会有很多别的发现吧！这股霉味和类似樟脑的木香应该是放在弥勒佛像中的时候渗透进去的，这是任何人都能够想到的事，但是应该没有人会注意到这香水的味道吧。这淡雅的芳香一定暗示了画卷前主人的身份。

太好了。如果能再发现一些还没有被任何人注意到的东西，哪怕是一根头发也好，一丝烟蒂也好，都有可能成为确定凶手的有力证据。

我把自己代入名侦探的角色思考，感觉更有干劲了，于是把画卷从开头的画像倒卷至《由来记》文章的结束部分，仔细检查正面和背面，发现刚刚我无论怎么努力都无法正视的死亡美人的腐烂画像，这次看起来就只是冰冷的颜料的排列，这个发现令我无比吃惊。而且，那绝不是光线等原因造成的。从黛夫人腐烂破裂的嘴唇可以看见她那整齐美丽的牙齿，内脏因为充满了气体而膨胀泛光，这些细节我都仔细地看过了，但是怎么看都没有感觉。我不由得为人类神经作用的愚蠢而感到失望。

但是，继续仔细观察之后，我发现卷首部分的纸张质地有几分粗糙，而越接近《由来记》的结尾部分，纸张表面就越光滑。这没什么好奇怪的，以最初执笔的吴青秀而言，他最常打开又卷起的一定是卷首部分，此后打开观看画卷的每一位吴家历代祖先，一定也都跟我刚刚一样，最细致观看的便是卷首死亡美人身姿尚且完整的部分，这属于人之常情……画卷的整个背面都涂满某种闪闪发亮的淡褐色液体，上面似乎到处留有疑似指纹的白色圆点，但因为从不太光滑的纸张下面透出不规则的粗糙布纹，所以很难分辨那是什么痕迹。最终，我从这幅画卷上发现的东西，就只有刚刚提到的高级香水的味道。

我再次将脸凑近画卷，反反复复嗅着那仿佛要告诉我些什么的淡淡香水味道，将它深深地吸入肺腑……虽然不知道香水的名字，但那不仅是非常高级、清雅的香气，也是唤起我记忆深处某种令人怀念的哀伤感觉的气味。当然，那是属于女性的香气，但我却无法确切地感知到它是否属于我昔日的恋人、母亲还是姐姐。为求慎重起见，我站起身来，从房门旁边拿来自己的方帽，仔细闻嗅着并比较两者的气味。但无论我怎么闻，都只能在帽子内侧闻到新布料、漆皮的味道以及淡淡的霉味，无法作为我也使用过和画卷上面同样的香水的证据和参考。

我把帽子放在一边，轻轻叹了口气，正想把画卷卷回去时，突然再度惊讶地停下动作，不由自主地凝视着面前的空间……

因为，我的脑中突然闪过一个大出意料的暗示……

在侄滨的石材切割厂，吴家长期雇用的老农夫户仓仙五郎发现吴一郎时，他正死死地盯着画卷的空白处……我似乎明白这个奇怪的事实的真正含义了……

说起来非常简单。

很明显，这幅画卷一直到结尾汉文写成的《由来记》的地方为止，一定经常被人用手展开和卷起。因此，在这将近一丈长短的空间里，有可能会掉落观看过这幅画卷的人身上的东西。但是与此同时，即使一万个人中只有一个人打开后面只有白纸的部分观看，此人的头脑一定相当异于常人，按常识来思考的话可以立刻得出结论——这样的人绝无仅有。话虽如此，万一出现基于常识无法想象的情况，或者说真的出现这种头脑构造相当异于常人的人，偏偏将《由来记》后面的白纸部分也全部拉开观看的话，那意味着什么呢？简单说来，此人是不是认为这幅画卷的作者吴青秀，会从容不迫地一直画到黛夫人化为白骨的形貌为止呢？会不会包括黛夫人的妹妹芬女在内，吴家的历代后人和正木博士都只是从常识的角度出发，草率地断定这幅画卷中描绘的死人画像只有六幅呢？如果其中只有一位头脑异于常人、能够看穿这幅画卷具有能够让人发狂的魔力的人，将其打开并看到了最后的话，那又将如何呢？如果真的存在这种情况，那里会不会残留着某些痕迹呢？而且，不论残留在那里的痕迹如何细微，应该都具有无比重大的意义，说不定能够准确指向利用这幅画卷引发这桩事件的真凶。不，说不定能够一举破坏这幅画卷的神秘力量，让一切谜团回归真实。至少，那个人仔细调查到这种程度，不可能什么都没有发现。

据说在侄滨的石材切割厂，吴一郎专注地盯着画卷的空白部分。而且可以推定，当时的他处于一半是吴青秀、一半是吴一郎的状态，因此无法断定他做出上述行为时究竟处于哪种状态。但是很容易推定，他肯定将这幅画卷的空白部分看到了最后，并且在那里发现了某样东西。证据就是吴一郎曾经对仙五郎老人说：“我知道交给我这幅画卷的人是谁。”

为什么？为什么我之前一直没有注意到这个事实呢？

我的脑中瞬间闪过这样的念头，随即又产生了被什么人驱使般的预感。我瞄了一眼手表和电子钟，两者都是差四分钟到十二点。

我的手再次条件反射般重新拿起画卷，拉到空白处。最开始的一分钟左右，我极力让自己冷静地观察，但是往后拉了好久，看到的还是无尽的白纸。没多久，我就产生了一股焦躁感与荒唐感，好像自己正独自一人在无边无际的白色沙漠中漫无目的地旅行。我看透了自己想要扮演侦探的心态，突然间颓丧下来，好不容易看了三尺左右，就已经彻底厌倦。

与此同时，我开始怀疑先前那个“吴青秀在最后画了一具白骨”的推测是不是错的了。

假如吴青秀真的陷入痴呆状态，也应该是在听完妻妹的说明，清晰地意识到自己是古今无双的蠢货，为了忠义白白杀害了最爱的妻子而感到茫然自失之后发生的事吧。如此一来，在几分钟前或者几秒之前，他应该还是正常的。所以，如果他没有忘记，一定会说明自己在画卷最后有没有画白骨。另外，芬女也一样，看着自己恋慕的男人牺牲自己最珍贵的姐姐而成就的事业，她不可能没有注意到即使是千年之后的我都能注意到的事情……想到这里，我一下子泄了气，感到疲惫不堪。

但是……即便如此，还是有种类似惯性的义务感伴随着之前的疲倦一起涌上我的心头，令我昏昏欲睡，但我还是用双手一口气拉开大约还有一丈长短的空白部分，敷衍地看了起来。好不容易看到约莫两三丈的空白部分的最后，我意外地发现上面沾着一些像是黑渍的东西，不由得瞪大了眼睛。

细看之下，在最后的深蓝色纸上，距离用金色颜料绘制的波纹大约一寸的地方，有五行纤细、娟秀的女子的字迹，看起来应该是小野鹅堂流的字迹……

照亮念子之心的黑暗

开启世间的智慧光明

明治四十年十一月二十六日

于福冈 正木一郎之母 千世子

正木敬之先生 启

我的头发根根竖起，慌忙将画卷往回卷，但是双手发抖，不小心将它掉落到桌子上……

随后，画卷如有生命般自行展开，从大桌子上掉到地板上，在油毡上骨碌骨碌地延伸开来。我骤然感到毛骨悚然，也不知是怎么打开的门，更不记得何时跑过走廊，一口气冲下楼梯，从玄关奔出门外。

忽然间，身后传来一声巨响，响彻九州帝国大学校内的松林。

是午炮。

我只能认为这是一个奇迹，是某种肉眼看不见的伟大力量从空中伸出手，随心所欲地拖着我奔跑。这件事就是如此的不可思议。

我完全不记得自己冲出九州帝国大学医学部的正门后去过什么地方，又为什么再次回到九州帝国大学精神病科的教授办公室。

我听到背后传来尖锐的汽车喇叭声，听到在我面前紧急刹车的电车的轰鸣声，听到自行车不耐烦的车铃声，也听到人们叱骂我的声音和犬吠声。我看到了转个不停的太阳，从四面八方吹来的风，还有如战争般互相追逐的沙尘；看到了从云中垂下的电线杆，屋檐下滴落鲜血的招贴画，从地平线对面延伸到透明山峦的广袤平原。我迷失在不知几千、几万、几亿的红砖堆中，看到了在那紫色的阴影中，手脚不断挣扎的婴儿的幻影；我仰望在澄蓝色天空中闪耀着黄色光芒远去的飞机……而后，看到了六幅只有白色轮廓的死亡美人裸体画像，排着整齐的队列在空中滑过。

人头、眼睛、鼻子、嘴唇等各种形态的流云、白云、黑云、黄云，云缝间是如药水般苦涩澄明的碧空……在碧空下，我胡乱揪扯着包裹着清醒至极的神经与混乱亢奋感情的头发，前额部位时而感觉到几乎令人跳起来的痛楚。我不停揉搓着因炫目的光线与沙尘而刺痛的眼睛，连自己也不知要去何处，只是踉踉跄跄地向前走着。

河流……大桥……铁道……红色鸟居[①]……脸色苍白地站在红色鸟居左右两侧的正木博士与若林博士……我强行抑制住狂奔的冲动，一步步向前走着。

一切都是真的。既不是虚伪的学术研究，也不是捏造的自白。而且，

① 鸟居：日本神社的建筑物，用以区分神域与人类所居住的世俗界。

从头至尾都是正木博士独自策划和实施的。

若林博士什么也没有做……

他自始至终都一无所知，只是受到了正木博士的利用，成了他研究的帮凶。

他被正木博士极为巧妙的犯罪所迷惑，在主动进行调查的过程中，不知不觉间接受了帮助正木博士收集研究发表资料的工作，掉入了正木博士设计好的圈套之中，被他耍得团团转……

但是，就结论而言，若林博士发现了千世子留在画卷末尾的笔迹。在发现了所有疑问重叠后形成的最后也是唯一的问题焦点时，他肯定跟我一样震惊，然后跟我一样在瞬间解开了一切困惑，并发现一切都是正木博士所为。

但是，若林博士采取的态度却非常高尚。他看穿了事件真相的核心的同时，却决定对同为学者同乡的同窗好友表达无限的敬意与同情。他将唯独模糊掉这桩事件的内容重点的正确调查记录交给正木博士，不论是烧掉还是扔掉，都听凭他本人处理。而且，他还特意差人送茶点过来，不动声色地表明“我已经远远地离开了，别担心，请想说什么就说什么吧”。他之所以信口开河地说“正木博士一个月前已经自杀”，也是出自这种意义上的善意。他是在提醒正在偷听的正木博士，不要在那种情况下出来，不要陷入那种痛苦的境地，同时也是为了警告他不要让我刚开始恢复的头脑再次陷入无法挽回的混乱之中。就算后来被我知道他是在撒谎也无所谓……

若林博士采取的实在是具有男子气概、无可挑剔的绅士一般的态度。

然而与此相反，正木博士却为了这项实验，牺牲了自己的整个人生和全部灵魂。他从一开始便对这个传说产生兴趣，欺骗千世子生下孩子，哄她交出画卷。然后，不顾一切地执行了这个计划。

但是，正木博士做梦也没有想到，千世子在把画卷交给他时，会在末尾写上那首和歌、年月日、孩子的姓名、出生地以及孩子父亲的姓名，钉下了一颗意味深长的钉子。他万万没有想到，拥有世上最凄切的母爱和出色才智的千世子那悲伤的头脑竟然会想得如此深远，导致他大胆、眩惑、天才般的事业计划的中心，出现了唯一一处致命的疏漏。为了学术，为了人类，他冷笑着抛弃血泪、践踏神佛，但不管是在清醒时还是在睡梦中，都饱受那不断袭来的良心的苛责与人情无奈的折磨，终日被死人紧紧攥住心脏，痛苦不堪。这就是正木博士的一生，极度污秽的同时又极度洁净，极其悲哀的同时又极其痛快……

当正木博士那受到诅咒的研究终于进入最后阶段时，他看到了若林博士交给他的那份调查报告，即便是他也不禁吓破了胆。他意识到对方那可怕而透彻的脑髓，正在迂回地将自己团团包围。他无法忍受陷入那令人无所遁形的恐怖的围困，试图采取极其卑劣且无比嘲讽的巧妙的手段进行反击，便从手头的患者中选出我这个第三者，在我面前坦白一切，企图让我进行这项极为冒险的发表工作。

但是，他坦白的事情从头至尾都是他一个人计划、一个人实施的，只不过他一人分饰二角，利用自己独特的机智，巧妙地刻画出对手的性格与行动，编入了自己的故事里。这是一个空前绝后、无比精致巧妙的计策，同时也是一个无比浅薄幼稚的计策。他企图通过一人分饰

W 和 M 两个角色的方式，摆脱作茧自缚的命运。这个计策是何等卓尔不群，又是何等大胆巧妙，但最终还是没能让他免除作茧自缚的命运，实在是可悲、愚蠢……

“危险！”

“笨蛋！”

“啊……”

背后传来各种各样的怒吼与惨叫，同时，我的脚下也相继响起嘎啦嘎啦、哐啷哐啷、嘭……嘭等物体激烈碰撞的声音。我恍然转身望去，发现站在那里的每个人都对我怒目而视。一辆蓝色的大货车紧贴着我的后背停在那儿，车尾朝向我。脚下则躺着一辆被撞成 V 字形的自行车和一堆碎裂的空瓶子，褐色的酱油流了满地……一个身穿浅黄色工作服的魁梧男子从货车上跳下来，把手伸进轮胎底下，将一个面如土色、身穿印有店名的和服短褂的小伙子拉到耀眼的阳光下……人们立刻朝他跑过来……

我一边快速往前迈着步子，一边继续思考。

这个秘密真是可怕……让人难以想象的可怕！一千年前已经死去的吴青秀的恶灵，与生于现代的正木博士的科学知识之间的争斗，如今已经进入白热化阶段。

而且，从正木博士立志进行这项研究的那一刻起，他就被吴青秀的恶灵抓住了良心的要害，并被扼杀了人类之爱中最伟大也最珍贵的亲子之情与夫妇之爱。他自己却并未意识到这一点，一直在努力做到无论发生任何事，都绝不能被吴青秀的恶灵诅咒。但是其受诅咒的心理状态，却以各种论文、谈话和祭文歌的形式表现了出来，并相继公之于世。另一方面，他相继残忍地牺牲掉千世子、吴一郎、茂代子、八代子，勇敢地跨越种种障碍，坚定不移地相信科学终将胜利，一心一意地斩杀吴青秀这个恶灵。啊，这是何等凄惨、冷血、恶毒且执念深重的争斗啊！

我仿佛闻到了从灵魂中滴落的鲜血与汗水的味道。

但是……

但是……

想到这里，我猛然停下了脚步……我望着热闹的大街，环顾满眼满脸不可思议地回头望着我的行人，仰望在高高的广告塔顶端不断旋转的光圈，凝视横亘其上的鲜肉般的晚霞。

但是……

但是……

仔细一想，我还没有从中想起哪怕一丝一毫关于自己过去的记忆，无法给出自己“我是谁”的答案，仍然处于可怜的健忘症状态。现在的我与今早在七号病房醒来时的我没有任何不同，依然只是独自在宇宙间浮游的一粒可悲又孤独的无名微尘。

我是谁？

啊……只要我能想起这件事，就能立刻从吴青秀的诅咒中醒过来……也能从那幅画卷的魔力中脱身……可是我怎么都想不起来。无论我怎么努力去想，这个问题始终都没有答案……

我是谁……我是谁……我的过去与这桩事件之间究竟有着什么样的因果关系？

我思考着这个问题，搜寻今天的记忆，过一会儿又继续思考这个问题，时而加快步伐，时而又放缓脚步。忽远忽近的钟声，汽车引擎的轰鸣声，孩童的哭声，织布机声，不知何处的工厂的汽笛声……这些声音接连不断地于无意识中钻入我的耳中，左曲右转。不久，我突然再度止住脚步，缩着脖子，悚然呆立，险些晕厥过去。

糟糕！我把那幅画卷就那样放在那里了。

画卷末尾千世子留下的字迹绝不能让任何人看到。

正木博士看到了或许会发狂，或许会真的自杀……

太……太糟糕了！

我不由自主地跳了起来，随即猛然转身，沿着不知何处的漆黑的乡间小道一路狂奔。

很快，我就跑进了明亮美丽的街区……

不久又穿过又脏又暗的小巷……

跑过能听见三弦琴和太鼓声的灯火通明的大路……

来到路灯成排、三面是海的防波堤尽头……

我大吃一惊，慌忙转身往回跑……

各种商店的商品、电车、汽车和人群如走马灯一般向后退去……

我不断揉着被汗水与泪水模糊的眼睛，沿着刚才的那条路飞奔……

头晕眼花，呼吸急促，周围忽明忽暗。

眼前似乎有无数灰色的鸟在乱飞，随即又消失不见。

我不知何时在路上跌倒，被人扶起后，立刻甩开对方，继续向前奔跑。

反复经历了几次这种情况，我终于什么也不知道了。不知道我为什么要奔跑，也不知道我要跑向何处。一切都仿佛是在半梦半醒间看到的、听到的，最后连这种半梦半醒的感觉也消失了，只是恍惚地踉跄前行。

那之后不知过了几个小时，也不知过了几天……

我忽然感到全身发冷，回过神来一看，自己竟然不知何时已经回到之前的九州帝国大学精神病科的教授办公室，像之前一样坐在之前坐过的转椅上，双手伸开趴在大桌子上的绿色呢绒桌布上。

一时间，我怀疑自己是不是在做梦。刚刚……正午时分我从这儿跑出去之后，跑过了很多地方，在此期间我所看到的、听到的种种事情，思考过的种种不可思议的问题，体会过的令人难以忍受的恐惧与痛苦，会不会都是我昏倒在这里期间所做的一个梦？我不禁毛骨悚然地打量自己的全身。

身上的外套、衬衫、脚上穿的鞋子都因为沾满汗水与灰尘彻底变成了白色。两边胳膊肘和膝盖处都磨破了，沾满泥泞。纽扣掉了两颗，领子滑落到右侧肩头，整个人看起来就像醉汉与乞丐的混合体。左手的指甲中满是黑色的血污，应该是哪里受伤了，但我并没有感到哪里痛或者痒……不过，我的眼睛和嘴里似乎满是沙尘，眼睑刺痛，牙齿之间有种沙沙的感觉，很不舒服……

我再度趴到桌子上，静静地回想前因后果，却怎么也想不起自己究竟为何会回到这里来。我凝视着之前被我遗忘在桌子边缘的新方帽，努力想回忆起当时的心情，但奇怪的是，偏偏此时我的想象力无比贫乏，只能想到自己可能是回来取遗忘在这里的某件非常重要的东西……我如此想着，慢慢抬起头环视前后左右，发现我的头顶有一个巨大的白炽灯泡，散发出耀眼的光芒。

房门半开着。

但是，大桌子上的文件却不知被谁收拾过，已经像原来一样整齐地摆放好了，跟今天早上我和正木博士一起进来时看到的状态分毫不差，完全看不出被人翻动过的痕迹，就连放在旁边的红色达摩烟灰缸也跟今天早上看到的时候一样，面朝同样的方向，永远地打着哈欠。

当然，如果细看的话，其中用厚纸板装订成册的《疯子的黑暗时代》祭文歌和《胎儿之梦》的论文的确有近期被人触碰过的痕迹，叠放得稍微有些错开了，像是被人随手扔在了那里。而另外一样东西——今天上午正木博士当着我的面掸过灰尘的蓝色棉布包袱上，仍然与最初见到时一样沾满灰尘，证明已经很久没有被人触碰过了。除此以外，大桌子上既没有喝过茶的痕迹，也没有吃过东西的痕迹。慎重起见，我往达摩烟灰缸里面看了看，连一点雪茄烟灰都没有看到，只有达摩仍然保持着打哈欠的模样，用他那金黄色和黑色的眼眸瞪着我。

太不可思议了……难道今天上午发生的事情大部分都是在做梦吗？我的确看过那个包袱里的东西，但是这么短的时间内，不可能积上这么多灰尘……

我缓缓站起身，只觉得膝头打战，险些无法站稳，赶紧用双手扶住大桌子的边缘，勉强支撑住绵软的身体。而后，我颤颤巍巍地伸出手指将棉布包袱拉过来，看到包袱下方留下一个清晰的方形痕迹，仔细观察掉落在打结处的灰尘条纹，怎么看都不像是最近被人触碰过的样子，而当我将其解开之后，白色的灰尘条纹也彻底消失了。

我不禁哑然失色，凝视眼前的空间，再次在头脑中回忆从今天早上开始发生的一切。但是，我记得正木博士给我看过包袱里的东西，也记得他给我做过可怕的说明，这样的记忆跟打结处的白色尘痕是永远无法并存的两个事实，是完全矛盾的两件事。

我咬紧牙根忍住浑身的恶寒，用痉挛的双手手指解开蓝色包袱，发现里面果然是之前见过的报纸包和若林博士的调查报告的原件，二者仍然如我之前所见，整齐地叠放在一起。不仅如此，调查报告原件的黑色硬纸板封面上，也蒙着一层从棉布的纹理间渗透进来的灰尘，拆掉外面那层报纸，上面也留有长方形的灰尘的痕迹。

我再度哑然。这一切实在太不可思议了，我大惑不解，怀着想要确认自己精神是否正常的心情，缓缓打开外面那层报纸，仔细检查报纸的折痕、盖子闭合的状态、画卷卷合的情况、绳子的系法等，看起来是一个相当细心的人将这幅画卷放进木匣中的，每一处都井然有序，完全没有折叠两次或者折歪的痕迹。展开画卷查看，立刻有一些疑似杀虫剂的散发着浓香的白色粉末闪着光散落到桌子上。之后打开的调查资料也一样，尽管没有使用杀虫剂，但是翻页时一股灰尘的味道扑鼻而来。这都能够证明最近的确没有任何人触碰过这些东西。

慎重起见，我又打开正木博士写在大页纸上并装订好的遗书，反复翻看最后两三页内容，发现今天早上尚未完全干透的蓝黑墨迹，此时已经彻底变黑，行与行之间甚至还有黄色的霉斑，怎么看都不像是两三天前才写完的。

我被接二连三的不可思议之事吸引着，像先前的正木博士那样，将调查资料从包袱中拖出来，结果却意外地发现资料底下垫着一张陈旧的报纸号外。之前正木博士拍打这个包袱上的灰尘时，应该还不存在这个东西。

我瞪大眼睛，四下环顾。

这个房间的某处肯定躲着一位看不见的魔术师正在使用魔术，否则就是我的精神再度出现了异常，陷入了某种幻觉之中。如此想着，我战战兢兢地拿起那张号外，一看到折成八折的报纸右上角用特大号字体印刷的标题，就不由自主地惊叫出声，撞到背后的转椅，差一点儿踉跄摔倒。

那是大正十五年十一月二十日——也就是对面墙上的日历显示的斋藤博士忌日的翌日，同时也是若林博士所说的正木博士自杀的那一日——福冈市的《西海新闻》发行的号外。页面左上角印着一张五寸大小的像素模糊的照片，照片上是戴着眼镜、露出假牙的正木博士的笑脸。

九州帝国大学精神病学教授

正木博士投海自杀

同时疯子解放治疗场内爆发的罕见残杀事件曝光

今日（二十二日）下午五时左右，九州帝国大学精神病学教授、从六品医学博士正木敬之氏溺亡的尸体在漂至该大学医学部后方马出滨水族馆附近的海岸时被人发现，该大学内部目前异常混乱，而此种混乱又导致另一桩惨案意外曝光：昨日（十九日）正午时分，在该大学精神病学研究室该教授独创的“疯子解放治疗场”内，一名疯癫少年残忍杀害一名疯癫少女后，又致场内数名疯子当场死亡或者身受重伤，就连试图制止的看护员也身负重伤。大学当局自不必说，司法当局亦狼狈不堪，目前正在极其秘密地调查此案。

疯癫少年挥锹

杀伤五名男女

治疗场内血流成河！！！

昨日（十九日、星期二）正午时分，事件发生时，该科主任教授正木博士正在该科研究室午睡，该解放治疗场内与平常一样，有十名患者各自分散，各自展现不同的疯态。当时正在场内一隅耕作的足立仪作（化名、六十岁）在午炮响起的同时，听到护士通知吃午餐的声音，刚丢下手中的铁锹返回病房，一直关注着仪作动静的疯癫少年——在福冈县早梁郡侄滨一五八六番地务农的吴八代的养子兼外甥一郎（二十岁）就突然捡起那把铁锹，疯狂击打正在旁边种草的疯癫少女浅田诗乃（化名、十七岁）的后脑部，导致对方连声音都来不及发出，便在血沫飞溅中当场死亡。见此情景，该治疗场的看护员、柔道四段的甘粕藤太氏马上紧急通报并赶至场内，但为时已晚。场内的某政治狂患者及某敬神狂患者为救少女诗乃，与吴一郎展开肉搏，前者侧脸、后者前额被吴一郎的铁锹击中，双双昏倒在血泊之中。这时，甘粕伺机绕到吴一郎背后将其抱住，试图一举将其制伏，但没想到吴一郎反抗的力气极大，他扔掉铁锹，抓住甘粕氏的双腕，将其七十多公斤的身躯抡起，如转动水车般上下前后甩动。甘粕氏则拼命抓紧对方，不让对方甩开自己，在此过程中，吴一郎不小心一脚踏入疯癫少女挖出的沙坑中，身体倒地，甘粕氏躲闪不及，肋骨撞到了主楼屋檐下的石头上，顿时人事不省。这时，在该治疗场入口处听到甘粕氏呼救的数名男护士及校工、医护人员匆匆赶来，其中也有学习过柔道的人员，但是看到吴一郎再次回到治疗场中央，捡起地上的铁锹，浑身血污，脸色苍白地睥睨四方并怒吼“谁敢妨碍我的事业”的模样，所有人都被他的气势震住，不敢上前。此时，目光转向场内一隅的吴一郎面色恢复如初，开始微笑，重新握住血淋淋的铁锹，朝伫立在场内的两名女子逼近。首先将舞蹈狂少女逼到田地的一隅，击碎她的眉心，接着走向先前扮作女王，此时依然在场内逍遥游荡的中年女人。但是，女人怒视着他厉声喝道：“无礼！你不知本宫是谁吗？”吴一郎愕然止住铁锹，停下脚步喊道：“啊，您是杨贵妃。”随即便跪倒在沙地上。这时，勉强恢复意识的甘粕氏忍着痛苦站起来，打开治疗场的入口大门，将四处逃窜的疯子们放了出去，随后大概是因为放下心来了便再度晕了过去。吴一郎也单手握着铁锹，轻松将第一位牺牲者浅田诗乃的尸体夹在腋下，向女王装扮的疯女人行了一礼，走出鲜血淋漓的治疗场，悠然地返回自己的七号病房，只留下手足无措的一群人战战兢兢地远远围观。

疯癫少年自杀

正木博士态度冷静

这时，闻讯赶来的正木博士以极其冷静的态度，指挥医务人员从狂暴的吴一郎手中夺下诗乃的尸体和铁锹，给他穿上控制疯子专用的无袖衣，戴上脚镣，监禁到七号病房。另一方面则对包括被害者诗乃在内的四名男女进行急救处理，其中两名男性患者的伤势虽不致命，却仍生死未卜，而两名少女的头盖骨皆被击碎，已无治疗的可能，这些情况均已紧急通知他们的家属。同时，正木博士只身返回七号病房，查看被监禁的一郎的情况，却发现他用头撞击病房的墙壁，已然晕厥过去，于是慌忙呼叫医护人员，又引发一场骚乱。当这场骚乱告一段落，所有问题处理完毕之后不久，正木博士就离开了该研究室。下午两点半左右，医护人员山田（学生）想要向他报告“吴一郎有恢复迹象”，在该研究室和医院内到处寻找他，却始终未能找到他的踪影。

正木博士扬言：

解放治疗取得预期中的巨大成功！

但有事实表明，在此期间，正木博士曾经前往该大学本部面见松原校长，并与其高声争论。虽然争论的详细内容不得而知，但他当时反复扬言：“由于这次发生的事件，疯子解放治疗实验取得了预期中的巨大成功。”“我已命令该解放治疗场于今日之内关闭。很抱歉给您添了这么长时间的麻烦。多亏了您，实验终于结束了，感激不尽（注：该治疗场是正木博士获得校长的许可自费开设的，隶属于该治疗场的所有雇员的薪资，也均由该博士直接支付）。明天我就会递交辞呈，接下来的事情委托院长处理。”说完，他便朗声大笑推门而出，不知去向。据说当时在隔壁房间听到此番言论的行政人员面面相觑，震惊不已，都怀疑这位教授是不是疯了。

鼾声如雷

醉卧后失去行踪

正木博士离开校长办公室后，非常不负责任地将死伤患者丢给医护人员照顾，随后便独自回了家，途中不知在哪里喝得烂醉如泥，傍晚回到位于福冈市湊町的住处，鼾声如雷地熟睡了两三个小时。晚上九点左右，他宣称要去吃饭，便飘然离开住处，自此失去行踪。有传闻称他曾偷偷返回九州帝国大学精神病科自己的办公室，通宵整理资料。

模仿疯子的恐怖尸体

本日下午五点左右，两名钓完虾虎鱼回家的男子在路过大学后方的海岸时，发现一具奇怪的溺亡的尸体漂到岸边，慌忙向筥崎警察局报案。万田部长和光川巡警出警调查，通过尸体身上的名片确认是正木博士，再度引起巨大轰动。福冈地方法院派出热海推事①和松岗书记官，福冈警察局则派出津川警部、长谷川法医及另外一名警员，大学方面则派出若林院长、川路、安乐、太田、西久保等教授和田中书记官，

① 推事：日本法官的官名之一。

共同赶到现场。根据验尸结果，该博士将帽子与雪茄烟的烟头放在海岸水族馆后方的石墙上，穿着白大褂，用控制疯子的铁制手铐和脚镣紧紧缚住自己的手脚，趁满潮时投入海中，死亡时间已超过三小时，就算急救也无济于事。然而，对于上述情况，若林院长及其他相关人员皆三缄其口，似乎想将此事与前面那桩重大惨案共同埋葬。但是，经过本社机敏的调查，还是曝光了上述真相。顺便一提，关于正木博士的自杀原因，既没有发现遗书等物品，其住处的书柜和书桌也像平常一样整齐，未见任何异状。另外，由于他每月总会有一两次喝得烂醉如泥回家，或是宣称出去散步却一去不回，因此与他住在同一栋宿舍的人丝毫没觉得奇怪。

奇怪的谜

疯癫少年的一句话

对于上述事件，该解放治疗场的看护员甘粕藤太氏受伤的胸部裹着绷带，在市内鸟饲村的家中如此说道：

“事情的发生完全出乎意料。我很后悔，早知会发生这种事，当初就不应该接下这项工作。当然，我也有责任，尤其是听说疯子解放治疗场已于昨日被关闭，所以我也向正木教授递交了辞呈。大概那就是疯子的力气吧，吴一郎的力气大得惊人，我与他扭打时不小心撞到肩膀，昏迷过去两次，实在是很没面子。但是，第二次昏迷后我很快就醒了过来，就陪同三名医护人员一起赶往七号病房，想要控制住吴一郎。但是已经杀红眼的一郎像是挥舞竹棒一样挥舞着手中的铁锹，大叫着：‘不许过来，不许过来！’实在太危险，根本没办法靠近。但当他看到随后赶来的正木教授的脸时，瞬间又镇静了下来，开心地行了一礼，指着浑身是血躺在地上的少女诗乃半裸的尸体，说出两句奇怪的话：‘父亲，你能把之前在石材切割厂借我看的画卷再借我一次吗？我都找到这么好的模特了。’听到这句话，正木教授不知为何情绪非常激动，脸色一下子变得铁青，哪怕我现在回想起来，都觉得非常可怕，他环视我们一圈，大喝：‘你在胡说些什么？’话音刚落，便独自一人扑上去制服了他。之后很长一段时间，他的脸色都很难看，直到吴一郎以头撞墙昏迷过去之后，才恢复了气力。尽管发生了如此重大的事件，教授依然精神矍铄地指挥各项工作。”

（记者告诉他一郎已经清醒后）“啊，真的吗？我见到他时，他满脸是血，正木教授也说他由于剧烈的脑震荡而呼吸骤停，应该是救不回来了。这么看来，可能是因为他手脚都被绑着，撞墙的力量没有那么大吧。”

（接下来记者告诉他正木博士自杀的事，问他对死因有无头绪，甘粕氏愕然失色，痛哭流涕，嘴唇颤抖）“这是真的吗？如果是真的，我得马上赶过去。正木教授对我有救命之恩，我前几年在美国流浪，在芝加哥染上了肺炎，无人对我伸出援手，是正木教授收留我住院的。当时正木教授说，如果我想报恩的话，可以先回国到福冈住着等他，还给了我一大笔旅费。所以，我刚回国时在当地的英日学院担任柔道教师，等正木教授回大学任职后，就立刻辞去工作，来这个治疗场担任看护员。正木教授平日一向乐观，我由衷地敬仰他。他人格高尚，所以责任感应该也很强吧。”

侄滨大火

火势蔓延至名刹如月寺

纵火女子惨死火中

本日下午六时左右，福冈县早良郡侄滨一五八六番地吴八代子家正房着火，附近居民惊恐地赶来扑救。但是由于连日晴天，又恰逢强风肆虐，火势迅速猛烈蔓延，包括数栋出租屋在内的吴家房屋瞬间被大火吞没。不久，火势蔓延至不远处的如月寺正殿后方。由于距离较远，市中心的消防队未能及时赶来救援，仅凭附近的消防队根本无法扑灭大火。被认为是纵火者的吴茂代子（上文所述吴一郎姨母，四十岁）纵身跳入寺院正殿的烈火中，在众目睽睽之下惨遭烧死。该女子自今年春天失去独女后，精神上便多少呈现出异常症状，今日大概是因为听闻最宠爱的外甥一郎离奇死亡，导致精神错乱更加严重，才会做下此等行径。

我从这篇号外上抬起头来，有种自己的头被什么东西按住的感觉，战战兢兢地环视四周。

很快，我就发现摊放在眼前的蓝色包袱的正中央，有一张类似卡片的东西，之前似乎一直压在号外底下。我惊讶地想，怎么还有这种东西？站起来仔细一看，发现那是一张官制明信片，明信片背面有五六行钢笔字，字体向右上方倾斜，笔迹似曾相识。

W 兄足下

余已无地自容

与 S 教授共饮之人乃余

来世重新做人

犬子与儿媳托兄照料

二十日下午一点 M 敬书

号外从我手中无力地飘落。与此同时，我感觉整个房间都与我的身体一起逐渐向地底下沉。

我踉踉跄跄地站起身来，意识恍惚地蹒跚着走到南侧窗边。

对面屋顶上突起的两根大烟囱上方，一轮圆月正散发着清冷光辉。月光下的疯子解放治疗场中冷寂无人。到今天早上为止，那里看起来还是一片白砂铺成的平地，此刻却变成了高低不平、荒草丛生的空地。正中央那五六棵不知何时已掉光树叶的梧桐树，在星光下伸展着奇形怪状的枝杈。

“真不可思议……”我自言自语着摸摸头，再次感到不可思议，从今天早上起就感觉到的奇怪的头痛完全消失了。

我像是在寻找失踪的头痛一样，一只手按着头，环视由黄色光线和黑色阴影营造出的寂静氛围的房间内部，然后再度望向窗外那白金色的清冷月光。

就在这时……

一切真相如同透明的冰块，陈列在我的面前……

没有什么不可思议的……

没有任何不可思议的……

我从今天早上开始陷入了双重幻觉，患上了正木博士所说的离魂症。

距今一个月前的十月二十日，我肯定陷入过和今天一模一样的梦游状态。

一个月前的十月二十日早晨，天还未亮时，我像今天早晨一样，以同样的姿势躺在七号病房的人造石地板上，在和今天早晨同样的状态下睁开眼睛，狼狈地到处寻找自己的名字。然后……我见到了若林博士，为了恢复过去的记忆，接受了很多跟今天早晨一样的实验，最后被带进这个房间，仍然和今天早晨的顺序一样，看到了很多物品，听到了很多说明。

读完遗书不久，我见到了写下遗书的正木博士本人，像今天一样吓破了胆。随后又在正木博士的引领下，看向南侧窗外。当我看到前一日已被关闭的解放治疗场内的情景的那一刻，立刻陷入了被自己过去的记忆中最近的那部分记忆支配的梦游，看到了前一日正好在同一时间站在窗外看着老人耕田的自己。与此同时，我的手无意识地碰到了前一天晚上撞墙留下的头痛的部位，不禁吓得跳了起来。当时，正木博士也和今天一样对我解释了离魂症，现在看来，他的话果然是真的。

不过……由于我当时深陷幻觉之中，并未相信正木博士的话，所以之后与他相对而坐，进行了那番争论，最终导致正木博士精神崩溃，下定了自杀的决心。

可我当时却浑然不知，就那样留在这个房间内，发现了画卷末尾千世子写的和歌。然后，我像今天一样惊骇万分，飞奔而出，在福冈的大街小巷游荡了一圈后，想起自己忘记把画卷收起来，于是又像今天一样狂奔回来。或许正木博士之后又返回过这里，发现了摊开的画卷末尾千世子所写的和歌，因此更加坚定了自杀的决心……

在一个月后的今天，我只不过是在相同的暗示下，分毫不差地重复着相同的梦游而已。不……从我今天一大早便被时钟声吵醒来看，说不定我早就已经被某种暗示所支配……说不定是我的潜意识将若林博士随口说的一句“一个月后”记忆了下来，并在一个月后的今天准时将我唤醒……但……不论如何，今天上午我心无旁骛地阅读各种文件时，若林博士悄然离去，之后这个房间应该没有其他人。正木博士、秃头校工、蜂蜜蛋糕、茶水、画卷、调查报告、雪茄烟等，只是我一个月前的记忆的重现。我只是一个人在重复梦游中的梦游而已。

我的头脑恢复到这种程度后，只是在同一个地方打转。即使我不愿这么想，这种不可思议的事实的无数证据却活生生地展现在我眼前，并不断朝我迫近。我又没有别的解决办法，能怎么办……

若林博士肯定是为了测试我的头脑，才会重复和一个月前相同的顺序，将我带到这个房间，然后像一个月前那样，躲在某处监视我，并且事无巨细地记录着我梦游状态下的一举一动……不不……如果若林博士所说的“今天是大正十五年十一月二十日”这句话也是谎言，那我岂不是从更久之前，也就是从事实上的“大正十五年十月二十日”开始，就已经在无数次地重复相同的梦游状态了吗？岂不是每一次的一举一动都留有记录吗？

啊……若林博士才是这世上最恐怖的学术的化身。他同时在进行精神科学的实验和法医学的研究……

既是穷凶极恶的凶手也是名侦探……

正木博士和吴家的命运、福冈县司法当局、九州帝国大学的名誉等与这桩事件相关的一切，都是他一个人在暗中操控、玩弄，表面上却装作一无所知……

他是一个恶魔……

我感到一股莫名的战栗如暴风般席卷我的全身，在我的皮肤上肆虐。我的每一颗牙齿都不受控制地咯咯作响，整个房间仿佛是若林博士大张的口腔……我呆立其中，凝视着自己电风扇一般旋转的大脑……

但是……

但是，倘若真的是这样，我就一定是吴一郎了……

啊……啊……我是……那个吴一郎……

正木博士是我的父亲……

千世子是我的母亲……

而那位疯癫的美少女……茂代子……茂代子是……

啊……啊……

原来我就是那个命中注定诅咒父母，诅咒恋人，最后甚至夺去数名素不相识的男女生命的举世罕见的疯癫青年啊……

就是那个公然揭发死去父亲罪恶的冷酷无情的精神病患者啊……

“啊……父亲……母亲……”

我大声叫道，但那声音却并未传入自己的耳中，只是嘲讽似的在房间的每一个角落回荡。

我就这样绷紧下颌，回头望向静谧的灯光，环视着仿佛长叹过后重归寂静的房间。

我的意识无比清晰……没有恍惚，也不是在做梦，我随着眼前地板的倾斜，望向入口处半开的房门，踉跄着跑出去。

我在门外回头，看了一眼房门上那张写着“严禁入内”的白纸。

必须保持冷静……必须彻底保持理智……我如此想着，在装有玻璃窗、有白色月光洒入的走廊上左摇右晃地前行。

我拖着棍棒般僵硬的双腿，听着自己咚咚的脚步声，沿着玄关左侧漆黑的楼梯一级一级往下走。快要走到尽头时，我以为已经到地面了，没想到一脚踏空，整个人栽了个跟斗……我是这么觉得的。

我也不记得自己后来是怎么爬起来的，也不记得自己经过了哪里，回过神来才发现，自己已经来到七号病房的门前，石像一般不动。

我拼命想着某件想不起来的事，最终毅然开门走了进去，穿着鞋爬上与今天早上毫无变化的床，仰面躺倒。头顶方向的房门自动关上，沉闷的巨响在房间内外回荡。

几乎与此同时，从隔着一堵厚厚的水泥墙的六号病房传来了撕心裂肺般的尖锐女声：

“大哥，大哥……请让我和大哥见面。他刚刚好像回来了。我听到了关门声。请让我和大哥见面……不不……我不是疯子……我是大哥的妹妹，是妹妹，是妹妹……大哥，大哥。请你回答我……是我，是我，是我，是我啊。”

…………

这就是胎儿之梦……

我圆睁着双眼，仰卧在床上想道。

这一切都是胎儿之梦……那少女的尖叫声……这昏暗的天花

板……那窗外的日光……不不……今天发生的一切都是胎儿之梦……

我还在母亲的子宫内，痛苦挣扎着做这种恐怖的“胎儿之梦”……

待我出生之时，将会咒杀许许多多的人……

但是现在还没有人知晓此事……只有母亲感觉到我剧烈的胎动。

我床铺旁边的水泥墙后响起敲打的声音：

“大哥，大哥。一郎大哥。你还没有想起我吗？是我，是我……我是茂代子……我是茂代子啊。请你回答我……回答我……”

对方连续敲打两三次后，便发出凄厉的哭声，听起来像是趴在什么地方痛哭。

我直直地仰卧在床上，像死人一样屏住呼吸，只圆睁着双眼……

嗡……嗡嗡嗡……

走廊尽头传来时钟的声音。

隔壁房间的哭声戛然而止，随后又是一声——

嗡——

似乎比先前更加悠长……我愈发用力地睁大眼睛。

嗡——

随着这个声音响起，我的眼前浮现出正木博士骸骨一般的面孔，鼻梁上架着眼镜，满脸冷汗……随后，他像是致意一般垂下双目，无力地笑着消失了……

嗡——

千世子披散着浓密蓬乱的头发，下唇鲜血淋漓，表情痛苦地出现在我的眼前。她的脖颈上缠绕着一根细绳，充血的眼睛睁得极大，定定地望着我的脸，嘴唇颤动，似乎拼命想要对我说些什么。不久，她悲伤地闭上眼睛，眼泪簌簌流出，死死咬住的下唇瞬间变得惨白，随即眼睛上翻，无力地仰面倒下。

嗡——

少女浅田诗乃开裂的后脑勺汩汩地涌出黑色的液体，面朝下倒下……

嗡——

八代子鲜血淋漓的脸上，眼睛上翻……

嗡——嗡——嗡——嗡——嗡……

额头被打破的光头……眉心被击碎的垂发少女……前额皮肤被撕掉的络腮胡男子……

我双手捂住脸，从床上跳下，径直冲出房门。忽然，我的前额撞上了某种硬物，眼前瞬间一亮，旋即又陷入一片漆黑。

就在这个瞬间，我眼前的黑暗中浮现出一张与我一模一样的面孔，须发蓬乱，眼睛凹陷，眸光炯炯，与我四目相对的那一刻，忽然张开血盆大口，放声狂笑……

“啊……吴青秀……”我刚刚大叫出声，他的脸就倏然消失不见。

嗡——嗡嗡——嗡嗡嗡……